何顿 著

来生再见

Laisheng Zaijian

团结出版社
UNITY PRESS

图书在版编目（ＣＩＰ）数据

来生再见 / 何顿著 . -- 北京 : 团结出版社，
2024.5
ISBN 978-7-5234-0435-5

Ⅰ . ①来… Ⅱ . ①何… Ⅲ . ①长篇小说 – 中国 – 当代
Ⅳ . ① I247.5

中国国家版本馆 CIP 数据核字 (2023) 第 180717 号

出　版：团结出版社
　　　　（北京市东城区东皇城根南街 84 号　邮编：100006）
电　话：（010）65228880　65244790（出版社）
　　　　（010）65238766　85113874　65133603（发行部）
　　　　（010）65133603（邮购）
网　址：http://www.tjpress.com
E-mail：zb65244790@vip.163.com
　　　　tjcbsfxb@163.com（发行部邮购）
经　销：全国新华书店
印　装：三河市东方印刷有限公司

开　本：170mm×240mm　　16 开
印　张：30
字　数：396 千字
版　次：2024 年 5 月　第 1 版
印　次：2024 年 5 月　第 1 次印刷

书　号：978-7-5234-0435-5
定　价：98.00 元

序

——为安乡保卫战、常德会战、衡阳保卫战中
阵亡的抗日将士唱一首迟来的挽歌

抗日战争是一场极为残酷的战争。日本人在中国犯下的滔天罪行至今也没被好好认识，真是让人感慨、唏嘘。思考片刻，原因很多，而最主要的一点是中华民族比较宽容，而宽容就容易走向健忘。大概中国人都不愿意回想那段倒霉和可怕，甚至令人说起来都齿冷的历史吧。而如今，精神和思想方面的东西愈来愈被大众所忽略，代表财富和物质的东西却以其强大的攻势占领了精神领域，致使没有人再去思考过去及昨天的伤痛，想的都是未来，展望的都是把自己的生活过好。而过好生活当然需要好的东西。拥有好的东西成了中国人及中国当下年轻人的话题，都着了魔。什么都想占有最好的，好房子、好车、好女人或好男人。这是伟大的中华民族正处在蓬勃发展阶段，而身为国人的广大老百姓都想摆脱多年来困扰着我们的贫困，赶到前面去。战败后的日本由于没搞政治运动，工业就比中国发展得快。二十多年前，中国人都以拥有日本电视机、冰箱、洗衣机等而自鸣得意，假如你还拥有一辆日本小车，那屁股都翘上

天了。

中国人健忘。

中国人从不痛定思痛。

中国人的民族情结很少。

但也有人说，民族情结是狭隘的。

什么是不狭隘的呢？这个问题很复杂，我相信没有人能说清楚。

还在很小的时候，我就晓得了日本侵略军在中国犯下的种种罪行。教室里，老师跟我们讲解南京大屠杀，讲解"九一八"事变和日本侵略军发动的卢沟桥事变，讲国民党军队拒不抗日、节节败退等。那时候我很困惑。既然日本侵略军在南京大屠杀中杀死了三十万炎黄子孙，为什么炎黄子孙的军队却拒不打击侵略军？为什么不拼死抵抗而节节败退呢？后来长大了，听省参事室的国民党老兵说，不是中国军队不抗日而是日本军队实在太厉害了，装备太好了，想打也打不赢。这话我愿意接受，打不赢就撤，打不赢还硬拼，那是送死。都死了，谁去打日本人？

小时候还听说日本兵曾四次进攻长沙，前三次被长沙守军击退，第四次由于张德能将军的轻敌和指挥失误，致使日本侵略军攻克长沙城。那是一九四四年，即日本侵略军投降的前一年。后来下乡当知青，于农村里听说日本兵到过我下乡的那个村子，并在那个村子里烧杀抢掠强奸妇女多名。农民于歇工时讲的日本兵进入村子的故事里，有两个细节留在我心里多年了却怎么也挥之不去。一个细节是说日本兵不呷死猪肉。他们捉住猪捆起来，割下活猪的腿肉烧着吃；另一个细节是说日本兵强奸了妇女后，还割下了那名妇女的一对乳房扔在地上。在我下乡的那个村子里有一名抗日英雄。村里有人告诉我，说他杀死过两名日本兵。那名抗日英雄是个农民，我下乡时他六十来岁，脸黑黑的，与其他农民没什么两样，只是感觉上很结实。村里人说他有武功。那时候我常常将崇敬的目光投向他，觉得他不是电影里日本兵瞧不起的"东亚病夫",更不是令我们一百个鄙夷的汉奸。

大学毕业后我结了婚,去常德看岳父岳母。我岳父跟我提及了常德会战。我最开始晓得国民党第五十七师和余程万师长,是从我岳父嘴里。岳父告诉我,一个师,六千多名国军官兵把几万日本兵打得很恼火。日本军队想在三天内消灭这个师,结果用了十九天,而且还动用了大量的飞机、野炮、重炮和毒气弹。我当时就想这是民族的东西了,是一种民族的精髓或者叫做一种精神力量——在支撑着六千多名官兵,致使他们顽强抵抗,将生命献给了家乡这片炽热的土地。

我起心写这部抗战小说是九十年代的事。一个偶然的机会,我在长沙天心阁茶楼里认识了一位前国民党老兵,他参加过著名的衡阳保卫战,而他参战时只有十七岁,是长沙长郡中学的学生。他告诉我他们那一批中学生于一九四四年开春时大多入了伍,为的是打击来犯的日本侵略军。我很感动,想写,但心里没底,好像材料准备得还不够充分。隔了些年,又认识了一些前国民党老兵的后裔,继而也认识了那些老战士。那些老战士都有一个共同情结:恨日本人。他们讨厌日本人,讨厌日本货,阻止家里人买日本电器。他们谈论起抗日战争,脸上都有一种不愿回忆的痛苦,那些痛苦感觉像蚂蚁一样在脸上爬着,我甚至想走上去把那些蚂蚁一只只拈掉。这些事情于那几年里常常于有意无意中涌入我的脑海,不断地敲打着我的脑壁,致使脑海里一片呐喊声,甚至枪声、炮声也涌入了我的梦中,最后我抑制不住创作的冲动,写了这部长篇小说。

我要强调一点是,我写它时,把发生在一九四三年春末的湖南南县的厂窖大屠杀,推后了几个月,这是为了便于集中起来一并叙述。厂窖大屠杀是很残忍的,是日本侵略军在湖南境内犯下的又一滔天罪行,杀死了三万多手无寸铁的老百姓。我写小说从来不掉泪,眼泪仿佛与我无缘,但当我写到厂窖大屠杀和著名的衡阳保卫战时,我那久违了的眼泪水涌现了,居然一次又一次地夺眶而出，掉落在我颤抖的手和冰冷的键盘上。

　　这本书里，有些情节看上去很荒诞、离谱，好像不可能的，但却是发生过的事。这个世界上，没什么事情不可能。老实说，我写这本书，既不是讨好当下政府，也没打算讨好远在台湾的国民党，而是觉得老一辈人很了不起，他们在中华民族最羸弱和自己最无奈的时候，付出了很多，却没有得到应有的尊重。

　　我在小说开篇之际，还得交代几句，以免只有传统小说阅读经验的读者生气。我要说的是，本小说与众多传统小说不同，时间是打乱的，发生在前面的事情也许会放在后面，发生在后面的事情因为需要，又放在了中间或前面。我敬请诸位读者注意一下年月日，只要你心里对年月日有数，你就不难厘清头绪。我曾经想按时间的顺序写，但那样的话，也许要写一百万字，为了节省诸位的宝贵时间，只好把时间提来拎去，便于长话短说。

目　录

一

我爹快九十岁了，生于一九一八年十二月二十五日。在二千五百多年前的十二月二十五日，耶稣诞生在马厩里，后来被钉在十字架上，几天后他复活了，成了基督。书上是这么说的，不信也不行。后来这一天被基督徒定为圣诞节。有一首歌唱耶稣降生尘世的歌，名叫《平安夜》，很多人都会唱。有天我因事去教堂找一朋友，无意中撞见许多穿着白衣黑裤的中年男女排成三行，站在钉着耶稣的十字架前（耶稣被聚光灯照着，一副令人伤痛的悲惨相）合唱这首歌，我蓦地感到，有的人唱这首歌时脸上的表情十分神圣，仿佛被来自远古时代的圣光神秘地爱抚着。这首歌的第三段歌词是这样的：

平安夜　圣善夜／神子爱　光皎洁／救赎宏恩的黎明来到／圣容发出来荣光普照／耶稣我主降生

我爹的生日就是圣诞节，所以我也会唱这首歌。

上个世纪，中国社会进入九十年代后，中国人受西方思想和文化影响，年轻人基本上过起了圣诞节，不过圣诞节的年轻人，仿佛就是思想僵化的年轻人，所以西方的圣诞节、情人节，成了年轻人喜欢的节日。每年的十二月二十四日这天，从下午起到半夜，我的手机总会响很多次，总能收到很多条信息，都是祝"圣诞快乐"的，这一条条信息都会让我想起第二天是耶稣的生日，也是我爹的生日，我便会想明天怎么给爹过生日。多年前，爹对过生日很不习惯，总是说："过什么生日？不过，我不过。"

但不过也没用，这一天是圣诞节，耶稣降生了，虽然我和妻子、儿子都不是基督徒，但大家都在给耶稣过生日，宾馆里、酒店里，甚至一些大学的学生都在给耶稣过生日，即使那天我假装忘记了，姐也会打电话说："小毛，今天是爸爸生日，我们在哪过？"

我会说："是啊，那我们去哪吃饭吧，你顺便买个生日蛋糕。"

姐会衣着讲究地拎个生日蛋糕来，吃完饭后，生日蛋糕便会摆到桌上，关了灯，点燃插在蛋糕上的小蜡烛，看着爹，开心地拍着手，边唱道："祝你生日快乐／祝你生日快乐／祝你生日快乐……"

这种家庭活动，每年要搞一次，都是圣诞节这天。

我爹的一生是这样的：他一九一八年十二月二十五日出生在湖南白水县黄家镇。二十岁那年，他应征入伍，参加了长沙第一次、第二次、第三次会战。五年后被日军俘获，成了日军的力夫，为日军搬运炮弹——那是发生在湖南境内的常德会战期间，后来被收复失城的国军官兵解救。半年后再次被日军俘虏，那是于著名的衡阳保卫战结束时，他与他的弟兄们在团长的指示下一起向日军举起了软弱无力的双手，当时他们饿得要死，几天没吃一粒米，喝的是阴沟水，都没打算再活了。当时我爹的军衔乃排长，休整后被编入伪军。几个月后又被湘南游击队捉拿，于是弃暗投明，成了游击队员。五年后又被国民党的地方武装逮捕，关在黄家镇乡公所，关了五天。五天后，一支去攻打白水县城的游击队，折回来解放了黄家镇。我爹再次获得自由。我爹前后四次被三种不同性质的部队俘获，然而却顺利地躲过了一次又一次的劫难，这证明他确实命大。我爹从他二十岁从军至他三十一岁放下枪杆子的人生经历里，参加过近百次大大小小不同性质的战役或战斗，却只是在我以后将说到的槐树店负了一次伤，这证明我爹这人于冥冥中是受上帝关照的。

爹于去年满了八十九岁，现在正往九十岁挺进，虽然今天的中国，发展了，老百姓不用再愁吃穿，看病也有医保，但能活到我爹这个年纪的老人，仍然不是很多。我爹不能说仍很健康，但仍还活着。爹比我大四十岁，我生于一九五八年十二月八日，这一天离他满四十岁生日只差十七天。我大哥生于一九四八年六月一日，那一天正好是国际儿童节，全世界的儿童正在欢庆节日。我爹在我大哥一岁零三个多月大时，即一九四九年九月的一天，由于他极度思念从未谋面的儿子，便不顾组织上约束，偷偷跑回家看儿子——我大哥，而被国民党地方治安队捉拿了。我大哥如今在北京工作，在一家研究所当副所长，那是一家厅级单位，所以他官至副厅级。但是在首都北京，官至副厅级的干部太多了，也就没什么好骄傲的。我大哥和我不是同一个母亲所生。他母亲在五十年代初因患肺病吐血而亡。我和姐共一个母亲，姐比我大三岁。

我和姐都是我爹续弦的女人所生。我们的母亲也死了，死于"文化大革命"中，死时不到四十岁。大家都说我母亲是投河自杀。这是一九六九年初夏发生的事情，当时我还只十岁半，而我姐姐也只是个十三岁的姑娘。我那个从小就很会读书且接连跳两级的大哥，当时二十一岁，"文化大革命"前一年考进了北京大学，但大学尚未毕业就被赶到了北大荒那片冻土上，接受贫下中农再教育。当时爹已神经错乱，不晓得自己有老婆、儿子和女儿，面对我母亲的遗像，他奇怪地瞪大眼睛，用迟钝的语气犹豫着说："这个人好面熟样。"

我当时很想唤醒爹那被霉菌腐蚀的大脑，说："爸爸，她是我妈妈李香桃。"

爹不明白地望着我，苍白的脸上布满疑惑，"你妈妈是不是被日本鬼子杀害的？"

我说："爸，你说什么呀？妈妈是跳河自杀。"

爹就嘻开扁嘴大笑，不相信的样子道："我妈早作古了。"

由此读者又得到一条信息，我爹于"文化大革命"中疯过。造反派说我爹是国民党高级特务，又是汉奸，还是叛徒。这三顶帽子就像"三座大山"，把他压得喘不过气来，忽然有一天他就精神崩溃了，不晓得自己生活在哪个年代，看见整他的造反派雄赳赳地走进来，目光那么凶，像尖刀一样刺着他，他忙一副中弹的样子倒下，摁着胸膛，装死，或一本正经地跑到窗口喊叫"日本鬼子来了、日本鬼子来了"。这种视革命造反派为日本鬼子的行径，弄得造反派们既莫名其妙又大为恼火，觉得受了我爹的挑衅和侮辱，就用脚踢我爹，边冲他吼叫："谁是他娘的日本鬼子，你说？"我爹惊惧地看眼他们，想逃，但背后是坚固的墙，前面是气势汹汹的造反派，就绝望地蹲下身，缩成一团，形似一只害怕挨揍的大猩猩，抱着头呻吟道："日本鬼子来了、日本鬼子来了。"

他们起先认为我爹是装疯，以此蒙混过关，因为在他们看来，黄抗日这个经历过抗日战争的国民党坏人，是不可能疯的，便凶道："别装了，你以为我们不知道？国民党特务的这些小把戏，早在我们的掌控之中，你只能骗自己，骗不了我们！"爹不懂他们说的是什么，缩成一团，哆嗦着。那些人讥讽我爹道："喂，你是看了《红岩》吧？你想学电影里的华子良？你这德行，怎么学得像我们共产党？坏人就是坏人。"

《红岩》那部革命斗争小说里，华子良为了牢友们的需要，在监狱里装疯。那个时代的人都读过这部革命斗争小说，都晓得华子良装疯，以此麻痹敌人，好在混淆视线中从事地下活动。我十几岁时也读过，我爹没读过，他不看小说。但是没有一个装疯的人会搓自己的粪便，并将粪便搓成条状吃掉。他们把我爹放了，因为我爹吃自己的屎。他们感到很失望，纷纷摇头，鄙视地说："猪狗都不吃自己的屎。"那意思是我爹连猪狗都不如，这样的人再关着，实在是浪费国家的人力、财力，也是侮辱他们的智慧。他们中的一个人走进我家，虎着脸把我和我姐叫到关着我爹的房前，打开门，对我和我姐说："你们把他带回去。"

姐叫道："爸爸。"

爹头也不抬。

我唤了声："爸爸。"

爹照样埋着头，好像没听见我和姐叫他。姐走过去拉他，爹蓦地抬头，大张着嘴痴笑，突然醒过神来的样子，紧张着脸、左右觑一眼，睨着我姐说："咦，你怎么在这里？到处都是日本兵呢，快跑呀姑娘，日本兵是什么人都杀的。"

那是一九六九年。

爹现在住在我家。此前，爹被我大哥接到北京住了三个月，但爹不适应北京的气候。北京气候干燥，不像南方湿润。爹住在北京的那三个月，先是手上的皮肤开裂，跟着脸上的皮肤也开裂成一条条缝，就像树皮裂开一样，接下来身上的皮肤也裂开了，露出粉红色的肉。于是大哥把爹送回了南方。爹在我家住了不到一个月，所有开裂的皮肤全愈合如初了。这是南方的空气湿气大，湿气对保护皮肤很有好处。爹只适合在他生长的南方生活。大哥十七岁就去了北方，已适应了北方气候，因此皮肤不开裂。

爹在两年前，还是个正常老人，能吃能睡，不吵事，也不跟我或我姐纠缠。吃过饭，他会拿张报纸，坐在梨木太师椅上或桌前，戴上老花眼镜，《人民日报》或《湖南日报》，从头读到尾，看有什么重大事情发生，看国家又颁布了什么新政策。往往要我催他睡觉，他才如梦方醒的样子弃下报纸，走进卧室躺下。但他的生命向九十岁这道大关迈进的近两年里，人返老还童了，动辄一把鼻涕一把眼泪，觉得自己很孤独，觉得我们不关心他，还觉得自己很委屈。"我要回家我要回家，"爹哭着对我说，"我不想住在你这里了，我要回家。"

"这就是你家，"我对爹说，"你没别的家了。"

"这不是我的家，这是你家。"爹分得很清。

"我家就是你的家，爸爸。"

"我要回黄家镇。"爹哭巴巴地指明道。

"回黄家镇干什么？"

爹说："回黄家镇住。"

爹在黄家镇有一套两室一厅房，那是镇政府于上个世纪八十年代末建的，爹是离休干部，自然也分了一套。早些年爹就住在那套两室一厅房里，一个人住着，一个人搞饭吃。但他不搞卫生，家里脏兮兮的，厨房里油渍渍的，弄得同邋里邋遢的狗窝一样。结果他在自己的厨房里溜了一跤，中了风，在地上睡了半天。要不是他的邻居——一个比他年轻的老头跑来找他下象棋，发现他躺在厨房的地上话都说不出，慌忙叫人把他送进镇医院抢救——那他在八十岁那年就已经见阎王了。但阎王爷那天还不想要他，派那个年轻点的老头来救了他的命。我和姐把爹接回长沙治病，总算把爹从死亡的谷底拉了上来。从此，我再也不敢让他只身回黄家镇住了。他这样的年龄，再摔一跤，恐怕就直接与阎王老子对话了。

"小毛，我要回黄家镇。"吃饭时，爹可怜巴巴的样子看着我。

我的小名叫小毛。我的大名叫黄跃进，我是大跃进那年生的。我的名字上打着时代的烙印。我用困惑的口气说："你怎么又要回黄家镇？"

爹说："小毛，我住在你这里同坐牢一样。"

"同坐牢一样？"

爹感到说错了话地低下头。

"你有吃有穿，既不要你做饭又不要你干其它家务，还坐牢一样？"

爹说："你们一上班，我一个人，连说话的人都没一个。"

"你可以看电视，还可以听音乐，家里有唱花鼓戏的 DVD，你可以随便听呀。"

"听厌了。"

"那就看看电视。"

爹回答:"电视不好看。"

"那你要看什么呢?"

"我还是想回黄家镇,"爹说,"我不想住在你这里。"

我住着一套三室两厅两卫房,是我上个世纪九十年代末花几十万买的,楼层为七楼,顶层,但没电梯。我买它,其实有很大一部分原因是为了锻炼身体,上楼、下楼都得依赖两条腿,回家爬爬楼,这就是锻炼。我爹却无法出门。七层楼的上下,对于某些健康的老人都很吃力,对于我爹就更加要命。爹快九十岁了,人老得有些古怪了,思想也天上地下了,假如他下了楼,就得用很长时间上楼,要不就是我把爹背上来。爹为了不麻烦我,就尽量不下楼,想晒太阳就站在晾台上,伸出头去迎接阳光,否则他就没法晒到太阳。他觉得自己的活动场所非常狭窄,犹如坐牢一般,白天又没人来,即使有人来,也不是找他的,打电话找人聊天又没人聊——他这个年龄的人大多死了,活着的几个彼此都不关心了,而且打电话聊天,爹又舍不得,觉得说两句话都要钱,是浪费钱。我姐住五楼,住的是复式结构,有电梯。但爹思想封建,认为女儿嫁人了就是别家的人,他住到女儿那里等于是住在别人家里。他可不愿意麻烦"别人"。我打电话把姐叫来了,爹总是吵着要回去,好像是我束缚了爹的人身自由一样。如果要送爹回去,也得征求姐的意见。姐是医生。我问:"爸这样子回去行吗?"

"绝对不行。"姐尖声说。

爹坐在沙发上,蜷缩成一团,犹如一个被伤害的老人,偷偷地看着我和姐。

我说:"爸总是说他要回黄家镇,我都烦了。"

姐说:"你看爸爸这样子,还能一个人搞饭吃?"

"不能,可以给他请一个保姆。"

"保姆会照顾爸爸拉屎拉尿?爸爸经常小便失禁,保姆会给他洗尿裤?"

姐说的是事实，这两年，爸爸经常小便失禁，要解小溲了，突然就急慌了神，往卫生间走的几步中，往往还没来得及解裤扣，尿就迫不及待地出来了，尿湿了裤子。而且他又要面子，你说他尿湿了裤子，他会否认。我明明看见他的裤裆或裤扣边湿了一块，要他把裤子换了，他竟不愿意换，说"不换，等下就干了"。这种状态，当然不能让他一个人单独生活。我说："爸爸整天说他要回去，我有什么办法？"

我姐精干，但脾气较大。她的面相有些像我记忆中的母亲。她是内科医生，早几年评了教授，还出过两次国，所以讲话大声大气的，一副见了世面的样子。她冲缩在沙发上的爹没好气地说："爸爸，你不要胡思乱想，你动不动就用回去威胁我们。我告诉你，我们都要工作，你回去了哪个管你的死活？！"

爹惧怕的样子瞪着我姐，就像囚禁在铁笼里的一只老猩猩。

姐咳声嗽，脸上有些愠色，又说："你回黄家镇有什么好？你那一辈人都死得差不多了，还有几个人会理你和找你？你想错了，爸爸。"

爹仍是那种表情瞪着姐。

姐生气地说："黄家镇哪里好？一个我都不愿意回去看一眼的地方，我们还没受够？'文化大革命'中，你还没吃足亏？我是坚决不赞成你回黄家镇。"

爹憋着脸，看着说话干脆、坚决的姐。

姐又说："住在这里多好？吃饭、洗衣都不要自己动手，卫生也不要搞，还要好舒服？小毛这样孝顺你，你还不满足？你到底要怎么样，你说？"

爹仍是那种害怕什么的老猩猩神态，不敢张嘴，垂下了他那张皮打褶的脸。

姐说："爸爸，你太不像话了。"

姐有训斥病人的毛病，凡是让她烦躁的人，她一律将其视为病人。姐在病房里就是以恶著称，病人及病人的家属都有点怕她，晓得我姐训起人来总是把人不做人训，指出生死要害，一点也不留情面。姐还不甘休，继续教训道："爸爸，以后你再不要说这样的话了，真的把你送回去，死了我们就不负责任。"

姐讲狠话道："反正我这辈子是不会回黄家镇了，要去你去。"

爹认错的模样回答："好了，我不说这样的话了。"

"你过两天又会说，"姐驳斥爹说，"小毛都烦了，我耳朵都听起茧了。"

爹迷茫地张大嘴道："我过两天又会说吗？"

"你要记住你说的话，我不想再听小毛打电话说你吵着要回黄家镇。"

爹惭愧地低下头，想让自己镇静、清醒，像个正常人一样说话、思维和交流，以免儿子、女儿冲他发火，但他那头发花白的脑袋里，总是有一些我们看不见的东西让他迷惑。爹看着我姐，拼命回想着什么，临了问："李香桃吗，你是？"

爹又犯迷糊了，他把自己的女儿认成了我母亲——他的亡妻李香桃老师。

二

李香桃是我母亲，一位小学老师，生前在黄家镇迎春路小学教书。我大哥做过我母亲的学生，我姐和我都做过母亲的学生。李香桃老师如果还在世的话，也有七十七岁了。近四十年前，也就是一九六九年初夏，李香桃老师对自己一狠心，投河自杀了。所以母亲留在我和姐心里的形象，永远是年轻的，但不漂亮。我母亲不漂亮，如果漂亮也轮不到长相像猩猩的我爹娶她。我母亲个儿矮，还很瘦，长一张阴麻子脸，二十三岁时嫁给了我爹，当时爹已满了三十五岁。那是一九五四年。在五十年代的黄家镇，二十三岁的女人还没找到婆家，就是嫁不出去的老姑娘了。那个时候姑娘们十六七岁就结婚了，有的姑娘还只十四岁就嫁了人。两人经迎春路小学女校长介绍认识，见了三次面，就于那年暑假的第一个星期天结婚了。一年后生下了我姐，隔了三年，生下了我。我和姐都出生在黄家镇医院。

我母亲李香桃是个严厉的女人，关于她的严厉是怎么形成的，也许是天生的，也许是她当老师的缘故。留在我记忆里的母亲，不但严厉，而且好胜，什么事情她都要在学校里争第一，这种性格的女人，竟然自杀了，真是匪夷所思。我曾问过一个心理医生，心理医生笑笑说："像你母亲这种性格的女人，最容易自杀。"

我问："连自己的孩子都不管了，而跳河自杀？"

心理医生回答我："因为她觉得自己输了，她最看重的是输赢，她输不起。"

最看重输赢的李香桃老师，为达到争第一的目的，不严厉也不行。于是我母亲对学生绷着面孔，为的是让学生别懒惰，别以为可以不做作业，别以为上课可以讲小话或做小动作。李香桃老师手中的教鞭可不是摆摆样子的，谁敢不做作业她就打谁的手板。脾气来了还打学生的脑袋。李香桃老师打人从不含糊，任何一只手板在她的教鞭下总要起一条条红印，这也是让一些学生于"文化大革命"中报复她的原因。他们把几根牛筋绳绞在一起，弄得很粗，用它来抽打李香桃老师。他们不但要把挨李香桃老师打的次数都夺回来，还想赚那么几下。

那时我读小学三年级，只能眼睁睁地看着那些充满报复欲望的哥哥姐姐抽打我母亲，虽然恨得咬牙切齿的，却只能以沉默对抗。

身为小学教师的我母亲，不光是对学生严厉，对我和姐也很严厉，脸上很少有笑容，说话闷声闷气，以此树立严母形象。母亲文化程度并不高，但她知道孟母教子，三迁其家，因而她用孟母要求孟子的一切，变本加厉地要求我们，动辄就叫我把手伸出来，打手板。假如我抵触，不愿伸出手，她手中的教鞭就可能更猛烈地落在我的脚或屁股上。如果是冬天，我还能占点便宜，因为裤子穿得厚，绒裤和棉裤，加罩裤，能很好地消化一部分教鞭落在脚或屁股上的力度。若是夏天，我就吃大亏了，因为母亲会更加狠地打她不听话的儿子。

我母亲脾气暴躁是出了名的。她应该是个男人才理所当然，可惜她是个女人。我和姐在小时候不怕爹，爹在我们眼里性情温和，很少对我们发脾气。但我和姐都怕母亲。她不跟我们说二话，要打教鞭就下来了，要骂，什么凶狠的话都可以从她嘴里飙出来。诸如"你这个砍脑壳的"，"你这个丢人现眼的东西"，如此等等。

李香桃老师心性高傲，于是有一百个理由认为自己劳苦功高，在我们小时候，一家四口人的衣裤都是李香桃老师洗，一家四口人的饭菜也是李香桃老师操劳。爹在我出生前是镇供销社副主任，一个一天到晚在外面跑的副主任。主任不愿意去的地方，主任觉得不重要的会议均让副主任顶替。于是爹很少在家呆着，常常几天不回家，一问，才晓得爹到县供销社调货去了。那时候湖南的工业相当落后，所有的货物都是紧俏物资，例如单车、手表、收音机等，甚至糖果饼干也是紧俏物资。如果你不守在县供销社等，那么这些商品就可能永远不会光顾黄家镇供销社。我爹身为供销社副主任，就是负责此项工作。爹责任心强，不愿看见供销社的柜台上空空荡荡，又不放心他领导的那个年轻小伙子，就只好什么事情都亲自出马。当然一出马就是一天、两天，甚至三天不归家。

那是一个让我爹那辈人工作起来勤勤恳恳且不顾妻室儿女的年代。

在我童年的记忆里，爹很少在家待着，星期天也是吃过早饭就不见人了。母亲说他把这个家当成了旅社。爹却不吭声。爹不是个能言善辩之人，也没当过小学老师，不会训斥人，只懂得做事、做事、做事。李香桃老师生他的气时，他就勾着腰，坐在门槛上，垂着头，就像一个知道自己犯了过错的大孩子。但不要以为他听进了李香桃老师的批评，当李香桃老师住嘴时，爹会滑稽的样子问她："你说完了？"

李香桃老师说："还没完，现在没时间跟你说了。"

爹问："你口不干？要不要我给你倒杯水？"

李香桃老师愤恨地道："我看不得你一副懦弱讨好相，你怎么不死？"

爹回答："那不能死，主任要我好好工作，没要我死啊。"

李香桃老师道："你就只敢跟我油腔滑调，换一个人，看你那德性，哈巴狗一样。"

爹笑，知道老婆骂完了，顺了气，便拍拍屁股上的灰，迟缓地左右望望，一转身就不见人了。不到晚上，甚至半夜，你别想再看见他的身影。爹不是去镇供销社忙碌，——我出生后不久，爹调进了镇政府办公室，爹是去找人下象棋什么的。我童年时候，黄家镇街上，成年人没什么东西玩，电视机还没走进黄家镇，麻将是被绝对禁止的，但常常有人爱摆象棋，就摆在街头巷尾的路灯下，随便什么人都可以坐下来对弈几局。爹中年时酷爱下象棋，面对着棋盘上的将士相马车炮卒，十分着迷，可以乐此不疲地与对手（无论认识的与不认识的），一局又一局地玩下去，甚至不吃饭也没关系。

"黄抗日，我要跟你离婚。"李香桃老师一脸威胁地冲我爹叫嚷。

我爹少年时候不叫黄抗日，叫黄山猫。这很好解释，在我们黄家镇，给男孩子取名都爱往贱的方向取，猫啊狗啊牛的，所谓名贱命长。猫啊狗啊牛啊都是活蹦乱跳或力大无穷的动物。黄家镇的上辈人就喜欢把孩子取名为这类命贱的家畜。我爷爷认为世界上最贱的动物就是猫，传说猫有九条命，摔不死打不死淹不死，所以就给我爹取了个山猫的名字。黄山猫这个符号本来附在我爹身上也没什么不好，但是这个名字在一九三八年冬遇上了一个来白水县带新兵的国军营长，他是个很有几分热情且在洋学堂上了几年学的少校。他瞧着黄山猫这个名字皱起了他年轻的眉头，叫嚷："黄山猫是谁？站出来。"

我那个离二十岁还差一个月的矮矮小小且长一张猩猩脸的爹马上站出队列，对少校营长恭谦地回答："长长长官，黄黄黄山猫是是我。"

少校营长拧着年轻的眉头，攥着那本花名册想了几秒钟，自作主张地把黄山猫这个名字划掉。"听着，"他对红着脸愣在他身前的黄山猫说，"从今天起，你不叫黄山猫了，本营长给你改了名字，你叫黄抗日。明白吗？"

爹不明白，瞪着这个擅自替他改名字的长官，"长官，黄抗日是谁？"

长官觉得我爹愚钝，有必要进一步说明，便道："黄山猫这个名字没有了。从现在起，黄抗日就是你，你就是黄抗日。听着，黄抗日，归队。"

身为湖南乡下汉的我爹怔怔地瞪着他，一时没反应过来。

长官说："我是说你咧，你耳朵聋了？"

乡下汉顿时醒悟，原来自己一眨眼就变成"黄抗日"了。

长官命令道："黄抗日，回队列里去。"

"明白，长官。"黄抗日向营长敬了个还不熟练因而有些扭捏的军礼。

李香桃老师把舀水的瓢一摔，"黄抗日，我要跟你离婚。"李香桃老师尖声说。

黄抗日抹了抹疲惫的面孔，盯着她。"我又有什么不对吗？"

"你哪天管过这个家？你只晓得下棋，我真不懂，那几粒臭棋有什么好玩的！"

"那是你不懂象棋的奥妙。"

李香桃老师问："奥妙？什么奥妙你说？"

"下棋能调节脑袋瓜子。"

李香桃老师不屑道："你那木鱼脑袋，再调节都没用。"

爹说："有用呢，人不动脑就会变痴呆。"

李香桃老师扫一眼我和姐，当时大哥在县城上高中，寄宿。我和姐经常挨母亲的打骂，这是我和姐都不愿帮她做家务。母亲伤心道："你连他们穿什么衣服都没管过。我要你这样没一点用的老公做什么？我们明天就去离婚。"

当时我六岁，也长着爹那样的脸型，所幸没有全盘照抄，脸上还继承了点母亲的特征，比如嘴巴就像母亲的，不是我爹那样的扁长嘴，上下颌骨也没爹的那么外突。那时我刚懵懵懂懂地懂一点事。姐九岁，比我懂事多了。姐说："爸、妈，莫吵了。"

母亲瞪眼女儿说："闭嘴。还不闭嘴，一个耳光掴死你。"

姐看着我，我也看着姐。我脸上有笑容。

姐说："爸妈要离婚呢，你还笑。"

爹瞪着脸型比较像他的儿子，低声道："过来。"

我走了过去。

爹说："你快要上学了，晓得吗？"

我点点头。

母亲说："小毛都六岁了，你管过他一天没有？"

爹很内疚地睃着我，也很惭愧地瞧眼母亲。爹动了动他的上下颌骨："好了，是我不对，我以后不下棋了，多回来就是。"

李香桃老师表情坚决地说："你还回来干什么？明天我们就去离婚。"母亲扫一眼我，估计是把我当孟子看了，"小毛我要了，小兰给你，我们各过各的。"

我怕母亲动不动就瞪眼睛打人，想既然妈一定要跟爸离婚，那我就应该跟不打人的，便说："不，我要跟爸爸，不跟你。"

母亲气得脸都白了，举起手就要打我，爹赶紧护住我，笑了，"好儿子。"

李香桃老师当然不会同黄抗日离婚，假如她要离婚早就离了。黄抗日是李香桃老师的出气筒，假如她把出气筒抛弃了，那她找谁去出气？假如她不出气，八成会憋死。李香桃老师在我的记忆里是个叫叫嚷嚷的女人，她做了事，就有资格叫叫嚷嚷，好像一只母鸡生了蛋就要咯咯咯地叫一阵，以示自己劳苦功高。这就是我母亲。

母亲说："黄抗日。"

黄抗日"嗯"了声。

"做饭去。"

黄抗日二话不说，步入厨房，打量几眼后，慢腾腾地干着。但要吃到爹做的饭，很难，因为天黑了，米才下锅，而且饭烧煳的气味进了房间，他都没闻见。倒不是他故意不闻见，而是他的心思根本就不在做饭上，而是在象棋上，昨天的那局棋或前天的那局棋他为什么会输，为什么他舍不得斟炮？他会一个劲地思考，并想他之所以舍不得斟炮是战争年代对他的影响太深了，在战争年代，炮对于军队有多么重要只有经历过战争的人才知道。他一看到炮，本能的反应就是珍惜，甚至不惜与对手兑车、兑马，也不愿意斟炮。

"黄抗日，你个砍脑壳的，饭烧煳了呢。"母亲边骂边冲进厨房救急，边把爹往门外赶边说，"滚滚滚，你做好事，饭烧煳了都不晓得把锅子端开。"

黄抗日茫然地望着骂他的女人。

女人说："你做不得一点事。"

他说："我刚才走神了。"

"又是想下棋的事吧，你这砍脑壳的？"

黄抗日暗暗惊讶，老婆怎么知道他心里所想，嘟着嘴说："不是，我在想别的事。"

"黄抗日，这个星期天要做煤球，"老婆吩咐说，"这是你的事。"

黄抗日星期六就把做藕煤的机械借来了。星期天的一大早他就爬起床和煤，将黄泥和煤拌在一起，一铲一铲地翻着。整整一天，黄抗日就在坪上做煤，弓着腰，将藕煤机对着煤堆一砸一砸的，不急不慢地干着，直到夕阳西下且坪上遍布他的业绩，他才感到自己为这个家做了点贡献的样子，停下来。这个时候身为老婆的李香桃老师就没气了，因为老公干了一天活，累了。她必定是打水给老公洗脸洗脚，甚至还会事先准备一斤桃酥——在那些年里，她的老公最爱吃的零食就是桃酥，分两块给儿子，给两块于女儿，将大部分桃酥让劳累了一天的老公坐在桌前慢慢享用，以示犒赏。

"小兰、小毛，你们两个不要望着爸爸吃，馋相，我要打人。"母亲会训斥流着口水的女儿和儿子，"他干了很多事，饿了。你们听着，谁干的事多，妈都会奖励。"

母亲总是不失时宜地变着法子教育我和姐要勤劳，勤劳才会有好报。父亲做了一天藕煤，于是让父亲多吃桃酥，这是用活生生的事例教育我和姐。我和姐都怕母亲，母亲在家里的霸道，在我和姐心里是不可动摇的。我们会扭开脸，甚至走出门，不再看着爹吃桃酥。

在我童年的记忆里，这样的事情是经常发生的，就好像我们过去说，死人的事情是经常发生的一样。这也可以证明，名叫李香桃的女人是很疼她丈夫的。

"文化大革命"的浪潮把我们这个虽然吵声不断，但温馨、快乐的家庭毁毁毁了。三个"毁"字连在一起，是以示彻底毁了。在一九六六年，即我进入小学二年级的那年，"文化大革命"的浪潮还没波及黄家镇。那年"文化大革命"还是在北京、上海或长沙那样的大城市热闹着。但第二年，革命的火种传播到了白水县，县城的学校停课闹革命，跟着镇中学的学生也上街了，举着红旗，登着标语，喊着"誓死保卫毛主席"的口号。我当时奇怪地想，毛主席住在北京，难道还要黄家镇的哥哥姐姐们保卫？接下来小学生也闹起来了，学校突然宣布停课闹革命。有一天晚上——那应该是那年初冬的晚上，有一群穿着让爸妈去裁缝店做的假军装，拿着梭镖、大刀和木棒的哥哥姐姐们突然闯入我家，叫我母亲的名字："李香桃——"

"李香桃滚出来！"

"滚出来李香桃！"

"李香桃滚出来！"

我们一家人当时都睡了，听见吵吵嚷嚷的敲门声，爹才拉亮灯，披着棉衣起身开门。他们不是冲我爹来的，他们是冲李香桃老师来的。他们是一群还在读小学五年级或六年级的孩子，他们的左手或右手都挨过我母亲的教鞭。他们都记着那种痛的感觉。

"李香桃，起来，快点穿衣服。"一个六年级的学生绷着脸说。他曾是我母亲教过的学生，手板挨我母亲的教鞭很多，眼睛里充满仇恨。

李香桃老师总是从一年级教到四年级，而毕业班则是由另外的老师带。这是李香桃老师的文化程度不够高，面对五六年级的数学题目，她有些糊涂。李香桃老师起床了，开始穿衣服。进来的几个小学生，都虎视眈眈地盯着一脸灰暗的李香桃老师。他们还都是小孩，但他们要装出大人相来。要装出大人相就得虎视眈眈。老实说，李香桃老师这辈子还没听说过学生喝令老师的事，也没经历过这种让人感觉滑稽却又恶狠狠的场面，一张阴麻子脸上就颇有几分慌张，想要是孟母在世，怕也只能乖乖就范。她穿袜子时，都找不到袜子口。那个眼睛里有仇恨的六年级学生天生就是个坏种——多年后喝酒醉死在床上——不耐烦了，他是这次行动的总指挥，而抓李香桃示问又是他们这支红小兵组织的第一次革命行动，只能成功不能失败是他们很明白的革命道理！他当然要虎着脸，还当然可以不耐烦。

"快一点，李香桃。"他直呼我母亲的名字。

李香桃被他们抓到教师办公室里关了起来。这些大孩子把李香桃老师捆在一张靠背椅上，在捆绑时，李香桃老师说："同学们，有什么事可以说清楚，不要捆人呵。"

一女学生说："住嘴。"

另一学生也说："住嘴。"

李香桃老师不肯住嘴，说："我不是阶级敌人，我是教过你们的老师。"

"你住嘴！"红小兵总指挥一军皮带抽在李香桃老师头上，那军皮带的铜扣打在李香桃老师的左额上，只听见啪的一声，不一会，血从李香桃老师的左额上涌出来，缓缓地在她左脸上流淌。

红小兵总指挥见几个红小兵骨干呆呆地望着李香桃老师左额上流淌的血，不知如何办时，他为了让他的"部下"相信他们的所作所为是革命行动，便指着李香桃老师乱扣帽子道："同学们，李香桃是国民党暗藏的女特务，直接受命于蒋介石。"

"我不是国民党女特务，我从来就不是。"李香桃老师说，"同学们，我跟你们一样恨国民党、恨蒋介石！"

红小兵总指挥说："你还想骗我们！"一军皮带打下来，打在李香桃的头上，又问："还敢不承认？"又一军皮带抽下来，抽在李香桃的脑袋上，"还敢欺骗我们红小兵？"他说一句，军皮带便抽一下，"自己说，蒋介石给了你什么任务？老实交代！"

李香桃老师争辩说："蒋介石与我李香桃没关系。他是人民公敌，我是人民教师。"

"你是国民党女特务！"红小兵总指挥指着李香桃，命令部下道："给我打。"

那天晚上，李香桃老师被这群小孩用军皮带和牛筋绳抽打得皮开肉绽。

他们边打边找理由道："你是坏女人。"

或说："你是国民党埋在黄家镇的女特务，妄想变天。"

或说："我们是共产主义的接班人，你打共产主义的接班人，就是坏女人。"

他们抽一下，又这么强调一句，以示他们惩罚的是真正的女坏蛋。

三

我爹是我母亲被红小兵恶狠狠地抽打了一番，又斗了好几次后，才被镇革委会的造反派抓走的。事实上，那已经是一九六八年过年前后的事。我记得那天很冷，地上结了冰。迎春路小学的水龙头由于冰冻的缘故，爹只好到隔壁的镇陶瓷厂挑水，这是陶瓷厂的水龙头扎了一圈圈草绳，做到了防患于未然，水管就没结冰。我爹步履小心——地上结了冰、很溜，挑完第二担水，倒入水缸，打算去镇陶瓷厂挑第三担水时，来了四个穿着军大衣的男人。我认识其中两个，一个是镇革委会副主任，黄家镇造反派的头号人物，以前是镇武装部民兵训练股股长。姓严，是个转业军人。另一个姓刘，生一张尖脸，却长着一个与他的脸型不相称的大鼻子。他曾经常到我家找我爹下象棋。我爹不喜欢跟他对弈，一是刘大鼻子的棋下得很一般；其次，刘大鼻子还喜欢悔棋，而我爹最讨厌跟悔棋的人下棋；第三，刘大鼻子不是一个有素质的人，假如他的大鼻子堵塞了而需擤一把鼻涕的话，他会毫无顾忌地把鼻涕擤到地上，而那把鼻涕必定又酽又绿，让我母亲李香桃老师见了极为厌恶。等他一走，母亲就骂骂咧咧地抓一把煤灰掩埋，然后像扫狗屎一样扫掉。

爹在"文化大革命"开始时还很平静，这是爹不在要位，任镇政府办公室副主任。镇政府办公室只有三个人，一个主任，一个副主任，一个办事员。但关系是颠倒的，因为办事员是镇长的新太太，一个长相让人不顺眼但说话嗲声嗲气的女人。镇长夫人身后有个镇长，当然可以什么都不干，坐在办公室里说说话、喝喝茶就算上班，办事的是我爹。之前之所以把我爹从镇供销社调入镇政府办公室，一是因为我爹是有口皆碑的老实人，二是一个姓何的副厅长来白水县视察工作时，跟镇政府的干部说我爹是他的"老上级"，正好办公室主任听见了，就积极主动地把我爹从供销社要来了。他一脸兴致地走进镇供销社，与我爹说了几句话，对我爹说："黄抗日，镇政府办公室没这么多事，关系也没这么复杂，调来吧。"

爹也不想东跑西跑了，天天去县供销社调货、要货、催人发货，也不是个事，与李香桃商量，李香桃感到好笑说："这还要商量？赶快调啊。"

爹就拿着调令来了，感觉镇政府办公室确实没什么事，不用出差，也不用瞧人眼色，只需在办公楼里转转，布置会议室或者挂写着标语的横幅，最多就是骑着自行车去没安电话的单位打个转身，通知有关人员下午或明天来镇政府开会。镇政府办公室只有三人，三人相处和睦，没人想造反，也就没有人要整我爹。

但是，我爹早在他人生的道路上埋下了隐患，尽管他毫无野心、什么权力也不要，且小心谨慎地做人做事也在劫难逃。那个一九四九年九月里曾看抓过我爹的黄老倌——此人被当作国民党隐藏的特务揪了出来。他在"文化大革命"前，在镇街上修锁配钥匙，与任何人都没有羁绊，而且也老实，常常蓬头垢面地干坐在街上，什么人都可以对他吼两嗓子，应该是能很好地挨过"文化大革命"的，但就跟我爹一样，劫数已在命里了，想逃也逃不掉！他在一九四九年前做过国民党黄家镇治安队副队长，出谋划策地抓过共产党和游击队员。

比如说就抓过我爹。

黄家镇很多人都姓黄，黄老倌只是姓黄的人中的一名。他是大个子，年轻时人高马大又孔武有力，却有一个与他的身份和身体不相符的名字：黄花菜。据老一辈人说，他母亲在生他前忙着去黄花菜地里摘黄花菜，突然发作了，情急中把他生在黄花菜地里，因此给他取了这么一个名。他在"文化大革命"一开始，就被仇恨旧社会的革命群众踏上了一只脚。他的修锁配钥匙的箱子和桌子，一开始就被黄家镇中学的红卫兵小将砸了。人也被

"年轻有为"的红卫兵小将打得半死。他们可不是红小兵斗李香桃老师，仿佛羞于那么猛烈，于是晚上来抓我母亲。他们于光天化日之下，把四十多岁的黄花菜五花大绑，揪着他游街示众，头上戴着写着"大坏蛋、国民党历史反革命"的高帽子。红卫兵个个脸上飘浮着绚丽的笑，好像蓝天上飘浮着红云，高呼着"打倒他"和"叫他永世不得翻身"的口号，在街上游来游去。

黄花菜除了挨批斗就是写他当黄家镇治安队副队长时所干的一切。黄花菜斗大的字不识几个，所以他写的交代材料谁也看不懂，因为他不是画圈圈就是写错字、别字，没有人晓得他写的是什么。红卫兵小将很恼火，认为他是装傻，故意与红卫兵作对，于是把他吊在树上一顿猛抽，还用从黄公庙里搜到的古代的杀威棒打他，打得他哭爹叫娘。接着把他绑在树上，把他的衣服剥光，让蚊子叮咬他，叫他尝尝当反动派的下场。

"老实交代，才是你唯一的出路。"红卫兵小将毫不客气地宣布说，在樟树上系了个绳套，绳套在北风中于众人眼里晃晃荡荡。那是从西伯利亚袭来的冷风让绳套颤抖。红卫兵们年轻，喜欢搞恶作剧，见街上有这么多人，便把绳套索住他的脖子，准备把他吊起来耍耍。黄花菜在那当儿看见了黄抗日（只能说黄抗日命该倒霉，他从不上街看热闹，偏偏那天上街看热闹，一上街就碰见了扫帚星），黄抗日看见他被红卫兵小将耍猴样地耍，冷笑了下。黄花菜看见黄抗日冷笑，忙向红卫兵小将叫嚷：

"红卫兵小小小将们，我还有重重重要事事事情要交代。"

爹被黄花菜交代出来了。还有县里的一个领导也被他交代出来了。黄花菜还交代说有一个地下党于一九四七年就叛变了革命，那个人解放后调到了衡阳，在衡阳工作。他一下子交代了三个湘南地下党是叛徒，其中两个在红卫兵眼里是大官，这让镇中学的红卫兵们兴奋得要死，觉得自己终于干了件对革命有功的大事。

黄抗日当过国军排长的历史被翻出来了。不过这段历史是黄抗日主动向组织坦白的。那些知道黄抗日年轻时当过国军排长的国民党军人和游击队员们，于战争年代都死光了，绝大部分是死在日本侵略军的枪下，死在安乡保卫战、常德会战和衡阳保卫战及后来的槐树店攻坚战和解放战争的硝烟弥漫中。没有死的，也和黄抗日完全失去了联系，早不记得黄抗日这个人了。所以黄抗日年轻时做过国民革命军排长的历史，完全是他在写材料中老老实实地向组织上坦白的。他确实想隐瞒，因为这在"左"的年代是件很不光彩的事。这也是他多年里，组织上多次要提拔他而他多次拒绝提拔的原因。多年后，爹对我说，他之所以什么官都不当，就是他隐隐感觉他的那段历史，迟早会被人翻出来，而一旦翻出来，那会跌得很惨。为了不至于跌得很惨，所以他宁可像老百姓一样生活。但错的是我爹，他的那段灰暗的历史还真被人忘记了，是他在坦白从宽、抗拒从严的诱导下，自己和盘托出的。

　　爹在交代材料中写道："一九三九年九月，我所在的国军某团参加了长沙第一次会战，坚守在长沙县福临铺的影珠山，与日本侵略军作战中损失惨重，年底，招募了很多新兵。新兵都是穷苦人出身，都是手握锄头肩挑粪桶的农民。我被连长指令为班长，当时我已当了一年兵，有一点行军打仗的经验。一九四一年秋，我所在的团又参加了第二次长沙会战，我团奉命死守日军进入长沙市区的东门东屯渡，我所在的那个连，于此役中只剩十七人，一个副连长和三个排长都战死了。我因战斗中打死了几名日本兵，被指令为排长。"

　　"你他妈还当过国民党排长？不错吧。"刘大鼻子不是黄抗日那样看待过去，而是发现了新大陆似地紧盯着一脸晦气的黄抗日。"你原来是真正的国民党军统特务。"

　　"我不是军统特务。"

　　刘大鼻子一拍桌子，凶道："莫把我们做阿斗搞，黄抗日。"

黄抗日不晓得阿斗是谁，但从对方说话的语气里，他判断阿斗一定是个蠢蛋。黄抗日拧着眉头说："我真不是国民党军统特务。我在一九四四年被湘南游击队俘获，那年我就弃暗投明，参加了共产党领导的湘南游击队白水县中队。"

"你骗得了哪个？参加了游击队？"

"我没骗你。"

"你只骗得了猪！黄抗日，莫把我们做阿斗搞。"

黄抗日觉得有必要弄清刘大鼻子说的阿斗，别被刘大鼻子带了进去："阿斗是谁？"

"阿斗你都不晓得？"

黄抗日摇头。

刘大鼻子觉得有必要跟黄抗日上一课，"你晓得刘备吗？"

"刘备？"

"就是三国时期的刘备。"

"三国时期的刘备？"

刘大鼻子感觉黄抗日太蠢了，难怪国民党不堪一击，原来都是些像黄抗日这样的蠢货，于是他大声解释："桃源三结义晓得吧？"

黄抗日想下道："好像听说过。"

"刘备就是关云长和张飞的大哥。诸葛亮，你听说过吗？"

"诸葛亮听说过。"

"诸葛亮是刘备的军师，后来成了丞相。阿斗是刘备的蠢崽。"

黄抗日听懂了后面这句话，慌忙道："那我没把你做阿斗搞。"

"继续交代！"刘大鼻子不愿再给黄抗日上深奥的历史课，恼火地一拍桌子。"交代你是用什么方式混进我们游击队的！同时，还要交代蒋介石给了你什么任务，你完成了多少。你只有老实交代，才是唯一的出路。"

黄抗日眼前一黑，感到天昏地暗地瞧着一脸凶相的刘大鼻子，并暗暗佩服刘大鼻子，觉得这个人厉害，可以翻脸不认人。刘大鼻子曾经在我家吃过几次饭，那是他与我爹下棋下到吃饭的时候，爹顺便留他吃饭。"这恐怕交代不了。"

"你说什么？再说一遍。"

黄抗日老实道："我又不是蒋介石的特务，没法交代啊。"

刘大鼻子冷冷一笑，"你会交代的，你除了装傻、耍赖，我看你还有什么花招！"他对造反派的其他人说："把他吊起来，二十四小时不能离人，以免他畏罪潜逃或畏罪自杀。我看是他脑袋硬，还是无产阶级专政的铁拳硬！"

刘大鼻子在部队里当过侦察兵，现在是镇造反派的小头目，是严某的铁杆。在一九六五年，刘大鼻子是以侦察兵排长的军职转业的，转业后落户在黄家镇武装部下属的民兵训练股，所干的工作就是上传下达，今天到这家工厂，明天去那个大队传达镇武装部的新任务。现在他再也不要上传下达了，他成了镇武装部保卫股股长，他的上司成了镇革委会副主任。就是这个当过侦察兵排长的自以为自己很老练的刘大鼻子，把我爹逼疯的。

一九九一年过年中，我和姐回黄家镇，与我大哥和爹一起过年，其中一天上午，我与刘大鼻子在镇街上不期而遇。我一看见他就血往上涌，脑海里便闪现他于"文化大革命"中对我们一家人凶巴巴的模样，就想装陌生地走过去，但刘大鼻子不让我"陌生"地走过去，率先热情地与我打招呼，我就不好装不认识了。他叫我："小毛啊。"

我应了声，望着这个少年的我非常憎恨的男人。

他已经六十好几了。他没混好，仍穿着那种军大衣，但军大衣在光天化日之下油渍渍的，有一处袖子和衣襟上还打了补丁，补丁也油渍渍的。他在"文化大革命"后期被绳之以法，他逼死了两条人命，被法院判了十年徒刑。他刑满释放后在镇街上摆了个烟摊，向街上的人兜售香烟、瓜子、梅子、花生和旺旺食品及矿泉水什么的。一天赚几块钱，生活艰难。街上的商店很多，也没什么人特意赶到他的烟摊前买烟抽或买矿泉水喝。

"小毛啊，你有出息咧。"刘大鼻子夸我，一张黝黑的、皱纹交错的面孔上，很讨好和肯定地笑着。他老了，说话更带鼻音了，仿佛从他喉管里发出的声音首先要到他的鼻腔里报到，经由鼻腔批准才能传播出来似的。

我回答他："出息什么啊？一般般。"

"你出息了出息了。街上的人都说，你们一家都有出息。"刘大鼻子收起脸上的媚笑，表情变得更加恳挚地盯着我。"你大哥和你姐更有出息。"

"其实都很平常。"我回答。

"镇上有几家人像你们家样个个出息了？"他充满了对我们一家人的羡慕，鼻腔嗡嗡。"好呵，我真为你爹妈高兴。"

他是指我们家在一九七八年同时考上了两个大学生和一个研究生。我考上了湖南师范大学；我姐于那年考上了湖南医科大学；我大哥于那年又考回了北京大学，读研究生。当时黄抗日一家在黄家镇成了个很有传奇色彩的家庭，产生了爆炸性的新闻，令全镇人咂舌。但轮到刘大鼻子碰见我而称赞时，已经过去十多年了，那时我在一所学校教书，看不出有多么了不起的出息。姐在医院工作，还没评副教授。我说："其实没什么。"

"还要怎么好呢？"刘大鼻子说，脸上是兴奋、讨好，"数来数去，黄家镇就你们一家出了三个大学生。你爹为国家输送了三个人才,功劳大啊。"

他是变着法子表扬我爹，从我们身上下手，再绕到我爹身上，无非是想博取我们谅解，真可谓用心良苦。我懂，他其实也不是那么坏，只是在那个"左"得一塌糊涂的年代，他脑袋短了路，急于想立功，因而变得穷凶极恶。客观地说，像他这样的人，充其量只是被阴险的人利用了，充当了打手。我答："那是那是。"

刘大鼻子再要说什么，我走开了，不是因为恨不恨的原因，而是我和他是两代人，实在说不到一块。刘大鼻子还活了多年，一直在一家饮食店和一家发廊的门前摆烟摊度日，手里常常捏一张别人扔下的报纸看，一张皮肉松弛的、被太阳晒得很黑的脸上常常凝聚着很多期盼，期盼什么，我不清楚。直到早两年我回黄家镇，才不见了他那个烟摊。

爹写了很多交代材料，这个小时候上过几年私塾，只认得几百个汉字的男人，于囚禁他的那一年里写了十几万字的交代材料，几乎成作家了，可见人是逼出来的。我曾经每天为爹送饭，每日两餐，那是我母亲还在世的时候。母亲被迎春路小学高年级的哥哥姐姐们，解恨地押着批斗几场后，放了。那些大孩子于第二年进初中了，眼里盯着的是初中老师了。有天，爹吃我送去的饭时，低着他那张霉暗的脸对我说："小毛，晚上送饭时把你的字典拿来。"

我有些不愿意。

爹看出儿子脸上表情淡漠，羞惭地说："我有好多字不晓得写。"

我没答话，爹马上道："爹怕写错了字而犯政治错误。"

我一听"政治错误"，立即敏感到了严重性，"那我拿来。"

晚上再送饭，我就把字典带上了，一手拎着饭盒，一手拿着字典。看管我爹的大叔见我手捧字典，立即厉声叫住我："慢着！"

我吓了一跳，不敢动，那大叔把我手中的字典抢过去，翻阅，边怀疑地望着我。我说："我爸说他有好多字不会写，怕写错了字犯政治错误，要我把字典带给他。"

那大叔看不出字典里有什么名堂，这才把字典还给我。我拿着字典，推开关着我爹的房门，爹穿着件背心，看见我，没说话。房间里很热，爹一身汗。爹接过饭盒，揭开盖子便吃，我在一旁觑着，等着爹吃完，好把饭盒拿回家洗。爹见我惊魂未定地坐在床边直流汗，便提醒我说："小毛，床上有扇子。"

我拿起爹的扇子，扇着。爹被关在镇武装部三楼一间当西晒的房子里。

镇武装部当时所拥有的房屋是黄家镇唯一一栋三层楼，当时被黄家镇人称作"红楼"，因为这栋楼是用红砖砌的。假如有人对你说："我去红楼。"那就是说他去镇武装部。

红楼建于六十年代初，原址是黄家祠堂。黄家祠堂是一栋平房，大而无当，所以就拆毁重建了。爹吃过饭，让我教他如何查字典。爹不会汉语拼音，我就教爹查偏旁和笔画。爹学得很认真，我也教得极努力。第二天、第三天和以后的日子，爹都是把写不出又没查到的字，用心地记在纸边上，红着脸问我这个小学生，我就查拼音，把字翻给爹看。爹便认真地盯着这个字，仿佛要把这个字吃进肚子里消化似的。

爹就是凭借这本字典写着材料，居然写了十几刀材料纸，十几万字。

真不简单。

一九八三年，镇档案室重新清理堆积如山的档案，把很多材料从一些人的档案里抽了出来，因为放在档案室里生虫也不好，烧了又让人觉得可疑，就把一些材料退还了本人。爹于某一天抱回了厚厚一叠材料，全是他亲笔所书。爹本想一把火烧了，但正好有客人来访。爹就将它搁在了厨房的碗柜顶上，一家人都忘记了它的存在。一九八八年，镇政府建了栋五层的宿舍楼，一色两室一厅，建在镇政府后面，共有四十套。前面还修了一块坪，坪上竖了两个篮球架。我那饱经磨难且已离休的爹也分了一套。那时候我和我姐早已大学毕业，分在长沙，我们回来给爹搬家，于搬家中我像发现了新大陆一样发现了爹写的交代材料，虽然上面已经满是灰尘，纸张也发黄了，但我仍高兴。

爹说："这不要了，烧了它。"

我说："这对我有用。"

爹有些奇怪道："这对你有什么用？"

"爹，我可以在你写的材料上虚构一篇小说。"

爹咧嘴一笑，"你没参加过抗日战争，写不好的。"

"写小说是虚构，又不是写历史。"我说。

我没烧这厚厚一叠发黄的材料纸，而是把它带回了长沙。某年秋天，当我把爹于"文革"中写的这一大堆他亲身经历的材料匆匆读完后，曾与一位老作家有过一番交谈，我把爹写的交代材料告诉这位老作家说："其实老一辈人都晓得国民党军队在抗日战争中牺牲了很多将士。不说远了，就拿湖南境内说，例如安乡保卫战、常德会战、长沙四次会战和著名的衡阳保卫战及在湘西打的雪峰山大会战，都是国军官兵打的。"

老作家听毕说："那时候共产党八路军在黄河两岸，今陕西、山西境内，距湖南有一千多公里。我是老长沙，日本兵有四次大规模进犯长沙，那时候我六七岁，印象很深刻。前三次，被顽强抵抗的国民党军队打退，真不容易。"

我笑看着老作家。

老作家说："我亲眼所见，日本兵第二次打进了长沙，又被国民党军队打了出去。"

我把少年时候在教室里学的中国当代史抛给他，"蒋介石不是拒不抗日么？"

老作家有点激动，说："谁说蒋介石不抗日？淞沪会战、南京保卫战、徐州会战、武汉大会战和长沙四次会战、桂南会战、昆仑关大捷和中国远征军赴缅甸作战及衡阳保卫战，还有雪峰山大会战是谁打的？难道是八路军打的？"

我说："我们小学和中学的课本上没写这些战争。"

老作家很气愤，"这段抗战历史是不能抹杀的，也抹杀不了。"

老作家又说："难怪日本政府拒不承认侵华战争，因为在我们的小学和中学教材上，根本体现不出日军侵华战争的罪恶。日本人觉得，既然没发生过大的战争，那么就不存在南京大屠杀，因为只有战争才会激怒人杀人，没有战争，谁会杀那么多手无寸铁的老百姓？所以日本右翼势力说，他们没有侵华，他们三十年代来中国，是来帮助中国，一起搞'大东亚共荣'。你一个受害国都不提，人家怎么会承认？"

老作家一脸恳切地说："你应该把你父亲的经历写成小说，让后人看看。"

我问老作家："您晓得这么多，怎么不写呢？"

老作家一脸伤感，"年轻的时候，脑海里条条框框太多，一写就跳出'政治'两个字，就不敢动笔。现在老了，没精力写，也不想写了。你不一样，你这个时代矫枉过正了，写作上不受思想束缚，可以写出很好的抗战小说。"

受到老作家鼓励，我便奋笔疾书，下面是我那年写的小说《来生再见》的前段文字：

四

月芽儿从暗绿的树梢后慢慢腾起，天空一片灰绿。空气中充斥着血腥和尸体气味。阵地上横七竖八地躺着一具具日军和国军官兵尸体。尖利的枪声和隆隆的炮声停息后，阵地一派寂静，只有树木燃烧发出的哔啵声，还有国军官兵的心跳声，心跳声被放大了，嘭嘭嘭，敲击着胸腔，仿佛一颗颗心都想冲破胸腔的束缚，蹦出来瞧一眼害它们激烈跳动的日本兵到底长成什么模样似的。坚守在安乡的国军官兵，已经有三天三夜没合眼了。

黄抗日和几个士兵龟缩在掩蔽体下，一身泥土、满脸灰尘，然而悲愤、紧张的心，让他们眼睛一眨不眨地盯着前面，防范着疯狂的日本兵再度进攻。

日本兵志在拿下安乡县城，然后直取常德，进犯长沙。

这是一九四三年十一月的一天。那一年的十一月特别冷，冬天仿佛提前一个月就降临了湘西北一带。平常年不到十二月地上是不结冰的，但那年十一月初湘西北一带就开始出现冰冻了。黄抗日和马得志躲在一处炸毁的土砖屋里，注视着前面的日军。在距他们七八百米的那几幢破败的农舍前，聚集着众多日本兵。他们呱啦呱啦说话的声音，紧随着北风吹来。二十四岁、矮小单瘦的黄抗日不敢有丝毫懈怠，尽管一双眼睛由于三天三夜没合眼，熬得血红，但仍不敢闭上他那双红肿疼痛的眼睛。他怕这一闭上，就像他的一些士兵，永远睁不开了。他可不想死，他答应了桂花，他一定活着回来，他一想起桂花那双漂亮的双眼皮眼睛，就觉得无论如何也不能让她失望。他打量一眼马得志说："你精神点，不能睡觉。"

"排长，"马得志对黄抗日说，"日本兵在搞饭吃了。"

黄抗日举目远眺，果然在那片农舍和树林的后面腾起了几缕炊烟。他们有一天没进一粒米了，追溯上去，只是昨天半夜一人吃了一个冷馒头。馒头还不是灰面做的，回忆那种味道，好像是玉米粉和灰面的合成品。黄抗日咽下流到嘴边的口水，觉得又冷又饿。

他告诉马得志："我真是又冷又饿。"

"我也又冷又饿，他妈的炊事班的人都死绝了么？"马得志深感饥寒交迫地骂道。

确实如此，上午日本人的三架轰炸机扔下的炸弹里，有一颗穿过茅屋顶，正好落在炊事班煮着红薯饭的灶台上，将一锅香喷喷的红薯饭炸得飞上了天，将在灶屋里忙碌的三名炊事兵和在外面干活的两名炊事兵全炸死了。这个炊事班就是为黄抗日所在的这个连消灭饥饿的，现在他们都死了。连长也炸死了。他当时正好在炊事班催炊事兵快送饭到阵地上去。

阵地上到底还有多少官兵，还有多少活人，已没人能弄清了。

他们是一个师，番号为一二五师，这支部队全部是湖南人，五千多名官兵。这支师的一部分官兵曾参加过长沙的第一次、第二次和第三次会战，休整后，开赴河南与日军作战，损失惨重。这次奉命撤回湖南，实质上是休整、补兵，兵力还只是刚刚补充，尚未补足，而那些农民的孩子还没摸熟汉阳造步枪，日本兵就向他们驻防的安乡县城进犯了。一二五师师长为保存实力，留下黄抗日所在的三团官兵顽强抗击，自己带着另外两个团撤离了。黄抗日他们并不晓得主力部队已悄悄撤走，只有团长知道，但团长不会告诉他们。团长是山西太原人，姓王，黄埔军校五期生，王团长含着泪送走师参谋长，对团部的弟兄说："我们就战死在这里吧，弟兄们，不要给中国军人丢脸，死前都给我多杀几个日本鬼子，你们——"

团部的官兵答："是，团长！"

他们个个奋力抗击，把进攻的日本兵一次又一次地击退，边盼着援兵。在枪声停息的缝隙里，王团长脖子上挂着望远镜、拎着驳壳枪，带着警卫，奔到一个个阵地上，鼓励他们狠打日本兵说："不要怕，弟兄们，援兵马上会赶到，都给我狠狠地打！"

但援兵不会来，整个安乡县里，除了他们这支拼死抵抗的军队，剩下的就是一心要消灭他们的日本侵略军了。

黄抗日所在的这个团有一千六百多名官兵，三天的战斗下来，只剩了五百人。黄抗日领导的这个排有三十六个士兵，在敌人的炮弹和机枪扫射下阵亡了二十三名，还剩十三名士兵。"排长，我们去弄点吃的吧，"马得志说，"我饿得吐酸水了。"

"你不想要命吗？"黄抗日问他。

马得志答："想要。"

"那你就别动。"

马得志嘀咕道："我饿得没一点劲了。"

黄抗日说："会有人送饭来的，这些事情不用你考虑。"

马得志咧嘴说："我哪里有心考虑这些事？我是又冷又饿。"

"别说了，小马。"黄抗日不满地瞪他一眼。

马得志是一个刚入伍不到一个月的新兵，还没学会吃苦耐劳。他瘦高个儿，他的家在邻县的厂窖。三天后，日本兵在湖南南县厂窖展开了震惊全国的大屠杀。马得志一家九口人，全死在日本兵的枪下。一个活口也没留。

多年后，我在《湖南省志》上读到一段这样的文字，全文如下：

当华容、南县、安乡陷敌时，三县的公务人员、学生、未及撤退的国民党部队与三县的广大难民，逃避在萧公庙、酉港、草尾之间一段狭长的地带。11月19日，他们准备经由南县酉港逃往洞庭湖南岸，但日本侵略军已从四面八方来包围他们，开始血腥的大屠杀。

大屠杀的主要区域为南县作新乡的厂窖，南自厂窖下五里的湖边起，北至太白州洪宝局，纵横约二十里内集中着广大的逃难群众。残暴的日本侵略军把这些处在绝境的难民一连串一连串地从屋里赶出，用绳子捆着手足连成一线，然后用刺刀、机枪进行惨绝人寰的屠杀。同时将一切房屋和船只尽数焚毁。据目击者回忆当时的情形说："这次屠杀一直继续了四天四夜，从11月19日到22日不分白天黑夜地烧杀，河里火光熊熊，是烧的船只；岸上火光熊熊，是烧的房屋；远远地一片'啊啊'之声，是魔鬼在横行。"略计，船只被焚者一万四千余只，人被杀者三万以上，仅作新乡第三保，全家被杀的有七十三户，充分暴露了日本帝国主义的凶残面目。

一阵寒冷的西北风吹来，犹如一群野狗扑向他们，令他们既饥肠辘辘又毛骨悚然。马得志揩了把鼻涕，小声道："排排长，怎么还不见送饭的炊事兵？"

黄抗日打了个寒噤，咽了下涌到喉头的口水，"你这一说，我肚子更饿了。"

"我从没这样饿过，我肚子都饿瘪了。我从生下来起就有饭吃、有衣穿。"

黄抗日瞥他一眼，"小马，你家是干什么的？"

"种田的，"马得志说，脸上呈现一种思念亲人的笑容，"我家有十一亩田。我有爷爷奶奶，爹、妈，还有哥哥姐姐和两个侄儿，加我正好十口人。"

"人丁兴旺啊，你家。"

马得志回忆他一家人说："是啊。每次吃饭，一家人围着一张大圆桌，坐的、坐站的站，吃饭是抢菜，因为手脚慢了，你就没菜吃了。"

"哦。"

"我们家每个星期都要打一次牙祭。我爹从村里称来五六斤猪肉，炒一大锅，然后放些酸干菜和白辣椒蒸，让每个人都吃得饱饱的。"

"那很好。"黄抗日觉得他真幸福地舔了下扁长干裂的嘴唇。

马得志问："排长，你们家有多少人？"

黄抗日答："我们家两兄弟，我和我哥，还有爹妈。"

黄抗日家里没马得志家那么多人，也没那么多田。他家只有几亩田。黄抗日和他哥都娶了妻。他老婆比他大一岁，两人于十七岁时圆房，但直到黄抗日二十岁抽签入伍止，三年来她一直没为他生孩子。黄抗日的父亲很有些担忧，战场不是儿戏，说不定一条命就丢在哪里了。儿子临行前，父亲把儿子叫到身边，对他交代自己的心得说："山猫，爹当年参加过义和团，我们义和团开赴河北，与洋鬼子打，那些冲在前面的弟兄，都死了。"

黄抗日望着父亲，父亲担忧道："战场上，死的都是那些不怕死的人。因为他们冲在前面，替怕死的人挡了子弹。山猫，你这一去打日本人，爹希望你多长一个心眼，别让你老婆成单，爹只有一个心愿，希望你能活着回来。"

他说："爹，我怕打仗咧，打仗会打死人的。"

父亲叹口气，"有一句话你必须好好记牢，自古英雄气短，儿女情长。"

黄抗日说："爹，我当不了英雄，英雄都是天不怕、地不怕的人。"

父亲拧着眉头说："爹知道你从小就胆子小、怕事，你小时候看见老鼠穿堂而过都害怕，这方面你比你哥弱，这既是坏事又是好事，懂吗？"

黄抗日不懂，父亲也不解释，继续道："在任何场合下都不要充好汉。

在爹看来，凡是充英雄的人都死得比别人快。记住爹的话：英雄气短。裴元庆，隋唐时期的第三条好汉，爱充英雄，十几岁就被李元霸打死了。"

"李元霸是什么人？"

"隋唐时期的天下第一条好汉，唐太宗李世民的弟弟。"父亲说，批评地看他一眼，"爹要你去异南春茶馆听听说书，增长点见识，你总是不去，现在晓得问爹了？爹告诉你，当年义和团里，有几个人的拳脚功夫十分了得，那时比武，三四个你爹这样的壮汉都近不了他们的身，还不是被洋枪打死了？"

黄抗日说："爹，你这些话，我得慢慢吸收呢。"

父亲说："听进去了就好。"

黄抗日在马得志大谈他一家人打牙祭时，脑海里又翻滚着父亲的教诲。自古英雄气短啊，他心里默祷着说。他想起这几年里，身边一个个倒下的兄弟，无不是勇往直前的好汉。他的副手，一班长小何，十九岁，不就是一块英雄豪杰的料子？假如让小何多活十年，他不当上团长才怪呢。可一小时前，日本兵的一颗子弹打破了他那张疯狂的脸。半个小时前，他猫着腰，走上去将尸体拖回掩体，发现一颗子弹将小何的眉宇间打了个洞。脸上和地上的血都是从那个洞里涌出来的，那些血都成了红色的冰渣。

此前有十几个日本兵已冲上来了，呱啦呱啦地嚷着，气势汹汹。这个时候扔手榴弹是最好的选择，两颗手榴弹就可以报销一半，而让剩下的一半打道回府。但杀红了眼的何班长，——这个十九岁的年轻小伙子，没有采用这个方案，而是兴奋地冲他带领的那个班的士兵嚷叫："弟兄们，杀啊。"他以为大家都会响应，但他那个班的几个士兵没听他的命令，因为又饿又疲劳的他们，没有力气与日本兵肉搏。

日本兵见一个疯子跑出来，就给了他一枪。那一声枪响十分尖利，像尖哨声，刺耳膜，一听就是要死人的。黄抗日当即扔出一颗手榴弹，嘭，同时飞来日本兵的一声惨叫。那边的战壕里也扔出两颗手榴弹，也是两声爆炸和几声怪叫。日本兵并非怪兽，负了伤也会叫痛。日本兵打了几枪，不敢恋战地扔下三具尸体，撤了。假如何班长不想当英雄地跳出掩体，而是像他一样扔手榴弹，就不会死。他深有感触地想，战场上死的都是疯子。

"排长，你当了几年兵？"马得志问。

黄抗日觑一眼新兵，"我三八年入伍，五年了。"

马得志有点惊讶，"五年还只是个排长？那要当多久才能当连长啊？"

黄抗日说："第三次长沙会战结束，我们营五百多官兵，战死了五分之四，我的排就剩了两名士兵，后来补充新兵，营长让我当连长。我不当。"

马得志简直不相信，这世上还有不愿意升官的人？他认真地盯黄抗日一眼，"营长让你当连连长，你为什么不不不当？"

黄抗日低下头说："兄弟，当连长就要指挥一个连打仗，一百多人都交给我，考虑的事情就多了，脑袋里就要装一百多条生命，我装不下呀。营长是黄埔军校出来的，我对营长说，我的能力只能指挥一个排，指挥一个连，我顾不过来，指挥不了。我说：'营长，我还是当排长吧？'营长对我推脱当连长有点惊讶，说：'连长可是有很多人争着想当的呵。'我回答：'我还是不当。'营长说：'行。那你去吧。'"

马得志觉得黄抗日不可理喻，给他连长当他都不要，太像编故事了，就怀疑地问："排长，那你当兵打仗是为了什么？"

黄抗日的脑袋里没多少弯弯绕绕，说："不为什么。我没想当兵打仗。我喜欢侍弄田，喜欢看着桃子、梨子、橘子一天一个样。屋前有一口塘，每当下塘摘莲蓬时都是我去摘，挖塘里沾满泥巴的藕，也是我的事，因为家里的男人就我身体轻，又小心，不会陷到塘里去。把塘里的水放干，挖藕时，经常能捉到在泥里钻的甲鱼。我还喜欢挖红薯时闻红薯和泥土的味道。但那年乡里征兵，告示都贴到了我家门前，乡公所规定家里有兄弟的，必须去一个打日本人，本来是我哥，爹让我来了。"

一个士兵插嘴道："排长，那你爹偏心啊。"

黄抗日瞟眼那士兵答:"我哥比我好胜,我小时候总是被村里孩子欺负,我哥是欺负别人,比我强。我爹知道我心眼不大,不会有多少出息,就是个农民,就让我替我哥来了。"

马得志为他不平道:"还是偏心。排长,你以后当了团长、师长荣归故里,哼,看你爹怎么对你刮目相看!"

黄抗日淡淡道:"不会有那一天。"

"怎么呢?"马得志问。

黄抗日说:"我在军队里待了五年,能升团长、师长的,都是从黄埔军校出来的,我们这些当兵出身的,最多就升到连长,升到营长的只是极个别——那还要团长、师长特别赏识、器重才行。我没那么大的心,当连长我都不愿意,还团长、师长?你以为我姓田?上过黄埔军校?摇身一变就是少将师长?"他说的是一二五师田师长。

一阵脚步声猛烈地袭来,那是踩得瓦砾碎响的声音。来者是个身材魁梧的大汉,二十二岁,生一张黑红的脸,鼻头很宽,那浓密的络腮胡子和左脸上那道越过颧骨的长长的刀痕,给人一种威严感。他姓龙,是营长,肩上有少校军衔。龙营长比身材矮小的黄抗日小两岁,也是三八年的兵,但他比黄抗日混得出色,混了个令士兵们敬畏的营长。一是他那身材就像名军官,随便往哪里一站都像座铁塔;二是他天生就威严,就像传说的项羽。他当士兵时连排长都要看他的脸色行事,黄抗日还是班长时他就是排长。打完第二次长沙会战后,他就是连长了,在第三次长沙会战胜利后,被师长直接任命为营长。

"黄排长,你们还有多少人?"龙营长问他。

黄抗日昂着他那张猩猩脸向身材高大的营长报告:"报告营长,还有十三个人。"

营长扫一眼黄抗日,他压根儿不喜欢这个模样像猿人一样的家伙。他甚至疑心黄抗日的母亲是被山上的猿人抓去强奸，不幸怀上他并生了下来，不然这家伙长相怎么会这么像猩猩呢？他说："叫一个士兵去领饭，其他人仍保持战斗准备。"

"马得志，你去。"黄抗日说。

马得志应声而去，他早就饿坏了。

不一会，马得志用他那件肮脏不堪的军装抱着一大团米饭，猫着腰来了。他们都饿蠢了，就用一只只肮脏的手抓着一团团白生生的冰冷的饭吃，犹如一群饿狼抢食着一头小牛，个个狼吞虎咽的样范。黄抗日感到米饭一落入喉管，进入胃囊，就被肠胃迅速消化、吸收，身上就猛增了几分力量。"很好，"他笑着说，"我们还可以多活几天。"

"只是多活几天？"一个士兵问，又悲伤道："我还没和女人睡过觉的，死了，在我们那里叫化生子。"

"化生子是什么意思？"马得志问。

那士兵回答："化生子就是还没睡过女人就死了。"

一个士兵问："排长，你睡过女人吗？"

黄抗日说："我有老婆。"

马得志立即兴奋道："排长，睡女人是什么滋味？"

黄抗日望他们一眼，见弟兄们个个渴望他回答，便摆下手道："打完这一仗，你们自己去体验。想体验就别当化生子。"

马得志嘻嘻一笑，"那我坚决不当化生子。"

五

我那年写此书时，爹身体还挺不错，且健谈。爹曾对我直言不讳道："我告诉你，任何人在战场上都怕死。"爹把手一挥，"任何人。包括我们一二五师师长，他也和我一样当了日本鬼子的俘虏，也想活下去。"

"你们师长也被俘了？"我很感兴趣。在我爹写的交代材料上，没有这一段。

"俘了。他当时的军衔是少将。"

"那他应该很了不起吧？"

"就那样。"

"爸，你亲眼看见他被俘了？"

"我和他一起替日本兵运送炮弹。"爹坦言道。

在爹的交代材料里，可没写这些东西，可见爹在那种高压环境里，尽管老实，还是隐瞒了一些不光彩的事情。我大吃一惊，"替日本兵运送炮炮弹？这不好吧？"

"日本兵攻打常德城。当时常德城的守城部队是国军第五十七师，师长叫余程万。余师长带的兵能打仗。当时薛岳命令他坚守三天，说三天后会有增援部队赶到。当时湖南境内有二十几万国军，分布在湘西、湘东和湘中。余程万率部坚守了十九天，是三天的五倍。打得很惨烈，六千多官兵打得只剩了三百多人，等于是全师覆没。"

"增援部队没赶到？"

"增援部队拖拖拉拉的，轮到增援部队赶来时，常德城已在日本兵手里了。"

"爸爸，你和你的师长竟为日本兵运送炮弹？"

"运送炮弹。"爹一脸惭愧，隔了片刻，爹又说："我们师长是个大个子，黄埔四期生，是国军少将，我们称他长官或称他将军，当时他三十七八岁。日本兵命令我们扛炮弹，将一箱箱炮弹搬到山炮和野炮前。我们运了很多趟，运了四五天炮弹。"

我感到爹很没骨气，"那不是运炮弹打自己人吗？"

"就是啊。"爹满脸怅然。

"日本兵叫你们搬运炮弹，你们就搬运炮弹？你们太没气节了吧？"

"能不搬吗？日本兵用枪顶着你的背，不搬就得死。"

"日本人真他妈的坏透了。"我说。

"就是、就是啊。"爹答，目光浑浊、幽怨地望着我。

我不敢与爹的目光对视，我觉得那幽怨的目光里，充满了钻心的荒芜。

有一年，我从友谊商店购买了台日本东芝冰箱。那段时间爹正好住在我家，他一看见我吆喝几个人搬进家门的是日本货，灰白的脸变成了猪肝色，很生气。爹苦闷着脸说："爹这一生最痛恨的就是日本人。你还把日本货买进家来，你这不是故意气走爹么？"

我说："大家都买日本冰箱，又不是我一个人买。再说，日本冰箱质量好一些。"

爹的脸变得铁青了，大吼道："别人买我管不了，你买就不行。你把它退了，换台国产冰箱。否则，我明天就走。"

我说："它不过是台冰箱，又不是买进来一个日本兵。"

"它是日本人生产的冰箱，"爹生气道，"你买它就是为日本人作贡献！"

"爹，你的思想太狭隘了。"

爹说："爹狭隘？没经历过战争的人，都是这么混账！"

爹说得很生气，虎着一张脸，我不敢与爹讨论，但心里还是觉得爹这辈人的民族精神太狭隘了。这不过是一台日本人生产的冰箱，用不着那么大惊小怪么。但爹不这么看，爹说："中国人太健忘了，具体就体现在你们这代没经历过战争的人身上。"

我答："爸，报纸上说，中日人民要世世代代友好下去。"

"世世代代友好下去？日本人在中国犯下的罪行是永远不可原谅的，还不到五十年，就忘记了日本人在中国犯下的滔天罪恶。世世代代友好下去？这是哪个畜生提出的？我要是中央领导，就要把最先说出这种言论的人吊死。这个人一定是个汉奸、坏东西！我要是中央领导，南京大屠杀日就要定为国耻日，警醒子孙，不要忘记了祖先经受的苦难。美国人在广岛扔下的原子弹炸死的日本人，还不及日本人在南京大屠杀中杀的人多。这个世界上，日本人是最冷酷、最没人性的！日本人当年为什么要那样杀人？就是想用残暴手段迫使中国人害怕他们。那年，我从安乡逃出来，和一个叫马得志的士兵回厂窑，我们经过的路上，遍地都是国军官兵和老百姓的尸体。晓得吗？遍地！”

我很木然，没经历过，想象不出那种场面。

爹指着冰箱说：“日本人很坏。”

我不想换冰箱，因为已经买进家了。我说：“那是战争年代，已经过去了。”

“过去了？我还没死呢。”爹说，“你这是存心要赶你爹走啊。”

当时爹还不到七十一岁，身体硬朗，还在家里读书、看报，故头脑非常清晰，不像今天这么糊涂。他坚持要我换冰箱，我就只好上友谊商店去找经理商量，经理听毕大笑，觉得我爹在理，给我换了台中意冰箱。我让送冰箱的人把那台东芝冰箱搬走了。爹睡得着觉了，起伏均匀有致的鼾声，从他房里飘出来，萦绕在客厅里。

爹是一九四三年厂窑大屠杀的目击者，所以省里组织一些专家学者编纂省志时，曾有一个很有学问的教授拜访过我爹，无非是想了解日本兵在湘北一带犯下的滔天罪行。爹跟教授谈了一下午，教授一边问一边录音，一边用笔记一边直点头。后来这个有学问的教授寄了本他参编的《湖南省志》给我爹，签了名，写上“惠存”二字。这本省志就在我手上。我翻到有关安乡失陷和常德会战的段落，将两段文字抄录如下：

就常德一隅言，被毁民房约万栋，值十四万万元；稻谷二十五万石，约一万万元；杂粮四万二千石，约三千七百八十万元；耕牛一万二千头，约四千八百万元；农具十一万件，约三百五十万元；商家七千余户，其货物损失约二万一千万元；公物损失约一万八千万元；公务员一万二千户之多，损失约七千二百万元；人民衣物四万九千户之损失，约值九万八千万元；棉花六千石，约四千八百万元；肥猪四万头，约十二万万元；鸡鸭四万只，约二万四千元。总计，当在四十七万万五千五百六十万元以上。

如果再加上其余沦陷各县（桃源、慈利、石门、南县、澧县、安乡、临澧、汉寿、华容、沅江等），则于这一次战役中，中国人民有十三万九千一百人被日军杀死，三万八千零八十五人受了伤，三万五千一百八十五个妇女被奸污，四千二百三十七个妇女被奸污致死，八万三千四百九十七人被掳去。在物资方面，烧毁房屋七万三千三百八十三栋，抢去粮食一千六百五十八万九千四百八十四石，损失耕牛八万六千五百十二头。此外还有三百万以上无家可归的难民。

这一切都发生在湘北，于一九四三年，那是腥风血雨的很冷和很恐怖的一年。

爹在那一年成了日本兵的俘虏，还有他的少将田师长也成了日本兵的阶下囚。田师长三十七八岁，是湘乡人，他家距儒将曾国藩家只隔一座山。他长得虎头虎脑，个子高大，身体壮实，是他那一期里的高才生，跤摔得好、枪打得准，还会写诗。如果他不死，他很有可能成为中将军长，后来逃到台湾，在美国安享天年。他在当时不断地告诫我爹说："听我说，留得青山在，不怕没柴烧。中国人是不怕死的，但死要死得有价值，懂吗？"

爹看着他尊敬的田师长道："长官，您看得远。"

田师长就看得更远了，吐口痰，"我们黄埔军校生，根本就没想过贪生怕死。今天之所以苟活，完全是为了留得青山在。"

但他这座"青山"没留多久，在伺机逃跑时被日本哨兵一枪打断了骨脊，当时还没死，被拖回来扔在猪栏里，刻意叫他活活痛死。由于田师长体质超好，又有强烈的求生欲望，两天后才痛死。爹希望他能活下来，逃出日本兵的魔爪，好继续指挥部队打日本侵略军。他死前对他从来就没放在眼里的我爹说胡话道："蒋委员长，在下辜负了您的栽培。"

他把自己的麾下我爹看成了他敬重的蒋委员长。爹知道他快死了，见他的瞳孔在渐渐放大，不想让他失望，忙回答："你干得很好。"

我问爹："他死在您手上？"

爹不高兴了，"不是死在我手上，是死在我面前。"

"爹，您打死过日本兵吗？"

爹答："当然打死过。"

"打死过几个？有十个吗？"

"有几十个。"

我很兴奋，"爹，您杀日本人害怕吗？"

"不是杀，杀是用刀，是打死，用枪打。"

"长沙第一次会战时，您打死过日本人吗？"

"打死过两个，有一个日本兵冲上来，端着刺刀要刺我，我没等他的刺刀扎到我身上，先开了枪，他倒下了，就倒在我脚下。我记得那日本兵倒下后，腿在抽搐。"

我兴奋了，"爹，那您灵泛啊，晓得先开枪。"

爹谦虚的样子轻描淡写道："那是一种自我保护的反应。"

"第二次长沙会战，您也打死过日本人吗？"

"也打死过，我当时是班长，带着一个班的士兵守在前面，日本兵进攻，朝你射击，你不开枪，不打死敌人，敌人会打死你。"

"打死过几个？"

"有几个。"

"有五个吗？"

"不记得了。"

我又问："第三次长沙会战中，你们奉命守在长沙哪里？"

"守在捞刀河南岸阻击日本兵。"

"第三次长沙会战中，您打死过日本兵吗？"

"打死过。"爹回忆道，"那是一九四二年初，第二次长沙会战与第三次长沙会战相隔时间不长，日军在第二次长沙会战中吃了亏，败了，日军的司令长官是阿南惟几，很想挽回面子，志在打下长沙，结果第三次长沙会战，日军吃的亏更多。长沙外围的我军，遭遇日军后，边打边假装不敌，有意放日军到长沙城外，然后合围，守长沙的官兵在长沙死顶，在外围的我军猛打日军，日军腹背受敌，自然溃不成军。"爹说得津津有味，说到此，哈哈大笑，"我告诉你，长沙第三次会战，打死了日军五万多。日军在湖南吃尽了苦头。"

"爸，打仗中，您害怕日本人吗？"

"打仗中，爹不敢冲锋，也不后退，后退会被自己人打死。"爹说，"国军有督战队，督战队就在后面。爹守在掩体里，让掩体遮挡日本人射来的子弹。长官命令冲锋时，爹不敢冲在前面，等大家都冲锋了，爹才爬起来，跟在后面跑。"

我称赞爹道："爸，您真狡猾。"

爹嘿嘿笑了两声。

清晨，日本兵又对安乡县城区进行猛烈的炮击。一颗颗炮弹就在黄抗日前后左右爆炸，炸飞了一幢幢房屋，使整个县城充斥着硝烟、鲜血和人体碎片。很多士兵在日本兵炮火的轰击下都肢解了，身体留在战壕里，手脚却飞上了天，然后落在远远的瓦砾上，血溅遍地。黄抗日抱着头，紧紧缩在塌圮的墙角。龙营长当时正在黄抗日守候的掩体里，他的传令兵也在黄抗日守候的掩体里。传令兵是个十八岁的毛头小伙子，他替代一个有钱人的儿子参了军。他说他三兄弟，有两个入了伍，按乡里征兵规定，他可以留在家里照顾父母。但他把自己做十块光洋卖给了一个有钱人，为的是能让他那个患了肺结核的母亲能有钱治病和吃上一顿好饭菜。他在日本兵对他们进行炮击时还好好的，还壮着胆子四处张望，还在黄排长和龙营长面前骂脏话说："我日他妈的小日本。"

龙营长对他说："快叫弟兄们都隐藏好。"

他说："是，长官。"说着转身就往外跑。

一颗山炮炮弹落在他身前，把他的一半身体炸上了天。黄抗日见几秒钟前还好好的传令兵，落下来的是肉块和血雨，赶忙缩到墙角，抱着头，很想再躲进去一点。龙营长很生气，把自己的传令兵被炮弹炸死的气，倾泄到抱着头、缩在墙角的黄抗日身上，大声咆哮："他妈的，看你这副德性，哪里有点人相！"

黄抗日仍抱着头，眼睛里是血雨和落下来的肉块。

龙营长给了他腿上一脚。"抬起你的狗头，"龙营长怒道，"我要一枪毙了你。"

黄抗日抬起头，瞟眼龙营长，"还在打炮，头不能抬，会被弹片打伤。"

"抬起你的狗头，给老子——"龙营长吼道。

黄抗日不敢不听地昂起头。

"你晓得你是谁吗？"龙营长大声吼道。

"晓得，我是黄抗日。"

"你是国军排长，不是普通老百姓。"

黄抗日强打起精神答："我是排长。"觑一眼前面的阵地。

"再说一遍，"龙营长厉声道，"说我是国军战士，誓死效忠蒋委员长。"

"我我我是国国军战战士。"黄抗日哆嗦着说。

"你这狗婆养的，"龙营长骂道，"你爹妈怎么生下你这副胆小鬼的德性？"

黄抗日答："我爹妈确实没把我生生好。"

"给老子打起精神来。"龙营长凶道。

黄抗日觉得龙营长有点横，嘀咕道："日军在打炮呢，长官，别那么凶。"

龙营长一肚子怒火，狠踢了黄抗日一脚。他穿着宽大的军皮鞋，这一脚踢在黄抗日的髌骨上，踢得后者怪叫了声"哎哟"。"起来，拿起你的枪。"龙营长咆哮道，"你这怕死鬼，等打退日本鬼子，我就枪毙你。"

黄抗日道："长官，打退日本鬼子，您还要枪毙我？"

"你是个脓包，软蛋。如果国军都是你这样的士兵，那狗娘养的日本人早就占领我们中国了。"顺便说一句，龙营长是长沙人，魁梧且孔武有力，常常以鹤立鸡群自居。

黄抗日说："长官，您为什么那么讨厌我？我哪里得罪你了？"

龙营长又脾气很大地威胁黄抗日说："信不信，我等下召集全营官兵，命令官兵们每人对你开一枪，打得你的身体变成子弹带，你信不信本营长的话？"

黄抗日听龙营长用恶狠狠的口气说要把他的身体打成子弹带，就站了起来，但他可不想当英雄地把身体暴露在日军枪口下，他拾起步枪，倚墙站着。他怕这个比自己小两岁的龙营长，这是个身上没有同情心的暴徒，曾经用一根粗木棍把一个士兵活活打死。那是龙营长刚当连长不久，在长沙第三次会战期间，有个士兵想当逃兵，被抓了回来。龙连长觉得这个士兵太可耻了，二话不说，操起一根手臂粗的木棍就劈头盖脸地打着那个胆小鬼，打得那逃兵抱头鼠窜，最后跪地求饶。但身材高大、孔武有力的龙连长并没住手，照着逃兵的脑门一棒打下去，将逃兵打得惨叫一声，扑倒在地，七窍流血而亡。

黄抗日晓得龙营长是说得到就做得到的。因为这个长沙满哥出生于军人世家，他爷爷曾是清兵里的一个标统，父亲也在湘军里混过，后因负伤，在长沙开了家当铺，因此龙营长从骨子里看黄抗日这种乡下兵不来。他的威信就是建立在他看这个不来、看那个不上眼的基础上，还建立在那不容置疑的残暴上。日本兵还在打炮，东一声炮响西一声炮响，炸得树木、砖瓦和尘土弥漫，官兵们仍躲在掩体里，抱着头。

"我的士兵，一个都不准退缩，"龙营长说这话时，特别盯一眼黄抗日，"不想死在本营长枪下的，就给本营长狠狠地打日本鬼子。听见吗你们？"

几个躲藏在掩体里的士兵答："听见了，长官。"

龙营长道："黄排长，尤其是你，听见吗？"

黄抗日感觉他与龙营长恐怕是夙敌，不然，他干吗老盯着自己，忙说："听见了。"

"大声点！"

黄抗日刚要大声回答，一颗山炮炮弹在距他们不远的一处土砖屋前落下，爆炸，把一堵土砖墙炸飞了。他大声对龙营长说："长官，快蹲下！"

龙营长说："有什么好怕的？炮弹只炸那些胆小鬼。"

黄抗日知道龙营长听不见进去，便闭了嘴。

日本人停止炮击后，端着枪向阵地冲来，黑压压一片，哇哇叫着。黄抗日见日本兵奔来了，赶紧举起枪，在龙营长那鄙夷的目光监视下，瞄准一个日本兵开了一枪，那日本兵应声倒下，但马上有众多子弹飞来。黄抗日把头躲到墙后，子弹就在他和龙营长的头上呼啸而过，打得土砖灰四溅。龙营长骂道："他娘的。"

龙营长见他缩了下去，咆哮道："抬起你的狗头，反正是死，就要死得像个英雄！"

黄抗日可不想像英雄那样死，他还想活，当然就不敢抬头地看着这个恼羞成怒的长官。龙营长气急败坏地告诫他："大丈夫理应视死如归！你懂吗？"

黄抗日喃喃道："长官，还不到死的时候。"

龙营长怒道："我的命令，你敢不听？！"

黄抗日真怕龙营长恼怒之下，冲他的脑袋开一枪。他很想回家，很想战争早点结束，那他就能名正言顺地放下武器，回家向他唯一信任的女人桂花倾诉他经历的极为可怕的一切。他在龙营长的怒目下，又探起头朝敌人开了一枪。这是那种每开一枪都要扳一下枪栓的汉阳造，一次只能打一颗子弹。龙营长对着日本兵扫了一梭子弹，两个几乎冲了上来的日本兵被龙营长手中的驳壳枪撂倒了。龙营长骂道："打死你们这些东洋鬼子！"

黄抗日扳下枪栓，又冲一个端着枪朝他们射击的日本兵开了一枪。那个日本兵栽倒了。他觉得好险，因为那日本兵正瞄着他射击。假如他手脚慢一步，倒下的就八成是他。一个士兵猫着腰跑进了黄抗日坚守的掩体，"营长，团长叫你。"他是王团长的警卫。王团长有一个警卫班，他只是其中之一，他们既是团长的警卫，又是团长的传令兵。他中等身材，阔脸块，曾负过两次伤，每次伤愈他又回到了团长身边。他是团长的侄儿，也是山西太原人。

"给我盯着这个胆小鬼。"龙营长转身猫腰走前，盯了黄抗日一眼，冲团长的警卫说，"他要是逃跑，你就毙了他。"

黄抗日很委屈，想不通龙营长怎么老与他过不去，说："长官，你就是喜欢欺负我。"

龙营长说："就是，我很讨厌你。"

龙营长说毕，猫腰走了。黄抗日看着龙营长的背影离开，想这个人也太横了，太不把自己的弟兄当人了，这样的人，下场不会好的。他想。他瞄眼地上的那摊血肉，那是龙营长传令兵的尸体，几分钟前他还好好的，还笑，说他家有三兄弟，都来打日本兵了。黄抗日可不想这样死在战场上，他自语说："我一定得活着回到自己的家乡，不能死。"

在一次又一次的战场上，在充斥着硝烟和尸体气味的夜晚，他总是梦见他回到了宁谧、可爱的飘扬着橘树芬芳或泥土馥郁的家乡，回到了他亲爱的女人身边，两人相拥，并发誓一定要生一个英俊的儿子，从而改变他在旁人和父母眼里的形象。所以，每当他被枪声惊醒且重新投入战斗时，他总是能狡猾地躲避日本人射向他的子弹，说一声"好险"，然后庆幸自己没逞英雄，暗中得意地笑笑。他打量一眼战场，很多弟兄们的尸体横七竖八地躺在地上，他感到悲痛，甚至都不敢多望，他瞟眼王团长的警卫说："兄弟，我告诉你，死很容易的，把头一抬就是了，活下去倒要动很多脑筋。"

警卫兵手上也拿着龙营长那种二十响的驳壳枪。这种驳壳枪在当时，只有副连长一级的中尉才有资格拥有。黄抗日当时是少尉，离佩戴驳壳枪还差一个级别，也就同士兵一样只有扛汉阳造的份儿。警卫员不同，他们是团长身边的人，总有一些特殊待遇，比如奖章也要比一般士兵多拿两枚。这个胸前挂着三枚金光闪闪的铜质功勋章的警卫兵，在龙营长走后的十几分钟就见上帝了。上帝并不想见他，是他自己赶着去的。他死前好心地安慰黄抗日说："你真的不要怕，日本人也是血肉之身，没什么好怕的。你愈怕就愈害怕。"

黄抗日见团长的警卫说话客气，便道："兄弟，我不是怕日本兵，我是怕炮弹，炮弹爆炸时弹片乱飞，死了都不晓得是怎么死的。"

警卫兵觉得黄抗日说话没逻辑，道："怎么不晓得？是炮弹炸死的。"

黄抗日感觉这个山西青年受了龙营长的影响，把他看成了一个怕死鬼，就懒得理睬他。山西青年见黄抗日神思恍惚，就继续安慰他说："日本人也是人，你怕他们，他们会变得更凶残。你不怕他们，他们就会反过来怕你。"

黄抗日低下头，将眼睛两角的眼屎和灰尘抠掉，这样他就可以更加看清敌人。

山西青年说："我开始也害怕打仗，现在一点也不怕了。"

黄抗日想山西青年把他看成新兵了，就不吭声。

山西青年见他年龄偏大，便问："老哥，你是新兵吗？"

黄抗日感到抱歉地摇摇头说："不是，我是三八年冬入伍的兵。"

"我操，你当了五年兵还怕死？"山西青年用山西话骂了声，脸上露出看不起的形容。"我还以为你只当了一个月的兵！你胆子怎么这么小？"

黄抗日也没打算让山西青年看得起自己，因为要让弟兄们看得起就得充英雄，他不想当英雄，于是顺着山西青年的话答："我一看见自己人死了就害怕。"

"你太没出息了。"山西青年鄙夷地斜睨他一眼，学团长的腔调骂了句："真是饭桶。"

黄抗日说："我爹说我从小就胆子小，连老鼠经过都能把我吓哭。"

山西青年怀疑地瞥眼黄抗日，问："你是男人吗？"

黄抗日淡淡道："应该是男人。"

"男人还有怕老鼠的？我看你比女人还胆子小，我姐都不怕老鼠。"

黄抗日觉得有必要解释："我爹说我小时候怕老鼠，不是说现在。"

"我生下来就不怕老鼠，"山西青年用很纯粹的山西话说，"我天生就胆子大，我属虎，别说老鼠，狗看见我都吓得躲在墙角不敢出来。"

日军一阵猛烈的炮轰过后，又重新组织冲锋，哇啦哇啦地冲来。他们躲藏的这处掩体里，除了三具战死的弟兄的尸体，活着的就是他和王团长的警卫。警卫率先举起二十响驳壳枪射击，黄抗日也射击，打一枪扳一下枪栓。但他的自我保护意识略胜一筹，只是探出半张脸，开一枪又把那半张猩猩脸缩回去。然而山西青年却很傲气，将整张脸昂起来，他要做给长相古怪的黄抗日看他什么都不怕，他是英勇的中国士兵。他无视日本兵射来的一颗颗子弹，用他那傲慢和勇敢的姿势射杀着敌人。黄抗日预感到他的勇敢会给他带来灾难，对他说："兄弟，你把头低下，别把脸露在外面。"

山西青年不屑道："没事，我才不怕呢。"

在黄抗日埋下头扳枪栓的那一瞬，一颗从三八大械里射出来的子弹击中了山西青年的左额，山西青年连哼一声也没来得及就歪倒在黄抗日身上，犹如一股暖流一样的血汩汩地流到了黄抗日的脸上和身上，迅速染红了他的身体。这时日本兵已冲上来，哇哇叫着。

黄抗日吓得动都不敢动，求生的意识让他索性装死。

六

二○○三年是常德会战六十周年，不知是谁开的头，——一定是省或市里的某领导的父亲当年参加过常德会战，或者是常德会战中的受害者，报纸上有很多纪念常德会战的文章，电视里也有这方面的报道。爹当时住在我家，和我一样，每天晚上都要看看新闻，虽然他八十五岁的、老朽不堪的身躯已完全可以不关心国家大事了。但一到湖南新闻时间，他就戴上老花眼镜，很用心地看着省内的新闻。记者采访老兵的、或主持人介绍常德会战全过程的，这严重唤起了他对往事的缅怀，使他感慨、叹息、惆怅，睡不着觉，常常第二天睁着两只红红的流着泪的眼睛坐在沙发上发呆。

我说："爸，你又犯病了吗？"

爹说："啊啊，是不太舒服。"

爹一身病，身上所有的零件都锈坏了。除了中风留下的后遗症使他说话嘴唇哆嗦外，还有心脏病、高血压、糖尿病、牙病、胃病、痔疮和神经衰弱症及头皮癣等等。他睡的房间的桌上和床头柜上摆满了各种各样的大小药瓶，全是他每天必须吃的。好在爹属解放前参加革命的离休干部，医药费可以全报。

爹流着泪说："我想去安乡、常德和衡阳走走。"

爹不是说一次了，这一个月里，在电视、报纸的影响下，爹多次在饭桌上说着这事，说完就看我的反应。我开始没什么反应，把爹的话当耳边风吹了过去。但爹说多了，我就觉得没有理由不陪他老人家走一趟。爹已是八十五岁高龄，完全是一架锈坏了的机器，说不定哪天晚上一闭眼就再也不会睁开了。而到那时我想陪他去都不可能了。我说："爸，等天气凉快些了，我陪你去一趟。"

爹揩干了眼角边的泪水，那张皮皱皱的脸上显出了几分兴奋说："什么时候？"

"十月份吧。"

十月份来了，天气也确实转凉了。爹在十月初的一天傍晚，又对我提及了这事。我觉得我再拒绝就会伤他老人家的心。我说："那去吧，我陪您。"

爹那张苦难的脸上对我充满了感激，哆嗦着说："什么时候动身呀，小毛？"

"过一天吧，我把公司里的事情安排妥帖就走。"

爹那天晚上同我儿子讲了很多抗日战争的故事，说话的声音显得年轻了几岁，还有朗朗笑声从他的房间里传出来。我儿子也笑，但笑声不是朗朗的，而是快乐的。我儿子十六岁，读高一，特别喜欢听爷爷讲打日本鬼子的故事。

我儿子与爷爷有过一番这样的对话：

"爷爷，当年日本鬼子为什么要侵略我们中国？"

爷爷说："因为中国虽然穷，但矿藏丰富。日本是个岛国，没有中国这么多矿藏。"

"矿藏丰富就要受侵略？"

"国家贫穷就要受侵略，国家强大了就不受侵略。"

儿子不理解，因为今天的中国，在他眼里朝气蓬勃的，政府手里有钱，说话喉咙就粗。他问："爷爷，日本那么小，一个岛国，为什么敢侵略我们中国？"

爷爷说："因为中国那时候国力很弱，而日本当时比中国要发达。"

"日本人是不是比我们中国人好战？"

爷爷解释："日本人自负，总以为自己了不起。"

儿子思索了下说："日本是个岛国，让人没有安全感，就想霸占中国大陆。"

爷爷道："日本人野心很大，做梦都想占领中国。"

那些天，爹在饭桌上跟我儿子讲厂窖大屠杀时，儿子困惑不安地说："爷爷，日本人在厂窖真的连小孩子也杀？"

爷爷说："杀，他们杀小孩子。"

儿子表情愤慨道："日本兵怎么这么没有人性，连小孩也杀？"

爷爷说："日本这个民族，表面上强盛，骨子里却不自信。日本人想要中国人怕他们，就大量采用极端残忍的手段，想让中国人怕他们，不敢反抗他们。"

儿子道："他们没点人性，至今都不肯承认侵华战争犯下的罪恶。"

"日军是全世界很卑劣的军队，连毫无反抗能力的妇女、儿童都杀。"

儿子道："爷爷，您打死过日本鬼子吗？"

爷爷说："打死过。"

"打日本鬼子过瘾吗？"

爷爷回答："过瘾，为战死的弟兄报了仇，当然过瘾。"

儿子羡慕他爷爷道："爷爷，您太了不起了。我还以为只有日本人杀我们中国人呢，原来爷爷也杀死过日本人。"

"是的，战场上，你不打死敌人，敌人就打死你。"

儿子说："我爷爷真了不起。"

爷爷就笑，笑声在四壁回荡。

我有一辆白色的富康，是公司里配给我的。我在一家广告公司任副总经理，大家见面时都叫我"黄总"。我请了一个星期假，于一天上午，开着这辆富康，带着爹朝湘西北奔去，去的第一站是安乡县城。

六十年前，自从那次安乡战役后，爹再也没踏上过这片叫他伤心和恐惧的土地。这片土地留在他记忆里的是隆隆的炮声和机枪扫射声；是战火连天的硝烟和炸毁的一幢幢房屋；是一片废墟；是一具具日本兵和国军官兵的尸体；是血淋淋的鲜血。

多少年里，他都在逃避，逃避自己留下的誓言，他觉得自己没脸面对战死在这片热土上的兄弟！在他逃离安乡前，他曾面对着一具具国军官兵的尸体，跪下，指着苍天发誓："兄弟们，你们好好安息吧，假如我黄抗日能活着，我会回来好好安葬你们，给你们树碑，建忠烈祠。"他没法做到，一、他不是有钱人；二、他不是有权人；三、在那个"左"得可以随意歪曲历史的年代，谁都干不成这件事。所以，多少年里，他都害怕回忆这段血淋淋的历史！他一想起自己的誓言，就痛苦地抓着头发——他三十年前就秃了顶，他的头发完全是被他回忆往事时一把把扯掉的，他深深懊悔，悔不该发下那种欺骗死者的誓，因为他觉得那些战死的弟兄，都在苍天上瞧着他，等着他修建忠烈祠，而他却没法实现誓言。

现在，他来了，在儿子的陪同和护理下。

安乡县城当然不是他记忆中的县城了，那个县城是一片废墟，是一具具尸体。现在的安乡县城呈一派繁忙景象，一栋栋房屋全花花绿绿的，街上车水马龙，行人熙熙攘攘。我陪着爹寻找他曾经战斗过的地方，结果什么痕迹都没找到。县城扩大了几倍，爹原来坚守的那片房屋只能上记忆里去找了，到处都是一栋栋颇具县城特色的四层或五层楼房。

爹说："不是一回事了。我一点也想不起来了。"

我说："东南西北还是分得清吧？"

爹昂着那张充斥着老年斑的皮皱皱的脸，举目四望，茫然地看着天空，天空蓝蓝的，有几朵蘑菇状的白云游走。他突然害怕地一阵哆嗦，身体筛糠样抖动，站都站不稳了，忙走前两步，扶着一旁的墙，闭上了眼睛。

我问："怎么啦，爸爸？"

爹闭着眼睛说:"我看见了警卫。"

"什么警卫?"

"我们团长的警卫,与我战斗到最后的一个人。他和团长都是山西人。"

我浑身起了层鸡皮,左右望望,"在哪里?"

爹指一眼天,"在天上。"

天上只有蘑菇状白云。

吃过午饭,爹让我把车开到城外。城外是一条柏油马路,马路两旁有一栋栋农舍,白墙黑屋顶或者红砖墙黑屋顶。只有樟树是绿的,槐树和路旁的法国梧桐树已开始掉叶了。一旁有一处塘,还有一人多高的南竹,一大片,围绕着一栋两层楼的农舍。我的车在公路边停下,爹下车,向这幢农舍走去,脸上有一种想找人聊聊过去的神圣表情。

这栋农舍的坪上有一个老农民,看上去跟我爹一样老。他什么也没干,只是坐在坪上晒着十月里金黄色的太阳,抽着黄铜水烟袋,一旁还摆着杯茶。茶杯内外都爬满污垢。爹主动同这个举目瞪着我和我爹的老农民说:"老人家,您好。"

老农民忙起身道:"您好、您好,您找谁啊您老人家?"

爹对这个老农民友好地笑笑,"不找谁,只是随便走走。"

"那您坐吧。"老农民说,指着一把木靠椅。

屋前有好几把靠背椅,东一张西一张。爹在一张椅子上坐下,老农民忙为我和我爹泡茶,不一会老农民端着两只茶杯走出来,递到了我和我爹手上。

爹客气道:"谢谢、谢谢。"

老农民重新坐下,爹简直是一脸殷勤地看着老农民问:"老人家,您是本地人吗?"

"是啊。"老农民面带笑容说。

"那么您是在这里长大的吧?"爹满以为自己找到了聊天的对象。

"那倒不是。"老农民说。"我一九五三年从怀化迁来的。在这儿住了整整五十年。"

爹脸上生出了几分失望，因为他找不到一个与自己一起回忆抗日战争的人。

"您问这个干啥？"老农民问。

爹说："六十年前，我在这里打过日本人。"

"哦，"老农民说，"我以前也听说这里到过日本人。"

"当年我们团的全体官兵就是在这里抗击日本侵略军。"

"喔，好啊。"

"全团一千六百六十七名官兵，"爹伸出三枚指头，"只剩了三个人。"

老农民看了我爹一眼，脸上升起几分敬意，好像一只小狗瞧见一只威猛的大狗走来样，狗脸上就不免有几分崇敬什么的。"我老家就是怀化芷江。一九四五年，日本人就是在我们芷江县签的无条件投降书。"

"我知道、我知道，"爹说，"那是一九四五年八月。日本司令长官冈村宁次的代表副总参谋长今井武夫等一行人向国民党陆军总司念何应钦投降，受降地址就是芷江。"

老农民说："国民党军队在雪峰山与日本兵打过一场恶仗。"

"我知道、我知道。"爹说，眼角里涌出了几滴泪水。爹忽然想哭一样，嘴角抽搐着。我想爹不应该是为自己哭。他应该是为他全团一千六百六十四名官兵哭。他们全为抵抗日本侵略军付出了生命。他们死时平均年龄只有二十岁。

我们在老农民家的坪上坐了很久，晒着太阳，爹与老农民说话，东一句西一句，脸上飘浮着很多往事。回县城的路上，爹流着泪说："这里什么都没有，想拜祭一下都没地方。"

我说："爸，这一页已经翻过去了，永远也不会有了。"

爹说："爹当年在这里发过誓……"

我说:"别说了,您当初就不应该发那个誓,这事您解决不了,我也办不到。"

爹惭愧地埋下脸,怅然道:"你不晓得啊,他们战死时,很多士兵都还是十七八岁的毛头小伙子,团长年龄最大,也就三十多岁。"

晚上我和爹在安乡宾馆下榻。爹想在安乡住一晚,睡上一觉,与战死在这里的弟兄们于梦中见个面,好向他们解释解释。这是我的猜想,实际情况是爹太累了。爹那把老骨头不允许他连续奔波,那会散架。我见爹那副又老又累的可怜相,便建议在安乡住一晚。

爹欣然同意,说:"我也想在这里住一晚。"

安乡宾馆看上去像长沙八九十年代的招待所。县城总要比省会城市落后十年至二十年。县里尽管有土地,但没财力修建高楼大厦,也没钱装修。所以房间尽管装修了,也装修得不成样子,但对于一生里很少出差和很少住宾馆的我爹来说,这已经很不错了。

爹说:"一九四三年的那次战斗结束时,这里连一个人也没有。"

我看着爹,爹又说:"当时安乡县城的老百姓都逃走了。没逃走的,主动留下来为军队服务的,不是被日军的炮弹炸死了,就是被日本兵枪杀了。"

"爹,你说幸存者是三个人,是哪三个?"

爹说:"龙营长、马得志和我。"

服务员敲门进来,拎着一瓶开水。服务小姐很漂亮,十八九岁,脸上的笑容姣好极了,就像年历画上的笑容。爹忙对她说:"谢谢、谢谢,谢谢你。"

她走后,爹说:"你们这代人幸福啊,生长在和平年代。"

那天晚上爹睡不着,呆坐在床上。半夜里我醒来,爹还是那样呆坐着,脸上泪水涟涟。爹在偷偷哭泣,为六十年前战死在这里的一个个弟兄,那些战死的弟兄仿佛都复活了,于这个夜晚一个个来拜访他,打听情况。爹见我醒来,忙用生满老人斑的手背揩着眼泪、鼻涕,因为他不但流眼泪,还有像水一样的清鼻涕从一小撮白鼻毛的鼻孔里不停地往外淌。

"爸爸，你睡啊，别去想以前的事了。"

"我就睡、我就睡，"爹回答，羞惭地整理着自己的面容，像一只老猫用爪子洗脸。

"爸爸，你要是再这样，我就不带你出来了。我们明天就动身回去。"我说完这话后，觉得我有点像是威胁我儿子。

爹举起一双老泪纵横的眼睛望着我，"我睡不着啊，他们都到我脑海里来了。"

我这下变得小心点了说："谁到你脑海里来了？"

"那些炮声隆隆的场景，那些死去的弟兄。"

"我说了这些过去的事情，您不要去想。"

"我不能不想啊。"

我不允许他七想八想道："睡觉，快睡觉。"

爹流着浊泪，指着自己的心窝说："小毛，我这里疼，这里疼啊。"

七

我第一次看见爹哭是一九六八年冬，那天我满十岁生日。那以前我从没见过爹流泪。也就是一年前，我曾被一个比我大两岁的男孩打得哇哇哭，好像是为了二两粮票。那时候国家穷，大家都忙着搞阶级斗争和路线斗争，一双双眼睛都擦得雪亮，相互不信任，农民多喂两头猪都会有人揭发，并被视为搞"资本主义"，就没人顾得上发展生产，所以买米要粮票，买油要油票，买肉要肉票等，即使你只是去百货商店买斤糖，也要凭糖票。记得那次，地上掉了二两粮票，我发现了，走过去捡了。那男孩说看看，我给他看，他就不肯还我了。我找他要，说这是我先发现的。男孩不肯给我，我追着要，他就打我，我于是尖声哭，希望用哭声赢得爹的增援，甚至还指望爹从那个男孩手上夺回我捡到的粮票。爹听见我哭，走出来，问我怎么回事。我说我捡了二两粮票，被他抢走了，他还打我。男孩傻傻地站在一旁，他也拿不准是跑还是把我捡到的粮票还给我。爹很厌恶地瞪我一眼，大喝一声："不许哭。再哭我打你。"那情形，就如一只大狗嫌弃一只向他叫屈的小狗似的。

爹对那个傻站在一旁的男孩厉声说："你走，以后不要来找小毛玩。"

爹把哭泣的我拎回家，怒斥我道："为了二两粮票，你还哭脸，没出息的东西，再哭，我要捶死你。"

现在爹自己流泪了——我说的是一九六八年十二月八日那天。当时爹还不算老，离满五十岁还差十七天。爹被关在红楼三楼西头的一间房里。武装部的人怕我爹畏罪自杀，在那张窗户上加了结实的木护窗，并把窗户钉死了。另外，房里没一样铁器，甚至连一根针也没有，唯一的铁器就是钢笔芯，那东西显然是没法用来自杀的。这样，即使我爹想自绝于人民、自绝于党，也入地无门。

武装部的人不让我爹剃头，不让我爹刮胡子，甚至都不让我爹洗澡，因为他们觉得像我爹这样的国民党高级特务——他们分析后得出的结论，是很有可能自杀的，所以他们像保护中央首长样二十四小时监视着我爹，哪怕我爹呼呼大睡了，也有人坐在门口打盹，谨防我爹畏罪潜逃。爹既不能洗澡又没有剃须刀，就蓬头垢面的，灰白的头发已遮没了耳朵和颈根，胡子也长到三寸长了，乱糟糟的。头发和胡子都结了壳，肮脏不堪，望上去更像动物园里的一只无人关心的老猩猩。我爹吃着我送去的饭菜，他不是吃得很快，而是迟钝的形容吃着。脸上除了黑——一部分头发和胡子，就是没有血色的白。这是他的脸有将近一年没见阳光的原故。我看着爹这副怏怏的面容，想起了童话故事里的妖魔鬼怪，不禁打了几个寒噤。我提醒爹说："爸爸，今天是我生日。"

从我六岁起,爹在一年里有两次给我钱,一次是我生日;另一次是除夕夜的压岁钱。生日给两块,压岁钱也是两块。一年的另外三百六十三天里,我不能再指望爹给钱。爹那时候的工资是五十八元一月,他每月将工资全数交我母亲,母亲再返回五元钱给他,以备急时之需。爹从不乱用一分钱,他把妻子给他的零花钱都为我和我姐,还有我大哥买了学习用品。比如我的三角板烂了,或者铅笔或钢笔用坏了,我们向母亲要钱买,母亲会发火道:"又要买又要买,哪里来的那么多钱买。没钱。"

我们就会进行"战略"大转移,向爹讲明情况,并向爹展示用坏了的学习用品。爹转身就出了门,回来时手上就拿着你极想要的学习用品。"给你,爱惜点用。"爹说。

我母亲从不给一分钱给我和姐,好像我们不是她的女儿和儿子,这没办法,母亲天生就是个只讲勤俭节约的女人,要从她口袋里掏出一分钱,简直比登天还难。母亲尽管抠得死,但她决不在吃上吝啬,吃上,她绝对让我和姐吃饱。那时候买猪肉要凭肉票,但买鸡、鸭、鹅和猪下水不要凭票。母亲会偷偷买回家一只鸡或一只鸭,炖上一锅,让我和姐猛吃。有时候,她会拎只大白鹅回来,扔在厨房里,令爹龇牙咧嘴地杀死,接着用滚烫的开水烫毛,再令我和姐蹲在厨房里钳毛,然后她挽起衣袖,亲自剁成一块块的,炖上一大锅,够一家人吃两天。但是,我想从母亲口袋里要两分钱零花,例如买支冰棍吮,那是做梦,尽管她也有工资,而且是三十多元一月。

爹被当作共产党的叛徒和国民党高级特务被武装部抓起来后,工资就停发了,一家四口人(大哥已不用负担)都靠母亲那三十几元钱吃饭。我当时小,不知道这些情况。我巴望着爹给我生日钱,这是我一年里盼望已久的事情。

"爸爸,今天我生日。"我想要钱,说。

爹其实早已身无分文,但他却下意识地在口袋里摸着。他很希望发生奇迹,口袋里突然冒出一块钱或者一角钱。这情形有些像一只猩猩在身上寻找东西。但不会有奇迹发生——那个年代是没什么奇迹的。他口袋里连一个一分的硬币也没有。他摸了一气，就抱歉地望着对他的一切动作都充满期待的我，"小毛，爹身上没钱。你找你妈要吧。"

"妈妈不会给我。"我强调，"妈妈小气得要命。"

爹望着我，"你就说，爹要她给你两块钱。"

"妈不会给，妈一分钱都不会给我。妈妈是个抠鬼。"

爹不说话了，一转眼我看见爹的眼睛亮闪闪的，豆大一颗的泪珠从他眼眶里涌出来，顺着他苍白的脸颊往下掉，流到他宽扁的嘴上，再流到结了壳的黑白参半的胡子上，最后掉到地上，发出轻微地啦哒一声，又啪哒一声。我们镇上屠宰场里的老牛，于挨宰前就是这般默默地掉泪。我见过，有个同学的父亲是屠宰场的，他带我去看过杀牛。

那时爹还没精神失常，但已到了精神失常的边缘。造反派觉得我爹很不简单，一个人既做了国民党少尉，又做过日本侵略者的伪军，然后又混到了游击队里。这没有几下子是不可能的，这就很不简单。刘大鼻子觉得我爹狡猾得像只老狐狸，竟然毫无羞耻地变来变去，一下子是国民党，一下子是伪军，转背又是游击队，就觉得我爹是丛林里的变色龙，便板着脸质问我爹："如果像你交代的，你参加国民党军队是为了抗日，那么，那么多英勇的抗日将士都倒下了，死得都不错。为什么你没有死？"

爹觉得刘大鼻子问得歹毒，回答："我不知道。"

刘大鼻子觉得我爹回答得太荒唐、太无耻了，"你敢说你不知道？"

爹无言以对。

刘大鼻子觉得像我爹这样的人竟也扛着枪抗日，那不被日本侵略军赶得满山跑？那不是丢中国人的脸吗？难怪日本人那么看不起中国人，就是因为是我爹这样的窝囊废给中国人丢脸。刘大鼻子蔑视道："一个日本兵端着枪，可以把你们赶得满山乱跑，那也叫抗日？国民党反动派在日本人的铁蹄下节节败退，都跑到重庆躲藏起来了，那也叫抗日？"

爹又无言以对。

"你居然还取名黄抗日，我看你应该叫黄躲日。"

爹抱歉道："这名字不是我自己取的，是一个当年来黄家镇征兵的营长取的。"

"那营长叫什么名字？"

"不记得了。"

"他是你的顶头上司啊，现在他在哪里？"

"他在长沙第一次会战中战战战死了。"

"你说你参加过三次长沙会战？"

"参加过。"

"打死过日本鬼子吗？"

"打死过。"

"这么说，你还杀过人？"

"没杀人，战场上，打死的是敌人。"

"你这副模样，还能打死敌人？不是开玩笑吗？"

"我没开玩笑。"

"打死过几个？"

"有一些。"

"还一些？"刘大鼻子觉得我爹太鬼了，"我不信你能打死敌人。"

爹被他问烦了，说："我自己也不信。"

刘大鼻子又问："你还参加过所谓的衡阳保卫战？"

"参加过。"

"衡阳还不是丢了？那也算保卫衡阳吗？"

"可能不算。"

"什么可能不算？根本就不算。"

爹低垂着一张污垢的脸，不敢申辩。

刘大鼻子见我爹犹豫着没说话，又义正词严道："你们国民党是真抗日还是假抗日？日本鬼子来了，你们比日本鬼子跑得都快，你们那种抗日是狗屁。"

"狗屁、狗屁。"爹用他那无力的声音唯唯诺诺道。

刘大鼻子觉得我爹这模样，见到日本兵，肯定同哈巴狗样主动迎上去，舔着日本人的裤脚，媚笑着称日本人"太君"。因为在他审问我爹时，凭他当过侦察兵的敏锐，怎么也无法在我爹脸上找到半点敢于杀敌的英雄气概。于是他觉得我爹很可耻，竟声称自己抗过日。还觉得日本人自称"大日本皇军"，还武士道什么的，完全是骗人的把戏，因为日本兵连我爹这样懦弱的傻瓜都打不死，害得他在我爹身上一再浪费时间，仅凭这一点，日本人就没资格侵略中国！他瞧不起我爹地把脚架到桌上，恶声恶气地道："姓黄的，就凭你这胆小如鼠的德性，还能保卫衡阳？"

爹觉得自己这副怕事的德性是不能保卫，就难过地低下头。

"保卫衡阳，你不是讲笑话吗？"

爹昂着他那面无人色的脸说："是是讲笑话。"

"你既然抗日，为什么还向日本侵略军投降？"

爹哑口无言。

"你自己交代，你向国民党出卖了多少游击队的情报？一共出卖了几次？"

"我没出卖情报。"爹回答。

"你别狡辩。我们很清白你的底细。你若不当叛徒，国民党不会把你枪毙？国民党未必还会把你留到让游击队来救你？你怕这是在舞台上演戏？莫装蒜了。"

爹怏怏地望着他。

刘大鼻子又强调说："我是干什么的？你只是干过国民党少尉排长，我当过中国人民解放军侦察兵排长，我比你行，这你要承认吧？"

爹嘟哝道："那是，你比我厉害。"

"我们不是傻瓜！我们的眼睛是雪亮的，对付你这样的坏人，我们只需动一下小指头就要你脑袋开花。你不老实，那就只有死路一条。你想死吗？"

"不想死。"

刘大鼻子一拍桌子，把他的困惑掷在我爹脸上，"为什么你那么怕死？说！"

"我的孩子还没没长长大。我不不不放心两个孩孩子。"

"放你娘的狗屁！我的忍耐是有限度的。"刘大鼻子大声吼道，那骂声好像是从鼻孔里喷出来的。"你就是怕死，所以你既叛变国民党又叛变共产党。你是败类，只有败类才今天变节，明天又变节，后天再变节。你是变来变去的祖宗！"他还觉得不够到位，又掷地有声地加一句："你是败类中的败类，是败类的爹！"

"我是败类的爹，"爹深以为然地回答。

"你是真正的败类。国民党都是因为你们这些饭桶，才败给日本人。"

"是、是，我是饭桶。"爹说，忽然感觉不对，便问："我们没败给日本人吧？抗日战争不是胜利了吗？"

"那也不是你们国民党打胜的，是毛主席领导全中国人民共同抗日，才把日本侵略军赶出中国的。知道吗？"刘大鼻子觉得自己回答得很机智，满意地一笑。

爹答："毛主席？那是、那是。"

"你老实交代，你向国民党提供了多少游击队的情报？"刘大鼻子又把话题引到他设置的陷阱上，犹如一条威猛的狗对着一只孱弱的老猩猩凶猛地汪汪吠叫似的。

爹回答："我没没提供情报。"

"没提供情报，国民党反动派会让你活到今天？你不是讲相声吗？"

爹答："我不晓得讲相声，侯宝林会讲相声。"

刘大鼻子很愤慨，"哎呀，你还拿侯宝林糊弄我是吧？"

爹说："不是你说的那个意思，我是说侯宝林会讲相声，我不会讲。"

镇革委会严副主任见刘股长久拿不下我爹，很是生气，觉得刘股长白当了几年侦察兵。他自亲出马，威严地瞪着我爹，把我爹视为臭狗屎。"你早就应该死。你这样的人活着，每天要吃国家的粮食，太浪费国家的粮食了。"他看不起我爹那可怜巴巴的模样且很有感触地说，"别人都死了，你怎么不死啊？"

爹羞惭道："我我我也说不清。"

"你不但浪费了国家的粮食，还浪费了国家的肉票和布票。"严副主任痛心地说。

"我是浪费国家的粮食和肉票、布票。"爹说。

"你还浪费了我们的革命时间！"

爹解释："抱抱抱歉，我我并没想浪浪费你们的革革革命时间的意思。"

"我们的时间是很宝贵的，很多革命工作等着我们去做，你却让我们整天围着你转，因为你不肯老实交代。"严副主任很有脾气，"你让我们都很失望，你晓得吗？"

"我罪该万死。"爹回答。

"认识到这一点，算你还有点觉悟。很好，在你死前，你应该老实交代你是如何向国民党叛变的。"严副主任很狡猾地说，"这么说吧，你反正要死了，免得你死时身上还背着一个包袱。没有包袱的死是很轻松的。"

"我没叛变，"爹喃喃道，"我不会叛变的，国民党那时候已大势已去。"

"国民党会有那么土松吗？狗急了都会跳墙的！国民党对付你这样的人不是一碗饭？你这副德性能禁受住严刑拷打？你以为你是许云峰？你是隐藏在革命队伍里的甫志高。"

爹一脸天真和迷惘，"甫志高是哪个？"

"哈，你还学会装蒜了。甫志高是革命的叛徒，国民党军统特务还没拷打他，他就招供了，造成重庆地下党组织遭到了严重破坏，最后被双枪老太婆打死了。"

"那我不当甫志高。"

"不是你当不当甫志高的问题，你就是黄家镇的甫志高。"

"我不当黄家镇的甫志高。"

"你比真正的甫志高还坏还狡猾。"

"我不当甫志高，我不当甫志高。"爹捂着眼睛说。这时他仿佛看见一个名叫双枪老太婆的女人对着他阴笑，手里端着两支驳壳枪，叫他转过背去。"不不不，我没叛变，同志，别别别开枪，敌人在那边、在隔壁，不是我，同同志你搞搞搞错了。"

我爹精神失常了。话说回来，任何一个意志坚强的人，被这样逼来逼去地审问，也会发疯。任何一个人的大脑机能组织，在特定的环境下都会有化学反应。当你在足球场上看球，看到你喜欢的球队赢了一个球，你会为你热爱的球队欢欣鼓舞；如果你热爱的球队输了，且输得很惨，你会很沮丧。这种情绪说白了就是大脑里的化学反应。假如你像我爹一样，一个人被关在一间房子里长达一年多时间，天天伏案写交代材料，三天两头受到一个又一个人的侮辱和逼问，你也会发疯。你的脑细胞在这种特定的环境里会逐渐改变，会长霉，因为你觉得自己完了，觉得自己太倒霉了，活着不过是被人怀疑、审判，长此以往，这种对你身体健康有害的化学物质就会变本加厉地繁殖起来。

一九六九年农历大年初一我送饭给爹吃时，红楼整个空了，大家都回家过年了，只有守传达的一家人在，再就是我爹。守传达兼保卫的是个四十多岁的复员军人，是严副主任的亲戚。他叫住我，把开我爹那张门的钥匙给我。"给你，自己去吧。"他说。

爹那时候已神智不清了。有人怀疑我爹是装疯卖傻，但又没有更好的办法对付我爹这种在威逼利诱下仍然装疯卖傻的人，就泄了气，去整别的更有价值的人去了。我开门进去时，爹不是坐在床上，而是蜷缩在冰冷的墙角，棉袄倒是穿了，但下身只穿着一条单裤，冷得瑟瑟发抖。爹看见我进来也不看我，目光仍旧滞留在墙壁上，墙壁上用铅笔歪歪扭扭地写着一句这样的话："班上人爱我"。

这显然是出自小学生的手笔，没打标点符号。这句话在那个年代是中、小学生愚弄人的名句。我就被我的同学骗过。这句话不能倒过来念。有人说："班上人爱我，你把它倒过来念看。"假如你倒过来念就上大当了，因为那是："我爱人上班"。

这当然不是爹的手笔，这是哪个小孩于我爹被关进这间房子前写下的。我寻着爹的视线找去，看见了墙上的这句话。爹就呆呆地瞪着这几个字。

"爸爸，吃饭了。"

爹不动。

"爸爸，妈妈说饭要趁热吃。"

爹仍瞪着那几个歪歪扭扭的字出神。

这时有脚步声上楼，很轻，但还是传到了我和爹的耳朵里。街上哪家人准备吃年饭，放起了鞭炮，哔哩叭啦地炸响着。爹面色大惊，忽然卧倒在地，捂着耳朵，嘴里说："日本鬼子来了，日本鬼子来了。"形似一只惊恐不安的老猩猩。

我说："爸，这是放鞭炮呢。"

爹撅着屁股，捂着耳朵，脸埋到了地下。那情形真是又可怜又丑恶，让我想哭。待鞭炮声终止，爹才昂起头来，仍然是目光惊恐地瞪着我，还有刚走上楼的复员军人。复员军人绷着脸问我："你爸怎么啦？怎么吓成这样？"

我哭着告诉复员军人："刚才哪里放鞭炮，我爸以为是日本鬼子来了。"

爹喃喃自语："日本鬼子来了、日本鬼子、日本鬼子……"

我觉得爹神经错乱了，大声说："爸爸，我是小毛。哪里来的日本鬼子呀？"

"日本鬼子正在攻打常德呢，孩子，快逃吧，日本鬼子连孩子也杀的。"

这时鞭炮声又大作，又是哪家人放挂鞭炮。"听，"爹满脸灰暗和恐惧道，"日本鬼子越来越近了。小孩，快卧倒。日本鬼子是连儿童也杀的。"说着，爹率先卧倒，捂着耳朵。既不愿意看，又不愿意听。

复员军人催我走说："走吧，你爸怕是真疯了。"

爹在一九六九年大年初一的那一天，精神崩溃了。也许他早就崩溃了，只是我感觉到爹的精神崩溃是那一天。我怀疑精神崩溃一定存在着一个临界点，或者说有一个片刻，那个片刻神经系统突然短路了，就像电线短路了样。或者说前面翻车了，交通堵塞，于是火车改了道，上了另一条轨道，呼啸而去。

我那天害怕得直哭，叫道："爸爸爸爸爸爸，我是小毛咧。"

但爹仍然伏在地上，捂着耳朵，嘴里喃喃地说："日本鬼子来了，日本鬼子来了。"

那天的爹留在我记忆里的印象确实像一只不懂人话且受了惊吓的大猩猩，也不认识他的儿子——我。他的思想回到了一九四三年的湘北战场，那是个令他恐怖，又令他悲伤、心碎的战场。那时候他二十四岁多，还没有一个孩子。

八

黄抗日于日本兵冲上来时，一装死就睡熟了，并且呼噜呼噜的。但日本兵没听见这个可怜人打呼噜，假如日本兵听见了当然会朝他脸上补一枪。当时还有枪声，战斗还没结束，剩下的不多的国军官兵还在抗击日本兵。这个长相古怪又胆小怕事的黄抗日有三天四夜没睡觉，一合上眼睛，立即就睡了个不亦乐乎。他不晓得战斗是什么时候结束的。他睡了足足十个小时。他进入梦乡时太阳还没落山，醒来时太阳已升了起来，血红血红的。

他又梦见了自己的女人，还梦见女人给他打洗脚水。他在梦里快乐地笑着，嘿嘿嘿嘿。醒来，睁开眼睛，他才恍然大悟，原来自己是睡在战场上，而身上压着一具尸体。那具尸体就是那个昂起头射击，姿态优美且勇敢的警卫兵。这警卫兵在死前的那几分钟很瞧他不来。他在梦里梦见自己的女人搂着他，亲他，原来是这具尸体在他身上作祟。他出了身冷汗，竖起两只耳朵听了听，没有任何声音，连鸟叫声也没有。他揎开尸体，爬起来，探出头张望。这个时候世界是寂静的，没有半点生气，只有一片红彤彤的朝阳，它使他眼里的世界一片荒凉、血红和肃穆。

"哦，我现在还是在安乡。"他自语说。

他小心谨慎地活动了下四肢，感觉四肢还好好的，竟没负伤，就欣喜，自语道："我还没死。"他仔细观察，哪里都没有人声，便判断日本人已走了，就放开了胆子。

他看到的是一具具自己官兵的尸体，有些官兵是死于山炮或迫击炮弹下，尸体大多缺胳膊少腿；有的弟兄是在肉搏中阵亡的，他们的身上被刺刀捅了个很大的洞，肠子也淌了出来。还有的弟兄的头被东洋刀砍得歪在一边。他看见了他的连长和那几个被炸弹炸死的炊事兵，连长的胸脯上有一个洞，人倒在血泊中，正着脸，望着苍天的样子。流出的血，早已与泥土凝固在一起了。他忽然跪下，眼睛湿了，哭道："弟兄们、弟兄们，等打完日本强盗，如果我黄抗日还活着，我发誓，我一定回来给你们树碑，建忠烈祠。苍天作证！"他举起一只手，指着天，喃喃道："我发誓、我发誓……"

黄抗日面对着大批弟兄们的尸体发完誓，站起身，大叫道："喂——还有活人么？有就说话啊。"见没人回答，他立即悲愤地呜呜呜大哭起来……

"排长、排长、排长。"

他听见一个声音惊喜地叫他。他那要大哭一场的打算马上终止了，忙警惕地回转头来，原来是马得志。"马得志、马得志，你还活着？活着！"他兴奋道。

"排长，我还活着。"马得志站起来。他原是蹲着的。

马得志身上一身的血，不过血都干了，呈暗红色。"你伤着哪里了？"黄抗日问他。

马得志尴尬的样子一笑，"排长，托您的福，没伤着哪里。"

"没伤着哪里就好。"黄抗日为他高兴道。

"排长，您负伤了？"马得志觑着他。

黄抗日身上也是一身血，也都结成了血皮。但那是警卫兵伤口里流出的血。他没负伤。他一愣，马上意识到自己是因贪生怕死才捡回了这条命，惭愧道："我没伤着哪里。"

马得志说："排长，我们还活着。"

黄抗日说："是啊，我们暂时还活着。"

一个高个子军人走来，手里拎着驳壳枪，朝阳普照下，于静穆、荒凉的战场上，犹如一个英雄。他走路一歪一扭，脸上一脸胡子，那黝黑的左脸颊上还有一条刀痕。黄抗日认出了他是龙营长，便想遇上了这个爱找他茬的恶人，真是倒霉透了。"报告营长，在下黄抗日，还有士兵马得志向长官报到。"边向这个说要枪毙他的长官敬了个军礼。

龙营长瞥他一眼，站直身体，"你们还活着？"

"活着！"黄抗日面带愧色道。

"还有多少弟兄活着？"龙营长问他。

"报告营长，目前就我们两个。"

龙营长看眼他很不喜欢的黄排长，又打量眼脸色迷惘、胆怯的马得志，皱起了眉头。他可不喜欢这样的兵，说："就我们三个人活着？再找找吧。"

他们还想找出第四个活着的生命，但找遍了整个变成了废墟的县城也没找到。他们找到了团长的尸体，还找到了团参谋长的尸体。两具尸体倒在一起。他们的身旁倒着十一具警卫兵的尸体。他们都死于肉搏中。王团长的手里拿着一把军刀，但他的肚子被刺刀捅了个大洞，那是刺刀搅出来的窟窿，肠肝肾胃溢了一地。团参谋长的一只手齐肩砍了下来，那只被砍下来的手上握着一把手枪，但手枪里没了子弹。团参谋长的肚子上也挨了一刀，肠子也流了出来，胸脯上还捅了个窟窿。那十一个警卫兵也死得很惨。他们是打完最后一颗子弹，仍不肯投降，与日本兵展开殊死搏斗而牺牲的。旁边没有日本人的尸体，日本人把自己人的尸体都拖出去埋了，地上有一道道血迹，不过已结了冰。那是日本兵拖走自己人尸体时留下的。

他们把团长和团参谋长的尸体就地埋了。他们在这幢团司令部里找到了铲子和锄头，这是一平民家，战斗打响前，一家人闻风而逃了。三个人在屋后的菜园里挖了个大洞，把中校团长和少校团参谋长两具尸体扔进了洞穴。在马得志埋土时，黄抗日把团参谋长的那只手臂捡起来，感到这只手臂硬梆梆且冰冷的，他恶心得哇的一声呕了。他忙扔下手臂，转身蹲到门槛上哇哇地呕着，一些黏液从他宽扁的嘴巴里吐了出来，哇、哇、哇。

"怎么啦你？"龙营长厌恶地瞪着他。

黄抗日继续哇哇地呕着，吐出的都是黏液，因为胃里早没食物了。

"老子一枪毙了你，"龙营长生气地喝道，将驳壳枪抵着他的后脑勺。"你这个怕死鬼，住口！"

马得志停止了铲土。"营长！"

"干你的活，"龙营长命令马得志，继续拿枪抵着黄抗日的后脑勺。"给老子闭嘴，再呕，老子打死你！"

黄抗日不呕了，而是掉过脸来迷惑地瞅着龙营长。战场上，弟兄们的尸体他见得多了，肠胃早麻木了，可是像这种逝去的遍地都是尸体的战场，且寂寞得只有他们三人，他还是第一次经历！他那饥饿、敏感的肠胃——他一直压抑着不让它苏醒，突然痉挛了，让他呕吐。龙营长拿枪敲着他的头道："你这猪，拿起锄头，挖洞去！"

黄抗日拿起锄头，心里觉得好受些了，忙去挖洞。

三人掩埋了团长和同样是山西人的团参谋长的尸体，黄抗日不断地说："长官，你们安息吧，等打完日本侵略军，只要我黄抗日还活着，我一定回来给你们重新立碑。"

龙营长说："你还能活到那天？还信誓旦旦？不要骗阵亡的长官，日本人就在前面，你等下就有可能被打死。少废话。"

黄抗日盯眼龙营长，"你这是咒我死啊，长官。"

"不是咒你死，"龙营长说，"他们死了，我们也会死。"

三人又冷又饿，却找不到一点食物。方圆几里内，除了他们三人，再也没有活人了。有的都是死人，另外便是满天飞舞的乌鸦和乱窜的老鼠及黄鼠狼。他们不知道日本军队去了哪里，走没走远，就不敢动。天黑下来后，他们才饿着肚子离开这凄凄惨惨的安乡县城，走上了一条坑坑洼洼的路。月亮出来了，黄黄的。月光下，龙营长大步走着，晃着脑袋。黄抗日想龙营长八成也没负伤，也许龙营长也像他一样，在死神面前急中生智——利用别人的血装死。假如他不装死，他还能和他走在一起？团长没装死，壮烈了，团参谋长视死如归，就"归"了。但龙营长却走在他和马得志前面，这证明龙营长在死神面前跟他一样狡猾，情急中低下了他那颗高贵的长沙人的头颅。

"他娘的，人都死绝了。"龙营长骂道，"这些该杀的日本人，老子要杀尽他们！"

黄抗日走在一旁，想龙营长并非表面上那么英雄，真狡猾。

他们走了很长一段路，把安乡县城甩得远远的了。他们走进了路旁的一间农舍，农舍的门歪在一边，龙营长率先走了进去。农舍里有五具尸体，两男一女和一老一小。老的五十多岁，小的才几岁，是个男孩。一老一小的尸体倒在堂屋里，男尸体躺在门槛上，女尸体躺在床上。女人是被日本兵先奸后杀的，身上一丝不挂，床上和地上全是乌血。伤口在阴部。刺刀捅进了女人的阴部。黄抗日又哇的一声想呕，但他已没东西可吐。

龙营长凶道："又来了，你——"

黄抗日跑开了，他不是呕，而是悲愤和恶心。

他们找到煤油灯，点亮，在这间农舍里寻找食物。倒在门槛上的男人，看上去三十岁，一张方脸，手上紧攥着斧头。他是被日本兵从背后一枪结果的，子弹打进了他的后脑勺，那儿有一个窟窿，血流了一摊，已结了冰。看来，跑进这栋农舍施暴的日本兵，杀完这一家四口、又奸杀女人后，走了。他们在猪栏里发现了一只死猪。死猪的两只后腿没了，那是日本兵将活猪的两只后腿割下来带走了。他们割下了死猪的两只前腿。厨房里有很多柴草。龙营长命令黄抗日和马得志把几具尸体统统拖到屋外，用沾着血迹的床单盖着。

干完这些事，他们把柴草塞进灶眼里点燃，把猪腿放在灶上烧着，烧得这间阴森森的农舍内肉香四溢。他们在肉上撒了盐，继续烧，边狼吞虎咽地吃着。他们感觉到身体里太需要这些东西了。他们感觉肉一下肚，就分别被肚子里的各种零件贪婪地抢走了。那些零部件好像缺乏机油的机器正在损耗地摩擦，而吃下肚的食物迅速消灭了他们身上饥寒交迫的痛苦。他们吃完后就在那家农舍歇息，直到天明。

他们是睡在那一老一小睡的床上，那两张床上都有着厚厚的棉被，盖在身上十分暖和。他们都睡得很香。他们是被乌鸦飞落到屋顶上，且嘎嘎嘎尖叫着吵醒的。龙营长率先醒来，马上用脚踢黄抗日瘦削的屁股。"起来、起来，你睡得像死猪。"他大声说。

黄抗日早醒了，只是他不愿意睁开眼睛。他又做梦了，梦见了自己的女人。还梦见了搁在门角弯里的红漆马桶。他梦见自己要解手，就下床对着红漆马桶撒尿，怎么撒怎么都撒不完。他是被乌鸦的叫声和憋着的一泡尿胀醒的，他正想自己怎么会梦见那只红漆马桶？在家里他从未冲着那只外观漂亮的马桶撒过尿。那只马桶是他的女人桂花专用的。他的纳闷被龙营长踢跑了。"要上路了，狗日的。"龙营长大声说。"我们要找到自己的部队。我们要为死去的弟兄们讨还血债。我们每个人都要杀一千个日本人。就是一个字：杀、杀、杀！"

"杀！"马得志回答。

"你这家伙疲疲沓沓的，你不敢为弟兄们报仇么？"龙营长怒斥着黄抗日。

黄抗日尿胀急了，就打了个尿噤道："杀。"

龙营长目光如炬地瞪着黄抗日，"杀？你讲话跟蚊子叫样的。你杀鬼哦。"

黄抗日很讨厌这个仗着自己官大、力大，动不动就吼他、欺负他的长沙男人，挺直背说："报告长官，在下尿胀急了。"

他们离开了那幢农舍，小心且机警地向前走去。他们走进了一片杉树林。树林里有几十具国军兄弟的尸体，再往前走又出现了十几具国军官兵尸体，面前还横七竖八地躺着一具具尸体。其中有一具还是中校，中校是一二五师二团副团长。"这是我们一二五师的弟兄，"龙营长大惊说，"天啊，他们在撤退的路上遭遇了日本兵的阻击。"

马得志问："长官，你怎么知道他们是一二五师的？"

龙营长说:"这个副团长是我们团长的同乡,也是山西人,和王团长是军校同学,我去团部开作战会议,碰见过他。"

他们再往前走,发现了更多的尸体,不但有国军官兵的尸体,还有老百姓的尸体,一具具,有的尸体脸上的肉已被乌鸦吃掉了,露出了狰狞可怖的骨头。到处都是飞舞的乌鸦,这儿那儿,它们猛吃着尸体。他们走上去,乌鸦就"噗"地飞开,一大群,黑压压的。

"这儿战斗过,"龙营长说,"弟兄们在这儿与日本兵遭遇了。"

"这儿没有一个活人。"马得志查看着尸体说。

一二五师一团和二团在撤退的途中遭遇了日本兵重重阻击,这是呈现在三人眼里的事实。他们再往前走,仍然是一具具官兵的尸体,他们在突围中死得很壮烈,他们与侵略军进行了顽强搏击,最后——战死了。日本人掩埋了自己士兵的尸体,抛下了敌人的尸体。

三个人走进一处村庄。村庄里有着更多国军官兵尸体,还有一具具老百姓的尸体。好在是冬天,湘北的冬天很冷,气温很低,所以还不至于腐烂。整整一座村庄都没一个活人,倒是有几条狗,它们死里逃生,回来寻找它们的主人,见主人倒在血泊中,便在尸体前汪汪汪地狂吠。三人的侵入使狗们又急急逃开了,逃到远远的田野上吠叫。它们很愤怒,但更多的是惊惧,身体在吠叫中瑟瑟颤抖。

黄抗日看见一具男孩的尸体,小小的肩膀上没有头,再一看,头滚到了远离这具男孩尸体的草堆前,眼睛还是睁着的,同他刚才见到的狗的眼睛一样充满惊恐。他又哇的一声吐了。这一次他不光是吐黏液,还有吃进肚里未来得及消化的少量的猪肉末末,它们原是要滋润他那单瘦的身体的,现在被他呕了出来。龙营长走到他身后踢了他屁股一脚,愤怒地大喝一声:"浑蛋,傻瓜。老子一枪崩了你!"

他被龙营长踢了个狗吃屎,栽在自己的呕吐物上。他感到很不舒服。

龙营长喝道:"起来,给我站起来!"

黄抗日站了起来，一张猩猩脸上沾满了自己的呕吐物，令龙营长十分厌恶。"你这猪日的，你妈怎么生养了你这样一颗软蛋？"龙营长怒火万丈地骂道。

黄抗日自己也不明白，怎么他看见这男孩的尸体会呕？这无头男孩的尸体怎么会触动他的神经，让他的肠胃控制不住地又一次痉挛。他想原因是自己觉得这男孩死得十分可怜，这么幼小的年龄就惨死在日本兵的刀下，而且头都被砍掉了。他用袖子揩脸，又擤了把鼻涕，甩在地上，觑着愤怒的龙营长解释道："长官，我小时候，妈说她生我时，碰见了鬼。"

龙营长问："碰见了什么鬼？"

黄抗日瞎编道："我妈说，她生我的那天晚上，碰见了一个没有脑袋的人。"

"走，你跟老子走在前面。"龙营长大叫道，用驳壳枪抵着黄抗日的背脊骨。

黄抗日觉得背被枪顶着，如同俘虏，就说："长官，别拿枪抵着我好哦？万一你枪走火，我没死在日本人手上，死在你手上，讲出去也不好听。"

"别废话，走。"

"你拿枪指着我，好像我是逃兵样，我没逃呵，长官。"

龙营长怒道："你走不走？"

黄抗日说："走，怎么不走？您能把枪收起来吗长官？"

龙营长恼怒地把枪栓打开，"老子一枪崩了你。"

黄抗日脸都吓白了，"长官，你把我打死了就没人出气了。"

"你还有心情耍嘴皮，你这狗娘养的。"

"你骂我可以，我不怕你骂，你别骂我娘好哦？"

龙营长更加大声骂道："你是狗娘养的！"

黄抗日一笑，"长官，只要你骂我舒服，你就只管骂，我可能是狗娘养的，生下来就贱，我爹准备把我摁在水缸里淹死，见我在水缸里拼命挣扎，心又软了，把我提了上来。我从小被我爹妈骂惯了，我妈骂我死又不死，爹骂我是砍脑壳的。我懂，晓得长官爱我。"

龙营长鼓起了眼睛，觉得黄抗日太可笑了，"爱你？"

黄抗日回答："我娘从小说，打是疼、骂是爱，不打不骂是不遭人爱。"

龙营长大笑，"这么说，你是喜欢遭人骂？"

"是喜欢被人爱。只是长官，您别拿枪指着我，我怕你的枪走火啊。"

龙营长收起枪，边坦率地说："老子告诉你，老子枪里早没子弹了，要是有子弹，还在安乡，你就死了，给王团长陪葬了。"

黄抗日松了口气，扭头对龙营长一笑，"谢谢长官不杀之恩。"

三人走出这个村庄，继续往前走，沿途仍是一具具尸体，国军官兵和老百姓的尸体。有的尸体，看上去十分可怕。他们不忍再看地匆匆走着，又走了十多里，没见到一个活人。活着的人都跑了，而留下的人都死了。这就是三人眼里的世界。随后他们放开胆子走，用不着担心什么，看来看去都是死人，没什么可担心的。他们又走了十几里，仍没碰见一个活人。他们在一处山坡上发现了两具日本兵尸体，旁边扔着沾着血迹的锄头，还有一把铁铲，铲子上也沾着血迹。两个日本兵的脑袋是被锄头或铲子挖开的，其中一个日本兵的脸已被锄头砸得稀烂。这是农民兄弟干的，他们将毁坏他们家园的掉队的日本兵打死在山坡上。

他们走到另一处山坡前发现了更多自己弟兄的尸体，放眼望去就是一大片七歪八倒的尸体，有几百具。这些尸体是一二五师一团的一个整营，营长、副营长和三个连长都牺牲了。除了尸体，还有一大群乌鸦。他们的到来使饱餐了一顿的乌鸦们噗噗噗地飞上了树梢，树顿时颤悠悠的，因为乌鸦们合在一起的重量实在太重了。

"啊，马营长。"龙营长待乌鸦飞开，看见几具被乌鸦吃得很恐怖的尸体，其中有一具尸体的额角有一块伤疤，那是马营长于长沙第二次会战中负伤留下的印记。龙营长一眼就认出了马营长。两人都是长沙人，是长沙司门口街上的。两人从小就熟，一起游过泳。十年前，还为一个滚动的铁环打过一架，以马营长得胜而告终。马营长的眼睛已被乌鸦吃掉了，露出了两个血淋淋且可怖的深洞。乌鸦们不但啄掉了眼珠，还吃了眼珠周围的肉。另外，鼻子也吃掉了一半，露出了可怕的鼻骨。龙营长说："哇，真可怕。"

在士兵马得志眼里，多次出生入死的龙营长，已经成了个铁石心肠的人。此刻，他见龙营长苦着脸，心似乎在滴血，就问一旁的黄抗日："排长，日本鬼子怎么这么残忍？"

黄抗日把沿途所见想了下，得出结论道："日本人想要我们怕他们。"

马得志读的书比黄抗日多，"排长，你是说，日本人想从意志上消灭我们？"

黄抗日问："意志是什么东西？"

"意志是指思想方面的东西。"

"那你说对了，"黄抗日答，"日本人是想从思想上消灭中国人，所以就杀杀杀，杀给中国人看，让中国人害怕他们，像害怕看见恶魔样。"

马得志恨道："日本人太可恶了。"

龙营长听见他们这么说，瞪着两只猩红的眼睛道："中国人是杀不尽的！"

龙营长和马营长都出自一二五师一团一营。一二五师的所有军官都出自一二五师的一团。一二五师就是在一团的基础上扩编的。四年前，一二五师只是一个团，田师长还只是个中校团长。这个团参加了长沙第一次会战，坚守在长沙县的影珠山，在那里成功地阻击了日军进犯，自己也损失惨重。那年这个黄埔四期毕业的田团长，因功升了副师长，仍兼一团团长。两年多后，在第三次长沙会战中，他指挥一团官兵打了个漂亮的阻击战，埋伏在捞刀河北岸，歼灭了一个企图撤退的日军中队。也就是一年多前招募新兵，一团在薛岳司令长官的允许下，扩编成了一二五师，田副师长晋升为师长。半年前，田师长奉命率一二五师杀进河南，在豫中与日军遭遇后，汤恩伯只顾自己的生死，没派部队增援，一二五师几乎被日军全歼，好不容易杀出战场，只剩了不到三分之一的官兵，这才愤然退回湖南，在安乡休整和征兵。此次却遭到了日本侵略军毁灭性地打击。

"等我们找到了自己的部队，我就要向田将军请示，重建三团。"龙营长透露他的心思说，"我们三团不能在这个世界上消灭，田将军也会让三团复活。田将军是个很了不起的将军，打仗很勇敢，到底是黄埔军校毕业的。他会听取我的意见，因为田将军是个心里装着抱负的中国人，不像你，心里什么都没装。"他看不起黄抗日地瞟眼黄抗日，又望眼马得志，"到时候我让你当排长。"他对参军不到一个月的马得志许愿说。

"至于你，"他又瞥眼黄抗日，"你胆子太小了，心无大志，太让我失望了。"

黄抗日不说话，而是对自己和对未来都很没信心地垂着头。他在想什么时候战争才能结束？难道他真要没完没了地打一辈子仗？沿途见到的一切都是战争留下的罪恶啊。

"你听到本营长说话吗？"龙营长望着黄抗日。

黄抗日说："听见了，你想让马得志当排长。"

"本人还可以让他当连长，你是只老鼠，顶多就是个排长的料子。"

黄抗日晃晃脑袋，"我什么料子都不是，我什么都不当。"

龙营长快意地说："那你就负责全营的伙食，我让你当炊事班长。"

"我什么都不当，"黄抗日说，"我要回去。"

"回去？那我立即把你当逃兵枪毙。日本鬼子没赶出中国前，你不要指望回去。"

黄抗日绝望道："你不会枪毙我，因为你舍不得。"

"舍不得？你以为你是女的？是杨贵妃？"

"我们村里有个胖女人叫黄贵妃，她长得没我桂花好看。"

"别装了，告诉你，你以后就是我的炊事班长。"

"我不当炊事班长，"黄抗日说，"我什么都不当。"

"不当也得当，"龙营长大声说，"就是要你当炊事班长，这是命令。"

山下有栋破败的农舍，就挨着山坡。他们转身向农舍走去。他们找到了锄头和铲子，三个人扛着锄头和铲子走来，草率地在坡下挖了个坑，把马营长的尸体抬进坑里，埋了。龙营长跪下，黄抗日和马得志也跟着跪下，龙营长说："马营长，你好好安息，兄弟我一定会为你多杀日本鬼子，替你报仇！"

马得志也说："我们一定为你报仇。"

黄抗日也这么说了句，接着，他们起身，重新上路了。

他们沿途看见的仍是一具具尸体，士兵尸体或老百姓尸体，仍然碰不见一个活人。他们又冷又饿，见一株橘树上满是橘子，就惊喜地跑上去，摘下一个个橘子，掰开橘子皮，吃起来。在吃橘子时，他们发现面前不远有处红薯地，他们又兴奋地跑过去，揪着红薯藤，使劲一拉，扯出了几个红薯。他们接连拉扯着红薯，有的藤带出了红薯，有的藤拉断了，但土也松了，他们就用手挖。他们挖出了很多红薯，狂奔到塘边，洗净红薯，大口吃起来。马得志笑，望着黄抗日说："排长，这红薯真甜。"

黄抗日也吃着红薯，望眼天空，天色阴惨惨的，四周十分沉寂，村里的人不是死了，就是躲兵躲到山上去了。"我们还活着，还能看还能说话，"他说，"那些弟兄们，却再也不能看和说话了。可是，他们的家人、父母还不知道，还以为他们活着。"

龙营长抬起头，他的头格外大一些，他盯眼黄抗日，"我们都会死，迟早的事。"

黄抗日不喜欢龙营长，这个龙营长一副恶相，瞧不起他。他不望龙营长，而是望着前面的橘树林说："以前听别人说，人是从土里来的，都要回到土里去。"

"你瞎说什么？"龙营长挑刺道，"人是从土里来的吗？父母生的。"

"父母是从哪里来的呢？"

"父母的父母哪里来的，这也要问？"

黄抗日又问道："长官，父母的父母的父母又是从哪里来的呢？"

龙营长说："傻瓜，人是一代一代传下来的。你真蠢！"

黄抗日不敢反驳，却说："长官，人的祖先在变成人之前，难道不是从地里来的吗？难道是天上的飞鸟变的？"

龙营长骂道："跟你这个蠢尸，什么都讲不清。"

黄抗日一笑，"长官，我们都是生长在地上的人，回到土里去是叶落归根。"

龙营长觉得与黄抗日争论是对牛弹琴，起身说："走，找部队去。"

他们往口袋里塞满红薯，黄抗日脱下罩衣，包着红薯，扛在肩上，跟在龙营长身后朝前走去。他们正在向日本人走近。

日本人于一九四三年十一月，纠集了十一万军队，分兵三路，对湘西北进行疯狂大"扫荡"，报复他们在第三次长沙会战中吃的亏，疯狂屠杀湘西北的老百姓，直指湘西北重镇常德。日本人过高估计了国军在湘西北的兵力，对湘西北出以重拳。

他们一点也不知道这次日本人"扫荡"湘西北的战略思想，也不晓得到底有多少日本兵聚集在湘西北一带。在一二五师里，知道日本兵动机的只有一个人，那就是企图率部逃命的田师长。总部让他率部死守，吸引日军，那意思很明确，就是要一二五师与日军顽强拼杀，总部好部署部队掩杀而至，在湘西北打个反"扫荡"歼灭仗。然而田师长不想就这么死去，他知道自己的官兵大多是新兵，扛不住日军的猛烈攻击，一旦被日军包围，增援部队冲不破日军防线，攻不上来，那就必死无疑。他还年轻，还想活命，于是他在执行上峰命令时打了个折扣，丢下一个团死守安乡，自己率两个团企图逃离日本兵的魔爪。

但事与愿违，因为日本人是分兵三路，前后左右夹攻，沿途他们遭遇了日本兵的重重阻击。将两个撤退的团分割成了许多块，一块一块地吃着。一二五师由于在执行命令上大打折扣，没按上峰的意图打，已在撤退的途中，全军覆没了。田师长在弹尽粮绝、无路可走的情况下，流着泪，率领着一团一营的八十多名半死不活的官兵举起了白旗。

　　"蒋委员长，卑职辜负了您的栽培。"田师长在向日本兵举起两只破烂的手时，喃喃自语说，"薛司令长官，在下无能，悔不该没执行您的命令，反而身陷绝境，该死呵。"

　　田师长被俘的地方名叫西湖镇，属常德市汉寿县，就是说一二五师的剩余官兵已逃到了汉寿，然而，离那儿不远正在发生震惊全国的厂窑大屠杀。

　　日本人被一二五师所有英勇无畏的官兵弄得很有脾气，因为他们死去的弟兄比一二五师的官兵要多，于是他们露出了兽性，对老百姓进行灭绝人性的屠杀。他们在厂窑的一个村子里战死了三百多官兵，迟迟夺不下那处村子的一个堡垒——那是一个大祠堂，前面有两个石狮子，墙脚是粗糙的麻石。他们久攻不下，调来八门迫击炮和两门野炮，冲着祠堂打了一百多发炮弹，将祠堂炸成了瓦砾，但是仍然遭到了活着的几个官兵顽强抵抗。待他们把最后一个士兵的脑袋打碎，一看祠堂里只躺着三十一具尸体——有二十具尸体的手脚都炸得不知去向——还不满一个排，而他们却在祠堂前送掉了几十条性命，他们大为光火，觉得大大地吃了亏，于是对难民展开了报复性的屠杀，以祭祀他们死去的官兵。

　　在厂窑的另一处村子里亦如此，也是一个排的士兵与进攻的日本兵厮杀。他们二十九个人，却杀死了五十一个日本人。他们拒不投降，在子弹打完后，一个入伍三个星期的士兵，身上中了日本兵三颗子弹，却还用手中的刺刀要了走上来查看他的某日本军官的命。

在厂窑的一处杂树林里，还有一群土匪与日本兵厮杀，他们都是湖区农民，个个都是敢拼命的好汉。他们用步枪、鸟铳射杀侵略军，他们还不到一百人，却把日本兵的一次次冲锋打了下去。他们都战死了。他们中有不少是于肉搏时与日本兵一并倒在血泊中的。

他们不是军人，穿的都是老百姓的衣服，但他们的英勇抗击使侵略军大为震惊，也大大激怒了这群充满兽性的侵略者。日军第十一军第十三师团长赤鹿理中将作出决定，杀尽这一带的湖南人，见一个杀一个，统统消灭。日军第十三师团参加过第二次和第三次打长沙，他的这支师团打过上海、打过南京、打过徐州、打过武汉，之前还横扫河南省，把驻守在河南的中国军队打得丢盔弃甲，不觉得中国军队有多厉害，反而觉得中国军队是一触即溃的饭桶。一年前，他充满自信地率第十三师团从湖北出发，进入湖南，在新墙河就吃了中国军队的猛亏，好不容易攻破新墙河中国军队的防线，在进攻长沙时又吃足了亏。后来他奉命撤退，率部退到长沙县一个叫福临铺的地方，又遭到中国军队的伏击，部队被分割成几块，首尾无法相顾，几乎被全歼。他和他的下属感到湖南人太能打了，这既让他们害怕又让他们头痛。他们在这一带又死去了很多官兵，不灭了湖南人，他们就没法安身。他于是下令灭绝这里的男女老少，统统灭绝。因为儿童是未来的战士，而妇女是生产战士的"机器"。

九

龙营长率领黄抗日和马得志寻找部队，走了几天，最后走进了名叫厂窑的地方。厂窑是马得志的家乡，马得志熟悉这片土壤。他们沿途发现的尸体越来越多，老百姓的，自己弟兄的。在别的什么地方，尸体只是横七竖八地躺着。在厂窑，尸体就成堆成堆的。日本兵将一群群手无寸铁的老百姓赶到一起，用机枪扫射，于是尸体一堆一堆的。

"我的天啊，"马得志紧张着神色道，"我的天啊。"

龙营长觑着草地上的一大片尸体，一眼望去足有几千男女老少。"日本鬼子完全疯了，连手无寸铁的老百姓都杀。"龙营长说，"这群畜生，都是猪狗养的。"

他们放眼望去，到处都是尸体，军人尸体和老百姓尸体。有的尸体的头被侵略者的东洋刀砍得滚到了一边，还有些尸体的头根本就不知去向，只剩下一个血已结壳的脖颈。"啊，真恶心。"黄抗日悲叹道，他又想呕什么的。

"我们得赶快离开这儿，"龙营长说，不安地左右张望，用鼻子吸了吸空气，企图嗅出日本兵的去向，"这里战斗过，但战斗结束了。我们绕开这一带。这一带肯定还有日本兵。"

马得志说："不，这里离我家很近，只有一里多远。我要回家里看看。"

"那很危险哪。"龙营长说，"不能去。"

"我要去，长官，我一定要去，你们先躲起来，我会去找你们。"马得志说，将手朝远处的破庙一指，"你们先躲在那个庙里，我会回来找你们。"

"不行，要走一起走。"龙营长不愿失去马得志。现在他只有一个战士，那就是马得志，至于身材瘦小且长相古怪的黄抗日，他压根儿看不起。

马得志坚持要回家看看，因为沿途看见这么多户人家被杀，他十分担心家人。他满脸紧张和困惑，脸型都变了，"长官，我都快到家门口了，我一定要回家看看，长官。"

黄抗日不说话，他预感不会有好结果，但他不敢说出来。

龙营长作出了让步，"那我们一起去，万一有什么不好，也有个照应。"

他们向一处坑坑洼洼的田埂上走去，田埂上有一些枯草和荆棘，田野上有一些稻子，它们都枯倒在田里，没人问津。田野尽头是一线蓝灰色的山脉，山脉上是一片灰色天空，天上有乌鸦飞来飞去，叫得很欢畅。对于乌鸦们来说,它们觉得世界很美好,到处都有死人吃。它们嘎嘎嘎地欢叫着,相互打着招呼,似乎在说"这么多死人,吃不完吃不完"。

三人在田埂上又发现了一堆尸体。他们倒在一起,倒毙在田埂上和田埂两旁,除了男人,尸体中还有妇女、儿童。他们是被日本兵的机枪在远处射杀的逃难中的村民。马得志认识他们,惊惧地说:"啊,都是我们村的。"

这都是一些手无寸铁的男女老少,他们拎着包想逃命,企图从日本鬼子的铁蹄下逃生,然而他们葬身在此处了。"这是马大爹,这是马二爹,这是李婶婶,这是小虎。他还只七岁。这是马大嫂……"马得志说着,眼泪水哗哗地流着。

"他们都是你们村的?"黄抗日感到不安和心寒地瞅着马得志。

马得志不回答他,而是绕过这堆尸体,匆匆向自家奔去。

前面还有尸体,一具又一具,一堆又一堆。他们再也无心打量尸体了。沿途到处都是死人,他们已经看腻了。田野沉寂无声,只有三人的脚步声和乌鸦在天上欢叫的声音。他们进入村子后,又发现了一二五师弟兄的尸体。他们在顽强抵抗侵略军中丧了生。

"天啊,这是一团李团长。"龙营长说。

他们在一处炸毁的房屋前发现了死去的李团长,尸体上插着一把汉阳造,刺刀插入了尸体的肚子。尸体的左腿没有了,那是给迫击炮的弹片削掉的。几年前,龙营长入伍时,李团长曾是他的连长。当时李团长二十五岁,湖北人,黄埔军校毕业的,常常帽子歪戴着,看见士兵射击的姿势不对,走上去就用脚踢。此刻,倒在血泊中的三十岁的李团长,再也不会开口骂人了。他们把目光探进被迫击炮弹炸毁的房屋,发现屋里还有七八具尸体,他们都是李团长的传令兵和警卫。他们都是打起仗来不要命的湖北佬。

龙营长见一团李团长都战死了,预感凶多吉少道:"我们完了。"

黄抗日道:"长官,还没完,我们还没死呢。"

龙营长冷冷地瞟眼黄抗日,"你没死有什么用?十个你、一百个你都抵不上李团长一条性命，你明白吗？"

黄抗日鼓起眼睛说："长官，十个我确实抵不了李团长，一百个我那还是多了点吧？"

龙营长说："两百个你都抵不了李团长一个。他是黄埔军校六期生，如果他不死，当师长只是迟早的事，你能指挥一个团打仗吗？"

黄抗日老实地答道："不能。"

龙营长吐了口痰，"所以，两百个你都抵不了他一个湖北佬。"

"一二五师完了。"龙营长看着李团长的尸体，发出了这样的感慨，脸色就一派阴沉，"一二五师是一支英雄师，他们都为国捐躯了。"

黄抗日木木地瞧着这一切。

他扫黄抗日一眼，坚决道："听着，我们也要为国捐躯。"

黄抗日缩了缩脖子，因为一股冷风灌进了他的颈脖。

"宁为玉碎，不为瓦全。晓得吗？"龙营长血往上涌地叫嚷。他见到李团长的尸体，人马上变得很激动。这是绝望中的激动！"我们要为他们报仇，一定要为他们报仇！"

他们在穿越一片南竹林时，发现了一具日本兵尸体。日本兵是被农民兄弟勒死的，脖子上还套着麻绳，一张脸乌青的，舌头伸了出来。他们还发现了一具日本兵尸体，也是被麻绳套锁着颈根勒死的。这一定是两个掉队的日本兵，或者是步入竹林里小便的日本兵，因为其中有一个日本兵的阳物吊在裤口外，犹如趾甲揭掉了的肮脏的大拇指翘在破鞋上。他们被躲藏在竹林里的愤怒的村民用绳套勒死了，也许在弄死他们时，他们的队伍就在前面。

"这是农民兄弟干的，"龙营长说，"干得好。"

他们走出茂密的竹林，绕过一片橘树林时，又发现了一具日本兵尸体，日本兵是于随地大小便时，被愤怒且勇敢的农民兄弟从背后用石块砸死的。日本兵的军裤落在膝盖下，露出了两条长满毛的蛤蟆腿和白生生的屁股及如一只死麻雀样的生殖器。日本兵的脑袋被石块砸烂了，地上除了血、豆腐渣状的脑浆，还有他拉的绿屎。

马得志家的门大敞着，他一走进堂屋，映入他眼帘的是他奶奶、爹爹、妈妈和哥哥及侄儿的尸体。他大叫一声："爹爹，妈妈，奶奶，哥哥。"立即呜呜呜呜地哭了。

"呜呜呜呜呜，"马得志哭喊道，"爹爹妈妈呜呜呜呜……"

任何坚强的战士见到亲人全部被杀都会呜呜呜呜地哭，何况马得志还算不上真正的战士。假如他是真正的战士，他就见不到这悲惨的一幕，他会在安乡战役中献出其年轻且朝气蓬勃的生命，那么他就永远不会带着伤痛的记忆死。他在战场上像黄抗日一样装死，也就见到了这--幕。

马得志的嫂子死在另间房子里，死后一只手还死死攥着三岁的儿子。她是被一刺刀捅进心脏后死的。儿子的后脑勺上有一个洞眼，那是一粒子弹打进去留下的洞眼。血从那处眼里涌出来，染红了他的衣裤，且流了一地。

"他还只三岁啊，"马得志哭着告诉龙营长和黄抗日，"他还只三岁啊！呜呜呜呜。"

但对于日本侵略军来说，他是未来的战士。他们不能让他成为英勇的战士。

马得志的爷爷死在床上，一刺刀捅破了他的肚子，刺刀还在肚子上搅了下，肠子和胃涌了出来。爷爷生病了，躺在床上养病，但日本人觉得这个老人活着没用，就把他送到死神那里去了。姐姐也是死在床上，身上一丝不挂，她是被日本兵强暴后割下乳房死的。姐姐的两只乳房像两个血淋淋的猪尿包样扔在地上。姐姐尚未出嫁，她的未婚夫于一九三八年入伍，当时十八岁，在村里组织的壮劳力抽丁中，他抽了个画了圆圈的签。那个圆圈表示恭喜。但他入伍不过半年就死在第一次长沙会战的战场上了。

姐姐在悲痛中为这个出发前办了三大圆桌订婚酒的男人守着贞操。

姐姐的贞操被日本兵破了。他们把她按在床上，脱掉她的衣裤，十分快意地轮奸她，然后杀了她，不让她把仇恨传播下去。

马得志一家九口，无一幸免。

马得志家养的一条大黄狗也被打死在房屋一角，身上中了三颗子弹。狗的两只后腿被割了，地上一摊结了冰的血。马得志家养的两只猪也成了刀下鬼。两只猪的四条前腿被日本兵活生生地砍走了，猪是流血而亡，死在自己屙的粪便上。马得志家唯一的活物是一只芦花母鸡。它在日本兵冲它开枪的当儿及时跳窗逃走了，现在它回来了，走进鸡笼里生蛋。他们在房里查看了几分钟后，它生下了蛋，立即钻出鸡窝，咯咯咯地叫着，向主人骄傲地讨谷吃。马得志的母亲每次在母鸡生下蛋时，都要撒一把谷奖赏芦花母鸡。

它在厨房里咯咯咯叫了一气，还不见人赏赐，便发脾气了，大叫道：咯哒咯哒咯哒。那意思是它已经干出了成绩，却没人青睐它。它非常气愤地：咯哒咯哒咯哒，并在他们面前走来走去，看着他们，觉得自己的功劳被忽视了。

"走开，"马得志喝令芦花母鸡道，"别烦我，走啊你。"

黄抗日走过去把芦花母鸡赶了出去。

马得志哭泣道："爹爹妈妈爷爷奶奶哥哥姐姐，你们死得好惨啊。"

马得志已经死了，随他一家人上阴间地府团圆去了。只是真正地死却晚了一个星期。他们掩埋了马得志一家九口人的尸体。马得志一身软软的，悲痛和仇恨笼罩着他，使他提不起锄头。黄抗日不得不奋力挖着，龙营长也奋力挖土。他们默默地干了整整一下午，在马得志家的院子里挖了三个坑，将爷爷奶奶合葬，将哥哥嫂嫂和两个侄儿合葬，将马得志的爹爹妈妈和姐姐埋在一起。马得志从柜子里找出一床干净的床单，把姐姐的尸体包了个严实，还把被日本兵割下来的乳房放到尸体上，一起包上，用麻绳捆牢，平平整整地放在父母亲的尸体旁，埋了。"爹、妈、姐，我一定会为你们报仇。"

马得志跪在地上哭泣道,"我发誓,等我为你们报了仇,我再重新安葬你们。"

村里有一座坟山,专埋死人的。马得志打算打完日本侵略军,回到家,再重新安葬他的亲人,将九具尸骨迁移到坟山上去。

但可怜的马得志再也回不来了。

第二天一早,他们赶紧离开了充满血腥气味的厂窖,几个小时后,三人走进了汉寿县西湖镇的一处村庄。当时村庄上炊烟袅袅,远远望去,那个村庄很宁静。他们想进村子里打探打探,还想讨一口水喝。他们都走得口干舌燥了。他们见村庄上有炊烟升腾就惊喜不已。他们小心翼翼地走了好几天,遇到的全是一具具尸体。他们觉得很孤独,还很恐惧。现在看来,总算可以同活人说说话了。他们急需要打听自己人和日本人的情况。

"那边有烟,看见了吗那边有烟!"龙营长让马得志看,也指给黄抗日看。

当时他们离这个村子至少还有两里远。

马得志无心看烟。

黄抗日回答:"长官,我看见烟了。"

马得志也木木地看着远远的炊烟。

"总算有活人了,"龙营长说,"从安乡活着出来,走了四五天,总算有活人了。"

他们向那处村子奔去。奔只是形容,他们的脚已经走酸走肿了。虽然如此,他们朝着那个村子走去的步子却加快了。他们走到离那处村子还有一里远时,忽然从竹林后面跳出十几名日本兵,他们虎着脸,端着枪逼视着他们。

龙营长一愣,马上举起了手。黄抗日也举起了双手。他面色苍白且紧张地瞪着这几支黑森森的枪管,他想完了完了,预感自己会像沿途见到的众多阵亡的官兵一样横尸野地。他想可怜的是和他一起长大的女人,他的女人都不晓得他死在哪里呢。没想自己拼命想活下来,最终却以这种方式丧命，真有些窝囊呵。他觑着日本兵，并不紧张，因为在五年的当兵打仗的生涯里，日本人他见得多了，也打死过不少日本兵。他想现在轮到他死了，却想无论如何也不能死得太难看，死得太难看了会吓着活人，于是他尽量在脸上挤出一点笑。他看到过很多张死去的脸，都很丑陋，他一路上想自己长得这么不招人喜欢，谁都嫌他、轻视他、侮辱他，死的时候他一定要面带笑，免得别人看见他的死相觉得他死得太凄惨、太难看了。日本兵见他笑，犹豫了下，把举着的枪管低了下来。

马得志愣着不动。他的思想和注意力根本就不在这儿，他的思想在他亲手埋葬的那九具尸体上。一个月前，他和那九口生命还在一起吃饭、喝酒和聊天。

龙营长用肩膀撞了下马得志，命令说："快举起手来，你不想活了？"

马得志没反应过来。

龙营长急道："快举起手来。你不想活我们还想活。举起手来！"

马得志愣头愣脑的模样举起了双手。

日本兵把他们带进了村子。村子里有一片杉树林，在杉树林前，坐着一大堆国民党官兵。他们都成了日本兵的俘虏，被规定坐在原地不动。他们都是一二五师的官兵，有一百三十多人，都穿着军装、戴着军帽，坐得笔直，但脸上都很疲惫，还很懊恼、沮丧和痛苦。他们觑着三个新来的俘虏，脸上露出了不幸和友好的双层笑容。

"你们是怎么回事？"一个军人问龙营长。

龙营长尊敬地望着那军人答："长官，我们是从安乡战场上活着走出来的，出来找部队，没想沿途没一个活人，看见的都是死人……"

长官叹一声，"你们守安乡的三团，还有几人活着？"

龙营长说："报告长官，就我们三人。"

黄抗日一眼就认出了长官是田师长，这张脸上的嘴巴是方的，鼻子很大，三角眉毛。这张脸常常到这个团那个营训话，鼓舞官兵的抗日士气。

他于训话中不是站着不动，而是走来走去，就像那只邀功请赏的芦花母鸡。现在这张脸上，方嘴巴抿成了一条线，三角眉毛拧成了黑黑的一坨，肩上的一颗星少将肩章虽已被他自己摘了，但黄抗日还是一眼就认出了他前半生里最景仰的、说话时面部表情极为傲慢、严厉的田将军。

"将军我认识您，您是田师长。"

田师长瞟眼黄抗日，见后者在这种倒霉透顶的地方，还笑，就觉得这个人脑子出了大问题，于是皱着眉头、冷着脸色说："你是谁，嗯？"

要是在平时，黄抗日会被他一声"嗯"吓得腿一软。但此刻，他和将军都是日本人的俘虏，他们的周围站着端着枪的日本兵，那些日本兵蔑视地盯着他们，所以他不觉得将军冷漠的脸色有多么可怕，他回答将军："将军，我是三团一营一连一排排长黄抗日。"

田师长说："不要叫我将军。"

黄抗日立即答："是，长官。"

田师长说："不要叫我长官。"

"是，长官。"

"还叫我长官？我不是说了不要叫我长官吗？"

"是，长官，我不叫您长官了。"

"也不要称我您，我什么都不是了，只是个倒霉的战俘。"

"是，那在下不叫您您了。"

田师长觉得这个下级军官让他心烦，挥下手说："你坐到那边去。"

黄抗日答"是，长官"，不敢完全站起身，弯着腰走到一个俘虏面前坐下，他坐下时身体撞了身边的人一下。那人一脸胡子，脸色黝黑、目光幽暗，斜视着他，用浑厚的外地口音问他："你哪里人，兄弟？"

黄抗日明白他不是湖南人，便答："兄弟是湖南白水县人。你呢？"

"我是山东人，"一脸胡子的大汉标榜说，"我的家乡就是孔丘的家乡。"

"孔丘？"黄抗日不明白道，"孔丘是哪个？"

山东人看不起黄抗日一脸傻相道："你连孔丘都不知道？你是中国人吗？"

黄抗日坦率地说："我是黄家镇人。"

山东人觉得有必要跟这个白痴灌输点知识，"孔丘就是孔子，孔子姓孔，名丘。"

一旁坐着个中等身材的军人，领章上的少尉军衔标志尚未摘掉，他看眼黄抗日，温和地说："他姓孔，是警卫连孔副连长。大家都叫他孔老二。鄙人姓刘，江苏人。兄弟贵姓？"

黄抗日觉得此人长得白净，说话声音怪怪的，没打算理睬他道："免贵姓黄，名抗日。"

此人一笑，笑出一口整齐的白牙，拍了下黄抗日的肩，脸色热情地用江苏话道："你的名字好记。你叫我江苏人吧，他们都叫我江苏人。"

十

关于我爹被日本兵俘获，这事儿是我爹写交代材料中自己交代的，他要是不交代，那是没人知道的，因为生活在黄家镇的人连我爹参加过三次长沙会战都不知道，又怎么会知道我爹被日军俘虏那段短暂、羞愧的经历呢？但爹是个老实人，以前他的确想隐瞒这段极不光彩的经历，但既然组织上要他老实交代，他犹豫了半天，觉得还是交代好，万一以后被人连带出来了，那组织上会指责他欺骗组织，就一五一十地交代了。刘大鼻子如获至宝地拿着我爹交代的材料到处说，于是全镇的人都晓得我爹被日本侵略军俘虏过。我问姐："爸爸在抗日战争中曾被日本兵俘获过，这事你以前晓得吗？"

姐说："不晓得。爸爸从来不跟我们说他的事。"

我说姐道："谅你也不晓得。"

我又问伯伯。伯伯与我爹完全不一样，身材虽然称不上高大，却不矮，尽管站起来不像一座铁塔，却实实在在比我爹威武。据上辈人说，伯伯年轻时候好打架，谁欺负我爹他就揍谁，揍得谁满地找牙。但那是年轻的时候，我没见过。当我成为小男子汉时，伯伯也同我爹一样，成了个老实憨厚的老男人。伯伯的一生都是在黄家镇度过的，除了偶尔去县城打个转身，就再没离开过黄家镇一步。有天，伯伯关心我和我姐，来我家看我和我姐，手里握着个水烟袋，看着我呵呵傻笑。我问他："伯伯，我爸是不是被日本鬼子抓过？"

伯伯收敛了傻笑，这个不快的话题让他目光突然黯淡了，"这事伯伯不晓得。"

"您真不晓得？"我不相信伯伯不晓得。

伯伯吸了袋烟，这才说："小毛，伯伯还是这两天才听说。"

伯伯见我不语，又说："你也不是不知道，你爹不爱说话，什么事情你问他都不答。你爹是个老实人，从小被人欺负惯了，老实了一辈子。"

没有人晓得我爹在一九四三年被日本兵俘虏过，那些与我爹一道被日本兵俘获的国民党官兵，在接下来的抗日战争和后来的解放战争中统统死了。他们不是被日本人打死，就是被后来的解放军或游击队战士击毙。如果还有两三个没死的，也是天各一方，各活各的，完全断了联系。他们绝想不起那个身材瘦小、长相滑稽的黄抗日。我爹在任何一个群体里都属于容易被人忽略、遗忘的人。因为爹知道自己长相怪，模样成了别人取笑的对象，导致他从小就自卑，是那种自卑惯了，因而学会了另一门本事，知道怎样做才不会引人注目。假如我爹不是主动向组织交代这段历史，这段历史八成就在历史中隐埋了。这个世界，确实有许许多多不光彩的历史，就那么无声无息的消亡了。但我天性胆小的爹，信守那句"要使人不知，除非己莫为"的古训。在红楼里写交代材料中，爹遵照这条古训，一五一十地写了出来。

爹的这段历史让我小时候十分蒙羞。

迎春路小学的孩子以为军人被敌人俘虏后就是叛徒，因为只有怕死的人才会被俘虏，而怕死的人都会成为革命的叛徒。当他们从大人嘴里陆陆续续晓得原来我那个为人老实巴交的爹在日军面前举起过双手后，便有理由看我不起了。他们晓得革命样板戏《红灯记》里有一个王连举，因怕死，向日本宪兵出卖了共产党员李玉和；还晓得《红岩》那本书里有一个名叫甫志高的男人可耻地背叛了革命，致使重庆地下党组织遭受严重破坏，最后被双枪老太婆一枪打死了。他们痛恨叛徒，便觉得我爹是苟活着的王连举或甫志高。那时候我从他们眼前经过，如果他们正在玩游戏，会马上停止玩游戏，硬生生地瞪着黄家镇的王连举或甫志高的儿子，犹如盯着一只病猫，且嘲弄地冲着我的背影齐声唱道：

叛徒甫志高你往哪里跑，双枪老太婆一枪打死了。

我那时候倍感屈辱，还很困惑，爹干吗不成为董存瑞或黄继光那样的革命烈士，而要成为甫志高？同时也相当迷茫，因为我并没背叛革命，我是个生在新社会长在红旗下的少年儿童。我不是遭人唾弃的甫志高，也不是那个把李玉和送上刑场的王连举，为什么一些同学都看我不起、视我为叛徒的崽和狗崽子？所以有一段时间我很恨爹，心想这么多人一个个都死了，爹怎么不死？假如他死了，就没有人对我唱"叛徒甫志高你往哪里跑了"。

迎春路小学附近的孩子不但冲我这样唱，冲我姐的背影这样唱，还冲我母亲李香桃老师的面也这样唱，并且唱得特别起劲、开心，唱完后还怪模怪样地大笑，并且在一个大男孩的倡导下，把词改掉，唱成：

叛徒的老婆你往哪里跑，我们一枪把你打死了。

我母亲李香桃老师死前的一个星期曾经去看过我爹两次。第一次她是跟着我一起去的，第二次她是单独去的。那两次李香桃老师都穿得很整洁。她是穿着一件铁灰色列宁装——那是她那些年里唯一一件穿在身上式样好看的衣服，平常是折叠好放在柜子里舍不得穿的，只有过年、过节或出席什么重要场合，李香桃老师才会从柜子里拿出这身衣服穿在身上。那天她就穿了。这是她不想以一副可怜、潦倒的叛徒老婆的模样出现在众人眼里。我母亲李香桃老师虽然长相普通，外表看上去甚至也像我爹一样不招人喜欢——她头上虽没长角，但脸是方的，而且额头也是方的，表情就显得硬。前文说了，我母亲骨子里十分好强，这种好强，反映在脸上就是硬，反映在学校里就是喜欢与人争荣誉，哪怕是一张学校里颁发的"积极分子"奖状，她也要与某人争得面红耳赤，因此我母亲与同事的关系十分糟糕。

若干年后，我碰见母亲当年的一位女同事，她很老了，对我说起我母亲，脸上是那种无可奈何的遗憾，说："你妈李香桃老师太好强了，太要面子了，干事非常霸蛮。"

我望着这位老教师，老教师又说："你不知道呢，那时候你妈什么都要争第一。面子观念重，看不开。这是她自杀的原因。"

我说："那时候我小，我只记得当年学校里的红小兵揪着她去批斗。"

老教师说："当年不是我们劝阻那些红小兵，还不知他们会把你妈斗成什么模样！"

我问："还能斗成什么模样呢？"

老教师说："那些红小兵要给你妈剪阴阳头，是我阻止的。"

我不太愿意相信这位老教师的话，"文革"是"左"得最厉害的年代，在那个年代"莫须有"的罪名和高帽子满天飞，可以料想，老教师是不会为我母亲说话的。那个"左"得让人担惊受怕的年代，全中国似乎只有两种人，好人与坏人。好人是不会替"坏人"说话的，要避嫌。而"坏人"更不会替"坏人"说话，"坏人"已经被革命群众踩在脚下了，还有什么资格说话？没经历过"文化大革命"的人是不会有这种体会的，而我小时候恰巧经历了，也遇见过同情我们一家人的目光，但更多的是避嫌的目光。所以，不会有人站出来替我母亲说话，就连另一些小男孩讨厌我，对我哼唱"叛徒甫志高你往哪里跑"时，他们也没站出来阻挠。那时候，我家还住在迎春路小学的教职工宿舍，我想玩就去某老师家找同龄孩子玩，人家父母不欢迎，把我往外赶，因为我父亲的"政治身份"让他们不安，"国民党高级特务"和"叛徒"，大人们不愿意自己的孩子与"狗崽子"玩，于是驱逐我。

我记得那是一九六九年四月——那个四月总是淫雨霏霏，但那天一早，出了一丝太阳，母亲脸色略微高兴，对我和姐说："咿呀，今天出太阳了。"另外，我之所以记得是我现在还能嗅到那股橘花的清香。在农村里生活过的人，或者对季节很敏感的人都晓得，橘树在阳历四月里开花，直开到五月初，花呈白色，有一种很好闻的芬芳。我母亲李香桃老师随我一起去红楼送饭给我爹吃，我们路经红楼前的篱笆院子时，两旁的橘树都开了花，并有一股好闻的花香扑到脸上。多少年里，这股香味一直在我鼻前萦绕。我甚至现在都能嗅到橘花的清香，它从一九六九年四月里的那天飘来，不受时间限制、穿越已逝的岁月，在我一想到母亲时便涌入我的鼻息，让我一次次心慌、怅然。

武装部的几个人瞪着我和我母亲李香桃老师，黄抗日疯了，这是事实。现在他们不晓得该拿黄抗日怎么办。是把黄抗日送到县医院治精神病，还是让李香桃老师把被他们视为叛徒的黄抗日接走？由于谁都不愿意承担放坏人回家的责任，所以就谁都没作出这个决定。

"敌人是很狡猾的，为了达到目的是不择手段的。"镇革委会严副主任分析说。

"黄抗日很有可能是装疯。因为有的敌人为了不至于被他迫害的人认出来，还有自己毁自己脸的呢。"另一个人猜测说。

"从他的交代材料看，他既打过日本鬼子，又打过国民党。这样的人什么大事小事没经历过？没那么容易疯，应该是装疯。因为你狡猾，敌人会比你更狡猾。"刘大鼻子揣摸说，"我不相信他这么快就疯了，我们又没对他用刑。"

他们觉得经历了那么多枪林弹雨的黄抗日的疯里有诈。我和母亲就是在他们怀疑我爹是装疯的目光下，走进红楼，上了三楼，走到关我爹的那间房子里。我爹蓬头垢面地躺在邋遢得要命的床上，没有一点人相地蜷缩成一团，脸对着墙。但眼睛是睁着的，眼眸呈浑浊的黄色，犹如一塘浊水。

"爸爸，妈妈来看你。"我对爹叫嚷。

爹不理我，继续是那种姿势躺着，嘴里喃喃地念叨什么。

我又说："爸爸，妈妈来了。"

爹仍是一动不动。

我叫道："爸爸，妈妈来接你回家。"

我母亲李香桃老师眼睛红了，因为她那好强的心理，真的接受不了眼前的事实。她拼命控制着自己的情绪，以免被站在身后的镇武装部的人取笑。站在我们身后的武装的人，正冷冷地望着我们。我母亲李香桃老师没有失态，她严肃着脸唤了声："老黄。"

爹仍是那种姿势躺着，很像一只不通人语也不愿意理人的病歪歪的脏猩猩。

"爸爸爸爸呀，"我哭了，"妈妈来来来了。"

爹仍然一动不动。

我母亲李香桃老师终于控制不住悲伤，眼泪水淌了下来，一串串地往下掉，母亲哭道："老黄老黄，你怎么会变成这模样？"母亲走上去，走到充斥着一股恶臭的床前，推了推老黄的肩头。"老黄，我是李香桃、李香桃呀。"

爹不回答母亲，但还是看了母亲一眼，立即又扭开头，宽扁的大嘴喃喃地念叨着。我走上去听了听，爹自言自语地说："日本鬼子来了，日本鬼子来了，日本鬼子来了。"

我说："爸爸，不是日本鬼子来了，是妈妈来接你回家。"

爹忽然转过身来，瞪着两只惊诧的黄瞳仁，"咦，你还不走？还在这里？"爹那张灰白的猩猩脸上，一脸恐怖。"日本鬼子是连妇女儿童都杀的，快逃呀你们。"

我说："爸爸，没有日本鬼子，日本人早就被你们打败了。"

"打败了？"爹怪笑了一下，"我又没枪，我拿什么打日本鬼子？拿脚踢哦……"

我母亲李香桃老师告诉丈夫："这是一九六九年，是社会主义的新社会。"

"哦，一九六九年。"爹怪声道，肮脏不堪的样子又怪笑了下，"一九六九年是哪一年？一九六九年是什么年？同志们都安全了吗？日本鬼子都走了吗？"

我母亲李香桃老师说："都走了，滚回日本了。"

爹痴笑了一声，"日本鬼子还会来，日本人盯着我们中国呢。"

我母亲李香桃老师说："老黄，日本人不敢来，他们怕我们的'文化大革命'呢。"

爹见李香桃老师说话时表情严厉，又害怕地转过身，抱着头躺着。

一股恶臭从爹的身下升上来，那是爹把大便拉在床上了。

我母亲李香桃老师垮了，觉得自己的丈夫太懦弱、憋屈了，竟不顾家人的感受，自己就疯了，竟然像个肮脏的畜生样活着，这是对一家人不负责任啊。于是我母亲李香桃老师愤然哭了，呜呜呜呜。我见母亲哭，我也哭了。但我爹的思想仍在另一个世界，那个世界里到处都是日本兵杀害的中国人。他不晓得我们在哭谁。

"谁死了？"爹翻转身来，小声问我，瞪着我。

我摇摇头。

"没死人你们哭什么？"他感到我们很奇怪的样子瞅着我和母亲。

我母亲李香桃老师绝望道："老黄，我们回去。"

"老黄？"爹不知我母亲李香桃老师叫谁，听到楼道里传来脚步声，脑海里出现了什么幻象，马上紧张不安地缩成一团，念道："日本鬼子来了，日本鬼子来了，你们快走啊。"

来的是镇武装部的刘大鼻子，一双皮鞋，走路脚步声很独特。

我母亲李香桃老师临死前去看她丈夫，是接到刘股长的正式通知，要她把丈夫接回家。"李香桃，你老黄把那间房子搞得比猪栏还臭。"刘大鼻子绷着脸说，满脸鄙视，"镇革委会今天上午专门讨论了黄抗日的问题，认为黄抗日是装疯。但考虑到跑得了和尚跑不了庙，你去把他暂时接回家，给他理理发，洗洗澡，等待我们的处理方案。"

母亲李香桃望着刘大鼻子。

刘大鼻子吐口痰，又说："你要告诉他，不要以为装疯卖傻就可以逃避无产阶级专政。我们是决不会放走一个坏人的。"

母亲李香桃什么话也没说，目送着刘大鼻子远去。

母亲李香桃对我和姐说："我要去接你们的爸爸回来。"

母亲李香桃交代我姐："烧两壶开水。"

姐姐"嗯"了声。

母亲李香桃是有接丈夫回家的打算。为此，她从柜子里拿出那件铁灰色列宁装，穿在身上，并走到镜子前，梳了梳头发。她那好强且不服输的心理，让她每次出门都挺直腰杆，哪怕心里再委屈、再悲伤，也昂起紧绷的方脸，不想让别人看出她的悲伤，更不想让街上的人嘲笑她。她去了，去接她已经疯了的、肮脏得要命的丈夫，临走时还向我和姐交代说："你们姐弟都不要出去，爸爸就要回来了。"

母亲李香桃去见了她的男人，但她的男人让她悲愤和绝望。她看见她的男人在搓自己的粪便。由于她的男人很少喝水，屙出来的粪便又臭又硬。但她男人的嗅觉神经早已紊乱，闻不到粪便的臭气。母亲李香桃打开门，看见她的男人时，她的男人满手是屎，身上也满是屎。后者正把屎搓成麻花形状，举在脸前瞧着，正犹豫是不是吃下去。母亲李香桃说："老黄，这是你自己屙的屎哩。"

她的男人正沉醉于自己的所作所为，一见我母亲李香桃责备的样子走到面前，吓得赶紧缩成一团，哆嗦着，眼睛不敢看我母亲李香桃，那情形，比关在笼子里让人观看的猩猩还要糟糕。母亲李香桃含着泪说："走吧，老黄，我们回去。组织上让我接你回家。"

她的男人惊奇地瞪大无神的眼睛，觑着站在李香桃身后的人。

母亲李香桃又说："走吧，老黄，我们回去。"

"日本鬼子，日本鬼子来了。"她的男人突然步入了自己的精神世界，那个世界里正炮声隆隆且有日本兵横冲直撞。他抱着头，怪叫着冲我母亲李香桃说："咦，日本鬼子是连妇女也要杀的。我不回家，你也不要回家，快逃吧，逃吧，逃得远远的。"

母亲李香桃怒道："还什么日本鬼子？哪里有日本鬼子？"

男人说："有呢，很多很多日本鬼子。"

站在李香桃身后的人笑着，"他说蠢话呢。"

男人说："满世界都是日本鬼子呢、满世界都是。"

另一个站在门口看的人说："黄抗日，日本鬼子有那么可怕吗？"

母亲李香桃没有耐心了，说："你到底跟我回不回家？"

男人缩在一隅不敢动，喃喃自语，不再理睬要接他回家的女人。

母亲李香桃只身回了家，当时学校里还没打铃上课，我在操场上玩。

那是午睡时间，春末的太阳黄灿灿的，照在身上有点热。母亲李香桃的眼睛哭肿了，走路时一边哭，一边用一条手帕揩着眼睛。母亲李香桃径直走进屋里，谁也不理。我没看见爹的身影，就畏畏缩缩地走回家，走到母亲身后小声问："妈，爸爸呢？"

母亲抽泣着。

我又问了遍，母亲答："你爸爸死了。"

我大吃一惊道："爸爸死了？"

母亲忽然扭过头来，母亲的脸上很痛苦很痛苦，为此脸上的五官都扭曲了，不像母亲，而像一个我从不认识的中年女人。我怔着，奇怪母亲怎么突然变模样了。母亲却说："你爸爸已经不是人了，还不如死了好。"

我不懂母亲的话，母亲又说："孩子啊，从今往后你要自己照顾好自己，不要依赖这个依赖那个。也不要依赖你姐姐。自己洗衣服洗鞋子，听见吗？"

我当时十岁半还不到，并没意识到母亲已产生了轻生的念头，很懂事的样子点点头。母亲见我点头，又说："妈妈对你态度一直很粗暴，是妈妈脾气不好。你恨妈妈吗孩子？"

"妈妈，我不恨你。"

母亲把我搂到怀里，母亲脸上泪水涟涟的。

我说："妈，爸爸真的死了吗？"

母亲又伤心地摇摇头。

我说："那你怎么不接爸爸回家？"

母亲把我搂得更紧了。这时上课的预备铃响了。母亲把我推开，要我去教室上课。"去吧小毛，我的好儿子。"母亲说，整理了下头发，"妈妈也要上课了。"

我这辈子里这是第一次听母亲叫我"我的好儿子"，也是唯一一次。若干年里，当我称我儿子"好儿子"或"乖儿子"时，我脑海里必定会呈现母亲叫我"我的好儿子"的情景，那个让我一想起就难过的场景便会理直气壮地跳到我面前，揪我的心。

我母亲李香桃老师没去上课，那天晚上也没回家。几天后，我母亲李香桃老师的尸体被一个打渔的农民费了九牛二虎之力打捞了上来。起先那个农民以为自己打捞了一大网鱼，心里美滋滋的，当他把渔网捞起时，看见捞上来的是一具穿着铁灰色列宁装的女尸——列宁装已被泡肿的尸体胀破了，当即吓得魂飞魄散，以为自己遇见了鬼。

李香桃老师那天下午没走进教室，她毅然去了镇革委会。李香桃老师感到很委屈，还很愤怒，同时感到这个世界对她太不公平了。李香桃老师走进镇革委会，指名道姓要见镇革委会主任。镇革委会主任当时在县里开会，她就要求见严副主任。李香桃老师说："主任不在，那好，那我找你们严副主任。"

严副主任是镇革委会二把手。他以严厉和不讲情面著称于黄家镇。严副主任当时正和几个人坐在他办公室里研究事情，见李香桃老师泼妇样地闯入他办公室，就皱起眉头，很不高兴，好像一只猎犬盯着走来的陌生人，目光凶凶的，只差吠叫了。对于靠整人爬上来的、以整人为乐的严副主任，在黄家镇，任何人都不放在他眼里，何况是一个国民党高级特务和叛徒的老婆。"你有什么事？"严副主任拧紧眉头问。

李香桃老师走过去，一拍桌子，脸上布满了义愤填膺，那些东西犹如墨水样四溢，流得满脸都是。"你们太毒了！"李香桃老师说，"你们把我老黄整成了疯子，吃自己屙的屎。你们把老黄整成这样，现在又把他交给我。我要你们负责把老黄的病治好。"

严副主任睃着李香桃老师说："你是同谁说话？"

李香桃老师只有靠拍桌子来给自己壮胆，于是她又拍了下桌子。"同你说话，"李香桃老师愤怒地瞪着严副主任，"就是跟你这个没良心的男人说话，你是这个世界上最缺德的男人！我老黄好好的一个人，你们把老黄逼成了疯子，又要我领回家，老子不要了，老子要你们把他的病治好，再还给老子。"

严副主任终于忍不住像狗一样大叫一声："住嘴！把她赶出去！"他对刘大鼻子和另一个人说，"这里是黄家镇革命委员会，不是国民党高级特务的老婆跑来撒野的地方！"

李香桃老师情急之下骂人道："你们都是畜牲、畜牲、畜牲咧！我老黄经历过那么多枪林弹雨都没疯，疯在你们手上。我要告到省里去，告到中央去！"

严副主任一拳擂在桌子上，"砰"，他愤怒道："住嘴！你这个叛徒的老婆，竟然跑到革委会来撒泼。你再在这里嚷嚷叫叫，无理取闹，把你也关起来。"

李香桃老师可不是吃素的，那张阴麻子脸上的愤怒比严副主任的愤怒还多，尖叫道："关我吧，老子不怕！不关老子，你们是老婊子养的！"

刘大鼻子发火道："你骂谁婊子养的？"

李香桃老师指着他大叫道："骂你们都是婊子养的！"

严副主任的脸都气青了，说："你有胆再骂一句！"

李香桃老师命都不打算要了，还怕严副主任威胁吗？立即骂道："你是黄家镇的畜生和婊子养的！你们只欺负得我老黄住，你们这些婊子养的，我咒你们断子绝孙……"

他们真火了，都没想到国民党高级特务和叛徒的老婆竟敢如此猖狂！他们集体动手，把尖声叫骂的李香桃老师粗暴地推出办公室，又粗暴地揎出了镇革命委员会。李香桃老师被他们揎出去了，但她一扭身又往大门里冲，冲进去要打严副主任。刘大鼻子一个健步冲上来，抓住李香桃老师举起的胳膊，把她往后拖，严副主任这才免遭李香桃老师扇来的一耳光。严副主任气愤地黑着脸喝道："你们把这个女疯子拖出去，把门关上。"

他们像民警抓获女流氓或女扒手一样，抓的抓李香桃老师的手，扭的扭李香桃老师的胳膊，揪的揪李香桃老师的头发和衣服，毫不客气地把李香桃老师拖出镇革委会的大门，摔在地上，摔了个前滚翻。接着，他们不等李香桃老师再次冲进来，关了大门。

这是我母亲李香桃老师生前最后一次挣扎，这一次挣扎无疑失败了，所以她把心一横，想用死来解决问题。我相信是这样！遥想清朝末年，慈禧太后下令杀谭嗣同时，谭嗣同可以跑，但他硬是不跑，等着刽子手来抓他，他要用自己的头颅唤醒四万万国民！这是一种什么境界？我母亲李香桃老师当然不能与谭嗣同比，她的大脑里也压根儿没有这种境界，但她敢用死来对抗当时的整个社会，这也是很了不起的。虽然，有很长一段时间我很恨母亲，恨母亲竟然丢下我和姐，自己去了另一个清静世界。同时也很恨严副主任和刘大鼻子，咬着牙想等我长大了，我一定要杀死他们，不是一刀杀死，而是将他们分别绑到山里，千刀万剐，让他们一点点流血和慢慢痛死。当然，这种思想是在我少年时候，时间消除了我的仇恨。严副主任活到了二〇〇五年，死时八十多岁，寿命并不短。所以我有时候也迷惑，坏人在电视连续剧或小说里，都是必有恶报什么的。可是生活中，有些坏人并非那样。例如严副主任，他就并没遭多少报应。刘大鼻子蹲过监狱，他没蹲。"文化大革命"中期，他调到了县农业局任革委会主任，后升任县革委会任副主任，在县革委会副主任的位置上一直坐到"文化大革命"结束，革委会撤销后，他摇身一变成了副县长，在副县长的位置上又干了几年——虽然那几年他的日子并不好过，可还是给他办了离休，因为他是一九四九年十月前参加革命的，之后的二十年住在县委县政府的宿舍里，直到他去世。

有几年，我反复想过有关死亡的问题，非常想弄明白一个人在什么情况下会选择死亡或为何要选择死亡？生命是那么可贵，为了能活，爹在强人面前是能低头就低头，能弯腰就弯腰的，心里只有一个信念，那就是活着比什么都好，哪怕这种活着只是苟且偷生，那也比死亡强。所以我爹是不到该死的时刻极不愿意死的。为什么我母亲那么年轻，却偏偏要选择自杀？我可能身上更具父亲的遗传，曾暗想，人是很难选择死亡这条路的，因为自杀不是也需要勇气，而是确实需要足够的勇气。我母亲李香桃老师不是英雄，也不是胆小如鼠的女人，可她偏偏选择了自杀，这是为什么？只有一种解释，这是她的思维在那一刻短路了。所以我说，人在思维短路、又没人开导时，就可能选择死亡。因为这条路可以让你闭上眼睛，一了百了。李香桃老师在镇革委会受到轻蔑、侮辱和伤害后，做人的信心和尊严丧失殆尽，丈夫又成了个搓自己粪便玩的疯子，人就绝望了，于是她走到湘江边上，跳了下去。

"文化大革命"中，像李香桃老师这种绝望中选择轻生而一了百了的人，还真不少。

十一

母亲死后，爹被我和姐接回了家。那幢红楼不需要他了。他对任何人都一钱不值了。他本来就一钱不值，之所以把他关起来完全是当时的政治需要，政治需要一些有污点的人，因为有污点就有文章可做。在"左"的年代，很多人都把自己的升官发财建立在有污点的人身上，这样的人是他们往上爬的阶梯。他们可以像打死狗子一样地打，直至把他们整死或者整疯。前文已经说过，在"左"的年代，偌大的一个中国，十亿人口被划分为简单的两种人：好人或者坏人；革命或者反革命。

我伯伯是个好人。他一辈子没干过一件坏事。如果他认为自己干了什么对不起人的事，就是让我爹顶替他入伍。在一九三八年，被乡公所点名去抓阄的不是我爹，而是我伯伯黄阿狗。我伯伯的回忆与我爹的叙述有些出入，伯伯说，不是每家有两个男丁就必须去一个，不是那回事。实际情况是，家里有两名以上的男丁，就必须有一个去乡公所抓阄，抓了打勾的才去，抓的是红纸坨就没事。当时乡公所做的阄里，有三分之一没打勾，有三分之二的红纸坨上打了勾。当时被点名去抓阄的有三百个青壮年，我伯伯黄阿狗只是其中一个。我伯伯这人年轻时好扯皮打架，一根扁担舞得虎虎生风，村里的石锁也只有他一个人举得起，家里有一个这样的人，附近的小流氓就不敢欺负我家的人。但我伯伯命扫，手气痞，一抓就抓中了打勾的红纸坨。他马上被登记，成了应征入伍的青年。

伯伯回到家，绷着脸对我爷爷说："我被登记了。"

他又苦着脸对老婆说："你要照顾好恁，因为我说不定就回不来了。"

我伯妈哇的一声哭了，"你门还没出就说这种丧气话，你是要我将来守寡啊。"

伯伯烦躁道："你哭死！"

爷爷瞅在眼里，爷爷不动声色地说："我再跟你妈商量一下，看有什么别的办法。"

伯伯难过地叹口气说："还有什么别的办法？日本鬼子把上海、南京和武汉都打下了，逃避征兵，抓了是要杀头的。"

爷爷说："逃避当然不是办法，逃跑是被人看不起的。"

爷爷的办法就是让我爹顶替我伯伯参军，据伯伯说我爷爷苦想了一晚，想出了偷梁换柱的绝招。从某种角度上说，我爷爷不怎么喜欢我爹，这是我爹生下来时比一般婴儿都要短小，像一只猫恁，且长着一张猩猩那样的小脸。爷爷曾有把我爹丢进水缸里淹死，或塞进尿桶里呛死或扔到山上去喂豺狗的想法。但被我奶奶识破了他的意图并阻挡了。在我爷爷眼里，黄阿狗是个好把式，干活精道，且体质也比长相酷似猩猩的我爹强壮不知多少倍。我爷爷的长相不像猩猩，虽然也是那种怪脸相，但没长着宽扁的大嘴。我奶奶也不像，虽然嘴是扁长嘴。爹在承袭爷爷奶奶的缺点上，不但夸张了爷爷的脸型，同时把奶奶的宽扁嘴唇于继承中又夸张了下。父母的缺点拼在一起，看上去就糟透了，像只很怪气的小猩猩。爷爷一直就不怎么喜欢小儿子，兄弟俩中，爷爷一百个看重大儿子黄阿狗。

爷爷既然不喜欢黄山猫，当然就要把黄山猫推出门，让黄山猫去打仗，让黄阿狗留在家里。他想出了一条过硬的理由。他晓得这条理由是黄山猫能接受的。他把黄山猫拉到祖宗的牌位前谈话道："山猫，你哥手气悖，抓了个打勾的。事情既然如此，就没法改了。"

爹听懂了，答："那是，这是没办法的。"

爷爷知道小儿子愚钝，没懂他的意思，就直言道："家里总要去一个人打日本人。我和你妈妈商量来商量去,决定还是你替你哥去打日本人好些。"

爹明白爷爷心里有偏见，他的小时候，爷爷那慈爱的目光总是毫无保留地投掷在哥哥身上，而投给他的多半是一些生气的目光。爹把悲伤吞进喉管，嘀咕道："我没意见。"

爷爷见小儿子思想这么容易沟通，就满意的样子说："晓得爹妈为什么让你去吗？"

爹摇头，用迷茫的目光盯着爷爷。

爷爷解释："因为你哥已经有了个儿子，而你还没有。"

爹当时还没有儿子，就"哦"了声。

爷爷感叹说："山猫，爹并没有偏见，只是万一你哥哥在战场上被日本兵打死了，你侄儿就成了孤儿，你嫂子也成了寡妇。"

爹说："晓得了。"

爷爷叹口气："你去跟桂花告个别吧。"

爹垂着头走进厢房，桂花正坐在桌前，看着窗外惨淡的天空，眼睛里噙着泪水。爹走上去，严肃着脸对女人说："我要走了，等着我打完仗回来。"

桂花哇的一声哭了："呜呜呜呜。"

爹烦她哭道："不要哭，爹听见不好。再说，打完日本鬼子我就回来。"

桂花说："爸为什么要你去？我不想要你去。"

爹不想跟老婆情意绵绵地告别，骂道："能不去么？大家抽了签，又都不去，那谁去打日本鬼子？那日本人不站在中国人的头上作威作福？你说蠢话咧。"

爷爷坚决地走到厢房门前，打发他儿子上路道："唉，这是没办法的事，你去吧，记住爹的话：战场上，不要充英雄。"

爹用一根麻绳将棉袄捆在腰上，按规定时间到乡公所报到。乡公所送兵的治安队长拿着花名册点名点到黄阿狗时，爹从排好的队列里迈出一小步，叫了声："到。"

治安队长既认识我伯伯黄阿狗，也认识我爹黄山猫。他说："你是黄山猫啊。"

我年轻的爹感到不好意思地答道："我爹让我顶替黄阿狗打日本人。"

治安队长打量了眼我爹，表示怀疑道："你这样子也能打日本人？"边将黄阿狗的名字划掉，在花名册上写下了黄山猫。

黄山猫这名字于第二天再次被改掉，被来带兵的国军营长改成了黄抗日。从此我爹就一直用这个名字。

镇武装的人来通知我和我姐，让我和姐去把爹领回家。我和姐当时正守着妈妈的遗体哭泣，而一些人对我和姐嘲讽道："这有什么好哭的？你妈是自绝于人民，不值得哭。"

我和姐仍然哭着，死的人是我们的母亲，又不是他们的母亲，他们不心痛，我们很难过呵。镇武装部的人走来，对正哭着的我姐说："你们去把你们的爸爸暂时接回家吧。"

姐姐听毕，把眼泪一抹，对我说："小毛，接爸爸去。"

我那会儿竟忘记了悲伤，激动地站起身，跟着姐就往红楼走去，走出学校，我们就跑起来。我和姐一路跑上楼，跑到关着爹的房门前，房门是打开的，没人再看守我爹，爹缩在桌子与床铺之间的墙前，不是坐而是蹲在地上，看见我和姐，也没认出我们是谁，甚至动都没动。姐气喘喘地叫道："爸爸。"

我也跑得气喘喘地，也跟着姐叫了声："爸爸。"

爹不知道我们叫谁，他的思维滞留在他经历过的十分强烈、悲惨的抗日战争年代，那个年代我们还没出生，自然不认识我们，甚至连看我和姐一眼都没有。他身上很脏，有屎，地上也有屎，是他自己拉的。他就盯着那些臭烘烘的屎。姐又叫了声："爸爸。"

我也跟着叫了声："爸爸。"

爹听到有人叫"爸爸"，稍稍抬起脸望眼我们，没理我们，那张脸上的表情十分漠然。我们和爹之间隔着几坨屎，相距一米的距离，我和姐都不敢走上去拉爹，这是爹身上太脏太臭了，让我和姐都犹豫着是不是把爹拉起来。隔了几分钟，姐绕过那几坨屎，走前两步，想把爹拉起来，爹没动，也不看我和姐。姐觉得自己毫无办法，突然对我说："小毛，你在这里守着，我去叫伯伯。"

姐转身就跑出门，脚步声迅速向楼下飘去，跟着就听不见了。

伯伯家离镇街上不远，以前，有时候的星期天，我们随爹去伯伯家，有半个小时就走到了。伯伯家是栋很大的房子，屋前有桃树、梨树，屋后有竹林，由于土地挨着黄家镇，他们如今不再是纯粹的农民，而是菜农，为镇上的蔬菜店输送蔬菜，"文化大革命"中，农民是不能自己贩卖蔬菜的，若自己把蔬菜挑到街上卖，会被视为投机倒把分子、被抓到综合治安指挥部去挨批评、受教育。姐姐花了二十分钟，跑到伯伯家，伯伯当时正在蔬菜地里应菜，手握一个长长的粪瓢，舀挑到菜地旁的粪水，浇到一兜兜菜上。姐姐对伯伯说："伯伯，他们让我们去接我爸爸回家，爸爸不肯回家。"

伯伯抬起头问："谁让你们去接你爸？"

"他们。"

"他们是什么人？"

姐姐喘了会气，半天才说："武装部的。"

那时候黄家镇街上还没公交车，摩托车也没有，出行都靠两条腿。伯伯是个雷厉风行的农民，他都懒得进屋换衣服，拉着侄女向红楼跑来了。伯伯一身衣服早被太阳晒白了，裤子上粘着粪水，还有泥巴，一双布鞋也烂了，脚趾都伸了出来，但伯伯不管这些，一身力气地跑到我面前，没叫我，而是看着他弟弟。

伯伯见他弟弟那种肮脏、猥琐和精神失常的形状，呆了，古铜色的脸上遍布着内疚。伯伯比我爹大三岁，当时已五十多岁，但他在政治上没任何污点，既没参加过国民党，也从未参加过共产党，所以他既没有打仗的历史也没有被捕的经历，但既然没有这些，也就没有其他，政治身份就只是个农民，吃的是农村粮。爹被打倒前，时常接济一下家，我母亲李香桃每个月返回给爹的五元钱零花钱，爹有一半用在伯伯家了。我童年时就晓得爹从不在伯伯家白吃，每次吃完饭都会放下一元钱。那个时候，一元钱可以买很多东西，猪肉五毛钱一斤，鸡蛋两分钱一个，小菜一分钱可以买一堆。

伯伯说："山猫，还认得我么？"

爹怔怔地看着他，伯伯说："我是你哥黄阿狗。"

爹没说话，伯伯说："走，我们回家。"伯伯说完，也不管脚下有屎，一大步跨上去，抓着弟弟的胳膊，把瘦弱的弟弟拉了起来。与我爹相比，伯伯自然就一副身材魁梧相。爹能反抗我和姐，却经不住伯伯那双有力的大手拽，伯伯拽着我爹走出门，拽得我爹跟跟跄跄地走不稳当，在下楼梯时，伯伯就用胳膊夹起我爹，就像夹着一个包裹样噔噔噔地下到一楼，这才让我爹的双脚落到地上。伯伯说："走啊，还愣在这里干什么？"

四月的黄家镇，正是橘树、樟树和水桐树花开的季节，街上到处都是这些树，随处可见，充斥着芬芳。四月的黄家镇也是最宜人的日子，阳光晒在身上还不热，因此有很多人坐或走在街上，在花香中聊天说事。他们看见一个农民壮汉拽着一个身材瘦弱、头发胡子都很长且面色苍白的疯子走在街上，都惊讶得不得了，就有人猜道："那人莫不是黄抗日？"

立即有人回应："是啊，那不是黄小毛么，啊呀，黄抗日变成这模样了？"

另一人说："他是国民党高级特务。"

一人睃着我爹问："不是说他是叛徒么？怎么又成了国民党高级特务？"

一旁的人解释说："他既是叛徒，又是国民党高级特务。"

姐小声告诫我："别理他们。"

我就埋着头，走在伯伯和爹身后，姐走在我一旁。我们一行人面无表情地穿街而过，匆匆向伯伯家走去。伯伯是个知道回报的人，见我爹这副模样，可不敢放松。他绷着脸，带着弟弟向自己家走去，走进村子，有人问他，他恨恨地答："还不是被别人害的！"

他一进屋就对一家人说："你们听着，你们叔叔这辈子为我遭了不少罪，我们全家都得到过他的恩惠，你们不要嫌他。"

爹听不懂，沿途被伯伯拽着走，气也没歇一口，也累了，蜷在墙角，低着头。伯伯要拉一身屎的我爹去洗澡，爹害怕地看着这个强拉着他走来的壮汉说："同志，你是哪个？"

伯伯大声说："我是你哥黄阿狗。"

爹说："黄阿狗？我好像不认识你。"爹看一眼伯伯家，"这是哪里？"

"这是你小时候住过的家，我是你哥黄阿狗，你是黄山猫，我弟。"

爹说："我没有弟呀。"

"你是没有弟，但你有一个哥，小时候有人欺负你，都是哥帮你打架，记得吗？"

爹动着眼珠，回想着伯伯的话，但爹的大脑长了霉，霉成了一片泥淖，爹的双腿越不过去，便喃喃道："日本鬼子、日本鬼子……"爹的思想停滞在抗日战争的年代，出不来。

伯伯说："弟弟啊，全国早就解放了，日本人早在二十多年前就投降了。"

"日本人投降了？"爹似乎听懂了点，问："你没骗我吧？"

"我怎么会骗你？我是你哥黄阿狗啊。"

"黄阿狗？你哥？"爹满眼迷惑地瞅着伯伯，"你哥叫黄阿狗？"

爹身上的味道太重了，那股难闻的酸臭气让所有走来看我爹的人都不得不捂鼻子。伯伯把又干又瘦、满头长发和胡子且一身邋遢得像街上的乞丐的我爹，拎进了洗澡间，亲手给他洗澡。爹有一年多没洗澡了，害怕洗澡。伯伯把我爹按在一张凳子上坐下，端起一盆热水将我爹从头淋到脚。爹害怕得跑开，缩成一团，伯伯又把爹拎到凳子上坐下，费了点力气才把我爹那身臭烘烘的脏衣服脱下来，接着把我爹的头按在脸盆上洗着，洗结了壳且枯萎的头发。然后伯伯亲自替我爹擦背，而爹却在洗澡间里怪声怪叫。那是爹怕痒痒。

伯伯对我爹大声说："莫动。"

伯伯又对我爹说："你坐好，莫扭来扭去。"

伯伯还吼我爹说："你身上搓出的油污有几斤咧。"

爹因怕痒，放声怪笑着。于是洗澡间里传来这样的声音：嘻嘻嘻嘻、嘿嘿嘿嘿。

澡洗了半个多小时，洗完澡，伯伯给我爹换上干净衣服，又把村里的理发师请来，把我爹拉到坪上坐下，让理发师给我爹理发和刮胡子。当时爹的头发像女人的头发那么长了，而胡子也长到了胸前的第二粒纽扣，当然就怪模怪样的。

伯伯对我和我姐说："你们先回去，明天我再带着你爹一起过来。"

姐说："小毛，我们回去，妈一个人躺在家里，太孤独了。"

听姐说话的语气，好像妈还活着似的，我望着姐，姐说："走啊，小毛。"

第二天，伯伯把我爹带回迎春路小学时，爹外表就跟普通人一样了，衣着整洁，鞋也是一双崭新的黑布鞋，只是面部呆滞，目光散乱，与一般人又有些区别。

家里停放着我母亲的尸体，不过不是躺在床上，而是躺在一口薄木板棺材里。棺材是伯伯为他岳父准备的，昨天晚上他叫上几个人，借了辆板车拖来了棺材，派上了安葬他弟媳的用途。棺材没刷油漆，但刮了油灰，盖上棺盖后，尸体的臭味就闷在狭窄的棺材里了，室内那股难闻的尸臭便渐渐散了。尸体因捞上来后摆了两天，已腐烂发臭了。

那天晚上，迎春路小学校长见我爹出来了，便为我母亲李香桃老师开了个简短的追悼会，这是李香桃老师并没什么劣迹，也没反动历史，开追悼会是经过镇革委会审批同意的。虽然李香桃老师是自杀，但不能定性为畏罪自杀，因为李香桃老师并没罪。

追悼会由女校长亲自主持。她是个好大喜功的人，生一张柿饼脸。她在我母亲李香桃老师的追悼会上，以其校长的身份文不对题地说了一堆，说当前革命形势大好，坏人都不敢乱说乱动，毛主席他老人家吃得香、睡得好，身体很健康。毛主席的夫人江青同志也身体健康，林副主席也好。接着说，李香桃老师是个老实人，教书很负责，对学生很严厉。随后，她话锋一转，说李香桃同志心胸太狭隘了，在对待自己丈夫的问题上立场不坚定，爱憎模糊，以致寻了短见。她说大家要引以为戒，不能重蹈李香桃老师的旧辙。她停顿了下，望了眼参加追悼会的老师，又开始对国际国内的形势进行阐述。"同志们，"她在我母亲李香桃老师的追悼会上作报告道，"我们的邻邦，苏修社会帝国主义早就觊觎我们的领土了，所以大家都必须提高警惕，积极响应党的号召，深挖洞，广积粮，备战备荒为人民。我们要做好迎头痛击苏修社会帝国主义的战斗准备。"她觉得还不够，因为她说话的时间似乎短了点，就再次强调："同志们，台湾没解放，香港没收回，那里的同胞还生活在水深火热之中，因此大家都得好好活着，时刻听从党召唤，随时准备去解放台湾。"她停顿了下，非常严肃地假设道："假如大家都轻生，谁去为国立功？所以都要认真活着，把身体养好。"

若干年后，我和姐曾多次回忆母亲的追悼会，都有一种莫名其妙的酸楚感，还感到又好气又好笑。女校长竟面对我母亲李香桃老师的亡灵，借题发挥了一番，竟要大家随时做好解放台湾的思想准备。我和姐把我们的记忆如实告诉了大哥，大哥连连说："荒唐、荒唐。"我大哥当时在北大荒，没法赶回来参加他继母的追悼会，因为路途太远了，坐长途汽车、坐火车，再转火车，再坐长途汽车，光是赶路也要几天几夜。后来大哥来信说，他收到我姐写去的信后为我们母亲的冤死痛哭了一场。

伯伯在我母亲的追悼会上泣不成声，我姐和我伯妈也哭得泪人儿样的。我没哭，这是因为学校的老师用一种奇怪的眼光盯着我，我在那种奇怪的眼光下，越劲控制着自己不哭。而在此以前的两天，我已经抱着母亲的尸体哭过了。当时被我的体育老师瞅见，他批评我说："黄跃进，男子汉最要紧的是坚强。男子汉哭脸像什么话？"

那天晚上我就想显得坚强。

当所有的人都一一离开，伯伯、伯妈也走了，姐姐也累得趴到床上睡觉后，搭设在门外的灵堂里只剩下我和爹，我并不是坚持要为母亲守灵，而是没有瞌睡，爹也没有睡意。爹对发生在他眼前的这一切茫然不知。他既不知道这是怎么一回事，也不晓得死的人是谁。爹盯着框在黑镜框里他老婆的遗像，用迟钝的语气犹豫着说："这个人好面熟样。"

我当时很想唤醒爹那被霉菌腐蚀的大脑，说："爸爸，她是我妈妈李香桃。"

爹不明白地望着我，苍白的脸上布满疑惑，"你妈妈是不是被日本鬼子杀害的？"

我说："爸，你说什么呀？妈妈是跳河自杀。"

爹就嘻开扁嘴大笑，不相信的样子道："我妈早作古了。"

"她是我妈妈，你是我爸爸！"我来脾气了，"你怎么这么糊涂？"

爹以为自己做错了什么事，咧着扁嘴，瞅着我，目光就浑浊、歉疚。

爹今天在母亲追悼会上的表现很差，女校长在致悼词和谈论国际国内形势时，爹竟站在我旁边打瞌睡，站着睡着了，歪着头，口水都流了出来，这让一旁的人捂着嘴笑。我又说："遗像上的人是我妈妈，已经死了。"

爹缩了缩脖子，哦了一声，怀疑地盯着黑镜框上李香桃老师的遗像，拼命回忆却回忆不起来的模样，最后低下了他那张神情犹豫不决的脸，不再说话。

十二

母亲死后不久，学校就对我们一家下逐客令了，因为有几个老师没房子住，那几个从外乡调来的老师都盯着我们家那套房子。不久，在我母亲的追悼会上作国际国内形势分析报告的女校长找我伯伯谈话，要我们搬家，搬到校外的一栋公房里住，因为我母亲死了，我们再住着学校的房子就不对了。

伯伯点头说："好好好，我跟他们说。"

伯伯不是来跟我们说，而是拖着一辆板车、带着几个人来替我们搬家。那是个星期天，一早，太阳刚刚出来，伯伯就站在门口了。伯伯胸宽体胖，把一张门全堵了，低哑着喉咙对我和我姐说："学校要你们搬家，找到了我。"

我和姐都望着伯伯，我才起床，姐姐在厨房里炒现饭吃。伯伯微笑着走进家，望眼四壁，壁上除了几个镜框和贴着张毛主席像，再没挂什么东西了。他把手一挥，像驱赶蚊子样说："搬吧，你们赶快清东西。"

我们搬到了一幢大宅里。这幢大宅曾经是黄家镇最有钱的人家建造的，建造于三十年代初，是一幢门框上雕着石狮子的住宅。一进门是一个厅堂，厅堂两边是两间厢房。后面又是一个厅堂，两边是两间正房。中间一个天井，天井是一个小花园，还有假山和葡萄棚。然后又是一个厅堂，两边又是厢房，又是厅堂又是厢房，临了还有一个天井，当头则是杂屋、厕所和厨房。而另一头还有几间小屋，我们搬进了其中一间。

这是间壁灰早已剥落、门窗业已破旧的房子，地面也坎坷不平。我们在这间房子里摆了两张床，一张床给姐睡，另一张床我和我爹睡，准备了两床被子，一床是我盖的，一床被子是给爹准备的。

那段时间，爹住在伯伯家养病。伯伯请了个老中医开了药，每天熬药给我爹喝。然后他遵医嘱，每日早晚给我爹做头部和足底按摩。让我爹脱下袜子，将我爹那又大又宽的脚搭到他腿上，一下一下地按着，用这种方式来促进我爹身上的血液循环。接着，伯伯洗净手，又开始按我爹的头部，我爹怕痛，不肯按，伯伯强令我爹坐在椅子上不动，由轻到重地按着。我爹龇牙咧嘴地叫痛，伯伯说："当然有点痛，痛才好，证明有用，不痛就不会好。"

伯伯这么说，爹似乎听得进耳朵了，不像一开始，伯伯说什么爹都听不进去。有天，我和姐去伯伯家看父亲，伯伯边按老中医教授的方法，给我爹的头部做着按摩，边充满信心地对我和我姐说："看见吗，你们爹脸上的气色，越来越好了。"

果然，爹脸上有了红润，看我们时，也有了眼神。

伯伯按摩得非常专心，每天早晚为我爹按摩头部和足底。他希望用他那两只有力的大手治愈我爹的精神病。我爹也乐意将一双又大又白的脚伸到伯伯腿上，这是被人按摩是很舒服的。我爹喜欢享受有人在他头上和脚上揉啊捏的。爹笑道："嘻嘻嘻嘻，舒服。"

伯伯说："晓得舒服就好，就有救了。"

"嘻嘻嘻嘻，舒服、真舒服。"爹傻笑着说，嘴巴咧得很开。

伯伯说："这证明你身上的有些神经，恢复了。"

"嘻嘻嘻嘻，舒服。"爹继续傻笑着说。

每天兄弟俩演着同样的节目。先是头部按摩，后是足底按摩。

每天两次。

半年后，伯伯把我爹送回了家，爹胖了，脸色红润，看人时目光也比过去精神些了，但脸上的表情还是很麻木。我姐过早地成了我和我爹的母亲。我是大孩子，我爹反成了不懂事的小孩子。这也是她后来脾气不好的原因。她还只是读初中，就得承担家里的一切，洗衣、买菜、做饭，还得将一担一担的煤从煤店挑回家，借个藕煤机，利用星期天的时间一压一压地做着煤球。自然脾气就越来越大，对我和爹就叫叫嚷嚷的。"洗碗去！"姐对我吼叫。

或者："把自己的臭鞋子洗掉，没有哪个跟你洗臭鞋子。"

姐对爹吼叫："你看你，下巴上有眼一样，几十岁了，吃饭还掉饭粒。"

或者跺着脚尖叫道："我要是也死了，谁还会管你的死活？你要当那个国民党干什么！害得妈妈都死了。一家人倒霉都倒在你身上。"

姐常常煮一碗白菜给我和爹吃。"今天就一个白菜，没钱了。"她敷衍了事地道，脸上一脸烦躁，很像李香桃同志，这让我和爹都有点敬畏她。

有时候我也会反抗，假如今天是一个白菜，明天又是一个白菜，后天还是拿一个白菜打发我和爹，我就会鼓足勇气问她："姐，还是只有一个白菜吗？"

姐立即暴跳如雷，大吼大叫："有一个白菜还是好的，没要你吃光饭已经够客气了。"

假如我渴望吃肉而说："怎么好久不吃肉了，姐？"

姐会对我怒目而视："你想得美，吃肉，还吃人参燕窝哩！"

姐的脾气比母亲还坏，这是她觉得她不该承担这一切。与她同龄的姑娘都无忧无虑的，这里玩那里看，在街上跳房子，跳橡皮筋，边跳着橡皮筋边快乐地唱道："*毛主席的战士最听党的话／哪里需要哪里去／哪里艰苦哪安家／祖国要我守边卡／扛起枪杆我就走／打起背包就出发。*"如此等等。她们玩得很开心，不想一点事，事情都被大人想了，而我姐却不得不挑起照顾弟弟和精神失常的爹的衣食重担。她当然有很多理由来火。

"我为什么要出生在这个家庭？"她恨恨地抱怨，"为什么我不是出生在一个革命干部或者革命群众家里？为什么放着共产党不当，你要当国民党高级特务？"

爹问："哪个是国民党高级特务？"

姐呛了口，望眼爹，"你还问我？"

爹就掉头问我："小毛，哪个是国民党高级特务？"

这是爹疯了后，第一次认出我叫"小毛"，我高兴了，说："爹，管它呢，反正不是你！姐，爹晓得我叫小毛了。"

姐盯眼爹，"你晓得我叫什么名字吗？"

爹想不起来道："不记得了，你叫什么名字我应该记得的。"

姐伤心道："小毛你都晓得，我你就不记得了，看来，我白做了。"

我说："爹，她是我姐小兰呢。"

"姐小兰？"爹不相信道，"我不认识姓姐的。"

"小兰不姓姐，是我姐，是您和李香桃的女儿。"

"李香桃这名字我有印象，"爹问姐，"请问你叫什么名字？"

姐火了，"洗碗去，小毛。"

姐后来在单位上脾气不好，说话不掂轻重，跟领导说话也像吵架一样，以致大家都怕了她。这是她小小年纪就又当爹又当妈而形成的爱跟人吵架的脾性。

我们家在"文化大革命"的那几年里，每月有三十元生活费，由我姐每月十号去镇革委会一楼的财会室领取。这是我爹工资的一多半。在我爹关进红楼的那一年半里，爹的工资是停发了的。母亲死后，我和姐尚不能自食其力，便通知我姐去领取我爹的一半工资。有天，也就在我和姐一筹莫展时，民兵训练股刘股长一步跨进我家，当时我们还住着学校的房子，他傲慢地瞅我和我姐一眼，对我和我姐绷着脸说："你们是生在新社会、长在红旗下的，是可以教育好的子女。所以，你们要跟你们的叛徒父亲划清界限。懂吗？"

"懂。"姐说。

"你呢小毛？"刘大鼻子又逼视着我问。

我没回答他。我当时最恨的人就是他。

"你还没回答我呢黄小毛？"刘大鼻子仍然逼视着我说。

我只好说："我早就划清界线了。"

刘大鼻子在我头上摸摸，这才对我姐说："明天，你去镇革委会领取生活费。"

爹的精神病在黄家镇人眼里直到一九七一年才痊愈。事实上，爹在一九六九年底就康复了。知道这个秘密的在黄家镇只有三个人，我和姐及我伯伯。这要搭帮我伯伯。如果不是伯伯一次又一次地熬中药给我爹喝，如果不是伯伯努力且很有耐心地为我爹做足底和头部按摩，从而打通了我爹脑部的神经穴位，使一个个短路的系统畅通起来，也许爹早就因精神病死了。因为患了精神病且没几年就死了的人，在黄家镇就有好几例。

爹其实在叫我小毛之前几个月，头脑就清晰了，只是他犹豫着是不是应该完全清醒，因为伯伯送他回家时一再嘱咐，如果他不想再被造反派找麻烦，务必要继续装疯。伯伯虽是个农民，但目光很能穿透当时的社会现象，看见很多人无端端地被整，好人被说成是坏人，有的人并没有我爹那么多复杂的政治历史，只因一句话没说好便被打成了"现行反革命"，于是伯伯对我爹说："山猫，"他一直叫我爹少年时候的名字，"你不能好，晓得吗？好了，你这国民党高级特务和叛徒的身份，会把你害死。"

爹说："是啊，我是不能好。"

伯伯说："小毛还小，小兰还没到出嫁年龄，你死了，谁管他们？"

爹深以为然地点头说："那好不得，好了就害了小兰、小毛。"

但在一九六九年十二月的一个下雪天里，爹忍不住还是在我面前露了真相。那是个星期天，姐出门买菜了。我躺在床上睡觉，迷迷糊糊中我感觉有人摸我的头。我探出头，发现是爹。爹披着棉袄，见我醒了，坐在我身边低头瞧着我。他的目光里有父爱。

"爸，是您。"

"小毛，我好了，但你不能告诉别人。"爹一脸认真道。

我看着爹，一时没反应过来，爹又说："他们要是晓得爹好了，又会找爹的麻烦。"

我说："爸，你真好了？"我不敢相信眼前的一切。

爹说："我们从迎春路小学搬了出来，是吧？"

我点头。

"你妈妈死了，是吧？"

我又点头。

爹满目凄凉地盯着我说："你妈死了，爹对她不起。"

我相信爹真的清醒了，叫了声："爸。"

爹说："我害了你们的妈，也害了你和小兰。"

我不知道如何答。

爹热泪横流，一颗颗眼泪吧嗒吧嗒地往下掉，掉在他那两只干瘪的手背上。

我说："爸，算了，哭也没用。"

爹辛酸的样子说："爹没用，对不起这个家。"

伯伯于这个时候，挑着一担大白菜来了。伯伯把菜担放下，见我爹坦然地瞧着他，又见我一脸欣喜，就疑惑地瞪着我和我爹。我说："伯伯，我爸清醒了。"

"清醒了？"伯伯瞧眼门外，门外没人，天井里一地雪，伯伯听到隔壁有人说话，马上把一枚手指放到嘴边"嘘"了声，神色紧张地小声道："别说话。"

爹小声说："哥，你来了。"

伯伯把门关了，"下雪了，送些菜过来。"

爹说："哥，辛苦你了。"

伯伯摆下手，睁大那皱纹交错的眼睛，严肃着脸对我说："小毛，千万不要到外面说，一定要记住伯伯的话，一个字都不能说。"

我懂地点点头。

这时姐拎着菜篮子回来了，买了白萝卜和大白菜，看见伯伯，高兴道："伯伯来了。"

伯伯一笑，爹也望着女儿笑，姐当了大半年家，人当精了，一见爹那表情，呆了。

伯伯把手指放到嘴边说："隔墙有耳，小兰，你爸是装疯。"

姐姐听毕，立即低声呜呜呜呜地哭了。

伯伯压低声音说："你爸不装疯，武装部的人又会把你爸抓去批斗，懂吗？"

姐哭着，哭得一张脸波澜壮阔的，这种形容一定不对，可是却没有更好的词形容姐脸上那种一悲一喜、恨恨的、又哭又笑的表情。姐声音很轻地回答伯伯："我懂。"

从那天起，我和姐便晓得爹是装疯。这样的好处是不会有人再揪住我爹整，因为谁也不会以整疯子为荣。

那天下午，我带爹去拜祭母亲。当时地上一片白，那是下了一场鹅毛大雪所致。我和爹背着人的视线，一前一后地向坟山走去，当时镇上的人都坐在家里烤火。街上冷清清的，没一个人走动，只有凛冽的西北风穿街而过。坟山在街的尽头，离我们住的地方有三里多路远。走出街，还要穿过一片茂盛的油茶树林和枞树林，那儿没有住户，有的只是一座座没有墓碑的冰冷的坟墓。

我和爹花了一个小时，一脚高一脚低地走到了我母亲李香桃老师的坟前，如果我不带爹来，爹是无论如何都找不到李香桃的墓的，那年月，黄家镇的人死了，埋葬时不立碑，只有最亲的人才知道亲人是葬在哪里。我母亲的墓前有一株龙柏，龙柏已有一米高了，它不是我们栽的，是死于我母亲前的一处墓的亲人栽的。我和爹偷偷走到母亲的坟前时，迎接我们的是扬起了雪子的北风，北风直往我们的颈脖里钻，冷得我直打噤。

我指着母亲的坟，对爹说："妈妈就埋在这里。"

在母亲安葬后的翌日，我做了个梦，梦见母亲在棺材里挣扎，一脚把棺材尾端蹬开并把埋着棺材的土也蹬开了，叫我"小毛小毛"，要我把压着她身体的棺材盖搬开，因为棺材里太憋闷了，实在没发出气。这个梦做得很真切。我把这个梦告诉姐，姐走上来摸摸我的额头说"没发烧啊你"，但我竟相信这个梦会灵验。于是那段时间我常常一个人跑到这里，看坟墓是不是被母亲一脚蹬开了，看母亲是否真的会破土而出，结果，每次都是失望而归。

爹觑一眼四周，除了一座座坟，确实没有人。爹跪下前，对我说："小毛，你注意下，看有没有人来。"

我就举目眺望，天近黄昏，白皑皑一片，我说："没人，爸。"

爹在母亲的坟前跪了几分钟。那几分钟里，我很紧张，生怕有人看见爹跪在我妈墓前从而去武装部告密，武装部的人又不是傻子，一听便会把我爹抓进镇武装部，重新让我爹交代，那我爹就真的成狡猾透顶的国民党高级特务了，不成也不行了。

爹默祷了几分钟后，三下两下把墓上的雪拂掉，接着他脱下烂呢帽，向着墓鞠躬。这有点像后来我在大学里看老电影里英国绅士的味道。这证明我爹还没那么老土。

我见爹鞠了一个躬又一个躬，天色在那一刻更暗了，就说："好冷的，爸爸，走吧。"

爹转过身来，瞅着我。"小毛，你先回家。"

"你不怕被别人看见？"我说，"伯伯说，只让我带您看一眼墓就走。"

爹不说话，仍然站在母亲的墓前，低垂着他那张可怜的皱纹交错的猩猩脸。

从墓地上回来后不几天，爹装起疯来了。这是爹压抑不住自己那种喧嚣的内心——那颗凄凉、愤怒的心，再不嚷、不叫，就要爆炸了。在街上，只要遇见小孩，爹会做出精神病相，吓小孩说："咦，快跑啊，日本鬼子来了、日本鬼子来了。"

而那些小孩一看见我爹弓着腰经过，会在他背后大叫道："黄老倌，日本鬼子来了、日本鬼子来了。"

爹会马上做出很害怕的样子，回头望那些小孩一看，然后大叫一声，"快跑啊。"

街上的那些小孩会在我爹背后大笑，开心极了，更加起劲地叫嚷："黄老倌快跑呀，日本鬼子来了，日本鬼子追上来了。"

爹会在半分钟之内逃得没影子。

十三

一九七一年初，曾经是我爹的部下，后来在省里做大官的何厅长来白水县视察工作。何厅长是黄家镇下属的一个名叫彭家村的人，他的老家距镇街上有五里多远。爹曾率领三十名精干的游击队员，于一九四四年冬在那里闹腾了一天，并把当时只有十三岁的何厅长吸收进游击队里。何厅长喜欢戎马生涯，全国解放后的第二年，抗美援朝的战争一爆发，他报名去了朝鲜，当时他只十九岁，但已是老革命了。由于他当过游击队队员，一进部队就当了连长，接下来又当了营长，接着又升任副团长。他升得很快，一九五四年授军衔时，他就是中校团长了。他转业到地方上，也平步青云。厅长是老红军，打过国民党军、打过日本兵，赏识他，觉得他聪明、能干、正直，先是给他副处长当，两年后让他当了处长，不久又升他副厅长，厅长退下来时把宝座让给了他。"文化大革命"后，他当了湖南省副省长，那是他政治生涯的顶端。然后在副省长的位置上，患鼻癌去世了。

"文化大革命"开始时，他以当权派的身份受到了些冲击，但何厅长这样的人是无法被造反派扳下政治舞台的。他跟周总理照过相，还和毛主席合了影。抗美援朝凯旋后，他所在的那支英雄部队团以上的军官均受到了党和国家领导人的接见。先是受到周总理接见并跟他们合影。后来毛主席也接见了他们，也同他们合了影。毛主席坐在中间，他的脑袋嵌在毛主席的脑袋上，幸福地笑着。就是这张合影成了他的护身符，保住了他的一切。他把这幅长长的照片镶在镜框里，挂在正墙上，并指给来他家揪他的造反派看。

"伟大领袖毛主席——你看，"他让冲进他家的造反派欣赏墙上的相片，"这是我。我是伟大领袖毛主席的卫士。"

来他家造反的造反派果然看见他的脑袋露在毛主席的脑袋上，并在那里微笑。那是一个永恒的微笑。那个微笑让那些天不怕地不怕的造反派对他也不敢动手动脚。

一九七一年他官复原职，仍然领导他所在的那个厅的一切工作。"文化大革命"前，他回过家乡一次，现在他又衣锦还乡了，带着司机和秘书。他坐在黄家镇革命委员会的接待室里，想起了我爹。他开玩笑地问刚上任不久的镇革委会严主任："啊，我的老上级呢？怎么不见他人影？他躲着我啊？叫他一起来吃饭么。"他是指我爹。

严主任就是把我爹整疯的严副主任，他顿时脸色蜡白。

何厅长又说："老严，叫他来叫他来，老黄同志是我的老领导啊。"

严主任嗫嚅着说："现在现在一时找找他不到，他到县里开会去了吧。"

"县里开什么会？"何厅长问陪同他一起来黄家镇视察的县革委会李主任。

李主任摸摸自己的脑袋，"我也不晓得，小严，是开什么会？"

严主任被县革委会李主任问得措手不及，当然就回答不上来。"这个这个，我也搞不清。要问问他们。"

何厅长哈哈一笑，"这样吧，让我的司机把老黄同志接来，我要和我的老领导聊几句。来了，不见面，那就生分了。"

何厅长那时候坐一辆伏尔加轿车。那时候这种苏联轿车是权力的象征，只有正厅级干部才有这种轿车配。何厅长的司机就坐在何厅长后面，他忙起身，做出了出发的姿势。

严主任慌了神，脸色都变了，这种六神无主的神态被何厅长看在眼里了。当过军人的何厅长是个干脆人，马上厉声说："怎么回事，你讲给我听听。"

严主任说："黄抗日同志患了精神病，现在在家里休休休养。"

"是这么回事吗？"何厅长瞪大眼睛，脸上很不高兴，"他怎么患精神病的？"

严主任吞吞吐吐了半天才说："我安排人去把他叫来。"

"不必了，"何厅长拉下他的首长面孔，"我要亲自去看看老领导。"

那天我在读书,姐已初中毕业,在一家裁缝店学做衣服。爹一个人在家,勾着头,缩在被窝里睡着。这是因为爹没棉袄穿,怕冷。一行人走向我家时,爹的耳朵很灵,马上听出来者里有严主任的声音,便想完了完了,自己可能因不谨慎,暴露了。爹的思想正在迅速检查自己在哪里出了错,却听见一个人叫他:"老黄,老上级,老队长啊。"

爹觉得这个声音很陌生，想肯定有诈，就装没听见。

一行人走了进来，马上把这个小屋子挤满了。严主任见我爹睡在床上动也不动，就表示出关心的样子，拍拍我爹的肩说："老黄同志，何厅长和县革委会李主任来看你了。"

爹装疯，不看他们。

"老黄同志，"严主任继续说，"何厅长和县里的领导来看你了。"

何厅长和言细语地说："老领导，我是小狗子呀。"

何厅长当年在我爹手下当游击队员时，小名就叫"小狗子"。

爹睁开眼睛，转过头来，看着这位被黄家镇的最高人士前呼后拥的小狗子，爹想装不认识，但他禁不住战友相逢产生的那股强力冲击，说："小狗子？"

小狗子在一九七一年时还不到四十岁，比县革委会李主任、镇革委会严主任都要年轻，但官衔却高出他们一大截，正所谓前程远大，就英气逼人。"老上级，谁把你弄成这副模样？我要撤了他的职，毙了他。"小狗子像在部队里当团长样大声说，脸上更加英气逼人。"这像话啊。你们怎么能这样对待我的老上级？李主任啊，你的干部素质太差了。"小狗子说着摇摇头，"怎么能这样对待一个老革命？"

李主任的脸黑了，觑着严主任。"这是怎么回事？你解释。"

严主任脸色苍白，因为李主任直接掌握着他的命运。他慌忙说："解放前，在镇上当任国民党治安队副队长的黄花菜，检举说，黄抗日同志是叛徒。"

小狗子拍了下桌子，表情极为愤慨。"老革命的话你们不信，国民党治安队副队长的话你们却相信？你们的耳朵是怎么生的？怎么只相信坏人的话？黄抗日于一九四九年九月被捕的事，我是清楚的，是我领着攻打县城的游击队员把他从乡公所里救出来的。"

爹看着小狗子，不知道应该装没听懂，还是表示自己听懂了，正犹豫不决，小狗子又怒容满面地说："黄花菜我太熟悉了，解放前就是个为非作歹的流氓，仗着自己有几杆枪，胡作非为！坏人的话你们也信？你们这些基层干部没一点脑子啊。"

爹听毕，觉得再也没必要装疯卖傻了，因为在这间冰冷、破烂的房间里，爹忽然看见一颗太阳出来了，升在他的眼里，刺了下他那双阴霾霾的眼睛，眼泪水蓦地奔了出来，洗涮着他的眼球，并迅速地流过他那张因激动而颤抖的脸，叭哒叭哒地往下掉。"小小小狗子，"爹的嘴抖得很厉害，"真真的是是你你你啊。"

小狗子伸出他那双温暖的大手，握着我爹的手说："老上级，走，喝杯酒去。"

中午我放学回家时，爹已不在床上了，我忙出来找爹。邻居笑着告诉我，我爹被一个大官接走了，"一辆小车把你爸爸接走了。"

我很惊讶，问邻居："我爸被接到哪里去了？"

邻居说："你去镇革委会问一下就晓得了。"

我丢下书包，大步向镇革委会跑去，路上，西伯利亚吹来的寒风猛刮着我的脸，可我没一点冷的感觉，心里暖暖的，还上蹿下跳。我隐约记得，童年时候母亲说，有一个爹过去的老下级，在省里当大官。我暗想不是他来找我爹吧？我跑进镇革委会，镇革委会的几人告诉我："何厅长把你爸爸接到县里吃饭去了。"

"接到县里吃饭去了？"

"是呵，"镇革委会的人说，"还有县革委会的李主任和我们严主任。"

傍晚，爹才回来，喝醉了，一脸通红。何厅长的伏尔加轿车送他回来的，司机搀扶着我爹，爹迷迷糊糊地走进家，一倒到床上，对我和姐说："小毛、小兰，爹再也不用装疯了。"

我和姐正为爹命运的改变而狂喜，爹却打起了呼噜，呼噜声很匀，很踏实，不像从前，睡觉都不敢放松警惕地睁着半边眼睛。

一个星期后，我们搬家了，搬离了那处臭烘烘的大杂院，搬进了镇革委会的宿舍，宿舍就在镇革委会后面，是栋青砖黑瓦的平房，前后两间加一间厨房。从此，爹早上又开始洗脸、刷牙和刮胡子了，装疯的历史至此终止，再也用不着对小孩子吹胡子瞪眼睛地怪叫"八格牙路，日本鬼子来了、日本鬼子来了"。

一九九一年春节，十年没回过家乡的大哥只身回来了，我和姐自然就带着两家人回黄家镇与大哥团聚。我和姐住在空空如也的镇招待所，但大量的时间都是在爹住的两室一厅里与大哥聊天。大哥是中国科学院学部委员，在他研究的学科里，他在国际上已有了一些名声。一天晚上，我们一家人看过中央台的新闻联播，接下来又看湖南新闻时，荧光屏上出现了一则讣告，当然还出现了一张放大的相片，相片上的人名叫何福来。何福来就是跟毛主席照过相的何厅长。现在他是副省长。男播音员说何福来副省长因患鼻癌，治疗无效，于今天凌晨 5 点 17 分不幸逝世，享年五十九岁。

我们全家顿时都变得沉默不语，这是因为这个突然而至的噩耗让我们感慨万千。当荧光屏上换了别的新闻后，当一家人沉默了几分钟后，爹率先叹口气："唉——"

一声"唉"颤颤悠悠，好像水波荡漾一样。客厅里，挂在墙上的一幅字，——姐带回来挂在墙上的，是省里一个书法家写的"有志者事竟成"，突然响应似的哗啦一声掉了一边，线断了，在墙上晃荡。姐走过去，把那字取下来，边开口对大哥说："何副省长是个好人，他对我们一家可以说恩重如山。"

大哥很感兴趣地看着她，觉得她似乎太言重了。"恩重如山？"大哥问她。

姐说："假如不是何副省长，那么爸爸的问题至少还要拖四五年才能解决。那么爸爸就要多吃四五年苦。"

大哥点点头，"那倒是。"

"最重要的是，如果那时爸爸的问题没得到解决，我和小毛就不可能上高中。我当时已初中毕业，没让我上高中，在家待业。是爸爸找县革委会李主任，我才有书读。"

姐又说："当年初中是义务教育，高中是要看家庭出身的。镇街上，好多成绩很好，但家庭出身是地主或伪职人员的子女，在那个年代都被取消了读高中的资格。"

大哥说："是的是的。"

姐说："假如我和小毛没读高中，我和小毛后来就都别想考上大学。"

大哥也觉得是这样，"是啊。"

"没读大学，我们就不会有今天。"姐强调她的思想说，"何副省长当年几句话，就让我们一家人云开雾散了。他改变了我们一家人的命运。"

坐在一旁一直不语的爹也同意道："是啊，当年不是何厅长出面，解了我们家的围，恐怕小兰、小毛都读不了高中。他真是你们的恩人。"

"好人命短呵。"我说。

爹和姐都望着我，姐："有时候是这样。"

二○○三年十月，我和爹在安乡呆了一天一晚，他感慨万千，坐在床上兀自流泪。第二天上午，我们去常德，他在车上立即睡着了，头一歪一歪，口水从皱纹深刻的下巴上直往下掉，好像树汁从扁长的树洞里流出来，掉在他西装的领子上，滴滴答答的，一大片。我没把爹叫醒，因为那些六十年前战死在这里的弟兄，认识的和不认识的昨晚都到他梦里来打探情况，吵得他没睡好。我放慢车速，缓缓开到常德已是吃午饭时间。我小心地停下车，打算还让爹睡片刻，但爹醒了。他揩掉嘴角的口水，左右望着说："这是哪里？"

"常德。"我告诉爹。

"到常德了？"爹揩下眼角的白眼屎，看着我。

我们下车，走进路边一家农民开的餐馆，餐馆里有一些人，都是年轻男女，老板娘见我领着一老人走进来，忙把我们引到靠墙的桌边坐下。我翻开菜谱，点了几个菜，和爹慢慢吃起来。吃过饭，我开车载着爹在常德市内缓缓地转着。常德市在湖南是一个中型城市，类似于湘潭或株洲市，大约五六十万人口吧。民国以前它称为常德府，州官驻地，也是湘西北一带的文化中心城镇。一九四三年冬，日军把它定为占领的目标，旨在吃下来并占有它，以它为基地，进犯他们打了三次也没打下来的、令他们憎恶的长沙。

今天的常德市当然与一九四三年的常德有着本质区别。那时的常德城很小，有古老的城门和城墙，那是古代遗迹。那些城墙和城门都于那年冬天被日本兵动用的飞机和大炮炸毁了。眼前的常德高楼鳞次栉比，街上车水马龙，行人熙熙攘攘，一派祥和及生机盎然的繁华景象。这一年，常德市被评为全国文明城市。

然而在一九四三年冬，这座城市成了一片火海和废墟，连一栋没损坏的房屋都没有，到处都是破砖烂瓦和尸体及尸体的碎片和炮弹弹片，踩上去沙沙沙响，或者发出空嗵一声脆响，那是脚踏空了，陷入了瓦砾中或者踩在尸体上。

我开着车在常德街上缓缓转了两圈，问爹发现什么痕迹没有。爹摇头说："什么也没发现，一点也不认得了。"

"六十年过去了，当然不会认得了。"我说。

爹睁着一双目光浑浊、幽暗的眼睛，四处打量，"现在的人多幸福啊。"爹感叹道，"任何不幸都不及战争给人带来的不幸。战争是毁灭人性的。"

我说："我在一本书上读到过，战争是血淋淋地屠杀。"

爹肯定地答："是屠杀，完全是屠杀。"

我说："所以人类不应该打仗，打仗是自相残杀。"

爹沉郁了片刻，告诉我说："我记得一个叫马得志的农民，他一家九口人都死在日本人的刀枪下，他自己也死在日本人的枪口下。"爹把手往车窗外一指，"他就死在常德。日本人对着他的腰开了一枪，那一枪打断了他的背脊，让他慢慢流血而死。"

我还没回答，爹又说："他是个很善良的农民小伙子，死得真可怜。"

我和爹在常德卷烟厂旁的一家大酒店下榻。这是一家看上去还不错的酒店，装修得比较豪华，走进客房，我把行李放下。爹洗了脸，上了卫生间，走出来望着我，我说："爸，您是不是睡一下？"

爹摆摆手，"不用，我们出去走走吧。"

我们走进电梯，下到大堂。十月在湖南是个比较舒服的季节,不冷不热。我陪着爹走出酒店，在街上漫步。爹步履蹒跚，但腰杆挺得笔直，好像下意识里不愿意丢一名老军人的份一样。虽然没有一样事物能唤起爹的回忆，但爹判断在一九四三年冬，他被日本人押着在这一带搬运炮弹。爹举目四望，到处都是一张张陌生的面孔，实在不能让他心动，但他满目都是泪花，这是爹根本就没活在此刻，而是深陷在战火纷纭的回忆里。爹站住，望着我说："余程万的第五十七师，打得很顽强，全师六千多官兵，最后只剩两三百人突围生还，其他全部战死在常德城里，遍地都是尸体。"

爹的手画了个弧，指着地又强调一句："遍地。"

"那非常壮烈。"我说。

"日本人出动了上百架飞机轮番轰炸常德城，集聚了二十八门山炮、野炮，一百余门迫击炮，不停地向城里开炮，以致炮管都炸红炸弯了。"

我只能发出这样的声音："啧啧啧，好可怕啊。"

"当时的湖南战区司令长官薛岳只要余程万坚守三天。日本人也认为他们不要三天就能攻下一个小小的常德城，结果余程万的第五十七师守了十九天。在日本兵两个师团的围攻下坚守了十九天，把日本人都气疯了。"

"哦，有这样的事？"我由衷地佩服道。

"当时围攻常德城的日本兵有好几万，是第五十七师的几倍。"

我更加佩服那些死去多年的英灵，脑海里仿佛闪现了六十年前的中国人，他们为了不被外国列强侵略和侮辱，于炮火声中饿着肚子，勒紧裤腰带，咬着牙关与凶残的日本人拼杀。我说："他们真了不起。"

爹加了句："他们很了不起。"

我和爹在街上走了很久，爹走走停停，很想找到一点记忆的东西，但找不到，爹感觉疲惫了，我们才回到酒店。我与爹面对面坐在沙发上，我点支烟，抽着，问："爸，第五十七师师长余程万是哪里人？"

爹说："余程万是广东台山市人，黄埔一期生。"

我感到很遗憾道："我还以为余程万是常德人呢，那么不要命地坚守常德。"

爹答："士兵和下级军官，大多是湖南人，抗日战争年代都是就地征兵。"

爹又说："那时候部队拉出去一打仗就要死很多人，于是又拉回来休整，补充兵员。湖南当时有二十几万军队。将军和校官全国各地的都有，都是黄埔军校毕业的。像七十四军军长王耀武，是山东人，黄埔三期生，余程万指挥的第五十七师当时就隶属于七十四军。像后来坚守衡阳的第十军军长方先觉，是安徽人，也是黄埔三期生。我们第三师师长周庆祥是山东人，黄埔四期生。我后来的团长，姓陈，南京中央军校毕业的，福建人，他在长沙第三次会战中立了功，受到薛岳司令长官嘉奖。我在常德，"爹指着地，"差点被他枪毙了。"

我很惊讶，"您差点被他枪毙了？您枪毙了就没有我了。幸亏您没被枪毙。"

爹说："一个姓马的连长，河南洛阳人，在少林寺当过和尚，大家叫他和尚，在团长面前说了句公道话，救了我的命。"

"那要感谢这个和尚，爸，你们军队里怎么还有和尚？和尚也杀人？"

爹看我一眼，道："杀人，和尚开了杀戒。我记得和尚是中央军校西安分校毕业。一二五师奉命开到河南作战，和尚所在的部队被日军击溃，散了。

和尚当时是连长，带着十几个人，有的还负了伤，遇到撤退中的一二五师，就被我们收容了。"

"爸，您的长官都不是湖南人啊，薛岳是湖南人吗？"

"不是。"爹说，"薛岳是广东人。"

十四

接下来，我请诸位读者回到一九四三年，回到黄抗日被日本兵俘虏的那天。

黄抗日和龙营长、马得志被日本兵折令在一二五师的俘虏中坐下。俘虏们都蔫了，好像坛子打烂了、一坛子腌黄瓜散在地上，软不拉叽的，彼此打量的目光都呈现无奈、绝望。他们不敢看日本兵，因为此刻的日本兵都是野兽，随时可以把他们拉出去枪毙，或用刺刀捅穿他们的肚子、心脏。他们的前后左右都是日本兵，日本兵横端着枪，监视着这群失败了的抵抗者。黄抗日的一旁坐着马得志，后者还陷在一家九口人死去的悲痛里，满脸痛苦。另一旁坐着孔老二、江苏人和一二五师警卫连连长。他们都是田师长警卫连的官兵。连长姓刘，长着一张尖脸，生着两撇倒八字眉毛。田师长走向哪里，警卫连的士兵就跟向哪里。警卫连的士兵在，将军就在。现在警卫连的士兵成了俘虏，将军也成了俘虏。

刘连长是将军的外甥，四一年的兵，今年二十岁，但已是连长了。刘连长是个乐观的军官，也许是他只有二十岁吧。黄抗日当时疲惫不堪，满脸憔悴和绝望且胡子拉碴，望上去有三十多岁的样子。刘连长听黄抗日说自己叫黄抗日，便答："老子叫刘万山。"

"刘万山你好。"黄抗日并不想认识他，但还是礼貌地说了句。

刘万山问黄抗日："老兵，你多大了？"

黄抗日揉揉困乏的眼睛，宽嘴一咧："二十五了。"

刘万山说："我以为你三十多岁了。"

黄抗日感到没劲地答："我没那么大。"

"田师长是我舅舅，"刘万山仰慕地觑一眼锁着眉头坐在俘房中的田将军，"我叫田将军舅舅，我妈和田将军是一个母亲生的。"

"哦，"黄抗日疲惫不堪地哦了声，觑一眼埋着头不语的其他兄弟。

"老子要操他妈！"孔老二大模大样地骂道，他为自己的俘房身份感到愤怒。

"你小声点。"刘连长担心日本兵听见副连长骂人。

孔老二继续用山东话道："怕啥？不就是死吗？！有啥了不起？"

黄抗日瞅着孔老二，孔老二一脸挑衅的样子左右张望，好像要找人打架样，目光最终还是落在黄抗日的脏脸上，瞪着他，晃下脑袋说："杀人不过头点地。"

江苏人坦然说："兄弟，生死是命中注定的，你即便想死，老天爷也会让你活下去。"

孔老二说："江苏人，我看在座的俘房里，还只有你一脸超脱的样子。"

黄抗日觑一眼江苏人，江苏人生一张方方圆圆的脸，即使是在这种大家都霉着脸色、十分绝望的处境里，他脸上也没多少复杂的霉色。黄抗日小声问："你是江苏哪里人？"

"我是江苏南京人，但我恨南京，特别恨，不想在别人面前提'南京'一词，我一家人都死在日军制造的南京大屠杀中，当时我十四岁，与很多被日本兵打死的手无寸铁的老百姓合埋在一起，但老天爷不让我死。我从死人堆里爬了出来，流浪到无锡，又流浪到河南，前年在河南参了军，打日本人。"他说到这里，瞟一眼站在不远处的日本兵，"现在，我们都落入了日军的魔爪，等待我们的还不知是什么，悲哀呵。"

黄抗日见江苏人连自己的出生地及生长的城市都不愿提及，足见那种悲痛有多么大、多么凄惨！不觉同情地觑一眼江苏人，自己也悲伤起来。他想他们成了日本兵的阶下囚，随时都有可能被一枪打死。他想到了死，但他不愿像孔老二那样表白自己不怕死。他想他是怕死的。他苦皱着脸，龙营长、刘连长、孔老二与江苏人在一旁小声说话，甚至在小声商讨怎样逃跑。他望眼周围，感到逃跑的可能性极小，到处都是荷枪实弹的日本兵，逃跑，只会当野狗一样打死。他异常疲惫，还感到真窝囊。他在等待死神降临时，想到的是与他从小一并长大的桂花。桂花六岁时以童养媳的身份走进了他家，他当时五岁，还什么都不懂。他们一起在门口玩跳房子游戏，一起走进菜地里帮父母摘菜，一起捉蜻蜓抓蝴蝶。他和她像姐弟一样长大，直到他长到十二岁，母亲告诉他，他们并非姐弟，她是他的童养媳。

　　"童养媳是什么？"他不懂。

　　母亲说："你这木脑袋，童养媳就是你未来的老婆。"

　　他这才明白原来天天跟着他疯的姣好、活跃的桂花是他未来的老婆。他看着桂花那张晒得红润润的漂亮的脸蛋，迷惑了。老婆就意味着是将来为他生孩子的女人。他不能接受，觉得她还是当他的姐好，他对桂花说："我不要你当老婆，我要你永远当我的姐。"

　　桂花说："你以为我想当你老婆？我才不愿意呢。"

　　黄抗日说："那我们说好了，我们是姐弟。"

　　桂花笑，"山猫，姐也希望如此。"

　　那时候的黄家镇，年轻人成婚都很早，往往十四五岁就结婚了。又过了两年，桂花十五岁了，长成了一个含苞欲放的大姑娘，有点像池塘里的荷花。黄抗日也十四岁了，长成了个小青年，挑得起一百斤谷了。有天太阳很好，母亲让黄抗日把谷仓里的稻谷运出来晒。黄抗日把稻谷运出来，倒在坪上，用木耙扒着。桂花也扒着一粒粒金黄的谷子。母亲看见了，对他说："我跟你爹商量了，这几天，你和桂花把房圆了。"

桂花在一旁听见了，脸立即通红，他看眼桂花，又把目光放到母亲那张扁脸上说："我跟桂花姐说了，我们不圆房，只做姐弟。"

　　母亲阴下了脸，把桂花叫到她房间里说："桂花，妈收你做童养媳是等你长大了，给我们黄家传宗接代，可不是养闺女。"

　　桂花不说话，母亲说："你在我们家待了九年，是该与山猫圆房了。"

　　桂花走出来，红着脸对黄抗日吐下舌头，"山猫，喜欢姐吗？"

　　黄抗日点头。

　　桂花说："愿意娶姐吗？"

　　他不说话。

　　桂花问："愿意还是不愿意？"

　　"我不知道。"

　　"妈要我们圆房。"桂花说。

　　几天后，一个很好的日子——那个日子在黄抗日的记忆里永远是灿烂的，那一天门前的桃花开得很漂亮，于春风和煦的阳光下红艳艳的。乍一看，仿佛树枝上着了火似的。他和桂花圆房了。村里来了很多人喝酒，闹腾到半夜才散。那天晚上，夫妻俩没有圆房，他不知应该怎么做，她也十分羞涩、拘束，躺着一动也不敢动。他们这是第一次睡一张床，两人的身体碰到一起，又赶紧躲开了。她说："睡觉吧。"

　　他"嗯"了声。早晨醒来，他蜷缩在她怀里，口水都流到了她衣襟上。他记得身为新娘的桂花说："啊，你真脏，山猫。"

　　他脸红了，忙拿枕巾揩流在她衣襟上的口水。那口水黏乎乎的，有臭气，让他非常不好意思。他说："姐，我不是故意的。"

　　她瞟他一眼说："知道。"

　　"姐，你不会讨厌我吗？"

　　"不讨厌你。"

　　"姐，圆房就是睡在一起吗？"

"当然啊，从今天开始我就不再是你姐，是你老婆了。"

他们是同床一年后才圆房的。他总是把她当作姐看，不愿碰她，她也不碰他。两人虽然同睡一张床，同睡一床被子，因为彼此总是以"姐弟"相称，就总是觉得别扭，感到哪里不对一样。意识清醒时，两人的身体绝不相捱，彼此之间仿佛隔着一条河。睡熟后，彼此拥在一起，那是另一回事。有天半夜——那是翌年三月里又一个桃花盛开的夜晚，他醒来，感觉自己的身体热乎乎的，而她的身体香喷喷的，她的手搭在他的胸部，她的一只脚压在他腿上。原来他俩在睡梦中根本不分你我。他感觉自己身体的某个部位突然兴奋异常，于是他的手在她身上摸着，她让他摸，说："你长大了啊。"

他猛地把她亲热地搂在怀里，"桂花，我很难受。"

桂花问他："你哪里难受？"

他说："全身都难受。"

桂花就反过来摸他，她的手一摸到他那儿，他激动了，睡到了她身上。从那天开始，他俩才正式成为夫妻，他从男孩子脱胎成男人了，而桂花也成了个温柔的女人。他干活，她也干活。他下塘摘莲蓬，她在一旁接他摘下的一个个莲蓬。她割稻子，他挑谷，一天里干活哪怕累弯了腰，晚上他总要躺在她柔软的怀抱里，慢慢享受她的温情。

残暴的日军没把俘虏们杀死，并不是军纪约束了他们，也不是《日内瓦公约》让他们认识到应该优待战俘——《日内瓦公约》只对文明的军队有点作用，对野蛮人，那是一张废纸。日军不杀他们，是另有目的。傍晚，他们被日军押进了一间破庙。这是间废弃的破庙，庙门拆除了，观音菩萨被人砸碎了，香案倒在地上，一切十分凄凉。日军把他们赶进破庙，让他们挤坐在一起，在破庙前后，架着几挺机枪，警告他们若想逃跑，就用机枪扫射。

湘西北的冬天很冷，他们没有被子，也没有可以躺下来的地方，只能挤坐在一起，靠身体相偎取暖。黄抗日同马得志紧紧相依，他的另一边是一个模样鼓鼓墩墩的矮子，姓田。这是个古怪的家伙，在这种倒霉透顶的场合，他竟鼓起眼睛看着大家笑。他对面坐着刘万山连长，刘连长弓着背，锁着眉头问他："你怎么还笑得出来？"

田矮子说："难道你要我哭吗连长？我就是要笑。"

刘连长说："就你一个人在笑。"

田矮子说："连长，我们出去拼了吧？"

刘连长望眼大家，他们都听见了田矮子这么说，就都望着田矮子和刘连长，刘连长低声说："你有多大本事？逞什么能？你想害死大家？"

田矮子说："连长，与其慢慢冻死，还不如被日本兵杀死来得痛快。弟兄们，你们说呢？"

孔老二道："是可以试一试。"

但除了一脸大胡子的孔老二附和，没有第二个人回答，田矮子等了下，又说："反正我们迟早都会死，他们会把我们统统杀死。"他又补一句："不要以为日本强盗会发善心，他们可没有那么好。反正是死，还不如拼了。"

刘连长说："闭嘴——你！"

田矮子嘿嘿一笑，"我们活不过明天的，明天一早，他们会开枪，机枪一扫，我们不被统统杀死在这破庙里了？明年的这一天，是我们的祭日呵。"

"谁会记得我们？"刘连长说，"谁会来祭我们？你想得太美了。"

孔老二悲叹道："我妈会祭祀我，只是她万万没想到她的儿子会死在湖南。"

江苏人扫眼大家说："二十年后，咱们又是好汉。"

"江苏人，真要那样的话，就没人怕死了。"一旁有个高个子说，此人长一张方脸，浓眉大眼，眉宇间凝聚着一股锐气。他是衡阳人，是一二五师警卫连的排长，姓张。

孔老二叫他，"张排长，你说日本人会怎么处置我们？"

张排长捂着脸上的悲伤说："我怎么知道？这要问日本人。"

江苏人说："我想哭，哭阵亡的弟兄们。"

张排长问江苏人："江苏人，我们索性哭吧？哭了会轻松些。"

江苏人望眼刘连长和孔老二，犹豫不决的模样。张排长又难过道："这几天，我经常梦见那些战死的弟兄，一梦见他们我就极难过，就想大哭。"

刘连长问张排长："你实在打了几次仗了，也打死过几个日本兵，心还没变硬？"

张排长阴着脸说："他们昨天、前天还在我梦里叫我排长呢，他们在阴间找他们的排长，叫我'排长、排长'。我梦见他们一个个战死的样子，醒来后，很难受。"

刘连长说："这笔账要算在日本侵略军的头上，我们都要替死去的兄弟报仇。"

田矮子昂起头觑一眼门外，门外站着日本兵，两挺机枪阴森森地对着他们。田矮子说："连长，只要打翻这几个日本兵，我们就能抢到机枪。"

刘连长对田矮子说："别逞能，你会害死大家。"

田矮子说："干吧？我们？"

刘连长说："闭嘴，长官没开口，你他娘的废话真多！"

大家都望着田矮子，田矮子问刘连长："连长，你怕了？"

刘连长给了田矮子胸膛一拳，把田矮子打得身体往后一仰，仰在江苏人身上。田矮子说："长官，我又不是日本鬼子，你打我干什么？有本事，你出门去跟日本鬼子干。"

刘连长扑到田矮子身上，掐着田矮子的脖子，凶道："你再废话，别怪我掐死你。"

田矮子被刘连长掐红了脸，孔老二用力把刘连长拉开了。田矮子坐起身，揉着脖子。江苏人冷笑一声说："留点精神吧，明天还不知是什么结果。"

大家都不吭声了。

他们挤坐在一起取暖，迷迷糊糊地打个盹又会被突然冷醒，并冷得牙床控制不住地猛打架。这个时候，他们真想在什么热被窝里美美地睡上一觉。他们都很冷，还都很疲乏、沮丧和痛苦。马得志觉得这辈子最冷的夜晚就是这个夜晚，不光是寒风飕飕，他的心也跟着冰冷了。马得志哆嗦着说："冷冷冷，我冷。"

黄抗日安慰他道："会好起来的。"

马得志说："冷冷冷，我冷。"

一旁的田矮子发话了，"小子，你可以不说冷吗？"

马得志说："冷冷冷，我冷。"

田矮子说："就你一个人冷？我们不冷？住嘴。"

马得志说："我真的很冷。"

田矮子受了刘连长的气，这会儿想找个人发泄，"去你妈的，住嘴。"

黄抗日捅下马得志的腰，"不要说了，忍着点。"

第二天破晓，几个日本兵走来，叫坐在门边的张排长等几个俘虏去做饭。张排长还以为日本人是要把他拉出去枪毙，起身时对大家说："弟兄们，来生再见。"

大家都没吭声，坐在地上，屁股冰凉，腿麻了，人也迟钝了，腰也因受了凉直不起来。不一会，他们便看出张排长等人是被日本兵叫出去做饭，庙前有个废弃的灶台，从前是庙里的僧人在大灾之年煮粥救济饥民的，张排长他们正在清理灶台。

田矮子说："这是让我们最后吃一餐饱饭，然后送我们上路。"

刘连长说："还让我们最后吃一餐饱饭？你把日本鬼子想得太善良了。"

田矮子望眼黄抗日说："我们活不过今天，都会死的。"

黄抗日没搭腔，一旁的马得志恨恨地说："我一家人全死在日本鬼子的刀枪下，我还没报仇的，我不能死。我要报仇。"

田矮子说："变成鬼再报仇吧。"

饭熟的香气从灶台上飘来，使坐在破庙里的他们顿时口吐酸水、眼睛发亮。不一会，日本兵荷枪实弹地走来，让俘虏们排好队，一一走到一口大锅前。他们没有碗筷，煮饭的俘虏就舀一瓢白生生的米饭，放到他们的军帽或衣襟上，让他们到一旁去吃。

黄抗日早饥肠辘辘了，忙扯起肮脏的衣襟，接住煮饭的俘虏舀的一瓢米饭，他还想多要一点，站在他身后的田矮子把他往前面一推，衣襟上的饭差点掉地上了。他赶紧护住，回头看田矮子，田矮子没看他，对着舀饭的人笑，小声道："给我多舀点，我饿蠢了。"

黄抗日瞧眼四周，见一些人退到一旁，大吃着帽子或衣襟上的饭。他也走过去，一只手扯着衣襟，另只手抓着米饭朝嘴里送。日本兵已吃了，端着枪，站在不远处瞪着他们，几挺机枪也"堵"着他们，黑黑的机枪口可以随时吐出火焰，使俘虏们只能老老实实地站或蹲在地上吃饭。黄抗日吃得很快，把衣襟上的每一粒饭都吃干净了，一抬头，见田矮子抢马得志衣襟上的饭吃。马得志看着田矮子问："你怎么可以吃我的？"

田矮子答："都是要死的人了，没看见日本人的枪口对着我们吗？吃饱些，好上路。"

马得志很生气，指责说："你自己的吃了，还吃我的，欺负我老实呵。"

黄抗日见一矮壮的日本兵把目光投到马得志身上，忙低声对马得志说："不想死就别吵。"他见马得志的衣襟上还有饭粒，又说："你快点吃。"

吃过饭——其实都只是吃了几口饭，胃囊还只是刚刚打开，还在等着迎接食物，这餐饭就中断了。大家你看着我我看着你，不知日本人下一步是如何计划的。不一会，日本兵拥过来，虎着脸让他们排好队，把俘虏们分成四个人、四个人一股，日本兵叫嚷着出发，替日本兵拉大炮或扛弹药箱。

他们被日本兵押到大炮和弹药箱前，田矮子跟刘连长说话，一个日本兵走上去，甩了田矮子一耳光，喝道："八嘎牙路，死了死了的！"

田矮子吓得脸都白了，缩着脖子。

"统统地干活。"日本兵冲他们大声叫嚷。

原来日本兵不杀他们是把他们做运输工具，假如把他们杀了，他们就得自己拉大炮、扛重甸甸的弹药箱。他们当然希望是俘虏拉着大炮、扛着弹药箱在泥泞不堪的路上走，这样他们就可以节省力气，好留着力气与中国军队打仗。这是日军的一支辎重部队，他们向他们的兄弟部队要了些俘虏，自己沿途也抓了些战俘。他们有二十门大炮和众多弹药箱，还有一袋袋粮食。他们奉命向常德开拔，用强大的火力增援他们的第六十八师团，因为负责主攻常德城的日军第六十八师团和第一一六师团正在那儿流血、死亡。黄抗日、田师长、刘连长和田矮子，被日本兵责令拉一门大炮。大炮全身是钢铁，很重，由于地上泥泞不堪且坑坑洼洼，拉起来很吃力，每前进一米都很艰难。

日本人用枪指着他们说："快快地干活，歇气的死了死了的。"

日本人的刺刀离他们只有一米距离，随便一个跨步刺就可以刺穿他们的腰和肚子，因此没有人敢怠慢。大家都不想死，都想找机会逃跑，就都很努力。假如你磨洋工，日本人看出来了，一个跨步刺，或者在你后脑勺上开一枪，让你一头栽在泥泞不堪的冰冷的大地上。日本兵为了让国军俘虏怕他们，已打死了好几名俘虏。一个国军俘虏病了，扛着弹药箱没走几步，弹药箱从他肩膀上掉下来，砸在地上，散开了。一日本兵龇牙道："八嘎牙路，死了死了的。"话毕，一声尖利的枪声吓得他们打了个哆嗦，只见那弟兄倒在地上，再也站不起来了。还一个弟兄因在先前与日本兵的战斗中，腿部负了伤，走慢了几步，也被另一日本兵一枪打死在泥泞不堪的路上。

"快快地干活，快快地干活。"日本兵在他们耳畔凶凶地嚷叫。

大炮很笨重，巨大的钢管耸立在他们头上，炮座也是钢铁，两个轮子不是在地上滚动，而是咬着泥地不动。钢轮将泥泞不堪的路压出了两条深陷的车辙，拉起来实在费劲，每前进一步都要付出全身的力气。日本兵就跟在他们身旁，不给他们半点喘息时间。到处横陈着老百姓的尸体。他们得把业已发臭的尸体搬开，再把可恶的大炮拉过去。

刘连长和鼓鼓墩墩的田矮子一人肩上套着根比大拇指还粗的牛筋绳，牛筋绳的一头系在大炮架上。两人不敢马虎，都卖力地往前拉扯。田将军和黄抗日在后面兜底推搡。荷枪实弹的日本兵跟在后面，假如车轮陷到坑里，大炮实在动不了，他们就叫得更凶，哇啦哇啦的。有时候，他们也会过来帮一把，把枪横在胸前，和俘虏们一起，咬着牙一用力，把轮子抬出坑，朝前推。他们要赶时间，他们的弟兄正在前方送命。

"快快地、快快地干活。"他们生气地命令道。

黄抗日没什么力气，他本来就身材矮小，加上几天来基本上是饿着肚子，再怎么使出全身力气，也只是那么一点。但他不敢不卖力，日本兵就在他身后，不用回头也能感觉到枪的威力，只需勾一下扳机，他就完了。他可不想完，桂花在家里等着他呢。他当兵前的那天晚上，桂花抱住他乞求着说："山猫，你一定要活着回来，我要你好好的。"这话，给了他无穷的力量，在他每次见到弟兄们倒下而痛苦和绝望时，"我要你好好的"这话便在他耳畔回响，让他为活下来，硬着头皮、龇着牙干。刘连长和田矮子在前面拉，他与田将军在后面卖力推搡，都已累得浑身乏力。田将军鼓励他说："兄弟，再使把劲。"

黄抗日就龇着牙，再使劲。

田将军指示说："先抬起来，再往前推。"

黄抗日就龇着牙抬，但没抬动。他身后的日本兵觉得他是饭桶，把他揎开，蹲下，双手把着炮架，大喝一声，猛力向上抬，钢轮艰难地从泥坑里拔了出来。日本兵用身体朝前一靠，一挤，钢轮便朝前滚了一圈。日本兵走开，黄抗日赶紧补上，推着大炮前行。

龙营长和马得志，还有孔老二和江苏人拉着另一门大炮，他们在黄抗日的前面拉，拉得同样卖力。龙营长身材高大，自诩自己的祖先与孔子有着血缘关系的孔老二也孔武有力，日本人就让他俩在前面拉，于是两人的肩上挂着牛筋绳，在前面像两条水牛一样拉着，遇到车轮陷入泥坑而受阻时，龙营长便在前面喊号子道："弟兄们，听我的口令，一二三，加油！"

车轮在四个人的齐心协力下，前进了一点。

龙营长又大喊："弟兄们，一二三，加油！"

车轮再次朝前滚动。

"弟兄们，再努把力就上来了，一二三，加油！"

车轮在四个人用力加油下自然就碾过了一个又一个坑。

日本兵觉得他是个人才，有号召力，对他的表现非常满意。"你的，好好的。"一个日军少尉表扬他说。

龙营长受到日军称赞，也高兴，"皇军，我的，一定加倍干！"

日军少尉点头道："大大的好，快快地干活。"

龙营长就喜着脸色说："弟兄们，皇军表扬我们呢，我们要加油干！"

走在黄抗日和田将军这辆炮车后面的日本兵，感觉落后了，就在黄抗日和田将军背后嚷叫："你们的，不行不行的，死了死了的。"

这是龙营长、孔老二和马得志他们拉的那门大炮远远地走到前面去了。这就让日本兵怀疑黄抗日和田将军、刘连长与田矮子是磨洋工，因此很生气。"快快地干活。"日军曹长很有脾气，一张脸横眉竖目的，手里握着的王八盒子，端了起来。

黄抗日头也不敢回，忙和田将军做出拼全力的模样推着炮车。日军曹长走到前面，用王八盒子指着刘连长，"快快地干活，你的。"

刘连长正在奋力拉，见日军曹长用枪指着他，他已经拼尽全力了，但大炮轮子陷在泥坑里没拔出来，就烦躁地顶了一句嘴。忽然一声枪响，一股淡淡的蓝烟冒出王八盒子枪管，与此同时，刘连长身体向下一扑，栽在地上，血从他嘴和脖子上向外流。刘连长愤怒地瞪着日军曹长，日军曹长板着脸、竖着眉毛，对着刘连长那充满愤怒的头，补了一枪。啪，又一声枪声，前面和一旁的人，都掉过头来张望。有两个日本兵迅速走上来，都端着枪，凶恶着面孔。刘连长的身体，不住地抽搐，那一刻他的意识还没完全丧失。

他一旁的田矮子，吓得朝地上一跪。日军曹长以为他要反击，本能地后退一步，举着王八盒子指着田矮子。田矮子已面无人色，手撑在地上，向日军曹长磕头，边说："皇皇军，别杀我，我的良民、大大的良民。"

日军曹长看不起的形容暸眼田矮子，喝道："你的起来，干活干活的。"

田矮子忙又向日军曹长磕了头，这才爬起身，把结实的牛筋绳套套到肩上，拉着大炮。大炮陷在了泥坑里，这个泥坑龙营长他们拉的大炮也陷过。这个泥坑阻碍了这门大炮朝前滚动的钢轮。此前，刘连长把吃奶的劲都用光了，大炮仍岿然不动。当时刘连长把牛筋绳套从肩上拿下来，走到这个坑前想着办法，想前面几门大炮是怎么拉过去的。前面几门大炮把这个坑压得更深了，所以刘连长就左右望望，捡了几块石头垫到车轮下，然后又弯下身，将牛筋绳挂在肩上拉。其实大炮并没那么重，大家用力拉和用力推，再深的坑也能滚过去。拉不动的主要原因是他们都饿坏了，没吃东西，也在暗中磨洋工，只是表面上假装用力。刘连长如果学龙营长的大喊"一二三，加油"，也许就不会死，但他没喊"一二三，加油"，后面是田将军，他怎么敢对田将军喊号子？四个人的力量便分散了，所以拉不动大炮。

日军曹长端枪指着他的头，威胁地喝令他"快快地干活，你的"时，刘连长那一刻没有克制，这是他心里暗恨大家不出力，让他一个人费力拉，就很恼火，说了他一生中最后一句话："你他妈的来拉拉看。"

日本兵有着绝对的权威，绝不允许他奴役的中国战俘犟嘴。你敢犟嘴，那就说明你还有反抗精神。日军曹长对着刘连长的嘴开了一枪，砰，真的是这么一声枪响。刘连长应声倒地。子弹打碎了他的几颗上牙，从下颌骨

144

穿了出去，又钻入他的颈根，打穿了他的喉管。一下子三处地方血如泉涌，却又说不出一句话，只能硬生生地盯着日军曹长。日军曹长龇牙咧嘴地冲着他的太阳穴又开了一枪，砰——枪声听上去凄厉而忧伤。

那双眼睛的瞳孔放大了。

日军曹长见田矮子拉不动大炮，板着脸走过来，大家都住了手，田矮子还做出全力以赴的模样拉着。日军曹长对黄抗日招下手说："你的，过来。"

黄抗日哆哆嗦嗦地走了过去。

日军曹长让黄抗日和田矮子将刘连长的尸体放到车轮下，填那个泥坑。黄抗日与田矮子照日军曹长的吩咐干了。日军曹长又喝令武高武大的田将军顶替刘连长拉野炮。他还招手叫来另外两名俘虏——那是两名扛着弹药箱的俘虏，其中一名是张排长。张排长把弹药箱搁在地上，跑过来帮忙。田将军知道用力的窍门，知道必须把五个人的力量集中起来，大炮才能过坑。田将军回转头扫眼大家，发出号召道："听着，弟兄们，我喊一二三，加油，弟兄们就一齐用力。一二三，加油！一二三，加油！一二三，加油！"

只听见一阵骨头咯咯嘣嘣的碎裂声，大炮的轮子从温热的尸体上滚了过去。

十五

下午时已隐约能听到前方的枪炮声了，还有机翼上画着圆粑粑的飞机，一架架日军飞机凶猛地从他们头上飞过，排成队，大雁一般飞过。那些飞机都装满了炸弹。它们飞到常德城的上空，打开舱门，将一颗颗炸弹倾巢而出，投掷在常德城里，于是一声声巨响冲天而起，传得很远很远。

"日本人都动用了飞机，"田将军对一旁的黄抗日说，"余程万是条好汉。"

田将军又说:"余程万,我们黄埔军校一期的,是个血性男人。"

黄抗日只是个可怜的少尉,觉得自己没资格与田将军探讨战争与人。

田矮子在一旁插话道:"长官,我们应该死守安乡,假如我们死守,就不会成为俘虏,说不定,现在还在打。"

田将军看他一眼,"死守?你以为守得住那么一点点大的安乡?"

田矮子说:"长官,这话是刘万山连长说的。他死前说,应该死守安乡。"

田将军说:"刘万山真蠢,怎么可以跟日本人斗气?飞机。"

果然又有十几架画着太阳旗的飞机很猛地从他们头上飞过,声音大得吓人,接着远处传来一片爆炸声,轰隆轰隆,听上去非常恐怖。

他们在日本兵的催促下,努力地拉着炮。他们把大炮拉到一条平坦的铺着卵石的路上,路两旁是挺拔的杉树和樟树,接着是光秃秃的农田和坍塌的房屋。这儿一派凄凉,除了他们和嚷嚷叫叫的日本兵,再没有其他身影了,甚至连牛啊狗啊鸡啊的影子也没有,有的是老百姓逃难后丢下的荒芜和悲凉。田将军说:"你们看见吗?"

黄抗日没搭腔,田矮子鼓着眼睛问:"长官,你要我们看见什么?"

"到处都没人,人都跑了。"田将军说。

田矮子说:"长官,我们应该找机会逃跑。不然我们都会死。"

田将军扫眼四周,"到处都是日本兵,我们一跑,不正好被他们当鸭子打?"

田矮子说:"长官,我们晚上跑。昨天晚上,我看见日本兵打瞌睡,我当时就想跑。要是当时跑,说不定就跑了。"

田将军问他:"那你怎么不跑?"

田矮子说:"长官,我想跑,但我一个人不敢跑。"他看不起地瞅一眼黄抗日,"我要他和我一起跑,他不敢跑。"

田将军望黄抗日一眼,黄抗日望着前面,前面龙营长他们拉的大炮,轻松地在铺着卵石的路上朝前滚动,两边的日本兵扛着枪,其中一个日本兵抽着烟。田将军问："你怎么不跑？"

黄抗日答："长官，我没看到日本兵打瞌睡，看到日本兵的机枪对着我们。"

这时又有几架飞机呼啸着飞过上空，不一会，传来一阵阵轰隆轰隆声。一个日本骑兵骑着匹枣红马狂奔而来，对几个日本军官叽哩呱啦说着什么，那几个日本军官脸色大变，喝令俘虏们拉着大炮跑步向前，"快快的快快的！"日本兵嚷叫。

前方的日本兵很急，他们急需大炮增援，可是大炮却迟迟不到，就派士兵来催。

他们拉着一门门大炮向前奔跑。他们听见的枪声和炮声更加清晰了。他们能看见矮矮的常德城了，那里硝烟弥漫、尘土飞扬。风把硝烟吹过来，呛了他们的鼻子。他们的身旁都是日本兵，日本兵逼着他们朝前奔跑，他们喘着气，推着大炮跑着。他们跑到离常德城不到一公里的地方，听见了更加激烈的枪声，这是他们的兄弟部队在顽强抵抗日本侵略军。他们在一处荒坡下，发现有一个大队的日本兵在原地待命，大约有四百多名日本兵，有的坐在草地上休息、抽烟，有的在走动。他们觑着这些为他们拉大炮和扛弹药箱的国军战俘。

前方枪声激烈，日本兵已进攻了八天，但第五十七师的官兵仍拼死抵抗，于是他们只能在城外发怒。他们计划在这批大炮的火力轰击下，于傍晚夺下业已千疮百孔的常德城。

黄抗日他们在日本兵的指挥下，将大炮拉到离常德城半里不到的斜坡上，这儿有些房屋和草垛，草垛散发的不是稻草的芬芳，而是火药气味。还有一片年轻的杉树林，杉树枝上遍布着冰花，也充斥着火药味。日本人将二十门大炮并排架好，马上忙碌起来。他们把炮弹装进弹仓，一拉，一颗炮弹飞出去，呼啸着落在常德城里，发出有力的爆炸声。接着又一颗炮弹飞出去，又呼啸着落进常德城，又轰隆一声、轰隆一声。

二十门大炮对着常德城竞赛似的打着，只听见轰隆、轰隆、轰隆。

空气中一派难闻的火药味。

日本兵于浓浓的硝烟弥漫中欢呼雀跃着。他们一下子变得很有信心，在二十门大炮的火力下，重新组织进攻，哇啦哇啦地尖叫着向前猛冲，以为这一下可以攻下常德城了。但很快又被第五十七师的官兵打了回来，丢下了上百具尸体。

一百多名一二五师的战俘们，分别被关进了几间房子，两间农舍和一间破祠堂，大部分普通士兵关进了那间破祠堂。祠堂里有几间房子，曾经住着人，都跑了，空荡荡的。两间农舍都是土砖屋，很破败，关着一些有军衔的战俘。黄抗日和田将军、田矮子、江苏人和张排长等一些官兵被关入了这间几扇窗户都不知去向的冰冷的农舍。农舍一旁猪猡屋的阁楼上堆满了稻草。他们把一捆捆稻草揎下来，铺在地上，就在稻草上睡觉。他们依偎在一起，脸色都很脏、憔悴和沮丧，彼此可怜着。

"现在，等待我们的不知是什么。"一个中等个子的人用外省话说，觑眼大家。

田矮子睒眼说话的人，脸上是一种绝望和讥诮，说："和尚，这不简单吗？等打完仗，把我们押出去，一通机枪扫射，不都解决了？"

被田矮子叫作和尚的，是名上尉。上尉和尚是个十分和善的年轻人，长一张河南人那种憨厚的圆脸，他笑笑说："我师父死前说，死就是生。"

田矮子说："和尚，你别讲僧话，我们俗人听不懂。"

黄抗日想连和尚都当兵打日本人了，他瞧眼和尚，和尚给人的感觉很亲切。和尚谦和地笑笑说："僧人不杀生，鄙人早破了戒，不是和尚了。"

江苏人是跟着和尚一起、在河南收容进一二五师的，是和尚的部下，但这个流浪了多年的江苏人，瞟一眼他的连长说："长官，大家都要成亡国奴了，还当什么和尚！"

张排长满脸感叹："我其实想离开尘世，去当和尚。我们衡山也有寺庙，既有道人，又有和尚。和尚，到时候我们一起去衡山当和尚，你给我剃度。"

和尚嘻嘻一笑，"大家都好好活着吧。"

田矮子灰着脸色说："我们还能活几小时还是几天，只有上天才知道。"

田将军说："弟兄们，我们要设法逃跑。"

即使在这种情况下，田将军仍是俘虏们的主心骨，大家都瞧着他，田将军疲惫地说："日本兵的注意力应该没放在我们身上，在进攻常德，我们——"他望眼在坐的手下，"等吃饱睡足、养好精神后，做好随时与日本鬼子拼杀的准备。"

张排长眼睛一亮，"好的，有您指挥，我们就不怕。"

江苏人表态道："将军，只要您一声令下，我们就豁出这条命！"

"长官，我田国藩一条命随时能为您赴死！"田矮子说，拍了下胸脯，"我们生不如死，您只要一声命令，我们决不含糊，哪怕死，也要护着您冲出去。"

大家都肯定地点头。

"你呢？"田矮子盯着黄抗日，"刚才你没点头。"

当了多年兵的黄抗日漠视着田矮子，"说大话有什么用？"

"谁说大话？"田矮子说，"你以为我田国藩是怕死鬼？为了将军，我可以命都不要。"

黄抗日嘀咕道："大话谁都会说。"

田矮子一把揪住黄抗日的衣领，"如果你不把话说清楚，我要你的命！"

田将军摆下手，"别闹，现在是商量怎么逃跑。你松手。"

田矮子不松手，黄抗日仍漠视着他。

张排长把田矮子手用力扳开，说："长官说了，不要闹。"

田矮子气呼呼地坐下，黄抗日没搭话。田将军说："弟兄们，我们今天落在日本鬼子手里，如果不想法逃跑，死，只是时间问题。这两天，我们把地形看好，伺机逃跑。"

江苏人望眼大家，"听见吗？都听长官的，不要擅自行动。"

和尚说："日本兵暂时还不会杀我们。"

田矮子立即问："和尚，你怎么知道日本兵暂时不会杀我们？"

和尚笑笑，"我们是战俘，对他们不构成威胁。"

前方又炮声大作，日军再次向常德城开炮，一连串猛烈的炮声打断了他们说话。他们竖起耳朵倾听，半个小时后，炮声停了，接着是一大片枪声传来，枪声弱一些，但仍听得真切。他们听了一气，等枪声再次安静下来，天色已近黄昏，西北风吹来了浓烈的火药味。几个站在窗前向外看的人，见枪声熄了，只有零星的枪声了，站累了，坐到了铺着稻草、散发着稻草芬芳的地上。黄抗日起身，探头向外张望，屋外有日本兵扛着枪走动，还有哨兵站在不远的地方，盯着这边，逆光下看不清人的脸色。天呈微红色，夕阳被云雾遮掩着，他瞧见一些日本兵抬着负伤的士兵走来，不过不是走向关着俘虏的农舍，而是走向前面挂着红"十"字的日军的战地医院，那儿正进进出出地忙碌个不停。田将军的声音从背后飘来，说：

"弟兄们，我们这次被日军押着、为攻打常德的日本兵搬运大炮和炮弹的经历，记住，永远也不要对别人说，明白吗？"

江苏人机灵，用江苏话道："这能说的？说出去，我们还有脸面活吗？"

田将军解释："这是我们一二五师官兵的耻辱。"

田矮子答："是耻辱，绝对是耻辱。"

田将军道："我们自己无所谓，可我们说出去了，别人晓得了，从此就没人看得起我们一二五师的弟兄了。我们还可以苟活，但那些死去的弟兄们呢？他们并没为日军搬运炮弹，但他们的灵魂也会背上这种骂名，他们很无辜，懂吗？所以不能说出去。"

"懂了，长官。"田矮子抢着答，"这又不是什么光彩的事，谁都不会说，长官。"

张排长道："长官，我用我父母的名义发誓，我永远不会对别人提一个字。"

田将军再次强调："记住，说出去，就对不起一二五师战死的弟兄！"

"懂了。"几个人同时答。

田将军冲背对着他的黄抗日说："喂，你过来，坐下。"

黄抗日转过身来，坐到了稻草地上。

田将军问他："刚才我说的话，你听见吗？"

黄抗日说："听见了，长官。"

田将军问黄抗日："你说我刚才说了什么话？"

黄抗日把田将军说的话，复述了遍。田将军知道黄抗日听懂了，点下头，凝重着脸色说："弟兄们，大家都记住这段屈辱的经历，男子汉大丈夫要像韩信样，能屈能伸。"

田矮子鼓起眼睛问："长官，韩信是谁？干吗我们要像他？"

田将军望眼田矮子，见后者一脸不解，又见大家都一脸困惑，便感觉好笑地问："韩信你们也不晓得？"他见众人都不答，便解释道："韩信是个十分了不起的人，本将军一生最佩服两个人，一个是蒋委员长，一个是他。韩信是两千多年前刘邦拜的大将，刘邦是因得了韩信，才打败项羽，得了天下。弟兄们，我告诉你们，韩信在刘邦拜他为大将前，在他的家乡混得很糟，没人看得起他，有一个横蛮的屠夫——这是书上有记载的，不是我瞎编，曾经勒令韩信从他的裤裆下爬过去，所以韩信身背胯下之辱。弟兄们，我们今天受的就相当于'胯下之辱'，我们不会白受的，是吗弟兄们？"

田矮子答："长官，我们当然不会白受。"

田将军说："能屈能伸，方为大丈夫，屈是为了能更好地伸，假如不屈，我们就都会像刘万山样被日本人打死，就打死在我们的眼皮子底下啊，刘万山是我外甥，我两年前回老家带出来的。这个仇，我一定要报。"

"报，一定会报的，长官。"田矮子说，"我们受的是什么辱？"

江苏人觉得田矮子十分愚笨，说："胯下之辱。"

"对，胯下之辱，"田矮子说，"我们要日本鬼子加倍赔偿。刘连长就死在我身边，不是在战斗中死的，只因顶了一句话，便被日军曹长一枪打死了。"

"是两枪。"黄抗日更正田矮子。

田矮子看眼黄抗日，"我难道不知道是两枪？还要你多嘴？"

湘西北的冬天，天寒地冻的。天黑下来后，更冷了。没有人送饭来吃，他们饿着肚子，觑着窗外黑沉沉的天色。日本兵在外面站岗，扛着枪，走几步便跺几下脚。有说话的声音从不远处飘来，叽叽咕咕，是日本人说着什么。大家挤坐在一起，都垂着肮脏的脑袋，地上有稻草，稻草的芬芳直接飘入他们的鼻孔。偶尔会传来一声狗吠，接着会传来一声狗或猪发出的惨叫声，于寒夜里颤悠悠的，尖尖利利的，特别瘆人。一个夜晚都是如此，时不时有让他们惊惧的声音传来，他们会彼此望一眼，虽然谁也看不清对方脸上的表情。他们抱着头，不再说话，因为说话需要力气，而他们饿得连说话的力气都没有了。

清晨的天光缓慢地射进农舍，天亮了，不远处，一株树下，站岗的日本士兵对着两手哈气，边跺脚。田将军的脚已冻烂了，流着脓和血。田将军坐在稻草上，感觉自己的脚冻木了。他脱下破军鞋，用一个士兵献给他的绑带裹着那双冻烂的脚。田将军的靴子于早几天被一个日军军曹霸占了。那日军军曹下令田将军脱下内里有毛的牛皮靴，田将军慌忙脱下，日军军曹就很高兴地穿上，走了，留下他那双又破又烂又臭的军鞋给田将军享用。田将军穿着它拉大炮时，由于鞋底已磨穿，脚被利石戳破了好几处，这会儿已感染，灌了脓。田将军在他的士兵面前痛苦地皱着眉。眉头拧得像泰山那样巍峨。

"长官，这脚不要紧吧？"张排长关心着问。

田将军说："不要紧。"

田矮子目光里流露出关心道："将军，我真想把我的脚砍给您。"

此时此刻，这样肉麻的话也只有田矮子才说得出口。田矮子还生怕别人不理解，又说："您是我们的将军，您的命，比我们重要。我们都是草民，死了跟小草一样，您不能死。弟兄们还要靠您指挥我们打日本侵略军。"

田将军看田矮子一眼，"你是哪年的兵小兄弟？"

"报告将军，我是四一年十二月的兵，一来，就打了长沙第三次会战。当时我们乡征兵，我个子矮，来乡里征兵的长官没打算要我，我是求着来的。"

田将军表示出了高兴，"好啊，自己主动当兵，打日本鬼子，好事啊。"

田矮子昂起一张鼠脸，"将军，我们家在长沙第二次会战时，日本鬼子从我们村子经过，把我娘养的三头猪杀了、烧着吃了。为了三头猪，我也要参军打日本鬼子。"

黄抗日觉得很好笑，"给猪报仇吧你这是？"

田矮子瞪眼黄抗日，"你晓得个屁，我爹说，打日本鬼子是每个中国人的事。"

张排长附和黄抗日的话道："我还以为你是给你娘养的猪报仇呢。"

田矮子正色说："我是要给猪报仇。"

田将军觉得这个矮子很有意思，"很好，小兄弟，你说得对。我欣赏你，我们不但要给死去的弟兄报仇，还要给被日本鬼子杀死的猪报仇，因为它们是我们中国的猪，日本鬼子无权杀害。"他问田矮子，"打死过日本鬼子吗你？"

田矮子说："打死过，一个日本鬼子向我们班长开枪，我一枪把他打死了。"

"那你是好样的，"田将军赞赏他道，"如果一二五师还能重整旗鼓，我让你当连长。"

"谢谢长官栽培，"田矮子乖巧地说，"我这一生，做梦都想指挥一个军打鬼子。"

江苏人听田矮子这么说，笑道："你抱负挺大吗，指挥一个军。"

田矮子说："我晓得我没上过军校，怎么也不可能升到军长。田将军，是吗？"

田将军笑了，"看不出，你野心还蛮大。"

和尚问田矮子："你不是军官，怎么会坐在我们一起？"

田矮子答："我是要跟将军在一起，不是跟你们在一起。"

田将军把他那两只生满冻疮的脚塞到了坐在他对面的黄抗日的两腿间，这是黄抗日的两腿间很暖和。田将军的脚趾都抵到了黄抗日的睾丸上，因为那里更暖和。黄抗日谦卑的样儿瞅着田将军。田将军强调自己的地位说："我是师长，你这样看着我干吗？"

如果不是战争，田将军的脚肯定不会生冻疮，至少他的靴子就不会被日军军曹脱掉。假如他没成战俘，他现在就不会把两只生满冻疮的又臭又脏的脚塞到黄抗日的裤裆里。他可以把两只脚伸到烘罩上，下面是炭火，够他舒服的。但战争剥夺了他这方面的特权。他如今跟身材瘦小的黄抗日一样成了日本人的阶下囚。黄抗日提醒田将军说："长官，您的脚很臭。"

田将军忧伤地说："我的脚在流脓、流血。"

黄抗日说这话的意思是希望田将军把脚从他裆里抽出来，因为他不舒服，好像夹着两团冰块样。他见田将军没理他，便提醒说："将军，您是不是可以把脚移开？"

田矮子插话道："将军愿意把脚放到你裤裆下，那是你的福气，你应该觉得光彩。"

黄抗日觑眼田矮子，觉得这个矮子十分讨厌。田矮子却鼓着眼睛说："你好像很不情愿？弟兄们，你们说是不是？"

江苏人、张排长和和尚，都嘿嘿嘿嘿笑。

田矮子用嘲弄的目光盯着黄抗日。田矮子这人天赋高，在家乡是个木匠，目测能力极强，一眼就看出黄抗日是个窝囊废，因为黄抗日不但身材瘦小，且长着张老实却不逗人喜欢的猩猩脸，这张脸上没有勇猛，有的只是谦让和与谦让、惊慌有关的东西。"你看你，你是前怕狼后怕虎的。"田矮子说，"他们说你是胆小鬼。"

"你也是胆小鬼。"黄抗日见田矮子在众弟兄面前这么说他，便反击，"刘连长被打死时，我并没吓得下跪，你跪在日军曹长面前磕头，磕得同鸡啄米一样。"

田矮子的脸乍地红了，这是他感觉最屈辱的事，立即说："长官说了，我那是急中生智，能屈能伸，是韩信。你呢？吓傻了。你应该死在战场上，而不应该坐在这里。"

黄抗日的脸上游荡着几丝嘲弄，"你勇敢，不怕死，怎么也坐在这里？"

"你说什么？"田矮子终于愤怒地站了起来。

黄抗日没挪窝，他并不怕田矮子，"你是条好汉，怎么不战死在战场上？"

田矮子狡辩道："大家都战死了，谁打日本鬼子？靠你打吗？"他望着黄抗日，"你打死过日本鬼子吗？"

黄抗日答："当然打死过。"

"打死过几个？"

黄抗日说："有十几个。"

"十几个？你这模样打死过十几个？谁信呵。"

黄抗日懒得理他道："不信就算了。"

"有人证明你打死过日本鬼子吗？"

黄抗日望眼众弟兄，他们都不是三团的，没亲眼见他打死过日本兵，见他打死过日本兵的龙营长这会儿发着高烧，躺在稻草上，缩成一团，正与病体斗争。田矮子提起一口气，友好地看眼大家说："我们之所以活下来，是为了继续打鬼子，而你是怕死。"

"你不怕死？"黄抗日说，"我都不想说你在日军曹长面前吓得魂都飞了的样子。"

"别说了。"田将军说。

田矮子气得脸都白了，大声说："你记住今天说的话。"

江苏人拍下田矮子的肩，"都是好兄弟，不要说这些话。"

张排长说："刘排长说得对，都是好兄弟。"

田矮子狠着脸色说："我今天说的话，我自己会记住。"

和尚嘿嘿嘿笑，临了说："阿弥陀佛，能坐在一起是缘。"

江苏人点头，赞同道："是缘，还是和尚说得好。"

黄抗日没再理田矮子，而是望眼和尚、江苏人和张排长，还看了眼锁着眉头的田将军。他的痛苦不是自己还活着，而是他想怎么逃回家乡去。大家在说着别的事，有一句没一句，有的在回忆自己第一次打死日本鬼子的事，有的在说第一次上战场的事。和尚却说他之所以参军，是他和师父去五台山，路经一村庄，遇上日本兵侮辱一村姑，师父出面干涉，被日本兵一枪打死了，于是他选择了从军，只有一个目的，和大家一起，把日本侵略军赶出中国，等把日本兵赶出中国，他再回寺院当和尚。江苏人插话说："你现在是上尉，等把日本人赶出中国，你可能是将军了，到时候你想回寺庙，恐怕委员长也不会批准。"

和尚说："到时候，我放下枪，把军服一脱，走了，谁都找不到我。"

田矮子问和尚："将军都不当了？"

和尚笑，憨厚的模样说："我喜欢过寺庙生活，喜欢清静。"

黄抗日听他们说，他没再要求田将军把两脚挪开，他在众目睽睽下，就用裆裹着田将军那两只破烂的脚。他感觉自己的下身处冰冷的，那是田将军的脚又臭又硬，像两团冰块样吸着他睾丸散发的暖气。

十六

　　这个细节受益于二○○三年常德的那个晚上。那个晚上我和爹坐在客房里讨论着战争，都盘腿坐在床上。爹回忆着常德会战的前前后后，说到了田将军把两只冰冷的脚插到他裆里取暖的细节。

　　爹总结说："田将军是个自私自利的人，把自己的利益建立在士兵身上，这也是他失败的原因。一个将军一定要克己复礼，才能受到士兵爱戴。如果只是贪图享受，不把士兵当人，失败是必然的。"

　　"他真的把双脚插在你裆里？"我问爹。

　　爹答："是有这事。"

　　"真有这事？"

　　"他是将军啊。"爹这么说。

　　"他也跟你一样是俘虏啊。"我说。

　　"那还是不同。"爹说。

　　"难怪你们一二五师会全军覆没，我觉得一点也不奇怪了。"

　　"一二五师是注定要灭亡的，就跟五十七师注定要灭亡一样。"爹说，"如果我们死守安乡，也会像五十七师死守常德样，下场都是被日本人歼灭。"爹看我一眼，"因为一二五师和五十七师都是孤军作战，没有增援部队。"

　　"增援部队呢？"我问爹。

　　"增援部队被日军拦在外围，打不进来。"

　　"拼命打也打不进来？"

　　"打不进来，日军早想到了我们会全力增援，他们早布置好了打阻击的部队。"爹说到这里，感叹道，"五十七师打得还要好顽强。总部只要他们坚守三天，说三天后会有增援部队赶到。他们守了十九天，增援部队才迟迟赶来。"

在一九九九年夏，我曾同一个原国民党中将有过下述谈话。先要说明一点，他生于一九〇八年，比我爹大整整十岁，当时九十一岁，从加拿大回来。他在一九四九年去了台湾，在国民党军队里服务到六十五岁。后随女儿去加拿大定居。他是我一个朋友的父亲，我那朋友生于一九四八年，一直随母亲和爷爷奶奶在长沙生活。一九九九年夏，九十一岁的老将军回来了，一头白发，一张脸红润润的。那天我和这位朋友有约，他忽然打电话告诉我，他父亲从加拿大回来了，他不能来了。我知道朋友的父亲是国民党将军，朋友一家于"文革"时期，为这个父亲不知吃了多少苦头，母亲因前夫是国民党高级将领而于"文革"中被揪着批斗。他也因这个父亲，一直很倒霉。这些事情，朋友都陆续对我说过。几天后，我怀着尊敬的心理去看望他父亲。我朋友姓李，老李向他父亲介绍我说："他是作家。他想同你谈谈。他想写一部有关国民党抗日的小说。"

老将军一听我要同他谈话，马上坐得笔直，两手放在膝头上，很庄严。

我很惊诧，老将军九十一岁了啊。我爹就从没这样有板有眼地坐过，这是爹没在黄埔军校混过，因此坐没坐相，站没站样，自然当不了将军。老将军是黄埔四期毕业生，参加过一系列的战争，打过军阀吴佩孚、孙传芳，后奉将委员长的命令打江西瑞金的红军，再后来打过多次日本侵略军，接下来又打了内战。

"李老，在抗日战争时期，您是什么军衔？"

"先是上校副师长，"李老回答我，"后升为师长。"

"那是哪一年？"我问。

老将军想了下说："一九三九年九月。当时我是团长，参加了第一次长沙会战，之后，我被任命为副师长。"

"我父亲也参加过第一次长沙会战。"我说。

老将军眼睛一亮，扫眼我，"令尊是哪个的部下？"

我说："一二五师，师长姓田，听我父亲说好像也是黄埔四期的。"

老将军想了想，他不熟悉这个师，也想不起姓田的师长。"黄埔四期有三千多军官生，有步兵科、炮兵科、工兵科、政治科，毕业后都分散到各军各师各团当见习排长，不可能个个都记得。令尊在当时任何军职？"老将军问得很客气。

"我父亲当时只是一个兵。我父亲是一九三八年应征入伍的。"

"令尊现在还健在吗？"老将军关心我爹道。

"八十一岁了，还健在。但看上去没有将军您硬朗。"

"哪里哪里，"老将军说，"我们都老了，土已经埋到鼻子上了。"

后来我向老将军提及安乡战役和常德会战，又向他提及我所熟悉的衡阳保卫战。我说："安乡战役我父亲打了，他们整个团只活了三个人。我父亲是其中一个，成了日本人的俘虏。后来我父亲又参加了衡阳保卫战，但临了也投降了日本人。"

"这不能怪他们啊。"老将军很理解我爹他们，"常德会战和衡阳保卫战都是湖南境内打得很残酷的两仗。你刚才问我一二五师，我想起来了，他们在安乡战役中被日本人歼灭了。五十七师在常德会战中，除了余程万等师部的一些官兵，全师阵亡了。"

"是的是的，我父亲也这么说。"

"其实这一切都是可以避免的。"老将军说，"当时在益阳聚集着李玉堂的一个军，在怀化有王绩绪和王耀武的两个军，在长沙郊区有欧震和鲁道源的两个军。他们接到薛岳司令长官的命令后，进攻迟缓，一直拖到蒋介石大发雷霆，才齐头并进。"

"老将军，这是什么原因啊？为什么军长或师长都可以不听司令长官的命令？"

"这里面复杂啊，"老将军深思着说，"国民党派系重，不像共产党军队，是支新生的军队，没有派系，一切行动都听从指挥。国民党军队不行啊，除了中央军，很多都是原地方军阀部队改编过来的，这些人不太听蒋委员长的命令，谁是军长，谁就有资格与蒋委员长谈条件，他只要手下有兵，蒋委员长就总会看重他几分，他就有进一步升官的机会。而丢了兵就成了个空架子，人就靠边站了。这个原因导致抗日战争中，地方军队与中央军有些不和。再说，与日军打仗，打好了，有功，万一败了，不但要丢官，命都难保。抗日战争初期，山东有个韩复榘，听说过吧？"

"听说过。"

"他因为不听蒋委员长的命令，作战不力，被蒋介石枪毙了。"

我点头，回到刚才的话题说："实力是一个长官的资本，是这样吗？"

老将军沉郁着脸说："有的军队，原并非我中央军，长官也不是出自黄埔，对蒋委员长就有误解，认为委员长只看重黄埔系列的，而排斥和压制不是出自黄埔军校毕业的军官。他们感觉自己不是嫡系，就担心，人心不齐也就人心不一，打仗中都想保存实力，不想消耗自己的部队。你们去打吧，你们不是委员长的嫡系吗？你们的部队损耗了，会有兵员和武器补充，他们损兵折将了，向上峰打报告，半年下来都毫无音讯，还有可能等来的是部队撤销番号，编入中央军。这也是增援部队缓慢进攻的原因。"

"原来是这样。"我说。

"抗战期间，常有这样的事。"老将军说，"有一个军长，原是孙传芳的部下，他那个军在上海跟日本人拼，一万多官兵拼得只剩了十分之一。后来他那个军的番号撤销了，他和那一千多官兵被编入其他部队，他由军长成了副军长，实际上已完全没了兵权。你是军长，你这个军打完了，你就只能到其他军任副军长，甚至让你靠边站。当过湖南省主席的唐生智，曾率湘军追随蒋总司令北伐，有过功。桂系的李宗仁、白崇禧他们不愿守南京，他愿守，惨败，自己的湘军部队，全部报销了，委员长让他靠边站了。自己拼死拼命，换来的却是靠边站，这有些寒原地方军队和军阀的心。还有何键，其实何键是有军事才能的，他曾是湘军总司令赵恒惕的部下，也做过湖南省主席，委员长授予了他上将军衔，但他不是出自黄埔，也不是浙江人，尽管他为委员长卖过命，仍不受委员长信任。所以，一些不是委员长亲信的将军，就心存芥蒂，觉得自己拼死拼命拼了个白干。"

"所以大家就不敢死拼？"

老将军说："是啊，都怕把自己的部队打光。"

老将军自始至终都是笔挺地坐着。我们谈了一个多小时话，老将军就那么坐了一个多小时。后来我起身告辞，老将军还像军人一样起身与我握手。

老将军的手非常苍老，布满了青筋和黑黑的老人斑，握上去软绵绵的。

几个月后，我和那朋友见面，谈及他父亲时，朋友老李告诉我，他父亲去世了，死于脑溢血。不过不是死在长沙，而是死在加拿大。

老将军被他第二个妻子生的大女儿接回加拿大的第五天，突然脑溢血发作，死了。我朋友老李接到了他同父异母的妹妹打给他的国际长途电话，得知了这个消息。

我问我朋友得到这个噩耗后，哭没哭。他回答我："没哭。"

他又说："毕竟我和他从没在一起生活过，尽管我们是父子，但感情上是陌生的。我一九四八年生，他一九四九年去了台湾。五十年后，他回来，我们只能是以客人相待，父子之情虽然理论上有，但感情上，怎么也走不到一起。"

他说得在理。

老将军去世的消息让我不得安宁，我总想把老将军写进小说里，让他挺直腰杆，率领部队英勇地抗击日本侵略军，把日本兵杀个片甲不留。但又觉得没有合适的角色给他。因为我写此书不是写一部讴歌战争的小说，旨在反战。战争太残酷了，经历过战争的人都晓得这是真的。如果把老将军安插在小说中，就得给他一个很好的位置，让他像著名的巴顿将军一样率兵打仗。但就我所知，他在抗日战争时并不著名。比如我爹就不知道他。

我问爹："有一个姓李的将军，黄埔四期的，他在长沙第一次会战中是名团长，叫李某某，您知道这个人吗？"

爹想也不想地答："不知道。"

下面接着讲我爹被俘后的故事：

十七

隆隆的炮声把黄抗日和田将军、江苏人、张排长、田矮子等吓醒了，此前几个人由于饥饿和疲劳，坐或躺在草地上打盹。他们听惯了枪炮声，并不害怕，只是担心兄弟部队被日军击溃地站起身，趴到窗台上张望，只见前方尘土飞扬。日本兵又向五十七师发起了猛攻。炮声此起彼伏，一束束火焰从炮管喷出，呼啸着飞向常德城区，紧接着一声巨响传来，又一声巨响传来，再一声巨响传来。空气里充满了火药和尘土的浓烈气味。

大炮大约冲着常德城区轰了一个小时，接着日本兵成群结队地哇啦哇啦地向前冲去。前面一片枪声和喊叫声，还有爆炸声。五十七师的官兵拼死抵抗，情急中将手榴弹三个五个不等地捆扎在一起，拉掉引信，朝着一堆堆拥上来的日本兵摔去。爆炸声就出自于此，炸得日本侵略者血肉横飞，败下阵来。

接着又响起一片大炮声，更加猛烈的炮弹如雨般飞向常德城。日本兵聚集着力量又开始冲锋，但又遭到了同样的抵抗，又退回了原地。

战场上一片沉寂。

"将军，常德城还在五十七师手里，"田矮子兴奋地说，"他们真了不起，很英雄。"

江苏人也一脸佩服的样子说："他们是很了不起。"

张排长也脸色凝重道："我钦佩他们，他们个个是英雄。"

田将军为自己和一二五师的官兵惭愧道："我们做得太差了。"

田矮子替田将军开脱说："将军，不能怪我们，我们是在奉命撤退中，被日本鬼子分割、包围消灭的，是遭到日军突袭，没有准备。假如我们也是守着城池，也会像五十七师打得一样好，弟兄们，你们说呢？"

没有人回答他。

这当儿，乌鸦的叫声从树梢上传来，嘎嘎嘎，听上去特别凄凉。

和尚见大家苦着脸，不语，指出说："听，一只雏鸟在叫。"

一只雏鸟的叫声掺和在乌鸦的叫声中，稚嫩的声音特别脆弱，吱吱吱，仿佛是一个失去了母亲的孩子在呼唤母亲。那叫声是单一的，自然也像湘西北的冬天一样凄冷。让黄抗日若干年后回想起来觉得那是五十七师在呼唤母亲。但母亲已弃五十七师的官兵而去了，就像弃下一二五师的官兵一样。若干年里，每当黄抗日于清晨或傍晚听到鸟叫，就会下意识地联想到残酷的常德会战中的日日夜夜（那些充斥着硝烟的炮声隆隆的日日夜夜像一只只壁虎一样在他血淋淋的脑壁上爬动，吮吸着他的脑髓），他于冥思苦想中得出这样的结论：战争是需要牺牲的，总要有人拼死抵抗和牺牲，总要牺牲一部分人保存另一部分人。假如大家都死了，谁来打日本侵略军？又假如大家都跑了，谁去抵抗侵略军？靠老百姓吗？还得靠敢于赴死的军人！但为了保存实力，为了避其锐，挫其锋，他们的母亲让一二五师坚守安乡，令五十七师死守常德，让一二五师和五十七师分别去消耗日本兵的锐气和锋芒，打掉日本侵略军的嚣张气焰，然后他们再来收拾残局。

他们向一二五师和五十七师的长官分别交代说："要死守，直到最后一个人。"

他们威胁一二五师和五十七师的长官说："如果阵地失陷，提头来见。"

他们强调说："直到打完最后一颗子弹，阵亡为止。"

他们将伟大的任务布置完后，松了口气，这才严肃和温和并蓄地安慰一句说："啊，带着你的部队给我狠狠打日本鬼子！党国会记得你们的。"

一二五师和五十七师的长官都大为感动，觉得自己任重而道远，大有为抗击侵略军壮士一去不复返的勇气和决心，表态说："坚决完成党国交给鄙人的任务，来生再见。"

"来生再见。"

"来生再见。"

"来生再见啊。"

他们就这样道别，然后各奔东西，带着自己的部队去迎击侵略军。

下午，二十多架日军飞机飞来了，天上一片嗡嗡声，很刺耳地从一二五师的俘虏们头顶飞过，冲着常德城区扔炸弹，爆炸声将常德城变成了一片火海。接着大炮齐鸣，轰隆轰隆声震耳欲聋，响彻云霄。日本兵又对五十七师发动猛攻，志在踏平常德城。

田将军难过道："我想五十七师抵不住了。"

但将军错了，日本兵哇啦哇啦叫着冲上去，很快又被五十七师的机枪、步枪和官兵们扔出的手榴弹炸得丢盔弃甲，败下阵来。

"将军，常德城还在五十七师手中。"田矮子满脸殷勤地向田将军报告，脸上十分激动，"真希望五十七师的弟兄们，永远守下去。"

田将军垂着头，看着自己那双溃烂的脚发愁，边哀伤道："没有增援部队，没有补给，想永远守下去是不可能的。"

"将军，五十七师个个都是好汉。"江苏人说，"真做出了国军的榜样。"

田将军抬起头，重新挤到窗口前看，这时田将军看到夕阳照耀在千疮百孔的城墙上，城墙在田将军眼里异常庄重。"假如我们都像五十七师这么英勇，"田将军悲叹道，"日本鬼子早被打得滚回日本老家了。"

"将军，日本鬼子会不会把我们统统杀死？"田矮子问将军。

田将军扭过头来，看一眼满脸期待他回答的田矮子，"你说什么？"

"将军，我是问日本鬼子会不会把我们都杀死？"

"这还用问吗？"田将军嘀咕了句。

田矮子忧伤道："那我就再没机会杀日本鬼子了。"

"不是完全没有机会，"田将军指明一条路说，"逃跑，逃跑成功了就还有机会。"

田矮子觉得这种可能性很渺茫，因而没信心道："能逃出去吗？到处都是日本鬼子。"

"也许你没这种机会，"田将军强调自己优越的命运说，"也许我有。我总是能死里逃生。在长沙，在河南与日本鬼子打仗中，我有两次死里逃生了。在长沙第一次会战中，我差点死了，又死里逃生了。"

龙营长附和将军道："您是堂堂的将军，您当然命好些。"

龙营长发高烧烧了两天，和尚在一旁照顾他，大家都以为他要死了，只等他死了再向日本兵报告，把尸体抬出去。但中午时，龙营长的烧退了，人清醒了，说肚子好饿的。大家都望着他，他也睁着两只猩红的眼睛望着大家。和尚说："你活过来了。"

龙营长说："我没那么容易死，现在还不是死的时候。"

田将军觉得从死亡边缘爬上来的龙营长，说话很受用，就觉得自己确实命好地笑了笑。"我是命好，我是黄埔四期里，升得较快的，有的人，现在也只是个中校团长。我听一个同学说，还有的同学，目前还是少校的。"

田矮子吹捧将军说："将军，你的命是在坐的人中最好的。"

田将军叹口气："唉，坐在这里，还说什么命啊，其实我也只是自我安慰而已。"

"我命苦啊！"黄抗日说，哇的一声哭了，"呜呜呜呜我命苦啊，日本兵怎么还不杀我们啊，害我们还幻想什么……"边捶胸顿足，看上去很伤心。

龙营长非常不满黄抗日哭，"你哭死哎哭？你想死，那不容易？只要你往窗外一跳，日本兵就会一枪打死你。"

黄抗日继续哭着："呜呜呜呜，妈呀我我再再再也见不到你了……"

"你哭得太远了，"龙营长有点恼火他，"哭到你妈妈身上去了，你这猪。"

黄抗日确实想起了母亲，想起了母亲那张可怜的慈祥的脸，想起了母亲那双善良的眼睛。那双眼睛的眼眶上布满皱纹，目光有点浑浊，但非常善良，不像父亲那双眼睛，严厉中带一点嫌弃，嫌弃中又含几分父爱。他一直就想哭，但他一直忍着没哭。这是他怕别人讨厌他哭泣。他们都是军人，军人是不应该掉泪的。军人应该是坚强的，是敢拼敢杀且决不屈膝的。因为王团长面对全团官兵训话时就这么说过。在安乡时，王团长接受任务后，预感自己和自己的队伍是无法活着走出安乡县城的，就用浓重的山西口音道："弟兄们，身为军人就是在战场上战死的，这是军人的宿命。"

王团长训完话，团参谋长也走到全团官兵面前吼道："弟兄们，我们身为军人，不怕死，死只是一瞬间的事，面对死亡，我们人要硬，心要狠。"

连长说得最得体，连长说："弟兄们，我们是国军士兵，是士兵就要服从命令，长官命令我们死守安乡县城，我们都要做好战死的准备！弟兄们，都给我狠狠地打日本鬼子，决不退缩、投降。"

道理他都懂，但他想起母亲天天在家里操持家务，桂花在家里盼着他、等他回家，而他八成只能让母亲和桂花失望，他就想大哭一场，以此宣泄心里对母亲和桂花的那种强有力的思念。那种对家乡、母亲和桂花的思念太强大了，像一股强大的山洪似的冲垮了他这个乡下汉的意志，犹如冲垮江边的房屋一样。他在倾听田将军和田矮子他们谈话时，终于抑制不住痛哭一场的强烈欲望，哭出来了。

田矮子惊奇他哭脸说："你他娘的这么大个人了，还哭脸？"

其他人也烦黄抗日哭泣说："别哭了。"

这个乡下汉确实想将泪水抹干，但管泪腺的闸坏了，眼泪一个劲地朝外涌。他继续哭着，边解释道："我我我并不想想哭，呜呜呜呜我我我想死死了算算算算算了……"

龙营长粗暴地踢了他一脚，踢得乡下汉身体歪在地上。

乡下汉躺在地上，感到龙营长踢得他的腰很痛，就摸着腰，瞅着一脸凶相的龙营长，不懂龙营长为什么不让他痛快地哭一场。"我就是就是想想想哭，呜呜呜呜……"

龙营长警告他："再哭，老子杀死你。"

乡下汉困惑地咨询道："长官，我我我什么地方得罪了你？"

"这不是得罪我的问题，"龙营长粗声说，"是大家都讨厌你哭。"

江苏人拍了下他的背，"别哭了，你搞得我们都想哭。"

和尚温和地对黄抗日说："不要哭了，你不会死。"

田矮子立即问："和尚，我呢，我会死吗？"

和尚看眼田矮子，"你也不会死。"

门开了，哭得双眼像熟烂了的李子的黄抗日被日本人叫了出去。他以为是日本人听见他哭，要拉他出去枪毙，脸色就蜡白蜡白的，说："弟弟兄们，来来来生再再见。"

日本兵瞧一眼这个哭泣的俘虏，又把站在黄抗日一旁、脸色阴沉的田矮子也叫了出去。田矮子以为是黄抗日哭泣惹恼了日本人，便对黄抗日说："就是你哭！"

黄抗日悲伤道："来来生再见。"

田矮子愤恨道："别别，我来生不想见你！"

日本人盯一眼田矮子，田矮子脸上的愤恨立即变成了谄媚。日本兵绷着脸，把门嘭的一声关了。日本人把他俩领到灶屋里，指着锅灶让他们为自己的弟兄煮饭吃，地上有袋米，是日本人提来的。日本人已饿了俘虏们两天，他们需要这些俘虏为他们搬运炮弹。关在这农舍里的有几名体虚的俘虏，由于饥饿，已瘫倒在地了。

田矮子让黄抗日烧火，自己抱着个木盆到井边打水，淘米。井在灶屋外面几步，井上搭了个茅草棚，有只系着麻绳的吊桶歪在井边。黄抗日身材矮小，田矮子比黄抗日还要矮一寸，所以日本人没把这两个矮子放在眼里。黄抗日把灶台打扫干净，把锅子洗了洗，把一个个草把塞进灶眼，向扛着三八大械、站在一旁抽烟的日本兵借了火柴，点着一个草把，塞进了灶眼。但灶眼里塞的草把太拥挤了，于是浓烟滚滚。他被熏得眼泪双流，站在灶屋旁的日本兵，也被烟熏得走开了。

田矮子走来，见灶屋里浓烟弥漫，就恼火地把黄抗日揎开，拿火钳夹出灶眼里的两个草把，瞧不起他的样子大声吼叫说："炉膛里没有空气，草就烧不燃，蠢猪。"

黄抗日在家里从不做饭，甚至都不走进灶屋看一眼，就不懂炉膛里需要空气，柴草才能燃烧的道理。田矮子拔掉两个草把，灶眼里的柴草就熊熊燃烧起来。"你去洗菜，我来烧火煮饭。"田矮子不悦地瞪黄抗日一眼，"走开。"

田矮子那时还什么都不是，年龄也比黄抗日小几岁，但他却俨乎其然地指挥黄抗日。这是田矮子把自己视为未来的军长，就十分瞧不起呜呜哭泣的黄抗日。黄抗日想他是排长，应该是他指挥田矮子才对，但他天生自卑，就羞于强调军职，低着头不动。田矮子懂，军队里都是上级指挥下级，没有部下倒过来指挥上级的，但田矮子就是要试验一下。他举起一双冻得稀烂的手展示给黄抗日看道："你看老子的手，这还是手？"

黄抗日觉得田矮子的手确实不是手了。手上的冻疮都开裂了，不是流脓流血就是露出一条条红红的肉缝，让人恶心。"你去洗菜。"田矮子又说。

黄抗日想世界上任何人都有点仗势欺人，如果别人尊重他，田矮子也会尊重他，可是他天生一个不受人尊重的身坯，就没人瞧得起他。他盯着田矮子嘴巴上方的一颗黄豆大的肉痣，很想说"你去洗菜"，但话到嘴边却说不出口。

"你蛮喜欢哭啊。"田矮子不失时宜地指出他的弱点说。

黄抗日顿时满脸羞愧，觉得自己刚才出尽了丑。

田矮子不耐烦了，大声说："叫你去洗菜！来生我们还是别见面好。"

黄抗日很想反抗地瞟田矮子一眼，弯下身，拧起柴刀和箩筐，向屋后的菜地走去。

菜地里有很多黄芽白，很多很多。这家农民在战斗打响前跑了。黄抗日走进菜地砍着一蔸蔸黄芽白时，眼睛里到处都是走动的日本兵。一群一群的，他们跺着脚，哈着手，很不满意湘西北这种寒风犹如针扎一般刺骨的鬼天气。黄抗日不敢多看他们，三下两下砍了一箩筐黄芽白，拎着走到井边，吊起一桶水，开始洗菜。他感觉真冷。他再次把吊桶丢进井口时，从下面传上来空洞的噗的一声，然后才有吊桶与井水接触的琐碎声音。他低下头瞧，只见井里浮着一具女尸。女人的上身穿着红棉袄，下身却一丝不挂，被井水泡得白白的肥大的屁股呈现在他眼里。刚才将吊桶扔下去时，八成是打在女尸肥软的屁股上。他哇的一声，蹲在井旁呕着。日军军曹走上来，瞪着他，他忙指着井口，让日军军曹查看。军曹皱着眉头，走到井旁看了眼，走开了。

黄抗日举目四望，那边还有一口井，但那口井挨着日本人的营房。他提起那箩筐菜，想到那口井边洗。一个日本兵却在他身后拉响了枪栓，哗啦一声。他的耳朵十分灵敏，听见了拉枪栓的声音，立即明白这个日本兵禁止他向那口井走去。他掉头，见日本兵端枪对着他，他心跳得很厉害，箩筐从手上掉下来。他知道日本兵想开枪便开枪，忙捡起箩筐，折回井边，拉起一桶浸泡着女尸的井水，井水都有点臭气了。他恶心地洗着黄芽白上的泥沙，一边自我安慰说："管它咧，反正都要死的。"

田矮子见黄抗日拎着那箩黄芽白，阴暗着脸色走来，就问："怎么啦你？"

黄抗日说："井里有一具女尸。"

"所以我叫你去洗菜！"田矮子满意道，"我早就晓得你会皱着眉头回来。

我见到男尸不会动同情心，但我不能见女尸，一见女尸我腿就软。晓得是为什么吗排长？"

黄抗日不懂地觑着他。

"我爱女人，"田矮子说，咧嘴一笑。"我这人是天下最典型的雄性动物，最痴情了。"

黄抗日望着田矮子，田矮子又说："我刚才看见了井里的女尸，我没告诉你。"

田矮子又强调："不要告诉弟兄们井里有女尸，不然他们会吃不进饭。"

一锅饭煮得香喷喷的，由柴火煮熟的饭香飘满了灶屋，让黄抗日既恶心又直淌口水。田矮子把煮熟的饭铲进洗菜桶，黄抗日开始不敢吃，但还是抵挡不住饥饿的强烈诱惑，顾不得一切了，抓起一团烫手的白生生的米饭，贪婪地吃着。他甚至都来不及嚼，赶紧将滚烫的米饭咽进喉管，因为有着绝对权威且饥饿不堪的胃在他肚里召唤。他感觉到那团滚烫的饭一落入胃囊，周身就热乎起来了。

"噎死你，"田矮子说，"这是尸水煮熟的饭，你还敢吃？"

黄抗日不语，田矮子又说："你这等于是吃女尸的屎尿。"

黄抗日哇的一声，差点把嘴里的热饭吐了，但饥饿的胃却召唤他咽进去，他把饭咽下了喉咙，让热饭被其指挥中心——胃，迅速碾碎、加热并改变成体内各器官需要的液体，分派至各个部件上去抵御饥寒。

黄抗日把饭拎进关着弟兄们的房间，没有碗筷，大家就用手抓着热烘烘的饭吃。不一会，田矮子端着一木盆煮熟的黄芽白进来，大家就着木瓢，你吃一口我吃一口，吃得很欢的样子。田将军吃得最多，他首先享用，吃了好几木瓢。跟着，龙营长也大吃着黄芽白，再接下来是和尚接过木瓢，舀了瓢黄芽白，直接送入口中。黄抗日没有吃，当木瓢再次轮到田将军手上，田将军又吃了三木瓢黄芽白后，把木瓢递给黄抗日时，黄抗日没接木瓢，摇摇头说："将军，我不吃。"

田将军奇怪道:"这么好的黄芽白,你不吃?"

黄抗日答:"我不吃。"

田将军问:"为什么不吃?"

田矮子怕黄抗日说出井里有女尸的话,马上道:"不准说。"

黄抗日老实地答:"我什么都没说。"

田将军更奇怪了,问站在一旁的田矮子:"什么不准说?他不说你说。"

田矮子望眼众弟兄,见江苏人、张排长、和尚和龙营长都望着他,便觉得这更不能说,这一说他就白忙了。他嘻嘻一笑,"将军,我和他都先吃了一大碗。"

十八

翌日上午,门打开了,日本兵叫他们一一出来。他们走出来,发现关在破庙里的俘虏也被赶出了破庙。大家都不知所措,茫然地打量着彼此,不知道日本兵把他们赶出来是为了什么。目光里有探询、不安和绝望。被关在破庙里的孔老二问走近的江苏人:"日本人不是要枪毙我们吧?"

江苏人说:"这我怎么晓得?"

孔老二昂起一脸大胡子,望眼众弟兄,说:"弟兄们,来生再见。"

这话很悲壮,大家立即受到感染,彼此都道:"来生再见。"

日本兵见他们彼此道别,虎着脸让他们不要说话。

日本兵不是要枪毙他们,把他们组织起来,在一支支三八大械地押解下,向前走去,前面是一个坡,坡下停着三辆卡车,他们被押到三辆卡车前,执行着搬运炮弹的工作。前面阵地上,炮弹被大炮打完了,地上扔满了弹壳。日本兵不愿意把兵力花在搬运炮弹这项简单、繁重的事情上,他们要留着力气与五十七师的官兵厮杀。一二五师的俘虏们便成了为日军搬运炮弹的工具。

日军因久攻不下常德城，拼杀中伤亡很大，感觉遇到了一枚十分难拔的"钉子"，日军又从其他部队调来了三卡车炮弹，但卡车不能到达这二十门大炮的所在地，车只能驶到离大炮最近的斜坡下。斜坡太陡了，还有些荆棘、灌木和巨石横在坡上。日本人便命令战俘们将一箱箱炮弹从卡车上卸下来，扛在肩上，搬到大炮阵地上去。

日本人虎着焦躁的脸，下令全体俘虏一人肩上扛着一箱炮弹，跑步前进。一个体弱的士兵扛着炮弹箱没走几步就摔倒了，日军军曹大怒，认为他是故意这么干。走上去一刺刀捅进那士兵的肚子，一拔出来，血溅了那日军军曹一脸。日军军曹龇牙咧嘴地伸出舌头舔了舔溅到他嘴边的血，那情形像一条疯狗，边吠叫道："快快地干活，死了死了的。"

没有人敢走上去表示愤怒。

没有人。

马得志就是这天上午死的，距那个士兵被日军军曹一刺刀捅死后的半个小时。马得志也像一二五师的其他官兵，扛着炮弹在日军的刺刀下跑着。他们把炮弹搬到那二十门大炮旁，分别码好，转身又进行第二轮搬运。日本兵把一二五师的官兵搬来的炮弹箱打开，搬出一颗颗黄亮亮的炮弹，装进弹仓，合上金属仓门，一拉，一颗炮弹便向五十七师的阵地呼啸着飞去，轰隆一声，只见瓦砾和火焰腾空而起，然后落下。马得志看见了不该看见的一幕。他看见一颗炮弹落在城墙上，轰隆一声，两个五十七师的士兵飞上了硝烟弥漫的天空，接着摔了下来。城墙出现了一个大洞。

马得志吓呆了。

日本兵对他嚷叫："你的，快快地干活。"

马得志没听见。他脑海里是他一家九口亲人的尸体——那些尸体打他见到后，从没离开过他的脑海，耳朵里塞满了那颗炮弹爆炸后留下的轰隆声。

黄抗日见一个日本兵端起枪指向马得志，忙跑过来对他说："小马，快走啊。"

马得志没听见。

龙营长从他身边跑过，也叫着说："还站在这里干什么？快干活。"

马得志听不见，他的耳朵里仍然是轰隆声。他看见日军塞进弹仓的那颗炮弹，是他先一轮扛上来的炮弹。他眼睛里仍停留着五十七师那两个士兵被炸上天又摔下来的惨状，他深感自己成了杀死自己弟兄的帮凶。他左右望着，想逃跑。

那个日本兵见他呆站着不听命令，冲他开了一枪。一颗子弹从他背后打进去，打断了他的背脊。马得志一个趔趄，倒下了。

黄抗日感到痛心，感到马得志死得很冤枉。他扛着炮弹箱第二次走过马得志时，马得志对跑在他前面的龙营长哀声道："营营长，救救我救救我。"

龙营长扛着炮弹箱，头也不回地跑了过去，气喘咻咻。

黄抗日折着头看眼马得志，血已染红了他身下的草地，正缓缓地流淌，如墨汁浸开似的。马得志仍然睁着眼睛，看着他的排长，嘴里喃喃地嘀咕道："排排长，救救我。"

黄抗日没敢停下脚步，江苏人也不敢止步，孔老二索性不看一脸凄惨的马得志，扛着炮弹箱大步迈过。身强力壮的和尚扛着炮弹箱疾步走来，只对他说了声："阿弥陀佛。"

这是谁停下脚步就得死，日本兵盯着每一个搬运炮弹的俘虏。

没有一个一二五师的官兵敢蹲下来救马得志。他们扛着炮弹箱，一轮又一轮地从他身边跑过，都不敢停下来多看一眼。日本兵端着枪站在不远处，命令他们快快地搬运炮弹，不准他们停步。他们只能把关心、同情、迷茫和仇恨埋在心里，只能等机会。机会也许已经在山那边了，正缓缓赶来，也许永远不会出现。但他们心里都存着希望，希望活下去，活下去才有可能报仇、泄恨，死了就再没机会了。希望使他们在日本兵的监视下扛着炮弹箱奔跑，放下炮弹箱，又转身朝来的路上奔去。他们身上的国军军服于搬运炮弹的途中，被荆棘、藤刺拉扯得破烂不堪。他们不说话，因而个个面无表情。一直到将最后一箱炮弹搬到日本兵指定的位置上，放下，日本兵才用枪赶着他们，把他们重新赶进关着他们的房子。他们照样没说话，个个精疲力尽地软在地上，彼此看着，毫无表情。

黄抗日望着大家问："马得志现在死了么？"

龙营长啐口痰，骂了句脏话。

和尚双手合十，说了声："阿弥陀佛。"

江苏人懒懒的样子问："和尚，阿弥陀佛是什么意思？"

和尚微笑了下，"阿弥陀佛是一个佛，又称无量寿佛，也称无量光佛。"

田矮子说："阿弥陀佛就阿弥陀佛啰，又什么无量寿佛、无量光佛，一个佛哪里有这么多名号？这不是存心要把人搞晕么？太复杂了。"

张排长说："在佛面前，说话要慎重，招呼佛惩罚你。"

田矮子大大咧咧地说："还不够惩罚我们吗？还要怎么惩罚我？"

和尚望着田矮子道："我师父说，阿弥陀佛是引导人进西方极乐世界的。"

田矮子不屑道："和尚，西方极乐世界太远了，你去，我不去算了。"他瞟眼黄抗日，"我和黄排长直接去地狱，去地狱不要佛引导，有黄排长带路就行了。"

黄抗日没理田矮子，他的思想在马得志身上。

三天后，又来了大批日本兵，他们是日军第十三师团的一个旅团和一个联队，日军的一个旅团比国军一个师还多出两三千官兵，一个联队也有四千人，相当于国军两个团。他们与一直苦攻、却迟迟没攻下常德的日军第一一六师团和第六十八师团合并，共同进攻常德。日军第六十八师团在常德城下苦战多日，损失惨重；第一一六师团也损兵折将，可是常德城还在中国军队手中。新来的第十三师团日军很凶悍，中将赤鹿理师团长也赶来了，他是个性情残暴的日本人，不相信中国军队这么能打，因为有很多中国军队都葬身于他率领的第十三师团的日军手中。第十三师团的日军，带来了四十门迫击炮和二十二门山炮、野炮，带来了足够这些迫击炮和山炮、野炮射击的弹药，还带来了瓦斯炮弹，赤鹿理中将一声令下，他的第十三师团官兵便开始对坚守常德城的中国军队没日没夜地狂轰滥炸。他十分傲慢地对第一一六师团长和第六十八师团长说："不用担心，本将军很快消灭他们。"

第六十八师团长见他只用炮轰，没下令士兵进攻，困惑地问他，他傲慢地回答："不着急，先用炮弹轰炸，把他们的抵抗意志打垮，再把他们吃掉。"

他对他的炮兵大声道："炸死这些支那人。"

一二五师的俘虏又被他们赶出农舍，被他们差来遣去地搬运炮弹。他们虎着凶相毕露的脸，他们的眼睛都是红的，就像红毛野人，动不动就开枪射杀俘虏。他们叫一二五师的俘虏猪猡。"你们的猪猡，饭桶饭桶的，留着有什么用？死了死了的。"话音未落，子弹便射向搬运炮弹中摔倒的战俘们。

有十七个一二五师的弟兄被日军第十三师团的官兵无辜射杀了。

黄抗日尽管已经浑身无力，但他的意识让他不能摔倒，摔倒便是死。他咬着牙，扛着炮弹箱，在日本兵的催促下，跑着，把炮弹箱放到日本兵指定的地方，头也不敢抬，又转身向来的路上跑去。他只有一个信念，只要不偷懒不摔倒，就还有一线活下来的希望，只要有一线希望他就要坚持。他不停地干着，像一匹强壮的骡子，一口气都不敢多喘。搬完炮弹箱，日军把他们赶进农舍，黄抗日一头栽在稻草上，这才把累坏了的四肢伸开，这时他看见桂花向他走来，对他笑，说"你做得对，一定要活下来"。这话十分真切，好像桂花真这么对他说了。他正困惑不已，听见一旁的龙营长在他耳边说："把脚拿开，你这猪。"

他看眼龙营长，抬起脚，移开了些。

龙营长把腿伸直，抱怨说："他妈的，真想死了算了。"

田将军锁着眉头说："弟兄们都活得不容易，不想活倒很容易。"

田矮子一脸期盼地望着田将军说："将军，您说日军攻下常德后，会怎么处理我们？"

田将军忧愁道："我怎么知道？我又不是日军长官。"

田矮子扯一根稻草，含在嘴上道："会不会把我们统统杀死？"

龙营长问田矮子："你怕了？"

"我们为他们搬运炮弹打自己的兄弟，最后又被他们杀死，那我们不白累了？"

张排长对田矮子说："那你可以当日本人的伪军，为他们打中国人。"

田矮子瞟眼田将军，像匹马样偏着脑袋问："这也可以吗？"

"也可以，"田将军说，"只要你觉得对得起祖宗。"

"那就是不可以，"田矮子望眼众弟兄说，"我田国藩的祖先里出过武举人呢，族谱上有记载，他会从坟墓里爬出来，把我这个不孝子孙掐死。"

龙营长打量他一眼，不相信田矮子家出过武举人，"你们家也出过武举人？"

"出过，族谱上有记载，明朝嘉靖年间出的。"

龙营长嘿嘿一笑，"明朝？现在是民国，中间还隔了个清朝，那是几百年前的事了，尸体都变成灰了，不会爬出来掐死你了。"

"长官，你是说我可以当伪军？"田矮子鼓着双眼睛问龙营长。

龙营长把酸累的腿伸直，边说："我可没这么说。"

有鼾声在这间破农舍里飘荡，大家听到鼾声，查找声源，竟是黄抗日。龙营长抬脚踢了黄抗日腰一下，"你这猪，我们在商量如何逃跑，你居然打起了鼾。"

黄抗日极不愿意从温情的梦里出来，他刚梦见自己和着一身红衣服的桂花，站在窄窄的木排上，在塘里摘莲蓬，便迷惑道："这是哪里？"

田矮子骗他道："这是你家里。"

黄抗日揉揉眼睛，看见了令他讨厌的田矮子，还看见了歪着脸庞的龙营长。他转下头，又看见了江苏人、和尚和张排长，他们也望着他。"和尚，我刚才梦见阿弥陀佛到我家来了，他穿着金黄色袈裟，他问，谁是黄抗日。"

和尚笑，"好啊，梦见了阿弥陀佛，那你可以进极乐世界。"

"我呢？"田矮子问和尚，"我能进极乐世界吗？"

"你比较困难，你自己说你来生想变个鬼，打不赢日本人就吓死日本人，根据你的个人愿望，你只能进地狱。"江苏人说完，哈哈大笑。

外面响起了激烈的炮声，掩盖了大家的声音，日军又开始猛攻常德了。

有天晚上，一个在梦里喊叫的瘦个儿，是一二五师的一个中尉，被日本兵揪了出去。他们打开门，一脚把这个中尉踢醒，把他拖出去，就在门外，一枪打在这个瘦个儿中尉的后脑勺上。原因是这个中尉在梦里大喊大叫："鬼子、鬼子，到处都是日本鬼子。"

"不行啊，不行啊。"田将军说，"这些可恶的日本鬼子会把我们一个个杀死。"

众人都面无人色地望着他。他说："弟兄们，不能再这样任他们宰割了。"

田矮子问："将军，我们跟他们拼了？"

龙营长觉得田矮子说了句蠢话，"拿什么拼？"

张排长攥着拳头道："拿命拼，抢他们的枪，打死他们。"

江苏人朝稻草上打了一拳，"说得对，跟他们拼了。"

原先这间房里关着十四个战俘，有四个战俘被日本兵随意枪杀了。在搬运炮弹箱中杀死了一个，他是湘潭县人，早两天他感冒了，实在没力气搬运炮弹箱，在扛着炮弹箱奔跑时，腿一软，人栽了个跟头，日本兵二话不说地走上去，一枪打在那湘潭人的脑门上。那湘潭人死时，眼睛还是睁着的，眼眸里蓄满惊恐；另一个弟兄，是贵州人，屎急，担心拉在裤上，急着去上茅厕，向一个日本兵报告了，但被另一日本兵误认为他想逃跑，举枪一枪把那贵州弟兄打死在通向茅厕的途中，死前贵州弟兄还是把那泡屎屙了出来，不过没拉在茅坑里，而是屙在裤裆里。至今贵州弟兄的尸体，还令人心寒地躺在冰冷的地上，日本人不发话，没人敢走上去搬动；还一个弟兄，只是多看了一眼日军中一名神气的少佐，那少佐就拔出锃亮的王八盒子，一枪打碎了那弟兄的脑袋——那弟兄是浏阳人，不爱说话，他家就在谭嗣同的故居后面。日军少佐开毕枪，还一脸傲慢地扫眼战俘们，这才从容不迫地朝前走去。

那天晚上，大家坐在一起商讨，但这种商讨是没结果的，因为日本兵荷枪实弹地守在外面，把他们当猪狗一样对待，你一个眼神错了都有可能丧命，就像那个浏阳人，更不要想冲过去抢枪了。整整一个晚上田将军都在思考着怎么逃跑，这些天替日军搬运炮弹，他基本上把这一带的地形查看清楚了。

第二天，日本兵打开门，叫黄抗日和田矮子起身去做饭，田将军主动替代了田矮子，他把准备起身的田矮子按住，自己爬起身，与黄抗日一起迈出门，去为俘虏们做饭。他端着木盆向水井走去，一路左右打量日本兵的岗哨。井里那具女尸早被黄抗日和田矮子捞了上来，那是一具十七八岁的女尸，那张脸很漂亮。田矮子于愤慨中情不自禁地说了声"她真漂亮，我都快爱上她了"。两人把这具漂亮的女尸埋在屋后，然而埋得很浅，只是在尸体上盖了层薄土。两天后这具被井水泡发的女尸又被野狗扒出来，吃得只剩了一副令人作呕的骨头。田将军做饭是假，伺机逃跑是真。他一脸认真地对黄抗日说："我们一起逃吧？"

黄抗日正蹲在灶前烧火，烟熏了眼睛，他揉下眼睛，瞅着田将军，"真逃？"

田将军瘦了，脸色苍白，脸上再也没有过去的威严了。"当然是真逃，"田将军抱着希望说，"运气好的话，我们能活着逃出去。"

黄抗日一听运气好这话，就感觉自己的运气不可能好过田将军，说："我有点害怕。"

"我一定要逃，"田将军下着决心说，"我黄埔军校的，校长要是知道我当了日本人的俘虏，还为日军搬运炮弹，那还会信任我？不行，就是死，我也要逃。与其被他们这样杀死还不如在逃跑中死，至少我不会后悔。你说是吗？"他问黄抗日。

黄抗日回答："将军，别问我，你说是就是。"

那天傍晚，两人再次出来做饭时，田将军认为机会来了。那是十二月里一个极冷的傍晚，天开始昏暗了，西北风猛烈地刮着这片土地。它们吹打着仍然在五十七师手中的常德城，吹打着城外的日本人，把日军吹打得无计可施。田将军到井边淘米时，觉得这样的坏天气，日本人多半缩在这里那里的农舍或帐篷里烤火取暖。田将军折回灶屋，小声问黄抗日："兄弟，跑不跑，这可是个机会呀？"

黄抗日一惊，"跑？"

"跑。"田将军说，眼睛里充满了对逃跑的憧憬。

黄抗日迟疑着说："将军，到处都是日本兵，能逃出去么？"

"今天也许是机会来了。"

黄抗日觉得这没有十足的把握，若被日军发现了，那还不被当鸭子打死？便说："我不想在半途上送命，我这人命没你好，将军。"

"你不跑我跑，"田将军说，"趁现在没日本鬼子注意我们，我走了。"

田将军猫着腰向前蹿去。这是傍晚，湘西北的冬天，黑夜来得较早，六点钟还不到天就黑了。将军想趁天黑的时机逃走，但将军命背，不像他自吹的那么命好，没逃出多远，一个日本哨兵发现了他并对他喝道："你的站住。"

田将军明白不好，索性不顾一切地拼命朝前狂跑。但田将军那双长满冻疮且灌了脓的脚，不及子弹快，砰，一声枪响划破静谧的夜空。黄抗日听到枪声，突然像兔子样蹦跳了几下，害怕地垂下头，不敢向外看。

一个日军少佐听到枪声，走出来，看见了倒在地上的田将军。这些天，他从战俘们对田将军的恭敬态度里，知道田将军不是下级军官，便叫两个哨兵奔过去，抓着被打中的田将军的手，拖回来，抛在猪栏里。田将军的两只鞋子在地上拖时，掉了，包脚布也散了，露出了两只又大又白且溃烂不堪的大脚丫。第二天一早，日军少佐让士兵打开门，冷笑着把他们带进猪栏，看躺在地上、表情痛苦的田将军。"逃跑的，都得死。"少佐说。

田将军的生命力很旺盛，求生的力量相当强。尽管一枪打在他的腰椎上，他居然还想顽强地活下去。上午，日军又攻打常德城，第十三师团的一个旅团进攻了三次，三次进攻都被坚守常德城的国军官兵打退了。炮弹打光了，新的炮弹还在路上。下午，日军停止了进攻。傍晚，黄抗日奉命给弟兄们做饭，抽空走进猪栏探望田将军。田将军红着两只眼睛，嘴唇苍白地说着胡话。"我要回去，我要妈妈。"田将军说着，要哭的样子。

田将军早已不是要妈妈的年龄了，在战场上指挥过多次战斗，杀死过很多敌人，因不断建立战功才升至少将，但是人在死亡前夕会有幻觉，幻觉把他带进了迷雾重重的童年。"我要妈妈，"他乞求地对黄抗日说，"我要找我妈妈，我妈妈呢？"

黄抗日感到田将军真可怜，就宽他的心，"将军，你妈妈很好，我保证。"

"我是龙种呢，"田将军说，"我是朱元璋的后嗣，后嗣懂吗？"

"将军，您姓田，朱元璋姓朱。"

"我们家原来姓朱，后来才改成姓田，晓得吗你这个草包？"

黄抗日预感他活不长了，他看见地上流了很大一摊血，血都结了冰，就清楚田将军在说胡话，他同情道："将军，您要我怎么做？"

"我是龙种，"田将军说，"我儿子也是龙种，龙生龙，晓得吗？"

"我晓得。"黄抗日不愿听田将军自夸,抛下胡言乱语的将军,转身要走。

田将军在他背后说:"你站住,我要你带我回去。我要去看我妈妈。"

黄抗日回转身,觉得田将军很可怜。那两只又大又白的脚已经冻乌了,流着脓和血。他看到猪栏的地上扔着块沾满污垢的破布,他捡起破布,盖住了将军那两只烂脚。

田将军突然清晰了样说:"你要是能救我,我让你当团长。"

黄抗日立即将宽嘴一咧,"我不当团长。"

田将军也觉得黄抗日不是当团长的料子,"那就让你先当营长,再当团长。"

黄抗日想团长他都不愿当,还当什么营长?说:"将军,营长我也不当。"

田将军进一步妥协道:"只要你能救我出去,我让你当我的警卫连长。"

黄抗日想这个时候了,他许张口愿又有什么用呢?"我什么都不当。"

田将军失望了,因为这个乡下汉居然没一点野心。"你不能算我的兵,"田将军伤心道,"你太没志向了。"田将军一伤心,神经又错乱了,"我要回去,我要妈妈……"

十九

爹告诉我,我大哥的母亲桂花临死前也对他说:"我要妈妈,我要妈妈。"

大哥的母亲死于一九五一年,死于肺结核。

肺病在上个世纪四五十年代是不治之症,就像今天的肺癌。五十年代初,谁得了肺病,别人就会说他快死了。今天,肺病对于医生来说,已是一碟小菜了。

桂花患的就是肺病。她从吐第一口血,到死,拖了一年多时间。而这一年多,她在黄家是受隔离的,孤独的。那个年代,大家都害怕得肺病,因为肺病会传染。我爷爷一家人就把桂花狠心地关在杂屋里，在杂屋里开了个铺，马桶成了她一个人专用的，碗筷也是单独一套，旨在不让她把病魔带给家人，甚至都不让她与她儿子见面。

桂花是在孤独中死的，死时三十四岁。

"我要妈妈，我要妈妈。"桂花在病榻上哭着，说着胡话。

桂花的妈妈在桂花十岁时就因肺病去世了。桂花的爹要养五个儿女，就把家里的老二卖给一个有钱人家做丫头，把老三桂花许给黄家做童养媳。桂花说"我要妈妈"，实际上是神志不清了，脑海里出现了童年的幻影，说不着边际的胡话。

"我要你带我回家，我好久没看见妈妈了，妈妈在家里哭呢。我听见妈妈叫我，你带我回去吧，你带我回去吧。"桂花冲她男人说。

她男人说："你妈妈死了二十多年了，桂花。"

桂花反驳说："没有，你骗我，我妈刚才还在这里，说她回家去打个转身……妈，你来了，他还说你死了，想骗我。"

她男人左右望望，除了他和她，任何人都没有。但是，她妈妈确实来了，来接她走，穿着绿衣服蓝裤子，进来时轻飘飘的，只是他阳气重，看不见，而他女人看见了，叫道："妈，我要回去，我不住在这里，这里好冷清的。"

她还对她男人说："你让我妈坐呀，你去搬张椅子来，我要和妈妈在一起。"

桂花死于她母亲遗传给她的肺病。当时我大哥三岁。

刚解放时，县里的干部都是"四野"下来的北方人，从前都是扛枪打仗的，虽然不讲派系却很抱团，不把当地的游击队放在眼里，甚至怀疑游击队员的革命目的不太纯洁，因此游击队们在县里分到的工作，都是跑腿的。爹觉得自己对革命又没什么功，能活下来已经万幸了，就打报告，说老婆病了，父母年龄大了，儿子还小，他想回黄家镇工作。北方人批了我爹的报告，爹就回了黄家镇。桂花死后，爹成了鳏夫。爹骨子里是个随遇而安的男人，悲伤了一阵子，想就这么过吧。但爹意志不坚，尽管爹经历了许多苦难，打算用努力工作，来忘记对亡妻桂花的思念，然而爱情还是没抛弃他，这个女人就是我母亲李香桃老师。

迎春路小学的女校长——就是那个在李香桃老师的追悼会上大发宏论的女人，是个很想占点小便宜的女人，还是个马屁精。对下面的老师，她不讲半句客气话，丁是丁卯是卯，让那些老师觉得压抑却又对她无可奈何。但女校长对镇里的领导却一百个客气，因为这些领导不属她管，反而是管她的。爹被女校长视为有利可图的镇领导之一。她这样认为也没有错。爹当时是黄家镇供销社副主任，负责供销社的货源。

"有白糖吗黄副主任？"女校长笑容可掬地问尚是鳏夫的我爹。

鳏夫对知识女性很客气，答："要下个月。"

"还要下个月呀？"

"要下个月。"鳏夫说。

"有白糖吗黄副主任？"女校长于下个月的第一天就跑进供销社问鳏夫。

鳏夫有些抱歉，因为他没调到白糖。"你下个星期来吧。"

下个星期的一天，女校长看见鳏夫在路旁与什么人下象棋，马上走过去问："有白糖吗黄副主任？"女校长脸上遍布着专为讨好人而堆积的笑容。

鳏夫手里拿着马，正要放卧槽马，见是女校长问他，忙说："跟你调了两斤。"

"谢谢、谢谢，太谢谢您了。"女校长说。

鳏夫就弃下象棋，领着女校长去供销社买白糖。女校长说："黄副主任，我女儿患了肝炎，医生说我女儿需要吃白糖调养、滋润。"

女校长手上拿到白糖，脸上就山花烂漫。"问你一个私人问题可以吧黄副主任？"

鳏夫说："你问吧。"

"有了新对象吗黄副主任？"

鳏夫不好意思地说："没有。"

"真的没有还是不好意思说自己有了？"

"真的没有，你问这个干什么呀？"

女校长上上下下打量几眼鳏夫，"黄副主任您今年多大了？"

鳏夫说："别称我您，我三十六岁。"

"我们学校有一个女教师，二十三岁，比你小十三岁。哪天我叫她跟你见见面吧？"女校长又补充一句说："这个女教师工作很不错的，能力也强。"

鳏夫迟疑了下，动了动上下颌骨外凸的大嘴说："她有孩子吗？"

"你想到哪里去了，"女校长说，"人家还是个姑娘呢。"

这个二十三岁的姑娘便是李香桃老师。

鳏夫为此做了一套蓝色中山装，他是去见女教师啊。鳏夫没读什么书，仅仅在少年时候被爷爷逼着向村里的一个私塾先生读过三年书。鳏夫对将见面的女教师浮想联翩且诚惶诚恐。但鳏夫的诚惶诚恐是完全没必要的，这是李香桃老师心里早已决定随便嫁个男人算了。李香桃老师又矮又丑，脸上还一脸阴麻子，看人时眼睛有点小三角，实在不怎么样。鳏夫穿着崭新的中山装，把风纪扣扣上，硬着脖子不安地坐在女校长家的方凳上等着姗姗来迟的李香桃老师。但他一看见李香桃老师，马上明白了她为什么会成为老姑娘。一颗不踏实的心总算放了下来，于是他觉得没什么地解开了顶着脖子的风纪扣。

"李香桃老师，这是镇供销社的黄副主任。"女校长介绍双方认识说。

两人手也没碰，只是相视一眼，各自坐下了。

鳏夫没话说，他一生经历的女人有限，不晓得如何跟女人交谈。

"黄副主任是个憨厚人，"女校长觉得巴结上鳏夫，从此白糖就不成问题了。"李香桃老师，你可不要欺负我们黄副主任呀。"

李香桃老师咧嘴笑笑，偷偷打量黄副主任几眼，实在找不出眼前的黄副主任有什么可取之处，随口道："哪里哪里。"

"黄副主任，你也不能欺负我们李老师啊。"女校长夸李香桃老师说，"李香桃老师为人善良，工作认真负责，是我们学校的骨干教师。"

"哦。"

李香桃老师笑着，一口不整齐的牙齿呈现在鳏夫眼里。"我们校长是夸我，我没那么好。黄副主任工作很忙吧？"

"很忙，三天两头要守在县供销社里要货。"鳏夫说。

"那很辛苦的。"李香桃老师说。

"不辛苦、不辛苦。"鳏夫说，说完就又没话说了。

墙上贴着张毛主席像，鳏夫不望李香桃老师，而是看着毛主席像。时间一分一秒地过，李香桃老师与女校长说着学校里的事，鳏夫发现李香桃老师说话时手挥来抓去，那是用手势来表明她说话的力度。鳏夫觉得这个大姑娘有股劲，虽不是桂花那种温柔体贴的女性，但充满生气，手舞动起来显得有力，不是桂花那种病快快的可怜相。还有一个好处他不敢说，那就是这姑娘有知识，是教师，这是他感到自己不如的。

两天后，鳏夫从县里调货回来，遇见在店堂里聊天的女校长。女校长把满脸灰尘且眼睛充血的鳏夫拉到门外，说："怎么样啊黄副主任？"

"蛮好蛮好。"

"她也觉得你人不错。"

鳏夫说："谁啊？"

"李老师呀。"女校长说。

鳏夫想起来了，回答道："哦，你是说那个李老师呀。"

"不说她还说谁啊？"女校长笑着说。

鳏夫也笑笑。

"那我就把你的态度告诉她。"

"我的态度？我那天还没看清她的长相呢。"

女校长说："你也是，别不好意思。"

鳏夫犹豫道："我有点怕跟女老师打交道。"

"怕什么呀，她又不是国民党。"

鳏夫挑了下眉头，瞅着女校长，"她很多知识呀。"

女校长大声说："国民党都被你们打败了，她一个老姑娘，有什么好怕的！再说，有知识不正好吗？没知识怎么建设新中国？你一个老革命，还嫌弃人家有知识？"

鳏夫满脸惭愧，"我怕她嫌我知识水平不高……"

"嫌你？不，李香桃老师是个乐于助人的女老师，再说，她喜欢革命同志。不是你们打国民党反动派，国民党反动派就不会倒，新中国就成立不起来。你不要犹豫了。"

鳏夫没说话。

女校长左右望望，低声说："李香桃老师说她同意跟你接触接触。"

爹对我回忆说，他和我母亲第一次约会是一九五四年五月的一个星期天。事先两人就说好了，不在学校里见面，也不在街上见面，到镇尾那片竹林里见面。这个建议是李香桃老师提出来的，女校长把李香桃老师的这个建议带给了鳏夫。"镇尾的竹林，明天上午九点。"女校长说，"记得去呵，黄副主任。"

鳏夫的一生还没跟女性约过会，桂花是童养媳，从小生活在一起。约会给了鳏夫一些浪漫的情怀。那时候有部苏联电影，一对漂亮的年轻男女就是背着父母在树林里约会、相拥。他马上穿起了他舍不得穿的那套中山装，尽管天气有点儿偏热，鳏夫还是将风纪扣扣上了。他觉得这样他就像个严肃的人，而不像一个没有教养的人。他还觉得恋爱是一件严肃的事，因为这是一辈子的事，所以他得以严肃的姿态出现，以免李香桃老师轻看他。

鳏夫比李香桃老师先到一刻钟。他打量着周边环境，看见路旁的野花开得很好看，看见天空蓝莹莹的，看见田野一片迷人的嫩绿。接着，他看见了李香桃，李香桃穿得大红大绿地来了。她老远就看见一个着中山装的男人站在竹林前东张西望，但她装作是无意中碰上的情形——故意这么道："哎呀，是你？我们哪里见过吧？"

鳏夫咧开大嘴笑笑，知道她是玩天真，便说："见过，在校长家里，记得吗？"

李香桃老师大声道："是的，想起来了，那天我去校长家玩，碰见了你。"她不愿意承认今天的约会是她安排的，问他："咦，你怎么在这里？"

鳏夫晓得李香桃老师在装单纯，便挤挤眉头道："是老天爷安排我在这里。"

李香桃老师说："天气很好，竹子的颜色绿亮亮的。"

"啊，都很绿。"鳏夫将手一挥说。他脑海里闪现了下桂花的身影。他仿佛看见桂花从田野那头快步走来，一张脸在初夏明媚的阳光下苍白苍白的。

他叫了声："桂花。"

李香桃老师左右扫一眼，问他："你叫谁？桂花是谁？"

鳏夫醒过神来，不好意思地回答："啊，我是想起了秋天的桂花。"

"现在是五月，只有橘花。"

鳏夫说："这里真安静。"

他们在竹林边散步，然后顺着一条坎坷的开满了野花的田埂径直向前走，走到了远远的田野上。天色一片碧蓝，远处的山巅紫紫的。两人走到一处山坡前，那儿有几株樟树，樟树高耸入云，树荫下凉爽爽的。两人在这儿的草地上坐下。李香桃老师让鳏夫把衣服脱了，因为鳏夫的衣襟和裤腿都汗湿了。鳏夫回答李香桃老师："我不热。"

"你背上都汗湿了，还不热？"李香桃老师哼一声说。

鳏夫说："那我把衣服解开吧。"

鳏夫低下头,解开了卡其布中山装,露出圆领口汗衫。汗衫已彻底湿了,也烂了,黑黑的左乳头呈现在汗衫外。鳏夫不好意思地说:"是很热,今天。"

"你刚才还说不热。"李香桃老师批评说。

鳏夫想她可比他的亡妻桂花脾气坏些,"你说热,我就感到热了。"

李香桃老师这才一笑,问:"你喜欢我吗?"

鳏夫扬起脸看着直言不讳的李香桃老师,一时不知如何回答。

李香桃老师抓住自己的缺点提醒鳏夫,"我又矮又丑。"

鳏夫缩了缩脖子,"我不嫌你。"

"你愿意娶我?我可不是一个脾气好的姑娘。"李香桃老师坦率道。

鳏夫说:"李老师,你是个有知识有文化的姑娘,懂道理。"

李香桃老师自卑道:"有知识有文化又怎样呢?"

鳏夫说出了心里话,"李老师,我儿子下半年要读书了,很需要一个你这样有文化的母亲指导他学习。"

李香桃老师高兴了,望一眼周边的景色,收入眼帘的是明媚的阳光,还看到一条公牛在路旁吃草。她又看着鳏夫结实的面孔,"你妻子是怎么死的?"

鳏夫阴下了脸,"得肺病死的。"

"你没传染上肺病吧?"

鳏夫道:"传染了还能坐在这里跟你说话?"

两人说了很多话,直坐到太阳偏西。

两人再见面是半个月后,鳏夫去迎春路小学送红糖给女校长,他专门在县供销社调了五斤红糖给女校长的女儿吃。他听说,肝炎患者吃红糖比吃白糖更见效。他送完红糖给女校长,转身走进了李香桃老师的房间。那时李香桃老师住着一间房,房里一张床、一张桌子,桌子上堆着学生的作业本。李香桃老师正坐在桌前批改作业，手中夹支红墨水笔，见鳏夫探头探脑地进来，一笑。"你怎么舍得来了？"李香桃老师说鳏夫，"我还以为你消失了呢。"

鳏夫说："县供销社组织干部学习，学了十天。"

"哦，干部也要学习？我以为只有群众需要提高思想觉悟。"

鳏夫觉得有必要告诉她，"都要提高觉悟，不学习，思想就会落后。市里来了个领导，给我们作形势报告，要我们大家做好解放台湾的准备。"

"你们会打到台湾去吗？"

鳏夫摇摇头，"暂时还没接到打台湾的命令。"

李香桃老师看着他，"黄副主任，你们当年干革命，怕杀头吗？"

"怕也没用，干上了就得干到底。"

"这就是我欣赏你们革命者的地方，你们太了不起了，用小米加步枪，把国民党反动派打到台湾去了。问你一个问题，你是哪年参加革命的？"

鳏夫觉得自己不是个纯粹的革命者，他是半途上加入革命的，只能算弃暗投明。他见李香桃老师一脸向往革命的样子望着他，便答："我是一九四四年参加革命的。"

李香桃老师推算了下说："那你参加革命十年了呀，打死过国民党反动派吗黄副主任？"

鳏夫坚决地说："打死过。"

李香桃老师崇拜地看着他，"打死国民党反动派时，你心里是不是特别痛快？"

鳏夫答了声："是痛快。"

李香桃老师没参加过革命，对革命的想象就充满浪漫色彩，哪怕是拿起枪杀人也充满浪漫色彩，因为那是杀反对革命的敌人。李香桃老师长得也不是十分难看，要嫁人早就嫁了，但她一直希望与一个革命者结合，好让同事们羡慕她，而她认识的人里，没几个人是像鳏夫一样拿起枪打死过国民党反动派的，因此她看不上。现在，革命者不请自来，就在她面前，她真想把心掏出来给他看，以示自己有着一颗追随革命的心。她爱慕的样子说："啊，那你是真正的革命者。"

那个年代，新中国才成立几年，大家都热情高涨地投身到百废待兴的国家建设和新生事物的宣传工作中，新中国的大地上充满了阳刚之气，一切都是向上的，革命者备受老百姓尊重。鳏夫听她表扬自己，脸微微一红，转移话题说："李教师，你工作忙吗？"

李香桃老师嘟着嘴撒娇道："又忙又不忙。你不来，我以为你不记得我了。"

鳏夫赶紧答："记得你、记得你，我来前还跟我儿子说了。"

李香桃老师高兴了，斜着三角眼睛瞅着鳏夫，"你跟你儿子说了什么？"

鳏夫红着一张脸坦白道："我说我要给他找一个妈，问他要不要。"

李香桃老师很在乎他儿子的态度，"你儿子怎么说？"

鳏夫咧开他那口被烟熏黄了的牙齿说："我儿子说他要。"

李香桃老师松一口气，"那我白得一个儿子了。"

鳏夫说："我儿子很高兴，尤其听说我给他找的是一个老师，他更高兴了。"

李香桃老师听毕，脸上泛出了红潮，"那我们把这事办了吧？"

"好的、好的，"鳏夫说，眼睛里对这个女人充满感激，"我来就是为这个事。"

二十

黄抗日是镇供销社副主任，别人买不到的东西，他能买到。家，被他布置得很温馨，不是他有这么浪漫，而是李香桃老师那颗浪漫的心精心设计的结果。李香桃老师虽是老姑娘，而且在那个提倡艰苦奋斗的年代里她很想响应党的号召，但这丝毫不影响她想把自己的生活过得好一点的愿望。李香桃老师买了新床，买了新床单、新被子、新蚊帐，还买了印着蝴蝶的很漂亮的窗帘布，在漂亮的窗帘布上贴着鲜红的大喜字。她布置好洞房后，笑着问她未来的丈夫："你觉得还缺什么？"

黄抗日答："不缺什么了。"

"对了，还缺块门帘。"李香桃老师说。

李香桃老师让黄抗日从供销社里扯来一块红绒布，她亲手剪裁、缝纫，并请街上一对绣花的母女在红绒布上赶绣了两只鸳鸯，挂在门上，人们走进新房时就必须把绣着两只鸳鸯的红绒布掀开。"怎么样？"她问黄抗日，"好看吗？"

黄抗日点头，"好看。"

"我就是要好看，就是要别人羡慕我。"李香桃老师斩钉截铁地说，可见我母亲李香桃老师不但骨子里很好强，还很要面子。"现在，我们可以结婚了。"

一九五四年迎春路小学放暑假的第一个星期天，黄抗日结束了他三年的鳏夫生涯，而李香桃老师也结束了她的老姑娘生活。两人于那个燠热的星期天举行了婚礼。

婚礼是在李香桃老师任教的那间教室里举行的。两人把教室打扫得干干净净，把课桌拼到一起，在几张玻璃窗上贴了喜字，还在教室的黑板上贴了一个大喜字。来了很多老师，来吃喜糖。课桌上摆着一堆堆水果糖、梅子、姜和麻花根。现在这些东西都不值得你动心吃，但在五十年代，水果糖在黄家镇是紧俏食品。光临的人都是冲水果糖来的，把水果糖含在嘴里，慢慢融化，居然甜甜的。他们觉得很新奇，很好吃。

新郎觉得幸福，一张宽扁的大嘴自始至终都没合拢过，展现着快乐的笑容。他想活着多好，大家多看得起他。"吃糖、吃糖、吃糖，"他说，"这糖很甜。"

人家吃着喜糖，祝他与新娘白头偕老时，他高兴道："谢谢、谢谢、谢谢。"

那天晚上，积聚了三年精血的黄抗日一枪命中，不久李香桃老师就感觉自己怀孕了。"我怀怀怀孕了，老天爷，我怀怀怀孕了。我终于要有自自自自己的孩子了。"李香桃老师为此很激动，并不断地搂着老公亲了又亲。"我要生一个龙胎，你的儿子是一条龙。"

男人想起已经远去的战争年代，死去的田将军曾这么说过，就感觉人的思想和情感太相通了，什么龙啊凤啊，都是大家想要的。他知道自己的精子与妻子的卵子结合，生猫生狗还可以，生个工程师还勉强，说什么也配不出龙种，就纠正妻子道："生龙就免了，难度太大了，只要是生一个正常人就行。"

"咦，"李香桃老师不满道，"你怎么对我这么没信心？"

男人说："不是对你没信心，对你我有，我听人家说，这是父母双方的事，我对自己没信心，我不是能生龙种的那种人。"

"你就那么自卑？"李香桃老师昂起一张阴麻子遍布的脸蛋，"我都不自卑，你一个革命者都自卑？你是怎么革命的？"

"我不是自卑，"男人觉得妻子什么都好，能干、爱整洁，做的饭菜也可口，毛病就是有些爱幻想。"不要想得太远了，只要是生一个正常人就行。"

李香桃老师可不愿意认输，她的历史知识比丈夫多，她找历史人物反驳道："刘邦的父母生刘邦时，都是沛县的小老百姓，未必晓得他们生出的是一个日后建立汉朝的皇帝。朱元璋的父母生朱元璋时，穷得连裤子都没穿，难道他们知道自己生的是一个建立明朝的开国皇帝？毛主席的父母是韶山冲的农民……"

男人慌忙说："别、别、别说毛主席。"

李香桃老师说："我是要你对自己有信心，懂吗？"

男人觉得妻子的知识太丰富了，自己讲妻子不赢，忙答："懂、懂、懂了。"

李香桃老师因怀了身孕，就撒娇道："你去洗菜，我怀了孕，人倦。"

男人就去洗菜。

李香桃老师见外面的太阳好，指着被子说："把被子拿出去晒一晒，趁着今天太阳大。"

那时候黄抗日还不讨厌做家务，忙把被子拿到太阳下，搭到绳子上晒着。

次年五月，李香桃老师生下了一个未来的女医生。女儿生下来后，李香桃老师左瞧右看，说："啊，她比你我都漂亮。我们跟她相比，简直长得没点人相。"

黄抗日很高兴，他正想有一个女儿。他把脸刮得干干净净——不想让胡茬刺疼女婴稚嫩的皮肤，他把女婴抱在手上亲了又亲，觉得女儿的皮肤很香很香。"她长得脸型像你，"黄抗日说，瞅一眼妻子。"好漂亮、好漂亮的。"

"她的脸型像我，眼睛像你，丹凤眼，所以才漂亮。"李香桃老师说。

"漂亮，啊，她真漂亮。"黄抗日赞美未来的女医生说，"我越看她越漂亮。"

"她是一只金凤凰，飞落在我们家了，我们要好好培养。"

黄抗日说："是要好好培养。"

李香桃老师觉得很幸福，觉得她什么都有了，工作、丈夫、女儿她都有了。男人又那么好，虽然说起来比她大十几岁，脸现老相，但大有大的好处，事事都让着她，她要他干什么事，他从来不打反口。她真的认识了"幸福"两个字。有天，男人做完煤球，洗了澡，坐在椅子上休息时，她深情地看着丈夫，幸福地说："你猜，我还需要什么？"

丈夫望着她，"你还需要什么？"

"你猜呀。"

丈夫说："你需要什么，我怎么知道？"

"你这木脑袋，"她对丈夫撒娇道，"傻瓜，这还猜不到？ 我还想生一个儿子，这样就完美无缺了。"

男人觉得这不难，手一挥，"我还以为你是要金菩萨、银菩萨呢，会有的会有的。"他充满信心道，"要儿子没一点问题。"

他们很努力，隔三差五总要亲热一次。但直到一九五八年四月，李香桃老师才又感觉自己怀孕了。"我可能怀孕了，真的。"她待儿子和女儿睡熟后，对男人说。

男人张了张嘴，疑惑道："是吗？ 莫又自作多情呀。"

在生下未来的女医生和怀上日后写小说的儿子的这三年里，李香桃老师有三次误以为自己怀孕了，结果是空喜一场。李香桃老师的月经常常有些乱来，这个月不来，下个月应该来的时间里也不来，这就让她有理由向老公宣布说她怀孕了。可是到了月底，月经又不期而至,让她空喜一场。"这一次可能是真怀孕了。"李香桃老师对丈夫说。

丈夫在妻子脸上仍然读出了一些犹豫，"莫又让我空喜一场。"

"应该不会，"李香桃老师说，但脸上仍然是不能肯定的表情。"不过我昨天晚上做了个梦，梦见蛇追着我咬。我生女儿时也梦见过蛇。"

丈夫听妻子这么说，说了句："别又是生女儿。"

李香桃老师忙道："呸、呸、呸，快呸一口痰，你——"

丈夫嘿嘿一笑，呸了口痰。

李香桃老师说："我想要个儿子。"

一个月后，李香桃老师更加肯定自己怀孕了。"我月经还没来，这一次是真的怀了。"

男人说："也许你月经又失调了。"

"放你娘的屁。"李香桃老师一脸高兴地骂了句老公。

男人傻呵呵地笑了笑，一点也不在乎李香桃老师骂他老妈。

又过了一个月，身为老公的黄抗日也相信妻子怀孕了。"是男孩还是女孩啊？"他问她。

"我怎么晓得？！"女人说。

"要是男孩，就给他取名黄跃进。要是女孩，就给女孩取名黄桂花。"

身为人民教师的李香桃想了想说："是儿子，就给儿子取名黄泽东。是女儿就取名黄美丽，但愿她长大了又漂亮又美丽。你前妻死得那么早，不能取她的名字，那会不吉利。"

黄抗日对黄美丽这个名字没有异议，但被黄泽东这个名字吓得打了个尿噤。在中华人民共和国这九百六十万平方公里的大地上，当时的六亿中国人里，只有一个叫泽东的，那就是六亿中国人都知道的毛泽东，党中央主席和国家主席，全中国的头号人物。"黄泽东？你想犯错误么？"男人不安道。"绝对不行。你怎么敢拿我们的崽跟毛主席比？宁可取名黄猪崽、黄狗崽，也不能取名黄泽东。"

"我要取，"女人坚持说，"我就是要给儿子取名黄泽东。"

"我的姑奶奶，千万不要有生龙生凤的思想，我们生不出那样的角色。黄泽东？你想让人家笑话我们呵？千万不要取这样的名字。"男人说。

一九五八年十二月，李香桃老师生下了我，给我取大名黄跃进，小名则叫小毛，取用了毛泽东的姓做我的小名，但谁也不晓得我母亲为我取小名的良苦用心，她希望我有朝一日成为毛泽东那样令全国人民欢呼万岁万岁万万岁的领袖。她是个很有抱负、很坚强和奢望很大的女人，但我只能令她失望，我不过是生长在毛泽东时代的一个普通人罢了。

就是那几天，何福来来了，他的上级赏识他干事颇具魄力，升了他副厅长。他身为副厅长来县里检查工作，这类似于衣锦还乡。他在检查工作中问起"老上级"，有人告诉他，他的"老上级"在黄家镇供销社当副主任，他便拉了陪同他视察工作的县长来看"老上级"。当时我母亲还在坐月子，家里的一切事情都是我爹做。那当儿，爹正在洗尿布，头低在脸盆上，哼着那个年代的歌曲，眼睛里都是笑。何福来一身蓝色中山装，脚上一双黑皮鞋，一脸精神地进门便叫喊："老队长，你好啊。"

爹抬起搓洗尿布的手，一看是小狗子，高兴道："小狗子是你，哈哈哈哈。"

县长听我爹叫何副厅长"小狗子"，便补一句："他是何副厅长，来我们县检查工作。"

爹知道县长，县长是河北人，"四野"下来的，马上道："坐坐坐，你们。"

何副厅长在一张靠背椅上坐下，觑眼我妈说："嫂子好。"

我妈忙说："领导好、领导好。"

爹为何副厅长和县长泡了茶，笑呵呵地站着，搓着手。

何副厅长说："坐呀，老上级。"

爹坐到床边，边说："什么老上级，就是个老同志而已。"

何副厅长指着我爹对县长说："我当年革命是老上级带出来的，他可是老革命，我现在都副厅了，我们老队长怎么还是个副股？我们老队长人老实，从不向组织提要求，我可要为老上级说句公道话，不能老待在副股级上不动，你县长大人要提一提我的老上级呵。"

县长十分惭愧道："我不知道这些事。"接着，他望着我爹，"来的路上我想了下，县卫生局局长会上调市卫生局，您是老革命，有资格呵，您去卫生局当局长……"

爹一听这话慌了，打断县长的话说："不不不，我干不了那局长，真的干不了。我这人没水平，只适合做具体事情。"

何副厅长不这样看道："老队长是谦虚，县里当个局长，也就是个科长，没什么干不了的。再说，不懂，可以问副局长或办公室的同志，他们会告诉你怎么做，没什么难的。"

爹推脱说："谢谢你们好意，我这人习惯在基层干，不当官反而吃得好、睡得香。当局长，那要水平，我只有几滴墨水，干不了，不适合，真的不适合。"

县长望眼何副厅长，又看着我爹，为难的样子想了下又说："这样吧，供销社的业务你熟悉，你去县供销社先任副主任，干一两年，再当主任吧，您看如何？"

爹忙摆手，"谢谢县长，我还是在镇供销社当我的副主任自在些，我不适合当领导。"

何副厅长脸上有些失望，觉得老上级太不上进了，"老队长，我可要批评你，你是不想挑重担。什么不适合？我转业到省里时，开始也觉得别扭，不是干得好好的吗？"

爹慌忙说："我怎么能跟你何副厅长比啊？你年轻有为，我都四十岁了，还干什么啊。"

何副厅长和县长在我家坐了一个小时，也动员了一个小时，见我爹执意不肯，走了。爹送他俩出门，折回来，母亲责怪地望着爹说："你啊，真是稀泥巴糊不上壁，给你官当，你都不要，才看见你这样的人！"

爹笑呵呵地摇头，"你以为当官容易？卫生局长，那么多人想当，我一个什么都不懂的人，当那局长，那不是如坐坐坐什么？我忘记了。"

母亲瞪爹一眼，"如坐针毡。"

"对对对，如坐针毡，扎得屁股痛。"爹说，"县供销社副主任也不好当，我经常去县里调货，县供销社的三个副主任，每次去都只有一个副主任留在供销社，另外两个副主任却去市里调货了，这个市没货又要跑那个市调，经常三四天在外面跑，有时候还要跑长沙、武汉或上海，一去就是五六天。小毛才出生，我天天不在家，谁照顾你，你不会有脾气？"

母亲说："我不会有。县供销社副主任，是正儿八经的副科级，你应该要。"

爹说："不当干部自由些，当了，什么事都要管，得罪人呵。"

"原来你是怕得罪人，"母亲说，"没出息。"

爹说："我就这个出息，我这出息比我哥阿狗大，这就够了。"

"你怎么老跟你哥比？他是农民。你跟何副厅长比，你算什么？"

爹不愿与别人比，别人官当得再大他也不在乎，他只在乎自己的生活是否自由自在，是否不用多负责任。他说："官当大了责任就大，无官一身轻。以前，有一个人，是个和尚，跟我们一起打日本鬼子，他救过我两次命。他曾说，我不能当官，一当官会倒大霉。"

母亲生气道："原来你还信这些东西？"

爹说："信，怎么不信？不当官，我不是活得很轻松吗？"

母亲知道爹是这么一块不求上进的料后，就不再指望他给自己带来荣耀，心就放到了我身上，希望有朝一日我能有大出息。我读小学一年级时，班主任老师见我是李香桃老师的儿子，让我当了副班长，可是我只认真了一个星期，第二个星期就认真不起来了，又回到了懒散、调皮的样子。有天，班主任老师把我叫进办公室，批评我是班干部了还自由散漫，母亲听见了，回到家，问我长大了想干什么，当时爹也看着我。

母亲说："黄小毛，你长大了想干什么？"

"当工人。"

"只是当工人？"

我明白母亲对我的回答不满意，便改口说："当解放军。"

"当解放军？解放军有什么好当的？嗯？"

我看着又矮又胖且满脸阴麻子的母亲，不知她要我长大了当什么，"那我当老师。"

"你太没志气了。"

我想了想说："当科学家。"我想这下母亲该满意了。

"只是当科学家？"

科学家母亲还不满意，我忙答："当校长。"

"只是当校长？"

"那我长大了当县长。"

198

"只是当县长？"

"妈，那你要我当什么？"我想不出母亲要我长大了当什么。

爹说："好了、好了，能当县长就不错了。"

如果我母亲在那时候就预测到，我日后既没当校长，也没当科学家，更没当县长，班不上班，整天坐在家里写小说，上午九点钟才起床，一副吊儿郎当的模样，而且居然敢用如此不恭，甚至是尖刻的语言写她，她一定会把我掐死，或者把我捂在被窝里闷死。假如我母亲现在还活着，她一定会把我的稿子撕成碎片，掷在我脸上并对我说："你死又不死！"就像我十岁时，她打我和骂我时那样。

记得我十岁那年，曾跟学校一老师的子弟打过一架。那孩子不自量力，以为我爹是黄家镇的甫志高，就可以欺负我。他年龄比我小一岁，体质也比我差一点，但他也敢无视我的力量而对着我的身影唱道："叛徒甫志高你往哪里跑，双枪老太婆一枪打死了。"

我走上去威胁他说："你再唱一句！"

他一点也不把我放在眼里，又大声唱，边转身想跑。我不等他把"叛徒甫志高"这一句唱完，就一拳打在他脸上，结果把他的鼻子打出了血。鼻血流过他的嘴唇和下巴，欢快地流到了那孩子的棉袄罩衣上。那孩子一见自己鼻子流血了，马上哭了，一脸惨兮兮地跑到我家告状，哭着说："李老师，小小毛打打打我，呜呜呜呜。"

母亲暴怒了，大声恶道："你这砍脑壳的！"拿起扫把就要打我。

我跑了，逃到街上闲逛，觉得一条街十分冷漠，没人关心我。到了晚上，我被饥寒交迫困扰着，不得不回家。母亲看见我，立即把我揪住，按在床上，剥掉我的裤子，抓起事先准备在桌上的竹尺，一个劲地打我的屁股，打得我又哭又叫疼。母亲却恶狠狠地骂我道："你这砍脑壳的、你这砍脑壳的死又不死。你把你妈妈的脸、你爸爸的脸都丢尽了。"

好在爹从不看我写的小说，我可以放开胆子写他，写他在敌人的淫威下委曲求全，写他在权势面前卑躬屈膝等等。好在母亲死了，我写她时可以不考虑有损她身为母亲的形象，不然她真的会举着竹尺，边打我，边怒斥道："你这死又不死的东西，你把你妈妈的脸、你爸爸的脸都丢尽了。"

二十一

下面我接着写常德会战。按蒋介石的意图是要在常德地区与日本侵略军决一雌雄，将进犯湖南的日军第十一军彻底消灭掉。蒋介石在湘中和湘西集结了很多军队，但是他的军队指挥官都害怕自己有朝一日变成名存实亡的光杆司令，所以在执行他的旨意上就拖沓不前，就贻误了战机。我手上有几本薄薄的《湖南文史资料》，其中有一本里有几篇回忆文章是写常德会战。他们当然是参加过常德会战的国民党老兵，其中有一个作者名叫张九思，他当时任第六战区长官部参谋处作战参谋，所从事的工作是作战图表绘制，离炮声隆隆的前线少说也有二三十里远，当然就有幸活了下来。顺便说一句，第六战区的司令长官是蒋介石的心腹爱将陈诚。张九思老先生写的这篇文章名叫《我所知道的常德会战》。摘录几节如下：

十月下旬，日军以原驻湘北、鄂西之第40、第13两师团的大部分兵力，首先占领华容、石首、藕池口、弥陀寺等处前沿阵地为掩护，并分别由赣北、荆沙、安庆、芜湖抽调第3、第68、第116师团全部，第34师团大部、第58师团及第39师团的几个联队，独立第17旅团的一部及毒瓦斯队、辎重队、空战队等共约十万余人，于十一月二日开始向我第六战区发动全面攻势，由第11军司令横山勇中将，坐镇观音寺指挥。

第六战区根据敌人的战略部署，将敌主力引入沅江地区作正面抵抗，我主力由西北做轴心攻击，决定把敌人压阻在洞庭湖畔予以歼灭。以第29集团军的第44军三个师部署在安乡与石门地带；第10集团军的第79军三个师和第66集团军的两个师部署在藕池口、宜都以西地区；第26集团军部署在当阳西北；第33集团军则部署在荆门以西地区。同时严令各部对当面之敌作持久抵抗，牵制日军对常德之增援。再以第74军第57师固守常德核心阵地……

十一月十八日，敌各路军种形成了包围常德城郊之势，与我第57师展开了激战……当战况紧急时，重庆统帅部曾电令第六、九两战区司令长官陈诚和薛岳："常德如果失陷，应由第10军和第74军负完全责任。"九战区薛岳旋令第10军军长方先觉于十一月三十日晨攻占德山，以解常德之围。于是，第10军第3师，在空军配合下，不顾敌军的火力封锁和飞机扫射，钻隙突进，前仆后继，尸横遍野，于三十日晨如期克复了常德东南之重要据点德山。我第3师周庆祥师长率部攻克德山后，还扫荡了沅江南岸的残敌。

然而，疯狂的敌军，继续冒死进犯，向常德猛扑，在100架战斗机、轰炸机的掩护下，重炮齐发，常德全城陷入火海。仅十一月三十日，敌军用飞机21架次投放毒瓦斯，企图削弱我军战斗力。而我守军余程万部在此危困形势下，抱定与城池共存亡之决心，从外围据点之争夺到城内每个屋角之争夺，与敌人开展了白刃肉搏战。真是一寸土地一寸血！……

"我要妈妈我要妈妈，妈妈，你在哪里？"第二十九集团军第四十四军第一二五师田师长整天就这么嚷叫，"我要妈妈、我要妈妈。"

田将军的下肢已经瘫痪，没有了任何知觉。那是日本兵打的那一枪射在他的腰椎上，使他大脑神经与下肢中断了联系，就像五十七师与总部中断了联系一样。田将军在猪栏里发着高烧，尽管天寒地冻，地上结了冰，屋檐上吊着尖尖的冰锥，也不晓得冷了。"我要妈妈，我要我妈妈。"田将军哭道，犹如一个可怜巴巴的白痴。

田将军在临死前的半个小时，回光返照了下，那是他最后片刻的清晰。他被炮弹爆炸的声音惊回到残酷的现实中。那一刻我那即将满二十五岁的爹黄抗日正好在，他在拆猪栏，好用猪栏的木柴烧火煮饭——外面捡的木材上结了冰，半天烧不燃。轰隆轰隆轰隆的炮声在他们身前响着，那是炮弹往常德城区飞去。但浓烈的硝烟却向他们飘来，是风刮来的。田将军从昏迷中醒了，被有毒的硝烟呛了几口。他看着黄抗日拆撬猪栏，认出了他。

"少尉，你在干什么？"田将军责问拆着猪栏的黄抗日。

黄抗日一惊，以为自己耳朵里出现了错误的信息，愣着不动。

田将军停顿了下，听了听轰隆轰隆的炮声后又说："少尉，今天是星期几？"

"报告将军，我也不晓得今天是星期几。"他回禀将军道。

"常德城还在五十七师手里？"

"正是，将军。日本人正恼火着呢，都要疯了。"

"打了多少天了？还在打？"

"将军，我也搞不清，但还在打。五十七师的弟兄们很了不起，将军。"

"没有增援部队？"

"好像没有。"

田将军叹口气："看来，五十七师不会有一个人活着走出战场了。"

"将军，日本人正对着常德城打毒气弹，想用毒气弹毒死五十七师的官兵。"他告诉将军，上下颌骨间充斥着愤慨。"日本人运来了很多颗毒气弹。"

田将军瞥着他，"少尉，五十七师了不起呵。余程万没给黄埔军校的师生丢脸。"他联想到自己，又说："对了，我们一二五师的官兵也很能打，是吗少尉？"

"是的，将军。"黄抗日感觉是那么回事地答。

"我不该下撤退命令，我的士兵都是在撤退中丢的命。"田将军说，脸色黯然了。

黄抗日抱着一堆柴离开猪栏屋，再折回猪栏屋时，田将军又开始说胡话了。"妈妈，我要妈妈。我要回去看我妈妈。"田将军说，脸色蜡白，目光空洞、迷惑。

黄抗日感到迷糊地瞪着他，田将军刚才还好好的，怎么又开始胡言乱语了。

"蒋蒋委员长，我我我辜负了您的栽栽栽培啊。"

田将军把矮小的黄抗日看成了瘦长瘦长的蒋委员长。黄抗日满脸羞惭地站稳脚跟，宽扁的大嘴上充满了对将军的怜悯说："不，你做得很好，安心去吧。"

那天晚上或许是第二天一早，身为一二五师的少将田师长在猪栏屋里安心地去了。

黄抗日跑去向看管他们的日本兵请示。他先对日本兵鞠一躬，这才说："太君，那个人死在猪栏里了。"他向绷着脸虎视着他的日本兵说，"他是我们的长官，是不是把尸体埋了？"

日本兵皱了下眉头，接着咧了咧嘴，挥挥手，"埋了的干活"。

于是黄抗日和田矮子，一人手中拿一把铲子，走到屋后，将埋着那具女尸的坑扩大，挖深，然后两人把田师长这具庞大的尸体从猪栏屋里抬出来，吃力地走到坑前，将这具沉重的尸体扔进坑里，再把那具被野狗扒出来吃了个干净的女尸残骸踢进去，一起埋了。

战斗还在继续。尽管日本人频繁又频繁地动用了飞机、大炮和能置人于死地的毒气弹，五十七师的官兵仍寸土不让地抗击着侵略军。

五十七师在黄抗日眼里真真了不起。

五十七师在日本人眼里也是真真了不起。

"你们的废物废物，"那个沿途押着他们拉大炮的日军少尉不屑地对黄

203

抗日和田矮子说，"他们的了不起。"为此，这个日军少尉还特意把崇敬的目光投向常德城。

黄抗日马上承认："我们的废物废物。"

"你们的死了死了的。"日军少尉瞧黄抗日和田矮子不来道。

"是的、是的，太君，我们的没用。"田矮子立即低三下四的样子迎合着这个一脸傲慢的日军军官。

日本人于上午，在飞机、大炮和毒气弹猛烈轰击过后，一度打进了常德城。东门出现了一个缺口，那里的守城官兵都被在他们眼里爆炸的毒气弹毒死了，或者昏迷过去。日本兵拥了进去，哇啦哇啦叫嚷，认为胜利在望了。但很快，日本兵又被迅速赶来的五十七师的另一部分官兵打出了东门。那些官兵让日本兵害怕。他们从西北方向一并涌出，朝日本兵猛扔集束手榴弹，爆炸声在日本兵中间轰响。接着他们喊声震天地冲上去与日本兵刀枪相见，肉搏。他们杀红了眼，大嚷大叫，不要命。日本兵想要命。

日本兵害怕地退出了东门。

常德城仍然在五十七师的官兵手中。

五十七师坚守常德城的第十七天，日本兵再次打进常德城，从东门和西门两头同时打进了常德城，因为两头已被飞机和大炮炸出了两处很大很大的豁口。但仍然被英勇无畏的五十七师官兵打了出来。日本人自己都觉得奇怪，扔了那么多炸弹，打了那么多炮弹和那么多毒气弹，怎么这些官兵就不死的？还那么能拼敢打？

五十七师的官兵大多是土生土长的湖南人，还有一部分就是在常德征的兵，他们于激烈的战斗中和失去弟兄的悲愤中用常德话骂道："你来啊，老子搞死你。"

或者："你们这些拐家伙，跑到我们常德来显狠，老子杀死你。"

或者："老子日你的娘！"

或者："你们跑到老子屋里杀人，老子要你碎尸万段！"

五十七师的官兵根本就没打算生还，他们在战斗打响前，相互道别说："来生再见。"

"来生再见呵，兄弟们！"

个个抱着必死决心的五十七师的兄弟们，战斗起来特别英勇。

日本兵曾经估计最多三天就能攻下常德城，后来估计五天，再后来估计第十天可以拿下并消灭这支损失惨重的五十七师。他们压根儿没想到一个小小的常德城居然这么难打，为了减少伤亡，他们运来了毒气弹，对着常德城的守军像放焰火样地打了很多毒气弹。但毒气弹也没能摧毁五十七师的战斗力，反而更加猛烈地还击进攻的日本兵。

日本兵在十七天里，进攻了五十多次，丢掉了四千多日军官兵的性命，还有两千多官兵负伤，可是常德城仍然在五十七师的官兵手里。

五十七师还坚守了两天，在这两天里又与进攻的日本兵恶战了五次。最后一次恶战是十二月七日下午，那是个晴空万里的下午，那已经是五十七师在常德城区死守的第十九天。这一仗打得很艰苦。日本人对五十七师发起了总攻，飞机、重炮、野炮和迫击炮冲着常德城进行狂轰滥炸，并对国军阵地大打瓦斯毒气弹，致使东、西、北三处地方被日本兵突破，因为那里已经没一个活人了，守军都战死了，不是被飞机和大炮炸死了，便是被毒气弹熏晕后，被戴着面具的日本兵冲上来，用刺刀捅死了。城内，余下的国军官兵，大多负了伤，有的伤着手，有的伤了腿，还有的肚子或腰被弹片划开了，正在那儿流血。这些挪动不了的重伤员都没打算活了，脸上全凝聚着严肃和视死如归的冷笑。他们或躺或坐在地上，向兄弟们要了手榴弹，用布条把三四枚手榴弹捆扎在一起，形成集束手榴弹，把手榴弹盖旋掉，将引信攥在手上，怕日本兵发现便用衣服遮着，边让弟兄们不要管他们了，边与弟兄们诀别说："你们快走，不要管我，来生再见。"

只等着日本兵哇哇叫着拥上来，他们忙拉掉引信，只听见一声巨响，立即炸翻了几个日本兵，血肉飞上了天，真的就只能来生再见了。

双方在城内进行射击，彼此寸土必争，你死我活，没有子弹了，便面对面地肉搏，只听见惨叫声、骂娘声频繁传来，日本兵的，国军官兵的。这一仗从下午四点半进行到傍晚七点半，打了整整三个小时，天已经黑了，最后变成了乱砍乱杀。

双方伤亡都很大。

日本兵仍没拿下常德城，退了，带着众多的伤员回到原地休息。

五十七师没剩下多少官兵，师长余程万把剩下的官兵召集起来，清点人数，六千多官兵只剩了三百多人。打了十九天，子弹几乎打光了，手榴弹一颗也没有了，粮食也吃光了。余程万师长作出了突围的决定，对官兵们说："蒋委员长命令我们守三天，我们守了十九天，可增援部队被日军阻拦在外面了。弟兄们，今夜杀出去。"

他们选择的是凌晨四点钟，这个时候日本兵大多还在梦中，五十七师里活着的三百多官兵突围了。他们在余程万师长指挥下，杀开了一条血路。

一二五师的俘虏们在凌晨四点钟时被密集的枪声惊醒。枪声从他们屋前掠过，朝屋后消失了。黄抗日醒了，一颗头枕在他腿上的田矮子也醒了。田矮子伸个懒腰，吃惊地揉揉眼睛说："怎么回事啊？"

黄抗日把田矮子的头推开，这是后者把他的腿都睡麻了。他生气道："我的腿又不是枕头，你把我的腿做枕头吗？"

田矮子对黄抗日嘻开嘴巴大笑，"我也不晓得头怎么就枕到了你腿上。"

枪声还在响，但稀稀拉拉的了。黄抗日根据枪起判断说："五十七师撤退了。"

"你怎么晓得？"田矮子说，"五十七师是铁打的部队，绝不会撤退。"

"枪声是从前面来的，然后向我们后面而去。"黄抗日说，"我是从枪声判断出来的。"

"假如不是的呢？"田矮子不相信英勇无畏的五十七师会弃城而逃。

"假如不是的我也没办法。"黄抗日说，"五十七师再是铁打的，也要吃饭、休息，还要有枪炮子弹。他们被日军围了这么多天，子弹打光了怎么办？难道坐在地上等日本兵来枪杀他们？"他起身，活动着他的两脚。

江苏人判断说："你说得对，五十七师的弟兄们突围了。"

张排长也说："我也是这样想的，枪声由近至远，这是一路杀去。"

和尚又双手合十道："阿弥陀佛。"

天亮了，先是麻麻天，接着就大亮了，天空阴惨惨的。一早，日本人打开了门，叫他们一一出来。日本人发锄头和铲子给他们，让他们排着队向常德城区走去。日本兵对他们说："你们的，统统地开路开路。"

凛冽的西北风吹打着俘虏们的脸，使他们觉得寒风刺骨。沿途是一具具尸体，弟兄们的尸体。他们有的是在搬运炮弹中被日本兵打死的，有的是饿死的，有的是冻死的，还有的是患了疯病，在日本兵面前唱歌跳舞，被日本人拉出去枪毙的。还有一些尸体是五十七师官兵的。他们于凌晨四点钟从此处突围，沿途留下了一些尸体。

黄抗日看见了马得志的尸体。尸体还躺在那儿，但已不是从脸上认出的马得志，而是从衣服上认出来的。尸体的脸已被秃鹫或乌鸦吃掉了，剩下的是一具骷髅头。乌鸦或秃鹫还啄掉了尸体的脖颈肉，只剩下了一根颈椎骨。黄抗日走上去，把这具尸体拖到日本人指定的地方，那儿已堆了几十具国军官兵的尸体。

日本人对着尸体浇了很多汽油，点着一个草把，扔到尸体上。于是火光冲天，尸体在汽油的燃烧下也燃烧了，首先是衣服燃烧，接着尸体的脂肪也着火了，哔哔剥剥直响，那是皮肉炸开的响声，脂肪化成油，流到火上，于是火就熊熊燃烧不息。

二〇〇三年，我和爹在常德街上散步，十月的阳光金灿灿地照在街上，有歌曲声从这家店铺那家商店的音响里飘出来，好不热闹、祥和。爹告诉我说："在一九四三年十二月八日那天，我和一二五师的其他活着的弟兄，被日本兵押着来打扫战场，当时常德城里已没一个活人，见到的都是尸体。到处都是尸体，大多是国军弟兄们的尸体，都没来得及掩埋。还有不少日本人的尸体，他们于攻进常德城时，被国军弟兄们打死的。有的地方横七竖八地躺着多具尸体，有的地方尸体成堆，结了冰，冻在一起，拉都拉不开。"

我八十五岁的爹，朝前走了两步，伤痛着表情补了句："惨不忍睹呵。"

我听爹用了"惨不忍睹"一词，就想象着爹说的话，心里就有一股悲壮的东西，边问："爸，尸体是怎么处理的？都埋了吗？"

"埋？那么多尸体，怎么埋？那要埋多长时间？"爹问我，"都是拖到一起码成一堆堆地烧了。烧了一天一夜。"

常德城已成了一片废墟，没有一幢房子没有塌圮，遍地都是被炸弹、炮弹炸出的坑，遍地都是破砖瓦砾和一具具尸体。尸体除了五十七师官兵的外，还有不少日本兵的——他们先后有十一次攻入城区，又十一次被五十七师的官兵杀出去，于是丢下了上千具尸体；还有老百姓的尸体，他们有的是主动留下来，为坚守常德城的国军官兵烧水做饭；有的是没来得及逃跑，日本人就围住了常德城，他们不是死在炸弹和炮弹下，就是死在日本人的毒气弹下。黄抗日看见一具儿童尸体，大概只有六岁，看上去是个女孩，头上扎了朵红花。但这具女孩的尸体只有半边，另外半边左近都不见。他想一定是被炸弹炸飞了。女孩旁还有一具母亲的尸体，那也是被炸弹炸死的，胸脯上已没了乳房，炸出了一个大洞，一边的排肋骨都不见了，另外一边的排肋骨也全部碎了。

日本人让一二五师的俘虏将一具具尸体拖到一起，码成一堆一堆，结果码成了一百多堆。有的尸体堆码得比一栋屋子都宽大。想想吧，光是五十七师官兵的尸体就有六千多具，还有众多老百姓的尸体。日本人让俘虏们在这一堆堆尸体上浇汽油或煤油或食用油，点着火，于是一堆堆尸体燃烧起来，火光冲天。日本人也焚烧自己官兵的尸体，他们不让国军俘虏们碰他们官兵的尸体，他们拿着刀，把战死在常德城内的日本军人的耳朵一一割下来，再翻开衣服口袋，口袋上写着姓名、籍贯，一一登记，好把死者的耳朵和遗物送回日本，赠给亲人。他们把自己人的尸体抬到一起，也码成堆、浇上油，焚烧。

一九四三年十二月八日这天，常德城成了焚尸炉，火光熊熊，臭气冲天。

二十二

张九思在他那篇《我所知道的常德会战》中继续写道：

当常德外围敌我战斗进入拉锯态势之际，常德城内的日军就成了孤军。敌人企图由沅江用100只木船和数十只汽艇载援军和弹药增援常德，但均被我外围部队俘获。空投敌机五次飞来，也被我第14航空大队在空中击毁。与此同时，我第10军周庆祥师、孙明瑾师在地面经过激烈争夺，再克德山，拱卫了常德南大门，堵死了敌军南退的后路。这时第3师与第57师余部猛攻常德城，日军第13师团长赤鹿里中将被打死，敌顿时全线动摇……我军于十二月八日收复了常德城。第九战区司令长官特电嘉奖，并奖给余程万师20万元，周庆祥师10万元。

十二月八日，战斗又打响了，枪炮声隆隆，四面八方都是国军官兵。一下子来了众多的国军弟兄们。他们是迟来的春天，但他们到底还是攻上来了，有好几个师。

日军第13师团长赤鹿里中将，以为自己受日本天皇庇佑，是打不死的，举着望远镜，站在一处屋顶上指挥日军打猛攻的中国军队，一颗子弹飞来，打中了他的心脏，他晃了下，望远镜从他手上掉下来，人栽在地上。日本兵见指挥官都中弹倒下了，便无心恋战。他们太疲劳了，觉得常德城已没什么东西可守了——这里已是一片废墟兼焚尸炉，日本人不会为焚尸炉进一步丢掉性命。

他们护卫着赤鹿里中将的尸体，退出常德城，朝北边撤边打。

十二月八日下午，国军官兵收复了失地——常德城。

日本人没有顾上一二五师的俘虏就于匆忙中跑了。

一二五师的俘虏一早被押到成了废墟的常德城里干着脏活，他们饿着肚子，咬着牙，焚烧着一堆堆尸体。还有一些尸体散布在各处，砖瓦、房梁或炸断的大树下。他们把那些业已发臭的尸体拖出来，费力地抬起，扔到火堆上烧。他们干得很卖力。有几个干得不卖力的，被日本兵枪杀了。那几个俘虏都病了，发着高烧，体虚得走路都摇摇晃晃的，根本没劲抬那一具具冻硬了的尸体。但日本人不管这些，见他们干活有气无力，便把枪栓一扳，砰，结果了他们悲惨的一生，并命令其他俘虏立即将温热的尸体扔到火堆上去。

有一个俘虏与被日本兵开枪射杀的俘虏是同乡，他知道老乡病了，并不是偷懒，见日本兵随意一枪打死了他的同乡，便愤怒地瞪了眼日本兵。那日本兵见他敢愤怒，对他也开了一枪，那弟兄倒在地上，并没死，口里吐着血，睁着两只眼睛，目光既可怜，又委屈。

面对日本兵随意杀人的暴行，他们敢怒不敢言，因为那日本兵又拉响了枪栓，枪口对着他们，而那日本兵的一旁，站着众多日本兵。他们站在那儿抽烟、说话，边监视他们干活。那兄弟还没死，日本兵射出的子弹只是打中了他的肺部，但日本兵命令黄抗日和龙营长将后者扔到火堆上烧。黄抗日遵命地走去抬，实在不忍心将活人抛到火堆上去。

"太君，他还活着。"黄抗日向日本兵报告。

日本兵把枪端起来，对着他的脸。黄抗日脸都白了，想自己完了。

龙营长见状，忙对黄抗日说："快点，你——"

黄抗日反应过来，狠着心，与龙营长一起，把那个将死的弟兄抬起，那弟兄知道他俩在日本兵的淫威下，要把自己扔到火堆上，苍白着脸吐了一句话："来生再见。"

黄抗日抬着头，那弟兄口吐"来生再见"时，嘴里冒着血泡。他松了手，那弟兄的头落到地上，砸得地嘭的一声。龙营长说："抬好，日本兵的枪对着你的后脑勺，快点啊。"

黄抗日再次抬起那颗头，那张脸对他一笑，笑容里有血从嘴边流出来。他悲痛着说"兄弟，对不起了"，便和龙营长一起，把那弟兄扔到了火堆上。

那弟兄在火堆上发出几声惨叫，滚下来，还愤怒着站起身，向日本兵扑去，但没走几步便倒下了。日本兵对着他的头补了一枪，一颗子弹打进了那兄弟的额头。那兄弟的瞳孔放大了，眼眸上残留着仇恨。

日本兵用枪指着龙营长和黄抗日，他们再次把那兄弟抬起来，扔到火堆上，火在这具刚刚扔上去的人体上迅速燃烧。黄抗日喃喃道："别怪我们，兄弟，别怪我们。"

龙营长一声冷笑，走开，低着头去将一具压在屋梁下的尸体往外拖。他抓着那具尸体的一条腿，拖了几下，没动。他听见咔嚓一声响，那是尸体的骨头被他拉断了。他见这个一身邋遢和矮小的少尉还站在那儿发愣，火道："快过来帮忙。"

黄抗日傻傻地看着那具刚才还活着的，此刻却在燃烧的尸体。

"你想死啦？"龙营长吼他说，"日本人看着你呢。"

田矮子走过来，推了他一把。黄抗日反应过来了，忙与田矮子一并走上去帮龙营长搬尸体。黄抗日和田矮子花了一些力气把屋梁揎开，龙营长将尸体拖了出来。这是一具很长的尸体，是个满脸胡子的男人，肩章上有两朵花，是个中校团长。他不是被子弹打死的，而是被炮弹炸死的，他只有大半边身体，另外半边身体不翼而飞了。

他们也把尸体扔到了火堆上。

黄抗日仍不舒服，仍神思恍惚地咧着嘴傻站着。他倒不是为这具尸体，仍是为刚才活着的那个被他和龙营长扔上去烧的弟兄。在他和龙营长抬起那弟兄时，那弟兄说的那句话，仍在他耳畔回荡，仿佛那句话与嘴里冒出的血泡，通过他的耳朵和眼睛认可，灌进了他的脑海，永远驻留在他脑海里了似的。田矮子对他说："我们都要死的。等日本人觉得我们没用了，就会把我们一一打死，他们连妇女儿童都杀，何况我们这些大男人。"

和尚和江苏人也在抬尸体，他每将一具尸体扔上火堆，都要说一声"阿弥陀佛"，田矮子问和尚："他们能进极乐世界吗，和尚？"

和尚说："能进，阿弥陀佛会接受他们，因为他们是为国捐躯。"

田矮子问："我呢？我可以进极乐世界吗，和尚？"

和尚说："你也可以进，只要你念叨阿弥陀佛，你死时阿弥陀佛就会接你。"

田矮子立即念叨："阿弥陀佛、阿弥陀佛、阿弥陀佛。"

黄抗日很是绝望，想自己若是死在这里，尸体也会像这样烧掉，那桂花就再也找不到他了。想到自己不是在战斗中战死，而是身为俘虏被日本兵像杀鸡杀鸭一样杀死，就觉得这太划不来、太窝囊了。一个日本军官走过来，站到他身后，手里握着王八盒子，这吓得他捡起一只国军兄弟的手臂，扔到火堆上。他转身对日本军官傻笑，露出一口不整齐的黄牙。日本军官拧了拧眉头，走开了。黄抗日他们继续在众日本兵凶恶的监视下，烧着尸体，当时国军第十军的官兵还没杀来，日军赤鹿里中将还没被打死，还在那边阴着脸，祭祀着被国军第五十七师官兵打死的日军官兵。

田矮子说得不错，假如日本人有足够的时间，他们就会将一二五师的俘虏一一杀害，以免他们日后又成为抵抗者。日本人不过是把他们做苦力和清洁工用，让他们先打扫战场，然后再叫他们挖一个坑，好把这些俘虏集体射杀在坑里。这样就免得他们把粮食和精力分散到俘虏们身上。但他们的如意算盘出现了时间差，计划还只进行到一半，国军第十军第三师的官兵，率先冲了上来。他们先是对着常德城区一通炮轰，接着吹响了冲锋号，一大群骁勇的官兵杀了进来。日本兵是最听上峰命令的，赤鹿里指挥官死了，就没人再恋战，也来不及收拾一二五师的俘虏们，匆匆逃走了。

日本人在撤走前，转身对俘虏们开枪，但黄抗日、龙营长、孔老二和江苏人、和尚和张排长及田矮子等等官兵久经沙场，晓得日本人会出此毒招，在第十军向常德城发起炮轰时，马上作鸟状散开并隐藏起来，有几个没隐藏好的当然被撤走的日本兵开枪打死了。

枪声持续了两个小时便平息了。

黄抗日和田矮子躲在一处塌圮的墙角，待枪声远去和消失后，两人感到很幸福了地走了出来。他们一走出坍塌的屋角，迎面遇上了端着枪指着他们的国军第三师的士兵。

"自己人、自己人，"田矮子嘻开大嘴说，"我们是兄弟。"

三个国军第三师的士兵绷着脸，一点也不把他们当兄弟看。其中一个士兵十分瞧不起地用长沙话吼道："谁和你是自己人？走走走。"

黄抗日没想到自己还会活着，看着弟兄们，咧开宽嘴傻笑。

那个凶凶地冲他们吼叫的长沙兵，用枪指着黄抗日的脸，"你傻笑什么？"

黄抗日仍然高兴地傻笑着。

"你再笑，毙了你。"那士兵凶道。

黄抗日把脸上的傻笑收成一把伞，呆呆地瞪着这几个士兵。他觉得奇怪，怎么他们不让他笑呢？他是看见自己的弟兄雄赳赳地站在他面前才高兴地笑啊。

"班长，把他们带到连长那里去，让连长发落他们。"一个士兵对吼黄抗日的长沙兵说。

黄抗日偏着他的脏脸，瞧着尖声吼他的一脸骄气的班长。班长十八九岁，长一张白净的鸭蛋脸。黄抗日想，这不是做梦吧？他揪了下头发，痛，又用力掐一下手腕，痛。他觉得自己真幸运，又对班长笑。

班长厉声说："谁跟你嬉皮笑脸？走。"

黄抗日和田矮子被带到一个帽子歪戴着的连长面前，连长又把他们带到一个身材瘦高长相英俊的团长那儿。那儿聚集着一二五师的全体俘虏。他们正相互抱头痛哭，那是欢呼他们得救了。"呜呜呜呜，我们得救了、我们得救了，呜呜呜呜。"

"呜呜呜呜，我们总算还活着，呜呜呜呜。"

"呜呜呜呜呜呜呜呜……"

"呜呜呜呜呜呜，我们要为死去的弟兄们报仇，呜呜呜呜……"

一二五师的俘虏们高兴地庆祝着，且为此放声痛哭。

他们边使劲哭泣，呜呜呜呜，边努力地骂着，叫着，高兴着。

黄抗日见可以哭了，激动起来，急忙放声大哭，边捶胸顿足。他要把这些天压抑在心里的害怕、苦恼、憋屈和对家乡、母亲和桂花的思念都哭出来。"哎哟咧，呜呜呜呜……"他张大着嘴，努力痛哭，想把身上的晦气和废水化作眼泪流个干净。"呜呜呜呜……我以为我已经死了，呜呜呜呜我真的以为我死了，呜呜呜呜……"

一二五师的官兵们渐渐停止了哭泣，而是看着哭得肆无忌惮的黄抗日一个人猛哭。

第十军的官兵也看着他不要脸地猛哭。

黄抗日抱着田矮子哭。因为在他痛哭流涕的时候，田矮子出于好心搀扶他。他就索性搂着田矮子哭，这让田矮子在众目睽睽下感到很丢脸。田矮子用力推开他说："算了算算算了，别别别哭了，大家都看着你哭呢。"

黄抗日可不想放过痛哭的大好机会。他太委屈、太压抑了。他一转身又抱着和尚，边大哭大叫道："我要哭我要哭我就是要哭，呜呜呜呜……"

"别哭了，"和尚道，温和地拍拍黄抗日的肩膀，"别人都看着你哭。"

龙营长见哭得那么欢快的黄抗日迟迟不肯住嘴，忙走上来踹了他屁股一脚。"就只你一个人还在哭，"龙营长也感到屈辱，但他讨厌黄抗日哇哇大哭，"闭嘴！"

黄抗日被龙营长踢得一个趔趄，因收不住脚又把田矮子撞了个跟跄，田矮子情急之下愤怒地把他一推，这反而让他站稳了脚跟。黄抗日停止了哭泣，抬起他那张肮脏不堪、眼泪鼻涕横流的脸，愕然的眼泪汪汪地瞅着站在他一旁冷笑的龙营长。"谁踢我的屁股？"

"老子。"龙营长大声承认说。

黄抗日说："你已经踢了我两次屁股了。"

"你哭得太不像人了，像猫叫。"

黄抗日抹了把脸上的怒火，"我跟你说，我的忍耐是有限度的。"

龙营长吼道："我警告你，你还哭我还踢。"

黄抗日攥紧拳头，"你不要因为你个子大，就欺负人。"

龙营长蔑视他道："欺负你又怎么样？"

田矮子把黄抗日拉开了，"算了，你以为你是谁？他是少校，你算什么东西？"

黄抗日一愣，是啊，他算什么东西？一个被日军俘虏过的国军一二五师的少尉排长。他看眼龙营长，看眼周围的衣着破烂的官兵——他们都是从日军手中死里逃生的战俘，而他们的一旁是第十军的官兵。

第十军第三师三团团长姓陈，是名英俊的年轻人，身材魁梧，一张方方正正的脸上蓄着稀稀散散的山羊胡子，为的是让他那张英俊的脸蛋显老些，因为他太年轻了，脚上一双皮鞋，腰上别一把手枪，英姿勃勃的。他二十八岁，福建人，南京中央军校毕业的，参加过长沙第二次、第三次会战。

他在长沙第三次大会战中，他那个营坚守在长沙县青山铺的山头上，狠揍了进犯长沙的日军，打死了三百多日本兵，为此他受到嘉奖，升了团长。年轻轻的就是团长了，脸上自然有一股锐不可当的冲劲。"你们的长官是谁？"他待一二五师的五十多名官兵安静下来后，用大家勉强能听懂的福建话问。

龙营长抢着回答陈团长："报告长官，我们师长死了。"

年轻英俊的团长皱了皱眉头，"师参谋长呢？"

"报告长官，师参谋长也死了，"龙营长回答，"都为国捐躯了。"

陈团长把尖利的目光放到龙营长脸上，"长官都为国捐躯了，你怎么还活着？"

龙营长的脸唰地红了，"报告长官，"他硬着脖子回答，"当时我们坚守在安乡，全团打得只剩了三个人，与师长、师参谋长不在一起。"

陈团长的目光在龙营长脸上停留片刻，然后他一一打量，目光落到黄抗日脸上时，他皱起了眉头，他刚才一直盯着这个人哭，只有这个人哭声最大、最狠、最没节制。这会儿他开口问："兄弟，你刚才为什么那样哭？"

黄抗日一个立正，敬了个军礼给陈团长，"报告长官，因为我还活着。"

"为活着哭脸？"陈团长冷冷一笑，"好啊，你是打算回家还是留下打日本鬼子？"

黄抗日一听团长这么说，以为自己马上能见到桂花了，立即激动地问："长官，真的可以回家了？"

陈团长拧紧眉头，思考着什么，不语。一旁的田矮子大声道："长官，我们要为一二五师战死的兄弟们报仇，谁回家就以逃兵论处，马上枪决。"

英俊的团长又拧了拧眉头，他吃了口西北风。"你们中，谁的军衔最大？"

一二五师尚活着的官兵里，只有龙营长的军衔最高，是少校。其次是和尚，他是上尉。另外便是孔老二，他是中尉副连长。再就是两名少尉，一名少尉是江苏人刘排长；另一名少尉是浓眉大眼的张排长，说一口衡阳话。这家伙身体棒极了，虽然患了重感冒，眼睛烧得通红，但一直坚持着干日军安排下的重体力活，竟然没倒下。

龙营长向陈团长报告说："长官，我是一二五师三团三营少校营长。"

陈团长捋了把下巴上稀疏的山羊胡子，"你是营长？"

龙营长立正回答："是，长官。"

陈团长发布命令说："很好。是军官都站到少校一边，士兵站到那一边。"

黄抗日脑袋是晕的，活着，又被兄弟部队救了，这让他感激得犯晕，就没挪窝。田矮子知道他当过排长，把他推出士兵队列，让他站到了龙营长身后。他肩上的肩章早被他撕掉，所以年轻的团长就瞅着个头矮小长相滑稽的人问："你是什么军衔？"

"报告长官，少尉排长。"黄抗日回答。

"大声点，"龙营长冲他命令说，"像个军人样，莫丢我们一二五师的脸！"

黄抗日立即站直身体，大声道："少尉，长官。"

陈团长觉得这矮个子刚才哭巴巴的样子很有趣，便故意又问一句："什么尉？"

"少尉，长官。"黄抗日昂着头说。

"立正。"陈团长突然对黄抗日发出严厉的命令。

黄抗日慌忙做出立正姿势，表情严肃地看着陈团长。

陈团长思索地瞪着这个笔直地站在他面前的矮子，想是不是毙了他，达到整肃军纪、让俘虏们明白战场上宁死也不可屈服的目的，便问："你刚才说想回家？"

黄抗日不晓得英俊的团长问他这话是什么意思，但他明白这个时候如果回答"是"，是肯定要倒霉的，因为他从年轻、好胜的团长脸上看到了杀气！"报告长官，我没说。"

"你没说？"陈团长继续盯着他，"你不是问了吗？那就是你要回家，是不是？"

黄抗日懂了，团长很讨厌他刚才问的那句傻话，他知道该怎么做，忙一个军礼敬给团长，"报告长官，我不回家，我要为阵亡的王团长和田将军报仇！"

陈团长"唔"了声，捋了捋下巴上的山羊胡子。

和尚小声对黄抗日嘀咕："你回答得好，救了自己的命。好险。"

黄抗日见陈团长不望他了，这才回答和尚："我刚才在长官脸上看到了杀字。"

一二五师在三天前还有八十名官兵，但三天下来，只剩了五十三名。日本兵撤退时杀害了十几名；国军自己的炮火于攻城时又炸死了几名。年轻的团长收容了一二五师的官兵，将其编成一个连，将龙营长降职使用为连长，理由很简单，却让龙营长心服口服。

陈团长在一二五师的官兵面前踱了两圈，西北风吹打着他们的脸庞，陈团长不理这些，站住说："这样吧。你们现在是我的一个连，你当连长。"他盯一眼龙营长，"懂吗少校？"

"懂了。"少校回答。

"等你立了功，我会让你当营长。现在你只是我的连长。"陈团长强调。

"遵命，长官。"龙连长回答。

"你当副连长。"陈团长指着满脸胡子，因而气度不凡的孔老二说。

"遵命，长官。"孔老二用很浓的山东话回答，一挺胸，向年轻的团长敬了个军礼。

"你当一排排长。"陈团长指着江苏人说。

"遵命，长官。"江苏人也挺胸向团长敬了个军礼。

陈团长指着张排长，见张排长身材高大，就欣赏的样子说："你当二排排长。"

张排长也一个军礼敬给团长道："遵命，长官。"

团长很满意张排长所敬的军礼，看着黄抗日皱了眉头，指着黄抗日说："就凭你刚才回答的那句话，我让你当三排排长。"

黄抗日没想到还会让他当排长，他感到自己刚才的表现太令弟兄们失望了。他慌忙向英俊的团长敬个军礼，"遵遵遵命，长长官。"

陈团长对他于感激中结结巴巴和慌慌张张的神态皱了下英俊的眉头。

"报告团长，他不能当排长。"龙连长说，"我的排长要不怕死，敢带领士兵敢拼敢打，不然士兵都会成为怕死鬼，长官。"

"为什么这么说？"陈团长问龙连长，"你说？"

"他当排长，他的那个排就没有战斗力。"龙连长讲他对黄抗日的看法，"在安乡打日本鬼子时，他吓得尿都屙湿了裤裆。"

年轻好胜的团长容不得他的士兵尿湿裤子，他的士兵都应是勇士，立即说："枪毙他。"

黄抗日见陈团长脸上又呈现了杀气，脸色顿时苍白。

龙连长说："可以让他当炊事班长。"

"不，卫兵，给我拉出去枪毙。"陈团长绷着英俊的面孔命令卫兵说。

两个武高武大的卫兵迅速走上来，四只有力的大手逮住了黄抗日那两只瘦瘦的胳膊。死里逃生的黄抗日又一次吓得魂都没了，他没想到他会被自己的军队枪毙！他绝望地瞪着龙连长，嗫嚅着说："你好久看见我屙湿了裤子？你胡说，你是想害死我。"

"我想害死你？好笑。"

"我好久屙湿过裤子？"黄抗日问。

"你说什么？"陈团长见这家伙一脸叫屈的样子就厉声问，"你有什么遗言？"

黄抗日被两个卫兵的四只粗壮的大手压着胳膊，且把他的胳膊扭到了背后，身体被压成虾状，感觉就很不舒服。他扭过自己那张沾满污垢的脸来，看见陈团长板着英俊的面孔，晓得这个时候自己应该说什么话。他对英俊和自信的团长说："长长官,我参加过长沙一、二、三次会战,我打死过日本鬼子。"

和尚走前一步,"报告长官,黄排长参加过长沙一、二、三次会战,打死过日本鬼子。"

"他打死过日本鬼子?"满脸骄横的团长问和尚。

和尚一脸正色地回答:"报告长官,黄排长打死过日本鬼子。"

陈团长斜睨着黄抗日,问和尚:"你亲眼看见了?"

和尚回答:"报告长官,如果他没打死过日本鬼子,在一二五师是当不了排长的。"

陈团长望着和尚,和尚立即说:"我和江苏人是在河南收编进一二五师的,我们团长曾说,没上过军校的士兵,在一二五师想得到提拔,就得多杀死日本鬼子。一二五师的军官都打死过日本鬼子。"

"是的,长官,"龙连长说,"一二五师的军官都打死过日本鬼子。"

"那就留下你的命。"陈团长傲慢地说,"我们团的弟兄没一个怕死的,个个都敢把命豁出去,谁怕死本团长就枪毙谁!"

两个卫兵松开手,严肃着脸退开了。

黄抗日又捡回了自己的一条命,心里对和尚存着感激。陈团长似乎这才注意到和尚,便望着和尚,见和尚一脸和善却也一脸倔强,就问:"你在一二五师是何军职?"

和尚回答:"报告长官,鄙人是一二五师一团一营三连连长。"

陈团长见和尚对他毫无惧色,脸上便有点不悦,"报你的姓名来。"

和尚回答:"报告长官,鄙人姓马。"

"现在,你是我一营四连三排排长。听着,你们都是有罪的士兵,"陈团长用没几人能听清的福建口音宣布说,"你们不顾国军军人和委员长的脸面,竟向日本鬼子投降,按说都该枪毙。但本团长给你们立功赎罪的机会,给本长官狠狠地打日本鬼子,明白吗?"

一二五师的残余官兵只听清了"明白"两个字，立即回答："明白。"

他们在常德呆了一个多星期。他们在常德城外挖了三个很大的坑，把烧成残骸的五十七师官兵的尸体及老百姓的尸体统统扔进那三个坑，并分别在三个坑上立了碑，碑上刻着七个字：五十七师官兵冢。

干完这一切，常德便下起了大雪。一个上午过去，这座废墟便披上了新装，雪白雪白的。逃出城的老百姓，得知常德城回到了国军官兵手中，陆续回来了不少。他们一见自己的家变成了废墟，便蹲在地上痛哭。国军官兵们便帮着老百姓搭建房屋。接着，黄抗日所在的第十军第三师奉命撤离常德，退守长沙。一路上，降职为炊事班长的黄抗日和田矮子，一人挑着一口大铁锅和柴米油盐，叮叮梆梆地走在这支队伍的最后面。

"班长，我们还活着。"田矮子说，高兴的样子，"在当日本人的俘虏时，看见日本人今天枪杀一个，明天又枪杀一个，总想什么时候子弹会射进我的脑袋。没想到我们还活着！"

黄抗日挑着铁锅跟在大部队后面疾步，走得大汗淋漓的，边说："我也没想到。"

田矮子说："我田国藩大难不死，必有后福。"

黄抗日答："不死，就是万幸。"

田矮子嘿嘿嘿笑道："没想到我们的命比田将军还硬。"

二十三

一九四四年十月中旬的一天月夜，我爹黄抗日再次被俘。这一次不是日本人俘虏他，而是被湘南游击队俘获了。此时他的身份不是国军少尉，而是与日本人为伍的先和军班长，成了我们通常称呼的伪军。先和军的前身是驻守衡阳、英勇杀敌的国民革命军第十军，军长是著名的方先觉中将。

之所以取名叫"先和军"是取了方先觉将军名字中的"先"字。这是真的，绝非我杜撰。

日本人于一九四四年在太平洋战场上连连失利后，在中国反倒变得很疯狂，日军调动了大量兵力，志在打通粤汉铁路，好使南北运输畅通。

日本人自一九三七年七月七日发动卢沟桥事变起，对中华大地发动了全面战争，企图吞没整个中国。但至一九四四年八月前，湖南境内的大片土地一直在中国军队手中。此前日本侵略军曾三次进犯长沙，都被国军驻湘军队打败。日军很讨厌湖南，前后三次打长沙三次都败北，这让日军感觉十分耻辱。中国那么多城市都被他们打下了，惟独长沙，让他们每次进攻都吃足了苦头。日军自己都吃惊，怎么每次进攻都会遇到如此强劲的抵抗和阻击！尤其是第三次进攻长沙，日军组织了那么多能征善战的部队，志在一举拿下长沙。那是一九四一年十二月至一九四二年一月。日军打得很苦，行进中被中国军队分割包围，大有被中国军队全部吃掉之势。据当时的《湘声报》报道，日军从鄂南、鄂西、鄂北和河南、山西等地，集中了中岛第三师团、神田第四师团、有木第四十师团和第六师团，会同驻守在岳阳的大部分兵力，十万余众，向长沙猛扑，但仍以失败而告终。

日军于一九四四年五月调集了六个师团的兵力，并做了周密部署，分兵三路，再次向长沙扑来。一路由鄂南崇阳、通城指向平江、浏阳一带；一路自临湘、岳阳直扑长沙；一路由鄂西石首、藕池口直逼滨湖各县。其中以临湘、岳阳一路为主力，而以鄂南、鄂西两路为左右两翼，配合其主力作战。日军六个师团，一路烧杀抢掠，实行"三光政策"，直捣长沙。

长沙西郊守军国军第四军军长张德能将军指挥失误，长沙失陷了。

日军占领长沙后，直逼衡阳。当时衡阳的守军就是爹所在的第十军，军长乃方先觉先生。衡阳只有一个军，而日军则是三个师团，分兵三路攻打衡阳。日军必须打下衡阳，衡阳在粤汉铁路线上，还是通向广西的要道。当时衡阳是湖南的第二大城市，有三十多万人口。衡阳告急，方先觉向蒋委员长和第九战区司令长官薛岳分别发了十封电报。

蒋介石委员长和湖南省主席兼第九战区司令长官薛岳分别致电方先觉，让他务必率部死守七天，七天后，援军必定赶来。第十军不但守了七天，而且守了四十七天，是七天的六倍还多，最后因弹尽粮绝，方先觉将军指示全体官兵向日军投降。

于是我爹成了先和军的一员，在一处名叫槐树店的村子被游击队捉拿了。

湘南游击队的来历是这样的，井冈山的中央红军于一九三四年长征路经湘南进入广西时，留下了一些伤病员，而这些伤病员痊愈后，延安是去不成了，回家又怕遭到杀害，便相互联系，搞地下活动，成立了一支游击队。这支游击队在湘、粤、赣边界活动，日益壮大，到一九四四年便扩大为湘南支队，下属四个独立大队和十几个中队，因此白水县也有了一支共产党的地下武装白水中队。我爹就是被白水中队队长俘获的。

队长姓杨，长一张马脸，生一双鱼泡眼睛，但这双鱼泡眼睛的目光并不浑浊，相反，十分锐利，看人能入木四分，比入木三分还多一分。

爹被抓时感到很没劲，因为他是在拉肚子的状态下被俘的。他与江苏人、和尚一起逃出来时，他的身边寸步不离地跟着田矮子。他们在一处农舍前，挖出很多红薯，他吃了很多红薯，和尚和江苏人也吃了很多红薯，田矮子比他们吃得更多，但和尚、江苏人和田矮子都没事。爹却感到问题严重，肚子咕咕咕叫，极不舒服。在两个小时内爹拉了三次稀。一蹲下就搞脚手不赢，打飙枪一样哔哔叭叭地射出众多粪水。这让和尚和江苏人茫然，让田矮子捂着嘴巴大笑。爹第四次急急忙忙奔入树林，刚哔哔叭叭屙出一些东西，一个黑脸大汉冲上来，一支黑森森的枪管对着我爹那张年轻、灰白、疲倦且眼眶浮肿的脸。

"动一下就打死你。"这个人说。这个人就是杨队长。

爹吓得肛门紧缩，再也没有拉稀了。日后，他有很长一段时间便秘，拉不出大便，大概就是由于这一吓所致。

"搂起你的裤子。"杨队长黑着马脸说。

爹屁股也不敢揩，搂起裤子，瞅着这张模糊不清的脸，同时感到屁股很不舒服。

这是晚上，大约十点多钟。这是十月里很难得的一个月夜，月亮椭圆形，黄亮亮地悬在蓝幽幽的天空，月光洒落在大地上。夜色中，有猫头鹰的叫声，叫声从树梢上传来。

"跟我走，老实点。"杨队长小声说，用枪抵着我爹的腰。

另外几个游击队员用枪抵着和尚、江苏人和田矮子的脑袋，田矮子吓得动也不动。身着伪军服的和尚和江苏人却笑，他们一点也不在乎游击队手中的枪。田矮子瞅着只比他大三岁的我爹，恐惧地大叫道："爹、爹、爹。"

杨队长瞪着我爹，爹慌忙解释："他是个傻子，在打日本人时脑袋出了问题。"

那几名游击队员听田矮子这么叫嚷，又听我爹如此解释，和尚也说田矮子是傻子，这才把抵着田矮子的枪拿开。田矮子迅速跑到我爹一旁，箍着我爹的胳膊，害怕得身体筛糠样抖着。他看不得枪，也害怕黑脸大汉。在他那被魔鬼占据的大脑里，黑脸大汉都是魔鬼。

"走这边，走这边。"杨队长命令说。

爹和江苏人、和尚跟着他们走进一旁的树林，再往前走，穿过一片农田，走进了更大的一片树林。树林里有很多人，他们有的在抽烟，有的在低声说话。他们见杨队长押着四个着伪军服的人回来，便好奇地瞪着四个伪军俘虏。

"队长，一出手就抓了俘虏，好啊。"一个游击队员说。

他们是另外一批抵抗者。他们不跟日本军队正面作战。他们今天剪掉一根电话线，明天撬掉一根铁轨，后天向检查线路的日本兵打上几枪，干掉一两个日本兵，或者向日本兵驻守的堡垒扔一颗手榴弹就跑。他们把日本人弄得大为光火。他们是共产党领导的抵抗者。

身为共产党员的杨队长没有摆出审判犯人的架势，他是个纯粹的农民，脚上还沾着牛粪，故不懂这一套。他对我爹和江苏人、和尚虎着马脸说："你们是什么人？"

"我们是国民党军队……"爹回答。

"日本侵略军是那样杀害我们的同胞，你们还向日本鬼子投降？我真要一枪打碎你的脑袋！你对得起死去的同胞吗？"杨队长直视着我爹。

"是对不起死去的弟兄，长官。"爹哆哆嗦嗦地说。

"谁是你的长官？莫跟老子来汉奸那一套。"杨队长厉声说。"我们是游击队。"

"游击队长官。"

"游击队只叫同志。"杨队长听出我爹说话的口音是本地人，脸色柔和了些。

"游击队同同同志。"爹还从未说过"同志"一词，觉得同志二字有点拗口。

和尚说："同志，我们原是第十军的官兵，在衡阳打日本鬼子。"

江苏人笑笑说："我们都打过日本鬼子，同志。"

"爹、爹，他们是谁啊，爹？"田矮子问我爹，惧怕地觑着杨队长他们。

"他们是游击队，"爹对叫他爹的田矮子说，"别怕。"

田矮子害怕地摇着他的胳膊说："爹，我们回家吧，爹，我要回家。"

"会回去的，会的，小田，不要怕。"爹安慰已经傻了的田矮子。

杨队长问和尚："听你的口音，你不是湖南人，你哪里人？"

和尚答："我是河南人。"

爹对杨队长介绍和尚说："他姓马，在打日本鬼子前，是个和尚。"

杨队长问我爹："你是白水人？"

爹回答："是，我是白水县黄家镇人。"爹指着江苏人："他是江苏南京人。

我们不愿意为日本人卖命，一起逃了出来。"

成了先和军后，爹和江苏人、和尚编在一个排，日本人既对他们表示友好，又防着他们。他们是第十军的官兵，日本人对他们十分忌惮，恨不得把他们拉出去枪毙，却又碍于上峰的命令，不得不做出友好姿态，希望他们与日军合作。他们是不会为日本人服务的，日军也知道这一点，但日军有一点好，对手越强他们越尊重。日军对待在衡阳放下武器的他们，可不像对待一二五师的战俘那么野蛮。日军先把方先觉军长、孙鸣久军参谋长、周庆祥师长、容有略师长、葛先才师长和饿少伟师长等送走，再把官兵们分散，以排为单位，分散在各处，不让他们聚集在一起，拿好鱼好肉好酒招待他们，旨在瓦解这些抵抗者的意志。开始，日军还管得严，后来就有意放松了，因为日本人感觉这些中国士兵都是白眼狼，养不亲。

爹和江苏人、和尚从军是为了打日本侵略军，自然不想给日本人卖命。白水县离衡阳也就几十里路程，他想回家，想和他一起长大的桂花团聚。他相信桂花也在思念他，因为这些天，年轻漂亮的桂花每天晚上都步入他的梦中，在他梦里寻找他，到人群中打探他的消息。有一次，他在梦中与她擦肩而过，她居然没认出他来。他心里有一股凄凉，好像这事真的发生在生活中一样。他不能再忍受这种孤独、压抑和耻辱的生活了。一天半夜，他与江苏人、和尚商量好，带着这个与他寸步不离的田傻子逃了出来，逃到山里，结果迷了路，走了一天，也没走出迷宫一般的山林，还差点被熊吃了。幸亏我爹长得像只猩猩，熊以为遇到的是一并在森林里求生的伙伴，就冲我爹打声招呼，走开了。

日本兵在粤汉铁路两旁驻扎着很多军队，分别以小队为单位。他们防卫的不是国民党的正规军，而是在铁路线上到处搞破坏的游击队。还有一部分国民党的地方武装，他们也在铁路线上搞破坏。这让日本人大伤脑筋。

距这支游击队不远有一幢有模有样的大宅，那是一个大户人家，那一家大小十三口人全被日本兵杀了，丢到后山里喂了野狗。于是那幢大宅住着一小队日本兵。那是一支小队，四个班，五十来人，有五挺歪把儿机枪。日本兵常常六个人一组在铁路上巡逻，巡逻的范围长达两公里，扛着一挺歪把儿机枪，好随时投入战斗。

杨队长知道我爹是黄家镇人后，逼视着我爹："你叫什么名字？"

"黄抗日。"

杨队长脸上十分严肃，"黄抗日，你愿意和我们一起打日本鬼子吗？"

爹只想回家，但他不能这样说，他晓得他们不会放他走，说："愿意。"

"很好，"杨队长又目光炯炯地盯着和尚，"你呢，愿意与我们一起打日本人吗？"

和尚答："愿意。"

杨队长又盯着江苏人，"还有你，你什么态度？"

江苏人不喜欢土头土脑的杨队长说话的口气，不屑道："这还要问？"

"只要你们愿意打日本鬼子，那就是我们的同志。"

爹文化不高，但天生机灵，爹从杨队长的嘴里听出了同志一词的意思，忙回答："是、是，我们是同志。"

"爹、爹，我们什么时候回家？"田矮子目光迟钝地瞧着黄抗日。

"会回去的，"爹安慰他，又对杨队长说："他是傻子，误认为我是他爹。"

杨队长与他的队员研究着作战方案。他们在分布兵力，志在拿下此据点，好将这一部分铁轨撬掉，害日军火车翻车，然后劫获火车上的军用物资。他们都是本县农民，大多刚刚丢开锄头。但他们信心高涨，而且很兴奋，因为这是打他们痛恨的日本鬼子。杨队长布置完任务，看着我爹和江苏人、和尚说："共产党不杀俘虏，你们都跟着我。"

"是，我跟着你。"爹回答。

"不要想逃跑，"杨队长扬扬手中的驳壳枪。他对投降过日军的我爹和江苏人、和尚都不放心，"我们共产党虽然不杀俘虏，可非常讨厌叛徒，明白吗？"

我爹可不想挨枪子儿。他费尽心机才捡回自己的命，可不是为了死在家乡这片肥沃和清香的土地上，回家已不是他的梦想而是指日可待的事情。他感觉口气很好，呼吸也顺畅，便坚决地回答杨队长："我不逃跑，跟着你。"

杨队长望眼江苏人和和尚，"不要想逃跑，逃跑，我会开枪的。"

江苏人说："留着你的子弹打日本人吧，别对着同胞。"

和尚摸了把圆脸，"小心日本人的机枪呵——你们。"

他们出发了，踏着陈年落叶和枯草，嗅着乡村夜晚那充满树木、花草和泥土的芬芳，窸窸窣窣地走出树林，穿过那片农田，又走出杉树林，兵分两路出发了。

爹和江苏人、和尚跟着一张马脸绷得很紧的杨队长，他是这次拔掉一个日军据点的总指挥，身上的担子格外沉重，因为他率领的是一群刚刚丢下锄头和扁担的农民小伙子。但邻县游击队也是一群农民小伙子，却于一周前拔掉了一个日军据点，还制造了一辆日军军需火车出轨，翻倒在农田里的事件。他杨队长还没拔掉一个日军据点。他的成绩比邻县游击队小多了，不过是剪掉了几段电话线，锯断了七八根电线杆。所以他制定这次战斗计划，志在拿下一个日本兵据点。

他们走近了侵略者的据点，更近了，可以觑见那幢房屋了。那幢房屋在月光下黑森森的，房屋的前面是一块坪，坪上栽着些树，树都很高一棵，下面的树枝都被原来的住家佣人砍下当柴烧了。坪的下面是一条深沟，溪水从深沟里流过，灌溉着农田。一旁是铁路，两根钢轨躺在枕木上，冷冰冰地朝远方伸去。杨队长停下来，左右侦察了番，让游击队员们匍匐着不动，自己领着两名精干的队员猫腰向日军据点靠近。

在侵略者占据的屋前，有一个日本兵放哨，由于天冷，他来回走动，肩上扛着支三八大械，刺刀在月光下一晃一晃。杨队长领着两名精干的小伙子走得更近时，被转过身来的日本兵发觉了。日本兵刚要摘下枪，一个小伙子扑上去，抱住了日本兵。日本兵哇啦哇啦叫着，勾动了扳机，砰，一声尖利的枪响划破了槐树店那宁谧、清新和飘扬着晚稻馥郁的月夜。杨队长忙冲这个日本兵的脑袋开了一枪，砰，又一声尖利的枪声打破了幽寂的夜空。三个游击队员于情急之下，分别朝一扇窗户和那幢房子的院子里扔了枚手榴弹——这也是杨队长事先设计好的作战方案，轰、轰、轰，其中一颗手榴弹是在屋顶上爆炸的，火光一闪，瓦片纷飞。

一个趴在我爹一旁的游击队员，大叫一声："弟兄们，冲啊，杀日本鬼子啊。"

这一声冲啊，使七十名游击队员纷纷爬起来，向那幢房屋冲去。

江苏人对和尚和我爹说："这是打什么仗？这是去送死。"

一伙日本兵也从据点里冲出来，但杨队长和另一名匍匐在前面的小伙子，分别朝那伙日本兵甩了一颗手榴弹，轰轰两声爆炸，使那伙日本兵又缩了回去。

"冲啊冲啊冲啊。"农民们高兴地叫道。

"冲啊冲啊冲啊，杀死这些狗娘养的日本鬼子啊。"农民弟兄们嚷叫。

哒哒哒哒哒哒，机枪子弹从那幢大门里扫射出来，跑在前面的勇敢的小伙子们纷纷倒下了。农民们慌了，转身就没命地跑。爹一看就晓得这些农民弟兄还不懂得打仗，你能跑过机枪子弹吗？爹对农民弟兄叫道："卧倒，卧倒，快卧倒。"

农民们对"卧倒"两字异常陌生，他们不清楚这个军用术语，不晓得这个鸭公嗓子喊什么。爹就是在这片土壤上长大的，懂得他们，立即改口嚷叫："趴下，趴下，快趴下。"

这一下农民弟兄听懂了，纷纷趴下。

"匍匐前进。"他又用了一句军用术语。

农民弟兄又没听懂。

爹忙改口嚷道:"爬着前进,都爬到沟里去,快点爬。"

农民弟兄就纷纷向前面的沟里爬,机枪子弹哒哒哒哒哒哒地从他们头上扫过。

活着的农民弟兄都爬进了沟里,死了的农民弟兄都躺在坪上。沟里的溪水齐腿深,农民弟兄都在冰冷的水里瑟瑟发抖,一是受了吓,其次十月的湖南,天已经冷了。杨队长也爬到沟里,对他的队员说:"弟兄们,要稳住,要稳住。"

农民弟兄们仍在瑟瑟发抖,问他:"现现现在怎怎怎么办呀队队长?"

杨队长拉长马脸要求道:"镇静点、镇静点,大家都镇静点。"

"我我我怕,我怕。"田矮子昂着他那张愚蠢的鼠脸说,"爹、爹,我们快跑吧。"

爹感到他们打不得仗,便说:"队长,撤吧。他们没一点战斗经验,还不会打仗。"

杨队长正愁没地方发气,忙很凶地瞪我爹一眼,"住嘴!叫你这个傻子住嘴。"

爹担忧道:"如果再打下去,他们会死的。"

"住嘴,老子一枪毙了你!"杨队长把怨气泼到我爹身上。

田矮子迅速抱住我爹。"爹,我怕,我好怕的。"

爹很烦田矮子,"去你的,走开。"他猛力把田矮子推到一边。

田矮子感到委屈,坐在地上伤心地呜呜呜呜地哭着。

这时江苏人开口了,"队长同志,你们根本不懂打仗。"

和尚说:"队长同志,我尊重你们的勇气,但不能盲目打呵。"

杨队长不愿听这几个着伪军服的人教诲,火道:"闭嘴,我知道怎么打!"

江苏人冷笑道:"既然这样,那我再不开口了。"

月光下,杨队长虽然看不清江苏人的脸,但能感觉到江苏人的傲慢,他愤怒地用枪指着江苏人,凶道:"信不信,我一枪打死你?!"

和尚双手合十，用河南话念道："阿弥陀佛。"

从铁路上打过来一排子弹，哒哒哒哒，一梭机枪子弹射过来，打在深沟上和他们脑后的土坡上，溅起了众多泥星，飘到他们身上。那是六个在铁路上巡逻的日本兵听到枪声后赶来增援。杨队长忙吼道："开枪呀，你们都傻啦?！开枪呀，打啊。"

五六十名游击队员，只有十几支枪在零零碎碎地还击，而且都是胡乱射击。他们中有些弟兄昨天还在稻田里杀禾呢，或者在红薯地里挖着一个个红薯，现在让他们面对如此残暴的敌人，他们确实害怕得傻乎乎的了。

"撤，撤。"杨队长知道自己立功无望，就采用了我爹的建议。

杨队长自己没撤，他让一名小队长带领农民弟兄撤，沿着深沟猫腰往前跑。杨队长果断地留下来掩护。我爹和江苏人、和尚也留下了，还有几个队员也留下来与队长一起断后。我爹拾起一个农民弟兄丢下的汉阳造，哗啦一下扳了枪栓，瞄着端着机枪冲来的日本兵勾动扳机，砰，机枪哑了。

江苏人称赞我爹说："行啊你，枪法越来越厉害了。"

爹感到自己的枪法比以前确实进步多了，又扳了下枪栓，朝三个几乎冲到他们面前的日本兵中的一个开了一枪，那日本兵也应声倒下。

杨队长也撂倒了一个。

另一个日本兵见状，赶紧趴下了。

杨队长说："撤。"

他们没走出半里，日本兵却追了上来，继续追赶着他们打，旨在消灭这支土八路。一排机枪子弹扫来，又有几个农民弟兄倒下了，另外一些农民弟兄却在没命地朝前狂跑。我爹和江苏人、和尚都没跑，杨队长也没跑，还有几名老练的游击队员也留下来与杨队长一并阻击日本兵。江苏人捡起一把负伤的游击队员丢下的步枪，扳了下枪栓，向冲来的日本兵射击。和尚也接过杨队长递给他的一支老式步枪，举枪向日本兵射击。

有一个日本兵被和尚一枪打死了，和尚念道："阿弥陀佛，回你们的日本去吧。"

日军的机枪冲着他们扫射，打得他们一时抬不起头。

游击队副队长骂了句脏话，想抬起头冲日本兵打一梭子弹，结果一粒机枪子弹打在他脸上，头朝地上一栽，死在我爹身旁。爹说了声："啊，你真蠢。"

几个日本兵在机枪的掩护下，已冲到了他们身前。一个跑在最前面的日本兵朝着杨队长开枪，爹眼明手快，勾动了汉阳造枪机，砰，那日本兵应声倒下。

杨队长出了身冷汗，忙大声道："撤，弟兄们。"说着，一梭子弹扫向另外几个日本兵。

爹丢下汉阳造，拾起副队长的驳壳枪，拉着吓得尿湿了裤子的田矮子，猫腰向前跑去。"快跑，听见吗，起来快跑！"他冲田矮子大声吼叫。

田矮子趔趔趄趄地跟着我爹跑。

他们跑进那片树林，狂奔着穿过农田，跑进了大莽林。

二十四

日本兵没有再追赶这支土八路。

爹跟着这支游击队越过那座山林，又翻过两座山包，步入了更高更茂密的驼峰山脉。它们不再是一座座山，而是上百万亩彼此相连的原始山林。山林里有华南虎、豹子、狼、豺狗、野猪、熊和鹿等等。山林里长满了各种品质的参天大树，还密布着灌木，还有众多岩石、悬崖峭壁、溶洞和草药等等。

山林是游击队躲藏和休养的好处所。山林还是游击队的家。

爹跟随这支俘获他的游击队走入这片莽莽丛林后，天亮了，有鸟儿和各种野兽的叫声在他们头上回旋。有花斑豹或狼从他们眼前害怕地一闪而过；有鹿和獐子在他们身旁逃窜；有华南虎的吼声响彻在山林的树木之间。但是游击队并不惧怕这些猛兽，他们手中有枪，还因为他们既是农民，又是猎户，有与野兽周旋的经验。

爹也不害怕，一个在枪林弹雨中穿行的人，怎么会惧怕野兽呢？它们不过是用爪子和牙齿袭击人，而他们则是从飞来飞去的子弹和炮火下逃生的战士。

爹锁着眉头，噘着扁嘴，心里想着的是应该回家看看了。

杨队长因亲眼见我爹打死了几个日本兵，自己又被我爹救了，而我爹又是黄家镇人，便对我爹的态度十分友好。"你家里是什么成分？"杨队长找我爹说话道。

爹没在共产党里干过，不懂得"成分"二字的含意，就好像那些农民兄弟没听说过"卧倒"一词一样。爹愣愣地看着马脸和蔼的杨队长。杨队长解释说：

"我的意思是你是穷人，还是富人家庭出身？"

爹懂了，回答："我爹和哥哥嫂子在黄家镇种田，家里是佃农。"

"那你是穷苦人家出身。"杨队长肯定地说，伸出他的大手，要和我爹握手。

爹不懂他的意思。

"把你的手伸出来。"杨队长道。

爹伸出手，杨队长一把握住了，爹感到杨队长握得十分有力。

"从今以后，我们就是同志了。"杨队长握着我爹的手说，"你打仗行，打仗冷静，打死了几个日本鬼子，我们游击队需要你这样的同志。"

爹在国军里，总是这个瞧不起他，那个也对他瞪眼睛、耍态度，好像他天生就是一个让人任意撒气的受气包，这个游击队的头却对他十分友好，爹有些感动，众农民兄弟也目光友善地望着他，爹的心就宽广了许多，说："那我留下来。"

杨队长告诉我爹，他并不是一生下来就是共产党，他是农民。日本侵略军毁了他的家园，杀了他父母和妹妹。他有三兄妹，加父母和奶奶一共六口人。他家住在铁路旁，距铁路不到一百米远。侵略军把他家一把火烧了，还强奸并杀害了他妹妹，还杀死了他父亲和奶奶。奶奶见日本兵将他十七岁的小妹拖到床上强奸，就跪下求饶，一日本兵转身一刺刀扎进了他奶奶的肚子。他父亲挑着一担柴回来，见状，就抡起扁担砍向一个日本兵。那日本兵开了枪，于是他父亲也倒在血泊中。日本兵轮奸完他妹妹，就把他妹妹反锁在房里，点火烧屋，将他受尽凌辱的妹妹活活烧死在闺房里。日本兵放火烧他家时，他和弟弟正好赶集回来。在他家为非作歹的是五名日本兵，有三名日本兵见这儿万事大吉了，就去另一家继续杀人放火。他和弟弟对视一眼，他向一个健壮的日本兵扑去，弟弟扑向另一名日本兵。他掐住了那日本兵的脖子，那个日本兵用脚踹他，但他自始至终没有放弃那粗壮的脖子，反而更加用力地掐着，直至日本兵的舌头伸了出来，他才松手。弟弟仍然与日本兵扭打成一团，那个日本兵把他弟弟压在身下，他拾起那日本兵的三八大槭，用刺刀猛地扎进日本兵的腰，一搅，那日本兵惨叫一声，倒下了，就像他杀死的一头猪。

"那是我第一次杀人，"杨队长说，"后来我就投奔了游击队。"

"日本人杀了很多中国人，"爹说，"我有个兄弟，叫马得志，他家在南县厂窑，一家九口人，全被日本人杀了，他自己后来也被日本兵杀死在常德。"

杨队长一拳打在一旁的木板上，"我只有一个心愿，把日本鬼子全杀光！"他掉头问坐在一旁的江苏人："同志，你家庭什么出身？"

江苏人一脸凄惨道："还什么家庭出身？我父亲在南京是名小学校长，日本鬼子进攻南京时，我父亲想南京是国民政府的首都，委员长一定会拼命守护，而且我父亲不相信日本人会对手无寸铁的老百姓动屠刀，就没领着一家人跑，结果我一家人全死在南京大屠杀中。这些事是我一辈子的痛，我真不愿说。家早没了，唯有我，带着仇恨，死里逃生。"

杨队长理解地点下头，望着和尚，和尚正叼着一根草，"和尚，你是穷苦人家出身吧？"

和尚嘿嘿笑道："算吧，我们家在洛阳是个大家族。"

太阳出来了，透过密集的树林照在了一张张灰灰的脸上。他们的脸都灰灰的。他们在这次行动中伤亡很大，有二十多名同志于这次战斗中丧生了。他们的脸便是为那些牺牲的同志伤痛。他们垂着头，走过一条潺潺流淌的溪水，走进了一片阳光地带。那儿有一处溶洞，是个大溶洞，溶洞前的树木都被他们砍了，形成了一片阳光地带。在这片阳光地带上扯着一根根棕绳，棕绳上晒着一件件衣服。溶洞的前面坐或躺着十来个小伙子，他们都是于这样那样的小型遭遇战中负伤的游击队员。他们看见自己的同志回来，脸上露出了快乐的笑容，但再一看，脸上又没了笑容，因为回来的人数比出发的人数少了三分之一。他们瞪着杨队长，瞪着我爹、江苏人和和尚，还瞪着其他队员。他们说："还有人呢？"

大家都低头不语。

"还有人呢？"他们中有人又问。

大家仍低头不语。

一个腿受了伤的小伙子一拐一拐地走过来，逼视着我爹。这是我爹穿的是伪军服，而且爹走在江苏人和和尚的前面。他从一个队员手上取过一支枪，就要朝我爹射击。杨队长喝道："你干什么？"

"我要打死他！"小伙子大声说。

杨队长说："他现在是我们的同志，他和我们一起战斗。"

小伙子说："我不管，我要打死这个伪军。"

田矮子吓得捂住了脸，赶忙躲到我爹身后。

爹看着这个农民弟兄，他长着一张好斗的南瓜脸，脸上胡子拉碴，目光凶悍。

"放下枪，老二。"杨队长命令小伙子道："放下枪，我命令你！"

爹瞅着被杨队长称为老二的农民弟兄，老二仍然横端着枪，目光仍十二分激动和凶悍。"我弟弟呢？我弟弟呢？"老二叫嚷，"我弟弟就这样白死了？"

老二是新近加入这支游击队的，之前他们是一支活跃在铁路上的土匪队伍，有几十人，所从事的事情就是爬上飞快的火车，将火车上守卫军需物资的日本兵干掉，将军需物资扔下来，分了，将多余的分给村里的老百姓。他们这样做的结果是招来了一支气急败坏的日军。他们与日本兵在村子里打了一场恶战。他们打死了好几个日本兵，其中有一个还是日军小队长。但他们中的众多弟兄却倒在日军的枪下。老二带着他的弟弟及七八个弟兄，冲出日本兵的包围，投奔了杨队长领导的这支游击队。

"你弟弟死了，"杨队长说，"但他死得光荣。"

"我要杀死他，我要他抵我弟弟的命。"老二横蛮地叫道，一副要拼命的狠相，"还有他们三个！"他是指和尚和江苏人、田矮子。

杨队长说："胡闹！你晓得他们打死了多少日本兵？在这次战斗中，我亲眼看见他们打死打伤七个日本兵！七个啊！"他扫一眼其他弟兄，"你们打死了几个？！"

"我打死过四个日本鬼子。"老二大声说。

杨队长没理老二，而是扫一眼其他农民弟兄，马上宣布："我现在宣布——"他中断宣布，转身问我爹："同志，你叫什么名？"

"黄抗日。"我爹回答。

"爹、爹，他们是谁呀？"田矮子昂着他那张老鼠脸，害怕地瞅着我爹。

"他们是游击队，不会伤害你。"爹向傻子解释说。

"我现在宣布，黄抗日同志为白水县游击中队副队长。"杨队长说，"黄抗日同志接替牺牲的副队长。现在，黄抗日是你们的副队长了。"

　　爹说："我愿意参加你们的队伍，副队长就免了。"

　　杨队长清清嗓子，严肃着脸色说："在这次战斗中，黄抗日同志没有退缩，反而和我积极地打击着日寇。老实告诉你们，他还救了我一命，使我还能站在这里与同志们说话。"

　　那个腿受了伤的老二把枪交还给了一个一脸邋遢的家伙，一拐一拐地走开了。

　　杨队长对我爹说："黄抗日同志，你现在是副队长了。"

　　爹指着和尚和江苏人说："队长同志，他们都打死过日本人，都是能打仗的弟兄。"

　　杨队长是湘南那种知识没几两、却敢于任事、刚愎自用的农民，对不是白水人不太信任，在他心里死心塌地跟着他干游击队的，都是本地人。他望眼和尚和江苏人，觉得这两个外省人都靠不住，尽管他一眼就看出这是两个厉害角色，和尚一脸我行我素的模样，江苏人一副聪明相，脸上还有些骄傲，不压压他们，自己就立不住，便说："我知道了。"

　　溶洞很大，很长，奇形怪状的。溶洞里还很暖和，那是地下本身的恒温。地上这里那里都铺着板子和稻草，还有被子、衣物和碗筷等等。爹在一处草席上躺下，田矮子也傍着他躺下，蜷缩着身体。爹觉得傻子很可怜，就叹口气，望眼江苏人和和尚，和尚和江苏人都不说话，爹为自己进入这支队伍后，突然就站到和尚和江苏人的头上去了，有些不安，却也不知道说什么，便决定好好地睡上一觉，有话明天再说。清醒的意识随着这个意念的产生，一下子就模糊了。醒来已是下午。杨队长找来了几件衣服，扔给我爹、江苏人、和尚和田矮子，"脱下你们身上的二鬼子衣服，换上这些衣服。"

爹和江苏人、和尚、田矮子就脱下伪军服，穿上了杨队长扔给他们的衣服。杨队长比我爹魁梧，他扔给我爹的衣服穿到我爹身上，几乎到了我爹的膝盖处。

杨队长睁着眼睛说瞎话道："蛮好蛮好。"

杨队长见田矮子不愿换衣服，还嘻嘻嘻嘻傻笑，便问："他怎么成这样了？"

爹说："他以前不是这样，他的脑袋受了伤就成了这样。"

杨队长望着江苏人，说话的语气有点损人，"你在二鬼子队伍里当任什么军职？"

江苏人是排长，但他回答道："什么军职都没有，就是个人。"

杨队长冷笑了声，"好啊，"望着站在一旁的和尚，"你是和尚？"

和尚和善着脸色答："以前是。"

"在二鬼子队伍里，你有什么军职？"

和尚瞟眼江苏人，一笑，"跟他一样，也是兵。"

爹见和尚谦虚，马上更正道："队长同志，和尚在一二五师是上尉连长，在第三师是排长，在二鬼子队伍里，和我一样，是班长。"

杨队长觉得好笑，"怎么？越当越回去了？"

和尚坦然道："人家是升，我总是降，命啊，队长同志。"

一个队员在溶洞外叫道："吃饭了、吃饭了。"

给游击队做饭的是一个老队员和两个女人，一个是中年女人，一个略年轻一点。中年女人是那老队员的老婆，年轻一点的是杨队长的老婆，大家都叫她"压寨夫人"。压寨夫人的相貌有点像桂花，不是脸有点像就是五官有点像，只是有点像。压寨夫人与杨队长睡在溶洞的一处凹处，在凹处上还装了一张篱笆门，篱笆门是用树枝、茅草和藤蔓扎的。

那天晚上，爹很渴望见到他的女人桂花。从一九三八年底参军离开桂花起，六年来，他曾许多次想起过桂花，但由于想也是白想，就压着自己不去想。此刻却不同，家就在眼前，来去十几里路程，一天就可以打来回，心就火烧火燎地想回去看老婆。与桂花分别六年，我那离满二十六岁只差两个多月的爹，仅仅就是在长沙有过一次性行为，那还是受田矮子怂恿而为。这天晚上，他想起桂花，心里就痒痒的，觉得周身的血液沸腾不已。

"我想回家看看。"第二天一早，他对杨队长说。

杨队长疑惑地盯着他。

爹见杨队长一脸怀疑，就率真地说："队长同志，我一九三八年当兵后，就不晓得家里和我老婆的情况了，她也不晓得我的死活。我想回家看看她。"

江苏人站起身说："队长同志，我要走。我不习惯过游击队的生活。"

杨队长盯着江苏人，江苏人指着和尚，"我和尚商量过了，我们一起走。"

杨队长果断地挥下手，"我不会放你们走。"

江苏人的火气蹿上来了，道："凭什么不放我们走？"

"凭什么？你们既然知道了我们游击队的藏身之地，我就不会放你们走。"

江苏人感到好笑道："我们并没想到你们游击队的驻地来，是你把我们拉来的。"

杨队长见江苏人给脸不要脸，自己的权威遭到了轻视，声音变粗了，"老实待在这里，二鬼子，别跟我要花招。我不喜欢别人反对我，我们有我们的规矩。"

江苏人冷笑了声，望眼我爹，问和尚："你走不走？你不走，我走了。"

和尚对我爹一笑，"你好自为之，兄弟。"说毕，向前走去。

杨队长黑着脸喝道："站住。"他掏出驳壳枪，拧开保险栓，举起来对着和尚和江苏人的背，"再往前走一步，我就打死你们！"

爹怕杨队长开枪，忙道："江苏人、和尚，你们站住。"

江苏人和和尚站住了，回转头来，杨队长厉声说："小五，把他们绑起来。"

被杨队长叫作小五的年轻人是名身体健壮的游击队员,他一招手,拥上来四五个游击队员,他们把江苏人和和尚分别绑了。江苏人说:"绑也没用,我们不想干。"

杨队长走到江苏人和和尚前面,目光很凶地盯着他俩,吼道:"你们不干也行,但你们给我听着,游击队不杀俘虏,但杀敌人。我不能让你们引敌人来消灭我们。"他对小五说:"把这两个二鬼子分别关押,看好,别让他们跑了。"

爹没说话,面对这种突如其来的变故,爹心情沉重、荒凉,感觉杨队长是那种十分霸蛮的本地人,就不知道说什么好。杨队长见我爹蔫着脑袋,担心我爹有逃跑的想法或异心,就温暖我爹。"你不同,你是白水人,就是自家兄弟,我对你,会不一样。"他盯着眼睛望着溶洞外的我爹,"你六年没见老婆了,想回家看老婆,心情我能理解。这样吧,你写个条子,或者说一句你们两口子才懂的话,我派小五和另一个队员把你老婆接来,如何?"

爹知道杨队长不信任他,因为此前他也是他们眼里的"二鬼子",但他实在想不起自己与桂花说过两人能记住六年的话,就回答:"我还是自己回家看看,然后再来。"

杨队长有很多理由不相信我爹,一是才认识我爹一天,其次他担心我爹引其他二鬼子来救被他绑了的江苏人和和尚。杨队长觉得我爹这样的人,是可好可坏的,如果不用信仰套住他,即使不会引来二鬼子,恐怕也是一走了之。杨队长很需要我爹这样的同志,昨晚的战斗中,他看出我爹十分机警、勇敢,在关键时候,对他出手相救。"我不会让你走。"杨队长拉长马脸,在我爹面前踱了几步,停住,"你现在是共产党了,得听从党指挥,明白吗?"

爹愕然,"我是共产党了?"

杨队长把手掌放到我爹肩上,热情地摁了下说:"是的,我是你的入党介绍人。"

我爹正式成为一名共产党员是那天晚上。正如老电影里常出现的：同志们都睡了，党员们在同志们睡下后，才在松油灯下开批评与自我批评的会。他们的前后左右都是农民兄弟的鼾声，他们却打起精神坐着。爹身为游击队副队长，被列席参加这个会议。

杨队长既是个刚愎自用的农民，同时也是个朴实、坦诚，敢于承认错误的男人。"同志们，我犯了错误。"杨队长拉长马脸，低下头说，"我得知邻县游击队端掉了一个日军据点，我就想端掉一个，结果造成了很大的伤亡，我请求同志们批评我，帮助我改正错误。"

几个党小组成员也作了类似的自我批评，说自己在袭击日军据点时，也很害怕，没有发挥一个共产党员应起的带头作用。有一个党员说："也不能怪杨队长，这个决定是大家一起作的，都举了手，所以这个错误，我们应该一起承担。"

那个横端着枪对着我爹的老二，也是共产党员，老二昂着脸说："我也举了手，赞成这次行动，所以，我也犯了错误，害死了我弟弟。"

另一个党员说："不是你害死了你弟弟，是日本鬼子打死了你弟弟，这个账，要记在日本鬼子的头上，让日本鬼子还。"

一个老一点的党员总结说："要我看，这个错误的关键问题是，我们都想早点把日本鬼子打回老家，这是根，我们犯的就是这个错误。"

几名党员说完这事后，杨队长拍拍坐在他一旁的我爹的肩，温暖我爹说："下面，党员同志们，我们讨论下黄抗日同志入党的问题。你们都看见了，黄抗日同志这次参加战斗，十分英勇，杀死了几个日本鬼子。"

老一点的党员说："是的，黄抗日同志很勇敢。"

另一个党员同志对黄抗日笑，边说："我也看见黄抗日同志打死了日本鬼子。"

杨队长点下头，说："我提议同意黄抗日同志加入中国共产党的，请举手。"

大家都举起了手，老二的手举得最高，边友好地看着我爹说："早晨，你穿着那身二鬼子衣服，我误会你了。我是个粗人，兄弟，海涵海涵啊。"

爹说："哪里哪里，都是一家人。"

"黄抗日同志，这是大家的入党申请书，因为没有纸笔，也就只这一份。"杨队长说，从一个布袋里拿出一张折叠成三角形的皱巴巴学生作业本纸，纸上写了几行字，下面有十几个手指印。

爹呆呆地看着。

"你如果同意，就在纸上按一个手印。"杨队长一脸严肃地望着我爹。

爹没吭声，因为他觉得这事来得太快了。

杨队长从口袋里掏出一只扁扁的竹印油盒，打开，内里一团黑黑的棉花。印油不是红的，而是黑油墨。他把印油盒递到我爹面前，鼓励地盯着我爹，告诉我爹说："黄抗日同志，你摁了手印，从此你就有组织了，这个组织就是中国共产党。"

那时候中国共产党并不吃香，只是一个组织罢了。爹问："我可以不加入吗？"

杨队长说："当然可以，这是你的自由。不过，我希望你能成为我们中的一员。"

爹看了眼老二，老二正目光严肃地盯着他。爹又看眼老党员，老党员笑眯眯地望着他。爹于这个时候想，如果不加入这个组织，这个组织的人就不会欣赏他，那他就没法为绑在黑暗处的脸上十分骄傲的江苏人和表面谦逊、内心也很骄傲的和尚说话，同时，恐怕也见不到他日夜思念的桂花，于是，爹只是犹豫了片刻，便将左手的大拇指放进印油盒里蘸了油墨，在那张纸上按了个模糊的大拇指印。

"黄抗日同志，你可以对党旗宣誓了。拿党旗来，老二。"杨队长对老二说。

老二一瘸一瘸地走到杨队长睡的那处草窝里，拿出一块红布，红布上画着一把镰刀和一把锤子。老二歪着身子站着，扯开红布，面对着我爹和杨队长。

爹这一生只见过两种旗子：一种是国民党旗，青天白日；一种是日本国旗，白布上印着个满圆的红粑粑。此刻他面对的是画着镰刀和锤子的皱巴巴的红布，就迷惑。"这是你们的党党党旗？怎么把杀杀杀禾的镰刀和锤锤锤子画在红红布上？"他问。

老二说："不是你们的党旗，现在也是你的党旗。"

杨队长解释说："镰刀代表农民，锤子代表工人。中国共产党是工人和农民的党。"

"工人和农民的党？"爹愕然，"我现在是工人和农民的党了？"

"是的，你刚才按了手印，就表示你是工人和农民的党了。宣誓吧，把右手举起来。"杨队长不容我爹多想道，并做了个示范动作。"像这样。"

爹颤颤栗栗地举起了右手，感觉压力很大地向党旗宣了誓。

杨队长笑眯眯地瞥着宣完誓的我爹说："黄抗日同志，欢迎你加入中国共产党。"

"我现在是你们的人了，是吗？"爹问。

"是的，你从今以后都是党的人了。"杨队长满意地告诉我爹，"如果你叛变，出卖游击队，无论你躲藏到哪里，我们都会把你做叛徒锄掉。明白吗黄抗日同志？"

"明明白，"爹连连点头，"现现在，共共共产党员同同志们，我提提个小小小要求，能不能把把我那两两个好好兄弟放放放出来？"

杨队长说："暂时还不能放，先绑他们两天。"

爹问杨队长："杨杨杨队长同志，我现现在是党党党员了，怎怎么不不能放？"

"你现在是党员了，"杨队长说，"就一切要听党的，别问这问那。"

这是一九六八年，我爹在镇武装部的三楼那间把他逼疯的房间里，写交代材料中写的故事。当时镇武装部民兵训练股刘股长勒令我爹交代清楚：他是怎么混入白水县游击队和共产党的。我爹就一五一十地把他进入游击队的始末写在了材料纸上。我爹文化程度不高，交代材料写得干巴巴的，我凭自己的想象作了些整理和修饰，这才得以和读者诸君见面。

三天后，桂花着一身蓝布衣服，肩上挎个旧花布包，随两个游击队员出现在我爹面前。桂花与六年前相比，瘦些了，此外，也黑些了。"桂花、桂花、桂花。"爹一百个兴高采烈地叫道，喜欢得直蹦。"桂花、桂花、桂花，没想我们终于见面了。"

桂花那张瘦黑但俊俏的脸上，一双月牙儿眼里噙满泪水，"山猫、山猫、山猫，真是你啊。"

"我不叫山猫了，我叫黄抗日。"爹告诉他亲爱的女人，"我叫黄抗日。"

桂花不相信地瞧着她的男人，这张脸真是她男人的脸啊。"山猫抗日，啊，真的是你啊。"她激动得不得了，呜呜呜呜地哭了。"我还以为你死死死了。"

"不，我还活着。我现在是共产党的游击队副队长，桂花。"男人说。

桂花满脸幸福地哭着。她太幸福了，所以她呜呜呜呜直哭，哭得肩膀直抖。她没想到她的男人还活着，战争年代，那么多人都死了。她的男人却仍活着，她太幸福了。她大把大把地洒着泪，把眼泪水都甩到了男人脸上。"啊啊啊，山山猫，你你还活着，呜呜呜呜。"她哭得很幸福。

爹把杨队长介绍给桂花认识说："杨队长同志。"

桂花忙点头说："杨杨队长同同志。"

爹又把江苏人和和尚介绍给桂花认识说："这个是江苏人，姓刘。这个是和尚，姓马。我们都是从衡阳逃出来的好弟兄，一起参加了杨队长领导的游击队。"

江苏人说："你好，嫂子。"

和尚也和善地笑了声说："你好。"

杨队长对大家说："看什么？走啊我们，让他们两口子说说话。"

他们笑着走开后，爹问桂花："家里，我爹妈还好吧？"

桂花慌忙点头说："好好，你爹妈都好。"

爹问："我哥阿狗还好吧？"

"你哥还好，"桂花说，"他们都好。"

爹问桂花："他们接你，你就跟着他们来了？"

桂花说："开始我不相信，但他们对我说，你告诉他们，如果我不信，就对我说，我肚子左边有个板栗大的胎记。这个胎记除了我爹妈，就只有你晓得啊，我当然就来了。"

那天晚上，分别了六年的夫妻，在游击队员们居住的溶洞里，又圆房了。

桂花要求留下来，为游击队做饭吃。她不想再同她的男人分开，她怕这一分开，又是六年。爹把他们夫妻商量的结果告诉了杨队长。"杨队长，她她她想留下来为游击队做饭。"爹感到难为情地说，红着脸看着比他大几岁的杨队长。

杨队长笑了，"留下吧，留下好，正好与我老婆做个伴。"

桂花留下了，很乐意很幸福地留下了，每天的工作就是到溪边为游击队员们洗衣、淘米、做饭。由于她每天不停地洗衣，一双手都洗坏了，洗得又粗糙又白，还生满冻疮，以致晚上睡觉她抚摸自己的男人时，男人觉得像是一块槐树皮在他脸上刮着似的。

男人很心疼她那双手，"你的手……"

"没什么、没什么，我的手很好。"桂花说，对男人莞尔一笑，生怕男人赶她回去。

"你的手让我心疼。"

"没什么、没什么，真的没什么。到了夏天，就又会好的。不过是生了几个冻疮，夏天一到冻疮就自动消失了。"桂花抱着男人的头。"你安心睡吧，啊，乖乖。"

男人真的成了她的乖乖，很听话地蜷缩在她怀里睡了。

二十五

黄抗日与田矮子一人挑着一口大铁锅和一箩筐油盐，一路气喘咻咻地随第三师三团撤离常德，历经三天跋涉，行程四百多华里，开到离长沙城区几里远的岳麓山下驻扎下来。这里是第十军的大本营，从岳麓山下到英才园银盆岭一带全住着第十军的官兵。黄抗日和田矮子被龙连长安排住进了一间农舍的牛栏，只是牛栏的牛已被宰掉吃了，牛栏被打扫了一番，给当兵的住。牛栏又挨着茅屋，臭烘烘的。

"班长，这里住得人？"田矮子脸上很有气地瞅着黄抗日，"麻烦你去跟连长说说，让我们换个地方。来不来你以前也当过排长，是军官啊。"

黄抗日降了职，团军需处发给他穿的是一件士兵服，衣领上已没了领章。他晓得龙连长不喜欢他，而且有点故意整他的意思，他也弄不懂龙连长干吗同他过不去，他想也许这是前世结下的孽缘，一想起龙连长那张脸，他就没信心道："这是连长安排的啊。"

田矮子恼怒道："唉，连长不喜欢你，我也跟着你一起倒霉。"

黄抗日瞅着田矮子。田矮子又满脸怨气道："这是牛栏屋，畜生住的。"

黄抗日知道田矮子怪他，安慰田矮子："还是将就点。"

"你太窝囊了。"田矮子一脸恨意地指责他，"逆来顺受，那还有不被别人欺负死的？你为什么就不争？不争，我就跟着你一起受委屈。你太让我伤心了。"

黄抗日不晓得他哪里弄得田矮子伤心，说："争有什么用？该给你的，你不要也会栽到你头上。没有的，你争也争不到。这是命。"

田矮子怀念田师长说："要是将军没死，我起码也是连长了。"

黄抗日觉得田矮子太好强了，个子不高却满肚子要站到别人头上的思想，就瞟一眼田矮子，见他气鼓鼓的样子，便说："你会当连长的，急什么！"

"我不急吗？我睡在这样邋遢得要命的地方，能不急？"田矮子指着破烂不堪的牛栏，一脸想死的样子，"这未必是人睡的！"

黄抗日吹黑马灯，躺下了。

"你把马灯吹黑干什么？"田矮子找茬说，"我要跟家里写封信，白天又没时间写。你给我把马灯点亮。"

黄抗日又划根洋火把马灯点燃。他看见田矮子的双眼里有两团愤怒的火焰。

部队住下后，黄抗日和田矮子及另一个于路上加入这支军队的小兵，每天的工作就是为四连的官兵做饭。天不亮就得爬起床，摸黑淘米、煮饭和洗菜。田矮子愤怒得要死，一张老鼠脸上常常密布着乌云，眼睛里冒着愤愤不平的怒火。此刻大家都还在热被窝里梦游，他和黄抗日就得爬起床，在这冰天雪地里煮饭、洗菜。

"老子要跟连长说，老子不当炊事兵。"田矮子抱怨说，"老子从家里出来当兵，又不是来煮饭的。老子情愿被敌人一枪打死在战场上，也不愿意死在锅灶旁。"

"那我等下跟连长说，"黄抗日说，"说你不想干了。"

"你跟连长说有屁用！"田矮子蔑视他，"你跟连长说，只能把好事变成坏事。"

黄抗日尴尬的样子一笑，"那你自己跟连长说。"

"我会说的。"田矮子一脸愤怒道。

隔了片刻，他仰起脸说："没想到，我田国藩会这么惨。"

他又说："要是日本人来了，我还在煮饭，这我能当英雄么你说？"

黄抗日一点也不在乎当英雄，尽管他心里也有不平，觉得被人压在身下，也像田矮子一样，不大想天还没亮就起床，但他忍了没说。"你去洗菜。"他安排田矮子说。

但他立即遭到了田矮子的拒绝："你洗，这么冷的天，老子不洗。"

黄抗日盯着他，"那你起来干什么？"

"老子烧火，"田矮子横黄抗日一眼，"你以为你命令我洗菜我就要听？你以为我跟你一样随便什么人都可以欺负我？我告诉你，我平生最讨厌洗菜做饭了，现在，我得天天做饭给他们吃，我真的想死！你完全可以让连长跟你换一个炊事兵。"

黄抗日冷声道："你和小兵快去洗菜。"

"你一枪打死老子，老子也不洗菜。"田矮子说，"我死也不洗菜了。"

黄抗日见田矮子发这样的毒誓，就不想跟他吵了。他想不过是自己吃点亏而已又要不了自己的命，就带着小兵去洗菜，心里觉得田矮子这样的人真不好管。

龙连长吹着口哨，踏着雪走来，见黄抗日和小兵蹲在井边洗菜，问："早餐吃什么？"

黄抗日正在洗大白菜，见是龙连长，直起腰说："没别的。"

龙连长觑一眼大白菜说："多放点辣椒，也能应饭。"

黄抗日说："会放。"

吃早餐时，官兵们坐在屋檐下或站在雪地里，这里一堆那里一群，个个生龙活虎的，似乎忘记了战争，忘记了曾经在一起战斗而阵亡的弟兄们，聚在一起谈笑，说话毫无遮拦。孔老二嘻着一张宽脸说："昨天晚上那个女的真会弄，弄得我很舒服。"

"副连长，是那个穿红棉袄的么？"江苏人问孔老二。

孔老二说："对，那个穿红棉袄的，长得很不错，又会弄，很骚呵。"

江苏人笑，"那是那是，我也弄过她，骚极了。"

张排长听了这话，忙问："哪个骚极了？"

江苏人坦率道："红苑楼的那个小青，四川妹子。"

张排长说："那我今天要去见识见识，我就喜欢骚的，越骚越好。"

孔老二又说："红苑楼里还有一个小丽，东北姑娘，也很骚，对我们很热情。"

江苏人马上说："小芬也不错，她是杭州妹子，一对乳房很饱满。"

和尚听江苏人、张排长和孔老二大谈女色，起身准备走开。孔老二叫道："和尚，走什么呵？那个东北姑娘小丽，真的很不错，长得又白。"

和尚答："我破了杀戒，又犯了荤，再破色戒，那我以后怎么回去当和尚？"

江苏人说："还当什么和尚？你早不是和尚了。你这童男生，我看可以交给小青破。"

和尚说："阿弥陀佛，罪过、罪过。"说着，他快步走开了。

一个二排的小兵听见军官们谈论女色，站在一旁嘻开嘴巴笑，张排长说："你小小年纪莫污染了耳朵，站开，站到那边去。"

小兵走开了，张排长说："红苑楼的小青，我记住了。"

那段时间，一二五师的官兵经常去逛妓院，一去就是一大群。大家都晓得死神随时会把他们的命索去，死神是日本侵略军，是飞机、大炮和子弹，那些东西是不长眼睛的，不定哪天就飞到了他们身上，把他们的命要了去，于是就今朝有酒今朝醉。官兵们也操练，练队列、练射击、练劈刺，但练完就没事了。他们都是白天去，晚上却不能出门，团部有规定，晚上清点人数，如有床位空着，一律以逃兵论处。黄抗日和田矮子却没有机会睡女人，因为炊事班的人，白天都忙着买菜、买米、煮饭、洗菜，所以就只有开饭时，竖着耳朵听那些官兵谈论小青、小丽、小芬的份儿。

"好舒服咧。"吃晚饭时，张排长咧着嘴对田矮子说，"红苑楼的小青，长得又白又嫩，四川妹子，说话也好听，声音甜得流蜜，与她睡一觉，就是死也值得了。"

田矮子嫉妒地望着张排长，张排长开导他说："你要晓得我们随时都会战死，战斗一打响，你晓得你还能活几时？所以多睡几次女人就不枉来世上走一遭。那个小青，你应该去弄一下，保你舒服得想死。"

"那个东北姑娘小丽几好呢。"江苏人走近说，望着张排长，"小丽十八九岁，她说她七岁时就随父母逃离了东北，那是'九一八'事变，日军入侵东北时的事。她们一家在山西生活了几年，一九三七年日本鬼子打太原，阎锡山的晋绥军对民众发誓，誓与太原共存亡，结果只守了几天就垮了。一家人又逃到河南郑州，日军两年前打郑州时，郑州守军弃城而逃。她们一家又逃到了长沙。小丽说，她喜欢湖南人，说湖南人才是真男子，打仗厉害，三次都把想占领长沙的日本鬼子打跑了。她说她就是不愿意在日本人的铁蹄下生活，死也不愿意被日本人弄，她喜欢我们，说我们了不起呢。"

张排长听江苏人这么说，马上肯定道："那这个小丽是个好姑娘，值得我睡。"

江苏人说到这里，望眼黄抗日和田矮子，"你们真要去睡一睡那个东北姑娘小丽。她们很喜欢当兵的，崇拜当兵的，在我们面前又温柔又大方。"

"好舒服咧，真的，我骗你们是畜生。"一个士兵附和说，"那个小芬叫我老公，说她愿意嫁给我，一辈子只要我。"

"好过瘾咧，要死也没什么留恋了。"另一个士兵说，"我这辈子，总算弄了下女人。"

"是好舒服咧，啧啧啧。"龙连长大大咧咧地走过来，向江苏人和二排排长推荐说，"有一个女人年龄可能偏大了一点，南京的，二十几岁，但有知识，她说她在南京女子师范读过书，是日军在南京大屠杀后跑出来的，真的让你一见就会喜欢……"

江苏人一听南京的，马上望着龙连长，"南京的？"

龙连长点头，"南京的，跟你一样，读了书的，说话声音很好听。"

到处都是一片对妓女的赞美声。

田矮子终于忍受不了了，每听一个弟兄说一个女人，他的眼睛就发亮，目光就灼热得烫人，以致黄抗日得低下头，免得被田矮子那两束灼热的目光烫伤了脸。有天晚上，四连的几个军官开着小灶，在炊事班喝酒，聊自己经历的一个个姑娘。田矮子的一双眼睛亮晶晶的，放着绿光，犹如野猫的目光，既兴奋又贪婪且发直。他的阳物翘得老高，顶着他的裤口，很想钻出来透透气，老半天不下来，他自己也很郁闷。

龙连长看见田矮子一脸痛苦和向往的神情，快活地指出说："你的家伙都硬了。"

田矮子就赶紧拿东西遮住自己的下半身，边解释："我是尿胀急了。"

龙连长和孔老二、江苏人、张排长都笑，笑田矮子不诚实。"想日女人就想日女人，"龙连长看不起田矮子说，"不要说什么尿胀急了。"

田矮子说："报告长官，我是尿胀急了。"

"你的缺点就是不老实，"龙连长指出说，"这是我不喜欢你的原因。在常德当俘虏时，我就晓得你鬼，嘴里说一套，心里想的又是另一套。"

田矮子说："报告长官，我是个很诚实的士兵，我恨日本人。"

"日本人，大家都恨，没什么好表功的。"龙连长说，"知道我为什么要你当炊事员吗？"

田矮子茫然道："不知道，请长官赐教。"

龙连长说："因为你老是爱占别人的便宜，我这是惩戒你，懂吗？"

龙连长把目光放到黄抗日脸上，"你心里怎么想的我也知道，你恨我。"

黄抗日想龙连长太精了，"长官，不，我不恨你。"

"我晓得你恨我。"

"我为什么要恨你？"

"你不恨我？"

"我只恨日本鬼子，别人，我都不恨。"

龙连长说："别人你是不恨，但你恨我，你恨我整你。"

黄抗日觉得跟这个自以为是的龙连长没办法交流，转身走开了。龙连长大笑，喝完酒，拉着孔老二、江苏人和张排长走了。田矮子对着龙连长的背影恨道："你就是喜欢欺负人，想我们都怕你。"

一个月亮很圆的晚上，当孔老二、江苏人和张排长满脸色情地谈论了一番红苑楼的姑娘们，走后，田矮子终于熬不住了，对准备睡觉的黄抗日说："班长，你是男人吗？"

黄抗日望着田矮子，"什么意思你？"

"求求你，你要陪我去。你不陪我去，我就一刀把自己的东西割掉。"

黄抗日扫他一眼，见他正按着自己的裤裆，觉得他疯了，说："你想当太监？"

"不是。"

"那你是什么意思？"

"我要你陪我一起去红苑楼，我已经爱上东北姑娘小丽了。"

"你爱上东北姑娘小丽了？"黄抗日觉得田矮子很搞笑，"你和东北姑娘小丽连面都没见过，就爱上她了？"

"真的爱上了，我不骗你。"

"别发神经了。"

"班长，你看我像发神经吗？他们都说她好，说她温柔、善良，我听多了就爱上她了。"田矮子说，眼睛放着绿光，"她一定是个好姑娘，他们都弄过她，可我却连她长什么模样都没见过就爱上她了。班长，你说这不奇怪吗？"

"她是妓女，人人都可以弄的。"

"不要说她是妓女，我不准你这么说东北姑娘小丽。"

黄抗日觉得他疯了，"你不是神经错乱了，而是疯了。"

"班长，你不够仗义。我的这点小要求，你也不满足，你将来怎么带兵？"

"晚上出去是违反纪律的。"

"所以我要你陪我去！"田矮子坚决地说，"给你两个选择，陪我去，要不，你就把菜刀递给我，我要割了这玩艺，好断子绝孙，让你内疚一辈子。"

黄抗日觉得田矮子很可笑，"我看你是真疯了。"

"是疯了，被他们逗疯的，还有你你你！"

"这和我有什么关系？"

"怎么没关系？"田矮子痛苦着脸说，脑海里尽是孔老二、江苏人、张排长他们灌输的那个东北姑娘小丽又美丽又大方的迷人形象，"我田国藩活了二十多年还从没睡过一次女人，不知道女人的滋味，要是我死了，会有多大的遗憾你想过吗？而你——有老婆，睡过女人，你死了，比我心安理得，所以尽管我被打死了，进了和尚说的极乐世界，我也不晓得什么叫极乐，这不可怜么？你却不肯陪我去，你太狠心了。"

黄抗日同情地瞅他一眼，觉得他既横蛮又可怜，"你真的从来没弄过女人？"

"我骗你是猪。"田矮子说，"孔老二和江苏人、张排长是故意刺激我。如果你今天不陪我去，我就把这命根子割掉，你可以把菜刀递给我吗，班长？"

黄抗日说："菜刀在那里，要割你自己去拿。"

"我要你递给我。"

"你知道我不会这么做的。"

"为什么你就一点也不可怜我？"田矮子脸上堆积着许多难过，"我这些天，天天晚上梦见东北姑娘小丽，天天晚上，知道吗？一梦见她，我心里就波涛翻滚，一刻也不停留地翻滚，翻滚得我全身难受。那种难受，让我真想把自己的命根子割掉。我都想对自己下毒手了，你还不愿陪我去，你真做得出——，你还是我的班长吗？"

黄抗日不语，觉得田矮子实在是又可恨又可怜，"睡觉吧，有话，明天再说。"

田矮子又气愤道："明天？假如明天日本鬼子突然进攻，我们还能偷着出去？要是我被日本人打死了，而你还活着的话，你会记得我今晚说的话，我相信你会心生愧疚。而我呢，会在九泉下恨你……哦，假如我进的是极乐世界，而你死后，阿弥陀佛如果引你进极乐世界，我会站在极乐世界的门口咬你，因为你没陪我去红苑楼找东北姑娘小丽。"

黄抗日想起了桂花，那是他的女人。黄抗日叹口气，瞟眼田矮子说："那你恨吧，你反正无理取闹惯了，还爱乱咬人，我有什么办法？"

"班长，你下决心不肯陪我去？"

黄抗日的脸庞上忽然飘着很多思念，"我有桂花。"

"桂花？桂花是哪个？"

"我老婆，她的名字叫桂花。"

田矮子向往女人的样子问道："班长，你老婆桂花漂亮么？"

黄抗日就张开宽嘴笑，嘿嘿嘿嘿。"还还还过得去。"

田矮子的眼睛发亮了，"班长，你老婆喜欢你弄她么？你要说真话。"

黄抗日瞅着一脸焦虑的田矮子，"你问得太没边了。"

田矮子做出乞求的样子说："班长，求求你，求你陪我一起去见见东北姑娘小丽。"

黄抗日见他没说那些混账话了，就担心道："我怕违反纪律。"

"你怕违反纪律，那我就更怕违反纪律。龙连长盯着我，想整死我，你没看他今天看我的眼神？仿佛要吃了我田国藩。"田矮子说，"常言道，有福同享有难同当。你如果陪我去，我会记你一辈子的好。你不陪我去，老子就割了自己的玩艺，那你就得负全部责任。"

黄抗日真想给他一耳光，把他打醒，但一看对方，目光炽热，一种疯狂的样子，便忍不住刺他说："你割吧，反正这东西吊在你裤裆里也是多余的。"

"你就这么冷酷无情？看着你的兄弟割命根子？班长，你还不如开枪打死我。"田矮子指着枪，"班长，只要你一勾动扳机，我就再也不会跟你吵了。"

黄抗日嘿嘿嘿嘿笑，"你还是留着自己这条命打日本人吧。"

"那你陪我去红苑楼，"田矮子死缠着他道，因想象而激动得鼠脸上的肉都颤抖起来。"万一龙连长发现了，你可以向龙连长解释，说我们白天要做饭给连里的弟兄吃……再说，两个人承担责任，总比我一个人受责罚好些。"

两人去了，去红苑楼。红苑楼在银盆岭，是一家上下两层楼的房子，门楣上一块黑匾，写着"红苑楼"三个红漆字，几只灯笼挂在门上，就一副灯红酒绿的热闹感觉。红苑楼里满是客人，还有一大群当兵的守候在门厅里等着，小青、小丽和小芬等姑娘们都在忙着接客，黄抗日和田矮子挤进去，老鸨都懒得理睬他俩，因为客人实在太多了。田矮子见门厅里坐着这么多当兵的，心就焦虑，见一个肥胖的老女人坐在一张椅子上，就猜她应该是红苑楼的老鸨，立即走上去说："那个东北姑娘小丽在哪间房？"

老鸨瞟眼田矮子，指着大厅里坐着的一大群焦急、烦躁的军人说："你去排队吧，想弄她的人多着呢，都在这里排队。"

田矮子说："这么多人？这要排多长时间？"

老鸨说："你们下半夜再来吧，上半夜，你们就不要指望和她睡了。"

田矮子问："如果我多给点钱，可不可以插队啊？"

255

一个身材高大的中尉军官见田矮子这么说，一把揪住田矮子的衣领，"插队？老实站到后面去等。"说着，中尉军官把田矮子往门外猛地一推。

田矮子正要申辩，没想到中尉军官会推他，没站稳，仰倒在地，倒前还撞了下站在他身后探头张望的黄抗日。田矮子愤怒地爬起来，正要发火，见推他的军人身材高大且领章上有两杠，就不敢发飙，通红着脸，气得说不出话来。黄抗日拉下他的胳膊，"走吧，这里人太多了，"他对田矮子说，"下半夜都不见得轮得到我们。"

田矮子在众官兵面前丢了脸，不敢再横。

两人退出红苑楼，又去别的妓院，旁边一家妓院也满是军人。还只是走到门前，就听见嘈杂的说话声。年轻的军人们坐或站在门厅里抽烟、喝酒、大笑和讲着下流话，都是这个团那个师的，说话一个个横得很。黄抗日和田矮子只好退出来，又走进了第三家妓院，然而第三家妓院也客满，也有很多官兵在等待叫唤，也在那里骂娘、抽烟、喝酒、大笑和说着下流话。接着，他们再走进一家妓院，这家妓院里也满是军人，也在排队等候，边抽烟和说下流话。一老鸨对田矮子说："河那边有的是妓院，西湖桥、碧湘街全是青楼，那里妓院多，你们去那里吧，下次再来这里玩吧。"

长沙西郊与长沙城之间流淌着一条河，名叫湘江。这是在湖南境内流淌的最大的一条河流。河面宽广，有机房船过河。黄抗日不想去了，因为这来去的路上花的时间会很多，明天一早还要爬起床为全连官兵淘米、洗菜什么的。黄抗日说："我们回去吧。"

"回去？既然出来了，不达到目的就回去？你就是这种人？"

黄抗日说："没办法啊，到处都是排队的，我们来晚了。"

"不晚，再晚，今天也要办成这事。我们湘乡人干事是一杆子插到底的，曾国藩是这样的人，我也是这样的人。"田矮子坚决地说，"你们湘南人干事总是三心二意，怕这怕那。这也是龙连长瞧你不来的地方。我们今天豁出去了，不达目的誓不罢休，过河去。"

256

黄抗日也想睡一下女人，他有五年没体验过女人的滋味了。但他也不想就这么白陪田矮子去，这些天洗菜把他的一双手冻坏了，便提出条件说："那你明天要洗一天的菜。"

　　"洗，我绝对洗。你放心，班长。"田矮子高兴道，"我不洗是猪。"

　　两人走到码头上，一只停靠在趸船旁的破机房船正嘟嘟嘟地要开走。两人大叫着跳上船，机房船驶离了趸船，嘟嘟嘟地开向对岸码头。河上北风凛冽，吹打得脸部很疼。黄抗日低下头，缩到背风处蹲着。田矮子却无所谓，因为他身上火烧火燎的，充满了对女人的激情。他说："啊，他娘的，到处都爆满，妓院的生意真好。班长，等把日本鬼子赶出中国，我一定要开个妓院，这样我就可以赚大钱。"

　　黄抗日可没有田矮子那么大的抱负，"我只要有饭吃有衣穿就行。"

　　"所以你这人不会有出息，"田矮子估摸说，"我猜测这是龙连长看你不来的第二个原因。"

　　"去你的，"黄抗日说，"你真让我讨厌。"

　　田矮子大笑，觉得很开心，"你可能讨厌我，但我是说实话。"

　　"去你妈的。"

　　田矮子又大笑，"班长，我妈可没惹你，她在家里好好的。"

　　黄抗日懒得理他，望着天，天上一颗很圆的月亮，让他想起了桂花的脸蛋。

　　船开到河对岸的趸船旁，停下。两人跳下船，顶着夜色和西北风上了岸。这是十二月里一个冰冻日子，三天前落在地上的雪已结了冰，踩上去沙沙直响。黄抗日滑了一跤，把嘴巴都跌疼了。他爬起来，怨恨地瞅眼田矮子。田矮子因有班长陪他出来玩，心情就很好，冲他大笑，"班长，走路小心点。"

　　黄抗日揉着自己摔疼的胳膊和下颌，感到田矮子这人没一点同情心，相反，有着与生俱来的幸灾乐祸的心理，就恨道："你是个杂种。真冷。"

　　"我一点都不冷。"田矮子回答。

两人走进碧湘街，碧湘街上张灯结彩，一张张门上都吊着红红的灯笼，灯笼在西北风下摇摆着，显得浪荡什么的。碧湘街上也有很多大兵出入，他们都抱着及时行乐的态度，因为随时都有可能阵亡。那些妓女对这些把大把大把的钱掏给她们的大兵十分友好，她们嗲声嗲气地说："哟，兵爷，好走呀，下次再来。"

或者："哟，我的甜心，你来啦。"

或者："大哥，进来玩玩呀。"

碧湘街满街都是妓院，一家连一家。她们都是来自全国各地的姑娘，她们的家乡被日本侵略军占领了，她们不愿意在日本兵的淫威下生活，只好逃离故土，逃到长沙来谋生。她们个个都是二十岁上下的姑娘，都穿着红或绿缎子棉袄，嘴都涂得鲜红，百般妖娆地迎接着喜欢她们的大兵。有两名妓女将两名雄赳赳的大兵送出门，与大兵道完别，忽然发现另外两名当兵的在门外朝她们探头探脑地张望，就热情地笑起来。这两人正是黄抗日和田矮子，他们正犹豫是走进这家妓院还是去隔壁的那家。

"哟，我的乖乖，进来呀。"两名妓女同时说，走上来一人挽了一个。

黄抗日和田矮子分别被两名妓女拉进一幢门厅窄小又肮脏不堪的房子，房子里灯光昏暗，有一股死老鼠的臭气。田矮子被一名脸蛋圆圆的妓女拖进了一间包房，黄抗日被另一名说一口北方话的妓女拽进了另间包房。说北方话的姑娘大约二十岁，妆化得很艳，长一张猴脸，眼睛鼓鼓的。她把包房的门关上，转过身来就一脸慵懒状地倒在黄抗日身上，手就去抓他的命根子。黄抗日的命根子早就硬梆梆的了。北方姑娘一惊，感到自己遇到了劲敌，叫了声"噫呀"。她今天接客接得太多了，已经不行了。她歪过脸来，用一种忧郁的表情赞美他的东西道："哟，兵爷，你好棒啊。"

黄抗日满脸羞红，觉得自己被当众脱了裤子样。

北方姑娘问他："你干这事好厉害吧？"

"不，不行。"他摇头说。

北方姑娘还是不放心，"你别把我弄死了啊。"

黄抗日移动了下身体说："你说到哪里去了。"

北方姑娘说："我的腰都被你们兵爷弄得快断了。"

黄抗日迟疑地瞅着北方姑娘，见她眼泡脸肿、面呈倦色，就不知是走还是留下好。

姑娘并不像江苏人、张排长说的那么热情地躺到床上，又说了声："我累死了。"

黄抗日瞟眼床，床上铺着灰绿色床单，床单上有一些湿湿的印渍。黄抗日皱起眉头，好像看见他正想喝的蛋汤里漂浮着一只死苍蝇样。北方姑娘见他木木地不动，就嘻开嘴一笑，说："来，兵爷，我给你解开皮带。"

二十六

黄抗日比田矮子先做完那事，事实上他很快就放掉了那泡水。那泡水一放，他就觉得轻松了。这些天，他也和田矮子一样，天天听官兵们赞誉妓女们的下流话，听得浑身燥热，下身也翘得老高老高，以致一个晚上都下不来。此刻，他的头脑清醒了，不再闷热。他坐在窄小的门厅一隅的矮凳上，他的身旁坐或站着好几个大兵。

"哪部分的？"一个当兵地问低着张猩猩脸的他。

他回答："我不晓得。"

"你不晓得，"那大兵奇怪地瞅着他，乐了。"你是只饭桶吗？"

黄抗日确实不晓得，他是后来部队向衡阳开拔时，才知道他所在的那个师属于国军第三师，师长叫周庆祥，是个山东人，黄埔四期毕业的——这也是孔老二在路上告诉他的。但在此时，他只记得他是一二五师的。"我是一二五师的。"

"一二五师？一二五师不是全师阵亡了吗？"那个大兵更加惊奇了。

"我还活着，"他一脸抱歉地答，"日本兵没有弄死我。"

"报纸上报道，一二五师的官兵，于安乡和南县的战场上全师壮烈了。"

"不，还有五十多个生还的，我是其中一个生还的。"

那大兵不再看身材瘦小的黄抗日不起了，反而对他敬个军礼。"你们了不起。"然后他对另外三个大兵说："瞧，他是一二五师的幸存者呢。"

那三个大兵打量了黄抗日几眼，对他的身份表现得较冷漠。

"一二五师没有五十七师的官兵打得一半好。"其中一个说。

黄抗日觉得他说的是大实话，就低下脸道："我们团守安乡，全团战死了。"

"你不是还活着吗？"一个士兵讥讽道。

黄抗日没有回答，望着别处，边等着田矮子。

另一个士兵说："由于一二五师的师长指挥失利，一二五师很快被日本兵歼灭了。"

黄抗日为田师长羞愧。

"我听说你们一二五师的师长被委员长下令枪毙了？"又一个士兵问，"有这事吗？"

"不，没这事。"黄抗日反驳说，"他是被日本鬼子打死的。"

"他们都议论说一二五师的师长被枪毙了。"那个士兵继续说。

黄抗日说："没有，我们田将军不是被枪毙的。"

第一个对黄抗日表示敬重的士兵说："可能枪毙的是你们团长，外面就传成是师长了。"

黄抗日马上替他的团长辩驳："没有，我们王团长战死在安乡，他是山西人。"

"你们团长都战死了，你怎么没战死？"那个讥讽他的士兵问。

黄抗日答不上来，就垂着头，不语。

260

田矮子一脸红喷喷地走出来，那种红喷喷是姑娘的嘴唇吻出来的，全是口红。临行时田矮子又抱着那姑娘亲了亲，表示过两天还来找她。与黄抗日睡的那名北方姑娘早已被另一个大兵搂进了房间，此时那北方姑娘正发出"哎哟哎哟"的浪叫声，浪叫声从门缝里射出来，犹如瀑布样淋在黄抗日的脸上，让他口瞪口呆。

"啊，我那个姑娘真好，她是湖北姑娘，她爸爸和我们一样也是军人，还是个营长，在武汉保卫战中阵亡了。我很喜欢她。你那个怎么样？"两人走出来时，田矮子感叹道。

"我那个是北方姑娘，说她家在石家庄，石家庄早在一九三七年就沦陷了。"

"你那个石家庄的姑娘怎么样？听话吗？"

黄抗日可不想同田矮子探讨玩女人的感受，说："快走吧，别磨磨蹭蹭的。"

"那个湖北姑娘见我是童男子就喜欢极了，说她愿意嫁给我。"田矮子告诉他。

田矮子又认真地说："等把狗娘养的日本鬼子打败了，我就回来找她。我要娶她，要她从良。因为她是我的第一个女人。这也是我的第一次，你知道第一次的意义吗？"

田矮子不等他回答，就一脸高兴地说："这标志着我是男人了。"

黄抗日眼里出现了桂花的身影，一双弯弯的月芽眼在他从小就熟悉的一张红润的苹果脸上生气地瞅着他。他觉得自己对不起他朝思暮想的女人，就埋下头匆匆走着。

两人急急忙忙向码头走去，然而码头上已没了一个人影，连机房船也不知去向，只有趸船孤零零地停泊在岸边。流水拍打着趸船的底部，发出水击船头的声音。"这怎么得了啊，"黄抗日着急道，"这怎么得了啊。"

田矮子烦躁道："急有卵用！"

"半夜里查岗，就会发现我们不在营房里。"黄抗日担心不已。

田矮子不像他那么害怕，说："最多就是挨一顿鞭子，有什么好急的！"

"唉，这怎么得了啊。"黄抗日自语说。

"我不是你这样看，我觉得我今天晚上过得很有意义，我成了男人。"田矮子昂着鼠脸说，"就是打我一百鞭子，也值了。"

黄抗日没有田矮子那么好的心情，说："你晓得龙连长那个人做人很毒，不讲一点情面的，他早就看着我不顺眼了……"

"你烦不烦？"田矮子生气道，"好汉做事好汉当。你就说听弟兄们说玩女人的事，自己也想出来玩玩，于是邀我出来一起玩。大家都是男人，都会理解的。"

黄抗日愤怒了，"你说什么？"

"我刚才已经说了。"田矮子说，绷着得意洋洋的圆鼓鼓的鼠脸。

"是你求我出来玩的，你怎么把过错推到我身上？"

"你是班长，你不承担责任未必要我承担？"田矮子一点也不在乎黄抗日的愤怒，"谁能证明是我求你出来玩？大家都晓得你是班长，你不叫我出来玩，我敢出来？"

黄抗日气得眼睛翻白，不再理这个厚颜无耻的一口湘乡腔调的家伙。

那颗圆月就如他们来时的好心情样，不见了，阴沉沉的上苍也没几颗星星，河面上北风呼啸,打得他们的脸很痛。这个时候还去哪里？找旅馆吗？身上的钱被妓女搜刮净了；找朋友吗，两人又都是外乡人。黄抗日蜷缩在趸船一角的背风处，双手套在袖筒里,抱在胸前。田矮子开始蜷缩在另一隅，但很快又走过来，与他挤在一起坐下。

"好冷啊，我的脚都冻木了。"他对黄抗日说。

黄抗日很讨厌这个决定把责任都推卸给他的田矮子，不理他，低着头，闭着眼睛。

"你是哑巴？"田矮子望着他。"你一句话都不说。"

"你走开。"

田矮子强调说:"你就是这样的人? 受不了一点委屈? 你是班长,你为我受了委屈,我田国藩会报答你一辈子。"

黄抗日站起身,蹲到趸船的另一隅。田矮子迅速跟过来,和他蹲在一起。"大丈夫能屈能伸,"他又说,"那个韩信你总听说过,连屠夫的裤裆都敢钻。你黄抗日是顶天立地的大丈夫,我田国藩是小男人,这一点我比你明白。"

黄抗日觉得田矮子是鼻涕,揩了又会涌出来,这叫甩都甩不掉。他很恼火,知道这种人属于天生的无赖。田矮子把身体靠向他,"我是把你当兄长看的,兄长就得替弟弟承担责任。"田矮子无耻地说,"你怕兄长那么好当? 所以你得护着我。"

黄抗日没理他。田矮子想起一个月前,死在猪栏里的田将军,将两只又臭又烂的脚塞进他裆里御寒的路数,便把鞋子脱了,把两只冰冷的脚塞进他的衣襟,想在他的肚子上取点暖。黄抗日把他的脚拨开,田矮子又将脚往他怀窝里插。他再次把田矮子的脚揎出去,边从牙缝里挤出一句话:"小子,你莫欺人太甚。"

田矮子毕竟不是田将军,于是将自己的两只脚重新塞进那双被雪水浸湿了的军鞋,人缩成一团坐着。"班长,我们都想开点,"田矮子望着黑沉沉的天空,"最多是挨一顿鞭子。小时候,我经常挨父母的打,没什么大不了的。"

黄抗日闭着眼睛休息。长夜漫漫,然而天渐渐亮了。有几个小生意人上了趸船,打量着这两个满脸困乏的大兵。一只机房船嘟嘟嘟地从河对岸开来了,停泊在趸船旁,下来一大群卖小菜的农民。他们挑着一担担小菜,一扭一扭地上了跳板,向岸上走去。黄抗日和田矮子跳上船,等着开船。船没有及时开走,因为坐船的人太少,等了一气,又上来几个搭船的男女,于是船缓缓驶离趸船,嘟嘟嘟地向河对岸开去。

他们回到军营时，天已经大亮，雪白的世界和黑森森的房屋形成了鲜明对比。几只麻雀在灶屋前的雪地上觅食，叽叽喳喳地叫着。黄抗日忙着打井水煮饭，淘好米，放到锅里煮着，又忙着择菜什么的。不一会，来了一些官兵，嚷嚷叫叫地等着吃饭。

黄抗日解释说："等一下，还要等一下。我今天起晚了。"

黄抗日煮好饭，和田矮子一并分发给四连的官兵，自己刚刚想坐下来吃几口饭菜，龙连长带着连里的传令兵和号手——这是两个十八九岁的青年，虎着脸走来。他将对黄抗日和田矮子进行鞭策。昨夜他领着传令兵查岗，全连就是黄抗日和田矮子的床位空着。此刻他很高兴，因为他可以在全连官兵面前树立威信了。

"黄抗日，你早啊。"龙连长说，脸上挂着嘲弄，"我以为这一世都见不到你了。"

田矮子正在灶屋旁大口吃饭，听到龙连长的声音，忙放下碗，跑出来与连长打招呼。"连长。"他嘻开嘴巴讨好的笑着，肮脏的鼓鼓的鼠脸上布满谦卑。

龙连长看都不看他，下令四连的官兵集合。官兵们丢下碗筷，按班排建制站好后，龙连长阴着脸走到黄抗日身前，对两个小兵说："把他吊起来。"他指着一脸疲倦的黄抗日。

黄抗日被两个小兵拉出队列，吊到临时食堂前的槐树上。

"把他吊起来。"龙连长命令两个吊黄抗日的小兵说，指着田矮子。

田矮子鼠脸蜡白，因为他不想被当众吊起。"连长，连长饶命呀，连长。"

龙连长头也不回地说："把他吊起来。"

两个士兵便把田矮子拖到另一棵树前，那是棵苦楝树，用绳子绑着他。田矮子嚷嚷叫叫的，一副可怜相。"连长，连长，我错了，我不该听信班长的，晚上跑出去逛妓院，结果结果回不来了。"他把错误推到满脸灰暗的黄抗日身上。"连长，连长饶我一次吧，连长。"

龙连长怎么会丢掉鞭策士兵的大好机会呢？这种机会不是天天有啊。他原先是营长，如今是连长，他这个连由于是一二五师的"残兵败将"，还都被日本兵俘虏过，被营长和团长看不起，他要的军饷和补给，总是迟迟不到位。他去团里开会，人家不把他当人看，一开口就被别人打断，以致他在团部从没说过一句完整的话。他早就想找人出气了。他要杀一儆百，让他的兵看看，他有时候是六亲不认的。他对两个新兵厉声喝道："脱下他们的裤子，跟老子一人抽一百皮带。"

黄抗日的棉袄被解开，皮带扯掉了，裤子落到地上，露出了他尖瘦的屁股和阳物。他的阳物由于受到冷风地狠吹猛打，立即缩成了一只可怜巴巴的小鸡儿。

田矮子的裤子也被刮下来，露出了他肥壮的屁股和粗大的阳物，但他的阳物也禁受不了冷风吹打，也缩成了一只小麻雀。田矮子哭道："连、连长，我可是你的兵啊，饶命啊。"

黄抗日大咧着嘴，也哀声叫道："连长、连长，饶了我吧，以后我再不这样了。"

龙连长很满意自己的举动，想威信就是在哀求声中建立的，便对两个新兵道："一人给老子打一百皮带，狠狠地打。看他们还敢跑出去嫖妓！打，用劲打！"

打黄抗日的是传令兵，他对黄抗日抱歉地笑了下说："对不起了，大哥。"

说完，他一皮带抽过来，打在黄抗日的屁股上，抽得黄抗日大叫一声："哎哟——"

田矮子也在另一棵树上叫痛道："哎哟哎哟咧，轻点打啊，这样冷的天受不了啊……"

传令兵又一皮带抽来，打在黄抗日的小鸡鸡上，痛得黄抗日尖叫一声："咦，哎哟，痛死了。你打别的地方好不好？这儿打不得，你是要我断子绝孙啊你？"

传令兵说:"我不是故意的,我打别的地方。"一皮带抽在黄抗日的左边屁股上。

黄抗日咧着嘴叫痛:"哎哟,痛死我了。"

田矮子在另一棵树上尖哭道:"痛唡,哎哟,啧啧啧,打死我了,呜呜呜呜。"

一些官兵见黄抗日和田矮子哭爹叫娘的,都觉得蛮开心的,就围在一起,笑着。孔老二说风凉话道:"忍着点啊,没那么痛的,这点痛算啥?"

江苏人也说:"黄班长,别叫得那么凶,就是一点点痛。"

张排长低下头看他的阳物,"不怎么样啊你——"

黄抗日觉得很丑,歪咧着嘴,见没一个人同情他,连最有怜悯心的和尚,也捂着嘴笑,就索性放声大哭:"呜呜呜呜,我不活了……"

龙连长强调说:"越哭越给老子打!"

传令兵可怜他道:"大哥,忍着点。又对不起了。"说着,他又一皮带抽在黄抗日那红肿的屁股上,黄抗日又痛得叫了声:"哎哟唡,哎哟哎哟,呜呜呜呜……"

黄抗日禁不住这一冻一吓一打,患了重感冒,发着高烧,身上盖两床被子和军棉袄也冷得直抖,上牙和下牙猛打架,磕得咯咯咯响。不晓得他病了的人还以为他躲在那儿偷吃蚕豆。他病了一个星期,一个星期里他只吃了两碗光饭。一个星期里他掉了十斤肉,变得更瘦了,上下颌骨也就显得更加突出。被当众羞辱的第五天,他被喝令起床。他艰难地爬起床,身体虚弱地摇晃着走出牛栏屋,却一头栽在白亮亮的雪地上,晕了过去。他们把他抬上床,龙连长摸了摸他冰凉的额头,又探探他的鼻孔说:"他要死了,挖个坑埋了他。"

黄抗日正迷迷糊糊的,一惊,声辩道:"长官,我还活着。"

他又在床上躺了两天,他再起床,就不再有天旋地转的感觉了。屈辱感还是有，但被发高烧烧去了一大半，剩下的一点，也就无所谓了。

吃饭时，张排长走拢来调侃他，"我发现，你的命根子很小啊。"

黄抗日听张排长说他的私处，羞得脸绯红，悲伤道："还不如被日本人打死好。"

江苏人把一口米饭咽下喉咙后，说："那还是活着好。"

田矮子身体结实，抗打、御寒能力强，没有感冒。他挨了打，搂起裤子，捂着红肿不堪的屁股，折着身体在床上睡了一天，第二天就没一点事了。这几天，他接过黄抗日手中的炊事工作，起早贪黑，心里对班长一百个怨恨。"你好过，"他见班长歪着身体咧着大嘴走进火房讨吃的。"没东西给你吃，你去睡啰睡啰睡啰你怎么不一家伙睡死？"

黄抗日睐着田矮子，"我肚子饿得要死。"

田矮子抱怨说："你弄女人的时候就那么有劲，做事就装病。"

黄抗日又说："我肚子饿得要死。"

"饿死你也好。"田矮子不屑道，"你这样的身体，留着也没用。前天，你如果不说'我还活着'，我们就真的把你埋了。"

黄抗日可怜巴巴地看着他，"田国藩，人要讲点良心。"

"我良心喂狗了。"说着，他用身体护着他煮的那锅饭。"你要吃饭你自己煮。"

黄抗日的脸上忽然就聚集着众多怒火，拼尽全力把他推开，揭开锅盖就用手抓饭吃。

"你敢这样待我，你敢抢我煮的饭吃？我要杀了你喂野狗。"田矮子威胁道。

黄抗日不理他，大口大口地吃着饭。田矮子尖叫道："黄抗日，你这杂种，你敢欺负我，总有一天，我会要你跪在我面前求饶的，我发誓。"

黄抗日斜着身体，抓起锅铲，对田矮子掷去，旨在砸开田矮子的脑袋，给他放点血。田矮子见黄抗日真发火了，吓得一跳，跑开，边讲狠话："好的、好的，你想死，我不拦你，我看你还要脱了裤子挨一百皮带才过瘾。"

黄抗日吃饱了，走出来，见田矮子正在雪地上很努力地铲雪。那天中午，田矮子做了个雪人，雪人的模样丑陋不堪，歪鼻子歪眼睛的，但一张脸却很像黄抗日那张猩猩脸。他抓住了黄抗日上下颌骨外突的特征，让官兵们一眼就认出这雪人是黄抗日。田矮子还用意恶毒地将一根树枝插在雪人的脖子上，并在雪人身上，用锅煤烟子写着歪歪扭扭一行字：

这就是黄抗日的下场

四连的官兵见了都觉得很好笑地拼命大笑，孔老二对着雪人叫着："嘿，啥呀？这不是黄抗日吗？你会冻坏的，别这么歪着脸，醒醒呀你。"

江苏人笑，说："真是你啊，黄抗日，今晚一起去红苑楼？"

张排长也跟着叫道："哎呀，黄兄，你蹲在这里不冷啊。"

龙连长见了，也觉得有意思，"蛮像黄抗日的。"

和尚笑，望着在一旁得意着的田矮子，"田国藩，你可以当雕塑家。"

田矮子说："谢谢和尚夸奖，我也发现自己有雕塑才干。"

黄抗日懒得理睬，他晓得如果他去毁这座雪人，田矮子会在众弟兄的怂恿下，垒一个更大的雪人。所以，他望也不望，即使望着，也满不在乎。那座雪人在四连的临时食堂前伫立了两天，第三天，被来四连巡视的陈团长看见了。福建人大怒，觉得这玩笑开得太过分了，怕别人听不懂福建话，便一字一句地喝问："这是哪个狗东西搞的恶作剧？拉出去枪毙。"

田矮子在一旁正得意着，一见团长怒不可遏，吓得"噗通"一声跪在雪地上。陈团长瞪着田矮子，觉得这矮子太没名堂了，又大声喝道："卫兵，给我枪毙他！"

田矮子三下两下地爬到团长身前，抱住团长的脚说："长长官，这纯粹是开玩笑呀。"

陈团长一脚将田矮子踹开，"滚到一边去，莫弄脏了本团长的裤子。"

田矮子一脸蜡白，乞求地看着陈团长说："长长长官，小弟错了，饶小弟一次吧。"

龙连长见陈团长黑着脸站在那儿，马上命令手下："赶快把雪人铲掉。"

这座雪人马上被江苏人、张排长和两个士兵三下两下地铲掉了，龙连长瞧着陈团长说："团长，这这这是大家拿黄抗日开开心。"

"开心也开得太没边了。"陈团长拧着他英俊的眉头，"哪个是黄抗日？"

黄抗日从一旁走出来说："报告长官，鄙人是黄抗日。"

陈团长见黄抗日衣着不整，鼻涕吊在人中上，确实像个小丑，怒气就泼到黄抗日身上。"难怪别人取笑你！你看你，哪有半点人相！"

黄抗日咧着大嘴傻笑。

陈团长年轻的脸上充满厌恶，"我的士兵都像你这熊样，那我们还打个屌？"他丢下这句只有几个人才勉强听懂了的福建话，转身走了，放弃了枪毙田矮子的命令。

几天后，来了一批新兵。他们都是中学生或长沙市市民的子弟。他们大多十七八岁，嘴上都没长毛，但身体都很棒。他们是城里人，油嘴滑舌的。黄抗日的炊事班也迎来了新兵，龙连长给了六个新兵让黄抗日培养他们淘米、煮饭。田矮子再也不用干活了，一天到晚东游西荡，还伙同四连的其他官兵去红苑楼玩。

"我见到东北姑娘小丽了，"他回来后，对黄抗日说，"她长得真美，皮肤嫩白的。"

黄抗日看着他问："爱上她了？"

田矮子十分惊讶，"你怎么知道？你难道是我肚子里的蛔虫？"

黄抗日冷漠道："谁稀罕做你肚子里的蛔虫？"

"我是爱上她了，我答应，只等打败日本鬼子，我一定娶她。"田矮子说，拿出一个小巧的银手镯，"这是她送给我的定情物。"

黄抗日瞟眼银手镯，觉得这银手镯不值几个钱，"定情物都有了，搞真的啊。"

"你要是与小丽姑娘弄一下，就晓得她有多么迷人了。"田矮子说到这里，口水都淌了下来，"我明天还去。她答应，只要我来了，她一定拒绝接待其他客人。"

黄抗日觉得田矮子整个疯了，打个哈欠说："那你明天再去吧。"

田矮子一脸快乐地答："我当然会去。"

春天来了，雪融了，大地露出了冻土的本色，黑乎乎的，泥泞不堪。

三月份，桃花开了，蝴蝶飞来了，在官兵们面前颤栗地飞舞。一些新兵还没脱孩子气，追捕蝴蝶玩。有的新兵站在桃树下，只等蝴蝶飞来好捕捉漂亮的蝴蝶。还有些新兵，摘一大把桃枝，插到杯子里，让桃花在营房的窗前绽放。大家都觉得一九四四年应该是个能交上好运的年头，有的年轻士兵都把笛子拿来了，站在桃树林里，吹着笛子。一天，田矮子把东北姑娘小丽带进了四连，一路嘻笑着，逢人便介绍说："这是我未婚妻东北姑娘小丽。"

江苏人看见了，与小丽笑，边问田矮子："这是你未婚妻？"

田矮子一本正经地答："我未婚妻，排长，你可别再弄她，给我点面子。"

江苏人不高兴了，"为什么？"

田矮子说："小丽准备从良了，她要嫁给我。这是真的，不信，你问小丽。"

江苏人哈哈大笑，"好啊，那该祝贺你和小丽姑娘早入洞房。"

田矮子把东北姑娘小丽介绍给黄抗日认识说："班长，这是大家都喜欢的东北姑娘小丽。"他又对东北姑娘小丽说："这是我跟你说的我们班长，是这个世界上，对我最好的兄弟。"

黄抗日望眼东北姑娘小丽，不觉得这个东北姑娘小丽有什么漂亮的，只是个儿比南方姑娘高一点罢了。虽然化了妆，皮肤还是显得粗糙；一双眼睛也不是田矮子形容的美得令他心花怒放的杏仁眼，倒有点像板栗眼，并没有田矮子描述的那么水灵灵。黄抗日说："你好。"

田矮子又对东北姑娘小丽说："我们班长是个腼腆的家伙，"他瞟眼黄抗日，见后者没盯着他钟爱的东北姑娘小丽，又武断地说："我们班长别的都好，就是不喜欢女人。"

东北姑娘小丽笑，"那太好了。"

田矮子嘿嘿嘿笑，"班长，我没说错吧？"

黄抗日见孔老二大步走来，忙说："你还不把小丽带走？"

孔老二一看见东北姑娘小丽，马上大叫："哎呀，你来了？我可有好久没弄你了。"

东北姑娘小丽脸红了，田矮子也脸色绯红，孔老二是色盲，看不清人家是脸红还是脸白，继续快活道："走走走，到我房里去。"他走上来就要拉东北姑娘小丽。

田矮子一个军礼敬给孔老二，"报告孔副连长，小丽现在是我未婚妻。"

孔老二把田矮子一揎，用山东话说："骗谁？啥未婚妻？把我当山东傻瓜呵？"

田矮子又敬一个军礼道："报告孔副连长，小丽同意嫁给我。"

孔老二抬起手，摸了摸田矮子的额头，"你没烧啊，"他说，再次望着田矮子，"你还真要娶小丽做老婆？行啊。她可比潘金莲还潘金莲啊。"

田矮子鼠脸一昂，"报告孔副连长，请问潘金莲是哪个？"

孔老二大笑，"潘金莲你都不知道？潘金莲是我们山东的大美女，武大郎的老婆。"

东北姑娘小丽显然知道，在一旁说："怎么，我这个潘金莲不配做他老婆？"

孔老二又大笑，"配，你很配，就怕田矮子满足不了你这大骚货，哈哈哈哈。"

东北姑娘小丽发飙了，扑上去，又抓又打，孔老二遵循好男不与女斗的古训，大叫着闪开。东北姑娘小丽追着他打，边用东北话骂孔老二："我操你妈。"

张排长听说田矮子把东北姑娘小丽带来了，忙兴冲冲地赶来，见到这热闹的一幕，他一脸热情地搂住东北姑娘小丽的腰，问："还记得我吗？"

东北姑娘小丽正气得满脸通红，见一个不怕死的搂着她的腰，忙伸手抓张排长的脸，指甲在张排长脸上划下了一道彩虹，张排长叫了声"哎哟"，松开手，一时不知该不该发怒。田矮子冲上来替东北姑娘小丽解围，"长官，小丽现在是我未婚妻，您别招惹她。"

张排长摸着火辣辣的脸，气愤地问田矮子："你把小丽姑娘娶了，我们去哪里找这么好的姑娘睡觉？"

用不着田矮子解释，和尚走来，将一脸抱怨的张排长拉走了。

东北姑娘小丽暴戾地赶走了孔老二和张排长，就没人再敢轻薄她。开饭时，东北姑娘小丽的心情变好了，坐在炊事班士兵睡的牛栏里，看着牛栏外开得很艳丽的桃花，田矮子打碗饭端给东北姑娘小丽，"小丽姑娘，尝一下我们当兵的伙食。"

东北姑娘小丽吃了口，"好吃，我喜欢吃你们湖南菜，还喜欢你们湖南人，豪爽。"

田矮子嘻嘻笑道："那太好了，我妈最会做菜了，你肯定会喜欢吃。"

东北姑娘小丽望着满脸幸福的田矮子，"像我这样的姑娘，你妈会喜欢吗？"

田矮子立即说："会的，我们不告诉我妈，我妈会喜欢你。"

"真的吗？"

田矮子一挺鸡胸，"当然会喜欢你，因为我喜欢你。"

吃过饭，东北姑娘小丽还视察地这里看一眼，那里瞟一眼。孔老二吸取教训，看见她扭着腰身，热情洋溢地走来，拉着江苏人就跑。张排长立即装作不认识她，一本正经地挺直身体，站在新兵前，训练新兵们匍匐前进。新兵们却好奇地昂起头，望着这个东北姑娘，有的新兵听说张排长脸上的那道血痕就是东北姑娘的杰作，便捂嘴窃笑。田矮子送东北姑娘小丽走后，回来，瞅着黄抗日问："班长，你觉得小丽姑娘怎么样？"

黄抗日觉得田矮子疯了，把个红苑楼的姑娘带来展览，说："你喜欢就好。"

"我太喜欢她了，"田矮子一副下决心的样子说，脸上是那种赌咒发誓的表情，"我一定要娶她，我发誓谁也阻挡不了我娶她。"

黄抗日说："没人阻挡你。"

就是田矮子带着东北姑娘小丽来兵营展览的第三天，大家正商量，索性为田矮子腾出一间房，在四连的营房里张灯结彩地给田国藩办这门婚事乐一乐时，第十军接到命令，向衡阳开拔。总部获悉，日本军队正在调集兵力，有打通粤汉铁路的作战计划。衡阳与长沙都在粤汉铁路上。

二十七

二〇〇三年，我和爹在常德住了两晚，之后，我又陪爹去衡阳。路上，爹不断地向我讲述他的过去，他变得很健谈。这让我担心他是回光返照，爹八十五岁了，确实让我担心。他对我讲述了很多他这一生中的事情，当然不是连贯地讲述，他是想到哪里便说到哪里，东一句西一句。但对于一个写小说的我来说，这已经够了够了够了。

关于我爹在国民党军队里受尽凌辱的事情，比如被脱光裤子遭到鞭打的事，和后来田矮子铲了个雪人，写上"这就是黄抗日的下场"等等，这都是爹于一九六八年写交代材料中向组织上一五一十交代过的。假如我不写这本书，我就不会去翻看那些业已发霉的材料纸，甚至都不可能保留它们。我相信爹那时候写这些东西，实质上是想对组织说，当时他在国民党军队里混得一点也不好，没人看得起他。这也是他后来投身革命的原因。我想他那时候向组织上交代他遭到鞭打，被士兵凌辱，无非是用这个方式对镇武装部的人说，国民党很坏，他很痛恨国民党反动派。

二〇〇三年十月里的一天黄昏，我开着车缓缓驶进了衡阳市。爹当时十分疲惫，我没叫醒他，让他睡着。从安乡到常德，这几天里，他几乎没睡什么觉，他太兴奋又太悲伤了。我是能理解他老人家的。一个八十五岁的老人，回过头看自己的过去，那种对往昔的痛苦追忆、那种对自己年轻岁月的缅怀，是很有些哀伤和沉重的。我能消化爹这份哀伤和沉重吗？我想自己还没到爹这个年龄，还无法体会。

我把车驶到一处酒店前时，爹还没醒。他的脸皱巴巴的，歪在肩膀上，他的呼吸声很均匀，嘴歪咧开，有口水缓缓涌出，流到他的下巴上，又淌到他肩膀上。

爹睡得很熟。我悄悄下车，将车窗摇上，以免别人打搅他。我步入酒店办了手续，吹着口哨走出来。爹还是那样歪着头睡着，样子既老态又有些丑陋。我忽然想，人生真像叔本华说的，一出生便是朝着死亡旅行。我点上支烟，抽着。又过了半小时，爹醒了，抽口气，抹掉嘴边的口水，这才问我："小毛，到哪里了？"

"到衡阳了，爸。"

爹下车，活动了下他的身子骨，瞥我一眼，拄着拐杖向酒店的玻璃大门迈去——这根拐杖是在常德街上的一家小商店买的，权当为常德人民做点小贡献。这是一张看上去十分气派的玻璃大门，我走在爹身后，瞧着爹老态龙钟的身影，心里有一股酸酸的苦味儿。爹打量着酒店的豪华装修——犹如一个乡巴佬。爹问："小毛，这要好多钱住一天？"

我说："这你不要管，我算出差。公司有报销的。"其实我是撒谎。我是觉得爹年纪这么大了，这辈子大半生是住在黄家镇，没出过差，退休后也没旅游过，也许还没住过一次四星级酒店，就特意选了这家看上去较好的酒店。

爹见我说有报销，就没再吭声。我和爹在一间双人间的沙发上坐了下来。由于它属于四星级酒店，自然比常德的酒店看上去干净、气派得多。洗手间里干干净净，在爹眼里不像卫生间，因为丝毫没一点气味。爹洗了脸，把脸上的疲惫洗掉了，就像我们把桌上的报纸拿走了似的。爹的精神恢复了，告诉我说："衡阳我是一九八二年来过一次。"

"衡阳还算不错，"我说，"它在湖南是第二大城市。"

"就是，"爹答，打量着房间里的装修、布置。房间装修成暖色调，看起来温馨。

"衡阳这几年发展也较快，我每年都有一两次来衡阳。"我看着爹，"都是业务方面的事。我在衡阳有一些客户。"

爹"哦"了声，说："一九四四年，我在衡阳呆了整整半年。当时日军要来了，衡阳市里的老百姓十分害怕，一些有钱人先走了，长沙失守了，不能去了，去了云南，还有的直接去了重庆。但大部分老百姓没地方去，要走，身上没钱，只好留下来。"

"留在衡阳市内？"

"那倒没有，去了乡下，有的躲到了衡山。"爹说，"不过还是有些老百姓不怕死，日本人打来时还在衡阳。我们打仗时，他们送水送饭给我们。"

爹说到这里，加一句："他们很多都被日军的炮弹和飞机扔下的炸弹炸死了。还有的，被日军打死了。"爹的脸上密布着乌云，那些乌云仿佛一团一团的，可视，又说："衡阳是我最不愿意回忆的地方。另一个地方是常德。"

我答："这都是您打过日本兵的地方。"

爹更正我道："常德我没打，衡阳，我打了。"

没人与我爹谈论过去，我一路上成了爹谈论过去的对象，仿佛我和他是一起从战争年代走过来的兄弟似的。爹冲我回忆他的过去说："一九四四年三月，我所在的第十军接到总部命令，奉命向衡阳开拔，两天后，部队到达衡阳，分别在衡阳市内和郊外住下，日军以三倍的兵力进攻我们，直到八月上旬日本人占领衡阳，我们才被迫投降。"

"哦。"

"我记得衡阳保卫战是一九四四年六月二十三日打响的。"爹的记性很好，看着我，仿佛我当时就和他在一起，"直到八月八日，战事才结束。"

"爸，衡阳保卫战好像还有些名，我听好些人说起过。"

爹激动了，仿佛那一仗是在他指挥下打响的一般。"当时薛岳司令长官要求我们第十军守七天，说七天之内，一定会有援军赶来增援。我们第十军两个师，周庆祥的第三师和葛先才的预备十师，还有容有略的一九〇师和饶少伟的五十四师，这两个师各只有一个团，在衡阳休整，加起来一万七千多官兵。而日军前后调来了五个师团，第六十八师团、第一一六师团、第十三师团、第五十八师团、第四十师团和日军第三十七旅团，这几个师团、旅团都打过长沙第二次、第三次会战和常德会战，与在湖南的国军多次交手，十二万日军，是我们七倍的兵力。但我们守了四十七天，令蒋介石都感动了。"

我问："蒋介石都感动了？"

爹说："当然啊，谁能想到我们被日军包围后，能守四十七天？南京保卫战，十五万国军官兵抵抗日军，只守了几天就被日军攻破了。一九三八年日军打广州，只打了十天，广州就沦陷了。一九三九年，日军打南昌，也只用了十天，十天打死十万我国军官兵。日军占领杭州，只扔了几枚炸弹就吓跑了守军。日军攻打太原、石家庄，都只用了两三天。"

"爸，这些事情您怎么都知道、还记得？"

爹说："记得，当时我们陈团长训话时说的，说蒋委员长要我们第十军守七天，让我们一定要守七天，就是全军阵亡，也要坚守七天，要我们打出中国军人的士气来。团长用福建话说：'谁敢后退一步，就地枪决！'我们一个军还不足，打仗的只有一万五千多官兵，坚守了四十七天，是中国抗日战场上打得最惨烈的一仗，蒋介石这个坏东西难道不感动？"

我听爹称"蒋介石这个坏东西"，觉得好笑地笑道："那是那是，我相信蒋介石这个坏东西也感动了。爸，蒋介石这个坏东西打了日本鬼子吗？"

爹答："当然打了。"

我补一句："那我不觉得蒋介石是坏东西了。"

爹没说话，隔了几秒钟说："当时日本兵都钦佩我们。"

"我相信、我相信。"

"在中国战场上，日本军队横冲直撞，从来也没有攻一个小城市攻打过这么长时间。他们都没想到湖南人这么难打！不是弹尽粮绝，我们也不会投降。"

"是的、是的。有本书上也说，你们当时已经弹尽粮绝。"

"就是，粮食都吃光了，子弹也打光了，日本兵再冲锋时，只能拼刺刀了。"爹忽然关心那本书道，"那是本什么书？谁写的？"

"不记得了，看的时间长了。我也没去留意作者的名字。"

"衡阳保卫战，我终生难忘啊。"爹一脸沉溺于往事的神气，"很多士兵年轻轻的就战死了，有的还只十五六岁，还是些学生娃。"

"学生娃？"

爹点头，"学生娃，有的还是尚未毕业的中学生。"

我和爹很友好地谈了很一气话，接着我们出门了。已是黄昏时分，街上行人川流不息。我开着车在街上缓缓行驶，好让爹把街景看尽。爹没再说话，而是严肃着他那张皱巴巴的脸盯着车窗外的景物，仿佛想找到什么物证。爹的眼睛里噙着泪水，使他那双小眼睛闪闪亮亮的。爹的思维一定像一条狗掉进了往事的深渊，怎么爬也爬不出来。我相信他的生命穿越了时间隧道，进入了一九四四年的七八月，眼睛里自然就战火硝烟的。那时候他二十五岁半，是一名不出"烟丝"（长沙土话：不出类拔萃）和不修边幅、但机敏、狡黠及能忍辱负重的战士，上帝喜欢他这样不骄不躁的战士，于是让他一次又一次地逃离了死神的怀抱。

"爸爸，我们在哪里吃饭吧？"

爹没听清我的话，回答我说："我想起了谢娃娃、苏豆壳、毛领子和勾鼻子，那几个炊事兵。哦，还有一个戴眼镜的，叫程眼镜，和一个嘴巴很大的，好像叫童大嘴。对，那几个学生兵都叫他童大嘴。他们每个人都有个小名。他们都是些中学生，相互给对方取了小名。"爹没理我，他老人家的思维果然跌进了那个战火连天的年代。

二十八

黄抗日的六个新兵都是长沙长郡中学的中学生，都显得矮小、单瘦和孱弱，所以没一个班排需要这几个小兵，都把他们视为屁眼没生黄的学生。他们穿的军服都很大，倒不是军服大，而是他们身体瘦小，因而军服在他们身上晃晃荡荡，袖口都把手遮没了。他们都还是吃长饭的孩子，脸都白白的，没经过多少风吹雨打；脸上的皮肤也嫩嫩的，只比刚从娘肚子里投胎出来的婴儿老一点。嘴上没有胡子，只是上嘴唇上那层薄薄的汗毛颜色略深些儿。但是他们却想参加战斗，杀日本鬼子，有朝一日成为抗日英雄。他们在课堂上受到老师蛊惑，觉得书没什么好读的，把侵略者赶出中国才是每个血性男儿的头等大事。

"湖南人自古是有血性的，湖南人好久怕个死？"长郡中学的老师站在讲台前自吹自擂，望着他的学生，"长沙第一次、第二次、第三次会战，都把日本侵略军打得屁滚尿流。这只能证明我们湖南人在中国最危险的时候，可以挺身而出，同学们，你们说是不是？”

同学们听老师这么说，立即激动地回答：“是。”

老师又想象着说：“日本侵略军望着我们湖南人就恼火，他们痛苦得要死。”

同学们听老师这么说，都很开心地笑。

“为什么他们痛苦？”老师说，“因为他们想打通粤汉铁路，他们打下了湖北、打下了江西、打下了广东，湖南在湖北和广东中间，却仍在我们手中，他们能不痛苦吗？所以他们想占领我们湖南，但我们不会给日本侵略军这个机会。你们说是不是？”

同学们立即答：“是。”

他们听老师说军队又要征兵了，就弃下书包，个个报了名。他们都只有十五六岁，但他们在报名表格上都填了十八岁，都想迅速成为保家卫国的血性男儿。

他们一走进炊事班就很有意见，说：“我们要打日本鬼子，我们不是来拿锅铲的。”

他们说：“要是我们老师晓得我们跑到军队里背的不是枪，是锅，会笑死去。”

他们说：“我们又不是来洗菜做饭的，别欺负我们年龄小，我们的拳头打出去照样能把日本鬼子的鼻子打出血。”

他们就在桃树下比拳头，看谁能把桃树干打动，或一拳把桃树打得摇晃得厉害些。

“勾鼻子，你不行，你那一拳只能把日本鬼子的脸打青，不能打肿。”一个学生兵说。

被叫作勾鼻子的小兵长着个鹰钩鼻，鼻头尖尖的，一张脸白白的。他横那小兵一眼说：“你来试一拳看，苏豆壳。”

苏豆壳瘦高，长颗尖头，脸也是尖的。苏豆壳走到桃树前，打量着桃树，拼尽全力一拳打在树干上,树身摇了一摇,还掉下来一些凋谢的桃花瓣。"看见吗?"苏豆壳脸上放光,指着掉到地上的桃花,"桃花都被我一拳打了下来。你可以打下桃花么?"

勾鼻子就重新站好,把力气运到手臂上,嘭的一拳打在桃树干上,桃树干震动了下,树上掉落了一些枯萎的桃花瓣。"怎么样?"勾鼻子昂起脸说。

"勾鼻子,你厉害吧。"另一个长一张像女孩子一样脸蛋的学生兵说,走上去,嘭的一拳打在桃树干上,只有肉打在树木上的声音,桃树干没动。

"谢娃娃,你还差点火候,看我的。"又一个学生兵走上来说,边挽起袖子,举起拳头。

谢娃娃笑道:"毛领子,你还没打,章法就摆出来了,你会把我笑死。"

毛领子先是瞅瞅这棵桃树,边对着拳头哈气,谢娃娃、勾鼻子和苏豆壳站在一旁笑。毛领子不理,站稳,运足气,朝桃树干狠劲一拳,树身摇晃得似乎比苏豆壳挥拳时厉害点儿,桃花瓣仿佛也多掉了一些,有一点枯萎的桃花瓣落到了毛领子的衣袖上。毛领子很骄傲,拈起那点枯萎的小花瓣问谢娃娃:"怎么样? 谢娃娃,比你——"

长着女孩子脸的谢娃娃不服气,学毛领子的样,运足气,对着桃树干又是一拳,这一拳使树身摇了下,也掉下来了一些枯萎的花瓣。"怎么样? 还不是一样! "谢娃娃说,边咧着红嘟嘟的嘴唇,一双女孩子一样的凤眼,斜睨着毛领子。

毛领子长一张轮廓分明的长长脸,白白净净的,一双眼睛目光明亮、深邃、狡黠,笑起来露出一口很洁白的牙齿。他对一个戴眼镜的小兵说:"程眼镜,你也试试你的拳头。"

程眼镜戴副眼镜,是个模样俊逸的小青年,程眼镜见谢娃娃也能把树身打得摇动,就走拢来,摸着桃树干,思谋的样子。谢娃娃说:"程眼镜,你打呀,试试力气。"

程眼镜不急,先活动了下四肢,又把手臂抡了三下,这才对着桃树干一拳挥去，桃树干晃了下，他自己也叫了声"哎哟——"

毛领子笑起来，笑得转过了背，又转过来，开心地对程眼镜说："程眼镜，你那几两力气，一拳打在日本鬼子的脸上，日本鬼子还以为你是替他打脸上的蚊子。"

程眼镜揉着打痛的拳头，咧着嘴，见从营房里走来的童大嘴站在一旁同情地睃着他，边一脸嘲笑，便说："童大嘴，你别笑我，你来试一拳看。"

被称作童大嘴的小伙子长着颗圆头，脸上，上嘴唇略厚，生一对乌黑的眼睛。童大嘴走过来，打量几眼桃树，爱昵的样子拍拍桃树干，望眼大家，这才一个马步站稳，右手抡了几下，一拳打在桃树上，桃树干发出嘭的一声，他自己也像程眼镜一样叫了声"哎哟"。

毛领子和苏豆壳笑得按着肚子，弯着腰。毛领子跺下脚说："童大嘴，我会笑死去。"

苏豆壳也说："我也会笑死去。"

勾鼻子同情他道："没事，童大嘴，你平常练练，再打，拳头就硬了。"

谢娃娃昂起漂亮的小脸蛋答："对，拳头是练出来的，又没有人天生是武松、鲁智深。"

程眼镜嘿嘿嘿笑，笑得声音很好听，边说："不怕不怕，现在打仗是用枪不是用拳头，扳机一勾，对方就倒了。要真是古代，我们就得学武艺，武艺不精，当然打对手不赢。"

童大嘴说："那是，我不怕，看见日本兵我用枪打。"

黄抗日走出来，盯着这几个长沙伢子，他们都长得很英俊，人也特别活泼、聪明，便想这些学生兵应该坐在教室里读书才对。"很好，"他说，"想打日本鬼子，思想是好的，很对。这证明你们的老师没白教育你们，但是，你们更应该在学校里读书。"

"班长，你去跟连长说，让我们打日本鬼子吧。"毛领子说。

勾鼻子也满脸诚恳的样子瞅着班长："班长，我也求你跟连长说一声，我从小就讨厌做饭,我愿意到最前沿的阵地上打日本鬼子。"

"很好,"班长说,"我会跟连长说的。"

"什么时候?"苏豆壳急忙问。

班长说:"不急。"

"还不急?"毛领子尖声叫道,"国难当头,能不急?"

班长斜睨着毛领子:"连长让你们先在炊事班锻炼一阵。"

童大嘴叫了起来:"班长,我来当兵,是来打日本鬼子。我父亲要我替他杀五个日本鬼子,因为我叔叔——我叔叔真是个很好的人,在日本鬼子第二次进攻长沙时死在日本鬼子的枪下。我哥当不得兵,因为他脚跛,他要我替他杀三个。我们街上住着个老师姓王,王老师见我要当兵了,碰见我,很客气地握着我的手,也要我替他杀两个日本鬼子。你想我欠这么多债,还在这里洗菜、煮饭、端锅子,我怎么能还清?"

毛领子扬起白净、俊逸的长长脸,插话道:"班长,我们老师也要我替他多杀几个日本鬼子。还有,我舅舅就是于前年的长沙第三次会战中被日本人打死的,一颗炮弹把我舅舅的胸部炸了个很大的洞,很惨。我舅妈要我替他多杀几个日本鬼子,为舅舅报仇。我们都欠了一身债务呢,班长。"

班长听他们说话,再次觉得他们都是大男孩,真应该好好地坐在教室里读书,而不是当兵。"哦,"班长望着毛领子说,"那你是应该为舅舅报仇。"

童大嘴说:"班长,让我在炊事班干,那我的债怎么还得清?"

"会还清的,"班长严肃着疲惫的脸说,"这事,你不能操之过急。"

"班长,求你跟连长说说,"童大嘴恳求道,眼睛里也是乞求,"我答应了我的老师和父亲,还有我哥哥。因为我要为我叔叔报仇。"

"我会跟连长说,"班长接受他的恳求说,觉得这个童大嘴实在太天真了。"不过,你现在的任务是洗菜。"

童大嘴尖声叫道:"班长,还要我洗菜?"

班长跌下脸来,"今天你洗菜。"

童大嘴指出说："我是来打日本鬼子的。"

班长望着一脸气愤的童大嘴，不急不慢地说："先洗菜，再打日本鬼子。"

"那我呢？"毛领子问，"我是不是可以摸摸枪了班长？"

班长盯一眼毛领子，"你也去洗菜。"

毛领子很不情愿道："班长，我也要洗菜？"

班长烦他们了，"是的。都去洗菜，我命令你们。"

身为班长的黄抗日想，这都是些乳臭未干的孩子，他们并不知道战争有多么残酷、可怕。在他们白净、英俊的脸上有很多想象，英雄主义和浪漫主义的色彩充满了他们的脑海，不是一只帆而是无数只帆在他们的脑海里飘，因而把战争看成了蜕变的游戏。他看着一心要为叔叔报仇的童大嘴，这是个身体健康的小伙子，从他气色红润的圆脸上看，他从小一定生活得好，家里一定不缺穿、不缺吃。他看着要为舅舅报仇的毛领子，这真是个漂亮的小青年，一张脸蛋十分俊逸，双眼炯炯有神，说话时，眼睛里始终带着嘲弄和狡黠的色泽。再看谢娃娃，长得就像个姑娘，比女孩子还要好看，一双凤眼饱含小姑娘的柔情，笑声也是女孩子的味道，听上去十分悦耳，怎么看都不像个男孩而像个年轻、俏丽的姑娘。还有瘦长的苏豆壳，也很俊，只是脸上生了些豆豆，还有一脸快活的勾鼻子和喜欢与人打闹的程眼镜，都还是天真无邪的大男孩！他们全是未来的人中俊杰，但现在他们还太稚嫩了，嫩得就像豆芽菜，一掐便会断，凭什么批准他们来打日本人？

一天傍晚，部队行军至一处山村前安营扎寨。大家在树林周围扎好帐篷，身为炊事班长的黄抗日便命令一心要为亲人报仇的毛领子和童大嘴烧火煮饭，叫在那儿吵吵嚷嚷的谢娃娃去溪边洗菜。"你去洗菜。"黄抗日说。

谢娃娃计较道："班长，干吗要叫我洗菜，而不要他洗菜？"

"你干吗不在家里读书？"班长反问一脸女孩气的谢娃娃。

谢娃娃女孩子一样地嘟起嘴，凤眼斜睨着班长，不肯动。班长厉声说：

"听着，你现在是士兵，服从命令是军人的天职！晓得吗士兵？"

"晓得了。"谢娃娃嘟着嘴回答，转身走开了。

班长斜视着谢娃娃，见谢娃娃一副斜肩膀，腰下又是圆屁股，那一瞬他真想喝住谢娃娃，把他叫进帐篷，检查一下他的性别。苏豆壳、程眼镜和勾鼻子站在远处，咂着舌，瞧着他们的班长。班长冲他们说："假如大家都讲价钱，那还能打仗？那还叫军人？"他又命令那个与谢娃娃发生口角的程眼镜说："你站着干什么？你也去洗菜。快去。"

"明白。"程眼镜马上变得很干脆地答。

苏豆壳搓着手，见班长绷着脸，主动问班长："班长，我干什么？"

班长瞧着苏豆壳，苏豆壳是六个新兵里个子最高的，看上去确实像一根豆壳。"你去劈柴，"班长安排他说，"把那几筒树都砍成一根根柴火。"

"是，"苏豆壳也干脆地回答，忙跑去拿斧头。

"我干什么？"勾鼻子见就只剩下他一个人没安排，忙问。

班长手一指，"你和苏豆壳一起劈柴。"

"遵命，"勾鼻子说，也一脸快乐地跑去寻斧头。

田矮子走进来，心事重重的样子，手里捏着那只小银手镯，眼睛根本不望这几个学生兵。他在一个学生兵开的铺上坐下，又躺下，手里继续捏弄着银手镯，银手镯已被他玩弄得泛亮了。"班长，请问你一个问题。"田矮子盯着银手镯说。

黄抗日瞟眼田矮子，"有屁就放。"

田矮子忽然折过身来，满脸思恋地望着黄抗日，"你说这个时候小丽在干什么？"

"这和我有什么相干？"

田矮子说："怎么不相干？你是我的班长，就应该关心我。"

黄抗日晓得田矮子天生爱胡搅蛮缠，走开了，去指导苏豆壳和勾鼻子劈柴，边抬眼望去溪边洗菜的谢娃娃和程眼镜。天气还较冷，西北风把三月里的暖气都吹跑了。田矮子走来，顺着他的视线望过去，说："班长，我问你的话，你没回答我。"

黄抗日望眼他，"我告诉你，不可能的事不要去想。"

"为什么不可能？"田矮子说，"她答应一定嫁给我，我也发誓一定娶她的。"

黄抗日烦田矮子老是对他说这些话，"我真是烦透你了。"

田矮子担忧道："我也晓得你不喜欢听，但我昨夜梦见她跟另一个男人走了，那军人比我高，还是个中尉。班长，你说梦里的事，会是真的吗？"

"无聊，"黄抗日说，"你怎么老是想着那个小丽？"

"班长，你要我想谁？"田矮子一脸惆怅，"我只能想她啊，我要娶她的。"

"神经病。"黄抗日说，再次走开了。

江苏人和张排长、和尚，一人手中拎着只麂子，一人手中拎着一捆春笋，大步流星地走来。江苏人脸上有几分骄傲，"我和张排长、和尚去挖春笋，看见一只麂子，我一枪就把麂子打死了。"他说，"快，快弄麂子炒春笋吃。"

黄抗日对走过来看的毛领子和童大嘴说："你们赶快去烧一大锅水。"

毛领子和童大嘴忙转身而去。

黄抗日望着江苏人和张排长、和尚，然后把目光掷到麂子上，"好久没吃肉了。"

张排长说："麂子肉最好吃，我爷爷住在山边上，爷爷喜欢打猎，经常能打到麂子。"

黄抗日点头，"麂子肉是好吃，我们老家的山上也经常有这类动物。"

江苏人问和尚："和尚，你今天是不是准备开荤？"

和尚笑，张排长替和尚回答："和尚只不破色，其它都被他破了。"

水烧开后，黄抗日便把麂子丢进锅里烫，烫了会，拿起菜刀刮毛，毛很难刮，也许是烫的火候不够，刮了很一气才刮掉一半。江苏人见黄抗日累了，接过菜刀，也狠劲刮着麂子毛。他刮了气，张排长也把驳壳枪解下，放到椅子上，走上来刮麂子毛。几个大男人恶狠狠地弄着，却笨手笨脚的。

毛领子和童大嘴看见张排长的驳壳枪，毛领子对童大嘴瞥一眼，两人走上去，拿起张排长的驳壳枪打量，毛领子拔出驳壳枪，乌亮的驳壳枪让他十分喜爱。他说："这是驳壳枪。"

童大嘴抢过驳壳枪看，毛领子又把驳壳枪夺过来，这时谢娃娃和程眼镜各拎着一大筐菜走来，毛领子举着驳壳枪对他俩说："站住。"边用驳壳枪指着谢娃娃。

江苏人回头看见了，马上喝道："放下枪，枪只能对准敌人。"

毛领子忙把枪放下。谢娃娃和程眼镜也走过来摸枪，也不知是谁打开了保险栓，程眼镜一勾扳机，叭，一颗子弹从枪管里射出来，从毛领子的鼻子前飞过去，打在树上。毛领子脸都吓白了。张排长回头瞪了眼谢娃娃和程眼镜，把驳壳枪插进枪套，"找死啊——"

孔老二跑来，毛领子和童大嘴看见他，都敬军礼说："长官好。"

孔老二摆下手，示意两个小兵免礼，大声问："谁打枪？"

江苏人指一眼谢娃娃和程眼镜说："他们玩张排长的枪，枪走火。"

孔老二问："没伤着人吧？"

张排长边剁麂子边答："只差一点点。"

孔老二走近看张排长剁麂子，口水都流出来了。"他娘的，好久没吃过麂子肉了。"他望眼黄抗日，"要多放点干辣椒，要辣，辣，连长才喜欢吃。"

黄抗日说："遵命，孔副连长。"

孔老二把毛领子赶开，亲自蹲在灶前烧火，边说："我小时候，我娘做饭就是我烧火。我娘总是命令我说'你去烧火'，我就蹲在灶前烧火。"他果然把火烧得很旺。

这时天都黑了，灯光使一张张饥饿的脸红彤彤的。不一会，麂子肉的香味便从锅子里飘浮上来，让大家闻着都想流口水。黄抗日放了把干辣椒进去，肉香里就充斥着呛人的辣椒气味，把江苏人和和尚都"辣"开了。

孔老二笑，搓着油腻腻的手说："我胃口大开了。"

田矮子寻着肉香味飘飘然地走来了，说："太好了，可以开荤了。"

江苏人睖眼田矮子，"没你的份，你走开。"

田矮子的眼球鼓了起来，"刘排长，我没得罪你吧？"

江苏人不屑道："你还不配得罪我。"

田矮子说："刘排长，你这是当众抹我的相啊，我再傻再呆，也是个男人，怎么就不配得罪你？你也太瞧我不来了。"

江苏人说："你走开。"说毕，江苏人把田矮子推开了。

和尚说："和气点，大家都是一个锅里吃饭的弟兄。"

"无功不受禄，干活的时候他鬼影子都不见，"江苏人看不起田矮子，"吃肉的时候他跑来了，我今天就要治治他身上的懒劲。"

田矮子问江苏人："我们还是兄弟吗？"

江苏人一副无所谓的样子道："是不是兄弟都无所谓。"

田矮子被江苏人抢白得脸都红了，愤然走开，人消失在夜色中了。

孔老二说："你过了啊，都是一个连里的兄弟。"

江苏人说："我和张排长提着麂子来时，他还在这里，一眨眼人就溜了，怕我们要他干活，现在又要来吃肉，不整下他，那还得了！"

龙连长被和尚叫来了，他是四连的最高长官，当然可以在菜做熟后来。他一坐下，拿起筷子，尝了口，赞不绝口道："不错啊，谁炒的？味道好得很！"

江苏人说："还有谁，炊事班炒的，我们只是打下手。"

龙连长高兴了，"好啊，黄抗日，你锻炼出来了。一开始你炒菜，同煮猪潲样，那吃得？所以我说，人还是要磨炼，一磨炼就出来了。"

和尚嘴也馋，拿起筷子，夹了块麂子肉塞进嘴里，嚼着。孔老二说："和尚破荤了。"

和尚答："罪孽罪孽，我这和尚，早不是和尚了。"

江苏人问："和尚，麂子肉好吃么？"

和尚嘿嘿嘿笑，又夹块麂子肉，吃着，看眼江苏人和龙连长，嘴角流出了肉油。

龙连长叫和尚在一二五师的军衔，"上尉，看来你这和尚，当到头了。"

黄抗日吃了几坨麂子肉，见他的炊事兵都退到了另一个帐篷里，在那个帐篷里流口水。他立即装了一大碗春笋炒麂子肉，端给他的炊事兵尝。

"太好吃了，真的好吃，"程眼镜说，"麂子肉，我要赞美你，你滋润了我们。"

勾鼻子大笑，"程眼镜，你作诗了？你是不是将来想当诗人。"

"是想当，"程眼镜说，一脸自信和向往的神色，脸上就呈现几分少年诗人的气质，"我想当普希金那样的诗人。**'假如生活欺骗了你／不要悲伤／不要心急！忧郁的日子里／需要镇静／相信吧，快乐的日子／将会来临／心儿永远向往着未来／现在却常是忧郁／一切都是瞬息／一切都将过去／而那过去了的／就会成为亲切的怀恋。'** 多好的诗啊。我非常崇拜普希金。我一定要成为普希金那样的大诗人。"

勾鼻子在程眼镜背诗时，目光都飘浮起来。他附和道："假如生活欺骗了你／不要悲伤／不要心急／忧郁的日子里／需要镇静……是写得好。这个普希金是哪里的？"

"俄国的，"程眼镜说，"普希金是俄国最了不起的诗人，可惜年轻轻的便失去了生命。"

一旁的苏豆壳问："怎么呢？"

程眼镜说："为了一个不值得他爱的女人，于决斗中被情敌杀死了。"

勾鼻子感叹说："多可惜啊。"

苏豆壳大声道："假如生活欺骗了你／不要悲伤／不要心急／忧郁的日子里——"他忘记了下文，偏过脸来问程眼镜，"下面是什么？"

程眼镜把口中麂子肉吞下，答："需要镇静／相信吧，快乐的日子／将会来临……"

毛领子吃了几口春笋炒麂子肉后，也称赞道："'相信吧，快乐的日子 / 将会来临'，这诗写得好。痛苦是暂时的，希望就在前面不远处等着我们。"

童大嘴辣得直吸气，边说"太辣了"，边背诵毛领子没背下去的诗句道："心儿永远向往着未来 / 现在却常是忧郁 / 一切都是瞬息 / 一切都将过去 / 而那过去了的 / 就会成为亲切的怀恋。"他望着程眼镜，"这首诗我也会背。"

毛领子睃眼童大嘴，"童大嘴，你也想当诗人？"

童大嘴摇头，"本人没这个才情，只是碰巧喜欢外国抒情诗。"

二十九

晚上，大家挤在一个帐篷里睡觉。这是三月份，大地上已春暖花开。树林里开满了映山红，还有一朵朵洁白的野山茶花。花的馨香和树木的芬芳飘入他们的帐篷，使刚刚跟老师和教室告别的孩子们觉得这真浪漫，太好玩了。程眼镜于天黑前非常感兴趣地摘了一大把映山红回来，这会儿还放在他的枕头旁欣赏。"我小时候，我妈经常带我上岳麓山摘映山红。"那口气，他似乎离小时候很遥远了。

"我不喜欢映山红，映山红是姑娘们喜欢的。"谢娃娃干脆地大声说，表示他是男子汉。

"那你喜欢什么？"程眼镜问谢娃娃。

谢娃娃昂着白净的娃娃脸，严肃着说："如果硬要我说喜欢什么，我喜欢菜刀。"体形颇似女孩子样的谢娃娃，以为自己这样说就是一个十足的男子汉。

程眼镜嘻开嘴大笑几声，"哈哈哈哈，我会笑死，我真的要笑死了。"他笑得咳了几声，"喜欢菜刀，太好笑了，你为什么不说你喜欢锅铲呢？"

"我不喜欢锅铲，我只喜欢菜刀。"谢娃娃阴下了娃娃脸。

程眼镜又嘻开嘴大笑，又笑得直咳嗽。"你为何不索性说你喜欢枪和子弹呢？"

谢娃娃回答："我是喜欢枪和子弹。"

"你从小就喜欢枪和子弹？"程眼镜狡黠地逗谢娃娃道。

"我三岁的时候就喜欢枪和子弹，那时候我就喜欢玩木头枪，我骗你是猪。"谢娃娃肯定的形容说，"这也是我要参军打日本鬼子的原因。"

苏豆壳在自己铺上噗哧一笑，笑得鼻涕都喷出来了。"谢娃娃，你还在娘肚子里就喜欢枪和子弹吧，啊？"

勾鼻子也搭起腔来，"苏豆壳，哪个还在娘肚子里就喜欢枪和子弹？"

"谢娃娃，他还在娘肚子里就开始玩自己的枪了。"苏豆壳讲了句粗话。

勾鼻子大笑，毛领子学着谢娃娃的腔调说："我喜欢菜刀。"

"谢娃娃真的会让我们笑死。"程眼镜说，笑得肚子都疼了的模样。"我肚子都笑疼了。哎哟哟，真笑死人了。"

谢娃娃深感自己遭到了蔑视。"你们晓得个卵！"他反驳他们说，那张漂亮的脸蛋上，遍布着委屈，是一种要哭的相，"我我我就是喜欢枪和子弹。"

"枪和子弹，是男子汉都喜欢。"毛领子说。

"对，"勾鼻子说，"我们就是喜欢枪和子弹，这也是我宁可不读书的原因。"

苏豆壳说："我只希望马上让我们打日本鬼子。"

田矮子回来了，阴着个脸，一是他被思念东北姑娘小丽弄得很苦恼，二是他讨厌这些嘴上没长毛的小伙子，他们叽叽喳喳活像一群麻雀。他们也怕田矮子，因为田矮子总是对他们横眉竖眼，说话吼三吼四。田矮子坐到自己开的铺位上，脱着鞋子。

"田副班长，"程眼镜用讨好的声音向田矮子打招呼，"回来了。"

田矮子没理他，也没理准备睡觉的黄抗日，而是对着谢娃娃放了两个臭屁，睡下了，嘴里说："都不准说话了，我要睡觉了。"

几个小伙子都不敢说话了，他们都怕这个脸上胡子乱长的田矮子。一会儿工夫,鼾声便在帐篷里飘荡起来。帐篷外却有野猫的叫声,一声连一声,像小孩子哭泣。

在去衡阳的行军途中，谢娃娃穿着肥大的军装——衣襟都落到大腿中部了，走在黄抗日旁边，一张漂亮的娃娃脸蛋红灿灿的，像个小女孩样叽叽喳喳。他告诉班长，他们班三十五个男生，只有三个身体残疾的男生没入伍，其他都于这一次春季征兵中入伍了。他们的老师是个激进派，鼓励他们当兵打仗，把日本侵略军赶出中国。他与程眼镜、苏豆壳同班，他们与勾鼻子、童大嘴和毛领子是隔壁班同学，他们在学校里就都认识。"勾鼻子和毛领子在学校里就喜欢打架。程眼镜和苏豆壳住在一条街上，"谢娃娃边走边说，"我和程眼镜经常去苏豆壳家玩，苏豆壳的妈妈很喜欢我们。"

"嚯。"

"程眼镜在学校里就巴结苏豆壳。"

"嚯。"黄抗日随口答了句。

"程眼镜喜欢苏豆壳的妹妹。苏豆壳的妹妹长得很漂亮，是我们那几条街上最漂亮的姑娘，我们都叫她小西施。"谢娃娃说，"大家都说苏豆壳的妹妹漂亮得要死。"

"嚯。"

"苏豆壳的妹妹不会要程眼镜，程眼镜还蒙在鼓里。"谢娃娃说到这里，嘿嘿一笑。

"嚯。"

"苏豆壳的妹妹喜欢我。"谢娃娃脸上很得意，"我来之前，苏豆壳的妹妹对我说，她会等着我，要我给她写信。她用一种很爱我的眼神望着我，我当时不知所措。我很想走上去拉一下她的手，但我怕，因为我们还没结婚。"

黄抗日瞥谢娃娃一眼，"嚯，青梅竹马啊，你们。"

谢娃娃一脸幸福的一笑，"班长，她真的很漂亮，我也真的准备娶她。"

"嚯。"黄抗日觉得这些长沙伢子很有趣，"好事呵——"

"程眼镜晓得苏豆壳的妹妹喜欢的不是他是我，所以程眼镜恨我，不跟我玩，而一心想讨好苏豆壳。"谢娃娃说，"有天，那是过年的时候，程眼镜突然到我家来了，不是来玩，而是来摊牌，说他特喜欢苏豆壳的妹妹，要我莫与他争。我没答应。"

谢娃娃就是这样看他和程眼镜及苏豆壳的关系。谢娃娃又向班长介绍毛领子、勾鼻子和童大嘴家的情况。他说："毛领子家开了个鞋匠店，他父亲是做皮鞋生意的。他有一个弟弟和一个妹妹。毛领子很自信，别看他时常装不懂，其实他什么都懂。他还在读小学时就会做皮鞋了。他自己说他小学三年级时就会煮饭了，还会做菜，因为他爸爸妈妈忙不赢，要他煮饭给弟弟妹妹吃。他只是会装。"

"嚯。"

"童大嘴的爸爸妈妈在南门口开了个粉店，叫童记粉店，他有三兄弟，他是老二。他哥是个跛子。童大嘴这次报名参军打日本鬼子，他爸爸妈妈都不同意，还跑到学校，想要老师出面阻挡，但老师批评了童大嘴的父母。童大嘴的父母就不再阻挠。童大嘴的学习成绩是我们几个人中最好的，我们集合出发的那天，童大嘴背着书包，好像是来上课一样，我们都笑他。童大嘴说他打完日本鬼子还要回学校读书。童大嘴人很好，很大方，经常偷他父母的钱，请我们吃东西。他与勾鼻子关系最好，两个人形影不离，解溲都要一起去。"

"嚯。"

"勾鼻子的爸爸是小学老师，那所学校叫楚湘街小学，妈妈也在楚湘街小学工作。勾鼻子是长子，下面有两个妹妹。勾鼻子要当兵打日本人，他爸爸妈妈都反对，勾鼻子对他爸爸妈妈说：'大家都不去打日本鬼子，那中国人不真的成为亡国奴了？'他爸爸说：'你还小，还不到十八岁。'勾鼻子对他爸爸说：'自古英雄出少年，《说唐》中，李元霸、裴元庆都是十三四岁就随父出征了，罗成也是十六岁就出名了。我十六岁了，该出去闯了。'"

"嚯，有志气。"黄抗日说。

"勾鼻子从小就跟着街上一个有武艺的人学过拳脚，他个子不高，但打架够狠。他不怕事。我们在学校里玩在一起，有次我们放学回家，在路上遇见几个二流子，二流子把我们拦住，要搜我们的口袋。勾鼻子跟他们动起手来，一点也不怕。"

"嚯。"

谢娃娃说："那次打架，还有毛领子，我们都吃了亏，只有毛领子没吃亏。"

毛领子、勾鼻子和童大嘴是一个班的，他们三人很要好，同进同出，干什么事情都彼此照顾。他们都住在长沙的南门口，他们的父母彼此做了多年的邻居和朋友。他们的父母在他们出发前的那天晚上，将他们召集到一起，让他们坐好，对他们语重心长地说："要好好杀敌人，为你们的叔叔和舅舅报仇，争取早点把日本鬼子赶出中国。"

他们对他们的父母说："我们晓得。"

"毛领子，你最精明，反应也快。你要照顾好勾鼻子和童大嘴。"他们的父母说。

毛领子说："我会的。"

"打仗要勇敢，还要不怕死。"他们的父母勉励他们，"不要丢我们长沙人的脸。"

毛领子笑笑："我们决不会怕死。"

勾鼻子答："怕死就不会参军。"

童大嘴回答父母说："我们都想当英雄。"

他们的父母说："你们要互相照顾。"

勾鼻子道："我们会互相照顾的。"

毛领子也说："我们是一起长大的，会彼此照顾。"

童大嘴也表态："我们会照顾好彼此。"

他们一来就想打仗，就想报仇和向父母们信报喜。他们为自己是炊事班的士兵、整天推着土车（只有一个轮子），土车上堆着蔬菜或大米及油盐，十分懊恼、郁闷。他们看到有些士兵扛着卡宾枪（美式武器）从他们身前经过，他们就露出羡慕的眼光，觉得那才是当兵。

行军至衡阳郊外时，江苏人走来对黄抗日说："团长下令原地待命。"又问黄抗日："炊事班长，今天弄点什么好吃的啊？"

黄抗日说："我可没本事弄到肉。"

江苏人睃眼土车上的蔬菜，是捆在一堆的大白菜和几筐白萝卜，没什么新鲜东西。他对走来的张排长说："你是衡阳人，走，带我们去野地里看看，看有什么野兔、野猪没有。"

张排长抠抠头皮，说："好啊，到了我们衡阳，是该我请你们饱餐一顿。"

黄抗日望着江苏人和张排长向不远的丛林走去，又见孔老二快步走来，孔老二翘起一脸大胡子问他："江苏人和张排长呢？刚才看见他们向你这边走来，怎么，人呢？"

黄抗日指着江苏人和张排长走的方向，"他们找野味去了。"

孔老二说："江苏人是个好吃鬼，心里就惦记着吃。"说毕，他也向野地走去。

黄抗日看眼孔老二，感觉山东人性格豪爽、敦厚，不是龙连长那种只为自己打算盘的狠角，就觉得山东人好。他有些腰酸背痛，坐到一处草地上歇息。毛领子和童大嘴双双走来，也在他一旁坐下歇气。毛领子问黄抗日："班长，我们什么时候能扛枪打鬼子？"

黄抗日看眼脸色焦急的毛领子，"会有你们扛枪打仗的时候。放心。"

"多久？"童大嘴偏过头来问。

"童大嘴你别插嘴，"毛领子强调自己的分量道，"我在同班长说话。多久？"

童大嘴不服气道："毛领子，你太霸道了吧？为什么我就不能问？"

毛领子说："你爸爸妈妈要我照顾好你。"

童大嘴感到毛领子说得好笑道："那你爸爸妈妈也要我关照你。"

黄抗日望眼独个儿坐在一隅想着小丽的田矮子，回答他俩："快了。"

毛领子问："快了是多久，班长？"

黄抗日又瞟眼田矮子，田矮子正傻看着手中的银手镯，又答："快了。"

毛领子想要个具体时间："快了是多久？"

童大嘴也急道："快了是多久？"

毛领子瞟眼童大嘴，"我在问班长，你可以不插嘴么？"

童大嘴说："只你心急？我就不急？我打完日本鬼子，还要回学校继续读书。"

"既然你还想着读书，那你就不该来。"毛领子批评童大嘴，"假如你正在想一道数学难题怎么解，日本鬼子突然冲到你面前，你不慌神了？"

童大嘴说："我脑袋里没有学习，只有打日本鬼子，给我叔叔报仇。我欠了一身债！"

黄抗日想他们太性急了，"会有你还清债的一天。"

童大嘴兴奋了，"班长，快了是多久？"

黄抗日觉得童大嘴太有趣了，"快了就是快了。"

"童大嘴，你好像恨不得就要去杀日本鬼子。"毛领子说。

童大嘴望眼天空，"我比你急呢，我叔叔的英灵在天上瞪着我。"

毛领子指着自己的鼻子："你有我急？"

童大嘴赌咒道："崽不比你急！"

"我还在学校里就想当兵打日本鬼子了。"毛领子说。

"我婶婶哭脸的那天晚上，我就暗暗发誓我一定要杀一百个日本鬼子，为我叔叔报仇。那是两年前我还没满十四岁的时候。"童大嘴说，"这总比你早吧？"

"比我早？"毛领子昂起脸道，"我告诉你，我还在一九三八年，日本鬼子在南京制造大屠杀时，我当时就想，等我长大了，我一定要杀光日本鬼子。"

童大嘴转了下眼珠，立即说："你立志立得还是比我晚七年。我在一九三一年秋天，'九一八'事变后，我听说日本侵略军占领了东北三省，我当时就发誓，等我长大了我就要把日本鬼子统统杀光，杀得一个也不留。"

毛领子大笑，笑得一脸灿烂，"一九三一年，你才几岁？我会笑死去。"

童大嘴强调说："我三岁了，已经会用脑想问题了。"

"三岁就想到杀敌人了？"毛领子笑看着童大嘴，"行吧你——，你不说你还在娘肚子里就想等你出生了，就要杀光日本鬼子呢？"

童大嘴认真地点头，"你说对了，我还在娘肚子里就想过要杀日本鬼子。"

"童大嘴，我会笑死。"毛领子又补一句："那时候日本鬼子还没侵略中国呢。"

"怎么没有？甲午战争，日本人逼迫清政府签了《马关条约》，侮辱了我们中华民族，是我娘替我想的。我娘想，等我生了儿子，让他来收拾这群狗强盗。"

毛领子把甲午战争在脑海里过滤了下，马上道："等等，甲午战争是发生在一八九四年至一八九五年，距今五十年了，那时候你娘还没出生呢，是你奶奶替你想的吧？"

"这叫遗传，懂吗？我奶奶把她那辈人受到的侮辱遗传给我娘，我娘又遗传给我，所以我还在娘肚子里就想过要把日本鬼子杀光！"童大嘴斜视着毛领子,"反正比你早。"

这时勾鼻子笑嘻嘻地朝毛领子和童大嘴走来。黄抗日直起身,正准备离开,毛领子懒得与童大嘴争了,问他:"班长,日本鬼子什么时候来?"

黄抗日又望眼坐在阴忧的天空下的田矮子,想田国藩八成得了相思病,"快来了。"

"快来了是什么时候?"毛领子穷追不舍道。

童大嘴也迫不及待地说:"都说快来了快来了,就是没看见。"

黄抗日蓦地将猩猩脸绷紧,瞪他们一眼:"干你们的事情去。"

毛领子对黄抗日啪的一个立正,敬了个自以很军人的军礼,领着童大嘴和刚走近的勾鼻子干活去了。"走,走,到外面去拾些枯柴来,班长有令。"

三个十六七岁的小伙子快快活活地去寻找干柴,蹦蹦跳跳的,像几只小公鹿。

三十

爹在他的交代材料中说,他参加游击队后的第一个行动是打彭家大屋。

那是那年十二月里的事。游击队没米下锅了,干饭变成稀饭,接着就什么饭都没有了。他们得出山打劫粮食,当然不能打劫穷苦人家,游击队里全是穷苦人家出身,总不可能对自己人动手,只能对大户人家下手。游击队里那个歪着身体把党旗扯在我爹面前,让我爹对着党旗宣誓的老二,叫彭老二。彭老二是彭家村人,他提供了彭家村大地主彭大头的线索给杨队长和我爹。彭老二愤恨地说:"彭大头有的是粮食,彭家村百分之八十都是他的佃农,他家的粮食吃不完。他有一个好大的粮仓。"

"粮仓在哪里?"杨队长问老二。

老二说:"彭大头住的房子很大,有院墙,有家丁。家丁都有枪。那是他儿子从保安团里弄来吓老百姓来的。当初就是他把我逼出彭家村的。不过幸亏他把我逼出了彭家村，不然我八成还是一个胆小怕事的农民。我当初因吃了他的两个橘子，被打得躺了半个月。"

"有这事？"爹感到愕然。

"我十几岁的时候，在他家的橘树上摘了两个橘子。"老二说，"当时我肚子很饿，也顾不得那么多。我正蹲在地上吃，被他的家丁瞅见，揪住我，拎进了彭家大屋。彭大头见有人胆敢偷他的橘子，很生气，就冲着我打了几拐杖，打得我头上顿时血直流。"

"那就搞彭大头。"杨队长说。

一九九九年六月里的一天，面对爹写的这份材料，我有两个小疑问，就拿着这份材料咨询爹："爸，有一个小疑问，你写的攻打大地主彭家大屋是一九四四年冬，那时候国共两党不是还在联合抗日吗？你们攻打彭家大屋，不是破坏了国共联合抗日的民族统一战线吗？"

爹问："什么民族统一战线？"

"我翻阅过资料，"我说，"一九三六年十二月，张学良、杨虎城发动'西安事变'，抓了蒋介石，逼迫蒋介石签了联共抗日，共同抵御日本侵略军的协议。"

爹说："那是、那是，不过一九四一年'皖南事变'后，共产党就不相信国民党了，都相信国共两党翻脸是迟早的事。再说，我们饿着肚子，思想可以不革命，肚子却要闹革命。"爹拍拍肚子，"都是肚子闹的。我们躲在山里，山里又长不出粮食。当时湘南游击支队的政委说，不要让国民党保安团知道我们的藏身地。就是怕保安团有朝一日打我们。"

爹望着我回忆道："当年我们湘南游击队里的一些老同志，是从江西回来的，他们在红军撤退时负了伤，就留了下来，他们是在反国民党军队'围剿'时负的伤，从来就没把国民党看成友党，与国民党结怨很深，一直把国民党视为敌人。"

爹又说："打彭家大屋时，打的是大地主，是杀富济贫，是打他家粮仓的主意，抢他家的粮食度过那个寒冷的冬天，当时我们饿得没米下锅了。"

"爸，还问你一个小问题，地主真的有那么坏吗？"

爹说："说句良心话，大多都不坏。我们家就是佃农，你曾祖父有几亩田，但你爷爷有三兄弟，一人只能分两亩田，不够种。"爹望着我，"你爷爷年轻时种田是把好手，你伯伯也能种。两亩田经不得你爷爷奶奶和伯伯伯妈弄，你爷爷就向地主租了十亩田，每年交租给地主。这是合理的，你租人家的田种，当然要交租啊，这没什么不好。"

"我还以为旧社会，凡是地主都是黄世仁、南霸天呢。"

爹知道黄世仁和南霸天，一个是老电影《白毛女》里抢喜儿、逼死杨白劳的地主；一个是革命样板戏《红色娘子军》里的恶霸地主。爹停顿了下，看眼一九九九年六月里的天空，觉得这个天色很公道，不必当心说老实话会遭人算计，"当然有坏的、仗势欺人的，也有抢了别人的女人当小老婆的。这样的人，哪个年代都有。每个朝代都会有好人、坏人和不好不坏的人。"爹看我一眼，"说句良心话，在左的年代，一些人把过去的地主、富农都丑化了，好像只要是地主、富农就是坏人。不是那回事。有好地主，例如佃田给我和你爷爷、伯伯种的地主，也姓黄，逢灾年，他也减租减息，过年杀了年猪，还送几斤猪肉来慰劳佃农。佃农有什么困难，他还为佃农想办法。过去的地主，都是带着长工下田，也很辛苦。"

"什么是长工？"

爹解释："长工就是住在地主家，吃地主的饭，给地主做事的。长工一般是外来户，家里的田卖了或因躲避战争，凭劳动力挣口粮，整年寄住在地主家，这就是长工。能在那个年代成为地主，也是通过几代人的努力才拥有那么些田地。地主对长工好，长工才会尽力，地主欺压长工，刻薄长工，长工自己会走，去另一家打工，这跟今天的保姆没什么区别。我告诉你，三四十年代的地主，比今天的一些老板都好。"

这一章是根据爹于一九九九年六月的某天，与我交谈一番后，我在爹一九六八年写的交代材料上，整理和发挥出来的故事：

我爹他们在对谁家动手上，动了一番脑筋，那时候五里内总有几个一九四九年后，家庭成分被划为"地主"的大户，十里就会有一个超大户，就跟今天的社会一样。但不是所有的大户或超大户都是没有人性的黄世仁或南霸天，那时候的中国刚脱离封建社会制度，虽然混乱，但传统文化和因果报应的思想还充斥在民间，有的大户过年还发新棉袄给自家的长工，让几个长工穿着东家做的新棉袄出去走动，以示东家的仁厚。或发肉给租他们田种的佃农，以慰劳他们这一年的劳作，让佃农家也过上一个有肉吃的年。不像后来宣传的，所有的"地主"都那么坏、那么欺压长工或佃农。但也有恶人，彭大头有一个儿子是县长，而且任了多年，县保安团的官兵也听他指挥，彭大头的家人和管家就敢在村里横行霸道。

杨队长对彭老二说："你干起事来是不顾别人的，我告诉你，第一，不要动彭家的女人，动了，我们游击队的名声就坏了。第二，不能什么东西都带走，我们不是土匪，要开仓放粮，让老百姓也得些好处，老百姓得了好处才会拥护我们。"

彭老二笑了，因为他十几岁吃的那一顿拐杖可以还给对方了。

杨队长自己不愿出面，他把我爹叫到面前，"老二与彭大头有仇，他领着人去，八成会把这事办砸，办砸了我们在这一带就没法立足了，这个任务交给你。"他对我爹说，"有人反映彭大头的管家很坏，经常带着家丁欺压百姓，除了杀杀彭大头和他管家的威风，别人不要动。毕竟我们是去抢粮食和钱，动多了人，影响不好。"

爹犹豫着，想他为什么不去，就不想去。"彭大头再恶，也祸不至死吧？"

杨队长说："我没要你非杀他不可，方圆二十里，算来算去就他最坏，不收拾他，收拾谁？我们没粮食吃了，难道让我们饿着肚子打日本鬼子？"

爹还是不想去，"队长，现在我们的敌人是日本侵略军。粮食，我们可以找大户人家借粮，我相信他们会借的，以后再想办法还。打家劫舍是土匪，我不想干。"

杨队长说："这叫杀富济贫，彭大头家有的是钱，他儿子是县长，打劫他，穷苦百姓都有幸灾乐祸的心理，只会高兴，你懂不懂？"

爹还是不想去，迟疑道："人家没招惹我们，我们去洗劫他家，人家不愿意，打起来了免不了要死伤人，游击队不能干土匪干的事呵，队长。"

杨队长觉得我爹思想觉悟太低了，执行个革命任务还如此讲价钱，就想我爹在国民党的军队里待久了，思想十分落后，竟把自己看成土匪，生气道："你啊，在国民党的队伍里待久了，只知道孙中山倡导的三民主义，不晓得世界上最好的主义是共产主义！不懂什么叫革命，革命是不能讲亲情和乡情的，你懂不懂？我们加入的是镰刀和锤子党，这个党是工人和农民的党，革的就是地主老财的命，你懂不懂？"

爹不懂的是共产主义，问杨队长："共产主义是什么主义？"

杨队长觉得有必要向我爹阐述共产主义一词，说："共产主义就是财产共有，有饭大家吃、有衣大家穿，消灭剥削，从此这个世界上就没有剥削阶级了，大家都一样。这就叫共产主义，你懂不懂？你现在是游击队副队长，就得为共产主义奋斗，你懂不懂？"

爹嘀咕道："这个共产主义好是好，能做到吗？"

"所以要靠我们共同奋斗，共产主义又不会不请自来！你想，到了没有剥削和压迫的共产主义，人人平等，吃的都一样，穿的衣裤也一样，有钱大家用，你想买肉吃了，自己去钱柜里取钱，想拿多少就拿多少，剩的再放回去，那有多好？"

"钱柜？"

杨队长阐释说："到了共产主义，每个村子里都会有钱柜，钱柜就搁在祠堂里，你挣了钱放进去，他挣了钱放进去，我挣了钱也放进去，要用的时候再去拿。"

爹说："真的会有这样好的社会？"

"一定会有的，"杨队长口都说干了，觉得我爹这样的人脑袋里还装着国民党灌输给他的思想，"现在，你是游击队副队长，去执行攻打彭家大屋的任务吧。"

爹瞧一眼晒着冬阳的江苏人和和尚，"他们不是本地人，让他们带人去行吗？"

"他们不是共产党员，我还要考验他们。你是共产党员，就得听从党指挥。"杨队长道，"你的缺点就是怕这怕那。现在，我以党的名义，命令你带着游击队，攻打彭家大屋。"

彭家村离游击队员们居住的溶洞有二十多里远，中间隔着一个区公所和两个乡公所，区公所和乡公所都养着地方治安队，都有枪和手榴弹。他们不敢惊动地方治安队，从区公所和乡公所的旁边绕了过去。

他们于清晨赶到了彭家村，他们包围了彭家大屋，还派人守住村头和村尾，以免有人跑出村子到乡公所通风报信，招来乡公所的治安队。治安队里也有厉害角色。彭家大屋的大门紧闭，老二拍了拍门，一名着一身黑衣服的家丁，骂骂咧咧地开了门。老二突然冲到他面前，用枪抵着他，厉声道："举起手来，动一下就打死你！"家丁慌忙举起了手。

另一名家丁听到声音，提着枪走出来。老二见他端着枪，对着他开了一枪，那名家丁应声倒下。枪声划破宁谧的村庄，空气顿时振动了，使听见枪声的鸡和狗们立即惊慌不安。

爹说："别开枪。"

老二说："我不开枪，他就开枪了。"

彭家大屋的门槛很高，爹随勇猛的老二跨过门槛，里面很大一个院子。

院子里一边一棵枣树，此刻枣树上的叶子已掉光，呈现出几分凄凉。还有一座两人多高的假山，假山一旁有石凳、吊床和石磨。彭家大屋院子对面的一处窗口里射出来一颗子弹，冲老二射来，但没打中老二，子弹从老二头上飞了过去。

爹和和尚迅速躲到假山和石磨后面，老二举起从日本兵手上夺取的三八大械，对着那处窗口开枪，其他几名队员也冲着那处窗口开枪，砰砰砰砰。

爹记起杨队长向他交代的政策，清清嗓门喝道："缴枪不杀。都听着，我们是共产党的游击队，缴枪不杀。"

只听见里面有人回答："什么屁游击队，是共匪。"

几个家丁朝我爹射击，子弹从我爹头上飞过去，烧焦了爹的头发。

爹举起驳壳枪，一梭子弹打过去，那名向他开枪的家丁叫了声"哎哟"，倒下了。

老二冲进去，另外两个家丁投降了，丢下枪，胆战心惊的样子举起手。

战斗只用了几分钟，结束了，爹和和尚见那个中了弹的家丁还活着，脸色惊恐、痛苦，爹对另外两个家丁说："你替他按住伤口，你快去村里叫医生来。"

那个家丁听毕，战战兢兢地挪动着脚步，爹担心他会跑去通风报信，便对走进来的游击队员小五说："小五，你跟着他，他如果不是去叫医生，而是逃跑，就打死他。"

小五忙端着枪，跟着那家丁去村里叫医生。

彭大头和彭大头的一房、二房、三房及彭大头的四个儿女全缩在彭大头房里，彭大头坐在太师椅上，爹和和尚、老二走进去时，彭大头正端着青龙瓷杯喝茶，装得很镇静。他的三个老婆及他的儿女却神色紧张地觑着拥进来的游击队员。

"彭大头，你还认识老子么？"老二盯着彭大头说。

彭大头转过头来望着老二，脸色泰然自若。

老二勾动了扳机，一颗子弹从彭大头一旁飞过去，打在后面的墙上，砰。"老子是老二，不记得了？"老二神气极了，"那年，是你把老子逼上梁山，你今天跌在老子手上，算你倒霉。"

彭大头脸色无法自若了，咧着嘴看着老二手中的枪。

老二扳了下枪栓，指着彭大头。

"不要胡来，我们是游击队，不是土匪。"爹皱着眉头提醒老二。

老二说："他是恶霸地主。我要杀了他。"

"老二，我们要杀的是日本人和汉奸。"和尚说，"这是杨队长强调的。"

老二说："他是汉奸。"

"不要胡来，我们是游击队，不是土匪。老二，放下枪。"爹又说了遍，严肃着脸对走进来的另几名游击队员说，"把彭大头绑起来。"

他们把紧张得要命的彭大头五花大绑地推出门，彭大头害怕地说："别杀我，别杀我，你们要什么都拿去，只是别杀我。"

老二用枪抵着他的脑袋，"就是要杀你，你欺压老百姓，我们要砍你的头！"

彭大头说："我没欺压老百姓，村学校还是我出钱建的……"

"住嘴，"老二吼道，"再不住嘴，一枪打烂你的臭嘴！"

和尚瞪眼老二说："老二，我们聚在一起是打日本人，别节外生枝。"

他们把彭大头推到大院门外的樟树下，樟树下已聚集着很多听见枪声而赶来看热闹的村民。他们听说来的是游击队而不是土匪，就放开了胆子。他们认出了用枪托捅了下彭大头的腰，将彭大头捅了个趔趄的老二。

"老二、老二、老二。"一个村民率先大声冲老二嚷叫。

"老二、老二、老二。"另一些村民也与老二打招呼。

彭老二露出满嘴七歪八扭的黄牙笑着，目光不是凶悍了，而是傲气。"乡亲们，我们是游击队，我们的共产主义是打土豪分田地，惩治恶霸，杀富济贫。"

乡亲们都觉得快意，一个村民说："老二，你出息了。"

老二听见了，对那村民说："乡亲们，你们大多是彭大头的佃农，为彭大头做牛做马，有什么冤情只管说，我给你们作主。"

村里人表情各异地看着老二，议论着，都不开口。这时，那家丁把村里的老中医叫来了，爹让小五带着老中医赶紧医治负伤的家丁。爹见村民们都笑着，坐的坐、站的站，一副事不关己的样子，就对老二嘀咕了句，老二忙点头，马上向村民宣布："乡亲们，你们快回家去拿口袋，我们游击队要开彭大头的粮仓，给大家分粮。"

一村民嘿嘿笑两声问："要钱吗？"

"不要钱，一分钱都不要，白给你们。"老二说。

另一年轻人说："白给我们，我们也不敢要。"

一个老点的农民说："我们都是彭老先生的佃农，可不敢白要彭老先生的粮食。"

爹走上前问："白给也不要？"

一个满脸醉意的蛮汉，嬉皮笑脸地走来，大声说："怎么不要？我要。这辈子我还是第一次遇到这种好事。"

他们在彭家大屋忙碌了半天。他们带不走那么多粮食，就遵照杨队长的指示，把粮食分给村民。村民不敢要，彼此打量着，有顾虑。爹发现是彭大头的缘故，就把彭大头的家人及管家、女佣统统关进一间房子，让他们看不见谁谁谁拿走了多少粮食。这样，村民们就开始接受粮食了，都将自己家的口袋拿来装米，装满了，背回家。游击队也将口袋装满了粮食，有的口袋是裤子，那种土布裤子，又结实又肥大，把裤脚扎好，装上米，又把裤头一扎，于是满满地往肩上一搭，就好像半个人骑在你肩上似的。

有几个平时于村里喜欢讲勇斗狠的年轻人，围着老二。他们一下子变得十分崇拜老二了。他们爱不释手地摸着老二手中的三八大械，他们还卸下弹匣，看弹匣里一颗颗铜头子弹，那子弹头尖尖的，弹壳圆圆的且黄亮亮的。他们说："咦呀，这就是子弹哦。"

他们说："咦呀，我想要。"

老二大气地咧嘴道："你想要行呀，只要你参加我们游击队，你就会有一支枪。"

"我想参加游击队，"一个小伙子说。"老二，我可以吗？"

"行。我们游击队是穷苦农民的队伍。"老二大声说，"共产党是穷苦农民的共产党。我也是农民，你也是农民。大家都是农民兄弟。"

"我也想参加游击队。"另一个年轻农民说。

"行。你也行。"老二高兴了，"愿意参加游击队的，跟我们走。我保证你们有吃有穿，不会饿死。游击队不打人不骂人，游击队是大家的游击队。"

"那我也要参加游击队。"另一个看上去只有十二三岁的小男孩说。

"你不行，你太小了。"老二说。

"我不小了，我要参加游击队。"小男孩说。

"我们游击队不要小男孩，"老二拒绝道，"你敢杀日本人？我们要去打日本人。你是哪家的孩子？你娘是哪个？"

"我娘是我娘。"

"我是问你娘叫什么名？"老二问。

"我娘叫彭五，"小男孩说，"我叫小狗子。"

"彭五嫂哦，"老二说，咧嘴一笑。"彭五嫂我认得。行。你现在就是小游击队员了。"

有七八个小伙子想参加游击队，他们不想再在家里老老实实地种田，他们想像老二一样威风地扛着枪。他们都想要一支枪。一个小伙子说："我去跟我娘说一声。"

"我也去跟我娘说一声，"另一个年轻农民说，"慢点娘不晓得我到哪里去了。"

小狗子也说："那我去跟我娘说一声。"

老二冲小狗子说："去吧，你。"

七八个去跟爹妈告别的小伙子，只有三个回来了。其中小狗子的母亲还怒气冲冲地追来了，边骂着人，一张柿饼脸上布满乌云，气得要死的模样；还有个走路一颠一颠的老父亲也赶来了，脸上也怒气冲冲，想阻止他儿子参加游击队。小狗子的娘黑着柿饼脸叫骂道："小狗子，你个猪日的，你只去你只去，你跟娘回去！"

老二认识小狗子的娘，忙说："彭五嫂，没事的。有我咧。"

"你算个屁。"彭五嫂没好气道，"小狗子当得你？哪天他死了，尸都没人收。回家去，回家去，招呼娘打死你。"

"老子不，"小狗子说，一张邋里邋遢的脸庞异常坚决，"我要当游击队！"

"当游击队、当游击队当你个死！"小狗子的娘大声骂小狗子，"回去，你聋尸了？"

"小狗子你回去！"爹说，爹不喜欢他娘在这里闹，脸上很不高兴。

"不，我要当游击队。"小狗子神色严峻道。

另一个小伙子的父亲也在吼自己的儿子，他气喘喘地吼叫："你这木脑壳，你想死了？我不准你当什么卵游击队，给老子滚回去。"

爹皱了皱眉头，大声向队员们吼道："弟兄们，撤退，出发。"

那三个彭家村的小伙子和小狗子，不顾爹妈的怒骂和阻止，跟着这支队伍出发了。

爹他们走累了，走得大汗淋漓，气喘吁吁，这是他们人人身上都背着一袋米。他们在一处树林里休息，歪倒在枯萎的草地上，或靠着树干。

"咦，叔叔，你这枪好短呀。"挨母亲骂的小狗子摸着我爹腰间的枪说。

我二十六岁的爹模样憔悴，脸上灰尘扑扑的，因而很显老，以致小狗子把我爹看成了长辈。爹笑笑，把枪从腰间拔出来，让小狗子看个饱。

小狗子珍爱地抚摸着手枪，问我爹："叔叔，这叫什么枪？"

"驳壳枪。"

"我也想要一把这样的驳壳枪。"

"会有的，"爹懒懒地说，"等你还长大点。"

小狗子问我爹："老二哥的是长枪，叔叔，你怎么是短枪呢？"

"哦，这个么这个么，"爹没把话说完就哈哈哈一笑，"你年龄还小，趁着走得还不远，回家吧，免得你娘在家里急。"

"我不回去。"小狗子说，抹了把冻得流出来的清鼻涕。

"回去、回去，"爹说，"你娘会伤心咧，小狗子。"

"叔叔，我娘就是那样的人。等下她就没事了。"小狗子说，"我晓得我娘。"

"叫我同志。"爹纠正小狗子说。

小狗子拿着驳壳枪这里瞄那里瞄，快活不已的样子。

和尚背着一大袋米，他把米袋卸下，拍打着衣服。和尚在彭家大屋里挑了几件衣服，一件蓝色的棉袄被他穿在身上，另一件黑棉袄他打算带回去给江苏人。他走拢来，在我爹一旁坐下，爹看着他笑，和尚也一笑，打量一眼小狗子说："这孩子面相好。"

爹看小狗子，小狗子长得有些像田矮子，但额头比田矮子的圆，鼻子也比田矮子的挺。爹望眼和尚，看着昏暗的天空，思想蓦地转到了田矮子身上。

三十一

田矮子在衡阳与毛领子打了一架，吃亏的自然是毛领子。毛领子没田矮子力大，还因为毛领子是新兵，心里忌讳讲一口湘乡话的矮矮壮壮的田矮子。

田矮子一直看这些叽叽喳喳像几只麻雀一样的新兵不起，他的心里除了东北姑娘小丽，再没有别人了。一早起来，他就骂人："他娘的他娘的，你他娘的。"他骂童大嘴，因为一心要为死在日本兵枪下的叔叔报仇因而对周边的事物一概视而不见的童大嘴，早晨起床，一脚把田矮子把玩的小银手镯踩扁了，原来东北姑娘小丽送给他的银手镯并非实心，一踩就扁了。田矮子昨晚把玩着银手镯，边想着东北姑娘小丽，想着想着，瞌睡袭来，手一松，银手镯便滚到了地上。"你这猪，老子一拳打死你。"

童大嘴一脸苍白，"对不起、对不起。我赔一个给你。"

"你他娘的，"田矮子吼叫道，"怎么赔？它是我最要好的姑娘送我的，你这猪！"

童大嘴像犯了错误的小学生站在田矮子面前。这时毛领子走进来叫童大嘴，正好看见田矮子吼童大嘴，毛领子没说话，而是瞪着田矮子那张胡子乱长的圆鼓鼓的鼠脸，手攥着拳头，这是童大嘴的母亲交代他要好好照顾童大嘴。田矮子非常伤心，见毛领子握着拳头，目光愤怒，走过去，直视着毛领子说："不认识我是吧？"

毛领子犹豫了下，攥紧的拳头松开了。

"你还捏着拳头，看着我的眼睛！"田矮子对毛领子吼道。

毛领子那张英俊的脸绷紧了，就盯着田矮子的眼睛。

"看着我的眼睛！"

"我是看着你的眼睛。"毛领子也提高声音道。

"看好了，小畜生。"田矮子给了毛领子眼睛一拳，砰，那一拳将毛领子打得眼冒金花。

毛领子痛得叫了声"哎哟"，捂着眼睛说："你敢打人啊——"

田矮子恶狠狠地吼道："我是副班长，打你是教训你。"又踹了毛领子一脚。

毛领子又叫了声"哎哟"，却给了田矮子那张圆鼓鼓的鼠脸一拳。"老子不怕你，"毛领子尖声吼叫，又说："他们怕你，我不怕你。"他给自己壮胆地吼叫。

两人扭打在一起，田矮子是在乡下长大的，力气大，自然就把毛领子压在地上，拳头就落雨样打在毛领子脸上，边打边说："你这小杂种，还敢对副班长捏拳头，看你还捏拳头！"

毛领子哭道："哎哟，哎哟，等老子起来，老子崽不一刀杀了你。"

"杀了我？"田矮子愤怒道，"你敢杀副班长？你敢犯上？你这小杂种！"

毛领子挣扎着，"好的、好的，你尽管打，我会要你的命的。"

童大嘴过来扯干，田矮子把童大嘴一推，"走开，现在没你的事了。"

毛领子发誓道："老子不要你的命老子就不是人！"

田矮子给毛领子嘴巴一拳，"你再敢嘴硬，老子打烂你的嘴？！"

黄抗日正在指导苏豆壳烧火焖饭，他对苏豆壳说："要用文火焖，不然饭会烧焦。"

苏豆壳忙举着火钳，伸进炉膛，夹出两根烧得很旺的柴。

黄抗日看一眼炉膛，见炉膛里还有很多明火，说："不行，火还大了。"

苏豆壳又夹出两根猛烈燃烧的柴火，并把那两根柴火丢进湿地里，让水灭火，为的是节约柴。因为各个连队每天都要用大量的柴火煮饭烧菜，左近的树木几乎砍光了，所以柴火总是不够用。稍远的地方，树木倒是很多，杉树、枞树、苦楝树等，但从那些树木上砍下来的枝枝桠桠，都是生柴，不晒上几天就半天都烧不燃。

勾鼻子匆匆走来，向黄抗日报告说："不好了班长，副班长与毛领子打恶架。"

黄抗日瞧着勾鼻子，"为什么事打架？"

"为童大嘴踩扁了副班长的银手镯打架。"勾鼻子说。

黄抗日撇下苏豆壳一个人煮饭，绷着脸走来，他命令勾鼻子和谢娃娃拉开田矮子，又叫童大嘴抱住吃了亏而怒不可遏的像一匹烈马一样激动着的毛领子。毛领子激动道："姓田的，他们怕你我毛国风不怕你，我要杀死你。"他边骂边想挣脱开童大嘴的搂抱。

"都住手。"黄抗日尖声吼道。

田矮子因占了便宜，自然住了手，且把手插到裤兜里，冷冷地看着黄抗日。这个时候他也想收场，因为毛领子赌咒发誓说要一枪打死他。他还真有点担心毛领子于丧失理智中干出这种事来。"班长，"田矮子说，"是他先用挑衅的目光盯着我，他还说要一枪打死我。"

"我毛国风发誓，老子崽不一枪打死你，你等着！"

"听见吗班长？好恶咧，这个长沙伢子。"田矮子说，表示很难理解的样子，"他要一枪打死我，把我当日本鬼子了，这要得——"他因占了便宜就不讲狠了，"班长，你要管呢。"

黄抗日没说话。

田矮子看着继续暴跳如雷的毛领子，又说："班长，要是连长晓得你的兵打死了他的副班长，追究下来，你也不会有好日子过。"

"都别说了，都住口！"黄抗日烦他们说，"田国藩，你也少说两句风凉话！你们再吵，我马上去报告龙连长，关你们十天禁闭。"

"我要捣他的祖宗！"毛领子因吃了亏而不服道。

黄抗日恼了，斜着眼睛瞅着毛领子说："还骂？你还骂？你是骨头发痒了？硬要等龙连长下令把你吊在树上抽一顿皮带才好过些是吧？"

黄抗日又说："都是几个兄弟，天天在一起的。要讲狠，要打要杀，你们留着力气打日本人去。有狠到日本人面前现！跟日本兵讲狠那才是真狠。"

毛领子一听说打日本鬼子，眼前立即就出现了舅妈要他替她多杀几个日本鬼子的哭相，忙把嘴边的鲜血抹掉，正色道："班长，日本鬼子什么时候来？"

"就要来了。"

"多久？"

"就要来了，就这几天。"

"还有几天？"毛领子问。

黄抗日绷着一张生气的脸庞说："干活去，干活去。去把那几个树蔸子劈碎。"

田矮子松了口气的情形，在一旁吹着口哨，正准备走开。

"班长，有一点我要讲明，是他先动手打我。"毛领子觑一眼走到营房门口的田矮子，向黄抗日报告说。他揩了下嘴角的血，声明说："我不会白流血。我会要搞回来的！"

田矮子回转头来盯着他。

毛领子也一脸不怕地盯着他，目光如鹰，手又攥成了拳头。

"劈柴去，叫你劈柴你就去劈柴。"黄抗日火道。

毛领子和童大嘴走开后，田矮子用揶揄的表情觑着黄抗日。"我讨厌这几个长沙伢子。他们整日叽叽喳喳，尽说些蠢话，还把小丽姑娘送我的定情物踩扁了，我将来怎么向小丽姑娘解释？"他伤心地从口袋里掏出踩扁了的银手镯，要黄抗日看，"你看——"

黄抗日瞟眼说："你多大？他们都大？怎么可以为一只破手镯打架？"

"班长，你要讲良心，这银手镯比我的命都重要，它是小丽姑娘送我的定情物。"

"别废话！"黄抗日烦道。

"班长，有什么好烦的？"田矮子不屑地望眼黄抗日，"你堂堂的一班之长，他们你都搞不定，这班长是怎么当的？"田矮子把手往下一劈，像劈柴样，"我要是他们的班长，我要把他们一个个整得笔直，或者把他们的烂嘴巴都缝起来。"

"你是个无赖。"黄抗日不想理田矮子，说毕，走入食堂切菜去了。

这是衡阳市的一所小学，两层楼的房子，红砖黑瓦，一个小操坪，四连的全体官兵都住在这幢小学里。官兵们把课桌和办公桌拼成一片，当铺睡。食堂是现成的，只是小了点儿。官兵们吃饭时，可以打了饭回营房吃，或者坐在操坪的草地上吃，或者就站在食堂里吃。黄抗日率领着谢娃娃、程眼镜、苏豆壳、毛领子、勾鼻子和童大嘴六个学生兵，每天所从事的工作就是为四连的一百多兵官兵做饭吃。龙连长、孔老二、江苏人、和尚和张排长等几名军官，还要开小灶，总是能弄点肉来，还总是能弄点酒来。张排长因自己是衡阳人，总想尽一点地主之谊，今天弄一大块黄牛肉来，明天提一边狗肉来，扔在伙房里。孔老二会炒菜，等大锅菜弄完了，江苏人或张排长就会拖他来弄吃的。

"我去集市上买了半边狗肉，"张排长说，笑眯眯的，"你炒。"

孔老二也不怜惜劳力，把袖子一卷，走上来，便大刀阔斧地又砍又剁。弄好了，张排长会叫来龙连长、江苏人和和尚，几个军官便坐在伙房里吃肉、喝酒，谈天说地，战争啊、死去的好兄弟啊、女人啊，随着吐沫满桌子飞溅，直到深夜。有天，张排长拎着一大块黄牛肉，把黄牛肉藏在一堆蔬菜下，对黄抗日说："晚上搞了吃。"

谢娃娃择菜时发现了，惊喜地叫道："班长，有肉、肉，啊呀，还是黄牛肉。"

黄抗日瞟一眼说："别动，这是张排长拿来的。"

"我们可以搞了吃吗，班长？"谢娃娃问。

黄抗日瞟眼女孩子一样的谢娃娃，"你想死就吃。"

谢娃娃嘟着嘴，舍不得放下道："班长，我们割一块炒了吃怎么样？"

程眼镜走进来，也看见了，说："班长，真的没我们的份？"

黄抗日不想回答他们道："放下，做你们自己的事情去。"

晚上，四连的几名军官：龙连长、孔老二、江苏人、张排长和和尚，必定会来到炊事班，弄黄牛肉吃。孔老二也是军校生，毕业两年了，在湖南的这两年里，别的本事没长，但学会了吃辣椒。他亲自掌勺，炒得灶屋里满是肉香和浓烈的辣椒味。

四月里的一天，又有一批说话吵吵嚷嚷的孩子加入了四连。他们是衡阳的学生和小伙子，他们听说日本人要进攻衡阳，个个义愤填膺，决心用年轻的生命保卫家园。四连一家伙来了三十几个，个个愣头愣脑，长着一色的娃娃脸，说话孩子气十足，吵吵嚷嚷的，好像学校里下课时一样。田矮子如愿以偿，终于离开炊事班，成了新兵班长。

田矮子一成为新兵班长，就立志要干出名堂来。一大早，天还没亮，就开始训练他的十一名学生兵。让他们在操坪上排队，进行队列训练，立正、稍息、向左转、向右转、向后转和向前转。他很严厉，很看重自己的班长身份。他常常正色且大声道：

"卧倒。"

那些学生兵一听卧倒就有点犹豫，但他把眼睛一瞪，走上去就是一脚踢到对方腿上，喝道："浑蛋！"他踢得很狠，常常一脚将对方的腿踢青踢紫。"卧倒，这点苦都不能吃，连卧倒都怕？怎么打日本兵？！"他质问那些学生娃娃。

"你这畜生！"

"你这狗娘养的！"

整个早晨，你都能听见田班长骂人的声音。他把脸上的邋遢胡子刮了，衣着整洁，常常站得笔直，像树桩一样，绷着鼠脸，直视着他领导的衡阳学生兵。整个早晨和接下来的整个上午，你都能听见田班长那有意拖长的喊口令的鸭公似的叫声：

"立——正。"

"向左——转。"

"向右——转。"

"向后——转。"

"卧——倒。"

"匍匐前——进。"

田班长太想干出成绩来了。这些学生兵是他出成绩的阶梯，他不想像黄抗日一样窝窝囊囊地混日子。他把黄抗日视为窝囊废的榜样。黄抗日见他把一个学生兵踢得走路一拐一拐，就对他说："他们还是乳臭未干的孩子，屁眼还没生黄。"

"我晓得，我没瞎眼。"田矮子斜睨着黄抗日，"孩子又怎么样？越是孩子越要严厉！过去说，严师出高徒，就是这个意思。"

"我晓得，但是……"

"但是什么？"田矮子一脸狠相道，"没有但是。这帮城里长大的孩子在家里娇惯了，现在跌在我手上，是他们的造化。要是跌在你手上，那还不倒霉的？！"

那些一二五师的老兵，觉得田矮子这样做好，至少可以让这些学生娃增强一点自我保护意识，从而多杀几个日本人。卧倒好，匍匐前进更好，这都是每个士兵于战场上必须懂得和学好的基础课。在一二五师的老兵看来，谁也逃离不了战争的厄运，死神就在前面的街口上等着呢。如果不具备起码的本事，你又怎么能杀你憎恨的日本侵略军？龙连长很赏识田矮子，觉得这才像个临危不惧的战士。"你看田矮子，整天挺着个鸡胸，昂着鼠脸，一本正经地操练新兵，喊口令都把喉咙喊嘶了。"龙连长对孔老二和站在他另一旁的江苏人和张排长说,"好啊,就应该这样训练。这个田国藩,可以让他当排长。"

他禁不住爱惜地瞅着田矮子说:"休息、休息、休息一下。田班长,很好。军人就要这样。军人的天职就是服从。"

"我正是长官这样想的。"田矮子受到表扬立马嘻开大嘴笑道。

"军人都要进行严格训练,我表扬你。"

田矮子说:"谢谢长官鼓励。"

田矮子受到表扬就更加积极了,对学生兵就变本加厉的严厉起来。有天,年轻的团长来四连检查,见田矮子领着他那个班的新兵向左转向右转,卧倒,匍匐前进,让十一个学生兵直爬到陈团长的脚下才叫停。陈团长十分高兴,英俊的脸上堆满了青春的笑容。他大大地表扬了田矮子。"啊,很好,很好,我们在军校学习时正是这样。"陈团长觉得这个矮子不错,"你叫什么名字,年轻人?"

田矮子一个立正:"田国藩。"

陈团长想起了他曾祖父那辈追随的领袖——曾国藩,他家至今还保存着曾祖父与曾国藩的通信。他瞥着这个田国藩,"听你的口音,你好像是湘乡人?"

田矮子没想到陈团长都能听出他的口音,用响亮的湘乡话回答:"卑职正是湘乡人。"

"我在军校读书时,同学里有个湘乡人,说话就是你这口音。你湘乡哪里人?"

田矮子骄傲地回答:"报告长官,小人同清末儒将曾国藩是同乡。"

陈团长感到这小子可以栽培一下。"很好。湘乡出了个曾国藩,现在又冒出个田国藩。看来你是想成为曾国藩第二啰?"

"我妈正是想要卑职成为第二个曾国藩,这也是我妈给卑职取田国藩这个名字的意思。"田矮子厚颜无耻地表白,一张鼠脸鼓得更圆了。

陈团长觉得这个湘乡佬野心真不小。"成为第二个曾国藩?"

湘乡佬一本正经道:"长官,卑职的母亲是这个意思。"

年轻的团长称赞他说:"好好干,你自己是不是也想成为第二个曾国藩?"

田矮子迟疑了片刻,回答道:"长官说我可以成为我就能成为,长官说不能就不能。"

陈团长哈哈大笑,指着田矮子说:"你看上去还不那么蠢么。"

一个星期后,湘乡人田国藩成了排长。

三十二

爹在衡阳的大酒店里对我提到了田矮子和龙连长。如果不是在衡阳,如果不是那天晚上那么安静,如果不是我帮助爹回忆战争年代,也许爹永远也不会想起田矮子和龙连长,即使想起了也不会对我说。因为很多过去的事情都会从你我的脑海里一掠而过,而你我根本就不会去捕捉,更不会提及,这是人都不愿意陷入业已过去的泥淖。但那天晚上,爹莫名其妙地向我提及了他们。"有一个姓田的矮子,叫田国藩,是个好表现的家伙,一心讨好长官,做人很有问题。这个人在脑子被打坏以前,野心很大。文化并不高,却一心想成为曾国藩那样的儒将。"爹看着我说。"衡阳保卫战打掉了他的野心,一块弹片飞进了他的脑海,使他成了傻子。他后来死在一个叫槐树店的地方。"

"哦。"

"还有一个长沙人,姓龙,叫什么名字我忘了,战争把这个人变成了疯子,变成了一个六亲不认的疯子。他在一二五师时是营长,在第三师降为连长,后来他成了国军师长,少将军衔。那个年代,他能当师长,很不容易。国民党军队里，讲究出处，不是科班出身的，最多就是个连长，能给你营长当，已经破例了。一般都是在排长、连长的位置上踏步踏，很少能再往上升，这也是一些非科班出身的下级军官，觉得很没劲的原因。"

爹分析说："共产党的军队里，没这个问题，都是些没读什么书的农民，靠战功往上升，团长、师长中很多人连自己的名字都不晓得写，因此下级军官打仗时积极性高些。这恐怕也是国民党败北的原因，因为下级军官不卖命打仗，上峰再催也没用。他当连长时，营长也许还是他的见习排长，转眼却是他的长官了，能不有情绪？"

我问："什么是见习排长？"

爹道："国民党陆军军官学校里毕业的学生，一到军队里就是见习排长，随后是副连长、连长，比当了几年兵的下级军官升得快。不过，也有把不是科班出身的军官，因敢打能打，送进南京中央军校培训班学习的，学习完后，才能提拔。龙营长能升为少将师长，一定去中央军校培训过，并宣誓效忠蒋介石，不然不会给他师长当。他在一九四九年十月的一天，被我们白水游击队捉拿，未经审判就枪毙了。死时怕还不到三十岁吧。"

"嗬，怎么会不经审判？"

"这是双方交战时，游击队死了不少人。那是我们打的最后一仗，杨队长的弟弟当时是白水大队三中队队长，也战死了。杨队长火了。"

"当时你在场吗？"

"我在。"爹说，"龙将军认出了我，但他没向我求饶。他也晓得向我求饶没用。"

爹又说："我还记得，当时得到消息，有一伙国民党军残部流窜到了白水县，企图经白水向广西逃窜。到了解放战争的末年，有些人看到共产党要赢了，纷纷加入了游击队，白水中队扩成了白水县游击大队，常常与邻县的游击大队配合作战。我们得到消息，就去阻挡，当然就与这股国军残部遭遇上了。"

"哦。"

"双方的伤亡都很大。战斗在一处叫乳峰山的山坳里打的。我们在山坳里拦截了这支逃跑的国民党残余部队，当时程潜和陈明仁已在长沙致电毛泽东，宣布起义了。我们拦截的是一个军的残部，大约有四五千官兵。他们被第四野战军迅速割成了几块，战斗结束时，龙师长被我们捉了。他就像当年田将军一样，让一个团堵截追上来的四野战军，自己带着一个营的兵逃跑，恰好遇上了奉命拦截的我们白水大队。于是打了一场恶仗。他负伤，躲在一处草丛里，被我们俘虏了。游击队员把他押到了我和杨队长面前，他垂着头，左臂流着血，一脸邋遢相，我一眼就认出了他。他没想到自己会栽在我面前。"

"他认出了你吗爸？"

爹点头，"他认出我了。四四年至四九年，只相隔五年，都没什么变化，他没想到我会成为一名游击队。他看我一眼，又把头低下。杨队长很恼火，因为很多游击队员都死于这次战斗中，他弟弟、老二和小五——这也是两个游击队的中队长和副中队长，都牺牲了。杨队长暴戾极了，虎着脸说：'拉出去枪毙。'我想阻止，但上面派来指导我们开展工作的刘政委都没出面阻止，我就没说话。我注意到姓龙的已是少将，肩章上嵌着一颗星。"

"少将？"

爹说："按规定少将是不能随便枪毙的。要枪毙，必须经上级审判，再枪毙。"

"为什么不能枪毙？"

"事实是，任何一支军队都没权枪毙俘虏。"

"杨队长下令枪毙少将龙师长？"

"是啊，他下令枪毙少将龙师长。"

那个下令枪毙少将龙师长的杨队长的儿子是我姐姐的小学同学。杨队长因擅自下令枪毙国军少将师长，受到了上级领导的严厉批评，并被停职写检查和降职使用。杨队长觉得自己是一个老革命，老共产党员，提着头出生入死地为共产党卖命，枪毙一个坏人有什么大不了的？因而满肚子委屈，觉得自己被冤枉了。他为此很消沉。后来他又犯了些别的错误，被进一步降职使用。他降职后变成了一个酒鬼，整天酗酒，喝得烂醉如泥，倒在街上就呼呼大睡。一九六三年，黄家镇驶来了第一辆解放牌卡车，他冲上去对卡车说：

"你给老子站住，跑什么跑？还不站住，老子一枪毙了你！"

司机是个新手，慌了神，反而开着车朝他冲过去。那是司机将油门片做刹车踏板踩了。车头把杨队长撞倒，前车轮从他胸脯上压过去，后车轮从他肚子和大腿上碾过去。

他的尸体满是酒气。

"你不要死，你不要死，你死了我怎么活啊。"桂花害怕地对正在向死亡的旅途上漫步的老公说，"山猫、山猫，你睁开眼睛啊。"

"黄抗日已经不行了，"杨队长对桂花说，"桂花你去看看他吧。"

当时桂花正在溪边洗衣服，很多游击队员在家里从不洗衣服，这是他们在家里不是有母亲洗，就是有姐姐或嫂子洗。所以，他们为洗衣服很苦恼，衣服穿了又穿，衣服上都结了一层脏壳了仍不洗。桂花主动挑起了大量洗衣服的重担，一双手洗得白白的，皮都掉了。桂花听毕，脸一下子比手都白。马上丢下一大堆衣服，去溶洞里看她男人。

我爹于二打槐树店时屁股上挨了一枪，由于没有药物治疗，伤口便一天天溃烂。那是夏天，伤口一溃烂就生蛆，蛆虫在伤口里翻滚。桂花把一双筷子削尖，每天都可以在老公的伤口处夹出几十只蛆虫。而黄抗日却由于伤口的腐烂，发着高烧，打摆子、说胡话。脸上，眼睛鼓了出来，眼眸呈黄色，好像我们见到的病狗的眼眸。

"山猫、山猫，你不能死啊。"桂花伏在他身上，"你要晓得，我没你不行啊。"

爹不想活了。他觉得活着是受罪，整天躲在潮湿的溶洞里，屁股疼痛得要命还是其次，重点是他已厌倦了一些类似于打家劫舍的营生，今天抢彭家大屋的粮食，过段时间又夜袭县城商铺，无非是把抢到的光洋拿到集市上买农民手中的大米或猪肉。这种"杀富济贫"的、被人称为"共匪"的生活不是他喜欢的，他更喜欢自食其力——觉得那才吃得安心、睡得踏实，而山上无法种植水稻，既没田耕种，也没有大片的阳光沐浴农作物。阳光都被挺拔的树木掠走了。每次他奉命外出，桂花都担心得要死，而他，也觉得没劲。他睁开眼睛，望着桂花，"我死了，你不要守寡，要改嫁。晓得么？"

"不不不，我不要你死。"桂花哭着说。

爹刚与死神打了个照面，死神问我爹，他死后是想变猪还是变牛，爹脑袋还清晰，喃喃说："变猪，迟早要被人宰了吃，变牛，也是被人奴役至死。我都不变。"死神问我爹："那你要变什么？"爹想起童年时候听说书人说孙悟空翻个跟头就是十万八千里，便对死神说："同志，我想变成孙悟空。"死神对他称自己"同志"吃了一惊，以为他是叫别人，望望左右没别人，这才说："孙悟空不在我管的范围内，他属如来佛领导，这我没法满足你。"

这时桂花匆匆走来，她挤开了站在他面前的死神，死神对他说："我等下再来。"说毕，飘然而去。爹淡淡地告诉桂花，"我刚才已看见了阎王爷，他等下来收尸。"

"阎王爷不会收你的尸，"桂花哭着说，"阎王爷到别个家里去了。"

爹无力地说："死神刚才问我死后是变猪还是变牛，我说我想变成孙悟空。死神说他满足不了我，他管不了孙悟空。"

"啊，你不能死啊，你死了，我肚子里的孩子怎么办啊？"桂花感到恐惧地哭着，涕泪滂沱道，"孩子一生下就没爹，这多不好呀。山猫，不要抛下我啊。我好怕的。"

"你有崽了肚子里?"爹这样问她。

"已经有四个月了吧。"

"你怎么不告诉我?"

"我开始还不相信,现在我相信我肚子里是有孩子了。"

"啊,那我得活下去。"爹看到了新的希望,又感到自己还任重道远,不能死。

爹对桂花说:"把小五叫来。"

桂花去叫小五,小五跑来,以为我爹有什么遗言,"黄副队长,您有什么话要交代?"

爹对小五说:"你去把那个老中医请来。"

桂花没说错,但她肚子里的孩子于五个月时,流产了。假如那孩子成功地生下来,那我大哥就只能改叫二哥了。桂花为游击队员洗衣服劳累过度,孩子小产了。这是她整日整日地蹲在溪边洗衣服,孩子终于没什么阻碍地流了下来。

当时日本人投降还没几天,他们在欢呼日本侵略军投降的喜悦里,我大哥的娘桂花突然跌倒了,蓦地感到肚子剧疼,于是一脸蜡白地叫丈夫:"山猫、山猫、山猫。"

爹跑过去问:"怎么啦你?"

"山猫、山猫、山猫,我肚子痛,我我我肚子痛。哎哟哎哟啧啧啧。"

爹慌乱了,看着她。"怎么啦你怎么啦你?"

"山猫、山猫、山猫,我可能要生了。"

爹一脸灰白,"好吧好吧,那就生吧。"

孩子生了下来,是个死婴。山上没有医生,爹将匕首放到松油灯上烧了烧,消毒,亲自为桂花割断脐带,扎了个结,塞进了桂花的生殖器。他对桂花说:"你好好休息。"接着,他洗了手,将死婴交给杨队长的老婆处理,"你把它埋了吧。"

杨队长的老婆没把死婴埋掉,桂花失血过多,体虚,需要营养,山上已有好多天没有肉吃了,那些野生动物被游击队员们枪杀不少,剩下的亲眼目睹过杀戮的动物,害怕游击队员们再追杀它们,全跑到没有人活动的更远的山里去了。于是她自作主张,把婴儿剁碎剁碎,做成肉饼子,将肉饼子蒸熟,端给桂花吃。

"你体质虚,吃了吧。"杨队长的老婆对桂花说。

桂花吃了口,不知道这是从她身上割下来的肉,说:"哪里来的肉?"

杨队长的老婆当然不会说真话,立即撒谎道:"一个同志打了只山鸡,见你刚小产,要营养,就献了出来,我特意做了给你吃。"

桂花又吃了几口,见杨队长的老婆目光炯炯地瞅着她,便说:"你吃点吧。"

杨队长的老婆一悚,说:"我已经吃了,你安心吃吧。"

桂花舍不得再吃,"那就留给山猫吃吧。"

"山猫同志已经吃了,"杨队长的老婆说,"你就放心吃吧。"

桂花觉得很好吃,结果她就吃了自己生下的死婴,事后她问男人:"山猫,你吃了杨嫂做的肉么?"

"唔,吃了。"男人说。他并没吃,他问杨队长的老婆端的是什么,杨队长的老婆告诉他,她端的是桂花身上割下来的肉。他听了这话,当时差点吐了。他不能对桂花说,那样的话,桂花会做噩梦,甚至会将吃下的去肉全部呕出来。那会进一步伤身体。

"好吃吗?"他盯着桂花问。

桂花天真烂漫的样子一笑,"好吃。吃了,人就没那么倦了。"

一九四七年冬,桂花再次怀孕,这一次怀着的就是我大哥——那个读小学时可以连跳两级，长大了注定要去北方摔打，最终落户在北京的男人——我二十九岁的爹这次可不敢掉以轻心。他热切希望有一个儿子。他不敢再让桂花蹲在溪边为游击队员洗衣，他担心女人于洗衣中，孩子又流产。而且桂花的手由于每天要洗那么多衣服，已跟槐树皮一样粗糙了。"桂花，你得回家养身体。"二十九岁的爹严肃着猩猩脸说，"你不能再流产了。"

"不，我要跟你在一起。"桂花不愿意离开他说。

"想想吧，要是你再小产，你就生不出孩子了。你已经三十岁了。"

"我不不不回去，山猫，我就是要跟你在一起。"

"你不想要孩子？你回去，有我妈照顾，你肚子里的孩子会很快生下来。"

"我怕我回去就再见不到你了。"

"讲傻话哦。"爹说，摸了摸女人的手，很心疼女人的手成了这种怪模样，像山林里爬在地面上的树根。"回去吧，回去吧。我希望这个孩子能生下来。"

桂花昂起她那张又黑又憔悴的脸，看了眼男人，然后把头缩到男人怀里。"我舍不得离开你啊，山猫。"

"你得回家生孩子，"爹说，"这很重要，我们得有个孩子了。"

桂花离开了游击队的驻地，依依不舍。大家也对她依依不舍，尤其是那些经常把衣服拿给她洗的游击队员。他们希望她孩子一生下来就马上回驼峰山。

"桂花嫂，生了崽就回来呀。"老二说。

"好的。"

"桂花姐，一定要回来呀。"另一个游击队员说，"我们还等着你回来洗衣服。"

"好的。"桂花说，觉得自己没为他们白洗衣服。

那时候国共两党完全翻脸了，华东和东北三省，国共两军正打得不可开交。湖南境内，国民党军队也在大力围剿湖南地下党领导的各地游击队。

驼峰山是游击队驻地，保安团来攻了几次，没捡到便宜，丢下几十具尸体和枪支、弹药，撤了，但出口都被县保安团封锁了，来去的农民都要盘查。爹把驳壳枪给了小五，让小五藏好，在暗中护送桂花回黄家镇。爹把小狗子叫到面前，让他扮装成桂花的侄儿，替桂花拿着包裹，走在桂花一边。爹送着他们走出山，瞧着他们走进树林，树林那边有条溪水，顺着溪水走十几里，就到了黄家镇。

那天半夜，小五和小狗子回来，对我爹说："报告黄副队长，嫂子安全到家了。"

爹心里的磐石落了下来，对小五和小狗子一笑，"辛苦了。"

就是那年冬天，来了一支正规军，来剿灭白水县游击队。他们是驻湘国军的一个团，团长是个大胖子，腰间别把小手枪，胸前挂着美式望远镜，一身黄皮，肩章上钉着三朵花，是上校。上校团长指挥着一千六多名官兵，扛着机枪或端着美式卡宾枪，志在把白水县游击队一举歼灭。他们对白水县游击队十分恼火，这支游击队弄得白水县的富人们不得安宁，甚至人心惶惶，他们今天袭击这家富人的粮米仓，过两天又袭击县党部的车队，把车上的粮食或物资洗劫一空，又过几天又把县党部几个要人的家也打劫了，甚至连县党部书记长家的一床鸭绒被也被抢走了。这就弄得县党部多次向上峰请求，派军队来剿灭这支令他们讨厌的游击队，于是来了一支战斗力很强、一色美式装备的国军，配合县保安团，攻打驼峰山上的游击队。他们依仗武器好、人数多，一点也不含糊，步步为营，攻破了游击队的防线。

爹和众游击队员拼命射击敌军，企图依赖坚固的山头和掩体打退国军和保安团，爹对他的游击队员说："同志们别慌、别慌，别轻易暴露目标，节约子弹，瞄准打。"

但是不行，只要你一开枪打，敌人就几十支枪对着你射击，敌人的火力很猛，手中的美式卡宾枪，一勾扳机，就是多粒子弹连发，打得游击队员没法抬头，更不要说瞄准射击了。有几个游击队员见敌人拥上来了，开一枪，想挪动一下，刚起身便被射来的卡宾枪子弹打伤或打死了。爹和杨队长、江苏人身先士卒，在前面阻击敌军。爹拿着挺机枪，以为手里有这样的家伙，可以一夫当关，万夫莫进。但完全不是这回事，美式机枪的火力更强大，压住了日军机枪。爹见这支军队的火力比日本军队的还要厉害，便对一旁的游击队员说："同志们，小心自己的脑袋，不要乱跑，瞄准敌人再开枪。"

他们与敌军僵持了一气，双方都有伤亡，游击队员打死打伤了二十几个敌人，自己也被敌军打死打伤二十几人。爹知道守不住，因为这不是保安团的那些一听到枪声就缩在工事里不敢动的软蛋，而是国军正规部队。战斗前，杨队长曾对我爹和江苏人说"我们一定要守住，溶洞是我们的粮仓，不能丢了"，爹对趴在一旁射击的杨队长说："老杨同志，只能撤，敌人太强大了，再打下去我们都会没命。他们人多、枪多，我们打不赢。"

杨队长也看出来了，说："溶洞里还有好多准备过冬的物资。"

江苏人插话道："死了，那些物资都白准备了。"

"看来不得不放弃，撤前，"杨队长绷着脸对我爹和江苏人说，"你们顶一阵子，我先带些同志去溶洞里多带些粮食走，免得大家饿和冻死在山里。"

爹瞟眼战场，到处都是国军士兵，忙说："那你快去，我和弟兄们顶一阵，快走啊你。"

杨队长忙对趴在一旁射击的几个游击队员说："同志们，撤——"

爹是副队长，江苏人那时既是县游击队的"军事顾问"，还是湖南人的女婿，两人都是老兵，又各持一挺机枪，就不怕。江苏人知道怎么阻击敌军，对我爹一笑，抱着那挺机枪，领着三名游击队员，迅速移动到另一处高地上，架起机枪射击。两挺机枪形成了交叉火力，扫射着往山上冲的敌军。敌军被他俩打得一时不敢抬头，坚持了半个小时，敌人退了，突然迫击炮弹飞来，在游击队阵地上爆炸。一颗迫击炮弹落在江苏人趴着的阵地上，轰隆一声，只见江苏人的半边身体飞上了天，然后落下。爹知道江苏人牺牲了，便领着剩下的游击队员撤退。他们熟悉地形，在山里生活了几年，知道怎么行动便能很快摆脱敌人。他扛着机枪，领着众队员七弯八拐地撤离战场，走到溶洞前，杨队长他们还在往口袋里装米，没看见军事顾问，便问我爹："刘顾问呢？"

爹说："他牺牲了。"

杨队长满脸惊讶，"牺牲了？"

爹心里很痛，和尚走时，江苏人也要走，是爹做工作留下的。江苏人是南京市里长大的青年，心性高傲，不愿意屈尊于我爹名下，这个"军事顾问"的名号，是爹劝杨队长封给江苏人的。这会儿江苏人却战死了，爹耳朵里还残留着江苏人被炸上天时留下的那声惨叫——那声惨叫从距离上看，似乎是不能传进他耳朵的，但被强劲的山风刮来，并像针一样刺痛了爹的耳朵。爹不愿再回答杨队长，转头对众游击队员说："同志们，不想死的，都进溶洞里抓几把米和盐，敌人肯定会围困我们，大家要做好被困死的准备。"

老二、小五和小狗子他们忙冲进溶洞，抓几把米和盐放进衣服口袋，他们都明白盐很重要，不吃盐就没力气打敌人。接着，他们往更深的原始丛林跑去。他们躲进了茫茫林海，这片原始森林足可以隐藏一个军，何况只是一百多名游击队员。敌人寻着他们的足迹追来，散开，三五成群地搜山。山里没路，除了茂密的丛林、灌木和荆棘，还是茂密的丛林、灌木和荆棘，这阻挡了敌人的视线和行动，反倒便宜了他们。他们以少胜多，打走在最前面的敌人，一阵枪林弹雨倾泻下来，总要打死好几名敌人，待敌人醒过神来还击时，游击队们又悄悄撤了。这样打了几次小仗，敌人吃了不少亏，不敢往森林里深入了。敌人围着森林，很想困死他们。以前，保安团围山，只是驻守在山外出口的明处，游击队员们出击了几次、打死了几个保安团的队员后，保安团的士兵便变得怕死了，一听到枪声，基本上缩在堡垒里不出来。保安团的官兵，大多是本县人，遇上老百姓顺便欺负一下，但不敢在游击队面前耍威风，所以封锁只是个形式，做给县党部的人瞧瞧。这次来的这支国民党军队很正规，打仗一套套的，武器又好，把游击队员逼进了原始森林。

很多年后，爹对我说，这辈子他最感饥饿的是一九四七年冬，他们被国民党军队围困在山里的那一个多月。"饿得实在没办法，最后，只好吃人肉，吃死尸。"爹说完这话，龇牙咧嘴的，似乎牙齿上还残留着瘆牙的味道。

他们开始还有米吃，饿了，抓一把生米放进嘴里，嚼碎，虽然味道生涩，但还是吞进喉咙，让肠胃去进一步处理，该吸收的吸收该排泄的排泄。后来，生米吃完了就吃树叶，冬天里，许多动物都冬眠了，没冬眠的，不是被他们击毙吃了，就是逃进另一片森林里躲藏起来了。能吃的树叶也不多，饿得实在不行了，大家就寻找一种灌木的树根和观音土——一种细细的黄泥，这种树根和观音土都十分难消化，因而个个肚子鼓胀胀的，却浑身乏力。十二月下了两场大雪，大雪覆盖了灌木和土，观音土也找不到了，挖了半天，挖出来的却是黑土或石头。大家又饿又冷，肌体对着他们发出各种警报，让他们像饿狼一样寻觅充饥的食物。有天，老二饿得眼睛发黑，在雪地上刨观音土，刨啊刨的，刨开雪、刨开土，土是那种黑泥沙土，无法吃，花了这么多气力，获得的是这种脏土，他感到懊恼地踢了土一脚，土踢飞了，露出了军服的一角。他盯着军服，又用脚扒了扒，两天前他们在这里与围剿他们的国军打了场遭遇战，他们打死、打伤了几名敌人，这可能是其中一具士兵的尸体。尸体着一身士兵服，国军官兵将战死的士兵就地草草掩埋了。老二盯着尸体，眼睛突然一亮，咽了下口水，问走近的小五："你敢吃死人吗小五？"

小五饿得走路都浑身无力了，每走一步，肚子就因饥饿向他咕咕咕地哀求，扛枪的肩膀都在发抖。他软弱地坐下，看着这具尸体说："老二哥，只要你敢吃我就敢吃。"

老二的目光变凶了，"与其这样饿死，不如饱吃一餐敌人的肉再死。"

小五也觉得有道理，"我以前听村里的说书人说，古时候是有人吃人的事呢。"

两人把尸体从雪地里刨出来，尸体还没腐烂，老二把尸体脸庞上的土刨开，瞧一眼，判断说："他应该只有二十岁。"

小五也瞧眼尸体，"怕是只有二十岁。"

老二的腰带上挂了把刀，刀插在牛皮刀套里。老二把刀拔出来，把尸体的裤子划破，一刀扎在尸体的大腿上，肉都冰冻了，费了很大的力才割下一块肉。这肉看起来有些怪，过于白了点，也过于细嫩了些。但重要的是这是肉，不是泥土、树根。地上有很多枯枝，树上也有很多枯枝，他们把这些枯枝捡到一起，又找来枯燥的茅草，塞到架起的枯枝下面。老二口袋里有只打火机，是他们袭击县党部书记长家时，他在书记长家的桌子上拿到的，是只美国人生产的洋油打火机，叭地一按就燃起一朵黄火。老二很珍爱它，舍不得给别人。这会儿，他一按，一朵黄火跳在眼前。他把那朵黄火塞到茅草下，茅草燃了，枯枝也跟着燃烧起来。老二用一根树枝穿起那块肉，放到火上烤，不一会，一股肉香飘进了老二、小五和另外几名游击队员的鼻孔。大家都望着老二，老二把那块肉翻过来转过去地烧烤，烤熟后，从口袋里拈出一撮盐，抹到肉上，对几个游击队员说："我先尝一口。"他一口咬下，马上说："好吃，比树根和观音土好吃一百倍。"

小五昂着一张流着口水的脏脸说："给我一点试试。"

老二撕下一条肉给小五，小五把那条肉放进嘴里，吃着道："好吃，像兔子肉。"

爹和杨队长正苦着脸，饥肠辘辘地坐在一处避风的雪地里。爹这几天，为了抵制饥饿，也吃了不少观音土，渴了，乏力了，便从口袋里抓点盐和着雪一起放进嘴里，咽入喉咙。小狗子兴奋地走来，对他和杨队长说："老二哥和小五哥他们在吃死人肉。"

爹和杨队长都大惊，两人相视一眼，爹起身，感觉肚子饥饿地咕咕咕叫了几声。他和杨队长、小狗子走来，还在老远便闻见了肉香，从肉香上判断，像烤猪肉的香气。爹和杨队长走上来时，感觉那情形十分恐怖。整具尸体被老二、小五掏空，肠肝肚肺被扔在雪地上，一根削尖的树枝插进尸体的盆腔，穿过胸腔，从颈椎旁穿出，架在火上烧烤，像烤全羊似的，已完全烤熟了。一些人正撕下一块肉，放点盐到肉上，吃着。另一些人还害怕吃，矛盾且羡慕地瞪着别人吃死人肉。爹与杨队长看着老二和小五他们吃着烤熟的死人，爹和杨队长都流着口水，两人的肠胃在乞求他俩勇敢地走拢去。老二看见我爹和杨队长，满脸快活道："两位队长，好吃，真要感谢国民党反动派给我们提供了肉。"

爹不动，杨队长经不住肠胃的怂恿，接过小五递给他的一块烧熟的人肉，吃了，"味道还不错，跟吃鸡肉样。"他望眼觑着他的众人，"人肉很细嫩。同志们，吃啊，怕什么？"

众游击队员听杨队长这么说，都走拢去撕扯人肉吃。小狗子挤上去，撕下一块，走来，撕一条给我爹说："黄副队长，你还不吃就没了。"

爹饿得都要晕了，接过一条烤熟的人肉，放入嘴中，一嚼，满嘴流油、流香，一入胃，通体都欢腾、快乐了。爹想真是国民党反动派给他们提供了肉，问老二："还有吗？"

老二分开众人，撕了块死人颈脖上的肉，抹点盐，递给我爹，爹又吃了，感觉体力恢复不少，不再疲惫和厌倦了，说："大家找找，看还有没有可以吃的死人。"

那几天，他们就找死人吃，挖到一具国民党官兵掩埋的尸体，就欢欣雀跃，刨出来，剥掉衣裤，开膛破肚，扔掉内脏，用一根树枝穿过，架在火上烧烤。他们为活下来而战。国军官兵觑见烟火，来袭，看见游击队们吃着他们掩埋的尸体，再也不愿在这里打仗了，因为他们遭遇的不是人，而是人魔，他们怕战死后被这些人魔架在火上烤熟、吃掉。他们对长官说："长官，走吧，再不走，打死了，都会被烤熟、吃掉。"

大胖子团长见到烧烤成焦黑色的人体骨架后，恶心得眼睛一黑，晕在地上，醒来后，他对团参谋长说："看见吗？都人吃人了，还打什么啊？撤。"

三十三

四连所驻扎的学校旁是一片树林，穿过这片树林，是条公路，穿过这条公路再走两条街，就是一条妓女云集的小街巷了。这条街臭烘烘、滑腻腻的，到处都有油渍、纸屑、果皮和痰液。但这条街总是张灯结彩的，浮动在门楣上的漂亮灯饰掩饰了地上的肮脏。这条街的地面被第十军的官兵踏出了一个个坑，原来不大的坑在官兵们有力的军鞋下，拓宽了很多，那是大兵们的脚踩出来的。他们大踏步地在这条街上走着，高兴地跺着脚，吹着口哨，搂着姑娘，与姑娘亲吻或者让姑娘们坐到他们腿上。他们奉行及时行乐的政策。他们向姑娘们吹嘘说，他们誓与衡阳城共存亡，要她们不要怕，因为有他们保卫衡阳。

"那我们不走。"妓女们感动地回答。

"不走就好，你们一走，这座城市就尽是男人了。"第十军的官兵说，"没有女人，男人活着也是白活。"

妓女们可怜这些男人说："好了，乖乖，我们会陪你们的。"

第十军的官兵高兴了："就冲你们，我们也要把衡阳守住。"

妓女们高兴了："我们这些老百姓就靠你们啦。"

第十军的官兵非常自信道："没问题，有我们在就有你们在。"

其实第十军的官兵心里都清楚不定哪一刻脑袋就搬了家，子弹、山炮、野炮和飞机扔下的炸弹都会叫他们丧生。他们害怕白白死去，所以他们要及时行乐。

"到时候，你是怎么来到这个尘世上的，你都不晓得呢。你不亏了么程眼镜？"勾鼻子开导程眼镜说，"去吧去吧，你至少也要去玩一次。"

"我不去。"程眼镜说，态度很坚决。"我是来打日本鬼子的。"

"去吧，程眼镜。"毛领子既劝程眼镜，又劝童大嘴说，"走啰走啰，一起去散散心。"

童大嘴不屑于玩女人说："你们去。我不去。"

"我也不去。"程眼镜说，表情不容置疑，"我要对得起苏豆壳的妹妹。"

"苏豆壳的妹妹是你的未婚妻？"毛领子问。

"不是。"程眼镜说。

"那你要对得起她什么？"毛领子挖苦道，"你不是有神经病吧你这人？"

"不是神经病，而是为了爱情。"程眼镜一脸道德和神圣，不屑于去妓院找姑娘玩，"我这人你们不了解，我这人的毛病就是对爱情忠诚不二。"

毛领子大笑，"还忠诚不三呢，我会笑死。"

程眼镜等毛领子的笑声落下后，又急急表白道："你们交我这样的朋友真是交对了，我这人是死脑筋，对朋友从来没有二心。"

"我也不去，"童大嘴说，看一眼毛领子、勾鼻子和在一旁暗笑的谢娃娃。

勾鼻子觉得童大嘴没有道理不去，问："为什么？不是爱上了哪个姑娘吧？"

童大嘴一脸坚贞道："我要对得起苏豆壳的妹妹。"

"你也喜欢苏豆壳的妹妹？"程眼镜惊愕不已，他只知道谢娃娃在跟他竞争，没想到他还有一个隐藏的情敌，"你也喜欢苏豆壳的妹妹？"

"苏豆壳的妹妹是谁？"童大嘴说。

"苏豆壳的妹妹就是苏豆壳的妹妹。"程眼镜说，脸上呈现贪婪的神色。"一个极为出色的姑娘，要脸庞有脸庞，要肤色有肤色，要眼睛有眼睛，要鼻子有鼻子。"

毛领子帮他把话说完："要耳朵有耳朵，要眉毛有眉毛，要手有手，要脚有脚。"

"对。"程眼镜说，一脸美好的表情，"你说了我正想说的，她是天生的大美人。"

"我们去吧？"勾鼻子说，"让这两个猪为苏豆壳的妹妹守贞洁。"

"你去不去？"毛领子问谢娃娃，"我问你呢？"

谢娃娃昂起女孩子样的脸蛋说："程眼镜去我就去。"

程眼镜不为所动道："我要为苏豆壳的妹妹守贞洁。"

"那我也要为苏豆壳的妹妹守贞洁。"谢娃娃站到程眼镜一边说。

"你也要为苏豆壳的妹妹守贞洁？"毛领子愕然道，"你没搞错啵？"

谢娃娃骄傲地回答道："不，我没搞错。我确实要为苏豆壳的妹妹守贞洁。"

毛领子大惑不解："苏豆壳的妹妹真有那么漂亮？"

"很漂亮，"谢娃娃说，"她是天生的大美人。"

"很漂亮，"程眼镜说，"她是天生的大美人。"

"很漂亮，"童大嘴嘻嘻一笑，"她是天生的大美人。"

毛领子恼怒他，"童大嘴，你跟着起什么哄？"

童大嘴吐吐舌头，"反正我不去那条街。"

勾鼻子说："毛领子，让他们三个傻瓜为苏豆壳的妹妹守贞洁，我们两人去。"

瘦高瘦高的苏豆壳走了进来，一张典型的瓜子脸，一个漂亮的鼻子，一双黑亮亮的漂亮的眼睛盯着他们。"你们都瞪着我看干什么？"他问他们。

"苏豆壳，他们都说你妹妹很漂亮。"毛领子问，"这是真的吗？"

"哪个说的？"苏豆壳用他那双漂亮的眼睛盯着毛领子。

"谢娃娃说的。"

"我没说。"谢娃娃回答。

"程眼镜也说了。"勾鼻子说。

"我崽说了。"程眼镜回答。

勾鼻子说："你刚才说苏豆壳的妹妹是天生的大美人，你说没有？"

程眼镜说："我没说，我崽说过这话！"

"哪个敢打我妹妹的馊主意，我就揍他。"苏豆壳正严厉声道。

"看你的长相，也可以想象你妹妹的样子。"童大嘴说。

"你什么意思？"苏豆壳说，把纯净的目光投到童大嘴的脸上。

童大嘴咧开嘴大笑，"他们都说你妹妹是天生的大美人。"

"谁也不能打我妹妹的主意。你不能，你也不能。"苏豆壳用他那双漂亮的眼睛盯一眼谢娃娃和程眼镜，又瞪着毛领子："还有你，也不能。"

毛领子笑了声，"我又不认识你妹妹。"

苏豆壳盯着程眼镜、谢娃娃和童大嘴，"你们都别打我妹妹的主意。"

勾鼻子说："走吧，我们到那里玩一玩。"

"到哪里玩？"苏豆壳问。

"去姑娘最多的地方，"勾鼻子说，"那里的姑娘喜欢我们这些年轻人，你去不去？"

"去。"苏豆壳回答。

"你呢？童大嘴？"勾鼻子企图把童大嘴拉去。

"我？不去、不去。"童大嘴摆手说。

"你呢谢娃娃？"毛领子说，又加了句："你反正又得不到苏豆壳的妹妹。"

"我不去，"谢娃娃嘿嘿嘿一笑，"我还是要为苏豆壳的妹妹守贞洁。"

"我也要为苏豆壳的妹妹守贞洁，"程眼镜咽了下口水，讨好的模样瞥眼苏豆壳，"要是苏豆壳回到长沙，对他妹妹说我在衡阳的妓院玩了姑娘，那还有我的事吗？"

"你们都不够格。"苏豆壳指出说。

"这不是够不够格的问题，"程眼镜说，"这是我个人的态度问题。"

"对，我也觉得这是个人态度问题。"谢娃娃附和程眼镜说。

苏豆壳本想教训谢娃娃和程眼镜几句，要他们正确地认清自己，不要妄想打他妹妹的主意，但来不及了，因为毛领子和勾鼻子已对他们彻底失望地大步走了出去。

黄抗日也去过那条街，但他没机会干那种事。他在到处客满的情况下绝望地走了回来。那么多大兵，那些大兵在门口嚷着，叫着，为争抢一个姑娘而打起了群架。黄抗日见场合不对，因为那些大兵见人就打，他只是站在那儿就平白无故地挨了六拳。他们甚至都不问他是哪边的，哪个师哪个团哪个营的，拳头就打来了，有一拳还把他的鼻子打出了血。他只好捂着流血的鼻子打道回府。

黄抗日还去过一次，那是一天下午，那已是侵略军兵临城下的日子。他是被毛领子和勾鼻子带去的，两个小兵很想去，又怕班长责罚他们干更多的活，就动脑子唆使班长一并去。他们一前一后地围着班长转，不失时宜地对班长绘声绘色地描绘其中一个姑娘，说那姑娘面若桃花，妖媚无比，是天生的尤物。班长不懂尤物一词的意思，问毛领子："尤物？"

勾鼻子抢着回答："尤物就是指特别漂亮的姑娘。"

班长问："特别漂亮是多漂亮？"

毛领子想了下，形容道："就是你一看见她，下面就硬了。"

班长听毛领子这样说，就萌生了体验一下的淫念，但想起自己在妓院里挨了打，又犹豫不决，"我的鼻子现在还痛，"班长心有余悸道，"我只是站在那里看热闹，都挨了打。"

毛领子道："我们会保护你，打架我最在行了。"

黄抗日也是男人，也想女人，见毛领子这么说，就再也控制不住自己的情欲了。"走。"

毛领子走在他一旁说："班长，我现在总算睡过女人了。童大嘴、程眼镜和谢娃娃，万一战死了，还不晓得自己是怎么来到这个世上的。你说这不可悲吗？"

"不说好话。"班长制止毛领子这么说。

毛领子说："这是事实，那些去玩的大兵都是这么说。"

勾鼻子说："班长，我证明，那些去玩的大兵都这么说过。"

毛领子说："班长，我觉得没睡过女人的男人不算男人。"

班长觉得他说得对，"是啊，我们去做回男人吧。"

但班长那天没做成男人。那天是一九四四年六月十九日，那天很热，热得背上直汗流。班长被毛领子和勾鼻子快乐无比地领进了一家下等妓院。但是妓院里人太多了，排着很长的队，当兵的个个都很凶，都等得很不耐烦，不允许任何人插队。班长和毛领子、勾鼻子都老实排着队，很有耐心地等着，脚都站木了。好不容易轮到了班长，老鸨让他走进了一个横胖无比的看上去像母牛的姑娘的房间。然而这只母牛早已筋疲力尽，对畏首畏尾的班长连任何表示也没有，脸上满脸的迟钝和疲乏。她看上去比他年纪都大，好像三十几岁了。她勉强一笑，脸上呈现出众多条疲惫不堪的皱纹。眼角也有众多鱼尾纹，每一条上都爬着许多疲劳，目光也无精打采的。班长拘谨地在姑娘那印着荷花图案的床旁坐下，却迟迟疑疑地瞪着犹如一头刚刚犁完田的疲倦的母牛样的姑娘。母牛说："啊，我快被你们这些当兵的搞死了。"

班长就更加拘束，拿不准是走还是留下来。

外面老鸨说："荷花，让他快点干，你还有十五个客要接呢。"

母牛疲倦地一笑，对班长说："嘿，你脱衣服呀，上来吧，我求你让我先睡一分钟，我实在太困了，我已经累死了。"

班长的一张猩猩脸上堆满了同情，他瞧着母牛说："你实在不行就算了。"

母牛伸个懒腰，睡眼惺忪地说："脱衣服呀，我只睡一分钟就可以了。"

黄抗日正拿不准，母牛就打起了鼾，老鸨把耳朵贴到门上，听见母牛的鼾声，立即道："荷花，你又睡觉，还有十五个兵爷等着日你呢——"

母牛在梦中回答："我只睡一分钟。"

老鸨隔着门对班长吼叫："你给老子日死她，这娘们天生就贪睡，所以才长得肥猪样。"

班长对着门外说："肥猪倒不像，像条母牛。"

老鸨大声道："你快点，你只剩两分钟了。"

班长一听只有两分钟了，刚把衣裤脱掉，正瞧着打鼾的姑娘不知如何是好，就听见警报声在空中尖叫。接着，嗡嗡嗡的飞机声直冲耳鼓，炸弹声在这里那里轰轰轰地爆炸起来。他知道不妙，赶紧爬到姑娘的床下趴着，对姑娘叫道："快、快、快爬到床下来。"

姑娘被爆炸声吓醒了，赶紧爬到床下，害怕地抱着他。"我怕、我怕、我怕、我好怕的。"她满脸恐惧，瞌睡全跑了。

班长颤声说："害害怕有有什么用？"

姑娘把他抱得紧紧地说："炮弹要是落在我们头上，我们就完了。"

"是的、是的，你把我抱得太紧了。"刚才还直挺挺的阳物，此刻已萎缩得不成形了。班长感到出气很困难，没想到这头疲惫的母牛居然还有这么大的力气。姑娘的整个身体都压在他身上，因害怕而把他紧紧地搂着。"你别抱着我，我没被炸死，也会被你压死。"

姑娘把他抱得更紧了，整个身体全压在他身上，"我怕、我怕、我怕。"姑娘尖叫着说。

飞机在屋顶上凶凶地飞着，爆炸声四处传来。妓院里乱成一锅粥，嚷嚷叫叫的。毛领子和勾鼻子撞进来找他，"班长、班长、班长。"

"我在床下。"班长回答。

"哈哈哈哈，班长你怎么钻到床下去了？"毛领子笑道。

"快把我拉出来，"班长嚷道，"我快被她压死了。"

毛领子当然看到姑娘压在赤裸着身体的班长身上，并把班长紧紧搂着。毛领子拉着姑娘的一只脚，要把姑娘从班长身上拖开。姑娘尖叫道："我怕、我怕、我怕呀。"

"你压着我们班长了。"毛领子吼道。

姑娘仍死死地抱着班长不松手，两臂像铁钳样箍着班长，身体却在班长身上筛糠样地抖着，弄得后者很难受。毛领子火了，踹了姑娘的屁股两脚，姑娘这才放手。班长从姑娘的身下爬出来，如释重负地吐口气，穿上衣裤，逃离了乱成一团的妓院。

日本人的轰炸机在衡阳市区投掷了一千多枚炸弹，炸死或炸伤了很多军人和老百姓，男人和女人，还炸毁了很多房屋等等。一九四四年六月的衡阳市区里，待着的都是军人和老百姓。有钱和有地位的人都跑了，跑到日本人不会去的偏远的乡村藏了起来。留下的老百姓都是无路可走的下层人，老头、可怜的妇女和妓女等等。他们没有亲戚在远离战场的乡下居住，也没有朋友生活在重庆或其他相对安全的地方——尽管第十军的官兵们一再动员，要老百姓们去投亲靠友——他们却寄希望于第十军，希望第十军的官兵保住家园。他们在这次敌军的轰炸中哭爹叫娘，惊慌失措。他们不是被炸弹炸死了，就是被敌机上的机枪子弹打中，或者被坍塌的屋梁或瓦砾砸死砸伤了。

这条云集着妓女的街也遭到了敌机轰炸，有十几颗炸弹落在这条街上，将一幢幢妓院炸上了天，将那些妓女和一些惨遭不幸的大兵也炸上了天，然后落下来；另一些炸弹落在街中央，也炸死了好些人——那是一群正在逃窜的大兵和妓女，这些死者的肢体和血溅满了这条肮脏破败的街，令人恶心和恐怖。

"啊呀！"勾鼻子说，一脸惊恐。

"啧啧啧。"毛领子啧道，也一脸害怕。

班长没有喷喷喷。他快步走在前面，尽管他在长沙的三次大会战和在河南、安乡和常德早已司空见惯，但他仍害怕，因为子弹和弹片都是不长眼睛的。不过他是两个学生兵的长官，他把害怕放进口袋，阴着面孔对毛领子和勾鼻子说："走吧，不要看了。"

童大嘴与苏豆壳也于这次轰炸中丧生了。两人当时正在食堂的一张油腻腻的桌上下象棋，象棋盘是画在一块杉木板上，用毛笔画的，画得歪七歪八；象棋是用木蒂子做的，上面是苏豆壳的手迹，将士象马车炮卒，也是用毛笔写的，字写得歪歪扭扭。苏豆壳是个象棋迷，在军营里，没事，他就找人下象棋。程眼镜、谢娃娃和毛领子都不是他的对手，他的唯一对手就是童大嘴。现在，这一对经常在棋盘上杀来杀去、因输赢而彼此不服气的年轻士兵，一个胸脯上炸了个大洞，心和肺撒满一地；一个身体上布满弹片，脸被弹片削去了一边，另一边的眼睛还是睁着的。有一只绿头苍蝇正在那只睁着的眼睛上抓紧耕耘。

黄抗日他们赶到时，程眼镜正在捡苏豆壳的肺，把一块块肺放进血已流尽的苏豆壳的胸腔；谢娃娃却在寻找童大嘴的那半边脸，他找到了一只连着头发的耳朵，攥在手上，眼睛却在瓦砾中到处搜索，寻找童大嘴的另半边颅骨。

"童大嘴、童大嘴、童大嘴。"毛领子抱着半边脸的童大嘴哭道，"呜呜呜呜。"

勾鼻子却搂着童大嘴的脚哭道："童大嘴，呜呜呜呜，童大嘴呜呜呜呜。"

程眼镜和谢娃娃都攥着拳头，傻傻地看着这两个呼天抢地的同学，当然还悲痛地看着炸死的苏豆壳和童大嘴。谢娃娃嘟着嘴说："班长，苏豆壳和童大嘴都惨死了。"

黄抗日说："看见了，这些日本强盗太可恶了。"

学校里落了三颗炸弹，一颗炸弹落在坪上，炸死了三个人，炸伤了两个人；另一个炸弹落在教学楼前，但没爆炸。还有一颗炸弹落在食堂的屋顶上，击破了瓦屋顶，落在地上才爆炸，正好炸死了苏豆壳和童大嘴。可怜两个长沙长郡中学的中学生，他们因为恨日本人而义愤填膺地参军，然而还没看见日本鬼子的踪影就命丧黄泉了。

龙连长走来，随他而来的还有孔老二、江苏人、和尚和田矮子。五位军官都严肃着脸，查看完尸体，龙连长对毛领子和勾鼻子说："战场上，这样的事，你们会习惯的。"他看黄抗日一眼，吩咐他说："让他们把尸体埋了。"

"我要报仇，我要为童大嘴报仇。"毛领子哭道。

"这很好，报仇是肯定要报的。"龙连长绷着他那张伤疤一扯一扯的脸，表情极为严峻。"现在，我命令你亲手把尸体埋了。"他对毛领子说，"去寻把锄头，挖个洞，埋葬他们。"

毛领子和勾鼻子双双揩了把眼泪，起身去寻找锄头和铲子。

和尚面对两具尸体，双手合十，说了声："阿弥陀佛。"

孔老二望眼和尚说："和尚，你给他们超度一下。"

江苏人望眼天空，飞机早飞走了，只有一片纯净的蓝天，"日本人开始进攻衡阳了。"

龙连长说："都做好战死的准备吧，不要想着逃生。"

孔老二突然忧郁着脸色说："老子预感老子可能要死在衡阳。"

龙连长盯他一眼，"孔副连长，我们都要有这种心理准备。"

江苏人说："我是从南京大屠杀中逃出来的，能活到今天，战死也值了。"

和尚望眼江苏人说："你不会死。"

孔老二马上昂起一脸大胡子，瞧着和尚问："我呢，和尚我会死吗？"

和尚笑，"你孔老二命硬，离死还远着呢。"

孔老二便一脸放心的样子说："有和尚这句话，我就不怕了。"

张排长领着陈团长走来，年轻团长来四连检查伤亡情况，龙连长匆匆走上去汇报。

江苏人和孔老二在这里说了几句话，也走了。田矮子因当过炊事班的副班长，留了下来。和尚也留下来，协助黄抗日领着毛领子和勾鼻子他们，在学校旁的一块空地上埋了这两具尸体。和尚站在坟前，给苏豆壳和童大嘴的亡灵超度。可怜的童大嘴身上还肩负着替叔叔报仇的重担，还欠着一身的债，只好将这一身债务转交给他的好友毛领子和勾鼻子了。"童大嘴，你放心去吧。"毛领子盯着坟堆，"我一定替你多杀几个日本鬼子。"

勾鼻子也盯着坟堆道："童大嘴，你放心去吧，我也一定替你多杀几个日本鬼子。"

毛领子又走到苏豆壳的坟前，"苏豆壳，你放心去吧，我发誓我会为你报仇！"

勾鼻子也走到苏豆壳的坟前说："苏豆壳，你要保佑我多杀几个日本鬼子。"

谢娃娃跪在苏豆壳的坟前发誓："苏豆壳，我谢娃娃发誓要为你杀一百个日本鬼子。"

程眼镜也跪下道："苏豆壳，我程眼镜要为你杀一千个日本鬼子！"

谢娃娃听见了，马上加码道："苏豆壳，我要为你杀一万个日本鬼子！"

程眼镜继续道："苏豆壳，我要为你杀尽全中国的日本鬼子，我发誓！"

黄抗日听他们两人说着狠话，待他俩把这些狠话说完，对他俩说："走吧，弟兄们还在等着我们做饭吃，不吃饭可没力气杀日本鬼子。"

三十四

此刻，我忽然想跳出来，把诸位读者带入到有关我爹于一九四九年九月二十二日被捕的事件中。这对于别人来说都不是事件，但对于我爹却是他一生中的政治事件。在"文化大革命"中，镇革委会严副主任和镇武装部刘股长，曾经勒令我爹老老实实详详尽尽地写下有关他被黄家镇治安队俘获的前后过程，例如关在哪里，谁审问的他，说了些什么话等等。我爹奉命而写，就写得很详细，写了十页信纸，把对话和场景及当时的时代背景都追忆起来了。在我爹写的十几万字的交代材料中，我觉得爹写的这一节几乎可以原文照登。

下面就是我爹写的有关他被捕的全部经过，为了与我写下的文字有所区别，故把字体变成楷书体。如下：

一九四九年九月二十日，湘南支队的李政委来了白水，对我们白水游击队作了全国形势报告，并告诉我们，宜章县城被游击队解放了，汝城县也被游击队解放了，资兴县也被游击队解放了，还有江永、江华和桂东等县都被游击队解放了。"同志们，你们不能等待，要主动出击。"李政委说，"现在已有大半个湘南在我们共产党领导的游击队手里了。"

我们很激动，李政委的话很鼓舞我们。为了配合全国解放，我们决定拿下尚在国民党手里的白水县城。杨孝仁队长说："我们白水游击队不能等待，我们要拿下白水县城。"

我们白水县的国民党很顽固，一个月前程潜和陈明仁在长沙已宣布和平起义，但白水县的国民党部队却不愿起义，害怕我们白水县游击队会把他们统统杀死。我们白水大队当时已发展到了五百多人，杨孝仁当大队长，我当时是一中队队长。当时我们一中队和二中队驻扎在驼峰山，三、四、五中队驻扎在乳峰山。九月二十二日，我们一、二中队出发了，部队路经黄家镇时是晚上六点多钟。我们原计划队伍开到距白水县城不到一里远的树林里隐蔽起来，凌晨五点钟再向县城发起进攻。这是杨孝仁队长事先作出的决定。我们一、二中队与杨孝仁同志约好，他带领三、四、五中队从另一边进攻。我见时间还早就请了假，这是我当时很想看一眼儿子。儿子已一岁零三个多月了，但我与儿子尚未见一面。我对湘南支队派来的刘政委说："政委，我想看一眼我儿子。"

刘政委有一点犹豫，但还是同意了。因为我说："我孩子从生下来到今天，已有一岁零三个月，我连一面都没见过。万一我在这次战斗中死了，我连儿子是什么模样也不晓得。"

刘政委理解我，拍拍我的肩说："去吧。你必须在晚上十点钟之前赶回来。"

我说："没问题。"

刘政委说："带两个警卫吧？让小狗子和小五随你一起去。"

我说："不用，目标大了反而会引起敌人注意，我悄悄溜回家去。"

我是天完全黑后回家的。当时我父母和我亡妻桂花，还有我哥黄阿狗都在堂屋里吃饭，桂花看见进来的是我，很高兴。我父母也很高兴。父亲说："怎么是你，山猫？"

我哥黄阿狗也笑着说："山猫，你出息了，都当游击队中队长了。"

母亲说："山猫是你吗？你真的是山猫呀。"

母亲很高兴。我从一九三八年底离家从军，到一九四九年，已有十一年了。只在一九四五年八月，日本人投降后，曾和桂花回家住了一段时间，后来杨孝仁队长让小五和小狗子找到我，要我立即归队，因为当时我们的敌人国民党军队想剿杀湘南游击队。我回到驼峰山游击队驻地后，就再没回过家了。

晚上的经过是这样的：我吃了饭，还喝了杯酒。我还喂了口米酒给我儿子喝。九点钟，我和桂花就上了床。我们彼此看着，说着话。我说我只有半个小时的时间，因为我们马上要攻打县城，解放白水。桂花说："好啊好啊，那我们就什么都不用担心了。"

就在桂花说这话时，突然有人敲门。我顿时觉得不妙，问桂花："怎么会有人敲门？"

桂花说："啊——我也不知道。"

我赶紧穿衣服下床。当时我知道坏了，这个时候敲门不会有什么好事。我对桂花说:"千万莫开门。"我和桂花睡的房间有一扇窗户，我赶紧打开窗户，跳了下去。我一跳下去，乡公所的三个治安队员就把我摁住了。他们早就守候在我房前的窗下了。我力气没他们大，驳壳枪被他们缴了。

我以为我溜回家神不知鬼不觉，但还是被敌人发现了，敌人早秘密监视我家了，在我父母家的隔壁安了个眼线，眼线是个中年妇女，乡治安的黄副队长对眼线说，只要她看见我回家，并及时报告他，就可以领到十块光洋。她听见我家声音喧哗，就猜是我回家了。她马上去乡治安队向黄副队长报告，于是就有了抓我的那一幕。我被抓进乡公所，关在一间黑屋子里。由于我是游击队中队长，他们就把我单独关一间房子。关我的那间房子门窗都很结实，护窗钉死了，门前还布有岗哨。抓我的人和审问我的人姓黄，比我大几岁，我和他很小的时候就认识。他从小就是个十足的二流子，好逸恶劳，偷东摸西，十八岁时曾强奸过自己的嫂子。后来他进了治安队，无恶不作，大家都怕他，于是他当了治安队副队长（国民党乡长兼队长）。我被关在那间黑屋子的当天晚上，没遭到审问。他们把我丢进黑屋子，就去睡觉了。第二天上午，他们才开始审问我。审问我的就是黄副队长。他让我坐在他对面，还让一个家伙替我泡了杯茶。我没喝，我不会喝敌人的茶。审问内容如下:

黄副队长说:"黄山猫，十几年没见面了，别来无恙啊。"

我没说话。

"你是哪年加入共产党的，黄山猫?"

我说:"我不是共产党。"

"你不是共产党?"黄副队长瞪着我，"别装蒜了，我们晓得你是共产党。"

"我不是共产党。"

"你不但是共产党，你还是游击队一中队的队长。是不是?"

我暗暗惊讶,他们怎么知道我这么多情况,我说:"不是。我什么都不是。"

"你不承认也没用。"黄副队长说。"我早在你家隔壁布了暗哨,一直没惊动你家就是想你总要回家看你老婆和儿子,你一回来,暗哨就报告我了。我并不想对你用刑,你是个聪明人,硬要挨一顿棍子或鞭子,才承认自己是共产党游击队么?黄山猫,你现在落在我手中,识时务者为俊杰,懂么?"

我晓得国民党的兔子尾巴,长不了,我不怕他,说:"我不是共产党。"

"你是游击队!"

"我不是游击队。"

"你承认你是游击队,我们也不会杀你。"

"我什么都不是。"

"你是黄山猫。"

"不。我叫黄抗日。"

"黄抗日就是黄山猫,黄山猫就是黄抗日。黄抗日先是国军,后是游击队、共产党。"

我没说话。因为他们都晓得我的情况。

"你说,你们游击队最近有什么行动?"黄副队长瞪着我。

我说:"我不晓得。"

"你不要嘴硬,我警告你。"

我看着他,他又说:"我这个人你也了解,什么都做得出。我是那种杀人不眨眼的人。你老实说游击队最近有什么行动,说吧。"

我说:"我不是游击队。"

"把他吊起来,他娘的,不给他点颜色看看,他不认识我黄花菜!"黄副队长的名字就叫黄花菜。这是一个带几分女人气的名字,但被他母亲安在了这个恶棍身上。

他们把我的手反剪在背后，把我吊了起来，吊在屋梁上。然后他们走了出去。"想通了再叫我，"黄花菜说，"老子就不相信你硬得过我黄花菜。"

我知道刘政委他们没见到我，一定会想我被捕了，会来救我，所以我不怕。

他们没对我动刑，因为黄花菜也在想自己的后路。当时大半个中国已在解放军手中，湘南的一半县镇也掌握在游击队手里，国民党大势已去已成了众所周知的定局，所以黄花菜不敢对我过于威逼利诱。我被吊了几个小时，下午，黄花菜又叫人松了绑，把我放下来。我当时手臂已麻木，好像不是长在自己身上了。

傍晚，桂花来看我，他们放桂花进来，桂花送饭给我吃。桂花说："你怎么样？"

我说："还好。"

"没打你吧？"桂花问。

"没打。"

"没打你就好。"

黄花菜在我和桂花说话时，又走了进来。黄花菜对我说："想通了吗山猫？"他跟我套近乎，我没理他，他又说："吊痛了吧山猫？这也是没办法的。"

我不理他。他想讨好我，这是真的。黄花菜是个见风使舵的人。这个人很坏，但不傻。他觉得没趣，嘿嘿嘿地笑了几声，走开了。

我对桂花说："不要怕，杨队长他们不会不管我。他们攻下县城就会来救我。"

有三天，我没被任何提问，也没人管我。每天我妻桂花送饭来，看守就让桂花进来，看守甚至不管桂花在我房里待多久。因为看守也知道国民党大势已去。大家都在给自己留后路，都想在国民党完蛋后，有条生路。所以我没像李玉和、许云峰那样遭受严刑拷打。因为黄家镇国民党地方势力很清楚他们哪里也去不了，台湾不会要他们，香港也去不成，他们还得在黄家镇生活。

第四天，黄花菜来了，看着我，脸上有一种神秘的笑容，那种笑容好像是为我高兴，而不是要对我干别的事。"你们游击队已经围了四天白水县城，"他对我说，"看来游击队不拿下白水县城是不罢休的。"

我恍然大悟，原来同志们在按原计划攻打县城，我说："唔。"

黄花菜说："我佩服你们共产党。"

"唔。"

"现在大家都在给自己做打算。"黄花菜说，用讨好的眼神望着我，"要是白水县城被你们游击队打下来，黄家镇被你们解放，只是迟早的事情。"

"既然你都明白，我可以走了吗？"

"那不行，你是块宝，我不会放你走的。"

我说："那你跑来跟我说这些干什么？"

"我佩服你们共产党，你们是真厉害，国军那么强盛，而且都是从抗日战争中走出来的能征善战的军队，还有美国人支援，却没打赢你们，你们才是未来中国的主人。"

我问他："你跟我说这些是什么意思？"

"你不要怕我，我并不会对你怎么样。"黄花菜说，又对我讨好地笑，"我晓得你是游击队里当官的，我是来投靠你。"他就是这么厚颜无耻。他从娘肚子里生下来就是个小无赖。"你能让我进你们游击队当过小队长么？我也想弃暗投明。"

我没理他。

"我是真想弃暗投明，因为未来是你们的天下。"

我说："你要是把我的枪还给我，让我走，我就不追究你抓我。"

他犹豫着，突然说："不行，你从我手里走了，到时候又找我算账呢？不行。"

我不理他，他感到没趣，起身走了。

晚上，桂花来送饭时，黄花菜又跟了进来，对桂花和我都笑着，说："桂花嫂，你做了什么好菜给老公吃，我看看？"

桂花说："没什么好菜。"

"看看，"他伸过头来看桂花拎来的那只篮子，篮子里有一碗饭，一碗白菜和一碗辣椒炒香干。还有一个蛋，放在饭上，煎得金黄金黄的。"你们两口子感情蛮好啊。我和我那口子经常斗嘴，常常闹得不可开交。唉唉唉。有开水吗？叫人提壶开水来吧？"黄花菜看着我。

我说："不用。"

他咧嘴笑着，嘿嘿嘿嘿。

我不理他。他又咧嘴笑着，嘿嘿嘿嘿，然后说："有什么需要跟守卫说一声。"他自作多情地站了会儿，看着我吃饭，脸上十分巴结。他抽完一支烟，这才转身离去。

次日，仍然没有人审问我，乡公所在那天特别安静。除了看守我的那个治安队的乡丁，时而咳声嗽，时而吐口痰外，乡公所里似乎就再没其他声音了。

那天上午十一点钟，打下了白水县城的游击队一中队，在刘政委的带领下，赶来救我。街上出现了几声枪声，乡公所养的治安队又哪里是我游击队的对手，纷纷弃下枪或携枪逃之夭夭了。我在牢门前嚷着开门，我知道这是游击队来救我了。一刻钟后，我妻子桂花和一个一九五〇年参加了中国人民志愿军的名叫何福来的游击队员，和我的副队长彭老二（该同志牺牲在随后的乳峰山战斗中），为我打开了牢门。

我重新获得了自由。

这就是我于一九四九年九月二十二日至二十七日被黄家镇治安队抓获及关在乡公所的全部过程。以上句句属实，如有捏造，天打雷劈黄抗日。

三十五

"日本鬼子来了，日本鬼子来了。"谢娃娃惊慌道。

"日本鬼子来了，日本鬼子来了。"程眼镜惊慌道。

"日本鬼子来了，日本鬼子来了。"毛领子拍了下大腿，激动道。

"日本鬼子来了，日本鬼子来了。"勾鼻子攥着拳头兴奋道。

"童大嘴，你不会白死的。"毛领子拧紧眉头说，"我毛国风要收拾几个日本鬼子祭你。"

"童大嘴，你不会白死的。"勾鼻子也拧紧眉头说，"我要收拾几个日本鬼子祭你。"

"我要把日本鬼子的血洒在你坟上，我发誓，童大嘴。"毛领子大声说。

"我要把日本鬼子的血洒在你坟上，我发誓，童大嘴。"勾鼻子大声道。

"你怎么老是学我说话？"毛领子烦勾鼻子学舌。

"你说的正是我想说的，"勾鼻子嘀咕道，"我们想的一样。"

他们都是生平第一遭看见他们梦里憎恨的日本鬼子。他们的任课老师对他们说："日本人是禽兽。"而他们的班主任老师对他们说："记住，打日本鬼子要狠，要残忍，因为你们不残忍，日本鬼子就会对你们残忍。"

现在他们既惊慌又激动。

"日本鬼子，日本鬼子，我看见了日本鬼子。"谢娃娃跑来跑去地到处说，一张女孩子样的漂亮脸蛋红喷喷的，好像看见了恋人一样，既兴奋又紧张。

"日本鬼子，日本鬼子，我看见了好多日本鬼子。"程眼镜也跑来跑去地嚷叫。

"日本鬼子，日本鬼子，"毛领子道，"我可以为童大嘴和苏豆壳报仇了。"

勾鼻子说："我也可以为童大嘴和苏豆壳报仇了。"

"镇静点，镇静点。莫跑来跑去，都回到自己的阵地上去。"龙连长走出来，瞪圆眼睛吼这些学生兵。"他娘的，滚回去，老子一枪毙了你！"

江苏人走过来，对谢娃娃和程眼镜说："小兄弟，不要紧张。"

谢娃娃和程眼镜同时对江苏人说："不，不是紧张，是兴奋呢刘排长。"

程眼镜说："谢娃娃，现在要打日本鬼子了。我们不能做软蛋。"

谢娃娃扬起红灿灿的女孩子脸蛋说："谁是软蛋就不是男人。"

"听着，"田矮子虎着鼠脸吼他那个排的衡阳学生兵。"你们如果不想死，就给我好好地打日本鬼子。莫到处乱跑，莫惊慌，莫吓成一团棉花。要狠狠地打！"

"我怕、我怕、我怕，"他训练的那个排的一个学生兵说，吓得尿湿了裤子。"我怕。"

"我怕、我怕、我怕，"他那个排的另一个学生兵受到第一个士兵的感染，立即惊慌不安地说，哭了。"我要回去，我不打仗了。我怕日本鬼子，呜呜呜呜。"

"我怕、我怕、我怕，"他那个排的又一个学生兵说，"我不打仗了，我要回去。"

"我怕、我怕、我怕，我不打仗了，我要回去。"另一个学生兵也跟着号啕起来。

"我怕、我怕、我怕，我不敢打日本鬼子……"

田矮子非常愤怒，因为这小子把恐惧症传染给了其他士兵。其他士兵都跟这个尿湿了裤子的士兵一般，彼此看着，叫着，哭着，瑟瑟发抖。田矮子大声喝道："立正！"

他的士兵没有一个想到要听口令立正，仍然哭着，叫着，说要回去。

"立——正！"田矮子又大吼一句："四排的全体士兵立——正！"

他的士兵把他的口令抛到九霄云外了，彼此瞪着，且呜呜呜呜地哭着。

"我怕、我怕、我怕……"

"我怕、我怕、我怕……"

"我胆子其实很小，我打不得仗。"另一个士兵哭着说。

田矮子见这群学生兵慌成了一团，觉得自己很没面子，就更加愤怒。他拔出驳壳枪，瞪着这群丢下枪、哭成一团的衡阳学生兵。"立——正！"田矮子大叫道，用手枪指着尿湿了裤子的士兵。这个士兵还只十四岁，此刻哭得眼泪和鼻涕流了一脸。

"我怕、我怕、我怕，我要回去，我我我不打仗了。"这个士兵哭道。

田矮子怒火万丈，勾动了驳壳枪扳机，砰，一颗子弹打中了该士兵的脑袋，该学生兵应声倒下，永远不再害怕了。

"哪个还敢说一个怕字，老子毙了他！"田矮子虎着他那张黑森森的鼠脸说。

他的衡阳学生兵立刻镇静下来，面面相觑。

"立——正！"田矮子又用湘乡话叫道，"四排的士兵全体立——正！"

他的衡阳学生兵赶紧立正，都把双手贴到裤缝上。

"向前看——齐！"

衡阳学生兵们眼泪巴巴地向前看齐，紧张地瞪着田矮子和走上来的少校龙连长和山东人孔副连长。孔副连长嘴里叼根烟，眯着眼睛瞧着田矮子。

现在，田矮子没好气地大声喝道："都跟老子听着，回到各自的阵地上守着，给老子狠狠地打日本鬼子，明白吗你们？"

"明白！"

少校龙连长不满意衡阳学生兵的回答而吼道："大声点！"

衡阳学生兵们齐声回答："明白！"

田矮子松了口气，开始训斥他的学生兵。"你们怕日本鬼子，日本鬼子就不怕我们。你们不怕日本鬼子，日本鬼子就怕你们。明白吗你们？"

"明白！"

"敌人狠，你只有比敌人更狠，敌人才会畏惧你们！明白吗？"

"明白！"

"敌人也是爹妈生的，是爹妈生的就都晓得怕！明白吗？"

"明白！"

"你晓得怕，敌人也晓得怕！晓得怕就好办，那就比谁不怕！你硬敌人就软！"田矮子把手一挥："各就各位，给老子狠狠地打敌人！"

一二五师的那些在安乡、南县和常德被日本兵俘获且受尽了日本兵凌辱的士兵，正利用各种掩体狠狠地打击着涌来的日本兵。他们沉着、冷静，不屈不挠，他们成了四连新兵抗击日本兵的榜样。他们安慰这些面色恐惧的学生兵说："别怕。"

他们安慰这些慌乱的学生兵说："他们并不是铁做的，也没有三头六臂，你打中他，也照样流血。"

"哦。"学生兵瞪着老兵说，声音却是没有底的。

江苏人对一排的新兵大声说："手不要抖，瞄准打。"

张排长对二排的新兵说："都给我听着，能打脑袋就尽量不要打身子。"

张排长向二排的新兵解释："因为打脑袋可以一枪致命。如果子弹打在身上，不是打在心脏上，一枪是打不死人的。"

江苏人听见了，也对他的士兵说："都给我瞄准日本兵的脑袋打。"

和尚用一口河南话对三排的新兵说："弟兄们，你们看我打。"他瞄准一个日本兵的脑袋开了枪，见那日本兵倒下了，随口道："阿弥陀佛。"

孔老二担心田矮子的衡阳学生兵守不住阵地，他奔过去，手提美式卡宾枪，腰上还挂着驳壳枪，背着两只军用包，包里净是子弹匣和手榴弹。他冷着一张大胡子脸，趴在几个衡阳兵边说："战场上是你死我活，你不瞄准敌人开枪，就有可能被敌人打死。"

一二五师的官兵是榜样，他们不慌不忙地抗击着日本兵。

成群结队的日本兵端着三八大械，刺刀在七月的骄阳下明晃晃的，冲了上来。他们哇啦哇啦地叫着，边跑边开枪，或跪下或趴在地上，瞄着国军官兵射击。

四连的官兵以民房、围墙、树木及日军飞机炸毁的房屋为阵地，向日本兵射击。而日本兵也以倒塌的围墙和墙角为掩体，冲四连的官兵射击。四连官兵手里是美式卡宾枪或机枪，是美国政府无偿援助的武器，比日本兵的武器好。江苏人端着卡宾枪，待几个日本兵朝前冲时，一阵猛射，顿时有几个日本兵应声倒下。他对一排的新兵说："看见吗你们？"

一排的新兵连连点头，"看见了，排长，你真厉害！"

"就这样打，"江苏人说，"打他们个狗日的。"

张排长揩掉眼角边上的灰尘，也端着卡宾枪，突然冲日本兵一梭子弹打去，撂倒了几个日本兵。他对自己的士兵说："弟兄们，端稳枪，就这样打。"

和尚和田矮子也这样示范给自己的士兵看，也说："端稳枪，就这样打。"

战场上硝烟弥漫，枪声连绵不绝。一心要为舅舅和童大嘴报仇的毛领子和勾鼻子，守在一处民房的窗口，冲日本兵射击。发给他们的也是美式卡宾枪，他们只在靶场上试打了两梭子弹就急急忙忙上战场杀敌了。发卡宾枪给他们的是副连长孔老二，孔老二天生就是个神枪手，他指导他们握枪、射击，如何瞄准和如何控制枪管不抖等。两人都聪明，记住了要点。毛领子勾了扳机，一串子弹从卡宾枪的枪管里射了出去，打在前面日军躲藏的掩体上。毛领子对勾鼻子说："勾鼻子，好过瘾啊，太好了，这枪。"

勾鼻子也手持卡宾枪，时不时对着前面的日军扫一梭子，也说："真过瘾。"

毛领子说："我喜欢这枪。可惜童大嘴和苏豆壳，枪都没摸就被炸死了。"

勾鼻子忙点头，"是的，童大嘴和苏豆壳死得太冤屈了。"

毛领子天生就是个战士，他听见枪声不是害怕而是兴奋，他一笑，突然闪现在窗口，对着前面的日军又是一梭子弹，只见前面有两个日本兵栽在地上。毛领子闪开，对勾鼻子说："我打中日本兵了，我看见有两个日本兵倒下了，就是不知打死没有。"

两人从小就玩在一起，从小就爱比输赢，勾鼻子从来就不甘落后于毛领子，在他心里，毛领子既是朋友，又是对手，只有战胜了毛领子他才能赢别人。毛领子打死了两个日本兵，他勾鼻子至少要打死三个日本兵才对。他对毛领子说："看我的！"他突然勇气百倍地闪到窗前，端着卡宾枪，闭着眼睛朝前面一顿扫射，其实前面没有日本兵，日本兵在遭到毛领子的射击下，一时隐蔽了。勾鼻子打完那一梭子弹，这才睁开眼看，看是否打中了某个日本兵。结果前面空空的，不见日本兵的踪影。

黄抗日成了这四个长沙兵的主心骨，他对毛领子和勾鼻子竖起大拇指，"好样的，"他表扬毛领子说，"你刚才打死了一个日本兵，还打伤了一个。"

"班长，我打死了日本兵没有？"勾鼻子问他。

班长摇头，"没有，"边掉头对趴在他一旁乱打枪的谢娃娃交代说："你莫对天打枪，天上又没有日本兵！要注意节约子弹。晓得吗？要注意节约子弹。"

他又对因终于与日本兵打了照面而激动的程眼镜说："手不要哆嗦，镇静点，没事的。敌人不敢冲上来，我们手里是卡宾枪，比他们的枪好，敌人也怕死！"

他又冲一心要为童大嘴报仇的毛领子和勾鼻子大声吼道："不要探出头东张西望，开了枪就赶紧缩回身体，你们要小心自己的脑袋。"

但毛领子和勾鼻子两个年轻小伙子在比狠，比谁打死的日本人多，忘记了班长的教导。他俩打完一梭子弹，总要探头张望，看是否打中了日本兵，结果一粒飞来的三八大枪子弹，击中了勾鼻子那光洁的额头。勾鼻子惨叫了声，倒在毛领子一旁。毛领子吓得跳了起来，"勾鼻子，勾鼻子。啊呀，勾鼻子、勾鼻子、勾鼻子。"毛领子呼唤着勾鼻子。

勾鼻子睁着两只眼睛，但那两只眼睛里的眼眸已没了光泽，光泽在迅速跑去。毛领子想留住那些眼光，就用手去抓，企图抓住眼光放回去，但没抓住，瞳孔放大了。血从勾鼻子的额头上流下来，淹没了勾鼻子的眼睛，再顺脸而下，淌到毛领子的衣服上，接着流到地上。毛领子不断地为那处伤口揩血，以为他一揩，血就会止住。但血揩了又涌，源源不断。

"勾鼻子，我毛领子要为你杀一万个日本鬼子！"毛领子说，"我发誓！"

谢娃娃也走上来叫唤："勾鼻子、勾鼻子，我要为你报仇。"

可怜的勾鼻子谁也不回答，他的灵魂正向他的另一个好友童大嘴那里飞去。

毛领子打红了眼，他的两个好友都死了，就觉得自己活着没什么意思了，还不如一起死，到阴间去玩滚铁环和蛐蛐，因此报仇之心让他胆量无限膨胀。他放下卡宾枪，抱着两捆手榴弹冲了出去，速度就像一匹飞奔的骏马，首先是窜入平地上的弹坑，一眨眼便袭到了日本兵占着的掩体前，那是一栋倒塌的房屋，敌人在断墙的那边，他在断墙的这边。这个红了眼的长沙伢子，将两捆手榴弹接连扔了过去，紧接着又猫腰往回飞奔。他的身后出现了轰隆两声巨响，断墙垮了，枪声也哑了。

日本兵被那两捆手榴弹炸死了好几个。

程眼镜大为激动，"毛领子，你真是好样的。"程眼镜说，"我都看见了，你是英雄。"

黄抗日也看见了，他没表扬毛领子，反而说："你这样做是送死，幸亏你命大！"

"老子要为童大嘴和勾鼻子报仇，"毛领子说，"我什么都不想，我就是要报仇。"

"我也要为童大嘴和勾鼻子报仇，我还要为苏豆壳报仇。"程眼镜说，"我已经写了封信，是给苏豆壳妹妹写的。我在信里说，我一定会为她哥哥报仇。"

谢娃娃瞪大眼睛，觑着他的情敌，"你给苏豆壳的妹妹写了封什么信？"

程眼镜非常神气的样子一笑，"我在信上说，如果我死了，那是为她哥哥报仇而牺牲的。我祝愿她幸福，并希望她能记住一个曾经深爱她的人，这个人就是我。"

谢娃娃后悔自己没有写一封这样的信，这样的信是多么有感染力啊。他嫉妒地望着程眼镜，不免佩服程眼镜比他更有心计，幸亏苏豆壳的妹妹更喜欢他一些。"我也要写封这样的信，"他一脸认真道，"好让苏豆壳的妹妹也永远记住我。"

"她不会记住你的，她对我说起过你。"程眼镜说。

"她对你说起过我什么？"谢娃娃疑惑地瞥着程眼镜。

"她说她不喜欢你，她只是喜欢跟你说话，她觉得跟你说话像跟一个姐姐说话，她说你长得像个女孩子，跟你玩，是她把你看成了同性。"

谢娃娃愣了下，脸乍地红了，"她真是这样说的？"

程眼镜一笑，"我去苏豆壳家玩，她跟我说起你时，是这么说的。"

谢娃娃不相信地回敬道："她也对我说起过你。是我们参军的前一天晚上。"

"她说我什么？"程眼镜也疑惑地瞥着谢娃娃。

谢娃娃见程眼镜一脸期待，便以其人之道还治其人之身地淡淡道："她说她从来就没喜欢过你，她不喜欢戴副眼镜的男孩，你恰好戴了副眼镜。"

程眼镜一愣，"我不信，你是瞎编。"

"畜生瞎编。"

程眼镜继续疑惑地盯着谢娃娃："她真的说过她不喜欢我戴眼镜？"

谢娃娃肯定地说："她说过。她说程眼镜别的都好，就是戴副眼镜。她特别不喜欢男孩子在眼镜片后面看人，总觉得那目光鬼得很。"

程眼镜说："不可能，她说过她不在乎男孩的相貌。"

谢娃娃说："她没对我说这话，她只说她真的不喜欢戴眼镜的青年。"

程眼镜反驳谢娃娃说："她说：'你们觉得谢娃娃长得好，那是你们男孩子这样看，我一点也不觉得谢娃娃长得好，我自己是女孩子。'所以她说男人就应该是男人的味道。"

谢娃娃还击地哈哈一笑，"苏豆壳的妹妹说：'程眼镜真讨厌，一来她家就盯着她看。目光好可怕的。'她还说：'程眼镜又可怜，又讨嫌。'"

程眼镜走开了，脸上有几分伤心。

谢娃娃说："击中要害了吧？"

程眼镜回他一句："我是不想跟你说了。"

黄抗日大声说："注意，日本人又进攻了，都给我狠狠地打。"

又有一批日本兵拥上来，向他们射击。他们也沉着冷静地还击着日本侵略军。

三十六

二〇〇三年十月里，我和爹在衡阳住下的第二天，爹想去天马山看看。我问酒店门外一个身穿蓝制服的保安，让他告诉我天马山怎么走。这个年轻保安告诉我："天马山在衡阳市南区，在岳屏公园后面。"

我问："离这里远吗？"

"很近，几分钟就到了。"年轻保安回答。

我看一眼爹，他拄着拐杖走到酒店前的花台旁坐下来，仰起脸望着瓦蓝的天。我担心爹这身体爬不了天马山。"汽车可以上天马山么？"我问年轻保安。

保安回答："天马山并不是山。我不晓得过去是不是山，如果是山，也推平了，只是天马山一带在衡阳市地势较高。"

我看着他这身制服，看着他这张年轻的面孔，问他："你晓得衡阳保卫战么？"

年轻保安说："当然晓得，那场战斗很著名。"

"谢谢，真要谢谢你这么说。"我禁不住有一种卖弄的心理又说——说时还觑了爹一眼："我父亲就参加了你才说的著名的衡阳保卫战。在天马山一带抗击日本侵略军。"

"呃哟。"年轻保安嚷了声，脸上对我爹露出尊敬的神色。

爹不知道他儿子和这个年轻保安说什么，仍仰着脸白痴样地瞧着天空发愣。

天马山果然不是山，在抗日战争年代它也只是个小山包。它被推平了。一条马路，形成了上坡下坡。马路两旁建了很多房屋，一栋一栋，有的楼房新一些，有的显旧了，墙壁上有了青苔或雨垢。街两旁还有些树木，全是年轻的樟树和法国梧桐树，显然是早些年栽的。街上有许多店铺，一些衡阳人坐在某几家店铺前吃着粉，聊着天，笑声朗朗的。还有狗在街上跑着、嬉闹。他们觑着我们，但我想他们绝不晓得我和我爹此行的目的。爹想寻找当年的足迹，拄着拐杖东张西望，企图发现他记忆里储存的一点蛛丝马迹，但他没找到。我走在爹一旁，缓缓走着，脑海里却出现了一些我只能凭想象产生的战斗场面，我仿佛看见了炮火硝烟，看见我二十六岁的爹与其他国军官兵在这儿与日本侵略军恶战不休的场景。

"变了，完全变了。"爹说，脸上是一派失望，"一点过去的痕迹都没有了。"

爹还说："在那些天里，日军的飞机、大炮在这儿整天整天轰炸。日军的飞机在这儿狂轰滥炸，我军的飞机也在这里狂轰滥炸。天马山在衡阳保卫战中，是个很重要的阵地，丢掉了又夺回来，丢掉了又夺回来，拉锯样的，最后仍在我军手上。"

"遍地都是尸体，日本兵的尸体，我军官兵的尸体，成堆成堆，发出恶臭。"爹告诉我，脸上遍布着悲伤和对往昔的追忆，好像巍峨的山峰被白茫茫的山岚缠绕一样。"那是夏天最热的时候，七八月份，室外的气温天天持续在五十度左右，尸体不要一天就臭了，隔上一天就发出恶臭。"

爹又说："起先，我军不敢收尸，因为下面有很多日军。日军也不敢收尸，因为上面有我军驻守。有些尸体已经腐烂成水了。进攻时，日本兵以恶臭的尸体作掩体。"爹回忆着，脸上是一派悲伤，悲伤使爹的一张脸上满是痛苦。爹继续说："子弹打在尸体上发出一种奇怪的声音，打来的炮弹，经常炸得尸体的血水和腐臭肉飞溅到我们脸上。"

我"啧啧"了两声，"这太可怕了。"

爹说："那些尸体大多被炸弹炸得支离破碎，有的没了手臂，有的没了腿，有的没了头颅，有的只是一具恶臭难闻的躯体。在那种残酷得不能再残酷的环境中，人觉得自己是在与魔鬼打交道，或者是生活在地狱里一般，刚才还好好的人，突然就被日军炮弹炸死了。"

爹看一眼四周，又说："在一九四四年的七月，天马山一带是成片的血肉模糊的尸体，连弹坑里面也是尸体的手脚。日本兵的尸体、我军官兵的尸体。脚踩上去到处软软的，因为你踩着的都是死人。后来，日军举着白旗来与我们协商，他们把自己官兵的尸体拖走，我们把我们官兵的尸体运走，把战场打扫干净——这也是对死者的尊重，再打。这个协议我们陈团长愿意接受，因为尸体太臭了。陈团长下令，日军来收尸时，不准射击。"

我说："有这事？"

"有，那是夏天，开始双方都不管，后来都受不了了，日军里一个懂中文的少佐就举着白旗来与我部商定，陈团长二话不说就同意了，答应日军来阵地前收尸时，不开枪。"爹说，"日本人一定要打下衡阳，蒋介石要我们死守衡阳。他们攻，我们守。好在第十军的武器都更换成了美式装备，美式机枪、卡宾枪，这些武器比日本人的好。日本兵的尸体比我军的尸体还多，日本兵发了疯地一次次向上冲锋，组成密密麻麻的队形。我们就用美式机枪、卡宾枪扫射或扔一颗颗手榴弹炸日本人。"

爹说的话句句属实。

一九九九年我决定写此书时，曾到省图书馆翻了翻有关衡阳保卫战的资料，于是我得到一篇有关衡阳保卫战的文章，那是国民党老兵所书。文章不长。他是那次战役的参与者，和我爹一样，也是幸存者。那篇文章来源于《湖南文史资料》第26辑，出版日期为一九八七年十月。老兵叫朱懋禄，是当时战防炮营第一连连长，军衔上尉，属第十军第三师编制。这是他在文章中自我介绍的，绝非我杜撰。老兵是否现在还活着，不得而知。下面我将朱懋禄上尉写的《衡阳保卫战追忆》的一段回忆抄录如下：

……六月二十四日，日军前卫部队已与我军前沿部队开始战斗。两天后，由于第十军兵力过于分散而主动转移到茶山坳、天马山、火车站一线地势较高的地方坚守。日军则集中兵力连续三天向我军阵地猛攻，时间都在黄昏后到次日拂晓，因白天受我空军抑制难于进攻，只有在日没黄昏我空军停止活动之后，才能大肆出击。日军先用远程重炮向我军阵地及市区轰击几十分钟，接着以三架轻型轰炸机携带燃烧弹低飞，向市区投掷，将市区化为一片火热，然后以步兵攻入市区。另以一小部分士兵沿着鱼塘潜入我阵地侧背进行袭击。当时的防守部队大都与日本人打过仗，故能沉着应战，等敌人靠近时即一齐投掷手榴弹，接着进行冲击搏斗。阵地上响起一片喊杀声和受伤者的呼叫声，从晚间八时直打到次日拂晓……这时只见阵地前沿尸体累累。白天双方均不敢将尸体收回，经过好几天日晒、雨淋，尸体很快腐烂，恶臭难闻。第三天日军利用有利的风向，在进攻前竟猖狂施放毒气，我军一度产生混乱，士兵们即用湿毛巾沾水捂住口鼻，继续坚持战斗，由于当时后方增援不及时，天马山阵地终于失守。次日我军在炮兵和空军支援配合下，重新组织兵力，展开反攻。师部将全师号兵集中，一齐吹冲锋号，各团团长亲自压阵，排连长带头冲锋，士兵们随着冲锋号，像潮水般冲向天马山高地，战况激烈，伤亡较大。从上午十时开始反攻到下午四时，终于夺回天马山高地。像这样拉锯似的战斗持续了好多天，双方伤亡都很大……如果衡阳不坚守四十多天，湘桂黔后方将不知会乱成什么样子。衡阳城虽然陷落了，并且牺牲了成千上万名官兵，但也大量杀伤了敌人，为后方人民疏散和物资转移赢得了一点时间。

谢娃娃就是在争夺天马山阵地时牺牲的。

日军于七月十七日再次攻下天马山，第三师一团一营的官兵都战死在天马山了。周庆祥师长下令陈团长火速夺回天马山。年轻的中校团长集合了三团的部分官兵，昂着一张蓄着山羊胡子的脸蛋，狠着表情强调："弟兄们，现在是为党国捐躯的关键时刻了，军人要随时做好殉职准备，以死来捍卫衡阳。弟兄们，日军占领了天马山，我们要夺回来，明白吗？"

这个时候，官兵们都打红眼了，都不晓得怕了，立即回答："明白！"

陈团长想起了李清照，马上说："生当作人杰，死亦为鬼雄。弟兄们，我们大家都是炎黄子孙，都是中华民族的人杰，是人杰就决不能屈服于日本侵略军的淫威下。明白吗？"

三团的官兵齐声吼道："明白！"

陈团长说："弟兄们，炎黄子孙们，我们为国捐躯的时候到了。来生再见！"

三团的官兵于肃静中齐声吼道："来生再见，长官。"

田矮子又加了句："长官，来生我田国藩还做您的部下！"

众官兵立即说："对，长官，来生我们还当您的部下！"

年轻的团长手一挥，"好的，我们宁为玉碎，不为瓦全。出发，向天马山进军。"

黄抗日所在的四连当然也集结在此。少校龙连长手持卡壳枪，满脸以死相拼的激动。"弟兄们、弟兄们，四连的全体弟兄们——"龙连长扫一眼众官兵，"看来为国捐躯的时候到了。团长让我们连打头阵，有信心吗弟兄们？"

"有。"四连的官兵回答。

"弟兄们，我要你们大声点。"少校龙连长对弟兄们的回答不太满意。

"有！"弟兄们齐声回答。

大家都很激动，都做好了与天马山共存亡的准备。一团一营的全体官兵都牺牲了，现在轮到三团的官兵为国效力了。日本侵略军占据了山头，三团的官兵得踩着众多弟兄的尸体攻上山头，把侵略军打下去。第三师的炮兵营，把炮架好，瞄着天马山上的日军阵地，一顿炮轰，轰轰轰。"弟兄们，出发！"龙连长手一挥。

四连的官兵都清楚，这一出发恐怕是有去无回了。他们都很激动，因为很难说他们还能活着走出天马山。黄抗日也想他可能会死在天马山，他的尸体也会像众多弟兄们的尸体一样腐烂、发臭。他对孔老二、江苏人和张排长、和尚说："看来，我们得战死在天马山了。"

孔老二凝重着脸色回答："弟兄们，死就死，怕啥？！"

江苏人和张排长都严肃着脸色，把苦难放在肚子里，不语。和尚一笑，走前一步，举起卡宾枪对黄抗日示意，说了声："阿弥陀佛。"

大家分散开来，向着天马山阵地走去。黄抗日还在老远就嗅到了一阵阵恶臭，那是众多尸体散发的臭气，顺风刮入了四连官兵的鼻孔。大家都有一种想呕吐的恶心感。太臭了，臭得强烈。整个空气都是尸臭。他们沉默着，彼此觑着、散开，以班为单位，人人端着卡宾枪，组成了冲锋队形。黄抗日握着一把崭新的卡宾枪，军用挎包里装着二十梭子弹，腰间还插着六枚手榴弹，走在队伍的中间。他的左边走着毛领子，右边是谢娃娃和程眼镜。他们被编入到田矮子指挥的四排。四排的衡阳学生兵在前面的战斗中略有些伤亡。

谢娃娃说："好臭好臭。"

程眼镜说："这没什么，我们马上也会很臭很臭。"

"不说好话。"黄抗日批评程眼镜。

程眼镜说："班长，我们都会加入很臭很臭的行列。我已经不指望生还了。"

"我也不指望活着回去。"毛领子说，肮脏不堪的脸上是一种视死如归的表情，"团长要我们夺回天马山，就是死也要死在天马山上。"

程眼镜说："我们先道个别吧？免得到时候一句道别的话都没说就死了。"

谢娃娃扬起一张俊秀的脸蛋说："程眼镜，但愿我们来生还是同学。"

程眼镜说："如果你能活着回去，请你转告苏豆壳的妹妹，我来生还爱她。"

谢娃娃也说："如果你能活着回长沙，我也请你转告苏豆壳的妹妹，我爱她一百世。"

程眼镜说："毛领子，你有什么话说？"

毛领子恨恨地吐口痰说："我不相信来生和一百世，我只相信一句话：生当作人杰。"他说毕，望一眼大家，"弟兄们，我们决不能退缩。"

"对，生当作人杰，"程眼镜说，"死也要像条好汉一样地死去。"

"生当作人杰，"谢娃娃也说，"死亦为鬼雄。"

一排排炮弹向天马山阵地呼啸而来，轰轰轰的爆炸声响遏行云，将尸体和血水及早已被炸松的泥土重新抛上天空，在本来就臭不可闻的空气中又加上了浓烈刺鼻的火药味。排炮轰击了三十分钟，跟着飞机飞来，是青天白日的飞机，不是画着太阳旗的飞机。"我们的飞机，我们的飞机。"谢娃娃对黄抗日高兴地说，指着天上的飞机。

黄抗日也兴奋地抬头看眼飞机，飞机俯冲过来，对着天马山扔炸弹，还用重机枪冲高地上扫射，打击着守在高地上的日本侵略者：哒哒哒哒哒哒……

"啊,"程眼镜说,"好过瘾啊。打啊打啊,狠狠打啊!"

"打他娘的日本鬼子!"毛领子也大声叫道,"打死这些侵略者!"

"打死这些侵略者!打死他们!"谢娃娃也跟着嚷。

国军的飞机在天马山阵地上兜了几圈,轰炸和扫射了几圈,飞走后。中校团长让号兵吹起了强有力的冲锋号,少校龙连长一听到冲锋号响,马上手一挥,下令道:"弟兄们冲啊,杀日本鬼子啊。为死去的弟兄报仇啊。冲啊——"

"冲啊——"

"杀日本鬼子啊,冲啊——"

四连的官兵向日本兵的阵地大嚷大叫着冲去。他们端着卡宾枪向前面狂射。

他们的脚下是一具具尸体,日本侵略军的,他们自己弟兄的。他们的脚根本就没法踩在地上,每一脚都是落在尸体或尸体的碎片上,就像踩在松软的席梦思床上一样或踩在海绵上一样。在冲向天马山高地时,黄抗日摔倒了两次,都是被尸体绊倒的。有一次他刚一摔倒,他身边的两个战士就倒下了。一排歪把子机枪子弹扫过来,击中了他左右两边的弟兄,黄抗日由于那一刻摔倒了,反而救了他的命。他就是命大。这是他是圣诞节出生的男人,有上帝保佑。于是子弹好像打不中他。谢娃娃见他摔倒了,忙问他:"你伤在哪里了班长?"

班长说:"我没伤,只是摔倒了。"

"班长,我现在一点也不害怕了。"谢娃娃满脸紧张道。

"还是留神点好。"班长说。

少校龙连长一脚踩在他腿上,痛得他"哎哟"一叫,一缩腿,龙连长摔倒了,一头栽在一具腐臭难闻的尸体脸上,犹如与那尸体亲了个嘴。龙连长大怒,赶紧抹了把脏脸,吐了两口痰:"你他娘的在这里装死?!给老子冲上去。"

黄抗日和谢娃娃立即爬起来向上冲去。少校龙连长走在他后面，他成了为少校龙连长挡子弹的掩体。如果子弹向他们飞来，首先打中的必定是黄抗日。好在前面的弟兄已冲上阵地，与日本兵肉搏，日本兵没来得及向黄抗日、谢娃娃和少校龙连长射击。日本兵在这些把生死置之度外的炎黄子孙面前害怕了，这是有些士兵负了伤，就拼命抱着侵略军又撕又咬；有的士兵根本就没打算生还，情急之下拉响了手榴弹，搂着日本兵同归于尽。轰，身体的众多碎片犹如蝴蝶一样飞飞飞上了天，又迅速落下来。

"冲啊——"

"杀他个奶奶的，杀啊——"

"杀日本鬼子啊！"

四连的官兵都疯了，端着卡宾枪，边走边向前猛打。孔老二力大，手握一挺机枪，一路端着，不断地向前面的日本兵扫射。他冲上去了，手中的机枪吐着愤怒的火焰，打得日本兵抬不起头来。突然，一颗子弹从侧面飞来，打在孔老二的太阳穴上。孔老二朝地上一栽，机枪掉在地上，人整个倒在机枪上。黄抗日看见了，大叫一声："孔副连长。"他赶紧跑过去，抱住孔老二，喊道："孔副连长、孔副连长。"

孔老二一脸的血，再也没法回答他了。

张排长跑上来，"孔老二怎么了？"

他们都是一二五师残留的官兵，都相互关心着。黄抗日看眼张排长，回答："死了。"

日本兵抵挡不住这群打算"生当作人杰／死亦为鬼雄"的炎黄子孙的强拼硬杀，崩溃了，纷纷弃下阵地逃窜。四连的官兵夺回了天马山阵地，黄抗日对走到他一旁的龙连长、和尚和江苏人说："连长、马排长、刘排长，孔副连长为国捐躯了。"

黄抗日一身的血，那是从孔老二的头上淌下来的血，血还在往外涌，缓缓流到黄抗日的身上。龙连长对和尚说："和尚，给孔副连长超度吧，让他的灵魂能回故土。"

和尚马上对着孔老二的尸体念经，闭着眼睛念，大家都能感觉到，有什么东西似乎脱离了孔老二的躯体，升腾起来。田矮子看见了，很激动，边伸手去抓，边说："我抓住你了。"但没抓住，那东西向着西边飘飞。田矮子向上一跳，又抓了把，还是没抓住。田矮子相信神力了，感叹说："和尚，可以了，他超度了，去了西方极乐世界。"

"刘排长，你升副连长。"龙连长说，"黄抗日，你接替刘排长为一排排长。"

黄抗日立即答："遵命，长官。"

黄抗日一眨眼又成排长了。他对一排的士兵、毛领子、程眼镜和谢娃娃说："你们都好好听着，日本鬼子马上要组织反攻了，你们要死守，给我狠狠地打日本鬼子。"

谢娃娃说："会的，班长，会的。"

江苏人在一旁说："你们的班长，现在是一排排长。"

程眼镜立即举一下手中的卡宾枪，"好的，排长，我们决不会让日本鬼子生还！"

三十七

有一份老报纸，名叫《中央日报》，民国三十三年（乃一九四四年）八月六日的报纸，上面登了篇这样的文章，标题是：衡敌伤亡惨重。部分内容如下：

［中央社湖南前线某地三日电］：衡阳以北之湘江面及长衡公路，自七

月十日迄本月四日，每晚均有大批敌船艇及卡车装运敌伤病官兵及尸灰北运；衡山县长电告：此已为第十九批。可见衡阳敌遭到重创。

［中央社湖南前线六日电］：围犯衡阳之敌，经我忠勇守军之坚强堵击，屡受创伤，刻复经由湘江西岸湘潭增到援队，于四日晚在其猛烈炮火掩护下，向我内线郊区全面阵地猛扑，敌机数十架更番临助，轮番轰炸，我官兵在我炮兵支援下奋力堵击，惨烈空前之血战继续到六日拂晓，敌一部冲入我北部阵地，当经我以手榴弹与白刃围杀，将其悉予歼灭；西南面日军以强大之兵力向我坚守的最高山头反扑，我军力予堵击，当今发生争夺战，刻仍继续未已；东面我军固守如泰山；北面我英勇将士以死抵抗，敌人伤亡惨重。

［中央社衡阳六日电］：五日晨迄晚，衡阳城郊敌续向我核心西面阵地猛扑，敌机与炮兵更泛滥轰射，我忠勇守军配合空军与炮兵群，亦以浓密炮火压制，使敌屡攻屡挫，迄未得逞。五日晚至六日晨，敌复以全力与我争夺岳屏山、天马山、南麓寺数个小高地，拉锯十余次，结果各地均在我手。

［中央社重庆六日电］：衡阳市郊血战，迄今已达四十六日，我守军与优势之敌艰苦奋斗，战志顽强，敌冠虽使尽一切之残暴手段，日夜猛攻，以图一逞，但我守军以热血捍卫雄城，始终保有内线与郊区阵地，我衡阳仍巍然屹立无恙。自七月二十三日迄至八月三日，先后歼敌共达一万八千余，内有敌高级部队长数人。四日一日中，敌炮数十门整日轰击，敌机十七架低飞扫射，掩护其步兵向我内线郊区阵地猛扑，我守军坚强堵击，使敌未能得逞。入晚后敌炮仍轰击不停，其步兵亦彻夜向我全面冲锋，尤以西南郊西禅寺、天马山、五显庙、岳屏山及五桂岭北部诸阵地为最凶猛，我忠勇官兵在方先觉将军率领下，争先向敌搏杀，惨烈空前之血战，进行至五日。敌机二十余架复临空助虐，斯时敌强大兵力一股曾一度深入我五

桂岭北部，经我猛予反击，我空军亦适时临空助战，该股敌大部为我歼灭，残余则被我悉予逐出。我夺获敌装备极多，并俘敌数名，血战仍在继续中。

一直紧随黄抗日左右的谢娃娃，于八月四日死于天马山阵地上，死在日军飞机的重机枪子弹下。日军久攻不下衡阳，日军第十一军司令长官横山勇中将十分恼怒，他的第六十八师团和第一一六师团，猛攻了一个月，却丝毫不见进展，且伤亡极大。他又调来第十三师团、第五十八师团、第四十师团和第三十七旅团，以致衡阳市郊增兵至五个师团加一个旅团，累计有十二万兵力。尽管第十军的将士打死、打伤了日军两个师团的兵力，但日军仍有三个师团和一个旅团死死围困着衡阳。八月一日，日军第十一军司令横山勇一声喝令，对衡阳发起了全面总攻，企图在一天中一举拿下衡阳，但苦苦打了三天却没得逞，日军伤亡很大。

八月四日，日军从下午四点开始，又对天马山、岳屏山、西禅寺、五显庙、五桂岭等高地同时开炮。五十架飞机轮番起飞，轮番轰炸尚在炎黄子孙手中的阵地，同时对炎黄子孙阵地投掷毒气弹。整整一天，炮声隆隆，大有要把天马山、岳屏山夷为平地之气势。黄抗日所在的四连到了八月四日，死伤已过大半，一个连仅剩了六十多名官兵，而且十几名还负了伤。副连长江苏人和张排长都负了伤，一个被日军飞机扔下的炸弹弹片削开了脑袋，脑袋被纱布裹着，只露出一双眼睛和鼻子、嘴巴；一个被日军的子弹打中肩膀，子弹从肩膀上穿过，在张排长的左肩上留下了两个肉洞，流了不少血。但两人都不肯离开天马山，仍坚守在天马山上，他们对自己的士兵说："弟兄们，死也要死在天马山。"

他们说这话时，脸上是那种顽强和淡然并陈的表情，脸色有些苍白，那是失血过多的缘故，甚至还有些脏，因为很多天没洗脸了；目光也有些迷糊，那是疲惫的目光。但一旦日本兵开始进攻了，两人的目光又集中起来，锐利得像尖刀似的，盯着面前的日本兵，极为炯炯有神。他们吼道："打！"

手中的卡宾枪立即向坡下的日本兵吐着火焰，将进攻的日军打得趴在距他们几十米的地方，一动也不敢动。

江苏人不屑道："有本事就冲啊。"

张排长也说："冲啊，进攻啊，还什么大日本皇军，卵皇军！"

此刻的天马山上都是松土，是无数颗炸弹和炮弹炸松的土，脚踩上去都是软绵绵的，犹如踩在烂泥上，那是弟兄们的血肉浸染所致。他们把松土垒成战壕，继续坚守。

"弟兄们，注意节约子弹，瞅准了打。"龙连长嚷道，"都给我瞅准了打。我们是为党国而战的军人，战死在这里，都是勇士，光荣！"

"弟兄们，日本鬼子又冲上来了，"他吼道，"给我狠狠地打！"

于是机枪、卡宾枪和手榴弹一齐向日军倾泻而去，犹如洪水奔涌，枪声和手榴弹的爆炸声将疯狂进攻的日本兵击毙在阵地前。

毛领子手里的卡宾枪接连打死了几个日本兵，其中有一个日本兵还叫了声"哎哟"，日本兵退下时，毛领子对一旁的谢娃娃说："真痛快呵。"

谢娃娃说："毛领子，如果我是姑娘，我一定会爱上你。"

毛领子问他："你不爱苏豆壳的妹妹了？"

谢娃娃说："如果我是姑娘，我会爱上你。"

毛领子笑，望眼撤退的日本兵说："爱上我的姑娘，只怕还没出生。"

程眼镜弓着腰走过来，"毛领子、谢娃娃，我打死了五个日本兵。"

谢娃娃说："我们比童大嘴和苏豆壳值，我们都打死过日本兵，我也打死了五个。"

毛领子说："我为勾鼻子和童大嘴报了仇，替他们打死了十几个日本鬼子。"

傍晚，描着太阳粑粑的日军飞机飞来了，对着四连官兵坚守的天马山高地疯狂扫射。飞机一边扔炸弹，一边用重机枪扫射国军官兵。于是天马山阵地上一片飞机俯冲的发动机声、炸弹爆炸的轰隆轰隆声及重机枪扫射的哒哒哒哒声。一排重机枪子弹打在谢娃娃身上及周围，与此同时，毛领子身边的一个班长被在不远处爆炸的弹片削掉了半边脑袋。

"班长、班长、班长。"毛领子大声嚷叫，他和班长隐藏在同一处弹坑里。

"谢娃娃、谢娃娃、谢娃娃。"黄抗日呼唤着倒在血泊中的谢娃娃。

谢娃娃对冲他嚷叫的黄抗日咧咧嘴，脸一歪，死了。

"谢娃娃、谢娃娃、谢娃娃……"

少校龙连长猫着腰，走过来，用长沙话骂着人，红着一双浮肿的眼睛。黄抗日见一班班长阵亡了，只剩了几个士兵。"毛国风，我任命你为班长。"他对将班长的半边脑袋搂在怀里、因而满身是血的毛领子说。

毛领子除了一身血，还有一身的脑浆。那都是一班班长的。毛领子答："遵命。"

"一班还有七个弟兄，"黄抗日向毛领子交代说，"现在他们都是你的兵，只要还有一口气，就决不能退缩。"

"遵命。"毛领子说，红着一双眼睛加了句："老子打算死在天马山上。"

黄抗日寻找和尚，边呼唤着和尚："和尚、和尚，你在哪里？"

和尚抬起一张灰尘扑扑的脸，"我在这里，怎么啦你？"

黄抗日回答："我没怎么，你给谢娃娃超度一下吧。"

和尚弓着身体跑过来，看见全身是血、身体还有余温的谢娃娃，说了声："阿弥陀佛。"

田矮子也负了伤，但他想确认一下，普通士兵是不是死后也能进极乐世界。他走拢来对和尚说："和尚，求你千万不要死在我前面，我死了，你一定要为我超度。"

和尚答："好，那我不死在你前面。"

在大家盯着和尚给谢娃娃超度亡灵时，龙连长疾步赶来，一脸悲壮地强调："团长有令，就是剩一个人也要死守天马山！和尚，现在不是为亡灵超度的时候，日本鬼子又进攻了，弟兄们，都回到阵地上去，狠狠地打！

打死一个是一个！"

整整一个晚上日军都在向天马山冲锋，哇啦哇啦地叫着。

四连的官兵看不清人影，就扔手榴弹，对着敌人一颗颗地扔去，或者一把把地扔去，将三四枚手榴弹捆在一起，拉掉引信，然后摔过去。

程眼镜道："谢娃娃，这颗手榴弹是为你扔的！"轰隆——

毛领子吼道："童大嘴，这颗手榴弹是为你扔的！"轰隆——

他又吼道："勾鼻子，我再为你扔一颗手榴弹！"轰隆——

日军在他们的长官指挥下，也顽强，也不要命，一批倒下又一批冲上来，又一批倒下又一批拥上来。直到天亮了，日军才停止冲锋，扔下众多新鲜的尸体，撤回了原地。

三十八

爹在衡阳保卫战中没受伤，唯一的感受对于他来说就是悲痛，还感觉弟兄们都很顽强，打出了中国军人的血性，打得日本兵拿他们毫无办法。还有一个感受，肚子饥饿不堪，饿得口吐酸水。我爹唯一一次受伤是在白水县槐树店，正如前文所云：日本兵的那一枪打在我爹的左边屁股上。有关我爹在槐树店受伤的经历是这样的：

爹身为白水县游击队后再次打过日本人，那是一九四五年六月，在日本人签定投降协议的两个月前。那时候在白水的日本兵已经不多了，只有两个大队，分散在白水县境内一百多公里的粤汉铁路线上，驻扎在铁路两旁。杨队长作出决定，再次攻打槐树店的日本兵据点，并发誓一定要拔掉那个据点。

"老子一定要拔掉那个据点，老子就不信拿不下那个据点。"杨队长说，扫了眼站在他前面的全体游击队员，"我们连一个日军据点都拿不下，我们还是游击队吗？"

游击队员都看着杨队长笑，到了一九四五年六月，日军在中国的气数已尽了。

小五、小狗子和田矮子都站在我爹一旁，田矮子在山上住了大半年后，渐渐明白我爹不是他爹，虽然还没恢复到神经失常前那种自私、自大的活跃状态。

杨队长手一挥，又说："别人问我们白水县游击队，你们打过日本鬼子吗？如果我们连日本鬼子也没打过，我们有什么脸回答？那我们算什么游击队？国民党说我们是'共匪'，假如我们连日本鬼子都没打过，那我们不真的成了'共匪'？同志们，你们说是不是？"

老二回答："对。我们一定要拔掉一个日军据点。"

"有信心吗，大家有信心吗？"杨队长朗声问众游击队员。

"有。"几个人回答。

另几个队员马上跟着回答："有咧。"

还有人跟着回答："有、有，我们有。"

"有就好。"杨队长说，"日本鬼子能打死你，你也能打死日本鬼子！"

"打日本鬼子，打日本鬼子，畜生不打日本鬼子。"一些游击队员嚷叫。

"好，把我们的土炮扛上，打日本鬼子去。"杨队长说，扫眼站在一旁的我爹，"黄副队长，你带一个小队正面进攻。"

"好的，我正面进攻。"爹回答，对站在他一旁的江苏人和和尚说，"走吧，和尚，你都养胖了，我们一起去打日本鬼子。"

"和尚给我,他当过连长,我要他指导指导,"杨队长说,手一挥,"出发。"

"黄副队长，我要去，"小狗子说，"我要打日本鬼子。"

"黄副队长我要去，我要打日本鬼子。"田矮子也说。

这支游击队于一个炎热的下午,荷枪实弹地出发了,向槐树店进军……

他们于傍晚到达了槐树店。槐树店以几棵大槐树命名，这里有一个木酒楼，供来去的路人歇脚、吃饭、喝酒的。杨队长让游击队员在距铁路半里远的树林里隐蔽，让我爹和老二出来侦察，田矮子也要跟着我爹走，我爹对他说："回去，你。"

田矮子回答："不，我要跟着你打日本鬼子。"

"回去，你。"爹烦他说。

"不。"田矮子歪着他的鼠脸回答。

他们走近了一幢农舍，那幢农舍的门大敞着，但一眼望去就明白这幢农舍有很久没住人了。他们又悄悄走近铁路，铁路两旁的树木都被日本兵烧了，也没有一幢房屋，那些房屋都被日本兵拆了，一眼望去，铁路两旁空荡荡的，有的只是寂静和肃穆。他们走近那幢大院，其实也不是走近，而是走到肉眼可以觑见的地方停下。半年前，杨队长曾率领游击队员来攻打过这处紧傍铁路的大宅，但没拿下来。就是那段时间，日本兵把紧挨粤汉铁路的树林全砍光、烧了，以免再被游击队利用。因此这处大宅在一大片空地上、于夕阳下阴森森的，尽管夕阳的余晖照耀着这幢大宅，但在他们眼里，这幢大宅仍阴森森的。

他们看见一个五短身材的日本兵紧挨大宅的门站着，站得笔直，一支三八大械贴在胸前，刺刀在夕阳下闪着寒光，那寒光一闪一闪，爹看见了，老二也看见了，田矮子也看见了。田矮子脸上有几分哆嗦说："日本鬼子。"

"对。"爹说，"不想死就别说话。"

田矮子吐下舌头，真的就不敢说话了。

六月的湘南，已经热起来了，一出太阳，就更加闷热。爹的额头和脸上都淌着汗，衣服也汗湿了。爹担心道："用土炮能不能轰开这张大门？"

老二回答："应该能轰开。"

"这幢大宅看上去建造得很结实，"爹说，"这是件很讨嫌的事。"

一辆装甲车开过来了，在一九四五年，日本人在铁路上巡逻，是敏捷的装甲车。

爹他们赶紧掩蔽起来。

"日本兵的装甲车是铁甲，子弹很难打进去。"爹向杨队长汇报，脸上有些惆怅，"这是一件很棘手的事。他们躲在铁壳子里，我们很难击毙他们。"

"那我们怎么对付装甲车？"杨队长问我爹。

"只有设置障碍，迫使装甲车没法通过。"爹想了想说，"把这铁壳子拦在一个地方打，我们进攻大宅才不会腹背受敌。"

杨队长看眼和尚和江苏人，"你们的意见呢？"

和尚说："必须这样，不然，我们会腹背受敌。"

江苏人道："这还要问？日本兵可不是伪军，听见枪声就先躲起来。"

杨队长对我爹说："你带一小队专门对付铁甲车。我带二、三小队打据点的日本兵。和尚，你当过连长，我们商量一下怎么打。"

爹和江苏人，领着一小队出发了。爹的小队有三十五个队员，他们都是在白水县长大的年轻农民，没有战斗经验，有的还没经历过战斗。现在，他们将面对躲藏在铁甲车里的侵略军。日本兵为了让中国人怕他们，变得丧心病狂，在占领的地域大开杀戒，好让中国人民望而生畏。他们现在要去同这些丧心病狂的禽兽打仗，脸上于是就有几分紧张。

"黄副队长，"一个一脸胡子的农民问他，"日本鬼子是不是很厉害？"

"也不。"爹回答，"衡阳那一仗，日本鬼子比我们死的人还多。"

"黄副队长，你们在衡阳与日本鬼子有过肉搏么？"另一个扁脸块农民问。

"我没有，"爹说，"但我军很多士兵都与日本兵有过肉搏。"

江苏人冷冷地说："你怕他们，他们就是野兽，你不怕他们，他们就是豆腐。"

爹说："江苏人说得对，你只要勇敢，日本鬼子就会胆怯。为什么知道吗？我们战死是死在自己家乡，他们不愿意死在异国！关键时候就一条，跟他们拼命!"

"对对对,拼命。"小五说,"常言道,有打怕乱打,忘形的怕不要命的。"

小狗子是我爹的传令兵,小狗子问我爹:"黄副队长,你杀过十个日本兵么?"

"有的,"爹说,"我打死的日本兵在四十个以上。"

"咦?"一脸胡子的农民表示佩服。

爹指着江苏人道:"他是副连长,他杀死的日本兵比我多,在国军里,没打死过日本兵是当不了军官的。不说远了,在衡阳保卫战中,我们至少都打死过二十个日本兵。"

那些游击队员佩服地瞧着我爹和江苏人,江苏人傲慢地瞟眼觑着他的游击队员说:"本人不敢说打死了二十个,打死十五个日本鬼子是绝对有的。"

"你们看,我们都打死过日本鬼子,"爹鼓励他的农民兄弟说,"我力气没你们大,长得也不恶,也不是个厉害角色,我都能打死日本鬼子,所以日本鬼子没啥可怕。"

他们走到了一处山坳前。这里两边是山,中间一条铁路。山上的树木都砍倒了,倒在山坡上,有的树木又大又粗,有的树木还只是幼枝。都是日本人干的。日本人不希望有人躲藏在树林里袭击他们,就把两旁的树木统统砍光了。我爹他们在山坳里隐蔽着,等着铁甲车开过去,好阻止铁甲车开回来。月亮椭椭圆圆的,白白的,嵌在蓝幽幽的苍穹上。苍穹上繁星密布,还有流星闪过。大地黑黢黢的,但却有很多昆虫的叫声,还有青蛙的叫声,咕咕咕咯。他们很紧张,很焦急。他们屏气凝神。他们的周身都是蚊子,那些蚊子围绕着这一具具火热的身体飞舞,发出有力的嗡嗡声,用它们尖利的嘴扎着他们的脸和粗短的脖子。他们忍受着蚊子叮咬,还忍受着其他爬虫侵害,目光如炬地瞪着铁路。

日本兵的铁甲车于他们屏气凝神中开了过去，车头上两盏雪亮的车灯将钢轨照得阴森森的。铁甲车发出很响的马达声。夜很寂静。马达声很响。铁甲车开过去了，远了，不见了，留下一片黑暗和惨淡的星空。

爹和江苏人率领三十五名游击队员赶紧将一根根树木往铁路上抬。他们很卖力，因为这关系到铁甲车能不能通过的问题。他们把树搬到铁路上，又推下一团团巨石，搬到铁路上压着。然后在山坡上架好土炮，对准铁路。土炮是用一段松树干制成的。他们掏空松树心，用铁皮和铁丝箍紧松树筒。炮弹是敲碎的锈铜烂铁，火药是制鞭炮的火药。

一切就绪，他们退回到山坡上等着，一边嗅着夏日的泥土和草木于月夜中散发的芬芳。蛐蛐的叫声和蛙声从草地上或田野里传来。爹望江苏人一眼，"他们都没打过仗。"

江苏人点头，没说话，抠了抠头皮，检查着手中的步枪。不一会，大宅打起来了，枪声一片，砰砰叭叭，但传到他们这处山坳时就变得微弱了。江苏人听到枪声就兴奋了，搓了搓手，边检查枪边说："那边开火了。"

一些游击队员紧张起来，爹说："同志们，不要惊慌。"

爹又说："要注意隐蔽好自己，要瞄准敌人打。"

铁甲车迅速开过来了，在众多的障碍物前停下来，车灯明晃晃地照着这堆障碍物。铁甲车开火了，冲着前后左右开瞎枪，因为日本兵看不见目标。

江苏人提醒大家说："等日本鬼子爬出铁甲车，清理障碍物时再开枪。"

日本兵开了一阵枪，见没有回应，有两个日本兵忙爬出铁甲车，准备搬铁轨上的巨石。爹对着其中一个日本兵开了一枪，那个侵略者应声倒下。江苏人也对另一个日本兵开了枪，那日本兵正想往铁甲车里爬，栽倒了。爹说："看见吗同志们？"

铁甲车里的机枪哒哒哒地响起来，冲我爹他们隐蔽的山坡射击，但都打在土坡上或伐倒的树木上，使山坡上猛增一股腐朽的树木气味和新鲜刺鼻的火药气味。日本兵打不中游击队。他们躲藏在铁甲车里，而铁甲车处在地势较低的铁路上。我爹他们在山坡上，而且还有伐倒的树木和山岩充当掩体。日本兵的机枪子弹打在距爹他们差一截的地方，这让游击队们感到了日本兵对他们的恐惧。

爹见一些游击队在开枪还击，便说："不要乱开枪，等他们出来再打。"

相持了会，又有两名侵略者迅速爬出铁甲车，企图清理铁路上的障碍物。另一名侵略者却从铁甲车顶上探出头来，架着歪把子机枪扫射山上的游击队。爹让小狗子点燃土炮，只听见引信滋滋滋地燃烧着，接着轰隆一声巨响，铁屑子如一张网散开，飞向那三个侵略者，那三名侵略者立即鬼哭狼嚎着。铁甲车上的机枪顿时哑了。这种土炮在不很近的距离内要把人打死似乎有点困难，但把人打得遍体鳞伤却是情理之中的事。一个日本兵痛苦不堪地企图重新爬回铁甲车，但他刚刚爬上铁甲车，被江苏人一枪击毙了。

另一个日本兵见状，朝前奔跑，很想离开这片杀生之地，但被三十多条步枪追击的子弹打死在铁路旁。

铁甲车里的那个日本兵举起双手投降，却被小五一枪结果了。

"我打中了、我打中了，"小五兴奋异常地叫嚷，"我打死了一个日本鬼子！"

爹懒得理小五，率领众多游击队员向铁甲车拥去。铁甲车里的五个日本兵都被他们击毙，而他们却无一伤亡。游击队员们非常兴奋，以至于把燠热扔在一边，在铁甲车旁欢欣雀跃，叫着、嚷着，对着侵略者的尸体吐吐沫。"你们这些狗娘养的。"一脸胡子的农民对着一具日本兵的尸体吐了口痰后，骂道。

"江苏人，你真厉害！"一个又瘦又高的游击队赞赏江苏人说。

"狗娘养的。"扁脸块农民冲上前，对着一具日本兵的尸体踢了一脚。

他们如此开心，有一种获得了胜利的快乐。他们缴获了三支三八大械和两挺歪把子机枪，还有众多机枪和三八大械子弹。

槐树店大宅还在战斗，二十几个日本兵坚守着大宅，很沉稳地与游击队们较量着。他们的几挺歪把子机枪将游击队员压在坪下，有几个游击队员在杨队长下令冲锋时牺牲了。他们都是生机勃勃的农民兄弟，平常开着玩笑、相互逗乐，现在他们再也不能逗乐了。

老二也负了伤，这会儿正痛苦地骂着娘。在他向着大宅冲锋时，一颗子弹打中了他的右臂。他在骂娘，一边叫疼。和尚在西安军校学过战场上对负伤人员的急救方法，忙替老二包扎，边说："忍着点，这不要紧。"

杨队长告诉我爹，已经有七个游击队员牺牲了，但他们也死了几个。"哨兵被我一枪撂倒了，"杨队长说，"还有几个冲出来的日本兵被我们解决了。你们怎么样？"

爹告诉杨队长："我们已歼灭了铁甲车里的五个日本兵。"

"你们有多少伤亡？"

"一个伤亡都没有。"

"很好。"杨队长表扬我爹，又看眼江苏人，"你们干得好。这里要怎么打？"

爹怔怔地觑着眼前的一切。日本兵的机枪子弹从他们头上呼啸着过去，中间还夹着清脆的三八大械的枪声，那种声音不是哒哒哒，而是砰、砰、砰。

"要是有手榴弹就好办多了。"爹说。

"就是。我们的手榴弹都用完了，一颗也没有了。"杨队长拧紧眉头说。

江苏人在一旁道："难打。"

"难打也要打，"杨队长表情坚决地说，"一定要打下这个狗娘养的日军据点。"

他们没法拿下这个据点，日本兵躲在大宅里不肯出来，他们有坚实的砖墙做掩体，他们的战斗经验也比农民兄弟丰富，他们躲在一张张窗户后面射击。游击队们很想拔掉这个据点，却没法攻进去。土炮打不垮砖墙，只能使砖墙上增加很多斑斑点点。没有重炮就轰不垮这幢大宅，没有手榴弹就无法把大宅里的侵略军炸死。战斗的结果就是相持不下，侵略者缩在大宅里不出来，游击队们攻不进去。相持到拂晓时，新的情况发生了，一辆运载着军火的侵略军的火车从衡阳方向开过来，轰隆轰隆地呈现在他们眼里。火车向他们逼近，密集的子弹从他们身后射来。有几个农民弟兄倒下了，田矮子大叫一声，也噗哩倒下了。

"田国藩、田国藩。"爹把他翻转身来，一摸，胸脯上热乎乎的，鲜血直淌。

田国藩满脸惊惧，却说话不出。爹想把田矮子扶起来，但田矮子又一头栽在地上。田矮子满脸痛苦地说："我我我要死死了，和和尚，给给我超超度啊。"

但田矮子的呼唤，除了我爹听见外，大部分声音淹没在日军的枪声和杂乱的脚步声中了。杨队长拉了我爹一把，大声说："黄副队长快撤，同志们快撤。"

"撤、撤、撤。"

众农民弟兄相互传递着杨队长的命令，并且火速向来的方向移动。杨队长让我爹和江苏人断后，命令我爹说："你带着一小队断后。"

爹把负伤的田矮子拖到一处灌木丛里，"别动，"爹说，就提起机枪去阻击日本兵。爹就是在断后时负的伤。他让一小队的队员掉转头来打从火车上跳下来的日本兵。爹手上有挺歪把子机枪，江苏人手中也有一挺，他们就用两挺歪把子机枪向逼近的日本兵扫射。小狗子在一旁为我爹递送子弹匣。扁脸块游击队员将装满子弹的子弹匣递给江苏人，江苏人很冷静地瞄着日本兵扫射。和尚折回来，对我爹和江苏人说："快、快撤。"

爹也明白这里不是久留之地，见大宅里的日本兵冲了出来，趴在坪上向他们射击，爹忙下令撤退。爹猫着腰，端着机枪边向侵略者扫射，边撤退。爹在奔入树林的那当儿，突然感觉到屁股很痛。爹一个趔趄，栽在地上，机枪也摔在地上。"队长、队长。"小狗子叫道。

"和尚,"江苏人边端着机枪扫射日本兵,边对和尚嚷叫,"快把黄抗日背起来。"

和尚奔到我爹面前,爹趴到和尚宽厚的背上,和尚弓起身,背着我爹朝树林里狂奔。爹瞧眼破晓中的树林,感觉绿青青的,还有茫茫白雾缭绕,再往里跑,雾就迷茫了。

日本兵没有继续追赶这群被他们视为散兵游勇的队伍。

三十九

游击队于二打槐树店中损失了十五名同志,而日本兵也被他们打死了十来个,所以杨队长觉得这次行动虽然没达到预期目的,也是虽败犹荣。"我们虽然没拿下槐树店这个据点,但我们已给了侵略者充分的颜色。我们缴获了五支步枪,还缴获了两挺机枪。这就是胜利。"杨队长在驼峰山上向游击队员总结说,"同志们,这就是胜利,要看到这一点。"

大家看到的是少了十五个同志,就低着头,悲伤着,脑海里都是那些阵亡的兄弟。杨队长见大家苦着脸,情绪低落,又道:"第一次,我们攻打槐树店,什么也没捞到。但这一次我们缴获了战利品。我们搞到手榴弹后,再打一次槐树店。我们一定要拿下这个日军据点。"

爹清楚杨队长是个好大喜功之人,只考虑自己建功立业,这样的人当头,同志们跟着他是很危险的。爹说:"老杨,你是老党员,不要只想自己,要考虑下别人。"

杨队长不高兴了,"我哪里没考虑别人?"

爹悲痛地说:"死去了十五名同志。"

杨队长更加不高兴了,"怪我吗?我们是游击队,打日本人,把日本鬼子赶出中国,天经地义。你以为我杨孝仁不心痛?我比你更心痛。"

爹感觉杨队长很固执，不肯认错，便说："既然这样，我不想说了。"

杨队长一心要把我爹的思想调过来，问："你说吧，我错在哪里？"

爹答："你没错，同志们错了。"

杨队长鼓起了眼睛，喉咙变粗了，批评我爹说："黄副队长，你身上国民党军队里那种兵油子作风太严重了。要改。"

在一旁为我爹治伤的和尚等杨队长走开后，说："这个人，是头犟骡。"

爹忍着伤痛说："他就是想拔掉一个日军据点，好证明我们不是土土土匪。"

爹屁股负伤的半个月后，游击队员小五把彭家村里那位老中医接了来。老中医放下药箱，忙为我爹及另外三名伤势恶化的游击队员看病。那时我爹的屁股上烂了个大肉洞，流脓流血不止，臭烘烘的，肉洞里生满了蛆，蛆虫在肉洞里翻滚，让人恶心。

老中医检查完我爹的伤口后，对我爹说："只有一个办法，就是把弹头挖出来，把蛆虫杀死，不然你的伤口就没法好。你懂吗？"

爹点点头，"疼吗？"

"这个时候你还问这种话？"

"你用什么东西挖呢？"

老中医从药箱里找出一把小调羹，举着给我爹看，"就用它。"

爹想象这么大一把铜调羹将捅进他的伤口，额头上就浸出了冷汗。"用它？"

老中医问："还有更好的东西么？"

老中医让和尚和江苏人把我爹绑在床板上，按着，又让小五坐到爹的双腿上，还让小狗子坐到我爹的腰上，这样我爹在痛时就没法反抗了。老中医将铜调羹放到火上消毒，手就在我爹屁股上摸着，掐着。我爹在他的手碰到伤口附近时便痛得杀猪般地大喊大叫，"哎哟哎哟哎哟。"老中医让他咬着被子的一角，"会很痛的，你忍着点。我要用调羹挖了。"

老中医在我爹的左边屁股上摸来掐去，终于找到了那颗弹头的位置，便用手抵着，以免在刨它时，它钻入新的"地带"。老中医在挖掘弹头时先掏出了很多蛆虫，撒在地上，他把那枚业已发绿的弹头从伤口里挖出来时，爹已痛晕过去了。

爹从晕厥中醒来时，他的女人桂花就守在一旁。她疼爱地瞧着男人那张苍白且瘦扁的脸。她看到男人睁开了小眼睛。"你醒了？"女人惊喜地瞥着男人。

爹是从噩梦中走出来的。他梦见倒在血泊中的田矮子，而田矮子的尸身上爬满了癞蛤蟆，它们是食血蛙，把田矮子身上的血全部吸干了。他在梦里看见和尚给田矮子超度亡灵时，结果田矮子的亡灵被癞蛤蟆跳起来，一口吃了，于是田矮子的来世就只能是癞蛤蟆了。他还在梦里遇见了一个脑袋上长着六只眼睛的魔鬼，他邀请他去阴间看看。醒来时，这一切都没有了，他美丽动人的妻子桂花坐在床旁。女人说："你在梦里又喊又叫的。"

爹虚弱地说："我梦见田矮子死了，他的亡灵被一只大蛤蟆吃了。"

桂花觉得他很可怜，就捧起他的一只手说："啊，可怜的，你梦见我没有？"

爹摇头说："我还梦见阎王爷要拖我去阴间看看，我说我要等我的儿子生下来后再去。"

桂花的肚子已开始现形了，年轻漂亮的桂花为此很幸福。她多年来盼望有一个孩子，现在孩子已怀在她肚子里了。这几天，一到晚上，她就能感觉到胎儿在她肚子里运动似的。她见男人牵挂着她肚子里的孩子，不肯舍下她和她肚子里的孩子去阴曹地府，就感动道："山猫啊，我怀疑我怀的是个男孩。"

爹高兴道："男孩好啊，啊，我要有崽了，我这块心病总算被你祛除了。"

桂花更高兴，脸上充满想象，"我要为你生一个小游击队员。"

爹说："好的、好的，我早就想你生一个小游击队员了。"

桂花为丈夫的伤口搽药，爹很奇怪地感到屁股好些了，"我的屁股没那么痛了。"

"哦，那很好啊。"桂花说，"我生怕你会死哩。"

"不会，"爹说，"我至少要看一眼我的崽，才能死啊。"

桂花在丈夫的脑袋上打了下，"我不准你死。你死了，我和肚子里的孩子怎么办？"

"好，那我不死。"爹快乐地说。

爹的伤口愈合得很快，那是爹当时还很年轻。几天后，爹就能下床了。又过了几天，爹就能一歪一拐地走路了，那张平和的猩猩脸上也恢复了些许血色，看见其他同志，灰头土脑的脸上也挂着笑了。"小狗子，你在干吗？"爹问跑来的小狗子。

小狗子嘻嘻道："黄副队长，我正准备去捉蛇给大嫂做给你吃，好让你早点康复。"

爹觉得小狗子还蛮会讨好人，"小狗子，别逞能，小心蛇咬了你。"

杨队长对我爹说："我不甘心，我们白水游击队一定要打下槐树店。"

爹看着一心要打下槐树店日军据点的杨队长，"我不同意再打。"

杨队长说："我这几天正想着如何打槐树店，头都想痛了。"

爹看着一脸好胜的杨队长，"不行，打不下槐树店的，日军守在里面，我们攻不进去。"

杨队长歪着脸看我爹，"打不进去也要打，我们总要端掉一个日军据点才行。"

爹望眼坐或躺在树底下休息的游击队员们，"我不想牺牲更多的同志。"

杨队长讲着狠话道："就是全部死光了，也要打。"

但是没有第三次攻打槐树店的可能了。就在他们群策群力地讨论攻打槐树店的方案的某一天里，湘南游击队的李政委——一个魁梧的中年男人，带着三名警卫，满脸春风地上了驼峰山，告诉白水县的游击队员们，日本侵略军向国民党政府投降了。"同志们、农民同志们，告诉你们一个特大的好消息，"李政委满脸春风地说，"日本鬼子向国民政府无条件投降了！同志们，日本人败了，中国胜利了。"

游击队员们高兴得嚷嚷叫叫起来："啊、啊，万岁！"

"中国万岁！"

"共产党万岁！"

游击队们这么嚷着、喊着，手舞足蹈地蹦来跳去，你推我攘，你打我的屁股，我在你脑门上拍一下，边欢呼道："万岁、共产党万岁、游击队万岁！"

平静的犹如绿色海洋的山林于游击队员们欢呼万岁中沸腾了，好像台风使大海歌唱一样。森林在游击队员们的欢呼声中摇晃着，发出了犹如海潮般的涛声。这种极有生命力的森林呼吸的声音，平常只有在夜里才能听见。但此刻，在大白天，森林受到游击队们欢呼的感染，也欢腾起来，似乎在彼此传递着胜利的信息，也就特别庄重和雄浑。

桂花就是于欢呼中突然感到肚子剧痛，于是小产的。身为孕妇的桂花一时高兴得忘形了，与游击队员们一起又蹦又跳，欢呼万岁，没留意脚下的地形，结果一脚踏在一块长满青苔的岩石上——平常她走到此处时都要绕个弯的，一溜，一个后仰，倒在地上……

爹没想到在大家都在享受胜利带来的欢乐时，他的女人会出事。抗日战争的胜利给他带来了巨大的快乐！自从他三八年顶替他哥当兵离家起，就是与残暴的日本侵略军拼杀，七个年头里没完没了的抗日战争终于结束了，爹正感到他可以与桂花回家过上平静的生活了，然而桂花却出事了。就是那几天，爹正处在失去儿子的怅然、幽怨中，默默地检查自己，是什么地方得罪了上天，和尚却伏在我爹耳边说："我要走了。"

爹很惊讶地望着和尚，"你要走了？去哪里？"

和尚笑笑，"当年参军，是为了打日本人，现在日本投降了，我要回去当和尚。"

爹望着和尚，"你还真要再回庙里当和尚？"

和尚脸色坦诚地说："我喜欢过清静的寺庙生活。"

爹说："游击队生活在山林里也很清静，彼此相处很好，又都喜欢你，走什么啊和尚？"

和尚回答我爹："人各有志，我心不在此，你别留我，我真的要走。"

爹深情地说："你救了我两次性命，不是你，我还在常德就被陈团长枪毙了。"

和尚觑眼我爹，"你还会活很多年。"

爹听和尚这么说，很高兴，"和尚，我们要做一辈子兄弟，你不能走。"

和尚平和着脸色笑笑，"阿弥陀佛，这世上，没有不散的宴席啊！"

当天晚上，和尚便失踪了。一早，爹四处寻找，却哪里都不见和尚，爹决定下山去追和尚。江苏人说："和尚要走，你们拦得住的？打了那么多仗，你哪次看见和尚受过伤？我们守在天马山阵地上时，那么多日军的炸弹、炮弹落下来，弹片横飞，只有和尚连皮都没擦破一块。一、他有佛保佑，二、他能隐身。找不到的，你们。"

和尚走了，江苏人也要走，那天中午，吃过中饭，江苏人便向我爹告辞，"兄弟走了，"江苏人对我爹打个拱手，"黄副队长，兄弟打算回南京看看，就此告辞。"

爹舍不得江苏人走，和尚和江苏人都是他的好弟兄，江苏人在游击队的这大半年里，很受游击队员尊重，游击队员打了野味都不会把他落下。爹说："南京有什么好看的？那是你伤心的地方，你不是说你这辈子都不愿提及自己是南京人吗，你还去？"

江苏人说："我童年和少年的日子都扔在南京了，我父母和姐弟都死在南京大屠杀中，我要去祭祀他们，告诉他们，日本侵略军向国民政府投降了。"

爹知道江苏人一走，就再也不会回来了，他们可是一起共过患难的！爹舍不得他走，见小五的妹妹——小五的妹妹于一个月前也上山了，成了为游击队员洗衣、做饭的女游击队员——正在那儿晒衣服，小五的妹妹转过身来，羞涩地瞅着江苏人，又望眼我爹。爹明白小五妹妹的心思，这是个十七岁的农村姑娘，爱都写在脸上了。爹把江苏人拉到一株参天大树下说："你走了，翠翠会伤心的。"

江苏人看一眼羞红着脸蛋的翠翠，"她伤什么心？"

爹说："翠翠喜欢你，你没看出来？"

江苏人颇不好意思地笑了下。

翠翠长相十分俊俏，是一朵含苞欲放的山茶花，随便穿什么衣裤都好看，甚至裹块破布走在山道上也楚楚动人，有很多游击队员都喜欢她。爹知道至今仍是单身的江苏人也喜欢翠翠，便说："这事兄弟给你做主，兄弟跟小五说，让他把妹妹嫁给你。"又说："游击队的同志们都喜欢你，虽然你不是队长，但大家都服你，都看见你一枪一个地打死过日本鬼子。你心性高傲，不愿屈人之下，这样吧，我让你当副队长，我愿意跟着你。"

江苏人说："我可没有这些想法，这是你强加给我的。"

爹留江苏人说："我跟杨队长说说，我们聘你为游击队的军事顾问，军事顾问在我之上，也不受杨队长管，这样，我们就不分上下，还在一起做同志和兄弟。"

江苏人见我爹如此恳切，留下了，对走拢来的小狗子说："小狗子，我们去打野味。"

爹对小狗子说："小狗子，从今天起，你当军事顾问的勤务兵。"

小狗子一个军礼敬给我爹，"是，黄副队长。"

一九九一年春节，我和姐回黄家镇，陪我十年才回来一次的大哥，在电视上看见何福来副省长因患鼻癌去世的消息后，我们一家人半天都没说话。接下来的时间，我们说起何福来副省长对我们一家的恩惠，特别提到爹当年神经错乱后的情景，说要不是伯伯出钱给爹治病，要不是何福来副省长出面相救，还不知道我们家会是什么样子。我对大哥描述说："爸被造反派逼疯时特别搞笑，总是对小孩子叫嚷'日本鬼子来了、日本鬼子来了'，街上的孩子听爸这么嚷，开始还怕，后来就特别开心。"

大哥不知道这些，爹疯时，他在东北当知青，大哥看着我们。

爹表情淡漠地说："我那时候是装疯，不装疯不行啊。"

我说："我知道您后来是装疯，开始，您是真疯了吧？"

爹看着我们说："我精神没失过常。我被关在红楼里的那一年，后面的时间我时常通晚通晚睡不着觉。我晓得要想自由，就得装疯卖傻。"

我有些惊讶，望着爹，不知爹说的是真话还是假话。多年里，我们一家人从没谈论过这些事，"文化大革命"中爹疯了、妈投河自杀了，这是一块心结，是全家人心痛的记忆，也是全家人都有意识回避的话题，多年里，只要一说及这事，姐就厌恶地道"我都忘记了"。但此刻，姐看着爹，不相信道："爸，您开始应该是疯了，是伯伯帮你治好的吧？"

爹摆手，"我从没疯过。一开始我就是装疯，我不装疯，那些人就不会放过我。'文化大革命'中，他们往我头上扣的帽子可以把我枪毙几次，你们当时都小，不懂。我不想被他们整死。国民党高级特务和叛徒？哪里有什么国民党高级特务？亏他们编得出来！"

我说："爸，那你不但骗过了他们，你连妈、伯伯、我和姐都骗了。"

"你伯伯知道我没疯，你伯伯说他叫我小时候的名字'山猫'时，看见我眼珠动了下，他就清楚我是装疯。你伯伯和我一起演戏呢，哈哈哈哈。"

姐问："伯伯还为你熬药，给你做头部和足底按摩，都是演戏？"

爹点头，"都是演戏。"

我深感困惑，"那妈妈被你骗了，我和姐……"

爹打断我道："你妈糊涂，我什么没经历过？枪林弹雨里钻进钻出，死人见得多了，再恐怖的情景我都见过，衡阳保卫战里，我们守在天马山，天天和战死的兄弟睡在一起，那么脏、那么臭都可以忍受，怎么会疯？"爹说这话时脸上是一种坚定和不屑。

"爸，"姐叫道，"那你装疯装得太离谱了，连自己的屎都吃……"

爹表情沉重起来，脸上一时间凝聚着怨愤，"当年装疯，我是故意把屎屙在地上，然后搓自己的屎玩，故意把屎弄到身上，还假装吃屎。你妈妈来了，可是不能因为你妈妈来领我走，我就跟着你妈妈走啊。刘股长他们是干什么的？刘股长当过侦察兵排长，而且他不相信我是真疯，你妈妈来接我，是他故意安排的，派人盯着。我当然不能被他们识破，就装着吃自己的屎，我装过头了，最终害了你妈妈。"

我不敢相信，爹身上怎么会有这么多谜？我感觉自己无法理解地望着爹。

爹后悔道："你妈妈死，是我的痛，这话我只对你们的伯伯说过。我最对不起的人是你们的妈，这也是我执意不再结婚的原因。是我害死了她啊。"

伯伯黄阿狗那时候还健在，身体还硬朗，仍可以挑着一百市斤的稻谷去打米，农忙季节仍下田干活，农闲时与村里的老人打打骨牌或纸牌。那年春节中的一天，我和姐去伯伯家拜年。伯伯正和几个老人打着骨牌，看见我和我姐，伯伯不玩了，陪着我和我姐说话。伯伯笑呵呵的，一张脸，肤色看上去相当红润、健康。我们说了几句话后，姐带着疑惑不解的表情问他："伯伯，早两天我爸说，"文化大革命"中，他没疯。"

伯伯很肯定地答："你爸没疯。"

"怎么可能？"我问伯伯，"我爸真的没疯？"

伯伯说："你爸怎么会疯？你爸没告诉你们？我还以为他早告诉你们姐弟俩了。"

伯伯又说："你爸聪明呵，知道要摆脱那种困境，只能装疯。"

姐说："我和小毛，还有妈，都被爸骗了。"

伯伯抽着烟，对我和我姐说："你爸被我接回来的那天晚上，对我说，他没想到你妈会因他装疯而跳河自杀，你爸说他真的没想到会是这种结果。我当时安慰你爸说，李香桃太好强了，你又不敢告诉她你是装疯，她受不了，寻了短见。"

我既欣慰又快意，说："真没想到，姐，原来爸一直骗我们。"

伯伯呵呵呵呵笑，笑完后说："当时我去红楼接你爸，我叫了声山猫，你爸看了我一眼，我就明白你爸是假疯。那天你爸对伯伯说，这个疯他还得装下去，装到可以不装为止。那时候，有些国民党身份的人被整死了，你爸烦透了刘大鼻子他们没完没了地审问和逼迫，情急之下，用了最糟糕、也是最有效的办法，才脱身。"

四十

二〇〇三年十月，我随步履蹒跚的爹离开天马山，开着车，迅速奔到岳屏公园前。我们下车，步入了衡阳岳屏公园。

这一天的公园里有众多天真可爱的孩子在玩耍，是老师带孩子们来公园秋游什么的。另一处林荫道旁，有几十名中老年女人在跳操。她们紧随录音机播放的旋律跳着。一旁是人工湖，有人在划船，欢声笑语随风飘来。岳屏山不高，一条褐色的石路直达山顶。两旁有很多树木，树木不是很古老的大树，而是几十年树龄的树木，大多是樟树，还有松树和法国梧桐树。那些古老的大树都于一九四四年夏被日本人的飞机、大炮炸毁了。爹要看"衡阳抗战纪念城"这座石碑。这座石碑建于抗战胜利后的第二年，即一九四七年，在当时的人看来一定是很气派的，用现在的眼光看，自然有些小气。我搀扶着爹缓缓走到岳屏山顶，爹围着石碑缓缓转了一圈，我们在石碑旁的亭子里坐了下来。爹仍然举目久久地凝望着石碑，泪水在他眼眶里打转转。我不敢打扰他，在一旁坐着。

"到处都是尸体，我军的，日本人的。到处，到处，到处都是。"爹深深叹口气说。

"哦。"

"从八月一日到八月八日，那八天是衡阳保卫战中打得最残酷的。"爹回忆着说。"那八天里，我只吃了几餐饭，后面的两天，连饭都没有吃，大家都饿着肚子打，饿着肚子与日本鬼子拼杀。都疯了。日本人疯了，我们也疯了。"

我看着爹，爹泪花花的。我生平第一次对爹产生了极大的尊重。

爹回忆着说："那些天里，日本兵对我军阵地狂轰滥炸，疯狂扫射。"

我仿佛听见了炮弹爆炸声和机枪扫射的哒哒哒哒声。

"弹尽粮绝啊，小毛。弹尽粮绝啊，小毛。"

我只能表示理解地回答："哦，哦。"

"后来我们发明了抵制饿的土办法。"爹说，"我们勒紧裤带，就是把皮带系得紧紧的。如果皮带系到最后一个扣眼还不行，我们就把死去的弟兄的衣服脱下来，撕成布条，用布条捆紧肚子，减少胃活动的场地，以免肚子饿得咕咕叫。"

"战争是很残酷的。"

"残酷、残酷——残酷！"爹一连说了三个"残酷"，"我们奉命死守，日军却要死攻，自然两边都变得穷凶极恶，都不要命。"

穷凶极恶，我觉得爹这个词用得真好。

一群外国人走到了衡阳抗战纪念城的石碑前，叽哩呱啦地说着话。我看他们是黄种人，说的却不是中国语，就问一个一时讲中文，一时又用我听不懂的语言说话的年轻女人："请问小姐，他们是哪里人？"

年轻女人看我一眼，一笑——她笑得很好看："日本人。"

"日本人？"我愕然，"日本人到这里来干什么？"

年轻女人一笑，"来纪念他们的父辈。"

我望眼抗战纪念碑，它突然变得很高大了，像把巨大的利剑，直刺天空。"这可是为战死在这里的国军官兵建的纪念碑。"我说。

年轻女人又一笑，"来这里的日本人很多，这些年里，每年都有好几批。四月份时，我接待过一批日本游客，有三十多人，其中有几个日本老妇人还在山下烧冥钱。"

我看这些日本人，他们并不是老头。有一两个老太太，但也不是七八十岁的老太太，而是那种五六十岁的老太太。另外都是一些中年男女，还有两三个较年轻的男女。"他们都是日本人吗？"我问转过头来的年轻女人。

"他们是日本人。"年轻女人回答我，马上又用日语与一个日本男人交谈。

我走回到爹身旁，坐下，对爹说："他们是日本人。"

爹那花白的眉毛一拧，目光就一亮，扫了眼这群叽哩呱啦的日本人。"他们跑到这里来干什么？"爹问了我问女导游同样的话。

我望眼日本人，回答爹："我不晓得。"

爹说："这些人都不显老，他们一定没打过仗。"

也许他们的父辈在衡阳打过仗，也许他们的父亲或爷爷在衡阳负过伤，向他们提到了衡阳这个地名，或者是他们的父辈战死在衡阳，而这些日本人的后代便来祭祀。我告诉爹："刚才女导游对我说，一些日本人来祭奠多年前战死在这里的亲人。"

前面有一处卖烟、饮料和食品的服务部，我走上去买了两瓶娃哈哈矿泉水。"这里经常有人来参观吗？"我问那个为我拿矿泉水的中年男人。

"有，有，经常有。"中年男人说。

"都是些什么人？"

"什么人都有。"中年男人为我找钱，边说，"中国人，外国人。这是衡阳抗战纪念碑，总有一些人来看看。"

"有国民党的老将士吗？"我问。

中年男人想了想，回答我说："好像日本人还来得多一些。我在公园里工作了二十几年，经常有日本人来。国民党老兵也有来的，三三两两，有的还被子孙这一辈人搀扶着。"

"为什么日本人会来得多一些？"

"这我就不晓得了。我听老一辈人说，衡阳保卫战当时震惊了日本，也震惊了全世界。"中年男人望我一眼，"我小时候听人说，抗战中日本人说'要灭中国，先灭湖南'。"

"真有这句话？"

中年男人咧开厚厚的嘴唇笑笑，"我听老一辈人聊天中说的。"

"他们没有灭湖南。"我说。

"他们灭不了湖南，"中年男人很自信的样子，边把零钱找给我。"日本人是痴心妄想，他们灭得了我们湖南？无湘不成军。抗战中，日本人在湖南打的仗最多，吃的亏也最多。中日最后一仗，是在雪峰山，日本人要过雪峰山炸毁芷江机场，国军官兵坚守着雪峰山，那一仗，我爷爷参加了，说打死了四五万日本兵。日本人硬是没打过雪峰山，最后退了。"

"那你爷爷也是国民党老兵啊。"我说。

中年男人骄傲道："是的，当时我爷爷是团长。"

我很想带我父亲拜访一下他爷爷，忙问："你爷爷还在世吗？"

中年男人说："我爷爷七十年代初就死了，七十多岁死的。"

中年男人又说："我父亲是衡阳师专教历史的，他对历史有一些研究。湖南这个地方，在两千年前汉人很少，叫作蛮夷之地，都是些苗族、瑶族和土家族人。我父亲说大量的汉人大多是唐、宋、元、明、清这些朝代中陆续从北方迁徙来的。有官方有意迁徙的，如宋朝和明朝，朝廷曾下令安徽和江西的部分汉人移居湖南。另外一部分汉人则大多是兵、匪。我父亲说湖南人大多是兵、匪与少数民族通婚的后裔。血液里有爱讲勇斗狠和不屈不挠的一面。我是江永人。我的祖籍是山东青州。我的祖先随宋朝的军队来镇压湖南境内的瑶民起义，从此就在瑶民的老窝江永县定居了。很多那个年代的官兵，大多把瑶族女子抢来，通婚，有了后代后就索性不走了。"

我说："你父亲认为，湖南人大多是北方移民？"

"对。"中年男人说，"我父亲说，元朝统治的那一百年里，有很多优秀的有骨气的中原人士不愿在忽必烈的铁蹄下生存，带着家眷逃到湖南，在湖南隐居。还有各个朝代里的大量钦犯，犯了事杀了人，躲藏到湖南，从此在湖南生根、开花、结果。"

中年男人递支烟给我，自己点上支烟，又说："我父亲说湖南人的祖先都是于各个朝代里不肯屈服和低头的人，他们因为不肯向朝廷低头就逃离了家乡，在当时相对没有被铁蹄侵略和蹂躏的蛮荒的湖南隐居了下来。湖南在历次改朝换代中，并不是屈服于北方军队的铁蹄下，因为它不是处在中原地带，它一直就不是一个发展得不错的省份，这是地理位置和自然环境形成的。因此在改朝换代中几乎每次都是屈服于大势所趋的讲和中，没被铁蹄践踏和征服过。比如湖南和平起义就是例子。"

"所以湖南人不肯屈服？"我问他，"因为湖南人没有被征服过，不怕死，是吗？"

中年男人肯定道："没有被征服过。好胜、好斗、好讲狠的血性就没被泯灭。洪秀全的太平天国军当年沸沸腾腾且势不可挡地攻入湖南，围攻长沙那么多天，最后以失败和撤退告终。当时的长沙很小，按说是可以将长沙的守军打得屁滚尿流的，但偏偏就没有，太平军反而损失了一个王——萧长贵，把翼王石达开都气晕了。最终消灭太平军的就是湘军，湖南人。日本侵略军当年横扫中国的大江南北，一扫到我们湖南就卡壳了。日本兵四次进攻长沙，只有第四次才打入长沙。当时驻守岳麓山的是国民党第四军，军长名叫张德能，他直接受薛岳的副参谋长赵子立指挥。赵子立是个蠢人，不懂打仗，马谡似的人物，只会纸上谈兵。他命令张德能将炮兵部队的大炮搬到岳麓山的山腰上，隐藏起来，好突然百炮击鸣，发挥威力。但岳麓山上那么多树，炮兵根本看不见日本兵，而日本兵却不从大炮布控的方向进攻，而是从侧面和绕过来从后面进攻，结果大炮丧失了威力。"

"所以长沙失陷了。"

"有马谡似的蠢人，哪怕给你一个最好的地理位置和一百个师，你都会失陷。"

"那是那是。"我说。

中年男人脸呈骄傲地说："林彪打四平时，我堂伯伯当时是陈明仁手下的一名营长，他那个营大都是湖南人，打得很顽强。林彪的部队四次打进四平，四次被陈明仁的部队打出来。解放战争期间，东北战场上，林彪唯一一次吃亏就是栽在湖南人陈明仁手上。"

这个中年男人是个战争迷和湖南自恋狂，对曾经发生的战事非常留意。中年男人见我很乐意听地看着他，就又说："在解放军里，会打仗的湖南人也不少，彭德怀元帅打仗厉害，把胡宗南的部队打得焦头烂额。陈赓大将打仗也相当狠，他是黄埔一期生，还救过蒋介石。粟裕最了不起，我父亲说，粟裕是湖南将领里最会打仗的，他应该当元帅。毛主席没让粟裕当元帅。我父亲说粟裕于解放战争中曾指挥了几场非常漂亮的战役。解放战争初期，共产党军队与国民党军队的第一次较量，是在江苏中部，接连打了七仗，七仗七胜，简称'苏中七捷'，歼灭了国民党军队好几个师和旅，十来万人。'苏中七捷'就是粟裕指挥的。我伯伯说，粟裕有韩信的军事天才，又有张良的谋略。著名的淮海战役，就是粟裕打的。"

我瞧着他说："你对军事史蛮感兴趣啊。"

"我喜欢看这方面的书，"中年男人说，"我家里，这方面的书很多。"

我看着抗战纪念碑，想着这位中年男人说的这些话，心里颇有感慨。中年男人的目光也随着我的目光投掷到灰色的纪念碑上，他略带几分钦佩地说："日本侵略军打上海只死了一万多人，打我们衡阳却死了两万多人，还有两万多日本兵负伤，日军第六十八师团长，一个日军中将就是在衡阳负伤后，送回武汉医治时死的。日军第五十七旅团长，一个少将，被打死在衡阳。而守衡阳的国军，不过是方先觉的第十军，只有一万多人。"

中年男人又说："日本人打我们衡阳伤透了脑筋。"

我觉得有必要让他的脑袋清晰下，别太自大狂了，就遗憾地告诉他："我想写一本衡阳保卫战方面军的书，我查过资料，守衡阳的第十军中将军长方先觉是安徽人，第三师少将师长周庆祥是山东人，预备第十师少将师长葛先才是湖北人，第五十四师少将师长饶少伟是四川人，一九〇师少将师长容有略是广东人。可惜这五位黄埔军校毕业的主要将领——他们因守衡阳有功，后来都获得了青天白日勋章，没一个是我们湖南人。"

中年男人点头，"那是，将领虽然都是外省的，但战斗的还是我们湖南人，打仗的下级军官和士兵，大多是我们湖南人，将军们又不直接面对面与日本兵厮杀。"

我说："战场上，指挥官很重要，指挥官是一支部队的灵魂。"

中年男人答："士兵更重要，士兵不勇敢、不顽强拼杀，你怎么指挥？"他不等我回答又说："后来的国共两党开仗，指挥官还是这些人，为什么就打不赢共军？因为士兵和下级军官不愿卖力打。杜聿明、邱清泉、张灵甫、廖耀湘和王耀武都是黄埔军校出来的抗日名将，守衡阳的这五位将领后来也与共军打过仗，但结果怎么样呢？一败涂地。所以，战斗还是得靠士兵拼杀，共军一冲锋，士兵们就放下武器投降或溃逃，指挥官再厉害都没用。"

我觉得中年男人说的话有道理，还觉得他是个对军事感兴趣的人，"双方都很重要，"我说，"战斗的士兵和指挥打仗的将领。"

他揿灭烟蒂说："是都很重要。战争让人只记住了将军们，却忽略了直接参与战斗的下级军官和士兵。衡阳保卫战，如果没有顽强的士兵，是守不了四十七天的。"

为他说的这句话，我为父亲的这段光荣历史而骄傲，"我父亲当年就在这里打过日本人，"我指了指坐在亭子里发呆的老父亲，"我特意陪父亲故地重游。"

"您父亲当年也参加了衡阳保卫战？"

"参加了、参加了。"我说。

中年男人的目光顿时就十分尊敬，从我的肩膀上越过去，钦佩地投到我爹身上。"请代我向您父亲问好，愿他老人家健康长寿。"中年男人一脸坦诚道。

顺便说一句，中年男人长一张方脸，脸色略有几分黝黑，目光却炯炯有神。

现在我要将本书结尾了。假如火车是从广州开往北京，火车已过了长沙、武汉、郑州，此刻已过了石家庄，正向北京终点站驰去。还有一两个小时，乘客就要下火车了，那么我的读者也将合上此书，另一名读者可能会从你手上接过去，进行情感和思维的旅行。我总觉得阅读是情感和思维一起旅行。

四十一

八月三日，日本人又增援了新的部队，那些打得疲惫不堪且伤亡很重的师团撤到二线，而新来的生机勃勃的日军却对第十军坚守的阵地轮番猛攻。第十军已伤亡过半，且饥饿疲惫不堪等等，却仍然坚守阵地，不再指望援军到来，也不再指望生还，一律打算战死，让后人去祭奠他们。到七日傍晚，四连一百六十多名官兵，只剩了三十几名，其中还有三名负了重伤，无法再与敌人拚杀；六名负了不同程度的轻伤，还可以拿起枪射击敌人。田矮子也负了两处伤，一块弹片削掉了他的半只耳朵——那是一个弟兄与日本兵同归于尽时拉响手榴弹所致；另一处伤在胳膊上，那是与冲上来的日本兵格斗时，被日本兵一刺刀切开的。田矮子没打算活着离开天马山——他做好了死的准备，一步也不离开和尚，希望自己一死，和尚就把他的亡灵超度进极乐世界。他对和尚说："我死了，你一定要给我超度啊，拜托你了。"

和尚答："没问题。"

他对黄抗日和毛领子说："弟兄们，我们要死在天马山了。我以前如果有什么对不起两位的事情，还请你——"他重点睃着黄抗日，"原谅。"

"原谅你什么？"黄抗日有点儿迷茫地问他。

"原谅我曾经总是欺负你，"田矮子直言道，"我田国藩死前不想欠任何人的债。"

"你没欠我的钱。"黄抗日说。

"我不是指钱方面的债，我是指感情方面的。"田矮子一脸诚恳和忧伤地解释，"我以前觉得你这个人很窝囊，就总是欺负你。但你其实一点也不窝囊，你只是忍让。这我看出来了，你是个好兄弟，从不计较。"

黄抗日说："这话不要再说了。我也有不是的地方。"

"你没有，都是我的错。"田矮子哀伤着说，"我晓得我这个人有很多缺点，自私，自以为是，一心只想自己。黄抗日，请你能原谅我。"

黄抗日也伤感道："好的，我们有什么过错都请彼此原谅，来生再在一起打日本鬼子。"

田矮子一把握住黄抗日的手，"会的，一定会的，来生我们还在一起打日本鬼子。"

程眼镜从那头走过来，他也负了伤，他的左肩被一颗子弹打穿了，他的左手被炸弹的弹片削去了两截指头。手上和肩上都绑着纱布，纱布早已被鲜血染红了。他脸上有很多疲倦还很忧郁。一双眼睛里满是困顿的东西，好像鱼缸里养的鱼都死了样。他皱着眉头道："我预感我不可能活着见到苏小妹了。"

黄抗日问："苏小妹？"

程眼镜悲伤着脸说："苏小妹就是苏豆壳的妹妹。"

田矮子待程眼镜说毕，掉转头瞧着毛领子，脸上布满了诀别，继续着刚才的话题说："毛领子，也请你不要计较我以前对你的态度。"

"我不会计较的，你说这样的话就太见外了。"毛领子理解田矮子的话说。

"在我出来当兵前，我娘告诉我，"田矮子回忆着他母亲的教导说，"不要拿别人的东西，也不要欠别人的情。我小时候有顺手牵羊的毛病，当兵后我改了这个毛病。我娘对我说，当兵就是打仗，打完仗就回家娶媳妇。我原打算打完这一仗就回长沙，把东北姑娘小丽带回湘乡，给我母亲看看。现在看来，明年的今天就是我们的祭日。"

"祭日就祭日，"毛领子不在乎生死地说，"二十年后，我们还会是一条好汉。"

"对，二十年后，又是一条好汉。"田矮子说，"来生，我希望我们还做兄弟。"

"我们不死，日本兵就莫想站在这里打一个屁。"毛领子说，说毕他放了个屁，很响。

程眼镜发出"唉"的一声叹息，"我跟苏小妹写了封信，说假如我在衡阳战死了，希望她于来年的春天来衡阳看我，在我们的坟上放一把映山红，表示祭奠。"

"只是放一把映山红？"毛领子觉得不够道，"不烧一炷香？"

"烧香的事就不难为她了。"程眼镜心疼他的恋人说。

毛领子不同意道："那不行咧，不烧一炷香怎么行？"

程眼镜解释说:"我不喜欢她由于烧香而过多伤心,因为烧香至少要一刻钟,那她就得多伤心一刻钟。我不想要她过多伤心。我只要她来打个转身,看一眼就行了。"

"你蛮爱她的啊程眼镜?"

程眼镜一脸凄迷道:"她真的可爱,是我遇到的最可爱的女孩子。"

毛领子叹口气说:"可惜我还没来得及爱上一个姑娘就来打仗了。"

毛领子又遗憾道:"要是有个姑娘牵挂我就好了。"

他又纠正自己的话道:"或者有个什么姑娘可以让我心里牵挂也行。"

程眼镜觉得不应该:"真的没有一个姑娘让你挂念?"

毛领子望着一派凄惨的阵地说:"没有。我读书太好玩了,从不注意女孩子。"

程眼镜把目光放到刚才还在战斗的几具衡阳学生兵尸体上,"也没女孩子注意过你?"

毛领子为自己难过了下,"好像没有。"

程眼镜一脸幸福道:"我有,她是苏豆壳的妹妹。"

程眼镜又描述道:"她有一双美丽的眼睛,那双眼睛的目光十分清澈。"

"日本兵来了,举着白旗,来收尸。"江苏人盯着几个摇着白旗向阵地上走来的日本兵,对张排长和黄抗日说。

这些天,日本人都是这么干的,打完仗,战场沉寂下来后,就会有一些日本兵赤着上身、穿着短裤——以示他们没暗藏武器,举着白旗来收尸,把战死在天马山阵地前的日本人的尸体拖走。坚守在天马山的三团官兵默许日本人这么干,没开枪。天实在太热,死人不拖走、掩埋或焚烧,没一天就臭气熏天了。此刻,日本兵来了,没带枪,麻木着灰头土脑的脸,把一具具日本人的尸体往山坡下拖。他们上来十个日本兵搬运尸体,坡下有一批日本兵接应,他们自然也没带武器,苦着脸接过尸体,往更远的地方抬。

有个收尸的日本兵走到离黄抗日只有几步远的地方了，双方不但能看清鼻子、嘴巴，还能看清眼睛和目光了。这个日本兵长着个田矮子那样的鸡胸，胸脯上胸毛向两边散开。黄抗日与这个日本兵交流了下目光，感觉这个日本兵的目光十分冰冷，是那种绝望的冷。黄抗日盯着他把尸体拖走，这才把手指从卡宾枪的扳机上移开，掉头对一旁的田矮子和毛领子说："日本人绝望了。"

田矮子说："这仗打下去，我也绝望了。"

田矮子不等黄抗日说话，又说："我遗嘱都写好了，就放在我罩衣口袋里，我死后，请求我妈把东北姑娘小丽收为干女儿，让她继承我的遗产。我有五亩三分田。"

黄抗日说："那你是真爱小丽啊。"

田矮子目光凄迷地望眼天空，"很爱，无论她跟多少男人睡过，我也爱她。因为她是为逃避日本人的铁蹄才步入红尘的，我不怪她。"他看一眼黄抗日，怀恋道："你不晓得我们搂在一起时，她有多温柔，啧啧，现在一想，我就激动。她的家在东北的松花江上。"

毛领子说："有一首歌就叫'松花江上'，我的家在东北的松花江上——"毛领子哼了句，然后问："那个东北姑娘小丽就住在松花江上？她父母是渔民？"

田矮子悲伤着说："这我不知道，也许是，也许不是，这不重要，重要的是她住在松花江上，而松花江被日本人占领了。她宁可步入红尘，做那种给男人提供快乐的女人，也不愿当亡国奴，这就是我爱她爱得要死的地方。"

"那是那是，红尘女子也有值得人爱的地方。"毛领子判断说，"既然她是住在松花江上，那她父母应该是渔民。渔民的子女只喜欢在水上生活，不喜欢种田。"

田矮子瞥眼毛领子，"这么多兄弟里，只有你理解我，我愿意结交你这个兄弟。"他憧憬着说，"如果她不爱种田，可以把我的田卖掉，再买条船，在湘江上生活。"

黄抗日和毛领子都望着田矮子，田矮子继续说："她有了船，就等于有了家，不用再干那种营生，可以找个比我更好的男人结婚，到时候，我在九泉下也会祝福她。"

毛领子说："你不是要和尚把你的亡灵超度进极乐世界吗？和尚说极乐世界在西方，要翻过喜马拉雅山，你死后，你的灵魂去了印度，怎么祝福她？"

田矮子满脸悲伤地望着苍天，"这你放心，我会在去西方极乐世界前祝福她。增广贤文上说，鸟之将死，其鸣也哀；人之将死，其言也善。我快要死了。"

黄抗日瞅眼田矮子，又瞄眼和尚，和尚正闭着眼睛休息。他把目光放到远处，远处一股火焰冲天而起。一旁的程眼镜也举目眺望，边说："日本兵在那里焚尸。"

确实，日本兵把尸体码在一起，浇上汽油，焚烧着尸体。日本兵围着尸体默祷，估计是祈求日本的神灵接纳这些战死在湖南衡阳的日本兵的灵魂，让这一个个灵魂飞上天空，漂洋过海，回到日本故土去。而尸体，他们得留下，焚烧，因为天热、路远，他们没能力把这一具具遗体交还给他们的亲人。战场上，于此刻，十分庄重、寂静。

这些天，有一些没离开衡阳的平民，帮着坚守阵地的国军官兵处理伤员和尸体。他们穿着破衣褴衫，等激烈的战斗停息后，便抬着担架走来，把伤得实在不能再战斗的士兵或一具具尸体放到担架上，抬进临时医院医治，或抬着尸体去哪里掩埋、焚烧。他们来搬运尸体时对四连的官兵说："你们是很了不起的军人。"

但这两天他们没来。他们是自发的，他们中有不少人抬着担架，突然一个趔趄，中弹了，那是从日军飞机上扫射下来的子弹打中了他们。或者，抬着担架正赶路时，突然一颗炮弹落在他们身旁，把他们和着负伤的士兵一起炸上了天。他们伤亡也很大，前两天那个称赞他们了不起的中年男人，他抬着担架在路上疯跑时，被日军飞机上投下的炸弹炸死了。今天这个时候了，还不见他们送饭或来抬伤员、尸体，大家都期待着他们出现。

"也许他们去别的阵地上了，"江苏人说，"也许日本兵断了我们的后路，让他们过不来了。因为，不可能两天不管我们啊。"

"两天不管我们，这在常理上说不过去，"张排长分析说，"一定是你说的第二种情况，日本兵横插过来，截了我们的后路，致使他们过不来。"

头包得只露出眼睛、鼻子和嘴的江苏人问黄抗日："有水吗？我干得喉咙冒烟了。"

黄抗日手中的军用水壶里，还有些水，他把水壶递给江苏人，江苏人接过水壶，咕哝咕哝喝了几大口，喝得呛着了，不停地咳。张排长说："慢点喝，没人跟你抢。"

江苏人说："是一口水掉进气眼里了。"说着，他又猛咳了几声。他看眼张排长，张排长脸上满是血痂，那是一块弹片削开了他的头皮，血从那里流出来的，已经凝成痂了。"张排长，我们都是快死的人了，你现在最大的愿望是什么啊？"

张排长望眼天，又看着在座的弟兄，"最大的愿望就是想吃顿饱饭，吃餐肉再死。"

田矮子说："我最大的愿望，还要靠和尚替我完成。"

江苏人笑，"去极乐世界？和尚，到了极乐世界，大家还能相互认识吗？"

和尚答："能，大家又会在一起。"

尸体处理完了，休战了一个上午，下午日本兵又开始炮轰了，轰隆一声巨响，炸飞了众多泥土。紧接着第二声炮响、第三声炮响、第四声、第五声……他们赶紧散开，像田鼠一样钻到掩体里趴下，抱着头，以免被弹片划破脑袋。炮轰刚完毕，飞机飞来了，在他们头上凶凶地飞着，向阵地上投弹，或用机枪扫射，爆炸声掀起了一个个巨大的烟土。倾泻下来的机枪子弹，打得阵地上已炸松的泥土，受了惊吓似的瞎蹦乱跳。又是一派浓烈的火药气味。

三名身负重伤的士兵，没法挪动身体，只好眼睁睁地瞧着飞机在他们的头上投弹和扫射。三人中，一名是衡阳学生兵，田矮子这个排的。这个衡阳学生兵还只十五岁，他与昨晚冲上来的日本兵搏斗时，被刺刀捅穿了肚子，而他也一刺刀捅穿了日本兵的肚子。两人一齐拔出刺刀，想再给对方一下时，却同时倒下了。日本兵十分钟后死了，衡阳兵还活着，但看情形也坚持不了多久。那张稚嫩的孩子脸上密布着痛苦，好像一块甜食上爬满了蚂蚁。另外两名重伤员是毛领子那个排的，一名伤员的左手一天前被炮弹弹片削掉了，右手于昨晚与日军肉搏时，整只手臂被日军东洋刀砍了下来。他家住在南门口，离毛领子家很近；另一名也是长沙兵，父亲在道门口开腊味店，他有二十一岁了，也是年初招募的新兵。他讨了老婆，有个一岁的孩子。他的腿于昨天傍晚被日军飞机扔下的炸弹炸掉了，为了止血，腿上绑了很多绑带，绑带也被血染红。他于昨天晚上向日本兵扔手榴弹时，胸脯上又挨了一枪。他晓得自己活不成了，就是活着也是废人了。

"毛排长，你如果能活着回去，麻烦你到道门口鸿发腊味店打个转身，找找我爹，对他说，让玲玲改嫁。她还年轻，不要让她一生守寡。"

"废话，你不要丧失信心。你会活着的。"毛领子安慰三个受着重伤的士兵，又说："等战争结束，我会到你们每人家里，快快活活地玩几天，你们都会活着走出战争。你也会活着，你也会活着，你也会活着。"他对三人一人说了一句。"你们都会活着，而我也会活着。"

衡阳学生兵说："但愿你们都活着，我晓得我活不了了。"

父亲开腊味店的长沙兵说："我活下去是害人了，你们活吧，我就死了算了，弟兄们，记住我的名字，我叫张学兵，来生再见时，好想起我是张学兵。"

"废话，都要活下去。"毛领子说，"张学兵，我命令你活下去。"

这都是炸弹落下前说的话，一颗炸弹落在那三名受了重伤而没法移动的士兵身上，三个士兵的两个被炸得翻了个边，衡阳兵被弹片削去了半边脑袋。和尚见状，忙跪下，为三个死去的弟兄超度。飞机刚刚飞走，日本兵就冲了上来，密密麻麻的。四连余下的不多的官兵又回到阵地前，愤怒地瞪着冲上来的日本兵，边把手榴弹的保险盖一一拧开，拧了很大一把手榴弹，放在身边。他们先是用机枪、卡宾枪扫射日本兵，当日本兵拥到距他们只有二三十米远时，他们就一个劲地往前面摔手榴弹。你扔一个，我扔一个，这边摔一个那边摔一个，竞赛一样。轰轰轰，一片手榴弹的爆炸声响彻在阵地上。

"炸死你们这群狗娘养的，炸死你们！"田矮子咬牙切齿地骂道。他很勇敢，因为和尚在他一旁，他死了，会有和尚给他超度亡灵，鼠脸上就愤怒，眼睛就鼓鼓地瞪着日本兵。

"炸死你们！"和尚边扔手榴弹边说，他的手榴弹扔到了几个日本兵的中间，轰。

毛领子拉掉捆成一把的三枚手榴弹的引信，奋力将手榴弹扔入日本兵中。"童大嘴，这把手榴弹是为你扔的！"

轰。

紧接着他又拎起一把手榴弹，扯掉引信，摔向敌群，边大声吼道："这把手榴弹是为我舅舅扔的，炸死你们！"

轰。

"炸死你们！"程眼镜道，将手榴弹扔出去。"这个手榴弹是为苏豆壳扔的！"

轰。

黄抗日将一枚手榴弹扔进冲上来的日军中，江苏人也摔出一把三枚捆在一起的手榴弹，张排长也迅速摔出两颗手榴弹，轰、轰、轰……日本兵就在轰轰轰中倒下丧命了，在轰轰轰中撤退了。接着，日本兵于更大的炮火助威下再次冲锋，四连还活着的官兵一边咬牙切齿地射击，一边扔手榴弹，又将一群群侵略军打得后撤。接下来又是炮击，又是冲锋，又遭到他们这批英勇无畏的中国军人的迎头痛击，又败下阵去，彻夜如此，直到凌晨……

民国三十三年八月九日的《中央日报》上，有一篇报道：敌军突入衡阳城内巷战惨烈标题是一号仿宋体字，引人注目。抄录如下：

[中央社衡阳八日电]：衡阳攻防战已发展至最高潮，敌机及山炮、重炮等继续狂轰滥炸，掩护其地面部队向我内线全面阵地猛扑，七日晨北门阵地被敌突入，方先觉军长亲率兵堵击，即于城内展开激战。

[中央社重庆九日报电]：

据军委会八日发表战讯：继续进行之衡阳血战，为时已达四十又七日，现已进入最惨烈之阶段，我忠勇守军，于此四十七日中具坚忍不拔之决战意志，遂行其杀敌之决心，先后于郊区歼灭敌人约达两万人。敌寇自围犯衡阳以来，使尽一切手段，以图一逞，惟因我军之坚强堵击，决死挤斗，使其屡攻屡挫，敌寇乃于一再增援之后，刻复由湘江西岸湘潭、衡山等地增来大量新锐部队，续向我衡阳内线阵地进行穷凶之攻势。在四日晚以后，敌以山、野、重炮，向我内线郊区彻日彻夜轰击，更以飞机数十架轮番轰炸，致使我阵地悉被摧毁；敌步兵之密集队形，复全面冲锋，我忠勇守军，虽苦战将及五旬，士气仍极度高昂，咸抱必死决心，与优势之敌白刃搏斗，寸土心地，均必往复争夺，或与阵地同归于尽，敌我死伤均惨重。

誓以一死报答党国，方先觉电委座诀别：环绕城周惨遭烈无比之血战，进行至七日晨，我城北郊区将士，多以壮烈殉职，敌即由此蜂拥突入城内，惨烈之城内巷战，复行展开。八日晨，我最高统帅据我衡阳之指挥官方先觉先生七日晚来电报称：敌人今晨由北城突入以后，即在城内展开巷战，我官兵伤亡殆尽，刻再无兵可资堵击，职等誓以一死报党国，决不负钧座平生作育之至意。此电恐为最后一电，来生再见。职方先觉率参谋长孙鸣久并率师长周庆祥、葛先才、容有略、饶少伟仝叩。查敌寇进犯衡阳，自六月二十二日到达东北外围，与我激战后，二十六日进入郊区，二十七日紧密包围，我衡阳郊区惨烈之街市战，于焉开始，迄至本月七晨，为时四十余日，敌人遭受惨烈伤亡之代价，并使尽诸般手段，始于七日晨突入市内，迄至八日晨，城内惨苦巷战仍在进行中。衡阳外线我各面部队进行猛攻并进，均与顽强抵抗之敌进行猛烈之激战，我敌均有甚大之伤亡，现仍猛战甚殷。

四十二

八日凌晨四点钟时，日军再度对天马山阵地进行轰击，足足一个小时炮声隆隆，此时天马山阵地上除了被炸得七零八落的尸体，已没什么活人了。四连的官兵只剩了寥寥十几人还在战斗，那便是龙连长、江苏人、和尚、田矮子、毛领子、程眼镜和已经打不起精神的黄抗日。张排长于先一天的战斗中战死了，尸体在江苏人的身旁。江苏人很伤心，两人感情特别好，虽然都只是下级军官，可是战斗中总是相互关照、支援。现在一个去了另一个世界，一个还活在硝烟弥漫的战场上。和尚为张排长超度了亡灵，从不信这些东西的江苏人请求和尚再为张排长超度一次，和尚说："他已经超度了。"

江苏人特别悲伤，但没流泪，眼泪都流干了，只是默默地觑着张排长的尸体，"和尚，我觉得张排长有两个灵魂，所以应该超度两次。"

和尚说："阿弥陀佛，你悲伤过度了。"

活着的他们，都无力再战斗了。他们都精疲力竭，伤口溃烂，眼睛通红——那是连续几天没睡觉所致，手脚也肿了——那是营养不良产生的疾病。他们面面相觑，都很厌倦这场没完没了的战斗。他们都不再理睬左近的隆隆炮声。他们都料到他们将战死在阵地上，与其他弟兄一样：战死、腐烂、化成臭水，融入地中，或烧成灰烬。但他们有和尚，就不担心自己的灵魂不能升天，他们很忠诚地看着一脸疲倦的和尚说："你一定要死在我们后面。"

和尚当仁不让道："好的，我一定死在你们的后面。"

田矮子把他那颗包着纱布的头靠到了和尚宽厚的背上，"和尚在，我心里踏实。"

和尚安慰田矮子，"别担心，你不会死。"

田矮子听和尚这么说，脸色一喜，但马上怀疑地望着和尚，"和尚，你不是骗我吧？"

"不是骗你。"和尚说。

田矮子听和尚这么说，忙从口袋里掏出被童大嘴一脚踩扁了的银手镯，捏在手中看着，一脸痴相。黄抗日问他："想东北姑娘小丽了？"

田矮子说："是有点想，如果我们能活着走出战场，我第一件事就是去长沙找她。"

"好像不太可能，"黄抗日回答，"我们的人越来越少，日军却在不断增兵。"

田矮子就一脸怅然，"看来想也是白想，只能是下辈子做夫妻了。"

"我够本了，"毛领子昂着一张肮脏不堪的瘦脸，叹口气，"死了也好，省得我回家后无法向童大嘴和勾鼻子的父母交差。这个世界上最可怕的事情我都经历了，战争、杀人，女人也体验了。我还有什么好留恋的？"

"人都要死的，他们都战死了，"田矮子扫一眼张排长等几具尸体，"我来世一定要变成将军，好率领军队到日本打仗，实行'三光政策'，把日本人统统杀死，一个也不留。"

"我下一世一定要变成飞行员，架着飞机到日本去轰炸，把他们的国家炸成废岛。"毛领子说，"你呢，程眼镜，你有什么志向？"

程眼镜说："我下一世只想跟苏豆壳的妹妹苏小妹在一起。"

"你只想跟苏小妹在一起？"

程眼镜瞅了眼一具脑袋被打得稀烂的尸体，严肃着脸回答："是的。"

"我呢？"毛领子咨询道，"我这样的朋友也不需要了？"

程眼镜摇摇头说："不需要。"

毛领子瞪大了眼睛："你说什么？"

"我只想跟苏小妹在一起，别个我都不需要。"

毛领子刺他说："你是重色轻友！你恨日本人吗？"

"那还要问么？"

"我要的就是这句话。"毛领子说，推断道："假如你下一世，日本人又侵略我们中国，你还跟苏豆壳的妹妹厮守在一起，不关心国家的命运？"

程眼镜懒懒地叹口气："不想关心了。"

"假如战火烧到了你屋门口，你也不关心？"

程眼镜犹豫了下，"那我可能又会关心一下，我不晓得。"

毛领子指出说："告诉你，程眼镜，你不关心也不行，因为日本人见你老婆那么漂亮，会轮奸你老婆，因为日本人又不管中国妇女的，还有可能先奸后杀。"

"别说了，"程眼镜叫道，"我讨厌你这样的推测。"

毛领子瞧着黄抗日，"黄排长，你下一世打算变成什么？"

黄抗日无精打采地说："变成一只鸟。"

"变成一只鸟？"田矮子惊奇道，"你说什么？"

黄抗日答："变成一只鸟就不要打仗了，我可以自由自在地飞。"

"哈哈，你怎么不变成一只鸡呢？"田矮子蔑视地说，"变成一只鸟！亏你想得出！"

一颗炮弹距他们很近的地方爆炸，把一具不久前死去的尸体炸得四分五裂。

"你怎么不变成一只老鼠呢？"处在休息状态中而迷迷糊糊的龙连长，听黄抗日说想变成鸟，马上来了精神，用一种揶揄的眼光瞅着黄抗日。"那样就更不要打仗了，敌人一来，你就钻到地下藏起来，谁也找你不到。"

"那我就变成一只老鼠。"黄抗日无所谓地答。

"照这样说，那还不如变成一只猪。"龙连长继续嘲讽说。

"那就变成一只猪。"黄抗日一点也不在乎龙连长损他，"反正我不想变成人。"

"为什么？"龙连长厉声问他，"变成人哪里不好？"

"为什么不想变成人？"田矮子站到龙连长的立场上，也厉声问他。

江苏人、和尚、毛领子和程眼镜也瞪大眼睛瞧着黄抗日。

黄抗日一点也不恼，也不急，瞧眼张排长的尸体，回答他们："我讨厌打仗，讨厌杀人。变成人就要打仗，打仗就要杀人，我下一世再也不想杀人了。"

"杀日本侵略军有什么不对？"龙连长厉声问。

黄抗日垂下龌龊的脸说："我什么人都不想杀了，只想远离战争，远离杀人。"

"那我也变成一只鸟，"毛领子改变了自己的愿望，"我也不想变成人了。"

"那我下一世变成一只老虎，在森林里称王。"田矮子说，得意地嘿嘿笑了两声，又推下和尚说，"和尚，你下一世打算变成什么？"

和尚友善地看大家一眼答："下一世，还和你们做朋友。"

"还是和尚的心态最好。"这是田矮子身为正常人说的最后一句话。

紧接着，一颗炮弹在他们掩蔽的山坡下爆炸，一块弹片飞过来，削开了田矮子昂着的脑袋，田矮子叫了声哎哟，头往地上一栽，血从他脑袋上往外直涌。弹片打进了他的头颅，那里呈现一个洞。血从那个洞里汩汩地向外流淌。田矮子捂着头，蜷缩成一团。黄抗日想他差点就变成老虎了，忙为他包扎，因为没有纱带，忙从一具尸体上解下肮脏的纱带——纱带上沾着死者的血和脓痂，包在田矮子头上。

　　"我再也不想变人了，我再也不想变人了。"田矮子继续着刚才的讨论，说着胡话道。"我要变成一只麻雀，飞到天上去，离战争远远的。"

　　"你会变成一只麻雀的，"黄抗日安慰他，"但不是现在，是以后。"

　　田矮子哭道："呜呜呜呜呜呜。"

　　"你会变成一只麻雀的，会的会的。你变成一只母麻雀，我变成一只公麻雀，我们一起飞到不打仗的地方去。"黄抗日边为他包扎伤口，边安慰他。

　　"不。我要变成公麻雀。"田矮子哭道，"呜呜呜呜，我不愿意变女的。"

　　"好的，你变成公麻雀，我变成母麻雀。"黄抗日安慰他，"这样，你就比我飞得高。"

　　炮声隆隆……

　　日军又开始进攻了，仍然是密密麻麻的队形，猫着腰，端着步枪，向他们冲锋。

　　"日本鬼子又冲锋了，"龙连长向黄抗日和毛领子说，"准备战斗。"

　　黄抗日也像他们一样，不抱着生还的希望了。他想他可能是坚持到最后一刻的一个人，他想死了也好，免得没完没了地打仗。他把机枪架好，把战死的弟兄留下的卡宾枪都装满子弹，分别摆在身前，还把一枚枚手榴弹的保险盖拧开，嘴里嘀咕道："反正要变成母麻雀了，多杀几个日本兵，省得他们在中国残害老百姓！"

毛领子也学着黄抗日的，把还能打的卡宾枪都装满子弹，摆在战壕上，好随时抓起就射击。和尚在黄抗日的另一旁，也在拧手榴弹的保险盖。毛领子瞟眼黄抗日和和尚说："看来我们活不过今天了。"

黄抗日回答他："嘴里可以这么说，但不到最后，不要放弃，懂吗？"

毛领子问："难道就我们几个人，还能活着撤离战场？"

黄抗日说："我告诉你，不到最后，不要放弃。准备战斗吧。"

日本兵心惊胆战地朝他们拥来，一边朝他们开枪。

龙连长说："打啊。"

江苏人也大喝道："打啊，为弟兄们报仇啊。"

他们开始向拥上来的日本兵射击，哒哒哒哒，已经被他们打怕了的日本兵立即趴下了。

"狗娘养的，有本事就上来啊？"龙连长嘶声骂道，手中的机枪哒哒哒地响着。

毛领子对着左边冲来的日本兵扔了颗手榴弹，边说："这颗手榴弹是替勾鼻子扔的！"

那些侵略军一见手榴弹飞来，慌忙卧倒。轰隆一声，有一个日本兵被炸得惨叫一声。

毛领子说："这颗手榴弹是为我舅妈扔的。"说着又摔了颗手榴弹过去，又是轰隆一声。

程眼镜说："这颗手榴弹是为苏豆壳的妹妹扔的！"说着，手榴弹扔了出去。

轰！两个弓着腰往上冲的日本兵倒下了。

程眼镜又将另一枚手榴弹摔出了手，抛向左边的日本兵。"这颗手榴弹还是为苏豆壳的妹妹扔的，炸死你们这些日本鬼子！"

轰！又一个日本兵惨叫一声倒下了。

黄抗日脑壳晕晕的，这是营养不良和严重缺乏睡眠所致。他趴在战壕里，用机枪扫射着敌人，打得深知他们厉害的侵略军纷纷趴下，捂着脑袋。接着他又一个劲地扔手榴弹，一颗一颗地甩着。这几天，他扔手榴弹将手臂都扔酸扔肿了，但他仍然扔着。这些在天马山阵地上吃足了手榴弹苦头的侵略者们很惧怕手榴弹，首先手榴弹的爆炸声就让人恐怖，其次手榴弹在短距离内的杀伤力无疑比卡宾枪强大。弹片向四处散开，一下可以炸死炸伤多则四五人，少则两三人。黄抗日心想自己反正要死了，所以就乐此不疲地扔着，也不管手榴弹是朝哪个方向飞去，一双疲惫不堪的眼睛甚至都懒得看上一眼。他闭着困盹盹的眼睛扔着，只听见：

轰！轰！轰！

轰！轰！轰！毛领子龇牙咧嘴地扔着。

轰！轰！轰！江苏人也一个劲地向日军抛着手榴弹。

轰！轰！轰！龙连长也用劲摔着，边骂道："炸死你们这些狗杂种！"

轰！轰！轰！程眼镜为苏豆壳的妹妹奋力扔着，边一再强调："这颗手榴弹还是为苏豆壳的妹妹扔的，炸死你们！"

和尚也奋力扔着，一颗颗的手榴弹从他手中摔出去，形成一道道彩虹，落在日本兵的中间。阵地前一片手榴弹爆炸的声音：轰！轰！轰！

头上包着纱布、手臂上也绑着纱布的年轻、英俊的团长，亲自率领二十几个官兵赶来增援。他们是从一旁的山头奔来的，他们是第三团的最后一点力量。他们拎着两挺机枪，抬着三箱手榴弹。他们踩着尸体和被炮弹炸松的土壤，吃力地冲上来，马上投入了战斗。

轰轰轰轰轰轰，手榴弹炸得更欢了。

哒哒哒哒哒哒，机枪也响得更猛烈。

"狠狠打！"年轻的团长大叫着说，"狠狠打！绝不能让日寇占领天马山。狠狠打！"

"狠狠地打！"龙连长对闭着眼睛摔手榴弹的黄抗日和毛领子重复陈团

长的命令道，"狠狠地打！黄排长，你他娘的睁开眼睛，你一颗手榴弹差点扔在我身上了。"

黄抗日说："连长，我实在眼睛痛，眼皮都肿了，睁不开。"

龙连长凶道："你是想把自己人炸死吗？睁开眼睛！"

黄抗日瞟眼前面，见那边有几个日本兵拥上来，又把眼睛闭上，想让眼睛再多休息几秒钟，边朝那边扔了颗手榴弹，边说："我有三天三夜没合眼了。"

轰！

龙连长说："黄排长，日本鬼子冲到你面前了！"

黄抗日立即睁开眼睛，端着卡宾枪扫射。

龙连长大声喝道："弟兄们，都给我狠狠地打侵略军！"

日本兵被他们又一次打退了。

阵地上一片寂静，还一片尸臭。这两天，没人来收尸，天热，尸体很快变臭了，尸臭随着微风飘得很远。太阳火红火红地升在远远的山巅上，金辉涂抹在他们身上和弟兄们的尸体上。一朵黄灿灿的太阳花在一具尸体旁探出了头，在朝霞下更加黄灿灿。阵地前，一个受伤的日本兵正向坡下吃力地爬去。龙连长举起枪，叭，一声清脆的驳壳枪声划破了休战中的宁谧，于是就特别触目惊心。那个日本兵在枪响后，再也不动了。

"有烟吗你身上？"陈团长问他的副官，他掏出的烟盒已经空了。

副官拿出了一盒美国骆驼烟，一人发了一支，大家就抽着饿烟。因为肚子于此时此刻饿极了。副官瞥着陈团长说："团长，手榴弹没有了，子弹也快打光了。"

陈团长抽口烟，叹口气说："真是天要绝我们啊。"

隔了会，也许是一刻钟，也许更长一点时间。毛领子打破了沉默，说："团长，我们刚才还在说，我们战死后，都打算下一世变成鸟。"

"变成鸟？"中校团长皱起了他英俊的眉头。他的眼睛很漂亮。

"变成鸟，"黄抗日肯定地点头，"飞到远离战争的地方去。"

"唔。"陈团长看着满脸污垢的黄抗日，"为什么是变成鸟？"

黄抗日咧咧嘴解释："变成人就还要打仗，变成鸟就不要打仗了。"

英俊的团长用那双漂亮的眼睛再次盯眼黄抗日，隔了几秒钟说："这是个好主意。"

八点多钟，阵地前出现了七八个人，有三个是穿着国军军服的，另外四五个是日本人，都没带枪，向阵地上匆匆走来。他们的脚步从一具具刚刚打死的日本兵的尸体上跨过，走近了。中校团长认出了走在前面的国军军官，他是军参谋长孙鸣久少将，他的一旁是第三师少将师长周庆祥。

"弟兄们、弟兄们，我是第十军少将参谋长孙鸣久。"孙鸣久绷着脸说，"站在我一旁的是你们第三师周庆祥师长。三团陈团长还活着吗？"

陈团长昂起了他那张美男子的脸蛋，一双漂亮的眼睛盯着孙鸣久说："孙参谋长。"

"陈团长，让你的官兵都放下武器。方先觉将军要我传令，我们第十军的全体官兵，已经出色地完成了党国交给我们的任务。"孙鸣久少将说，扫眼黄抗日他们，"弟兄们，你们都无愧为我军忠勇将士，方先觉军长感谢你们，并指示我代他向你们谢罪，对不起弟兄们了，同时命令弟兄们放下武器，向日军投降。"

大家都瞪着孙鸣久少将和周庆祥师长。

孙鸣久少将又说："放下武器，走出阵地。弟兄们，有劳你们了。"

大家面面相觑，你看着我，我看着你。

"弟兄们，放下武器，走出战场，这是军长的命令。"师长周庆祥加了句。

陈团长率先扔下了枪。副官也扔下枪。龙连长也扔下枪。黄抗日扔下的是手榴弹。

"陈团长，你马上把你的官兵带出阵地。"周庆祥师长说，"听从日军安排。"

坚守天马山一带阵地的三团,原有一千七百多名官兵,此刻扔下枪,向天马山阵地外缓行的只剩了四百多人。他们大多都负了伤,头上扎着急救带,或者腿上、手上或肚子上绑着急救带。他们从一具具自己官兵和日本兵尸体上迈过去,迈过去时他们的脸上都飘扬着骄傲,不是战败者的自卑或猥琐,因为他们打死了很多日本人,他们感到满足。他们走到端着枪紧盯着他们的日本兵面前,脸上还是飘扬着傲慢,或者是那种坚强的表情。他们本来没打算活着走出阵地,现在方军长让他们活着走出阵地,他们个个都面无惧色。

"我以为明年的今天是我的祭日,"程眼镜说,"没想到我现在还能走路。"

毛领子说:"没什么好高兴的,现在我们是日本人的俘虏。"

程眼镜说:"我并不是高兴,而是觉得奇怪。"

"没什么奇怪的,"毛领子说,"今天侥幸活着,明天可能就死了。"

"即便我死了也值了,"程眼镜说,"我打死了很多日本人,为苏豆壳、谢娃娃报了仇。"

"你不会死的,苏豆壳的妹妹在长沙保佑你。"

"是的。不过苏豆壳的妹妹并不知道我爱她。"

毛领子瞪大了眼睛:"你原来是单相思,一厢情愿地爱她?"

"那有什么不可以?"程眼镜一脸神圣地说,"单相思比两人相爱更纯洁,不是吗?"

程眼镜又说:"苏豆壳的妹妹在我心里,是美丽的天使,是我心里唯一的爱的目标,我为她而活,为她而战!"

毛领子困惑了,"你不是说你给她写了信吗?"

"是写了,但我并没寄出去。"

"你不是说你寄出去了?"

"那是为了骗谢娃娃和你，可惜谢娃娃牺牲了。"

毛领子愣了下："骗我？"

程眼镜这样说："我不想你也爱她。"

毛领子感到好笑："我又不认识苏豆壳的妹妹，我怎么会爱她？"

程眼镜担忧道："我怕你会因为好奇而爱上苏豆壳的妹妹。"

"你神经，"毛领子道，"你把你身边的男人都假想成情敌了。"

程眼镜古怪的样子咧嘴说："爱情是自私的，算我自私一回总可以吧？"

毛领子摇摇头，"原来苏豆壳的妹妹并不晓得你爱她？"

"不晓得，真正的爱情是不会表白的。"

程眼镜又一脸忧伤地补充一句："也许她这一辈子都不会知道。"

毛领子不敢再问程眼镜的爱情了，因为日本兵绷着脸走了过来。

"列队，列队。"日本兵让三团的官兵列队。

他们表情幽怨、迟缓地排成了三人一排的队伍——有的伤员得由两人架着走，否则伤员就没法挪动脚步。接着，他们在日本兵的枪口下，缓缓向市内迈去。

一路上，黄抗日和毛领子、和尚轮流背着田矮子，拼着吃奶的劲背着昏迷了的田矮子。假如不把他背走，日本军队在清理战场时，很有可能会在他脑袋上补一枪。黄抗日又饿又累，根本背不动田矮子，背了一段路，就让毛领子背。沿途看见的都是一具具国军官兵和日本官兵的尸体——尽管攻打天马山的日军在战斗停歇时，派士兵穿着短裤、裸着上身，来阵地上收自己人的尸体，但不是每支日军都这么做，于是途中横陈着许多日军官兵的尸体。还有很多平民百姓的尸体，大人或小孩的尸体，他们是被炮弹或俯冲下来的日军飞机投弹或用机枪扫射死的。衡阳城里弥漫着尸臭。八月的湖南正是一年里最燠热的日子，尸体一经暴晒，不要十个小时就会腐臭，次日便臭水四溢。那些天，身为战场的衡阳城里城外，躺着的都是一具具恶臭难闻的腐尸。乌鸦和秃鹫吃饱后都飞不动了，立在一具具腐尸旁打着饱嗝，嘎嘎叫着。这一群降兵走过一具具腐尸时，它们只是知趣地跳了几跳，或者扇动翅膀蹦开，不让俘虏们的脚踩伤它们。它们被撑得都快胀死了。

他们路经大西门时，见到的是满地的国军伤兵。他们就躺在露天下，横七竖八地躺着。他们是这几天从战场上抬下来的重伤员，他们的手脚不是被炸弹炸掉了，就是肚子于肉搏中被敌人的刺刀捅破了，肠子都流了出来。他们全都处于饥饿或昏迷状态中。他们中有人在不断地死去。毛领子把田矮子卸在这里，让戴着红十字袖章的军医照料。

"医生，他昏迷了。"毛领子说。

军医说："好的好的，放下吧。"

他们被侵略军押到衡阳城内的湖南省银行和中央银行前集中。这儿已集中了一千多官兵，他们是军部官兵和依仗湖南省银行和中央银行建筑与日军巷战的官兵。他们也和第三师三团的官兵一样面无表情。他们见到三团的四百多官兵走来，就打着招呼。

"你们是哪个师的？"黄抗日走近一个一只胳膊已经没了的少校身前时，少校问他。

黄抗日道："报告长官，我们是第三师三团的。"

"你们是从哪个阵地下来的？"

"报告长官，天马山阵地。"黄抗日绷着猩猩脸回答。

"哦，天马山阵地。"少校说。

接着又有一批战俘走来，脸上也是那种既凝重又蔑视日本人的表情。

他们瞧着这批弟兄，他们也是由日本兵押着，他们中也大多都负了伤。

又有一批弟兄从另一处街口悲痛地走来，被日本兵押着。接着又有一批。一批又一批。

湖南省银行和中央银行前面有一块坪，坪的面积有运动场那么大。此刻走来的国军官兵越来越多，渐渐就有了三千多官兵。他们自己都吃惊，并且不敢相信，打了这么多天，怎么他们还有这么多弟兄？

"啊，天啊，我们还有这么多人。"陈团长惊叹道，四处望着。

"啊，天啊，我们还有这么多人。"毛领子把陈团长的话学给程眼镜和黄抗日听道。

程眼镜也高兴地叫道："天啊，我们还有这么多弟兄！"

黄抗日左右望着，龙连长也左右望着，站在黄抗日一旁的江苏人、和尚和另一部分士兵也左右望着。还有官兵被日军押着，缓缓朝这边走来。

"啊，我们还有这么多人。"陈团长异常激动，"我们打了这么多天，我以为我们没剩多少弟兄了，没想到我们还有这么多弟兄！"

"啊，我们还有这么多弟兄。"团长的副官十分骄傲地说。

九点多钟，有五六架印着青天白日的美式飞机，飞来了，它们是战斗机，机舱下有重机枪。哒哒哒哒哒，一排排密集的重机枪子弹扫向他们：哒哒哒哒哒哒哒哒哒哒哒。

一些弟兄在机枪扫射中倒下了，又一些弟兄在机枪扫射中倒下了，还有一些弟兄也倒下了。"疯了吗，这些疯子，你们瞎眼了！"英俊的团长用福建话愤怒地骂道。

哒哒哒哒哒哒，又是一排重机枪子弹射来。

陈团长在重机枪扫射中，倒下了，一颗重机枪子弹打在他宽阔的脑门上，将圆圆的头颅打了个很大的洞，血直往外涌。福建人倒下了，就倒在黄抗日脚下。

黄抗日咦了声，闪开。

"团长、团长，"龙连长大叫道，"团长、团长。"

站在黄抗日另一旁的程眼镜也倒下了。在他紧张地仰头望飞机时，一颗子弹打烂了他的眉心。程眼镜叫了声："我日——""日"字还没说完，就一头栽在地上。

"眼镜、眼镜、程眼镜。"毛领子悲痛地大声呼唤道。

程眼镜再也听不见毛领子的呼唤了，再也不可能为苏豆壳的妹妹奋力地扔一颗又一颗手榴弹——炸一个个可憎可恶的日本侵略军了。

"疯了疯了，"江苏人对着飞机嚷叫，"你们这些疯子，疯子。"

黄抗日悲痛地对程眼镜说："兄弟，你一定要变成鸟，变成鸟就没人指挥你打仗了。"

和尚蹲下，伸手揩团长脸上的血，可血怎么也揩不净，汩汩地朝外涌。和尚慌忙为陈团长超度亡灵。龙连长和江苏人也跪下为陈团长和自己祈祷。三团的官兵见状，都纷纷跪下，悲伤或愤怒着脸色，不管头上的飞机盘旋和扫射，学和尚的双手合十，为团长超度，希望团长或自己死后变成鸟，飞离可恶的战争。飞机还在上空盘旋，把他们当日本兵打，继续冲他们扫射：哒哒哒哒哒哒。飞机飞得太高了，以为下面密密麻麻的人群是日军在集合。一些三团剩余的官兵，在为团长的亡灵超度时，又纷纷栽倒了。然而这些国军官兵一点也不在乎，有的官兵倒下时脸上甚至还挂着微笑，他们宁可死在自己飞机射来的猛烈的子弹下，也不愿当俘虏、遭受日本人的蹂躏。他们在临死前，有的还脸上还飘浮着微笑。没有人哭泣，也没有人怒吼，更没有人像日本兵一样起身逃避天上的飞机，那一刻众官兵都默默地跪着，为死去的弟兄超度，希望他们死后变成鸟，飞离人类的贪婪和屠杀。

还有一批飞机在另一处地方轰炸和扫射，它们主要是轰炸机，机身上都印着青天白日徽章。它们在那儿欢快地扔着炸弹，一枚一枚地往下丢，轰炸着那儿的几千名国军伤病官兵和看押着他们的日本兵。那儿就是距他们这儿不远的大西门。

轰轰轰轰。

那些早已将生死置之度外的国军官兵纷纷被炸死了。

哒哒哒哒哒哒哒哒……

那些早已厌倦了战争的视死如归的国军官兵于机枪扫射中纷纷倒下了……

四十三

我并非虚拟上述之事,除了我爹在衡阳的岳屏公园满脸沉痛地对我回忆着此事外,我还在《湖南文史资料选辑》(修订合编本)第2期上,读到了饶少伟将军撰写的一篇回忆文章,题目是:《方先觉衡阳投敌经过》。饶少伟先生是国民党中央军校武汉分校第六期步兵科毕业,参加过三次长沙会战和衡阳保卫战,现在是否还活着,不得而知,但愿他还活着,同时但愿他能读到我这篇拙作,并进行斧正。但我相信这很难,如果他还活着,恐怕是百岁老人了。百岁老人是绝对没有阅读兴趣的,即使有阅读兴趣,眼睛也不行了。饶少伟先生是第五十四师师长。他那个师,当时正在衡阳休整,只有一个团,但这个团参加了衡阳保卫战,打得很英勇。全国解放后,他干什么我一点也不清楚,也没去打听。不过我想他在政治表现上,一定是较上进的,这在他的这篇《方先觉衡阳投敌经过》的文章里,能略知一二。我取用他这篇文章中的一段话,以证明我上述的故事属实:

当天上午,蒋介石的大批飞机飞临衡阳上空,轮番轰炸。遗弃在城内银行公会(大西门附近)的负伤官兵一千余人全部被炸死。被敌军集中在汽车西站附近和集中在城内湖南省银行的被俘官兵一千余人,被炸死炸伤有一二百人。周庆祥等坚持投降的借口之一,就是所谓不想丢掉这些负伤官兵,但结果却是大批负伤官兵首先蒙受了他们投降带来的灾难。事实上,方先觉等后来也只顾个人利益而进一步向敌人卑躬屈节,早把剩下来的他们所谓"共过患难"的负伤或被俘的官兵抛到脑后去了。

二〇〇三年我和爹在衡阳岳屏公园的衡阳抗战纪念碑旁的亭子里又一次谈起了这事。所谓又一次谈起这事，是多年前我曾同爹谈论过这事。我在爹于"文化大革命"中向镇革委会的造反派写的交代材料中，发现了这样一段文字，抄录如下：

国民党反动派就是国民党反动派，其无能和腐败是令任何一个中国人都痛心的。举例而言，衡阳保卫战打了四十七天，当时在湖南境内有很多国民党军队，有二十个军，几十万部队，虽然有些部队担任着其它城市的守卫任务，但至少也有几个军是可以调来解围的，可是就是没有军队来反日军围攻。据我听当时的军官们议论，有三个军奉蒋介石之命赶来了，在衡阳的外围游移，佯打。所谓佯打就是投入少量兵力，大部队却隔岸观火，目的是保存实力，同时又可以向蒋介石交差。而当时担任阻击国民党军队来衡阳解救的日军，仅仅是一个师团，是来解围的国民党军队的三分之一。足见国民党军队当时是多么腐败。

另一例也让人寒心。我们在衡阳坚守了四十七天后，已经筋疲力尽，都道想一死了事时，却奉命向日军投降。我们被集中在当时的湖南省银行前，有三千多官兵，当时我们站都站不稳了，也很屈辱，与日本兵打了四十七天，最后落下投降的结果。这实在让我们悲哀。这时发生了令我们愤怒的事，我方飞机飞来，不是冲着有日本兵的地方扫射，而是冲着我们扫射，致使很多官兵倒在我方射来的子弹下。他们没有倒在日寇的飞机、重炮下，没有死在日本鬼子的机枪和刺刀下，而是倒在自己人的子弹下。在衡阳城内的一处叫大西门的地方，躺着一千多名于衡阳保卫战中负伤的官兵，他们大多被自己的飞机扔下的炸弹炸死了，或被飞机上射来的子弹打死了。这令我们这些幸存者非常痛心。

我和爹在衡阳岳屏公园亭子里的谈话是这样开始的：

"爸爸，我还记得你曾经在材料中写道，你们的飞机炸死了你们很多人。"

"有这事。"

"这怎么可能呢？"我瞧一眼衡阳抗战纪念碑，"那是你们自己的飞机啊。"

"就是，就是啊。"爹的思维进入了我的思想隧道，于是满脸哀容。

我继续说："怎么会发生这样荒唐的事？你们的飞机干吗要炸死自己的官兵？"

"就是，就是啊。"爹说，脸上布满了迷惑不解的色泽。"天上嗡嗡嗡的，我们的飞机飞来了，好几架。我们当时站在那儿，有三千多人。飞机飞来时我们很高兴，一看就知道是自己的飞机。但马马上我们就没没没法高兴了。"爹说到这儿脸上的肌肉古怪地抽搐着，说话也结巴起来。"因为飞飞机上的机枪手瞎瞎了眼，对着自己的弟弟兄扫扫扫射。"

"打死了人吗？"

"打打打死了好些人。我身边倒下了好好几个。其中一个是中校团长，还有一个是是长长沙伢子，叫叫程程程眼镜。"爹陷入了回忆的陷阱中，一张老朽的脸于回想往事中不住地颤抖。"那个陈团团长是个有有胆识的中校，福福建人，我我们都服服他。天天天马山战斗就是他他他指挥的。他看看着天上的飞飞飞机，突然就倒下了，一颗重机枪子弹打打打穿了他的脑脑袋。他就倒倒倒在我脚下，血血流一地。"

"他是中校？"

"中中中校，黄埔军校毕毕业的。"

"我还是没弄懂国民党的飞机为什么会朝你们开枪？"

"就就就是。"

"当时飞机上的官兵以为你们是日本兵吧？"

"也也也许是这这样。"

"后来呢？"

"后来飞机飞走后，我们又被日本兵再次集中起来，先先是把把我们赶出城，后后来把我们关关关在一处破破破损的大大院里……"爹泪水满盈，大张着嘴出气，一张皮皱皱的脸上爬满了许多痛苦的回忆，好像衣服打湿了样。

印着青天白日标志的飞机在俘虏们和日军头上疯狂地轰炸和扫射一番后，估计是燃料不足了，也可能是弹药用完了，于是飞走了。上空又一派宁静，衡阳城内也恢复了宁静。日本兵从地上爬起来，或者从躲藏的地方走过来，绷着脸，横端着枪，目光非常恼怒和凶猛。他们让俘虏们重新列队，他们中有一个会说中国话的日本人拿着白铁皮制的话筒喊叫：

"集合、集合，我命令你们迅速排成队伍，离开这里。"

没负伤的官兵把负伤的官兵扶起来排队。他们流着血，忍着疼，站了起来。他们在日本兵的指挥下排成了松松散散的队伍，事实上也不叫队伍，彼此搀扶着，忍受着无以复加的饥饿，满脸屈辱地向前走着。他们都不晓得自己的前途如何，都不晓得命运将怎样安排他们。他们的身旁是绷着脸，横端着枪的日本兵，双方都是仇视的目光。

毛领子走在黄抗日一旁，此刻他已筋疲力尽，目光不是仇恨，而是孱弱。他走路都要黄抗日搀扶。毛领子说："我不走了，我脑袋晕晕的。我就倒下，让日本兵一枪打死算了。"

"别说蠢话，毛领子。你是好样的。"

"程眼镜死了，我也死了算了。"毛领子说，"我走不动了，我没一点脚劲了。"

"你还年轻，还只十七岁。你的父母亲在家里盼着你回家呢。"

毛领子说："我怕是回不去了。我们把他们打得狗血淋头，他们会放我们走吗？"

"这个我没有把握。"黄抗日回答，同时用鼓励的眼光看着他，"但我们得努力活下去。不到最终，不要放弃。"

"再说我回去又怎么面对童大嘴和勾鼻子的爷爷奶奶和父母，"毛领子有顾虑道，"他们会觉得我是个怕死鬼。"

"他们不会这样认为。"黄抗日说。

"就算童大嘴和勾鼻子的爸爸妈妈不这样认为，也有人会这样认为。"毛领子不想活道，"我们街的人会想，为什么童大嘴和勾鼻子都死了，而我毛领子却活着？"

黄抗日批评他："你不要这样想，你这样想是跟自己过不去。"

"我很伤心。他们都死了，我连一个能到我们老师面前证明我杀了日本鬼子的同学都没有了。"毛领子觉得很没劲，"我活着有什么意思啊？"

黄抗日抬手拍死一只叮着他脖子的蚊子，"你是好样的。"

黄抗日又说："你一定要努力活下去。因为日本人还没被我们赶回老家。"

"现在我们都是日本兵的俘虏……"

黄抗日打断他道："是俘虏也得活下去。我在常德也做过日本兵的俘虏，这没什么。"

毛领子阴着脸说："你真的这样认为？哪怕日本人嘲笑我们蔑视我们？"

黄抗日不在乎地点点头，"嘲笑我们蔑视我们，我也这样想。"

毛领子感到失望，"那活着不是受尽侮辱吗？"

"有什么关系呢？你就那样受不得侮辱？活着总还有机会，死了就什么都完了。"

黄抗日又说："听着，不要把面子看得比性命还重要，命只有一条。你们读书人老爱讲士可杀不可辱。我不认为那是对的，因为只要你能活着，你就还可以拿起枪为弟兄们报仇。死了，你就什么都干不了了。"

江苏人插话道："兄弟，我们在常德都当过日本兵的俘虏，不想活很容易，但如果你死了，就只能等别人为你报仇了。还是自己为弟兄们报仇，实在些。"

毛领子眼睛一亮，"这么说，即使成了日本人的俘虏，也得卧薪尝胆地活着？"

和尚肯定地说："能活着就要活着。"

"和尚，别忘了给我超度亡灵。"毛领子说。

和尚拍一下毛领子的肩，放慢语速说："你—不—会—死。"

这支俘虏队伍一步步向前走着，沿途看到日本人在收拾自己官兵的尸体，他们把着日本军服的尸体一具具扔到一辆辆卡车上，就像扔麻袋似的。日本人觑着这支俘虏队伍，日本人的目光既仇视又轻蔑。而这支俘虏队伍却绷着脸，不卑不亢地瞪着敌人。

国军官兵的尸体仍然躺在地上发臭。有的尸体，脑袋在一处地方，尸身却在另一处地方躺着；有的尸体没了手脚，脸上爬满蛆虫。真让人恶心。他们从自己弟兄的尸体旁经过时，都默不作声，这些尸体曾是很顽强的抵抗者，他们为抗击侵略军流尽了最后一滴血。

他们被日本兵押出城，赶到一处叫西禅寺的地方。就在几个小时前，这儿也是战场，也像天马山一样打得十分激烈。坚守在西禅寺的官兵有一个营和一个炮兵连，七百多人，全部战死了，最后一个死的是营长，他在几个日本兵围上来时拉响了九颗捆绑在一起的手榴弹，轰隆一声，身体四分五裂地飞上了天，变成无数只鸟飞去，再也用不着打仗了。

西禅寺已不存在了，被日军的飞机和大炮炸成了废墟。山上的树木也七歪八倒的，那也是被飞机扔下的炸弹炸毁的。在俘虏们眼里，这儿异常凄凉，到处都是弹坑、弹壳、尸体和断垣残壁。这儿有一处塘，水全绿了，上面浮着一具具尸体，全是国军官兵尸体，业已腐烂。八月灼热的太阳蒸发着一具具尸体上的水分，使其空气奇臭无比。

"啊——"

"啊、啊——"

"啊、啊、啊——"

他们都很痛心，都为自己的弟兄流下了许多悲痛、酸涩的眼泪。

在《湖南文史资料》（湖南出版社一九八七年出版）那本薄薄的书里，有篇署名毛国风写的文章:《我参加了衡阳保卫战》部分内容如下:

这次守卫衡阳，持续了四十七个日日夜夜，这是极不寻常的。当时外电报道说，这次战斗的激烈程度，可以同斯大林格勒保卫战齐观。

……

战斗方酣时，我军好像没剩几个人了，但此时集中起来，却有一长队的人。有残腿的，有断臂的，有用层层纱布裹住脑袋的，也有用急救带包住耳目口鼻的，还有的用手托住自己露出肚腹的肠子，更有奄奄一息躺在地上无法起来的。这些都是保卫衡阳的勇士，都是中华民族的抗日英雄，然而这时都成了日军的阶下囚。大家面孔铁青，默默无言，没有表情，似乎在诅咒援军不力，叹息自己必死未死，又似乎在默默向亲人告别，也好像为祖国的山河破碎而感到悲痛。

我们被带到城外，爬上一座小山，这里叫西禅寺，是一座几经争夺的战场。遍地都是弹坑、弹壳，寺庙仅存一片瓦砾，山下的池塘里，浮尸无数。这些尸体虽都腐烂，难辨面目，但从服装上看，尽为我军战士，"可怜无定河边骨，犹是春闺梦里人"，我沉痛地低吟着唐人的诗句，禁不住暗自洒下一串热泪。

在这座孤伶光秃的山头上，轻兵器的火力就可以控制全局。只见敌人以机枪口交叉对准我们，可能是要进行一场集体屠杀。不过，没多久四架美制飞机掠空而过，并在城区内盘旋两周后向西飞去。这时我留心观察到日军的武士道精神，也不过徒有虚名。当飞机临空时，他们一个个像兔子似的藏了起来。相反，我们这群不幸者，却原地未动。飞机飞走后不久，敌人并未开枪，我们又被吆喝着进入城内，关入湘江岸边一座残破的大院里……

四十四

黄抗日他们这支饥饿不堪的俘虏队伍被关进湘江岸边那座从前是码头的大院里，这座大院非常破损，弹痕累累，千疮百孔。这里也是几经争夺的战场，日军的飞机和重炮都轰炸过这座大院，所以也是弹坑满地，但尸体被打扫干净了。日本兵尸体被日本兵收走了，国军官兵尸体被国军官兵扔到湘江边的大坑里埋葬了。被俘官兵分成了两半，一千多被俘官兵被赶进了这座大院，让他们去接受八月太阳的暴晒。

龙连长晕倒了，毛领子晕倒了，黄抗日身边还有好多弟兄因体虚中暑晕倒了。黄抗日没晕倒，因为他怕他这一晕倒就再也不想醒来了。事实上有些人晕倒了就没再醒来。江苏人也没晕倒，他坐在黄抗日旁边，身体靠着黄抗日。他的一旁坐着和尚，和尚垂着头，似乎在打坐，闭眼、盘膝。没有人说话，因为大家都没力气了。下午，日本人领着几个俘房拎来了一筐筐馒头，每个俘房分发两个。黄抗日为龙连长和毛领子带领了两个。黄抗日先给龙连长两个，龙连长已成了一只饿狗，眼睛陷了下去，颧骨和颌骨都突了出来，这是饿成这样的。他接过馒头，大口大口地吃着。

毛领子晕倒被救醒后，这会儿睡了过去。黄抗日对着他脸上浇了杯水，把他刺激醒了。"我这是在哪里？"他弄不清自己在人间，还是已经到了地狱。因为阎王爷在他梦里说:"你找勾鼻子? 他就在前面的那片草地上,还有童大嘴、谢娃娃、程眼镜和苏豆壳都在那里。"

他对黄抗日说:"我看见了一片开满白花的草地。"

黄抗日机械地左右望望:"开满白花的草地?"

毛领子描述说:"很漂亮的白花,好大一片。"

黄抗日告诉他:"这里没有白花。"

毛领子古怪的样子一笑说:"我知道。我是说梦里的事,我看见了童大嘴、勾鼻子、谢娃娃、程眼镜和苏豆壳,他们对我招手,我正准备过去,你把我叫醒了。"

"这是馒头,"黄抗日说,"要死也不要当饿死鬼,吃馒头。"

"馒头?"毛领子说,"我们有馒头吃?"

"对。"

毛领子拿着馒头嗅了下,"喷香的啊。"他说,咬了口。"到今天,我们有三天没吃饭了。"

"唔,别噎着,慢点吃。"

毛领子感到奇怪道:"我还活着?"他掉头看着吃着馒头的和尚,"和尚,不骗你,我刚才看见阎王爷了。"

和尚笑,"你看见的不是阎王爷,阎王你是看不见的。"

毛领子说:"我是说在梦里看见了阎王爷。"

和尚说:"阎王爷不会到你梦里来,你身上火焰那么高,他怕烧着呢。"

毛领子吃着馒头,想起童大嘴和勾鼻子,泪水便哗哗地流淌。江苏人嚼着馒头,见毛领子满脸泪水,便低声道:"兄弟,别难过,你经历的这四十七天,够你一辈子受用的。"

毛领子的脸色振作了下,但那只是内心的火苗往上蹿了下,接着又阴了下来,为自己的遭遇悲伤道:"要是以后有人晓得我成了日本人的俘虏,那多没面子呵。"

他隔了会又说："我的老师会看我不起。童大嘴和勾鼻子的父母也会看我不起。"

江苏人知道毛领子是想死的，并为自己没有战死而不安，江苏人淡淡地瞥眼垂着头的龙连长、和尚和黄抗日，说："兄弟，我们四个人，以前都是一二五师的，在常德时，我们成了第三师的官兵，假如我们当时感觉屈辱，而死在常德，我们能成为兄弟吗？"

黄抗日也觉得毛领子想得太多了，到底是年轻小伙子，动不动就把不幸或屈辱往自己身上联想，这是羞耻心作怪，便说："面子比一条命还重要么？再说，你并不是因为怕死而活下来的，也就不存在你说的面子问题。"

下午，黄抗日、龙连长、和尚和江苏人等官兵，被日本兵押着分头去打扫战场。衡阳城内臭烘烘的，如果不打扫，这种臭烘烘的气味就无法祛除。黄抗日和江苏人所在的这一队被俘官兵两百来人，被日本兵押到了大西门。这儿遍地都是支离破碎的尸体，全是国民党官兵的尸体，大多是身负重伤，于上午飞机轰炸时不能跑动而活活被自己的飞机炸死的。一大片，几百具，但没有几具是完整的，大多只有半边身体，不是缺了手脚，就是没了头。地上全是血、脑髓、肠子、胃和心肺及粪便。这儿的断垣残壁上既镶着弹片，又嵌着血肉——它们是炸弹爆炸时溅上去的。八月炽热的阳光照耀在这一切上，清晰可见，惨不忍睹。遭受了一天的太阳暴晒和蒸发的尸体，已迅速腐烂了。

他们将一具具臭烘烘的腐尸搬到卡车上——那是日本兵的卡车，日本兵让俘虏们将这些奇臭难闻的尸体运到城外埋掉。

"这里还有一个人没死，他还活着。"一个士兵嚷叫。

"啊、啊。"黄抗日旁边的一个弟兄忙走过去看。

一个弟兄问："你是谁？"

另一个人说："啊，你怎么啦？"

又一个弟兄走上去问："兄弟，你叫什么名字？"

第一个弟兄说："兄弟你是哪个团的？"

走上去看热闹的弟兄问他："你们连长是哪个你应该晓得吧？"

另一个弟兄叹口气道："他什么都不说，他完全吓傻了。"

第一个弟兄盯着他看了很久，不耐烦了，"你叫什么名字啊，兄弟？"

但这个衣着国军少尉军服的军官却傻傻地哭着，眼泪横流，谁也不回答。

"呜呜呜呜呜呜呜呜……"

黄抗日也走过去看，发现是田矮子。他还活着，真是命大。"田国藩、田国藩、田国藩。"黄抗日兴奋地大叫。田矮子却一脸傻相地瞅着他，好像不认识他一样，似乎在拼命回想谁叫田国藩似的。黄抗日看着这个可怜的家伙，觉得有必要提醒他，让他不至于陷在迷惑的深渊里爬不上来，就加大声音说："田国藩，我是黄抗日。"

田矮子勾着腰，缩成一团地坐着，浑身抽搐着。他已经吓傻了，流着鼻涕，像一个孩子一样咧着嘴呜呜哭着，眼泪和鼻涕流了一脸，视黄抗日和众多俘虏及日本兵而不见。他的精神崩溃了，弄不清周围的人是谁，也不晓得自己是谁了。

黄抗日失望和同情地瞪着他，"田国藩，我是黄抗日。我们要变鸟了的呀，你变雄鸟，我变母鸟，我们一起飞。"黄抗日企图勾起他的记忆。

"爹，"田矮子突然对叫他田国藩的黄抗日叫道，"爹、爹、爹爹。"

二十五岁多的黄抗日羞得满脸通红。

众俘虏官兵都笑，一边蔑视地瞅着一脸傻相的田矮子。

"你从哪里冒出来这么大一个傻儿子，"江苏人走过来说，"行吧，你儿子都这么大了。"

黄抗日对江苏人说："别开玩笑了。我是黄黄黄抗日，"他又对田矮子大声强调，"我不是你爹，晓得吗——"

"爹、爹，"田矮子不管黄抗日的声辩而把黄抗日视为爹道："爹、爹爹，我好饿。"

"他好饿的。"一个弟兄说。

另一个弟兄说："他还晓得饿啊。"

"饿是胃管的事情，"江苏人说，"要给他弄点吃的。"

"爹、爹爹，我要吃饭。"田矮子乞求着说。

黄抗日就这样成了田矮子的爹，田矮子一脸邋遢、真挚、贪恋地跟着他，他去哪里田矮子便跟到哪里，一步也不离开，就像他在天马山战场上跟着和尚一样。

黄抗日他们打扫完大西门战场——把一具具尸体运到郊外埋掉后，再度被日本兵押进大院时，身边就跟了这么一个叫他爹的一再说肚子饿的儿子。这个儿子不再是矮矮壮壮，而是矮矮小小，瘦得同狗崽子样。而且不再以自己是曾国藩的老乡而骄傲了，因为那块弹片把他要做曾国藩第二的志向和抱负一并削掉了，好像一把铲子将一株狗尾巴草连根铲除了似的。不但铲除了他的抱负，还把他认人的那一把脑细胞顺便也铲掉了，以至于他把黄抗日认成了他那个早已去世的爹。"爹、爹、爹。"一路上，田矮子都这么嚷着。

黄抗日把人中上吊着鼻涕的田矮子领到毛领子身前，让毛领子认他，希望毛领子能唤醒田矮子的记忆，把田矮子从疯傻的境地里解救出来。

"这是谁？你还记得吗？"黄抗日用很友好的样子问田矮子。

田矮子十分陌生和惧怕的样子看着毛领子。

毛领子大叫一声："田国藩。"

田矮子吓了一跳，忙抱紧黄抗日说："爹、爹、爹爹。"

毛领子觑着田矮子，又疑惑地瞅着黄抗日。他没弄明白是怎么回事。

黄抗日说："这是毛领子，你未必一点也想不起来了？"

"爹，爹。"田矮子昂着那张瘦得同猴子一样的脸叫黄抗日，搂着黄抗日的腰不松手。

毛领子满脸诧异，"田排长，我是毛领子啊。"

田矮子望也不望毛领子一眼，而是冲黄抗日嚷叫："爹、爹，我怕、我怕。"

和尚坐在另一处，这会儿他走拢来安慰田矮子："别怕，他不是坏人，他是毛领子。"

黄抗日指着和尚问田矮子："他，你认识吗？"

田矮子望着和尚，和尚对田矮子笑，田矮子却一副很害怕的样子说："爹、爹，我怕。"

"不怕，又没人打你。他是和尚。"黄抗日对田矮子说。

毛领子很同情地看着田矮子，问黄抗日："他怎么会叫你爹？"

"你以为是我要他叫我爹？"

"那他怎么会叫你爹？"

"我怎么晓得他怎么会叫我爹？我倒霉呵，被他叫爹了。"

"你是他的爹你就要把爹当好，"毛领子一脸认真道，"直到战争结束。"

"去你的！我才不管他呢。"

和尚摇头，黄抗日苦笑，问和尚："和尚，这事我该怎么办？"

和尚不语，走开了。田矮子揪着黄抗日的衣服，不让他走开。"田矮子，你坐下。"黄抗日命令田矮子说，"你不坐下，爹就不要你了。"

田矮子就很听话地坐下，两只鼠眼傻呆呆地瞪着黄抗日，鼻涕在他人中上晃荡。

毛领子用怜悯的目光打量着不晓得自己姓甚名谁的田矮子，"他怎么会变得这么傻？"

"还不是被飞机扔炸弹吓的！"黄抗日估摸着说，"他本来就负了伤，突然飞机在他们面前狂轰滥炸，不受吓才怪。估计我叫他的名字时，他那一下正好想起了他亲爹，就把我当成他爹了。"

毛领子分析说："可能你与他爹长得有几分相。"

黄抗日望眼大家，"也许吧。"

这天晚上，田矮子就蜷缩在黄抗日身旁躺着，一只手紧攥着黄抗日的衣襟，生怕他溜掉。黄抗日一翻身，就感到田矮子的手攥着他的衣襟，让他很不舒服。早晨醒来，黄抗日感觉一个人搂着他，把他搂得紧紧的。原来是田矮子搂着他，腿搁到他肚子上，压着他的肚子。黄抗日很恼火，他昨晚做一晚的噩梦，梦见一个陌生且凶悍的男人按着他打，原来是田矮子按着他。"拿开、拿开、拿开。"他恼怒道，狠劲把田矮子推开。

田矮子满脸惊惧地瞪着他，缩成一团，呜呜呜呜地哭起来。

龙连长被田矮子哭醒了，直视着黄抗日，恼火道："你把他怎么了？"

"我没怎么他。"

龙连长很凶地瞪着黄抗日，"你没怎么他，他怎么会哭？"

黄抗日不愿意接受他这种咄咄逼人的目光，闷声闷气道："你问我，我问谁？"

龙连长继续用那种瞧人不来的目光瞪着他，脸上既有轻蔑又遍布着责备。"他已经变傻了，我警告你，你要是欺负他，莫怪我对你下毒手。"

"你说什么？"黄抗日恼怒地瞧着龙连长。

"我说得到就做得到。"龙连长说，脸上是那种他捡了便宜的样子。"我只告诉你，你算命大的，从长沙第一次会战到第三次长沙会战，从河南到安乡到常德、又到衡阳，你都活下来了。但你的命再大，也不会大过我。下一次，你就没这么好运气了。假如我晓得我要死的话，我就要拉你陪葬。"

"你要对我下毒手？"黄抗日火了，尖声说。

"你以为我不敢？你以为我怕下毒手是啵？你晓得我是属什么的？"

"你属什么的关我屁事！"

"我属眼镜蛇，眼镜蛇是不认得人的。"这个长沙男人强调说，"我六亲不认！"

"你八亲不认也不关我事。"黄抗日愤怒道，"你不要以为我好欺负！要对我下毒手，你试试看？你怕我蛮怕你？在安乡，我怕你，你是营长，官比我大，弟兄们都听你的。在长沙，你是连长，我是炊事班长，你想怎么欺负我就怎么欺负我。现在，你我什么都不是，别以为还有人会听你的。"

田矮子揩了把鼻涕，又缩了下鼻涕，"爹，爹，我肚子饿饿饿了。"

"哪个是你爹？"黄抗日很恼恨田矮子，"你真是个蠢宝，走开。"

"他叫你爹，那你就是他的爹。要是他叫我爹，我就认他做崽。这是道理。"龙连长说。

"去你妈的道理。"黄抗日拒绝龙连长的理论说。

"你是活得不耐烦了吧？"龙连长盯着黄抗日。"你是想死吧？"

"怎么？"黄抗日说，"想死又怎么样？"

黄抗日的话音未落，龙连长就狼一样地扑向他，将他扑倒，并伸手掐住他的脖子。"老子掐死你。"龙连长想一家伙送黄抗日上西天，他确实想这么干。

"爹、爹，我肚子饿了。"田矮子哭巴巴地说，一边死抱着黄抗日的一只脚不松手，害得黄抗日没法用脚踹龙连长，也没法用劲翻身。

黄抗日被身材魁梧的龙连长压在身下，压得一张猩猩脸血红。但他紧咬着牙关，硬是不求救，任对方掐着。黄抗日是不会被龙连长掐死的，这是上帝关照着他。上帝还没打算抛弃他，尽管这个儿子矮小、丑陋，长着一张不漂亮的猩猩脸，但上帝早已有了让他借一个名叫桂花的女人的肚子生一个科学家的打算，还想让他养一个脾气很大的医生和一个日后写小说的，因此还不能死。上帝见众多俘虏们都表情麻木地漠视着，都是一脸事不关己高高挂起的模样，就派日本兵赶来吹集合的哨子：句句句句句句。

几个日本兵全副武装地走来，一个日本兵吹着哨子，"句句句句"，大喊：

"列队、列队！"

龙连长不可能当着日本兵的面打架，因为这很有可能被日本兵拉出去枪毙，就不解恨地松开手，对已被掐得半死的黄抗日说："算你命大！"

黄抗日被龙连长掐得很难受，以为自己要死了，没想对方松了手，就坐起来，边捏着被龙连长掐痛了的脖子，边对龙连长傻笑了下："嘻嘻嘻，你怎么不把我做到岸呢？那我就变成一只鸟，再也不要打仗了。"

龙连长说："你跟我斗，我会让你变成一只乌鸦的。"

"好的、好的，变乌鸦好，"黄抗日对自己变成什么都不在乎，"只要不变成人。"

"你这个没骨气的乡巴佬。"龙连长骂他说。

"你有骨气？"黄抗日歪着脸说，"你跟我还不是一样！"

"你迟早会死在我手里的，我保证。"

黄抗日冷冷地觑着他，"无所谓。"

"我会要你无所谓的。"龙连长说。

"列队——"那个日本兵站直身体，双手贴在裤缝上，喊口令道。"列——队！"

大家依秩序站着，站了长长一线。

田矮子紧贴黄抗日站着，身体瑟瑟发抖。

"爹、爹，"田矮子扯着他的衣襟，"爹，我要屙尿了。"

黄抗日看一眼可怜兮兮的田矮子说："莫出声，田矮子。"

"我要屙尿尿了。"

"莫出声，"他警告田矮子，"你不想死就住嘴。"

日本兵虎着脸走过来，田矮子在黄抗日身后紧张地拉着黄抗日的衣服。

日本兵瞪着弓腰夹腿站在黄抗日身后的田矮子，厉声道："你的出队！"

田矮子捂着脸，装作没看见这个日本兵。

日本兵把他拉出队伍，"立——正！"

田矮子吓得哭了，尿湿了裤子。"呜呜呜呜呜呜……爹、爹。"

"太君，"黄抗日壮着胆子向日本兵报告说，"他吓傻了。"

日本兵鄙夷地瞥一眼田矮子，走开了。

整整一天，田矮子就紧跟在黄抗日的屁股后面，而这支俘虏队伍扛着锄头和铲子，由日本兵领着去打扫岳屏山战场。岳屏山战场上遍地都是尸体，一具一具，弥漫着冲天恶臭。他们曾经都是生龙活虎的炎黄子孙，曾经为抗击日军进攻，非常英勇地打击着敌人。俘虏们瞧着这些战死的弟兄，眼睛都红了，将愤怒和悲痛化为力量，挥汗如雨地挖着一个个大坑，把众多的尸体扔进坑里，合埋在一起。他们拉长脸，不吭一声，虔诚而又卖力地干着。黄抗日扔下一具腐尸，就默祷他的下一世变鸟，永远飞离战场。

他动了动嘴说："希望你的下一世变成一只麻雀。"

或者嘀咕道："但愿你变成一只不用打仗的鹦鹉。"

或者说："你最好是变成一只会唱歌的八哥。"

毛领子在他一旁干着，每一锄头挖下去都带着一股仇恨，一边发狠地道："我毛国风只要还活着，一定会为你们多杀小日本。"

或者："你们安息吧，你们死得很英勇！"

江苏人一边干着，一边诅骂着日本侵略军。

和尚边干活，边不停地念叨："阿弥陀佛、阿弥陀佛、阿弥陀佛。"

日本兵站在树荫或有风的地方，为的是离恶臭远一点。他们绷着脸，抿紧嘴唇，横拿着枪，注视着这些俘虏们掩埋一具具支离破碎的腐尸。有一会，黄抗日从一旁的日本兵脸上猛然看到，他们的脸上不是蔑视，而是尊重，他们尊重这些英勇的中国军人，这些战死的和活着的中国军人坚守在衡阳，打得他们束手无策……

黄抗日对毛领子说："看到吗？"

毛领子左右瞟一眼，问："看到了什么？"

黄抗日说："看到了尊重。"

毛领子见几个日本兵默默地注视着他们掩埋尸体，脸上还真不是蔑视和无礼，而是肃静地伫立着，便说："日本人瞧不起懦弱的人，但他们尊重比他们更顽强、更勇敢的人。"

黄抗日一锄头挖下去，边说："你要是死了，就看不到这些。"

毛领子说："是的，我要好好地活着，活到日本兵被我们打败的那一天。"

四十五

我带着读者诸君随我爹去了很多地方，经历了很多大小战事和发生在我家的事情，目睹了日军的残暴，国军的顽强抵抗和游击队的英勇，等等等等。我开的这辆火车已经进站了。我现在要回到开篇第一章（因为还有些有趣的事情需要交代），也就是我爹哭哭啼啼要回黄家镇的那段时间，有天，我在省图书馆一姓李的朋友那儿聊天，李老弟听说我想衡阳保卫战，就高兴，这是他从未谋过面的爷爷，就是战死在衡阳保卫战中，死时是名少校营长。他是从他父亲嘴里得知的，所以他有意无意地收罗了一些有关衡阳保卫战的文史资料，于是我在他手上有幸得到了几本印刷质量较好的《湖南文史资料（精选本）》，把书上有关衡阳保卫战的文章一一翻给我爹看，当我爹戴着老花眼镜，又举着放大镜认认真真地读完《我参加了衡阳保卫战》后，爹兴奋和肯定地说："毛国风就是毛领子。"

"你没搞错吧，爸爸？"

"我记得毛领子就叫毛国风。"爹肯定地说，"当时我们团驻扎在长沙西郊时，有一批长郡中学的学生投笔从戎，毛领子就是其中一个。他叫毛国风，他们几个学生伢叫他毛领子。这个毛领子又勇敢又聪明，他在衡阳保卫战中负伤后，还杀了不少日本兵。"

"他当时有多大？"

"十六七岁吧。"

"那他现在也许还活着，因为从年龄上看，他最多八十岁。"

爹说："他们当时都是些孩子，都是受到老师的鼓舞弃笔抗日的。"

"现在的孩子什么都不懂，只懂玩电脑玩游戏。"

"就是。"爹说。

我开始为爹寻找毛领子大叔。

我在湖南出版社有好几个朋友，他们中有些人对文史编纂工作情有独钟。这些文史资料就是他们弄出来的。我给其中一个朋友打了电话，希望他们能给我提供这个叫毛国风的作者的线索。我在电话里对他们说："他是我老父亲的战友。"

一个月后——我差不多已忘记这事时，这个朋友打电话给我，那位编这套文史资料的老编辑退休了，他昨天碰见了他，老编辑告诉他，这个叫毛国风的作者原是长沙市天心区幸福巷小学的教职工。朋友说："你可以去幸福巷小学打听打听。"

我说："等一下，你晓得毛国风家的电话号码么？"

"电话？"朋友说，"我们社的老编辑说，他只在二十年前与毛国风有过联系，那时候电话还不普及，之后就没联系了。"

"是死是活都不晓得？"

朋友说："那不晓得，不过你还是可以去打听一下。"

我把这个情况告诉爹，爹看着我。我说："我们是不是去找找毛国风？"

爹表示很乐意地点点头，"你安排、你安排。"

一个星期天的上午，天空很晴朗，阳光万分和煦，我开着公司里最近配给我的奥迪A6轿车——公司里原打算配一辆皇冠给我，我没要，因为假如爹晓得我开的是日本车又会与我生气——带着爹去幸福巷小学寻找这个叫毛国风的国民党老兵。事先，我已经打听到了幸福巷小学的地址，所以找起来就比较顺利。幸福巷小学深居在一条老街里，校门是刚建的，贴着贵妃红花岗岩，地上还有一些施完工扔下的废水泥袋和沙子。花岗岩上镶着"天心区幸福巷小学"八个金灿灿的铜字。我把奥迪轿车停在校门外，领着爹下车，走进了幸福巷小学。我问传达室的一个中年男人："请问，毛国风同志是不是住在这里？"

中年男人打量我一眼，又觑一眼我爹，爹弓腰站着，撑着拐杖，模样很谦逊。中年男人说："他住在后面教师宿舍的三门四楼西头。"

"谢谢、谢谢、谢谢！"爹一连说了三个谢谢。

爹的眉弓一挑一挑的，这是他很高兴，因为他马上就要见到有六十多年没见面了的一个老弟兄。爹搓着手说："啊、啊，我们走吧。"

昔日的抗日英雄毛国风老人为我和爹开了门，他问我们："请问你们找谁？"

我说："我们找毛国风。"

毛国风说："我就是毛国风。"

他是个八十岁的老人，个儿比我和我爹都高，很瘦，但看上去身子骨挺硬朗。他的眉毛很大两撇，搭在一双三角眼上，全白了，因而看上去更加精神。他穿着半旧不新的灰蓝色中山装，下面一条黑长裤，脚上一双毛泽东爱穿的那种黑布鞋。他满脸疑惑："你们是？"

我闪到一边，让爹突出在他面前。爹看着他，一张生满老年斑的脸很激动，因而不但灰白的眉弓一动一动，嘴唇也一扯一扯的。"你你你还认得我么？"

昔日的抗日英雄已经把他的战友忘记了，很抱歉的样儿摇摇头，"你是——？"

"我是黄抗日！"爹满脸激动地提醒毛国风。

毛国风瞧着我和我爹这两个陌生人，忙在脑海里搜索自称黄抗日的老人，看来他没在他记忆里查找出与这个名字能对上号的人来，说："很抱歉，我想不起来了。"

爹见毛国风满脸疑惑、愧疚，就冷静了些，进一步提醒他说："你是不是叫毛领子？"

"毛领子？啊，对啊。很多年前有人是这样叫过我。"毛领子说，重新审度我爹，"你、你、你——我一时想不起来了，你你——"

爹说："我是当年四连的炊事班长。"

"老班长啊。"毛国风老人忙伸出手，握着我爹的手。

"对啊，我是老班长。"

"你真是老班长，想起来了，你是我们的班长。"

两人紧紧握着手不松，都咧开嘴笑着，摇着头。

"抱歉，抱歉。"毛领子说，"我这记性，我这记性。"

爹说："多少年没见面了啊。"

"是啊是啊，六十多年了啊，哈哈哈哈，坐、坐，你们坐。"

我们坐下了。

沙发是一张木沙发，沙发上垫着藤织坐垫。我们坐下时，感到屁股凉凉的。

"您怎么晓得我住在这里？"毛领子兴高采烈地问我爹。

爹指着我，"我儿子要写一本有关衡阳保卫战的书，去出版社找了些文史方面的书回来，翻看文史资料时，看到了您写的文章，就通过出版社找到了您。"

"哦，拙作、拙作，很多年前写的，请指正，请指正。"毛领子非常谦虚道。

"可怜无定河边骨／犹是春闺梦里人。"爹说，"这诗用得好，写得好呀。"

毛领子一笑，那是一个八十岁的老人感到羞赧的笑。"当时，他们不断地催我写，非要我写一篇这样的东西。见笑了、见笑了。"

我很以为然地觉得上一辈人说话都挺谦虚，这种美德我们这代人身上太少了。

后来我们进入了实质性的谈话，所谓实质性谈话，就是两位老人相互诉说离别六十多年的遭遇。毛领子自一九四四年衡阳保卫战后，其个人遭遇是这样的：

一九四四年十月，我爹和江苏人、和尚逃离衡阳后，毛领子也只身逃离了衡阳，在湘潭遇上了某国民党军队，人家听说他是从衡阳逃出来的，就给了他一个排长当。从此他就在那支部队里干，直干到少校营长打止。全国解放时，他的那支部队跟随程潜和陈明仁在长沙和平起义了，他趁此机会脱下军装回了家，承担照料父母亲的责任。他因是国军和平起义军官，被上面安排进了长沙火电厂当一名工人。一九五一年他结了婚，两年后他有了一个儿子，生活本来十分幸福，可是好像有人存心不让普通老百姓过上安宁生活，一九五七年他因为一句话，成了"右派"。他只是对厂长兼党支部书记说了句："你的私心太重了——同志。"于是他被莫名其妙地打成了"右派"，罪名是他反对党的领导。这个罪名很可怕，一定下来，他就成了一条死狗子，被开除公职，判了三年劳教，因为他一度是"历史反革命"。所谓"历史反革命"就是他曾经是与共军厮杀不休的国军。这一年他三十岁，还很年轻，小儿子还刚出生，就因为他对专横跋扈的领导说了一句"你的私心太重了——同志"，于是就不是"同志"了。

"政治是很可怕，很可怕，很可怕的。"毛领子一连说了三个很可怕。

"是啊、是啊，我也挨过整。"爹回答。

"您也挨过整？"

"'文化大革命'中，我们那里把我当叛徒整。"

毛领子说："叛徒？"

"唉——"爹叹了口长气。

"我爸在'文化大革命'中被关在一间房子里，关了整整一年。"我说，"造反派非要我爸交代他出卖了多少共产党，天天逼来逼去的，交代材料写了又写，还是不行。最后，我爸只好装疯，装疯呢，不装疯，那个坎就迈不过去。"

"啊——"毛领子感叹一声。

"毛叔叔您后来呢？"我问毛领子。

毛领子摇下头，又"唉"地叹口气。"我劳教了三年，回来后，被安排进土夫子队挑土。土夫子队就是挑土，那时候又没有挖土车和渣土车，都是人工挖人工运，哪里要修路挖土，哪里就有土夫子队。我挑了五年土，后来有一次挑土时闪了腰，挑不动了，就跟一个师傅学木匠，学了两年，便在外面跟人打家具，做上门功夫。'文化大革命'倒是让我躲过去了，因为我在社会上打流，人无定所，这个月在邵阳，一两个星期后又在湘潭，下个月可能又在株洲。所以'文化大革命'中，我因没有单位，反倒因祸得福。"

"真是因祸得福，因祸得福啊。"爹感叹道。

"'文化大革命'，把人性中最丑陋的一面——恶，发挥得淋漓尽致！"毛领子说，"人性都被'文化大革命'搞坏了，人善良、美好、助人为乐和仗义的品格，都被史无前例的文化大革命搅煳了，变成了锅粑，要纠正过来，要让人与人彼此信任，很难呵。"

"我爸在一九四九年前已经是共产党了，"我说，"他从衡阳逃出来后，参加了湘南游击队，既打过日本人，又打过国民党。'文化大革命'中照样被整得呜呼哀哉。"

"'文化大革命'是恶人革命，谁整人凶谁整人恶，谁才能爬上去，最可怕。"

"是啊，当年那些人整人都很凶很恶。"爹说。

"后来呢，毛叔叔？"我感兴趣的是他的后来。

八十岁的毛老人看了我一眼，那目光是深邃且洞明的，并带着一种饱经风雨的笑意。"'文化大革命'后期，我到了我现在单位的校办工厂做教学教具。当时学校里办了家教具厂，校长是我做家具时认识的。她家那房家具是我打的。她看我做家具很讲究，就欣赏我。一九七八年'右派'帽子摘了，校长把我恢复工作的关系要来，让我成了正式职工。我脱下国民党军服后干了很多事情，风风雨雨的，就这样过来了。"

"是啊，我们这代人，就这样过来了。"爹也深有感触道。

"我这一生里干的事情很多，遇过不少有同情心的好人，也遇过一些坏人。"毛领子说，脸上是一种惋惜什么的样子。"我劳教三年出来后，在社会上打流，有一点值得庆幸，那就是遇到的好人比坏人要多得多。"

"是啊，好人毕竟比坏人多。"爹附和道。

"这也是一辈子。"

"是啊，也是一辈子。"

"一场噩梦啊，老班长。"

"唉——"爹很动情地叹息一声。

我打量着房间里，这套两室一厅房里，最有特点的是墙上有很多个镜框，框着很多张相片，大的小的、黑白的、彩色的、两口子的、全家福的。我一时看不过来。家里都是用了几十年的老家具，床铺、柜子和桌子都是老式的。桌子、床铺、柜子都干干净净的，地上也干干净净，足见这家的女人挺爱卫生。垫在床上的毯子，正中间打了个四四方方的补丁；一床薄被叠得有棱有角地压着枕头，灰黄色的薄被上也有一块四四方方的蓝布补丁。这都是用旧了又舍不得扔弃的东西。还证明这家主人要不就很勤俭，要不就很清贫。

"您一人住？"我试探地问他。

"不是。"老人说，望眼墙上镜框里他老婆的相片。

我也顺着他的目光望过去，镜框里有张像，他与一个年龄与他相仿的女人合影。照片上的女人满头银丝，梳得整整齐齐，着一件红绒衣，脖子上系了条白丝围巾。"您夫人呢?"

"她去跳老年舞了。"毛老人说,"她每天早晨都去跳舞,然后买点菜,回家。"

"您没和您儿子住一起?"

毛老人晃了下头,"不习惯。"毛老人说,"何必麻烦他们啊。由于我,唉,他们的工作都不好。我的大儿子还马马虎虎,小儿子现在下岗了,工厂效益不好,垮了,吃着低保,整天坐在家里,才五十岁的人,有什么办法?"

"啊,啊。"我爹说。

"唉,唉。"毛领子接连叹了两口气。

"毛叔叔,您儿子是学什么的?"我想帮他儿子一把。

"什么都没学。"老人非常痛心的样子望眼我爹,"十年'文化大革命'把他们废了,不但害了我们,还害了我们的下一代。现在讲科技,讲文化了,他们恰好都没有。"

"就是、就是,"爹附和说,"'左'的年代搞的那一套,真害人。"

我不吭声了,这样的人,公司里是不会要的,公司里需要的是有本事的人。

毛老人忽然说:"嘿,我夫人回来了。"

我回头,不见有人,也没听到声音,就在这时,一个女人的声音从楼梯口传来:"老毛,来帮我提下菜,累死我了。"

毛老人出门,一眨眼领着个老妇人进来,老妇人身材匀称,着一身红衣,下身一条黑裤子,一头银发,一张脸像颗瓜子,尽管已是快八十岁的老妇人了,可看上去一点也不老态龙钟,估计是跳舞锻炼的缘故。她手里拿把大红纸扇,应该是跳扇子舞去了。一眼看去,就是个爱俏的长沙老太太。老妇人进来,对我和我爹含着一嘴笑,并点头。毛老人向她介绍我爹说:"黄老先生,当年我们参军打日本人时的炊事班长。"

爹忙起身说:"你好,怎么称呼?"

毛老人说："她姓苏，哦，对了，老班长，您还记得苏小华吗？"

爹茫然地看着毛老人，想了几秒钟后惭愧地答："没印象了。"

毛老人又说："苏豆壳您还记得吗？"

爹说："苏豆壳那有印象，日军最开始进攻衡阳时，他被炸死了。"

毛老人指着老妇人说："她是苏豆壳的妹妹苏小妹。"

苏小妹谦虚地笑道："还什么小妹，都老太婆了。"

爹说："想起来了想起来了，谢娃娃、程眼镜……"爹这辈人说话有涵养，没把话说尽。

我猜到了，就看着毛老人，毛老人瞟眼老伴，望着我爹说："程眼镜在衡阳被我军自己的飞机射下来的子弹打死后，我把程眼镜口袋里写给苏小妹的信，收好。我从衡阳逃出来，走到湘潭，在湘潭给她写了封信，与程眼镜的信夹在一起，寄给了她。我在信里告诉她，她哥哥苏豆壳和程眼镜都为国捐躯了，还有谢娃娃也为国捐躯了。"

爹"哦"了声，笑。老妇人为我和我爹添茶时，毛老人接着说："我也没想她会回信，她信中说，希望我为苏豆壳、程眼镜和谢娃娃多杀几个日本鬼子。"

老妇人笑笑说："我看了他写来的信，哥哥和哥哥的几个同学都为国捐躯了，我就写信给他，要他为我哥和程眼镜、谢娃娃多杀日本鬼子。"

"我又回了封信，说我一定会多杀几个日本鬼子。"毛老人说，脸上是那种回忆年轻时代的亢奋，"那段时间，我一没事就看她写的信，她的字写得十分娟秀，让我喜欢。后来我们部队开到雪峰山，与日本人打了一恶仗，那时日军非要过雪峰山，我们就是不让日军过，打得十分激烈。后来听说，这是中日军队打的最后一仗，日军被我们打死打伤四万多人，不比衡阳保卫战打死的日军少。日本人投降后,我回过长沙一次,只身去童大嘴、勾鼻子、谢娃娃、程眼镜和苏豆壳家一一拜访。我与老伴见了面，当时她十五岁，很美。我一看见她人，就想难怪程眼镜和谢娃娃都喜欢她。"

我看苏老太太，苏老太太听老伴津津有味地说着这些事，笑着。我从苏老太太的笑容、目光和身姿上判断，她年轻时候一定相当美，不然，战死在衡阳的年轻、俊秀的程眼镜和谢娃娃又怎么会都喜欢她？再打量墙上镜框里的相片，苏小妹年轻时果然妩媚、漂亮。苏老太太不好意思道："那时我是个小姑娘，还什么都不懂就上了他的当。"

"哈哈哈哈，"毛老人哈哈大笑，"哦，光顾了说自己。黄老，我带您去见一个人。"

"见一个人？"爹满脸愕然，举目望着毛老人。

毛老人狡黠又幽默的样子一笑，"您一定会吃惊的。"

四十六

在这个世界上，确实没什么事情能让我爹吃惊了，但那天的的确确让我爹吃了一惊，并让他心潮起伏。

我们走出毛老人家，走到了我开的奥迪A6前，面对黑亮亮的奥迪轿车，毛老人满脸惊诧，那意思虽然没有用语言表露，但我能感觉到。我说："这是我们公司的车。"

毛老人深有感触地说："我这辈子还没坐过这么好的车。"

我说："您们这代人是我们这么大时，长沙市还没几辆车呢，社会发展了。"

毛老人点头，"我们老了，没多少日子好活了，世界是你们的。"

"也是你们的呢。"我说。

毛老人笑道："我们这一代人是给下一代人做基石的，很悲哀，但值。我们这代人把几代人的苦都吃了，让下几代人少吃点苦，这就是值。我们出生时正逢军阀混战，长身体的时候抗日战争爆发了，刚打完抗日战争，又是国共两党的战争。不打仗了吧，'反右'又来了，接下来又是十年'文化大革命'，反正在我们这些人头上弄一个紧箍咒……能干事的时候，'左'的路线把我们钳制得半死不活。可以放开干的时代来了，自己又老了。"

爹说："就是、就是啊。"

我问："毛叔叔，怎么走？"

"不远，出这条街，再拐一条巷子就到了。"

我依他的指点，把车开到一处拐弯的口子上傍墙而停。这是老街，巷子很窄，如果把车开进去就会阻塞骑单车和骑电动车的人。我们下车，朝着这条巷子里走去，我很好奇，想看看毛老人关子里卖什么药。这位老人走路步履矫健，印堂红亮，嘴里笑呵呵的。

"呵呵呵呵，没想到还能见到您。"毛老人说。

毛老人又说："呵呵呵呵，这可是我从没想过的事啊。"

爹说："是啊，这辈子我们还能见上面，不容易呵。"

毛老人很乐观地嘿嘿嘿嘿道："我想得通，这是老天爷垂怜我们，没给我们权，没给我们政治地位，但让我们多活几年，看看这个世界。"

爹感慨地答："就是、就是啊。"

毛老人把我和爹领到一处歪歪斜斜的房子前，这是幢老房子，没办法考证它建于哪个年代，但看它那破旧的样子，一定有五六十年了。一张窗户卸了下来，摆着铝合金所制的柜台，食品柜上整整齐齐地摆着各种品牌的香烟、饮料、矿泉水和话梅桃仁姜之类的食品。窗口旁钉了块白底红字牌，向路人昭示：公用电话。柜台上搁着一台老式的枣红色电话。还有一只绿色的电子计时计费器搁在电话旁，让你边打电话边留意打了多少分钟。

"田老，田老，田老，来客了呵。"毛老人嚷叫。

一个个子不高，背有些弯、脸色虚胖且已完全秃顶的老人走出来。他的秃头上有几处奇形怪状的伤疤。他的眼睑很厚，在很厚的眼睑下藏着双浑浊的小眼睛。他的嘴唇上方有一颗肉痣，肉痣上长着一根长长的白毛。

他的一只耳朵缺了三分之一那么大一块。他着一件羊毛背心，内里穿着灰长袖衬衣，衬衣的领扣和袖扣都扣得很好。他门牙缺了一颗，笑时，就呈现一个小黑洞。"毛老，您啊。"老人说，笑着，"要什么烟？"

看来毛老人经常上田老这儿买烟抽。毛老人摇头，"我今天不买烟，"毛老人说，快乐地一笑，"我跟你带了个人来，看您还认得吗？"

两个老人相望，彼此回忆着，都到记忆的老仓库里翻寻，但都没认出对方。

田老谦虚得近似卑贱地摇头，率先说："不熟悉。"

爹也表情茫然。

"仔细想想，"毛老人提醒两老，"老战友都认不出啦？"

田老又惭愧的样子看了我爹儿眼，还是想不起来。

爹也同样不知道这个田老是谁。

毛老人咧嘴笑笑，"他是炊事班长黄抗日，田老，你一点都想不起了？"

"炊事班班长，你是黄抗日？"田老脸上非常激动，"黄抗日，你还活着，真太高兴了。"

爹脸上仍一派茫然，只是被他的激动弄得不知所措，"您您是——"

"他是炊事班田副班长，"毛老人说，"田国藩。"

"田国藩，啊——"爹也很激动，把田国藩的手紧紧攥着不放。"是你是你，这颗痣让我想起了你。你还活着，还活着呀。"

田国藩也攥着我爹的手不松，一张皱巴巴的鼠脸上绽开了众多苦涩和快乐的笑容。

我们步入田国藩老人家，坐到藤沙发上。一个老妇人过来为我们泡茶，田国藩对老妇人大声嚷叫："都是几个老伙计、老伙计。"

爹同老妇人打招呼，老妇人只是笑，没应声。田老人解释："她耳朵听不见。"

"哦。"爹哦了声。

"同她讲话费劲。"田老人说，边拿纸和笔写下了一句话给老妇人看。

老妇人马上"呃、呃、呃"，一张老脸上展现了笑，笑出了一口不齐整的老牙。

我从老妇人那灿烂的笑容上，隐约能捕捉到逝去的青春。她看上去比田国藩老人高一点，也条一些，剪着短发，头发都灰白了，眉毛是我们说的柳叶眉，也灰白了。脸上也如她同年人一样皱纹遍布。她着一身灰蓝色衣裤，脚上一双黑布鞋。

"您老伴？"爹问。

"我老伴。"田老人笑容可掬道。

外面有个年轻姑娘要买矿泉水，田国藩老人忙起身去做生意。随后田国藩老人又折回来坐下，三个老人闲聊了刻多钟，爹发出感叹道："没想到你还活着。一九四五年六月，还记得吗，那个叫槐树店的地方，我们去拔日本兵的据点？"

"记得、记得，我记得。"田老人连连点头，脸上笑容满面。"我在那儿又负了伤。"

"就是，我当时还想你可能死了。一颗日本兵的子弹打中了你胸部，那血流得吓人！"

"不是打中了胸部，"田老人用手指捅了捅左肩胛下方，"这儿，打中了这儿。要是打中了胸部，我今天就不会坐在这儿说话了。我还能活到八十五岁么？"

"对，对。"爹说。

"我晕了过去，当时我什么都不晓得了，"田老人回忆道，"醒来时，天已经黑了。"

爹很开心，满脸愉悦，因为他心里以为早死了的人，仍活在世上，就手舞足蹈的。"我在槐树店也负了伤，子弹打在我屁股上，现在这儿还有一块疤。我们当时都以为你死了。因为日军追了过来，端着机枪扫射，想你不死也会死。所以毛老让我认你时，我根本就没往你身上想。在我对槐树店那一仗的记忆里，你已经……"

"哈哈哈哈。"毛老人大笑。

"哈哈哈哈。"田国藩老人也大笑。

田老人告诉我爹，槐树店战斗是他一生中经历的最后一次战事，之后他就远离战争了。他现在也不太记得他是怎么来到长沙的，因为他当时精神失常，记忆力很差。受伤的事他记得，因为那颗弹头和他脑袋瓜里的那块弹片，直到两年后才分别从他的头颅骨和肩胛骨里取出来，让他足足痛苦了两年。这种痛苦太强烈了，想抹也抹不掉。但他始终也想不起他是怎么到长沙的，也始终回忆不起他是怎么躺到手术台上的。他一直在医院养病，后来也一直在医院工作，打扫医院的卫生，成了医院的绿化工。

一九五四年他结了婚，他妻子是国民党军官的姨太太。一九五〇年他妻子的亡夫因对人民政府不满被镇压了。她与亡夫生了个女儿，当时还不到两岁。他们住在一条街上，他常去看她，安慰她，很想唤起她重新生活的勇气。他整整追了她三年，三年后，他三十二岁，她二十七岁，两人结了婚，婚后生了个女儿，取名添添。添添一天天长大，成长得很健康，读小学时成绩很好，读初中成绩也十分优异，后来下乡当知青。一九七六年，她选了她满二十岁生日那天，割腕自杀了。

在"文化大革命"中，他被视为坏人。关于他在国民党军队里干过一事，是他于解放初期主动向医院党支部交代的。他也晓得他当过游击队，但因找不到人证明他在游击队里干过，就无法让人信服。有人说就算他在游击队里干过，也只能证明他是假干革命而不是真革命。如果是真革命就该一路革命下去，所以他有可能还是革命的叛徒。有人这样一指出来，吓得他再也不敢吱声了。医院的革委会头头不再让他走进病房，怕他往革命群众的药里放毒，让他去打扫厕所。女儿自杀的消息，他是在厕所里扫厕所时知道的。医院里管知青工作的干部通知他，"你女儿自杀了"。他顿时晕倒在厕所里。他始终不相信女儿是自杀。田老人叙述这一切时很轻描淡写，但一谈到女儿脸上就不平静了，可以用那四个字概括：波涛汹涌。

"我女儿从小就是个自信心很强和性格开朗的女孩。她这样的女孩怎么可能自杀？"田老人说，一张老人斑密布的脸上，一派迷惑和气愤，"我女儿当时长得像极了她妈，很漂亮，说什么也不该自杀啊。"为了证实自己说的话属实，他起身，步入房间，拿出一本影集，看得出他很珍爱这本影集。影集装在一只漂亮的盒子里，而影集里所有的照片都被塑料薄膜保护着。照片全是黑白的（那个年代，彩色照相机还没进入中国），他一家四口人的，或者女儿添添的单身相。从添添满周岁到小学毕业照、中学毕业照和她下乡当知青的相片全有。最后一张照片是她手撑锄头，脸望蓝天的照片，背景是水库。照片的右上角有一句话，行书体，写着："翻身不忘共产党，幸福不忘毛主席"，1975 年 7 月 7 日。

照片上田老人的女儿很漂亮还很端庄，但目光却有些凄迷。也许是我知道她自杀了，就这么去理解她的眼神吧。

"您的大女儿呢？"我指着照片上一个比添添大的姑娘问田国藩老人。

田老人回答我："她在深圳的一所中学教书。"

"哦，那她还好吧？"

"她还不错，前两年退休了。"田老人回答我。

老妇人笑着，知道我们在谈她的家人，但她由于耳背，一句也听不见，所以她只是笑，用笑来面对我们谈论的既悲伤又沉重的话题，对我们谈论她二女儿自杀的事情也报以慈祥的微笑。她听不见。

有一个年轻人在门外叫嚷买烟，田国藩老人忙屁颠屁颠地走去拿烟。他走回来后，见我爹看着他，就非常坦率地说："我开这个小店也是没办法，我和我老伴要吃饭，我退得早，退休工资只一千零几十元钱。老伴一直是家庭妇女，就靠我这点工资。这几年物价上涨厉害，工资每次都只是象征性地加一点点，赶不上物价增长的速度。所以就开了这个方便左邻右舍的小店，开了十多年。邻居照顾我们的生意，平均一个月有七八百元进项。"

"这很好，也找了点事情做做。"爹说。

"'文化大革命'一结束，我从医院里调了出来，调到离家不远的糕点厂守传达，结果调亏了。若在医院退休，工资会高一点，可那个时候，只图方便，离家近就行，哪里能想到今天会是什么样子呵。"田老人说，"在医院里，我这把年纪的，退休工资都涨到三千了。"

爹和毛领子老人都为田老人感到遗憾，垂下了头。

田老人见大家一时都默不作声，就拿起他珍爱的影集走进了内房。"我这一世没什么波澜。"田老人收好影集，走出来后，对我们说，脸上的那抹沉重紧随影集一并收藏起来了，灰白、虚胖且皮皱皱的鼠脸上挂着谦逊、温和的笑意。他接着说："'文化大革命'中我也挨了些整，但只是扫了几年厕所。我后来想，假如我于衡阳保卫战中，脑袋没被弹片打坏，也许是另一种下场。也许于后来的国共两党的战争中，被共军打死了。还好，当了几年国民党兵，打的是日本人，没跟共产党打过仗。假如跟共产党干过，那'文化大革命'中，就不会是扫厕所可以躲过去的。哈哈哈哈。"

"就是、就是。"爹说，"祸兮福所倚啊，田老。"

田老人说："黄老，您今年八十几了？"

"八十九，八十九了。"爹伸出双手，一只手做了个八字，一只手做了个九字。

"啊，那您看不出有这么大年纪。"田老人表扬我爹的外貌。

"哈哈哈哈，我一九一八年生，现在是二〇〇七年，还有半年就满八十九进九十岁了。"

三位老人开心地笑着。

"老了，不行了，变成老丑鬼了。"爹说。

"黄土已经埋到下巴边了，"田老人说，"我自己都没想到我现在还赖活在世上。参加过衡阳保卫战的，能活到今天的人，可能不多了。"

"那是、那是，"毛老人说，"像黄老，都活到快九十岁了，您是高寿中的高寿呵。"

三位老人又哈哈哈哈地笑着！

田国藩老人笑着，看着我爹突然凝重着鼠脸说："我记得当年我们从衡阳逃出来是四个人吧？除了你我，还有一个姓刘的，大家都叫他江苏人，另一个是和尚吧？"

"你还记得这些？"

田国藩老人笑了笑，"模模糊糊的记得一点。"

爹告诉田国藩和毛老人："和尚于抗日战争胜利后，悄悄离开了白水县游击队，又去当和尚了。江苏人后来成了白水县游击队的军事顾问，与一个游击队员的妹妹结了婚，他于一九四七年十二月，被来围剿我们游击队的国军打死了。"

田国藩老人脸色凄迷了，"江苏人还在一九四七年就死了？"

爹答："死死死了。他有个儿子，生于一九四七年十一月，他儿子现在是白水县一家建筑公司的包工头，九十年代初，我见过他，长得很像江苏人，脸上是那种傲气。"

毛老人关心的是和尚，"和尚去了哪座寺庙您晓得吗？"

爹遗憾地摇头，"我要是晓得，我一定会去找他。"

田国藩老人说："和尚是好人，我偶尔会想起和尚为阵亡官兵超度的事情。"

毛老人说："对对对，那是天马上战场上的一道风景，以致我们当时都不怕死，想反正死了有和尚替我们超度亡灵去天国享乐，就个个都很勇敢。"

田国藩老人更正道："你说错了，不是天国，是西方极乐世界。"

爹很高兴，"这你也记得？"

田国藩老人咧嘴大笑，"本来都忘记了，说起这些就想起来了。"

接下来，我们出去吃饭。田老人要留我们吃饭，但我感觉要两个老人为我们做饭菜，那是很累的，而且我也不想让两位老人破费。我强烈要求他们出去吃，爹也赞同我的建议，毛老人也赞同，于是三位老人与我一道出发了。田老人的老伴不愿同往，说她等下煮碗面吃就行了，她要照看小店生意。

我突发奇想，希望三位老兵能吃上一顿好的，这也是从善待老人的角度出发。我有车，包里装着五千元钱，同时也是为爹争面子的时候。我骨子里，很想在两位老人面前为爹争一下面子。我要三个老人上车，说我带他们去一家酒店吃饭。田老人打量着黑亮亮的奥迪轿车，"嚯，"他对我爹说，"黄老，您儿子真有出息啊。"

"哪里、哪里。"爹笑着回答田老人，一时觉得脸上有光。

"你儿子在哪里当大官？"田老人问，举着一张皱巴巴的鼠脸茫然地看着我爹。

"没当官，没当官，我儿子不是当官的料。他在一家公司里当副总经理。"爹向田老人解释，"这是他们公司配给他的车。"

我驾着奥迪A6，向通程大酒店飙去。三位老人为抗击日本侵略军，都流了汗和血，我请他们吃一顿稍微高档的饭菜，也是做晚辈的我应该作出的一点"牺牲"。

通程大酒店是长沙市的一家五星级酒店，它的富丽堂皇，把三位老人慑住了。他们如今住于陋巷，都深居简出，拒绝外界干扰，过着简朴的日子，没想到长沙市还会有这么漂亮的大酒店。我领三位老人步入酒店的大堂时，田老人和毛老人甚至举步都有几分拘束，还东张西望，因为他们不知道往哪里走——假如我不指点的话。

"啧啧，"田老人表示惊诧地啧了两声，"这么华丽，了不起啊。"

"现在世道真是变了，"毛老人说，"六七十年代我在外面打流做木匠时，世界还没什么变化，到处都一样。如今一天一个样，今天这里建了栋高楼，明天那里又耸起一座酒店，发展很快啊。"

"就是、就是。"田老人直点头，"早一向看电视，日本人在我们长沙开了家大商场。开业的那天，热闹啊，电视里报道有十万市民争先恐后地往里挤。"

"我在电视上也看到了，"毛老人说，"我真弄不懂市政府怎么能让日本人来做生意！"

"这应该是互利互惠的，"我说，"社会发展到今天，不能是你们那样看问题了。"

他们一辈子都没有在这么漂亮的餐厅里就过餐，我的目的就是让他们饱餐一顿。我点了很多菜，还要了一瓶洋酒。我点到六个菜时，田老人说："够了、够了，小黄。"

我点到八个菜时，毛老人说："够了、够了。"并制止我进一步点菜，"吃不完，小黄。"

一桌饭开始了，三个老人回忆着一九四四年在衡阳的一些往事。

"还记得三四十年代唱的那首歌吗？"毛领子一脸兴致地问我爹和田老人。

"哪首歌？"爹问。

"哪首歌？"田老人问。

"同学们，大家起来／担负起天下的兴亡／听吧，满耳是大众的嗟伤／看吧，一年年国土的沦丧／我们是要选择'战'还是'降'／我们要做主人去拼死在疆场……"毛领子唱了几句，"我们当年就是唱着这首歌去打日本人的。"

"记得、记得，"田老人说，"我记得曲调，你们当年常唱这歌。"

"是的，我、童大嘴、勾鼻子、程眼镜、谢娃娃和苏豆壳，常在营房里唱这首歌。可惜忘记是谁作的曲了，也想不起是谁写的词，人老了。唉。"毛老人叹口气。"就是歌名也想不起来了。这就是真正的老了，连一首当年很熟悉的歌的歌名都想不起来了。当年在长郡中学，大家都爱唱这首歌。没有人不唱。就是这首歌让我放弃学业，踏上了抗日战争的前线。"

毛老人忽然问我爹："你能想起这首歌名吗黄老？"

爹想了想，说："想不起来。"

毛老人又问田老人："你呢田老？"

田老也想了想，也说："知道这首歌，就是想不起歌名。"

"我们老了。来，为老朋友聚会干杯。"毛老人号召道，脸上挂满了笑。

三位老人颤颤抖抖地举起酒杯。

碰了。喝了。

"来，为身体健康干杯。"

三位老人又颤颤抖抖地举起酒杯碰了下，喝了。

毛老人又换个话题说："在衡阳保卫战的最后几天里，在我的记忆里，除了日本人不断向天马山阵地猛扑外，就是肚子饿，饿得只好勒紧裤带，饿得扔手榴弹都没一点力气了。"

"就是、就是，"爹答道，"当时为了减少饥饿感，只好把皮带勒得紧得不能再紧。"

"这是陈团长想的办法，他让我们都勒紧裤带。"毛老人说，"团长被我们自己的飞机射下来的子弹打死时，我们三团的几百官兵在和尚的带领下，都跪下来为团长超度亡灵，那场面，去年还到了我梦里，让我醒来后，坐在床上，老泪纵横。"

我盯着毛老人，他说完这话时，眼圈都红了，他又说："我们当时没一个人害怕头上的飞机，个个背对天空跪着，我身边又有几个士兵倒在飞机上射来的重机枪子弹下。"

"留给我记忆最深的，至今还在我梦里重演的是八月八日的轰炸。"田老人脸上抽搐了下说，"我周围的伤员一个个都被炸死了，死在美式飞机扔下的炸弹里。"

我把目光放到田老人脸上，田老人的嘴角又抽搐了下。"我至今还常常在梦里被那次轰炸吓醒。当时我躺在那儿，忽然就有飞机朝我们俯冲，又是扫射又是扔炸弹，轰隆轰隆，一个一个的炸弹就在我周围爆炸；一个个伤员弟兄被炸得血肉横飞，有的被炸得翻了个边，有的被炸得飞上了天。遍地都是爆炸声，惨叫声和尸骨落下来砸在地上的声音。很可怕很恐怖，那是我一生里经历的最恐怖的事。"

"我晓得、我晓得，"爹说，"我们被日本兵押去清理尸体残骸，到处都是自己弟兄的断肢和血肉碎片，很可怕、很可怕，至今这些可怕的场景仍在我脑海里浮现呢。"

田老人道："是啊，真是没法忘掉。"

毛老人望着我爹和田老人说："我这辈子里，有很多次做梦回到了衡阳保卫战，在梦里与日本兵厮杀，梦见日本兵总是打不死，打死了又有，打死了又有。"

"我也是，我也是啊。"爹说，"那段时间，我们生死与共。"

"我还常常梦见龙连长骂人，梦见龙连长一枪把那个害怕的衡阳学生兵打死在地上。"田老人龇牙咧嘴地说，鼠脸上布满了忧伤的皱纹。"我记得龙连长是名少校。"

"对，是少校。不过他于一九四九年被我游击队击毙时，是少将师长。"

"龙连长被游击队打死了？"田老人感到很吃惊。

"是的，我当时就在湘南游击队。"爹说，"程潜、陈明仁在长沙宣布和平起义后，他还率部向广西逃窜，正好进了我们游击队拦截的伏击圈……"

"龙连长留给我的印象很深，有几年里，我经常梦见他。"田老人说，"梦见我们在安乡、在常德、在衡阳。梦见日本侵略军向我们一次次扑来，而我们用手榴弹扔他们。"

哈哈哈哈、哈哈哈哈、哈哈哈哈。

三个老人又一齐开心地笑着，笑得很快活。

爹问田国藩说："我记得当年你很喜欢东北姑娘小丽，你还记得那个东北姑娘小丽吗？"

田老人满脸愕然，"东北姑娘小丽？"

爹被田老人问得呛了口，"东北姑娘小丽，你一点印象都没有了？"

毛老人说："我想起来了，当年在衡阳战场上，田老好像是提到过什么小丽。"

田老人满脸迷茫，"我怎么没一点印象？"

爹愣住了，反问道："东北姑娘小丽，你真的没一点印象了？"

田老人呆板地答："我真的没印象。"

毛老人说："我还有印象，当年你手里经常玩着一个银手镯，睡觉时还拿在手上玩。"

爹点头，"对、对、对，是有一个银手镯。"

毛老人忽然想起来了地望着田老人说："我之所以记得那个银手镯，是我们刚入伍在炊事班时，童大嘴早上起床，踩扁了你的银手镯，你要打他。"

田老人十分惊讶，"有这事？我怎么想不起了？"

爹觉得不应该，提醒他说："当年你还说要把你家的田地给东北姑娘小丽继承。你还说她是住在松花江上，是在松花江长大的东北姑娘，不记得了？"

田老人拼命回忆了下，还是一脸茫然，"我真的没一点印象了。"

他们说了很多很多，我爹和毛老人企图帮田老人回忆起东北姑娘小丽，但田老人硬是没有回忆起来，一张皱纹复杂的老脸上，总是疑惑、惊愕……

四十七

回到家，我打开电脑，在网上查毛老人唱的歌，那首歌名叫《毕业歌》，词作者是田汉，聂耳作曲。此歌是影片《桃李劫》的主题歌，摄于一九三四年。我把结果告诉爹，让爹以后去告诉毛老人和田老人。那天晚上，爹没法睡觉。第二天中午，一张皮皱皱的老脸上还满是困意。爹没想到田矮子还活着，也没想到毛领子还活着，他为他们激动得失眠了。我很理解爹，他打了整整十一年仗，先是打日本人，后又转为游击队打日本人和国民党军队，直到一九四九年底，这个不愿意打仗且害怕战争的人才告别战争。但是这段往事却无法告别，总是在他的记忆里，在他的脑海深处翻腾。每当夜深人静，他进入梦乡后，他脑海里就开始打仗了，日本人来了，他得拿起武器，与那些早已牺牲或没牺牲的弟兄一并抗击日本侵略军。醒来后，他会呆呆地望着黑夜或蓝天冥想。

吃午饭时，爹忽然很认真的样子看着我说："有两件事，我有疑点。"

我吃惊地望着爹，不知道爹有什么疑点，"您说什么疑点？"

"我仔细回忆了又回忆，田老的记忆有错。"爹严肃着脸说，"我记得那个衡阳学生兵是他亲手枪毙的，怎么他说是少校龙连长枪毙的呢？"

我看着爹说："也许你记错了。假如是田叔叔亲手枪毙的，他应该会记得。可能是你记错了。他不可能记不住自己枪毙人的事情。这是大事情，不可能忘记。"

"就是、就是。"爹说，脸上一脸慎重。"我明明记得是他枪毙了那个衡阳学生兵，他怎么会把这事推到龙连长头上？当时他是那个衡阳学生兵的排长，那个排都是衡阳学生娃，都是刚刚走出校门的学生，都只有十五六岁。我记得当时日本兵来了,他让他们集合,他们乱成一团,他火了,一枪结果了一个哭脸的士兵,这才使那些衡阳兵镇静下来。"

"后来那些衡阳学生兵怎么样了?"我问。

"后来他们都战死在天马山阵地上。"爹回忆说,"我就是搞不明白,田老怎么会说是龙连长枪毙了他那个排的一个衡阳兵?明明是他亲手枪毙的。这事我不会记错。"

我变得严肃起来,"昨天田叔叔说到这事时,您怎么没向他指出呢?"

"当时我就在想这事,想他怎么会记错。"

"毛叔叔也晓得这事吗?"

"他应该晓得。"爹说,感到不理解的形容瞅着我。

"我奇怪田老怎么会把这事记错?"爹不理解道,"还有一件事,田老怎么会一点也想不起东北姑娘小丽了?那是他当年拼命想过的女人,连毛国风都记得,他却一点也没印象了。这我有点想不明白。"

爹又问我:"是不是田老有意识回避?"

我问爹:"田老要回避什么呢?"

爹说:"这就是我想不明白的地方。"

爹又说:"他为什么要对我和毛老说是龙连长枪毙了他的衡阳学生兵?是他良心不安吗?是不是他亲手枪毙的这个衡阳学生兵折磨了他几十年,致使他把这个噩梦移花接木样地接到龙连长身上了?或者是多少年里,他一直把自己干的这件事儿往龙连长身上推,一想起这事就往龙连长身上安插,一推再推,以致发生了记忆错误,自己也相信了呢?"爹停顿了下,"另外,那个东北姑娘小丽,我们这些旁观者都能想起来,田老却说他一点也不记得了。这事儿让我奇怪,也让我想不透。小毛,你说说看这是为什么?"

看来,爹昨晚很认真地想了一夜,难怪爹满脸迷惑、怅然、不解。我说:"爸,东北姑娘小丽,也许田老可能是真忘记了。毕竟那是个风尘女子,不值得他记忆。但有一点可以肯定，那个被田老打死的衡阳兵，他一定不会忘记。"

爹看着我，我继续说："我琢磨这事曾经折磨过他，致使他六十多年后，一看见您，便向您提及此事。假如这事儿没折磨过他，他早就忘了，就像遗忘了你和毛叔叔提起的那个东北姑娘小丽一样。只是，我不懂，田老为什么会把这事推到龙连长身上，未必这样做，良心上会好过一点？"

爹说："你说得有道理，人老了就开始检查自己的良心了。"

几天后，爹又去拜访了两位昔日的朋友。爹让我把他送到田老人居住的那条陋巷前，自己下车，一脸精神地走进去，拄着拐杖，戴一顶我妻子为他买的灰色遮阳帽。那天太阳很强烈，天气有点热。晚上八点钟，他才打的回来，脸上很兴奋。我问他问了田老那些事儿没有。爹说："不好问啊，既然他那样说，就没必要再提那些事。"

又过了一个星期，我又送爹去了田老人住的那条小巷前，让他们去叙旧。再过一个多星期，爹想他们了，我再次送爹去幸福巷小学，让爹找他们聊天。十月份，一个秋高气爽的日子，我去公司后，爹自己去找他们。中午时，我回到家，不见了爹，正郁闷，忽然家里电话响了，毛老人打电话来，说我爹和他在一起，还有田老。爹需要跟人交流，他们在一起经历了那么多，当然有说不完的话。那天下班，我去幸福巷小学，把爹接了回来。毛老夫妇对我爹挥手，爹也对毛老夫妇挥手，感觉几位老人分别时十分亲切。

爹在车上对我说："他们两口子感情好。"

那是爹最后一次去找他们，之后爹就没再去找他们了。这是有关投桃报李的问题，这个问题并不严重，但它又确实是一个问题存在于老一辈人——比如我爹的心里。老一辈人讲究你来我往，所谓你来我府上拜访，我必定要抽空回访。这是一个礼貌性质的问题，我们这辈人脸皮厚，无所谓，但老一辈人很看重你来我往的交往方式。爹满腔热情地去了五次，现在应该在家里接待回访了，但一个星期、两个星期下来，却不见任何回访迹象，连电话都没打来一个。爹就有些生闷气了，并努力克制着自己那番一厢情愿的情感，坚持着不去找他们聊天。一天一天过去，转眼就〇八年了，爹整天闷闷地坐着。

我知道爹想他们，便劝道："爸爸，今天天气这么好，我送你去幸福巷小学？"

"我不去。"爹干脆地回答我。

"其实这也没什么，你想去就去。我给毛叔叔打个电话？"

"不要打，不要打。"爹摆手说。

"这真的没什么，问候一下也好么。"

"不要打，不要打。"爹发着小孩子脾气说，"我不想去了。"

"为什么不想去了？"

"他们不来，我就不去。"爹说，"我们都是要死的人了，用不着走那么密。"

我说："那你就不要再挂念他们。"

"我是不愿意想这些事。"爹下着狠心说。

我后来想，也许这个错误出在我身上。假如我那天没开车去，假如我那天没一番好心地带他们去通程大酒店吃饭，假如那天没有吃两千多元钱，而是在一个什么饭店只吃百来元的饭菜，也许就不会有隔阂或者距离。距离是我造成的，这就正所谓好心人办坏事。我把三位老人的距离拉开了，我爹的生活似乎高高在上，而田老人和毛老人生活得很平民。他们一个月只有千把元退休工资，他们的子女也没混出名堂，他们没车坐，也没进过那样的酒店，而在他们眼里，我爹似乎是常常进那样的酒店和常常坐着高级轿车出访的。

这就是距离。距离有时候产生美感，但更多的时候是产生隔膜。

我今天想，田老人和毛老人在通程大酒店的餐桌上说的那番话：我什么都没得到，也就什么都没失去。可能是有针对性的，至少也是坐在那处富丽堂皇的餐厅里有感而发。假如他们不坐在那样的餐厅里，也许就不会发出那样的感慨。也许我的猜测是错的，是一种狭隘的猜测。也许他们多少年前就有那种认识！什么都没得到，就什么都没失去。得到此，必失去彼。也许他们不愿意结交朋友，是因为他们不愿意失去朋友。

我这样看是很好的，我这样看就不会因为爹的不愉快而对另外两位昔日的抗日英雄产生抵触情绪，反而会更进一步去尊重这两位老人。

爹再也没去寻田老人和毛老人聊天，爹也在试图忘记他们，既然他们对爹闯入他们的生活并非那么热情，又没回访，那就淡然处之吧。爹控制着自己的思想感情，努力控制着，结果就控制出毛病来了。

"我想回黄家镇，我想回黄家镇。"爹满脸哀容地说。

"黄家镇有什么好？"我反对爹只身回老家，"当年就是老家的严主任和刘股长他们，把你逼得装疯，把妈妈逼得走投无路而投河自杀。你还要回那样的地方住？"

"我还是想回去住。"爹说，苦皱着苍老的猩猩脸。"我老了，叶落要归根啊。"

我把姐调来了，常常我姐总能镇压我爹那躁动的情绪。一是我姐是医生，其次我姐为人泼辣，而且在我爹装疯的那两年里，都是我姐操持家务，所以她有理由认为自己劳苦功高。爹有点怕说话叫叫嚷嚷且有点凶的女儿。

"你住在小毛这里还要怎么好？什么都不要你操一点心，饭菜不要做，衣服不要洗，你住回黄家镇哪个管你？"姐训斥爹道，"你要回黄家镇住，我们就不管你了。"

爹说："我还是想回黄家镇。"

"小毛这里就是你的家。"姐说,"你要明白!"

"我明白,我还是想住回黄家镇。"爹说,呜呜呜呜,哭了。

姐奇怪了,见爹哭了,心软了下来,"怎么啦?又没哪个打你、恶你、对你不好,你哭干什么?你以为你还是几岁?都快九十岁了。"

"呜呜呜呜我要回去,呜呜呜呜我要回去。"爹哭着说。

我和姐商量的结果是送他回去,姐对我说:"可以肯定,住不了几天,他又要回来。爸爸老了,糊涂了,真拿他没办法。"

"那你的意思是送他回黄家镇?"我问。

"爸硬要回去,你有什么办法?"姐这回没把爹的情绪镇压住,自然拿爹也没办法。姐走到爹面前,"好吧,星期天我和小毛送你回黄家镇。"姐用妥协的口气宣布说,"不过你要听话,别再吵了。"

爹老实的样子答:"我听话。"

我事先给我堂兄——伯伯黄阿狗的三儿子,他已经五十多岁了,打了电话,告诉他我爹要回黄家镇住一阵子,让他三天内给我爹找个女佣,年龄要在五十岁以上。我的理由是五十岁以上的女人做事认真些,比如洗衣服、洗菜、搞卫生都会细心些儿,也不会嫌老人。我说:"我要服务质量好,我愿意出一千五百元一月的保姆费。"一千五百元一月,对于居住在黄家镇的人来说,不算小数目。

堂兄沉默了下说:"你嫂子行吗?"

堂兄是指他老婆。堂嫂是一名家庭妇女,没工作。我说:"嫂子要给你们一家人做饭啊。"

"我可以自己搞饭吃。"堂兄说。

我觉得亲戚比外人更牢靠些,"那行啊。"

我们家给了一片钥匙给堂兄,那是让堂兄、堂嫂他们在每年的梅雨季节过后,到我爹家打开门窗通通风和晒晒被子、毯子和棉絮什么的。所以我和姐送爹回家时，家里的卫生已被堂兄、堂嫂打扫得干干净净，而那些被子、棉絮也晒了好几个太阳，没半点霉味了。

堂兄说："回来了好，回来了好。"

堂嫂说："回来了好，回来了好。"

爹也高兴地笑道："回来了好，回来了好。"

晚上，我们吃了堂嫂做的饭菜，堂嫂的饭菜做得很不错，很合我爹的胃口，爹吃得很多，认为家乡的白菜就是比长沙的白菜甜一些。他吃了很多白菜，呱唧呱唧地嚼着，笑容满面。"啊，好吃，啊，真好吃。"爹赞美白菜。

我和姐面面相觑。

第二天一早，我和姐就开着车走了，留下爹一人。

几天后，我打电话给爹："还好吧，爸？"

"我还好。"爹在电话那头回答，声音朗朗的。

"没什么不适吧？身体——"身体的"体"字，我拉得很长。

"没什么不适。"声音还是朗朗的。

"小便还失禁吗，爸？"

"这几天还好，晚上不要解手。"爹回答我。

"还是要注意锻炼，多走动，走动对身体有好处。"

"是的，我最近几天跟几个离休的老人学打门球，边晒晒太阳。"

"哦，那好。您要多注意身体。晒太阳的时间也不要太长了。"

"我会注意。"爹声音朗朗的，"你忙你的吧。"

中秋节，我和姐回黄家镇看爹，爹在黄家镇住得好，睡得香，人似乎长胖了些。吃过晚饭，爹还很精神地跟我和姐说起镇上的几个老人，说大家在一起打门球，还争输赢。"他们打不过我，"爹骄傲地说，"过去打仗，我枪法就准。哈哈哈哈，他们输了还不服气。"

爹因经常打门球，回黄家镇后，脸晒黑些了，也显健康了。

我和姐都高兴，也渐渐放心了，都忙着自己的事情。一天下午，我手机响了，一看显示的电话号码，是我爹在黄家镇家的号码，我忙按下通话，"喂。"

对方是我堂嫂，她劈头盖脑地说："小毛，你爹恐怕不行了。"

我非常吃惊，"他不是好好的吗？怎么啦——啊？"

"你爹今天上午打门球，滑了一跤，抬到镇医院就、就、就说不出话了。"堂嫂哽咽着说，"医、医生说，他、他、他恐怕不不不行了。"

我开着车飞奔到镇医院，爹确实不行了，躺在病床上笔挺挺的，一脸乌青——那是淤血，闭着眼睛，气若游丝。堂兄在一旁守着，堂兄说："你爸在打门球时滑倒了。"

我晓得门球场地，它就在爹住的那栋宿舍的一旁，球场不大，有竹篱围着，只许离、退休老人进去打门球，不许小孩进去，这是怕小孩弄坏球场。我爹居然可以在球场里摔倒，这就是命了。他住在我家里吵着要回黄家镇，像孩子一样哭哭闹闹，大概冥冥中有死神召唤他。假如他在我家住着，就不会打门球，也就不会跌倒，此刻就不会躺在黄家镇医院里大张着嘴出气。真是古人说的生死有命，富贵在天什么的。

那天晚上，爹睁开眼睛瞥了眼我，说："你姐呢？"

我说："姐有手术，走不动。她过一天来。"

爹的脸上非常惆怅。

我问爹想吃什么东西，爹一天也没进食。

爹摇摇头。

我说："跟您下碗面吧？吃一点面也许会好一些。"

爹又点点头。

堂嫂煮了碗面，我喂爹吃了几口，爹又不肯吃了，说："好像哽在喉咙里下不去。"

"那喝口水吧？"

爹说："那喝口水试试。"

爹喝了口水，还是觉得喉咙里有什么东西梗着，不愿再吃面了。爹又躺下，此前我把他扶到半躺半坐着。爹一躺下，眼睛里就流出了泪水，说："小毛，我不想死啊。"

"您不会死，爸爸。您总是能一次次起死回生。"

"我要死了，小毛，我晓得我快死了。"

"您不会死的，您休养几天就没事了，您是猫啊，猫有九条命。"

"我逃不过的，我晓得我逃不过了。"爹神色哀怨。

爹多次从死神的怀抱里逃了出来，在历次战斗中和在后来的生活中，他都成功地逃离了死神那两只肮脏且阴毒的大手的一次又一次抓捕。在长沙的第一、二、三次会战中，在河南的大小战役中，在安乡和常德会战中及在日军的魔爪下，在衡阳保卫战中，在攻打槐树店的战斗中，和在后来历时三年的国共两党的战争中，他的胆小、怕事、狡黠和自我保护意识让他一次又一次地化险为夷。但这一次，他就像一个犯了错误的学生接受老师的批评一样，向死神低下了他那张悲伤、善良、老实的面孔，不是假意屈服而是真的屈服了。

我姐弄了一辆救护车，把爹接回长沙她所在的医科大学的附属二医院治疗。爹在附二医院的医生精心医治和护理下，还活了一个多月，直到他满九十岁生日的那天早晨，即十二月二十五日圣诞节的早晨，上帝才把他这个矮小、丑陋、经常示弱、装傻和耍滑的糟老头收走。也算是寿终正寝。那天，长沙的各宾馆和大酒店里都举办着圣诞节活动，到处都摆着披霞挂彩的圣诞树，因为一些来湖南投资的外国人要过圣诞节，于是到处都写着"圣诞快乐"。也有个别化装的圣诞老人在医院的病房里穿行，对你嚷一声："嘿，圣诞快乐。"

我在走道上就被这么打扰了一下，那个化装成怪模怪样的圣诞老人走路大摇大摆，也许是个年轻人，也许是个快乐的老人，突然对我说："嘿，圣诞快乐。"

大哥在德国做学术访问，所以就不能等大哥回来再安葬爹。我和姐把爹安葬在我们的母亲李香桃老师的墓旁。李香桃老师死了近四十年，是在爹装疯卖傻时绝望得投河自尽的，这就是说在爹后来的四十年里，再没碰过一下女人。我自己已经五十岁了，晓得男人到了五十岁仍有些性欲，虽然不像三四十岁时那么强烈，但确实有。我爹从五十岁起，就再没碰过女人，从这一点看，爹在装疯欺骗镇上的造反派时，也害了他自己，实在有点可怜。

"可怜的老人。"我心里嘀咕。

姐却把这句话说了出来："爸爸真可怜。"

"就是。"面对长满杂草的我母亲李香桃老师的墓，我也有这种深刻体会。

我忽然想起了《平安夜》那首歌。我也不晓得我怎么会在安葬我爹的墓穴前突然想起这首歌，它毫无来由，然而却很坚决地闯入了我的脑海，那缓慢、抒情且优美的旋律在我耳畔飘扬，仿佛有人对着我的耳朵轻声唱着。这首歌有三段歌词，全文如下：

平安夜圣善夜／万暗中光华射／照着圣母也照着圣婴／多少慈祥也多少天真／静享天赐安眠

平安夜圣善夜／牧羊人在旷野／忽然看见了天上光华／听见天军唱哈里路亚／救主今夜降生

平安夜圣善夜／神子爱光皎洁／救赎宏恩的黎明来到／圣容发出来荣光普照／耶稣我主降生

二〇〇九年春节的一天上午十点钟，我刚刚同一些朋友打完拜年电话，放下电话还没两秒钟，电话响了。我拿起话筒，一个陌生的声音传入我耳孔："新年好、新年好。"

这个声音沙哑、苍老，让我一时愣住了。我也说："新年好，新年好。"

"恭喜发财、恭喜发财。"那嘶哑的声音说。

我说："彼此彼此，大家发财。"

"令尊还好吗？"这个苍老的声音问我。

我想起来了，也听出了他的声音，尽管他在长沙生活了六十多年，语音环境早改变了他说话的语调，但乡音难改这话确实不假，仔细分辨，他说话的口音里仍带一点湘乡话的尾音。他是田国藩老人。"您是田老吧？"

"是啊。毛老也在我这儿，我们向黄老拜个年。"

我心里有一股酸酸的味儿，他的电话来得太迟了，"我爸去世了。"

他没听清，问我："黄老在家吗？"

"田叔叔，我父亲死了一个多月了。"

"死、死、死了？"田老人的声音有些颤栗。

"嗯。我父亲于去年十二月二十五日去世的。"

对方哑了。

"田叔叔，您身体还好吧？"

传声筒仍然是沉默的。

"田叔叔，您身体还好吧？"我提高声音问。

"我、我还行。"田老人声音沙哑地回答我。

"您不会有什么吧？"

"不、不会有什么。"老人说，"谢谢你关心。"

"我父亲死前还时常念叨你和毛叔叔……"

田老人打断我的话说："谢谢令尊挂念。"

我还想说几句吉利的话，电话却挂断了，嘟、嘟、嘟。

我放下电话时颇有些感慨，同时心里也祝愿田老和毛老——两位昔日的抗日英雄——能活到一百岁，尽管如今这世界空气龌龊、污染严重，能活到一百岁的人很少很少。

何顿　　2012 年 12 月竣稿